Ulm

SILVIA STOLZENBURG
Die Heilerin des Sultans

SILVIA STOLZENBURG

Die Heilerin des Sultans

Historischer Roman

SPANNUNG

GMEINER

Bisherige Veröffentlichungen im Gmeiner-Verlag:
Die Flucht der Meisterbanditin (2019), Falschspiel (2019),
Die Salbenmacherin und der Engel des Todes (2019),
Die Meisterbanditin (2018), Das Erbe der Gräfin (2018),
Die Launen des Teufels (2018), Das dunkle Netz (2018),
Die Salbenmacherin und die Hure (2017),
Blutfährte (2017), Die Salbenmacherin und der Bettelknabe (2016),
Die Salbenmacherin (2015)

Immer informiert

Spannung pur – mit unserem Newsletter informieren wir Sie
regelmäßig über Wissenswertes aus unserer Bücherwelt.

Gefällt mir!

Facebook: @Gmeiner.Verlag
Instagram: @gmeinerverlag
Twitter: @GmeinerVerlag

Besuchen Sie uns im Internet:
www.gmeiner-verlag.de

2019 – Gmeiner-Verlag GmbH
Im Ehnried 5, 88605 Meßkirch
Telefon 0 75 75 / 20 95 - 0
info@gmeiner-verlag.de
Copyright der Originalausgabe © 2012 Bookspot Verlag GmbH, Planegg
Alle Rechte vorbehalten
1. Auflage 2019

Herstellung: Mirjam Hecht
Umschlaggestaltung: U.O.R.G. Lutz Eberle, Stuttgart
unter Verwendung der Bildes von: © https://commons.wikimedia.org/
wiki/File:Parmigianino_013.jpg und
https://commons.wikimedia.org/wiki/File:De_Merian_Sueviae_267.jpg
Druck: CPI books GmbH, Leck
Printed in Germany
ISBN 978-3-8392-2529-5

Für Eumel
und Teufels Großmutter mit dem getupften Kopftuch.
Ich wünschte, du könntest meine Geschichten lesen.

VORWORT

Wir schreiben das Jahr 1399

NACHDEM AUS EINER KLEINEN GRUPPE von kriegerischen *Ghazis* – ehemaligen Vasallen der Seldschuken im Herzen Anatoliens – das mit gefährlicher Geschwindigkeit wachsende Osmanische Reich geworden ist, befindet sich die Stadt Konstantinopel (das frühere Byzanz) am Abgrund. Im Sommer des Jahres hat Sultan Bayezid I., von seinen Untertanen Bayezid *Yilderim* – der Blitz – genannt, einen Belagerungsring von zehntausend Mann um die Stadt gezogen, die Getreideversorgung vom Meer aus abgeschnitten und die an der engsten Stelle des Bosporus gelegene Festung *Güzelce Hisar* verstärkt. Sein Ruf als gefürchteter Kriegsherr lässt die Eingeschlossenen bangen. Seit der vernichtenden Niederlage der Christen, bei der drei Jahre zuvor bei Nikopolis ein Kreuzfahrerheer nahezu komplett ausgelöscht worden ist, hat sich der Machtbereich des Sultans beängstigend ausgeweitet. Nichts scheint seinen Vormarsch aufhalten zu können, ja er geht sogar so weit, besorgten Gesandten aus Europa gegenüber damit zu prahlen, dass er schon bald sein Pferd am Altar des Petersdoms tränken wird.

Kurz bevor sie den Kaisersitz Konstantinopel einnehmen können, werden die Osmanen von der Ankunft einer Hilfstruppe aus Frankreich, Genua und Venedig überrascht und davon abgehalten, die Mauern zu stürmen. Hoch erfreut über den unerwarteten Entsatz, folgt der byzantinische Kaiser Manuel dem Rat eines französischen Marschalls, seinen Neffen Johannes Palaiologos zum Mitregenten einzusetzen, da dieser starken Rückhalt in der Bevölkerung besitzt. Denn für viele Einwohner Konstantinopels ist Johannes der rechtmäßige Erbe des Kaiserthrones. Nachdem dieser aufgrund der anhaltenden Thronstreitigkeiten mit seinem Onkel bei Bayezid Unterschlupf gesucht hat und unentwegt gegen Manuel intrigiert, erscheint es geraten, ihm ein Friedensangebot zu unterbreiten, das der Jüngere schließlich auch annimmt. Das Blatt scheint sich zu Gunsten des Kaisers zu wenden. Doch dann gehen dem französischen Marschall ohne Vorwarnung die Mittel aus, und ohne Sold verlieren seine Soldaten über Nacht ihren Kampfwillen. Ausgesaugt durch die jahrelangen Tributzahlungen an den osmanischen Sultan und die Seeblockaden, welche dieser immer wieder errichtet, bleibt Manuel nichts anderes übrig, als seinen Neffen zu seinem Stellvertreter zu ernennen und zu einer Bettelreise nach Europa aufzubrechen.

Bayezid wittert Blut. Da er allerdings weiß, dass er die Stadt ohne Ausbau seiner Flotte nicht gegen die Europäer halten kann, wendet er sich immer öfter den Freuden seines *Harems* in Bursa zu, während die Belagerung vor sich hindümpelt. Früher oder später werden die ihm ohnehin positiv gesonnenen Einwohner der Stadt ihm die Tore öffnen – dessen ist er sich sicher. Nicht umsonst hat er Spione in Konstantinopel, das seine Landsleute Istanbul nennen. Er wiegt sich in Sicherheit, denn vor den europäischen Mächten braucht er sich nicht zu fürchten. In England hat Heinrich IV. König Richard II. abgesetzt und sich gewaltsam des Thrones bemächtigt, was zu den lange andauernden Rosenkriegen führt. Der Herzog von Burgund und der Herzog von Orleans streiten sich um die Regentschaft in Frankreich und die Kirche ist gespalten – ein Papst residiert in Rom, ein zweiter in Avignon. Die von den Dominikanern getragene Inquisition verbreitet allerorts Angst und Schrecken, die Furcht vor Hexen und Dämonen ist beinahe ebenso gewaltig wie die Sorge vor dem Zurückkehren der Pest. Lediglich Venedig und Genua zeigen Interesse am Schicksal Konstantinopels; und diese Seemächte, so weiß Bayezid, werden sich letztendlich auf die Seite desjenigen schlagen, der ihnen mehr Profit verspricht. Denn der Handel umspannt und beherrscht die im Neuentstehen begriffene mittelalterliche Welt: Im Norden blüht der Ostseehandel der Hanse, im Süden kontrollieren Genua und Venedig den Warenverkehr aus dem Orient. In Florenz und Mailand entwickeln sich Banken und Versicherungen und die bargeldlose Zahlung per Scheck wird ebenso gang und gäbe wie das Gewähren von Überziehungskrediten und das Ausstellen von Wechseln. Kurzum, wer den Handel kontrolliert, kontrolliert die Welt.

Es scheint also, als stünden die Sterne des Sultans günstig. Der halbherzige Widerstand, der ihm entgegengesetzt wird, dient mehr dem Amüsement als dem Verdruss, und er sieht sich schon als Herrscher des gesamten Mittelmeerraumes. Nicht nur ist ihm bereits ein Großteil des Balkans und Anatoliens untertan, sondern auch weite Streifen Griechenlands, die er mit Türken besiedelt, nachdem die Bevölkerung nach Anatolien deportiert worden ist. Alles deutet darauf hin, dass er schon bald den Schritt wagen kann, weiter nach Europa vorzustoßen. Doch da begeht er den Fehler, sein Gebiet im Osten nach Kleinasien ausdehnen zu wollen, wo der tatarische Nachfolger Dschingis Khans, Timur Lenk, ähnliche Eroberungsgedanken hegt. Anstatt dem mongolischen Herrscher aus dem Weg zu gehen, provoziert Bayezid diesen, verhöhnt ihn in Briefen und unternimmt alles, um den Zorn des mächtigen Khans auf sich zu ziehen. Es kommt zum Kampf der Giganten, der die Karten im Orient für einige Jahrzehnte neu mischt …

PROLOG

Konstantinopel, Blachernen-Palast, Dezember 1399

DER HIMMEL ÜBER DEN DÄCHERN des Kaiserpalastes wirkte, als habe ihm jemand eine Wunde geschlagen. Blutrot zog sich ein zwischen den Unheil verkündenden Wolken klaffender Spalt von Osten nach Westen, wo in diesem Moment die Sonne hinter dem Horizont versank. Irritiert von den letzten, gleißend von den aufgepeitschten Wogen des Goldenen Horns zurückgeworfenen Strahlen rieb sich Johannes Palaiologos das linke Auge, das die Blendung vor dreizehn Jahren wie durch ein Wunder unbeschadet überstanden hatte. Leiser Groll keimte in ihm auf. Wie immer, wenn sein Onkel Manuel, der Kaiser von Konstantinopel, die leicht weinerliche Stimme erhob, kehrten die Erinnerungen an jene schicksalhafte Nacht zurück. Zuerst schleichend, doch dann meist mit solcher Gewalt, dass er vermeinte, das verbrannte Fleisch seines Vaters genauso riechen zu können wie damals. Ein Würgen machte ihm die Kehle eng. Der Versuchung widerstehend, seine Gedanken zu verraten, indem er die tote rechte Seite seiner Wange rieb, wandte er das versteinerte Gesicht den übrigen Anwesenden zu und zwang sich, tief und gleichmäßig zu atmen. Während hinter ihm die Wellen gegen die hoch aufragende Seemauer brandeten und diese weiter unterspülten, ließ er den Blick zu den überladenen Mosaiken schweifen, welche die Privatgemächer des Kaisers schmückten. Wäre der Umsturzversuch gelungen, so wäre all diese Pracht jetzt sein, und nicht die Manuels.

»Die Harmonie des Kosmos ist gefährdet wie nie.« Die Stimme des in lächerlich protzige Gewänder gekleideten Sterndeuters verklang hohl in dem von zu vielen Kohlebecken geheizten Raum. Die auf diese Ankündigung folgende Stille schien ihre Bedeutung zu verstärken.

Mit abfällig geschürzten Lippen verfolgte Johannes, wie der Astrologe die spinnenartigen Finger über die silbernen Stickereien auf den Ärmeln seines Mantels gleiten ließ. Wie von einem betrunkenen Gaukler durch die Luft gewirbelt, tanzten dort Sonne, Mond, Mars und Venus um die im Zentrum der Welt gelegene Erde, die den Lauf der Planetenbahnen zu dirigieren schien. »Kommt und seht«, raunte der grauhaarige Seher und führte das halbe Dutzend Männer zu genau dem übermannshohen Fenster, von dem Johannes eben erst zurückgetreten war.

Obwohl nicht mehr als ein paar Minuten vergangen sein konnten, tauchten bereits die ersten blassen Sterne in den Lücken zwischen den Wolken auf, und ein rötlicher Mond zeigte sein Gesicht. »Die Zeichen stehen schlecht«, fuhr der Mann fort und wies mit großer Geste auf den Abendstern, an dem Johannes nichts Ungewöhnliches entdecken konnte. »Erde, Wasser, Luft und Feuer sind nicht mehr im Einklang. Die Ordnung ist gestört. Wenn Ihr nichts unternehmt, wird die Welt wieder im Chaos versinken. Mars und Saturn sind in Konjunktion.«

Wenngleich er den Kerl für einen Scharlatan hielt, beschlich Johannes ein ungutes Gefühl, da selbst er wusste, dass dies Tod bedeutete. Er verzog den Mund zu einem bitteren Lächeln. Andererseits konnte es sich auch um Manuels Ende handeln, da dieser angekündigt hatte, eine Reise nach Europa zu unternehmen, um die Italiener, Franzosen und Engländer um Hilfe anzubetteln. Als ob diese das Schicksal der Einwohner Konstantinopels interessieren würde! Er verkniff sich ein

Schnauben, da er spürte, dass der Kaiser ihn unter gesenkten Lidern betrachtete. Es musste in der Tat schlecht stehen, dachte er, während er geheuchelt nachdenklich den Saum seines Gewandes betrachtete, um den Anschein von Demut zu erwecken. Denn ansonsten würde sein Onkel niemals das Risiko eingehen, ihm in seiner Abwesenheit die Regentschaft anzuvertrauen.

»Ich baue auf deine Loyalität«, zischte Manuel, der lautlos hinter ihn getreten war, ihm ins Ohr als habe er seine Gedanken gelesen. »Hier geht es nicht mehr um dich oder mich, sondern um das Schicksal des Reiches.«

Mit einem Laut, der einem Knurren glich, hob Johannes den Kopf und blickte seinem Onkel direkt in die Augen. »Ihr braucht Euch nicht zu sorgen. Ich werde Bayezid nicht die Tore öffnen.« Er wies mit dem Kinn auf das Dutzend Wachen, das die Eingänge sicherte. »Sicherlich hätten einige Eurer Getreuen da auch noch ein Wörtchen mitzureden.« Um den Worten die Schärfe zu nehmen, verneigte er sich tief und versuchte, das Gefühl des Triumphes zu ersticken, das ihm die Brust zu sprengen drohte. Wenn die Stadt endlich ihm gehörte, würde es ein Leichtes sein, die hungernde Bevölkerung davon zu überzeugen, dass es besser wäre, sich dem Turban des Sultans zu unterwerfen als der Tiara des Papstes. Zweifelsohne fürchteten viele Einwohner Konstantinopels, dass Hilfe aus Rom teuer mit einer Kirchenunion erkauft werden musste. Geschickt eingefädelt konnte es ihm gelingen, den Widerstand innerhalb der Palastmauern auszuhebeln und seinen Onkel mithilfe des Volkes zu entmachten – genauso wie sein Onkel ihn entmachtet hatte!

Denn seit Manuel vor fünf Jahren den Zorn des mächtigen osmanischen Sultans Bayezid auf sich gezogen hatte, indem er ihm die Tributzahlungen verweigert hatte, war es zu mehreren Aufständen gekommen. Durch die anhaltende Seeblockade, die nahezu sämtliche Getreidelieferungen aus Venedig abschnitt, hungerten die Menschen, ganz zu schweigen von den Krankheiten, die aufgrund der mangelnden Frischwasserversorgung grassierten.

Johannes rieb sich das Kinn. Er würde nicht als Narr in die Geschichte eingehen! Nicht wie Manuel, der sich zum Bittsteller erniedrigte, obwohl er als Kaiser befehlen konnte. Wie weitsichtig es von ihm gewesen war, vor zwölf Jahren die Gelegenheit zu nutzen, ein zweites Eisen ins Feuer zu legen. Die Erinnerung an den Empfang, den der mächtige Bayezid *Yilderim* ihm bereitet hatte, als er seine damals einjährige Tochter mit ihm vermählt hatte, ließ Johannes hoffen, den unabwendbaren Fall der Stadt unbeschadet zu überstehen. Wenn das Schicksal tatsächlich beschlossen hatte, Konstantinopel zu vernichten, dann würde er, Johannes Palaiologos, gewiss nicht zu den Verlierern gehören!

KAPITEL 1

Ulm, Frühjahr 1400

»Es wäre mir eine Ehre, wenn Ihr meine Gastfreundschaft annehmen würdet.« Das Lächeln verlieh den ohnehin offenen Zügen Falk von Katzensteins etwas Unwiderstehliches. Beinahe bittend breitete er die Hände aus, um zu unterstreichen, wie ernst er es meinte. Die Aufregung über die unverhoffte Begegnung hatte zwei rote Flecken auf seine Wangen gemalt, und in den leuchtenden Augen lag ein Ausdruck, der seinem Gegenüber deutlich signalisierte, wie verletzbar der unverhohlene Stolz war. Unbewusst betastete der Jüngling das auf seiner Brust aufgestickte Wappen, das dem buckelnden Kater auf dem Wappenrock des Angesprochenen zum Verwechseln ähnlich war. Gold- und Silberfäden schimmerten im warmen Licht der hereinbrechenden Dämmerung, die nach der Hitze des Tages auch endlich etwas Abkühlung brachte. Verstohlen wischte sich der junge Mann die Hände an den schmutzigen Hosen ab und befeuchtete die trockenen Lippen. Ein Windstoß zerzauste ihm den dunklen Schopf, und der schwere Geruch von Pferdeschweiß stach ihm in die Nase.

Auf dem von Hufen und Stiefeln aufgewühlten Gelände vor den Stadtmauern Ulms tummelten sich Knechte, Besitzer und die letzten Käufer. Doch schon bald würde von dem einwöchigen Spektakel des Pferdemarktes nichts mehr zu sehen sein außer ein paar Haufen Mist. Kunterbunt beflaggte

Rundzelte wurden ebenso auf Karren verladen wie Geldkassetten, Holzstangen und Leder zur Herstellung von Sätteln und Zaumzeug. Bis an die Zähne bewaffnete Männer flankierten die reicheren Händler, die den Teil ihrer Zucht, den sie nicht verkauft hatten, in Dreiergruppen zusammenkoppelten. Das Wiehern der Tiere vermischte sich mit den meist gebrüllten Befehlen und dem Klirren der Schmiedehämmer.

Scheu harrte der Knabe auf eine Antwort des Ritters, während er wie Hilfe suchend die Augen über den halb abgebauten Stand zu seiner Linken wandern ließ. Als er sein Spiegelbild in einem der auf Hochglanz polierten Sattelbeschläge erblickte, senkte er hastig die Lider. Wohingegen er sich noch vor weniger als einer halben Stunde erfolgreich und erwachsen gefühlt hatte, hatte die Ankunft des Katzensteiner Ritters seinen noch ungewohnten Mannesstolz weggefegt wie der Wind die Wolken am Himmel. Nervös nestelten seine Finger an dem teuren Tuch seines Umhanges, während er darauf wartete, dass der Ältere seinem ungeschliffen vorgebrachten Angebot zustimmte. Als handle es sich um ein Brennglas, welches die stechende Maisonne bündelte, spürte er die prüfende Betrachtung des Ritters auf seiner Haut. Unwillkürlich ließ er die Hände zurück an die Seiten fallen und hob das Kinn, um nicht zu wirken wie ein gescholtener Knabe. Auf keinen Fall wollte er den Eindruck vermitteln, ein Bauerntölpel zu sein! Ein heißer Atemhauch in seinem Nacken ließ ihn den Kopf wenden. Dankbar über die Ablenkung, tätschelte er dem zweijährigen Wallach, der ihn über das Koppelgatter hinweg in die Schulter stupste, die Nase. Er wollte gerade in seinen Taschen nach einem Leckerbissen für das Tier suchen, als sich die blutleeren Lippen seines Gegenübers zu einem dünnen Lächeln teilten.

»Warum eigentlich nicht?«, erwiderte dieser endlich und hob die Rechte, um Falk von Katzenstein steif die Hand zu reichen. »Man lernt schließlich nicht jeden Tag seinen *Neffen* kennen.«

Ein aufmerksamerer Zuhörer hätte aufgehorcht, doch Falk von Katzenstein war zu sehr damit beschäftigt, das Schwellen seiner Brust vor seinem Verwandten zu verbergen. »Ich bin sofort wieder bei Euch«, versprach er, wandte sich ab und stieß einen gellenden Pfiff aus. Als daraufhin ein graumelierter Schopf am anderen Ende der Koppel auftauchte, setzte er geschickt über den Zaun und trabte auf seinen Verwalter zu. »Lutz«, stieß er atemlos hervor, als er vor dem sehnigen Mann zum Stehen kam. »Kann ich dir den Rest überlassen?« Sein Blick glich dem eines Welpen, und der schlanke, mit einem groben Rock bekleidete Verwalter lachte.

»Wie könnte ich dir etwas abschlagen, wenn du mich so darum bittest«, scherzte er und fuhr sich mit einer von Adern überzogenen Hand durch die dünner werdenden grauen Locken. »Immerhin bezahlst du mich ja auch dafür.« Das Grinsen auf seinem wettergegerbten Gesicht wich für den Bruchteil eines Momentes einem Schatten der Trauer. Doch als auch Falks Züge sich bewölkten, setzte er rasch scherzend hinzu: »Wie heißt denn die Glückliche?«

Falks Mund öffnete sich zum Protest. Aber als er das Funkeln im Blick des anderen sah, verzog er das Gesicht. »Wann wirst du endlich damit aufhören, mich andauernd zu foppen?«, fragte er mit einem Kopfschütteln. »Nur weil du jetzt nicht mehr mein Vormund bist, bedeutet das noch lange nicht, dass du mich mit jedem Rock verkuppeln musst. Vor allem, wenn nicht mal einer in der Nähe ist!« Er wies mit dem Kinn über die Schulter, wo der Ritter mit hochmütiger Miene das Abbauen des Standes verfolgte. »Du wirst es nicht glauben, aber dieser Mann dort ist mein Onkel.« Als Lutz der Kiefer hinabfiel, lächelte er schief, wurde jedoch sofort darauf wieder ernst. »Warum hat Vater mir nie gesagt, dass er einen Bruder hat?«, fragte er – den Schmerz unterdrückend, der sich in sein Herz bohrte. »Noch dazu einen, der Pferde züchtet, genau wie er es getan hat.« Er schluckte den Klumpen in seiner Kehle und zwang sich, nicht an das zu denken, was vor dreizehn Monaten seinem bisherigen Leben ein Ende bereitet hatte.

Lutz zuckte die Achseln. »Dein Vater wird seine Gründe gehabt haben«, murmelte er und beäugte den flachsblonden Besucher, der scheinbar gelangweilt an seinen Fingernägeln kaute.

»Ich habe ihm angeboten, ein paar Tage bei uns zu wohnen«, erklärte Falk. »Er hat noch einige Dinge in der Stadt zu erledigen.« Für die er hoffentlich eine Weile benötigt, setzte er in Gedanken hinzu. Auf keinen Fall wollte er den Verwandten, den er gerade erst kennengelernt hatte, gleich wieder verlieren. Irgendwie spendete ihm die unverhoffte Begegnung Trost, gab ihm das Gefühl, dass der Verlust, den er erlitten hatte, nicht ganz so unwiederbringlich war.

Froh darüber, dass Lutz' Aufmerksamkeit auf den Ritter gerichtet war, rieb er sich heimlich die Augen. Ob die Leere in seiner Brust irgendwann aufhören würde, sich auszubreiten? Mit einem Seufzen wandte er sich ab und machte Anstalten, zu seinem Onkel zurückzukehren.

»Sieh dich vor«, warnte Lutz unvermittelt und hielt ihn am Ärmel seines Rockes zurück. »Irgendetwas an ihm gefällt mir nicht.« Er runzelte die Brauen, während er verfolgte, wie der Katzensteiner die Arme verschränkte und sich mit dem Rücken an die Koppel lehnte. »Vertrauensseligkeit kann zu bösen Überraschungen führen.« Er zögerte einen Augenblick, bevor er hinzusetzte: »Man kann nie vorsichtig genug sein.«

Falk holte tief Luft, bevor er erwiderte: »Mach dir keine Sorgen. Was soll schon passieren?«

Damit kehrte er seinem Verwalter den Rücken und eilte zurück zu Otto von Katzenstein, der ihn mit einem hastig aufgesetzten Lächeln erwartete.

»Folgt mir«, forderte Falk ihn auf, nachdem er sich wieder über den Zaun geschwungen hatte. »Einer meiner Männer wird sich um Eure Pferde kümmern.« Er winkte einen Knecht herbei. Diesen wies er an, die beiden Fuchsstuten und den vierjährigen Rapphengst, die Otto erstanden hatte, in die Stadt zu bringen, wo sie in einem seiner Ställe untergebracht werden würden. Dann führte er den Ritter zu dem Pfosten, an den beide ihre Reittiere angebunden hatten, und zog sich in den Sattel eines nervös tänzelnden Vollbluts.

Im Gegensatz zu seiner eigenen, modisch kurzen Schecke trug der Ritter eine eng geschnittene Hose und einen langen Wappenrock aus dunklem Tuch, der ihm das Aufsitzen erschwerte. Lediglich die spitzen, fein gearbeiteten Schnabelschuhe verrieten, dass auch in ihm ein Fünkchen Eitelkeit schlummerte. Nachdem die beiden die Zügel aufgenommen hatten, lenkte Falk sein Reittier in Richtung Herdbrücke, und schon bald trabten die beiden Männer Seite an Seite durch die gepflasterten Gassen Ulms. Ohne allzu viel Rücksicht auf die dicht gedrängten Fußgänger zu nehmen, überquerten sie den Marktplatz, ließen die bunt bemalte Fassade des Rathauses links liegen und näherten sich der gewaltigen Münsterbaustelle, auf der – wie immer – reger Betrieb herrschte. Ein wenig erstaunt registrierte Falk, dass sein Gast den prächtigen Bau nur eines flüchtigen Blickes würdigte. Doch kurz darauf tauchte sein Haus vor ihnen auf und die wiederkehrende Aufregung verdrängte die Verwunderung.

Da ein Knecht mit den Tieren, die Falk selbst erstanden hatte, kurz vor ihnen eingetroffen war, stand das Hoftor sperrangelweit offen und er steuerte mit seinem Besucher schnurstracks auf eines der Stallgebäude zu. Leichtfüßig glitt er aus dem Sattel, während Otto darauf wartete, dass ihm einer der herbeieilenden Burschen aus den Steigbügeln half.

»Sag in der Küche Bescheid, dass wir heute Abend einen Gast haben«, trug Falk einem jungen Mädchen auf, das sich mit schüchtern gesenktem Kopf an den Männern vorbeidrücken wollte. »Marthe soll Schweinekeule, Gänsepastete, Honigkuchen und Claret auftragen.« Die Röte ignorierend, die der Magd in die Wangen schoss, fügte er hinzu: »Wir wollen in einer Stunde essen.« Beinahe gelang es ihm, seiner Stimme die gewünschte Bestimmtheit zu verleihen. Doch seit dem ersten Moment ihrer Begegnung nagte die Sorge an ihm, den Ansprüchen des weltgewandten Ritters nicht zu genügen. Deshalb flüchtete er sich in das, was er am besten konnte, und lud Otto mit einer respektvollen Geste ein, die Stallungen zu besichtigen. Kaum waren sie in das dämmerige Innere eingetaucht, legte sich der vertraute Geruch von Pferdemist, Stroh und altem Holz wie ein schützender Mantel um ihn, und er spürte, wie sein Selbstbewusstsein zurückkehrte. »Ich habe über die Hälfte meiner Zweijährigen verkauft«, platzte er heraus, als sie an einer Box haltmachten, in der eine zierliche Stute ihr Neugeborenes säugte. Mit beinahe väterlichem Stolz schob er den Riegel zurück, ging neben dem Fohlen in die Hocke und strich ihm zärtlich über das struppige Fell. Federnd kam er wieder auf die Beine und trat zurück an Ottos Seite, der verstohlen den Blick von der Hand seines Gastgebers löste. »Viele der Gutsherren und Großbauern hatten ein schlechtes Jahr und haben Tiere durch Wurmbefall oder andere Seuchen verloren«, fuhr Falk fort, kam jedoch ins Stocken, als ein säuerlicher Ausdruck über Ottos Gesicht huschte.

»In der Tat«, brummte dieser und griff nach dem Maul eines Hengstes, um dessen Zähne zu inspizieren. »Ein schönes Tier«, bemerkte er trocken und ließ den Blick die Boxengasse entlangwandern. »Wie groß ist Eure Zucht?« Die förmliche Anrede schien ihm schwerzufallen.

»Bis gestern waren es dreiundsechzig Tiere«, versetzte Falk beinahe peinlich berührt, da ihm allmählich aufging, dass er in ein Fettnäpfchen getreten war. Offenbar gehörte sein Onkel ebenfalls zu den Züchtern, denen Fortuna im vergangenen Winter nicht besonders hold gewesen war. Was für ein Esel er doch war! Allein die Tatsache, dass Otto nicht einmal ein halbes Dutzend Pferde auf dem größten und wichtigsten Markt der Region erstanden hatte, hätte ihm ein Hinweis sein sollen!

Mit einem Räuspern schob er Otto hastig in Richtung Ausgang zurück, damit diesem die vielen unbesetzten Boxen am Ende der Gasse nicht noch mehr Verdruss bereiten konnten. Denn da er selbst immenses Glück mit den Verkäufen gehabt hatte, stand ein Großteil des Stalles leer.

»Ich sehe weit und breit keine Koppel«, nahm Otto das Gespräch wieder auf. »Wo weidet Ihr Eure Tiere?«

Erleichtert über den versöhnlichen Ton seines Onkels hob Falk die Schultern und lachte. »Vor den Stadtmauern«, erwiderte er. »Dort miete ich mir jedes Jahr von einem der Klöster oder dem Rat die Weidefläche, die nötig ist.« Sie hatten das Stalltor erreicht. »Nur im Winter ist die gesamte Zucht hier untergebracht.«

Otto nickte und blickte sich im Hof des riesigen Anwesens um. »Ihr müsst sehr erfolgreich sein«, versetzte er ein wenig bissig, da die Überreste der Hofmauer zu seiner Linken deutlich machten, dass hier zwei Grundstücke zu einem zusammengeschlossen worden waren.

»Es geht«, wehrte Falk bescheiden ab und griff dankbar nach der Gelegenheit, von seiner Zucht abzulenken. »Das Haus gehörte meinem Großvater, Ulrich von Ensingen«, erklärte er und wies auf das zweistöckige Gebäude, dessen Obergeschoss ockerfarbenes Fachwerk zierte. »Das Nachbarhaus habe ich abreißen lassen, um Platz für die Ställe zu gewinnen.« Er verstummte, als Otto mit gerunzelten Brauen Gärten, Badehaus, Brunnen und Waschstube begutachtete. Hatte er etwa schon wieder etwas falsch gemacht?, fragte er sich bang. »Lasst uns hineingehen«, schlug er deshalb vor, als Otto Anstalten machte, auf das zweite Stallgebäude zuzusteuern. »Marthe hat sicher schon den Kamillenschnaps bereitgestellt.«

KAPITEL 2

Zwei Gefühle beherrschten Otto von Katzenstein, als er endlich nach einem nicht enden wollenden Abend geheuchelter Freundlichkeiten die Tür der geräumigen Gästekammer hinter sich verriegelte: Zorn und nagender, grenzenloser Neid. Innerlich kochend ließ er sich auf die weiche Matratze sinken, die seine Missgunst – genau wie all die anderen Dinge im Haus seines Neffen – noch anzufachen schien. Anders als auf Burg Katzenstein wirkte hier nichts abgewetzt oder heruntergekommen. Nein, alles trug die klare Handschrift makelloser Haushaltsführung und ausreichender Geldmittel!

Mit einem Schnauben wischte er sich über die Lippen, die immer noch prickelten von dem ungewohnten Genuss des kostbaren Clarets. Sogar eine Feuerstelle gab es in dem Schlafgemach, dessen Wände ein geschmackloses Andachtsbild und ein überdimensionales Kruzifix zierten. Wütend streifte Otto sich die drückenden Schnabelschuhe von den Füßen, schlüpfte aus Rock und Hose und ließ alles auf den sauber gefegten Steinboden fallen. Am liebsten hätte er in seinem Zorn das Schwert gezückt und den Baldachin des Bettes zerstückelt, um danach die Einrichtung kurz und klein zu schlagen. Eine Woge des Hasses spülte über ihn hinweg, als er sich ausmalte, was er anfangen könnte, wenn all diese Kostbarkeiten ihm gehörten. »Dieser vermaledeite kleine Mistkerl!«, fluchte er so laut, dass ihn zweifelsohne jemand gehört hätte, wenn die anderen beiden Räume neben seiner Kammer nicht unbewohnt gewesen wären.

Da der Verwalter über der Küche schlief, und sein Neffe in einem Gemach am anderen Ende des Korridors verschwunden war, hätte er vermutlich lauthals singen können, ohne jemanden zu stören.

»Dieser dreckige Dieb«, zischte er, während er aufgebracht an dem Siegelring an seiner Rechten drehte. Dem gleichen Ring, den dieses Ergebnis schmutziger Hurerei so schamlos entweihte! Dachte der Bursche vielleicht, dass er dadurch oder durch das nachgemachte Wappen auf seiner Brust zu einem Katzensteiner wurde?! Er ballte die Hände zu Fäusten.

Warum hatte Ottos Vater, Wulf von Katzenstein, auch so dumm sein müssen? Welcher Teufel hatte den alten Haudegen geritten, als er seinem Bastard – dem Vater dieses Emporkömmlings Falk – eine Summe vermacht hatte, die Otto noch immer die Tränen in die Augen trieb?

Aufgebracht starrte er in die Flammen des Feuers, das den Raum mit erstickender Wärme erfüllte. Ohne diese Torheit würde er selbst, Otto von Katzenstein, jetzt nicht am Rande des Ruins stehen! Das war es jedenfalls, was er sich seit dem Verlust von Ernte und Zucht im vergangenen Herbst einzureden versuchte. Eine Zeit lang betrachtete er die zerplatzenden Buchenscheite und beobachtete, wie die Flammen sie Stück für Stück auffraßen, während ihm immer klarer wurde, wer die Schuld an seinen Sorgen trug. Diese Verführerin und Schlange, die seinen Vater dazu getrieben hatte, Ehebruch mit ihr zu begehen – und einen Spross zu zeugen, dessen Ableger drohte, den Stamm zu ersticken, dem er entwachsen war!

Blinzelnd wandte er sich vom Spiel des Feuers ab und fuhr sich durch den blonden Schopf, den er sich am liebsten büschelweise ausgerissen hätte. Denn als wäre es nicht genug, dass der Bengel ihm das Erbe streitig gemacht hatte, war er seinem Großvater – Ottos Vater – zudem noch wie aus dem Gesicht geschnitten. Ottos schlanke Finger wanderten weiter zu dem dünnen Bart, der seine roten Wangen bedeckte. Wie oft er sich gewünscht hatte, Wulf von Katzensteins kantigen Kiefer und energisches Kinn geerbt zu haben anstatt die herzförmigen, weichen Züge seiner Mutter! Ein grimmiger Ausdruck trat in die wasserblauen Augen und sein Mund verzog sich zu einer harten Linie. Es war beinahe als wolle die Natur ihn verspotten. Mühsam rang er den Zorn nieder. All das würde bald nicht mehr von Bedeutung sein! Denn während des demütigenden Schauspieles bei Tisch hatte Otto die Schwäche ausgemacht, die dem Burschen den Hals brechen würde.

Während er beim Abendessen das Misstrauen des Verwalters mit honigsüßer Konversation zu zerstreuen versucht hatte, hatte Otto seinen Neffen mit kühler Berechnung in Augenschein genommen. Und schon bald herausgefunden, was die Achillesferse des jungen Mannes war, der den Namen von Katzenstein vor sich hertrug wie einen Schutzschild. Unbeholfen wie ein staksiges Fohlen hatte der Bengel überdeutlich signalisiert, wie wichtig ihm die Anerkennung des älteren Verwandten war. Und obschon der Jüngere alles daran gesetzt hatte, diesen zu verbergen, war seinem Onkel der beinahe Mitleid erregende Eifer zu gefallen ins Auge gestochen. Trotz der warnenden Blicke seines Verwalters, war der Knabe bemüht gewesen, Otto mit allerhand prahlerischen Geschichten zu imponieren, und schon bald war ein Plan im Kopf des Ritters gereift, dessen Raffiniertheit ein Lächeln auf sein Gesicht zauberte.

Formbar wie Wachs, dachte Otto mit grimmiger Zufriedenheit. Verletzt und verunsichert durch den Tod seiner Eltern hatte sich der Bursche geradezu peinlich angebiedert, hatte Otto nachgerade angefleht, ihn als Familienmitglied zu akzeptieren. Deutlich war die Bewunderung in den unerfahrenen Zügen zu lesen gewesen, als der Junge Ottos Schwert neidisch beäugt hatte. Diese offensichtliche Verklärung des Ritterstandes und die ungezügelte Abenteuerlust der Jugend würden ihn zu Fall bringen. Ein bitterer Geschmack stieg in ihm auf und vertrieb die Genugtuung so schnell, wie sie gekommen war. Ritter! Mürrisch warf er das Kissen an die Kopfstütze, um sich mit dem Rücken dagegen zu lehnen. Als ob dieses Wort in Zeiten der Städtebünde und Adelsgesellschaften noch viel zählte! Nicht einmal einen Knappen konnte er sich mehr leisten, geschweige denn ein Gefolge wie seine reichen Standesgenossen. Er schnaubte verdrossen und wischte den Gedanken beiseite, bevor er sich zum wohl tausendsten Mal fragen konnte, ob es nicht klüger gewesen wäre, bereits vor Jahren der *Gesellschafft mit Sankt Wilhelm* des Grafen von Helfenstein beizutreten, anstatt allein sein Glück gegen Plünderer, Wurmseuchen, Missernten, Söldner und die gierigen Städter zu versuchen. Sein niedergetrampelter Stolz reckte sein Haupt. Nein. Wie viel süßer würde der Erfolg schmecken, wenn er dadurch zustande kam, dass er sich sein rechtmäßiges Erbe zurückholte!

～◎～

Der Schrei, mit dem Falk aus dem Schlaf aufgefahren war, hing noch im Raum. Mit rasendem Herzen befreite er sich von dem um seine Knöchel gewickelten Laken, kämpfte sich in eine aufrechte Position und atmete keuchend aus. Hustend versuchte er, den beißenden Rauch aus Nase und Lungen zu vertreiben. Doch wie immer, wenn er diesen Traum hatte, verblasste der Gestank zu der Erinnerung, die er war. Stöhnend schwang er die Beine aus dem Bett, stemmte die Ellenbogen auf die Knie und vergrub das schweißnasse Gesicht in den Händen. Noch immer schwebte der schreckliche Alb vor seinen Augen – beinahe als habe Falk ihn durch sein Erwachen aus dem Gefängnis der Traumwelt befreit. Schaudernd presste er die Lider aufeinander, doch das schien die hämische Teufelsfratze noch lebendiger zu machen. Rot wie Blut spannte sich die echsenartige Haut über einen ausgemergelten Leib, aus dessen Rückseite ein mit Hörnern bewehrter Kopf wuchs. In seinem Schlund verschwand eine riesige Schlange, welche ebenso mit pechschwarzen Schuppen gepanzert war wie die, die dem zweiten Kopf aus dem Ohr kroch. Messerscharfe Zähne glänzten feucht im Schein des Höllenfeuers, in dem sich vor Schmerzen brüllende Menschen wanden. Tief am Grunde des Höllenpfuhls wurden die Verdammten gegeißelt, zerteilt, mit Pech übergossen und immer und immer wieder bei lebendigem Leibe verbrannt.

Würgende Übelkeit ließ Falk aufspringen und zu dem offenen Fenster taumeln, wo er sich mit dem Oberkörper so weit hinauslehnte, dass er Gefahr lief, den Halt zu verlieren. Zitternd stemmte er die Hände auf das schmale Sims und rang die Panik nieder, die drohte, ihm die Sinne zu rauben. Gierig sog er die kühle Nachtluft ein, und bereits nach wenigen Augenblicken schwand der Schrecken, und sein unbekleideter Oberkörper überzog sich mit einer Gänsehaut.

Wann würde der Traum endlich aufhören, ihn mit der Regelmäßigkeit einer wiederkehrenden Plage aus dem Schlaf zu reißen?, fragte er sich, während sich ein pochender Kopfschmerz hinter seinen Augen ausbreitete. »Ihr Teil ist im See, der in Feuer und Schwefel brennt: Das ist der Tod, der zweite«, murmelte er die Worte, welche die grässlichen Bilder in seinen Verstand gepflanzt hatten. Zwar hatte sich der Priester in Straßburg durch eine großzügige Spende dazu überreden lassen, Falks Eltern auf dem Gottesacker beizusetzen, doch änderte dies nichts daran, dass sie ohne Beichte gestorben waren.

Als erwarte er sich Hilfe von dem mächtigen Himmelskörper, heftete der junge Mann den Blick der brennenden Augen auf den beinahe vollen Mond über den Dächern der Stadt. »Was soll ich nur tun?«, flüsterte er matt, während die Kälte, die sich allmählich in ihm ausbreitete, ihn frösteln ließ.

War es richtig gewesen, auf Lutz zu hören und nicht in einen Orden einzutreten? War es wirklich so, wie der alte Freund seines Vaters immer behauptete? Hatte tatsächlich jeder Mensch nicht nur das Recht auf sein eigenes Leben, sondern sogar die Pflicht dazu? Er wischte sich den dunklen Schopf aus der Stirn und zog die Unterlippe zwischen die Zähne. Sicherlich, er stiftete jeden Monat eine beträchtliche Summe an die Klöster der Stadt, damit die Brüder für das Seelenheil seiner verstorbenen Eltern beteten. Doch nagte immer öfter ein heftiges Schuldgefühl an ihm, da er nicht selber häufig genug Fürbitte halten konnte. Würden die Gebete eines Familienmitgliedes die Qualen, welche die Seelen bis zur Abbüßung ihrer Sündenstrafen im Fegefeuer erlitten, nicht viel eher lindern als die eines Fremden?

Mit hängendem Kopf wandte er sich vom Fenster ab und tastete sich im fahlen Licht des Mondes zurück zu seinem Bett. Halt suchend griff er nach dem aus kostbarem Elfenbein geschnitzten Kruzifix an seinem Hals und rollte sich auf der klammen Decke zusammen. Was, wenn das erkaufte Flehen nicht ausreichte, um seinen Vater und seine Mutter von ihrer Schuld zu befreien? Was, wenn er sie durch seinen Eigennutz dazu verdammte, auf ewig in die Hölle zu fahren? Ein verzweifelter Laut fand den Weg über seine Lippen. Warum hatte der Brand ausgerechnet sie rauben müssen? Was hatten seine Eltern getan, um Gottes Zorn auf sich zu ziehen? Eine lange Zeit haderte er mit dem Schicksal, das vor etwas mehr als einem Jahr die Menschen aus seinem Leben gerissen hatte, die ihm mehr bedeutet hatten als alles andere auf der Welt.

Als ihn jedoch nach wenigen Minuten in der Düsternis erneut Schreckensbilder belagerten, stemmte er sich in die Höhe, schob sich zur Bettkante und setzte die nackten Füße auf den Steinboden. Mit schweren Gliedern zog er Hemd und Hose an, wickelte einen Mantel um die Schultern und schlich auf Zehenspitzen zur Tür. Auf keinen Fall wollte er seinem Onkel oder einem anderen Bewohner des Hauses begegnen. Nachdem er einige Herzschläge lang in die Dunkelheit gelauscht hatte, huschte er an der Stube vorbei die Treppen ins Erdgeschoss hinab, öffnete die von innen verriegelte Pforte, die in den Hof führte, und stahl sich auf leisen Sohlen in eines der Stallgebäude. Dort schlüpfte er in eine leere Box, wo er sich auf einen Strohballen sinken ließ. Noch etwas, das er außer dem hünenhaften Wuchs und den dunklen Zügen von seinem Vater geerbt hatte, dachte er wehmütig, während sich die erste Träne aus seinen Wimpern löste.

Auch dieser hatte die Vertrautheit des Stalles gesucht, wann immer er über etwas hatte nachdenken müssen. Die Schwermut schnürte ihm die Luft ab. Wie oft hatte er sich als Knabe hinter seinem Vater in die Sattelgasse geschlichen, um ihm in diesen einsamen Stunden Gesellschaft zu leisten – auch wenn dieser nichts davon gewusst hatte.

Wütend über die eigene Schwäche fuhr er sich mit dem Handrücken über die Augen und biss die Zähne aufeinander. Warum hatte Otto von Katzenstein die Wunde wieder aufreißen müssen?, dachte er aufgebracht. Denn wenngleich er den etwas spröde wirkenden Ritter bewunderte und sich wünschte, einen bleibenden Eindruck bei ihm hinterlassen zu haben, hegte er im Moment einen beträchtlichen Groll gegen ihn. Er nestelte fahrig an einem lose von seinem Hemd herabhängenden Faden, den er sich geistesabwesend um den Zeigefinger wickelte. Nachdem er sich endlich dazu durchgerungen hatte, das zwar angenehme aber eher langweilige Leben eines Pferdehändlers zu führen, musste ausgerechnet der Halbbruder seines Vaters auftauchen und seinen Entschluss ins Wanken bringen! War es nicht schwierig genug gewesen, die Ausbildung zum Steinmetz unabgeschlossen an den Nagel zu hängen? Hatte er nicht genug Talent besessen, um Bildhauer zu werden? Der Faden schnürte ihm das Blut im Finger ab, und so befreite er ihn hastig von der selbst angelegten Fessel, biss den Faden ab und spuckte ihn ins Stroh.

Er ließ frustriert die Luft durch die Nase entweichen. Wie sollte er die in seinem Herzen brennende Abenteuerlust auslöschen? War es nicht auch ein Abenteuer, die Zucht, welche sein Vater so mühsam neben der Tätigkeit als Steinmetz aufgebaut und gepflegt hatte, zu erweitern und zu verbessern? Das verhaltene Wiehern einer Stute ließ ihn aufblicken, und er schüttelte den Kopf. Es hatte keinen Sinn, sich zu belügen. Nach wie vor würde er alles dafür geben, in die Welt zu ziehen und wie sein Vater und Großvater, Ulrich von Ensingen, auf Baustellen in aller Herren Länder zu arbeiten. An Bauwerken von solcher Erhabenheit und Schönheit mitzuwirken, dass die Menschen in tausend Jahren noch von Ehrfurcht ergriffen würden. Ein Stachel bohrte sich in sein Herz, als er an das Ulmer Münster dachte. Wenn er doch nur ein Teil dieses Vorhabens sein könnte! Warum sollte es ihm nicht auch gelingen, Zucht und Handwerk miteinander zu verbinden?

Er stieß einen tiefen Seufzer aus. Lutz hatte gut reden. Wo hörte die Pflicht, sein eigenes Leben zu führen, auf und wo begann die Todsünde der Eitelkeit und des Stolzes? Lange Zeit starrte er in dumpfem Brüten vor sich hin, bis das einsetzende Gezwitscher der Vögel die nahende Dämmerung verkündete. Warum nur herrschte solch ein Durcheinander in ihm? Wie konnte er sicher sein, keinen Fehler zu begehen? Einerseits schien die Jenseitsstrafe seiner Eltern ihn dazu zu verpflichten, ein Leben in Andacht und Buße zu führen; andererseits schien das, was sein Vater zu Lebzeiten geschaffen hatte, ihn dazu zu zwingen, diesen Reichtum zu mehren. Und zu guter Letzt schien es, als sei das Auftauchen Otto von Katzensteins als Hinweis zu deuten, dass das Leben ihm mehr zu bieten hatte. Er senkte den immer noch schmerzenden Kopf. Eines war ihm in den langen Stunden des Grübelns klar geworden. Er war an einem Scheideweg angekommen. Und dieses Mal war er auf sich allein gestellt. Seit der Vollendung seines fünfzehnten Lebensjahres war er ein Mann, und als solcher musste er seine Entscheidungen ohne die Hilfe treffen, die Lutz ihm stets so bereitwillig angeboten hatte. Dieses Mal würde ihm niemand einflüstern, welcher Weg der richtige war.

Als das Klappern von Werkzeugen verkündete, dass die Knechte und Mägde ihr Tagwerk begonnen hatten, reckte er die steifen Glieder, straffte die Schultern und verließ seinen

Zufluchtsort. Es half alles nichts: Vor den Anforderungen des Lebens konnte er nicht davonlaufen! Nachdem er einige verirrte Strohhalme aus dem Stoff seines Mantels gezupft hatte, setzte er ein gezwungenes Lächeln auf, griff nach einer Heugabel und tat so, als sei er vor allen anderen aufgestanden, um die Futterkrippen zu füllen.

KAPITEL 3

Bursa, Frühjahr 1400

Heute war der große Tag. Mit vor Aufregung zitternden Händen zupfte die dreizehnjährige Sapphira den Schleier auf ihrem Haar zurecht und stieß einen leisen Schrei aus, als Zehra ihr eine kalte Hand in den Nacken legte.

»Du glühst, Kind«, sagte die Schwester des *Hekims* – des Arztes, unter dessen Dach sie die letzten drei Jahre als Helferin zugebracht hatte. »Hast du Fieber?« Die Hoffnung, die in ihrer Stimme mitschwang, war nicht zu überhören. »Wenn du krank bist, wird der Eunuch jemand anderen auswählen müssen.« Die kohlschwarzen Augen glänzten verdächtig, als sie dem jungen Mädchen über die samtige Wange strich, die ebenso erhitzt brannte wie seine Stirn.

»Nein!«, protestierte ihre zierliche Schutzbefohlene eifrig und griff nach dem mit einem tropfenförmigen Edelstein verzierten Diadem, das ihr der *Hekim* zum Abschied geschenkt hatte. »Ich bin nur so furchtbar aufgeregt!« Nervös trat sie von einem Bein auf das andere, als Zehra ihr mit einem Seufzen in die blutrote *Hirka* half – den eng anliegenden, kurzen Rock, der durch seine Schnürung ihre kleine, straffe Brust betonte.

Wenngleich ihre Haut zudem von einem *Gömlek* – einer Tunika aus feinstem Leinen – bedeckt war, kam Sapphira sich beinahe nackt vor. Ohnehin fühlten sich all die kostbaren, schmeichelnden Stoffe ungewohnt an, da sie bisher die einfache Kleidung der Bediensteten getragen hatte. »Was, wenn der Sultan mich erwählt?«, fragte sie mit bebender Stimme. Allein die Vorstellung, dem mächtigsten Mann der Welt, den die Osmanen den Schatten Gottes auf Erden nannten, zu begegnen, machte sie schwindelig.

»Dann wirst du *Allah* danken und alles tun, um dich der Ehre würdig zu erweisen«, erwiderte Zehra mechanisch, während sie die hölzernen Sandalen über Sapphiras senfgelben Strümpfen befestigte. Nachdem sie den Sitz ein letztes Mal überprüft hatte, kam sie schnaufend zurück auf die Beine und betrachtete ihr Werk. »Wenn du doch nur hier bleiben könntest!«, platzte es nach einigen schweren Atemzügen aus ihr heraus. Während eine Träne über ihre faltige Wange kullerte, schloss sie das Mädchen in die Arme, presste es an ihren üppigen Busen und wiegte es einige Momente lang wie ein Kind. Dann ließ sie von der jungen Frau ab, nahm ihre Hände in die ihren und küsste ihre Fingerspitzen.

»Geh dich verabschieden«, sagte sie niedergeschlagen, da sie – ebenso wie Sapphira – wusste, dass nichts den *Hekim* dazu bewegen würde, das gewinnbringende Geschäft rückgängig zu machen. Dazu hatte der *Kizlar Agha*, der oberste Hofeunuch, dem alten Heiler ein zu gutes Angebot gemacht.

Da das Sehvermögen des Arztes in den vergangenen Monaten mehr und mehr geschwunden war, hatte er diese Gelegenheit beim Schopfe packen müssen; auch wenn ihm die Trennung von dem jungen Mädchen, das er beinahe wie eine Tochter behandelt hatte, so sehr an die Nieren ging, dass er ihr bereits am Abend zuvor Lebewohl gesagt hatte.

Mit einem Mal ernst, verneigte sich Sapphira, bevor sie sich auf die Zehenspitzen reckte, um Zehra einen flüchtigen Kuss auf die Wange zu hauchen. »Du wirst mir fehlen«, flüsterte sie und wandte sich hastig ab, um das zu tun, was sie den gesamten Vormittag vor sich hergeschoben hatte.

Mit gesenktem Kopf huschte sie in den angrenzenden Raum, in dem neben Regenwürmern, lebenden Schlangen, toten Seidenraupen und geriebenen Skarabäen auch so alltägliche Dinge wie Honig, Wachs, Fenchel, Salbei und Flohkraut aufbewahrt wurden. Ein letztes Mal sog sie das Gemisch aus unterschiedlichen Gerüchen ein, bevor sie einen schweren Vorhang zur Seite zog und eine Kammer betrat, in der ein entsetzlich abgemagerter Greis auf einem Lager aus Fellen ruhte. Das Geräusch seines rasselnden Atems ging beinahe unter in dem von der Straße hereindringenden Lärm, und selbst die leicht qualmenden Weihrauchlämpchen konnten den Geruch des Todes kaum überdecken.

Als sie sich dem alten Mann näherte, fuhr Sapphira ein Stich der Trauer ins Herz, da sie mit einem Blick erkannte, dass er nicht mehr lange zu leben hatte. »Ach, Yahya«, wisperte sie und ließ sich, ohne zu zögern, auf der Bettkante nieder, um nach der knochigen Hand des Greises zu greifen, der seit einigen Tagen im Haus des *Hekims* untergebracht war. Was sie schon gewusst hatte, bestätigte sich: Er starb. Mühsam schluckte sie die Tränen, die drohten, die schwarze Umrandung ihrer Augen zu verwischen, und versenkte sich in das, was sie spürte.

Seit ihrer frühesten Kindheit hatte sie nicht nur die Gabe, die Empfindungen anderer zu fühlen als wären es ihre eigenen. Ein Blick genügte, um ihr das meist verborgene Wesen eines Gegenübers zu offenbaren. Wenngleich nicht bei allen, erschien es oft als wären die Menschen mit einer Farbe umgeben; ein Eindruck, der allerdings sofort verblasste, sobald sie genauer hinsah – beinahe als spielten ihre Sinne ihr einen Streich.

Mit schwerem Herzen drückte sie die pergamentartige Haut des Kranken an ihre Wange, während ihr Geist mit dem seinen sprach. Ohne ein einziges Wort zu verlieren, teilte sie ihm die Trauer mit, die sie erfüllte, während sie im Gegenzug die Gelassenheit empfing, mit der er seiner Reise in die jenseitige Welt entgegensah.

Während sie noch in diesem inneren Dialog gefangen war, sah sie das schwache Azurblau, das sie stets um ihn herum wahrgenommen hatte, ein letztes Mal aufleuchten, bevor es verblasste und sein Puls aufhörte zu schlagen.

»Geh in Frieden«, flüsterte sie erstickt und rang das Gefühl des Verlustes nieder. Er hatte ein erfülltes Leben geführt, und als guter Mensch würde er sicherlich auch als Falschgläubiger in das Reich Gottes eingehen, dachte sie.

Nachdem sie noch eine Zeit lang an seiner Seite verweilt hatte, erhob sie sich, strich ihm die federdünnen Haare aus der Stirn und verließ die Kammer. Um bereits im Nebenraum gegen eine Wand aus pulsierender Macht zu prallen.

Beinahe greifbar hing die bedrohliche Gegenwart in der Luft, und ohne ihn zu sehen, wusste sie, dass der *Kizlar Agha* eingetroffen war, um seinen Kauf abzuholen. Mit eingezogenem Kopf duckte sie sich durch den niedrigen Durchgang und fror in der Bewegung ein, als sie den riesenhaften in Prunkgewänder gehüllten Mann erblickte, der soeben von einem männlichen Bediensteten hereingeführt wurde. Schwarz und schimmernd wie das Fell eines Panthers spannte sich die eingeölte Haut des Eunuchen über kühn hervortretende Wangenknochen, deren Schwung dem der leicht gebogenen Nase in nichts nachstand. »Ist sie das?«, fragte er herrisch; und als Zehra stumm nickte, trat er auf das Mädchen zu und packte es grob an den Oberarmen. Wie eiserne Zwingen schlossen sich seine Pranken um sie. Schwer und erstickend hüllte sie der von ihm ausströmende Opiumduft ein und unwillkürlich wollte sie einen Schritt vor ihm zurückweichen. Sie hatte den Mund bereits zu einem Protestlaut geöffnet, als er sie ohne Kommentar wieder losließ. Glühenden Kohlen gleich wanderten seine leicht mandelförmigen Augen über ihr Gesicht, an ihrer Vorderseite hinab bis zu ihren Zehen, die unter dem Saum der *Hirka* hervorlugten. »Der *Padischah* wird zufrieden sein«, stieß er in einer nicht zu seiner Erscheinung passenden Fistelstimme hervor, die Sapphira einen Schauer über den Rücken jagte. »Bezahl den Mann«, wies er einen Kahlgeschorenen an, der sich mit einer Verneigung aus dem Raum drückte, um das Geschäft mit dem *Hekim* zu besiegeln. Daraufhin wandte er Zehra ohne weitere Höflichkeitsfloskeln den Rücken und gab zwei jungen Burschen zu verstehen, Sapphira in ihre Mitte zu nehmen.

Hin und her gerissen zwischen zurückkehrender Aufregung und der allmählich in ihr aufsteigenden Furcht, schlug die junge Frau die Augen nieder und folgte den beiden Sklaven hinaus in die Hitze des Tages. Vor der Tür gab ihr der *Kizlar Agha* zu verstehen, in eine der bereitstehenden Sänften zu klettern, und während sie mit weichen Knien dem Befehl Folge leistete, fragte sie sich, wer sich wohl hinter den dichten Vorhängen der anderen beiden Tragsessel verbarg. Diese wurden – genau wie der ihre – von vier gut gebauten Dienern aufgenommen, und bevor die junge Frau weiter darüber nachgrübeln konnte, schnitt ihr das fallende Tuch die Sicht ab.

Eingehüllt von künstlichem Dämmerlicht empfand sie die schaukelnde Bewegung beinahe als angenehm; und nachdem sich ihre anfängliche Versteifung gelöst hatte, ließ sie sich behutsam nach hinten sinken. Mit heftig klopfendem Herzen rückte sie die seidenen Kissen unter sich zurecht, zog die Beine an den Körper und malte sich aus, wie sie sich dem prächtigen Bayezid *Yilderim* zu Füßen werfen würde. Schaudernd vor Ehrfurcht zupfte sie einige Strähnen aus dem streng geflochtenen Zopf, der bis auf ihre Hüfte fiel, und befeuchtete die Lippen. Hatte der *Kizlar Agha* nicht deutlich gemacht, dass der Sultan nach einer neuen Gespielin suchte? Was, wenn er sie zu seiner Lieblingskonkubine machte, und sie ihm einen Sohn gebar? Ihr Puls beschleunigte sich weiter. Einen Sohn, der vielleicht der zukünftige Herrscher des Reiches werden würde? Sie schloss die Augen. *Valide Sultan* – Königsmutter! Vom *Padischah* mit Gold und Juwelen überhäuft, die einflussreichste Frau der gesamten östlichen Welt. Diese Vorstellung ließ sie die Handflächen aneinanderlegen und ein stilles Gebet zum Himmel schicken. Verzeih mir, Herr, denn ich werde sündigen, dachte sie mit weniger Reue, als es sich geziemt hätte. Zwar hatte sie all die Zeit im Haushalt des *Hekims* an dem christlichen Glauben ihrer Kindheit festgehalten. Doch schien es ihr oft als interessiere sich Gott nicht besonders für die Frauen. Und wenn *Valide Sultan* werden hieß, gegen christliche Gebote zu verstoßen, dann würde sie dieses Risiko auf sich nehmen. Ein Prickeln kroch über ihre Kopfhaut, als sie sich vorstellte, wie der Herrscher des gewaltigen Osmanenreiches sie auf Händen tragen, ihren Körper mit Liebkosungen übersäen und

Nacht für Nacht das Lager mit ihr teilen würde, während er all seine anderen Frauen und Konkubinen vernachlässigte. Aber dann kehrte die Bangigkeit zurück. Was, wenn sie ihn nicht zufriedenstellen konnte? Wenn sie diese eine Chance, sich seine Zuneigung zu sichern, verstreichen ließ, weil sie unerfahren war in den Künsten der Liebe?

Sie verlagerte ihr Gewicht von einer Seite auf die andere. Wenn Zehra sie doch nur aufgeklärt hätte über all die Dinge, die eine Frau wissen musste! Nervös nestelte sie an einem der Perlenohrringe, die ebenfalls ein Geschenk ihres ehemaligen Herrn waren. Bevor sie sich jedoch in ihre Sorge hineinsteigern konnte, machte der Zug mit einem Ruck Halt, und ihre Sänfte wurde ruppig auf dem Boden abgesetzt. Stirnrunzelnd rieb sie sich den Ellenbogen, während sie auf das plötzlich einsetzende Geschrei lauschte, das sich bereits nach wenigen Sekunden mit dem Kläffen von Kötern und dem Wiehern der Reittiere vermischte, auf denen die bewaffneten Wächter und der *Kizlar Agha* thronten.

»Hör auf, dich zu sträuben!«, donnerte ein Bass, dem kurz darauf das Geräusch eines Schlages folgte.

»Lasst das!«, mischte sich der oberste Hofeunuch ein, dessen Stimme in solch auffälligem Kontrast zu der des anderen Mannes stand, dass Sapphira das Gesicht verzog.

Was im Namen aller Heiligen ging dort draußen vor sich? Vorsichtig schob sie sich an die in allen Farben leuchtenden Vorhänge heran und schälte Schicht für Schicht von dem kleinen Fensterchen zurück. Da sie es nicht wagte, mit mehr als einem Auge hinaus zu lugen, bot ihr der winzige Spalt nicht viel Sicht; und dennoch genügte das, was sie erspähte, um sie hastig zurück ins Innere der Sänfte kriechen zu lassen.

Keine vier Schritte von ihrem Tragsessel entfernt hatten vier Kerle ein schlankes, hochgewachsenes Mädchen an allen Vieren gepackt, da dieses so heftig um sich trat und schlug, dass nicht nur sein Schleier, sondern seine gesamte Kleidung verrutscht war. Hysterisch kreischte es etwas in einer Sprache, die Sapphira nicht verstand, spuckte nach dem *Kizlar Agha* und biss nach dem Arm eines der Eunuchen, der es von hinten umklammert hielt.

»Ich sagte, lasst das!« Als handle es sich um die Hand eines Kindes, zwang der *Agha* die erhobene Faust eines fetten, schmucküberladenen Mannes an dessen Seite zurück. »Ihr habt den Kaufpreis bereits erhalten. Beschädigt also die Ware nicht! Meine Männer werden schon mit ihr fertig.« Damit gab er dem Sklavenhändler mit einem Wink zu verstehen, dass er sich zurückziehen konnte. »Fesselt sie mit Seidentüchern«, befahl er seinen Untergebenen. »Keine Druckstellen oder Kratzer.«

Obschon Sapphira das andere Mädchen leidtat, breitete sich kalte Eifersucht in ihr aus. Zwar hatte sie nur einen kurzen Blick auf die Sklavin erhascht, doch genügte dieser, um sie mit Neid zu erfüllen. Wohingegen ihr eigenes Haar schwarzblau schimmerte und glatt bis zu ihrer Rückseite reichte, umfloss den Kopf dieser hellhäutigen Schönheit eine Flut aus ungebändigten goldenen Locken, die in westlicher Manier zurechtgemacht waren. Und während Sapphira immer stolz gewesen war auf ihre klaren, kornblumenblauen Augen, blitzten die der anderen in einem angriffslustigen Smaragdgrün. Derweil sie dem durch einen Knebel gedämpften Schimpfen der jungen Frau lauschte, überlegte sie sich, wie sie sie ausstechen konnte. Sicherlich legte der Sultan keinen Wert auf eine Furie, dachte sie mit neuer Zuversicht. Was konnte ein Herrscher schon mit einer Frau anfangen wollen, die es nicht für eine Ehre hielt, von ihm berührt zu werden und ihm zu Willen zu sein?

Während sie sich erneut in ihre Gedanken vertiefte, nahm der Zug seinen Weg wieder auf, bis sie schließlich nach einer guten halben Stunde am äußeren Tor des Palastes angekommen waren, dessen gewaltige Moschee die Ringmauern weit sichtbar überragte.

Da Sapphira sich vor den kriegerischen *Janitscharen* – der Leibgarde des Sultans – fürchtete, schlang sie die Arme um die angezogenen Beine und horchte auf das Treiben in den äußeren beiden Höfen. Wie jeder Einwohner der Stadt Bursa wusste auch sie, dass nur der erste Palasthof für die Öffentlichkeit zugänglich war. Dort konnten einfache Untertanen Klagen und Bitten vorbringen, wohingegen im zweiten Hof ausländische Abgesandte empfangen wurden und der *Diwan* tagte, dem in Abwesenheit des Sultans der Großwesir vorsaß. Doch den dritten Hof, die innerste und heiligste Stätte – den *Harem* – betrat man nur, wenn man in die Familie des *Padischahs* eintrat; und als *Kul* oder Sklave wurde man ein Teil dieser Palastfamilie.

Als die Sänftenträger zum Stehen kamen, machte ihr Magen einen Überschlag. Es war so weit! Bald würden sich ihre kühnsten Träume erfüllen. Geblendet kniff sie die Augen zusammen, als ein schwarzer Eunuch den Vorhang zurückschlug und ihr eine schmale Leiter hinabhalf, die ein etwa siebenjähriger Knabe hastig angelegt hatte.

»Bringt sie ins *Hamam*«, wies der *Kizlar Agha* seine Untergebenen an.

Und während Sapphira – verzaubert von der Pracht und Schönheit des Palastes – nicht wusste, wohin sie ihren Blick zuerst wenden sollte, wurden die anderen beiden Neuzugänge bereits auf das gewaltige Gebäude zu ihrer Rechten zugetrieben.

KAPITEL 4

IMMER NOCH SPRACHLOS vor Staunen stolperte Sapphira vor ihrem Bewacher her. Nicht nur die Gärten und Wasserspiele, sondern auch die schillernden Seidenteppiche und Wandbehänge im Eingangsbereich des Palastes überwältigten sie. Durch überwölbte Hallen und Höfe näherten sie sich dem im Herzen der Anlage gelegenen *Hamam*, dem Badehaus, aus dem eine betörende Mischung aus Düften ins Freie drang. Hoch über ihren Köpfen zwitscherten farbenprächtige Singvögel, die von einem feinmaschigen Netz davon abgehalten wurden, in die Freiheit zu entfliehen. Rings um das Bad befand sich ein breiter Grünstreifen, auf dem Rosenbüsche, Kamelien, Magnolien und Azaleen wuchsen.

Am Eingang des *Hamams* wurden sie von einer unscheinbar wirkenden Frau mittleren Alters empfangen, die sich als *Natir*, – die Badefrau – herausstellte.

»Du weißt, was du zu tun hast«, fuhr der *Agha* sie unfreundlich an, woraufhin sie sich schweigend vor ihm verneigte. »Und ihr gebt acht, dass es keine Schwierigkeiten mit dieser hier gibt«, wies er seine Untergebenen an, die ebenso wie er selbst zu der Gruppe der *Sandali*, – der vollkastrierten Eunuchen – zählten. Diese – allesamt schwarz – wurden nicht als männlich angesehen, womit der Umgang mit den Frauen des Sultans für sie kein Verbrechen darstellte – auch wenn diese unbekleidet waren.

Kaum hatte der *Agha* der Gruppe den Rücken gewandt, um seinen Herrn von der Ankunft der Mädchen zu unterrichten, nahm einer der Männer der blonden Sklavin die Fesseln ab. Mit erhobenem Zeigefinger warnte er sie davor, erneut eine Szene zu machen und ergriff ihren Arm.

»Kommt«, forderte die *Natir* die jungen Frauen auf und geleitete sie über einen auf Hochglanz polierten Fliesenboden in einen Umkleideraum, in dem sie sich ihrer Gewänder entledigten. Wenngleich Sapphiras Aufregung ihr inzwischen beinahe die Luft zum Atmen raubte, ließ sie den Blick unter gesenkten Lidern über die Körper der andern Mädchen wandern.

Wie erwartet waren die Formen der Blonden vollkommen. Lange, schlanke Beine gingen in eine sanft geschwungene Hüfte über, und über einem leicht gewölbten Bauch prangte ein Paar vollkommene Brüste. Wie Sapphira selbst war die junge Frau am gesamten Körper enthaart. Doch wohingegen ihr eigenes Geschlecht sich sittsam in einer Falte verbarg, schockierte die Scham der anderen durch die Sichtbarkeit dessen, was die Dichter »süße Dattel« nannten. Wie die Blüte einer verlockenden Blume, dachte das Mädchen, das sich mit einem Mal unscheinbar und gewöhnlich vorkam. Wie sollte sie gegen solche Reize bestehen?

Auch die andere Sklavin, die der *Agha* erstanden hatte, bestach durch makellose Schönheit. Während die Haut des blonden Mädchens so weiß war, dass sie beinahe durchscheinend wirkte, glich der Ton der anderen Frau dem des *Kizlar Agha*. In einem Gesicht, das so dunkel war, dass man kaum ihre Züge ausmachen konnte, schimmerten zwei Reihen blitzender Zähne, die ebenso auffällig waren wie das Weiß ihrer Augen. Und keine der anderen beiden wurde durch ein Muttermal entstellt. Beschämt tastete Sapphira nach dem Makel an der Innenseite ihres linken Oberschenkels. Während sich die Badehelfer an ihr zu schaffen machten, wunderte sie sich, warum der Hofeunuch sie ausgesucht hatte.

»Die Gewänder braucht ihr nicht mehr«, unterbrach die *Natir* ihre Gedanken. »Ihr bekommt neue.« Mit diesen Worten scheuchte sie die drei entkleideten Mädchen in einen Raum, in dem aus Springbrunnen Wasser in mehrere Becken plätscherte.

Nachdem die Mädchen mit einer Seife aus Olivenöl abgeschrubbt worden waren, füllten die Badegehilfen vergoldete Kupferschalen und übergossen sie so lange mit lauwarmem Wasser, bis selbst der kleinste Rest Schaum beseitigt war. Danach führte man sie ins *Hararet*, die Dampfkammer, in der sie eine weitere ausgiebige Hautreinigung und Massage über sich ergehen lassen mussten. Während all der Zeit verlor keines der Mädchen ein Wort, da sich die Beklemmung allmählich in offene Furcht verwandelte. Als die *Natir* jeweils zwei Eunuchen anwies, die jungen Frauen an den Liegen festzubinden, auf denen sie sich hatten niederlassen müssen, fing die blonde Sklavin an zu schluchzen.

»Hör auf zu heulen«, herrschte die Badefrau sie an und griff grob nach ihren Beinen, die sie mit geübten Handgriffen auseinander zwang.

Während sich das Weinen des Mädchens verstärkte, gab sie einem der Männer ein Zeichen, ihr den Mund zuzuhalten, und fuhr mit einem Finger in sie hinein. Nachdem sie eine Weile geprobt und getestet hatte, zog sie die Hand zurück und nickte stumm. Daraufhin trat sie neben Sapphira, deren Rücken sich mit einer Gänsehaut überzog, da sie wusste, was ihr bevorstand. Denn das hatte selbst Zehra nicht von ihr fernhalten können. Zu oft hatte sie geholfen, die zahllosen Kinder der Bewohnerinnen ihres Stadtbezirkes auf die Welt zu bringen. Daher öffnete sie bereitwillig ihre Schenkel und hoffte, dass die Prozedur genauso schnell vorüber sein würde wie bei dem anderen Mädchen, das immer noch leise weinte. Darum bemüht, nicht zu verkrampfen, spürte sie, wie die

Hand der *Natir* ihre geheimste Stelle suchte, diese fand und in sie hineinstieß; und trotz der Scham, die ihre Wangen mit Feuer überzog, bereitete ihr die Berührung ein seltsam angenehmes Gefühl. Erst als die Badefrau tiefer forschte, durchzuckte sie ein Stich, der sie beinahe hätte aufschreien lassen.

»Diese ist ebenfalls unberührt«, verkündete die Frau sachlich, nachdem sie mit Sapphira fertig war.

Als auch die dritte Sklavin den Test bestanden hatte, beorderte sie die Mädchen in den *Soguluk*, einen Raum, in dem sie sich nach weiteren Wassergüssen ausruhen und abkühlen konnten. Nachdem jeweils zwei Gehilfen sie mit einer betörend duftenden Essenz aus Weidenblütenextrakt, Lotus- und Rosenwasser eingerieben hatten, wurden sie schließlich durch einen tulpenförmigen Durchgang in ein geräumiges Gemach geführt, dessen Wände von Diwanen und Bänken gesäumt wurden. Dort kleidete man sie in je ein durchscheinendes Gewand aus flüsterndem Seidenstoff, der sich anfühlte wie ein Kuss des Wüstenwindes, als Sapphira ihre Finger über das feine Gewebe gleiten ließ.

»Wartet hier«, wies die *Natir* sie an, bevor sie in einen Nebenraum verschwand, aus dem sie wenig später mit drei weiteren, ebenfalls atemberaubend schönen Mädchen zurückkehrte – deren Selbstbewusstsein verriet, dass sie schon länger Mitglieder des *Harems* sein mussten.

Gefolgt wurden sie von einer prunkvoll gekleideten, halb verschleierten Dame, deren Haar von goldenen Bändern zusammengehalten wurde.

»Verneigt euch vor der Schönsten aller Schönen, der Mutter des Morgentaus, der *Valide Sultan*«, herrschte einer der Eunuchen die Mädchen an, die augenblicklich in einer tiefen Verbeugung versanken.

Steif, unsicher und mit schwitzenden Handflächen wartete Sapphira darauf, dass die mächtige Dame ihr gestattete, sich aufzurichten. Als sie endlich vor sie trat, erschrak das Mädchen über die Härte in den Zügen der Sultansmutter. Kalte, graue Augen bohrten sich für den Bruchteil einer Sekunde in den Blick der jungen Frau, bevor diese eingeschüchtert die Lider niederschlug. Nachdem die *Valide* auch die anderen beiden Neuzugänge begutachtet hatte, nickte sie wortlos und zog sich hinter einen Vorhang zurück, den Sapphira erst jetzt bemerkte.

Was würde nun geschehen?, fragte sie sich. Doch noch während sie sich die Möglichkeiten ausmalte, öffnete sich eine schwere Tür in der östlichen Wand des Gemaches und Sultan Bayezid Khan überschritt die Schwelle.

Sapphira stockte der Atem. Es war, als hätte die Sonne mit ihm den Raum betreten. Umgeben von einem hellen Glanz stach er alles aus, was die junge Frau in ihrem bisherigen Leben gesehen hatte. Für die Dauer eines einzigen Wimpernschlages starrte sie den Herrscher des Osmanischen Reiches an, dann sank sie nieder, küsste den Boden und berührte mit der Stirn die kalten Fliesen. Bebend vor Ehrfurcht nahm sie die unglaubliche Macht wahr, die von ihm ausstrahlte, den Raum erfüllte und zu sprengen drohte.

»Erhebt euch«, befahl er schließlich knapp, nachdem er einige Male um die kauernden Frauen herumgegangen war und sie von vorne und hinten in Augenschein genommen hatte.

Zitternd wie Espenlaub kam Sapphira auf die Beine und fürchtete, in Ohnmacht zu fallen, als Bayezid sich direkt vor ihr aufbaute und sie eingehend musterte. Nicht in der Lage zu schlucken, starrte sie verkrampft auf die goldbestickte Borte seines Brokatkaftans, während der *Padischah* mit zwei Fingern ihr Kinn und die Linien ihrer Schultern nachzeichnete, bis er den tiefen Ausschnitt des seidenen Überwurfes erreicht hatte.

»Zieht euch aus«, forderte er mit einer Stimme, die in Sapphiras Ohren klang wie das Grollen eines Donners.

So dicht stand der mächtige Herrscher vor ihr, dass sie die Wärme spüren konnte, die von seinem muskulösen Körper ausging. Sein breiter Brustkorb befand sich direkt vor ihrer Nase, und als sie die durchsichtige Hülle zu Boden gleiten ließ, spürte sie, wie Erregung ihre Glieder durchflutete. Ohne Vorwarnung schoss ihr die Röte in die Wangen, als sie sich dabei ertappte, wie sie sich wünschte, dass er sie auf der Stelle berührte; seine schwieligen Pranken auf ihren Körper legte und sie in die Geheimnisse der Lust einweihte, die er zweifelsohne beherrschte wie sonst kein Mann auf Gottes Erdboden. Schaudernd harrte sie aus, während Bayezid sie mehrmals umrundete, und zuckte zusammen, als sie seinen Atem auf ihrem Haar spürte.

Nur unter Aufbietung aller Selbstbeherrschung unterdrückte sie einen Laut, als er über ihre Hinterbacken strich und murmelte: »Geschmeidig wie eine Bergantilope.«

Entgegen aller Anstrengungen kam ihr Atem inzwischen kurz und stoßweise, und die Feuchtigkeit zwischen ihren Beinen ließ sie diese unvermittelt zusammenpressen.

»Nicht so schüchtern«, brummte der Sultan und umspielte neckend mit den Fingerspitzen ihr Geschlecht.

Wider Willen entfloh ihr ein leises Stöhnen.

»Ein bisschen scheu«, bemerkte er schließlich an den *Kizlar Agha* gewandt, »aber durchaus eine Köstlichkeit, von der zu naschen es sich lohnen könnte.« Damit ließ er von Sapphira ab, die mit brennendem Gesicht auf ihre Zehenspitzen starrte, während in ihrem Inneren ein Sturm der Gefühle tobte.

Stunden schienen vergangen, als wie aus der Ferne Worte an ihr Ohr drangen, die ihr Herz erkalten ließen. »Anmut gepaart mit Temperament«, schwärmte Bayezid, der inzwischen bei der blonden Sklavin angelangt war, die ihm trotzig das Kinn entgegenreckte. »Schön wie die Mondsichel im Monat *Sha'ban*«, hauchte er und nahm ihr Gesicht in beide Hände, um sie zu zwingen, ihm in die Augen zu blicken. »Hitzig wie eine wilde Stute, Wangen wie roter Mohn.« Seine Stimme war heiser vor Erregung. »Diese und keine andere«, beschied er schließlich an den *Kizlar Agha* gewandt, der augenblicklich die Blonde bei den Armen packte und sie unter hysterischem Protest nach nebenan führte, wo eine zuschlagende Tür ihre Schreie abschnitt.

Als habe ihr jemand einen Dolch in die Brust gestoßen, sackte Sapphira auf die Knie und beobachtete durch einen Tränenschleier, wie der *Padischah* in die Hände klatschte und mit den Eunuchen in seinem Gefolge davonschlenderte. Was als Geste des Respekts gedeutet werden konnte, war jedoch viel mehr ein Zeichen der bodenlosen Verzweiflung, die ihr die Kontrolle über ihre Glieder geraubt hatte. Schluchzend kauerte sie sich zusammen und verbarg das Gesicht hinter dem Vorhang ihres dichten Haares, während sie sich wünschte, tot zu sein. Denn wie sollte sie es nur ertragen, nicht das Objekt seiner Begierde zu sein?

KAPITEL 5

Zufrieden mit seiner Entscheidung schürzte der Sultan die Lippen. Während er einem gefliesten Weg durch den Trakt seiner Mutter folgte, stahl sich ein Lächeln der Vorfreude auf sein Gesicht. Noch niemals zuvor hatte er ein Mädchen von solchem Glanz, solcher Anmut und Vollkommenheit gesehen! Lippen, rot wie Karneole, und Zähne, aufgereiht wie Perlen in einer Fassung aus Korallen. Am liebsten hätte er sich die Finger geleckt, als er sich vorstellte, wie er ihren Bauchnabel mit Behennussöl füllen würde. In Gedanken versunken ignorierte er die vor ihm niedersinkenden Dienerinnen und Hofdamen, welche zum Haushalt der *Valide* gehörten, und malte sich aus, was die Nacht für Genüsse bringen würde. Zwar war es Tradition, dass die Sultansmutter die zukünftigen Konkubinen ihres Sohnes ausbildete und diesem vorführte, doch hatte er dieses eine Mal eine Ausnahme machen müssen. Denn all die Mädchen, welche die *Valide Sultan* in letzter Zeit ausgewählt hatte, waren langweilige unterwürfige Dinger gewesen, bei denen er sich ein Gähnen nicht hatte verkneifen können. Ganz anders diese Sklavin! Ein heißes Gefühl der Lust fuhr ihm in die Lenden. Er wusste, dass seine Mutter es zweifelsohne als Beleidigung auffassen würde, dass er sie übergangen und den *Kizlar Agha* ausgeschickt hatte, doch das war ihm im Moment vollkommen gleichgültig.

Was zählte war nicht nur, dass er der Ruhelosigkeit in seinem Inneren mit einer langen, ausgiebigen Liebesnacht

Abhilfe schaffte, sondern auch, dass er seiner Gemahlin, Maria Olivera Despina, eines auswischte.

Sein Lächeln erstarb, und eine tiefe Falte grub sich zwischen seine Brauen, als ihm klar wurde, dass diese Motivation eines Herrschers unwürdig war. Von einem Weib zu einer Tat getrieben, die ihm zwar momentanes Vergnügen bereiten würde, die jedoch weder aus Vernunft noch Souveränität erwachsen war!

Mit einem grimmigen Laut raffte er den bauschenden Stoff seines Kaftans und eilte weiter, bis er seine Zimmerflucht im Nordflügel des Palastes erreicht hatte. Einem Weib, das ihn in den vergangenen Monaten und Jahren bereits dazu gebracht hatte, alle Vernunft und staatsmännische Umsicht in den Wind zu schlagen.

Das Hochgefühl, das ihn noch vor wenigen Augenblicken beherrscht hatte, wie weggewischt, rauschte er an seiner bis an die Zähne bewaffneten Leibgarde vorbei und herrschte seine Bediensteten an, bevor diese sich vor ihm zu Boden werfen konnten: »Lasst mich allein!« An die Launen ihres Herrn gewöhnt, huschten die Knaben und Eunuchen wie Schatten an den Wänden entlang hinaus und waren verschwunden, noch bevor Bayezid geblinzelt hatte.

Als sich die mit zahllosen Goldbeschlägen überladene Tür lautlos hinter ihnen geschlossen hatte, trat er grübelnd an eines der von Arabesken umrankten Fenster, welche bei guter Sicht den Blick auf das Marmarameer freigaben. Manchmal bildete er sich sogar ein, Konstantinopel sehen zu können, doch das war kaum möglich – lag die belagerte Stadt doch mehr als sechzig Meilen nördlich von Bursa. Der Duft des unter ihm blühenden Rosengartens beruhigte ihn ein wenig, und er atmete mehrere Male tief ein und aus. Trotz der Jahreszeit brannte die Sonne bereits erbarmungslos von einem wolkenlosen Himmel, der in der Ferne mit dem Horizont verschmolz.

Mit einer ungeduldigen Handbewegung versuchte er, die Gedanken an Olivera zu vertreiben, und fuhr mit der Rechten in seinen gestutzten dunkelblonden Bart. Selbst jetzt, da er sich einen Ersatz besorgt hatte, erfüllte allein die Erinnerung an ihr engelsgleiches Gesicht, ihre veilchenblauen Augen und ihre kühle Schönheit ihn mit Begierde. Er stöhnte. Wie um alles in der Welt hatte es dazu kommen können, dass die junge Frau, die er vor elf Jahren von ihrem Bruder als Friedenspfand erhalten hatte, ihn eingewickelt hatte wie einen unerfahrenen Jüngling? Ihn bezaubert hatte wie eine *Ifritin*, eine weibliche *Dschinni*?

»*Bismillah*«, murmelte er – wohl wissend, dass ihn diese Formel weder aus der Nähe noch aus der Ferne vor ihren Reizen schützen konnte.

Hätte er sich damals doch nur nicht dazu überreden lassen, sie zu heiraten!, dachte er verdrießlich, während seine Gedanken zu dem Tag der Schlacht zurückwanderten, an dem er nicht nur seinen Vater, sondern auch seinen Bruder Yakub verloren hatte. Seinen Vater auf dem Schlachtfeld im Kosovo, seinen Bruder durch die eigene Hand. Die Kälte, die seit einiger Zeit von ihm Besitz ergriff, wann immer er an Yakub dachte, breitete sich in seiner Brust aus. Zwar hatte einer seiner Hoftheologen den Mord, den er an seinem Bruder begangen hatte, mit einer Sure aus dem Koran gerechtfertigt. Aber das Entsetzen in den Augen des Älteren, als er diesen mit einer Bogensehne erdrosselt hatte, verfolgte Bayezid immer noch.

Der Duft der Rosen schien sich auf einmal mit dem beißenden Gestank des Blutes der Gefallenen zu vermischen, und er rümpfte angewidert die Nase, während er zum wohl tausendsten Mal die feige Tat vor sich selbst zu rechtfertigen versuchte. Was sonst hätte er tun sollen, um sich die Thronfolge zu sichern? Wie so oft, wenn er an diesen Tag zurückdachte, rief er sich die Worte des Theologen ins Gedächtnis. Er presste die Handballen gegeneinander, um das unsichere Zittern zu unterdrücken, das stets folgte. Denn sagte der Koran nicht auch, dass der Lohn desjenigen, der einen anderen Gläubigen tötete, gewaltige Strafe und das Höllenfeuer waren? Der unvermittelt aus seinen Poren tretende Schweiß überzog seine Haut mit einem Prickeln, und er schloss schaudernd die Augen. Er musste aufhören, sich mit Dingen zu quälen, die nicht mehr zu ändern waren. Was zählte, war die Zukunft, und die schien im Augenblick strahlender und vielversprechender als je zuvor. Er schluckte den bitteren Geschmack der Schuld und zwang sich, nach vorne zu blicken. Bald, schon bald würde sich der Traum seines Urgroßvaters Osman bewahrheiten; und er, Bayezid, würde derjenige sein, der den *Ghaza*, den Heiligen Krieg, endgültig zu Gunsten des Islam entscheiden würde. Und dann würden die Guttaten, über welche der Schreiberengel auf seiner rechten Schulter Buch führte, mit Sicherheit seine Übeltaten überwiegen, und er würde nach seinem Tod ins Paradies einziehen.

Mit einem letzten Blick auf das in der Sonne funkelnde Dach der Moschee wandte er dem Fenster den Rücken und zog die Nachricht von Johannes Palaiologos aus den Falten seines Gewandes. Während er das mit einer beinahe kindlich runden Handschrift beschriebene Dokument einige Male zwischen den Fingern hin und her drehte, fragte er sich, wann die Einwohner Konstantinopels wohl zur offenen Rebellion gegen ihren abwesenden Kaiser übergehen würden. Wie Johannes berichtete, wuchs der Zorn in der Bevölkerung, da Manuel sich auf seiner Europareise offensichtlich mehr den philosophischen Debatten als der Beschaffung von Hilfstruppen widmete, während die Byzantiner Hunger litten.

Versonnen ließ Bayezid sich auf einen der vielen mit Seidenkissen überhäuften Diwane fallen und malte sich aus, was geschehen würde, wenn die Stadt endlich ihm gehörte.

Ein kaltes Lächeln teilte seine Lippen. Dann konnte ihn auch dieser tatarische Emporkömmling Timur Lenk, der den Titel Khan genauso wenig verdiente wie eine Haremssklavin, nicht mehr aufhalten! Dieser verkrüppelte Seidenkrämer aus Samarkand. Er schnaubte verächtlich. Nachkomme Dschingis Khans!

Auch wenn er sich geschworen hatte, Oliveras schlechten Einfluss abzustreifen und damit aufzuhören, griff er nach dem Kelch aus venezianischem Glas, in dem teuerster *Hippocras* – mit Gewürzen verfeinerter Wein – funkelte. Kaum hatte das köstliche Getränk seinen Gaumen berührt, kehrten seine Gedanken zu Timur zurück.

Timur, der Eiserne. Als wäre irgendetwas an ihm aus Eisen! Bayezid verzog das Gesicht. Ganz egal, welche Beinamen ihm seine tatarischen Untertanen gaben, änderte das nichts an der Tatsache, dass der Mongole wie ein Weib in einer Sänfte auf das Schlachtfeld getragen werden musste, weil er zu schwach war, sich mit seinem gelähmten Bein im Sattel zu halten. Und solch ein Witz von einem Krieger wollte ihm, Bayezid *Yilderim*, etwas vorschreiben?

Erbost erinnerte er sich an den Inhalt des Briefes, mit dem Timur ihn aufgefordert hatte, den Prinzen von Kharput endlich freizulassen und an den tatarischen Hof zu schicken. Als ob er sich diese Blöße geben würde! Wäre ihm der Prinz nicht in die Quere gekommen, hätte Bayezid sein Gebiet schon längst weiter nach Osten ausgedehnt. Er schenkte sich aus einer goldenen Karaffe Wein nach. Und genau das war es, wovor Timur Angst hatte, dachte er abfällig. Zwar bezeichnete sich der Mongole großspurig als Herrscher über Persien, Armenien, Mesopotamien, einen Teil Indiens, sowie die Steppen zwischen dem Kaspischen und dem Schwarzen Meer. Doch würde er Bayezid niemals den Rang des obersten islamischen Kriegsherren streitig machen. Dafür würde er sorgen. Besaß nicht er die heiligsten Reliquien des Islam – den Mantel und die Standarte des Propheten?

»*Allah* habe Erbarmen mit demjenigen seiner demütigen Diener, der seine Grenzen erkennt und der sie mit keinem Fuß überschreitet«, äffte er den Inhalt des Schreibens nach, mit dem Timur ihm unverhohlen gedroht hatte. Wenn er Timur den Gefangenen nicht übergeben würde, dann würde Bayezid dem Übel die Tore seines Reiches öffnen. Den Teufel würde er tun!

Während erneut flammender Zorn in ihm aufwallte, beschloss er, Timur eine weitere Provokation vor die Füße zu schleudern. Sollte er doch kommen und sich der Schlacht stellen. Dann würde Bayezid Timur vernichten, seine Gebiete in das osmanische Reich eingliedern und ein für alle Mal unbesiegbar werden.

»Ich esse dich zu Mittag, bevor du mich zum Abendessen verspeist«, murmelte er, leerte den zweiten Kelch mit einem tiefen Zug und goss sich erneut nach. Nachdenklich betrachtete er die glitzernde Flüssigkeit, die ölig an der Innenseite des Glases hinablief. Gleich am nächsten Tag würde er einen weiteren Vasallen Timurs an seinen Hof beordern und ihm befehlen, seine Schätze mit sich zu bringen. Dann konnte dieser lahme Geißbock zeigen, was hinter seinen großmäuligen Drohungen steckte. Ein zufriedenes Lachen stieg in ihm auf. Allmählich tat der Alkohol seine Wirkung, und er verspürte eine wohlige Wärme.

»Morgen«, nuschelte er und lehnte sich so weit zurück, dass er halb in den Kissen versank. »Morgen.« Der heutige Tag gehörte der Liebe.

KAPITEL 6

Ulm, Frühjahr 1400

»Edirne?« Am liebsten wäre Falk vom Tisch aufgesprungen. Doch da er sich vor seinem Onkel nicht zum Narren machen wollte, überspielte er seine Aufregung mit einem bedächtigen Kopfschütteln. »Im Morgenland?«

Otto nickte. »Ja«, erwiderte er nüchtern, während er den kritischen Blick des ebenfalls anwesenden Lutz geflissentlich ignorierte. »Eigentlich wollte ich diese Reise schon im vergangenen Jahr unternehmen, aber Ihr wisst ja, wie die letzten beiden Winter vielen von uns Züchtern zugesetzt haben.«

Wie vor den Kopf gestoßen tauchte Falk den Löffel in die mit Safran gewürzte Eiersuppe und führte ihn zum Mund, um Zeit zu gewinnen. Sollten seine geheimsten Wünsche etwa so bald schon in Erfüllung gehen?, fragte er sich, während er das feine Aroma auf der Zunge zergehen ließ.

Die ganze Woche über, die Otto bereits Gast in seinem Hause war, hatte er mit sich gerungen, hatte all seine Zurückhaltung aufgebracht, um den Verwandten nicht mit unbeholfenen Fragen zu löchern. Hatte neidisch die Haltung und die Waffen des Älteren bewundert und sich ausgemalt, wie es wohl sein musste, das Leben eines Ritters zu führen – in der Welt herumzukommen und keine Scham wegen der eigenen Herkunft zu empfinden.

Er setzte die Schale an die Lippen, um den Rest der Suppe auszutrinken, bevor er sein Messer in das mit getrockneten

Zwetschgen gebratene Huhn stach. Nachdenklich schnitt er eine großzügige Scheibe des zarten Fleisches ab und häufte sich zudem etwas Speck und gesottenen Aal mit Pfeffer in die Zinnschüssel. »Aber wie sollen wir dorthin gelangen?«, fragte er schließlich mit vollen Backen, da er sich nicht einmal vorstellen konnte, wie sie das im Feindesland gelegene Zentrum der Pferdezucht erreichen sollten. Wie jeder Händler wusste auch Falk, dass die osmanische Hauptstadt nicht so ohne Weiteres bereist werden konnte – nicht umsonst erzählten diejenigen, denen es gelungen war, von unglaublichen Gefahren und Wagnissen.

Otto hob die Schultern und erwiderte, scheinbar ohne zu überlegen: »Ich habe Kontakte in Venedig. Dort kann man mit genügend Geld einen Geleitbrief und Schutz kaufen.«

Nachdenklich versenkte Falk ein Stückchen Hühnerbrust in der feinen Mandelsoße, die seine Köchin zubereitet hatte und in der winzige Stückchen Granatapfel schwammen.

»Die Vollblüter sollen von solcher Anmut und Grazie sein, dass selbst der König von Ungarn auf einem Hengst aus den Ställen des Feindes in die Schlacht von Nikopolis geritten ist«, spann Otto den Faden weiter.

»Mag sein«, warf Lutz ein, der den Ritter mit misstrauisch zusammengekniffenen Augen musterte. »Aber solch eine Reise ist nicht nur gefährlich, sie kann einen Mann auch im Handumdrehen ruinieren.« Er nahm einen Schluck Ingwerbier. »Wie wollt Ihr für all das bezahlen?«

Falk sog empört die Luft durch die Nase ein. »Lutz!«, stieß er warnend hervor, da ihn der alte Verwalter in den vergangenen Tagen mehr als einmal verärgert hatte. Wie konnte man nur so argwöhnisch sein?!

Otto zuckte die Achseln. »Ich hatte an einen Wechselbrief gedacht«, sagte er beiläufig, bevor auch er nach seinem Becher griff und einen tiefen Schluck tat.

»Einen Wechselbrief!«, schnaubte Lutz. »Und wer dachtet Ihr gewährt Euch darauf Kredit?«

Ottos Augen wanderten in Falks Richtung.

»Ich könnte ihm das Geld auslegen«, sprang dieser prompt für seinen Onkel in die Bresche. »Die Geschäfte laufen gut, ich habe mehr als genug.«

»Das ist richtig«, versetzte Lutz gezwungen ruhig. »Aber das heißt nicht, dass du dein Vermögen leichtsinnig aufs Spiel setzen solltest.«

Flammende Hitze schoss Falk in die Wangen. »Das solltest du meine Sorge sein lassen«, gab er eisig zurück. »Immerhin handelt es sich um mein Vermögen!« Damit wandte er Lutz demonstrativ den Rücken zu und bemerkte übertrieben gelassen: »Der Süden fehlt mir ohnehin. In Mailand waren die Winter nicht halb so lang und kalt wie hier.« Er lächelte unnatürlich, da die Erinnerung an seine frühe Kindheit untrennbar mit der Erinnerung an seine Eltern verbunden war. Um seine Gefühle zu überspielen, stopfte er hastig einen viel zu großen Bissen in den Mund und kaute – mit einem Mal appetitlos –, während sich längst vergessen gewähnte Bilder in sein Bewusstsein drängten.

Bevor er und seine Familie nach Straßburg gezogen waren, hatte sein Vater auf der Baustelle des Mailänder Doms gearbeitet, und noch immer vermeinte Falk an manchen Tagen, den einzigartigen Duft der Poebene zu riechen.

Er schluckte den nur halb zerkleinerten Brocken, bereute seine Hast allerdings sofort. Hustend rang er nach Luft, griff nach seinem Becher und vergoss den halben Inhalt bei dem Versuch, seine Kehle durchzuspülen. Einige panische Augenblicke lang fürchtete er zu ersticken, doch dann löste sich die Verstopfung und der Happen rutschte schmerzhaft weiter in Richtung Magen.

»Heiliger Antonius!«, spuckte er – zusammen mit einigen

unansehnlichen Stückchen Fleischbrei – aus und fasste sich an die Brust. »Um ein Haar.« Mit zitternder Hand wischte er sich den verschmierten Mund, während die verdrängte Aufregung erneut von ihm Besitz ergriff. »Werden wir den König der Ungläubigen zu Gesicht bekommen?«, fragte er keuchend, da die Gerüchte, welche über den mächtigen Sultan kursierten, schon längst bis in die entferntesten Winkel der Welt vorgedrungen waren.

Otto schüttelte den Kopf. »Nein, das glaube ich nicht. Man sagt, er verlässt kaum mehr seinen *Harem* in Bursa.«

Falk blickte mit glänzenden Augen aus dem offenen Fenster, von dem aus man die Münsterbaustelle sehen konnte. Eine Reise in den Orient! Es schien, als wolle sein Herz vor Aufregung davongaloppieren. Was für unglaubliche Erlebnisse ihn dort erwarten würden!

Die nüchterne Stimme seines Verwalters riss ihn zurück in die Realität. »Vielleicht solltest du ein paar Nächte darüber schlafen«, stellte dieser mit einem Unterton in der Stimme fest, der Falk die Zähne blecken ließ.

»Ach ja?«, schoss er erbost zurück. »Du scheinst zu vergessen, dass ich kein Kind mehr bin!«, fauchte er. »Ich bin durchaus in der Lage, meine eigenen Entscheidungen zu treffen!«

Otto von Katzenstein hob beschwichtigend die Hände. »Aber, aber. Wir sollten uns nicht streiten.« Er wandte sich mit einem öligen Lächeln an Falk. »Was kann es schaden, wenn Ihr Euch Zeit lasst mit Eurer Entscheidung? Die Pässe werden ohnehin erst in einigen Wochen sicher sein. Noch könnte dort Schnee liegen.« Er stemmte die Hände auf die Oberschenkel und erhob sich. »Ich muss noch ein paar Erledigungen machen. Warum besprecht Ihr die Sache nicht in aller Ruhe mit Eurem Freund?« Immer noch lächelnd nickte er den beiden zu und verschwand kurz darauf durch die Stubentür ins Treppenhaus.

Während das Knarren der Stufen immer leiser wurde, starrte Falk stur geradeaus – fest entschlossen, Lutz zu ignorieren. Wenn er jetzt nicht hart blieb, würde der Freund seines Vaters sich immer und immer wieder in Dinge einmischen, die ihn nichts angingen. Eine Falte grub sich zwischen seine Brauen. Und ganz egal, wie hoch sein Vater ihn geschätzt hatte, Falk würde ihm nicht erlauben zu vergessen, dass er nichts weiter war als ein Angestellter!

»Falk.« So viel Resignation lag in diesem einen Wort, dass der junge Mann entgegen aller Vorsätze den Blick wandte und seinen Verwalter ansah. »Bitte.« Lutz fuhr sich mit den Handflächen über das wettergegerbte Gesicht, auf dem Sorge, väterliche Strenge und Verständnis Widerstreit hielten. »Ich weiß, wie verlockend sein Angebot dir erscheinen muss«, hub er an. »Aber du solltest auch bedenken, dass du ihn kaum zehn Tage kennst.« Er hob die Rechte, um Falk davon abzuhalten, ihn zu unterbrechen. »Hast du dich denn nie gefragt, warum dein Vater ihn niemals erwähnt hat?«, fragte er und sprach damit etwas an, das Falk all die Zeit über verdrängt hatte.

»Vielleicht wusste er nicht, dass er einen Bruder hat«, erwiderte er lahm, da selbst ihm diese Erklärung unsinnig erschien.

»Oder aber er hat ihm nicht getraut«, stellte Lutz fest. Einige Atemzüge lang vergingen in Schweigen, bevor Lutz fortfuhr: »Wäre es nicht vernünftiger, die Vollblüter auf einem der anderen Märkte zu erstehen, anstatt selbst das Risiko einer solchen Reise auf sich zu nehmen?«

»Sicherlich!«, fauchte Falk. »Aber es wäre auch vernünftiger gewesen, Steinmetz zu werden!« Platzte er zornig heraus. Ohne Vorwarnung wallten all die Verzweiflung und Wut der vergangenen Monate in ihm auf, und die Ohnmacht drohte, ihn zu ersticken. »Du hast doch keine Ahnung!«, schrie er und stieß seinen Stuhl so heftig zurück, dass dieser mit einem lauten Krachen zu Boden ging. »Von wegen jeder hat das Recht, sein eigenes Leben zu führen! Dazu hatte ich doch nie die Möglichkeit.« Seine Brust hob und senkte sich heftig. »Ich liebe Pferde. Ja, ich liebe sie fast mehr als alles andere auf der Welt. Aber ich hätte alles gegeben, um Baumeister zu werden wie mein Großvater!« Er hob einen anklagenden Finger. »Und Pferde lieben heißt noch lange nicht, dass man es liebt, mit ihnen zu handeln!« Feuer loderte in seinen Augen. »Weißt du, wie mich die Herablassung der Käufer anekelt? Weißt du, wie es ist, wenn beinahe jeder, mit dem du verkehrst, adelig ist, und du selbst musst deine wahre Herkunft verschweigen?!« Er stach mit dem Zeigefinger nach dem Kater auf seiner Brust. »Das ist doch nicht zu übersehen, oder?! Und trotzdem werde ich behandelt wie ein jüdischer Rosstäuscher!« Seine Stimme drohte zu kippen. »Du kannst dir nicht einmal vorstellen, wie oft ich diesen aufgeblasenen Affen am liebsten ins Gesicht gebrüllt hätte, dass meine Großmutter die Gräfin von Württemberg war?« Er hielt schwer atmend inne. »Aber das«, fuhr er gepresst fort, »das wäre mein Tod. Denn davor hat mich mein Vater gewarnt. Nicht aber vor Otto von Katzenstein!« Mit diesen Worten machte er auf dem Absatz kehrt und stürmte aus dem Zimmer.

Ohne darauf zu achten, wo er hintrat, rannte er die Treppen hinunter ins Erdgeschoss, fegte an zwei Knechten vorbei und stolperte ins Freie, wo er wie ein Fisch auf dem Trockenen nach Luft schnappte.

Vernunft, Vernunft, Vernunft! Wie er dieses Wort hasste! Und wie er Lutz und all diejenigen hasste, die ihn um jede Freude, jedes Abenteuer betrügen wollten.

Blind vor Zorn und Erbitterung irrte er ziellos durch die engen Gassen, zwängte sich an Fuhrwerken und Reitern vorbei, bis er schließlich wieder auf der Rückseite des Münsters anlangte. Immer noch innerlich kochend ließ er sich auf die

Stufen des Portals am Fuße der Chortürme fallen und vergrub das Gesicht in den Händen. Als habe der Streit mit Lutz die Schleusen geöffnet, brandeten ihm all die Demütigungen der vergangenen Monate entgegen. Seit dem Verlust seiner Eltern fühlte er sich so einsam wie er es niemals für möglich gehalten hatte. Zwar gab es zwei ältere Schwestern in seinem Leben, doch diese waren in Mailand und Straßburg verheiratet. Und als Steinmetz, der seine Lehre abgebrochen hatte, wollte auch sein Onkel Hans Kun – der Werkmeister des Ulmer Münsters – nichts von ihm wissen. Denn dieser maß als Schwiegersohn Ulrich von Ensingens dem Bauhandwerk mehr Bedeutung zu als jedem anderen Gewerbe.

Niedergedrückt starrte Falk auf seine Stiefelspitzen. Und jetzt wollte Lutz, den er für einen Freund gehalten hatte, ihn gegen den einzigen Verwandten, dessen Achtung ihm etwas bedeutete, aufbringen und sein Gemüt gegen ihn vergiften! Als ob Lutz wüsste, worum es ging. Mürrisch verschränkte Falk die Arme über den Knien und bettete das Kinn darauf. Die Zwickmühle, in der er steckte, war so gewaltig, dass er bis zum heutigen Tag gedacht hatte, niemals einen Ausweg daraus finden zu können. Denn als Sohn eines Handwerkers war es ihm unmöglich, einer Handelsgilde beizutreten – dazu waren die Aufnahmeregeln zu streng. Und als Nichtadeliger wurde er von den zum Großteil hochgeborenen Pferdekäufern mit einer Geringschätzung behandelt, die ihm beinahe körperliche Pein bereitete. Er gehörte nirgends richtig dazu, sondern saß, ganz gleich wo, immer zwischen den Stühlen. Mürrisch verscheuchte er einen Schmetterling, der um seinen Kopf tanzte.

Und dann trat ein Mensch in sein Leben, mit dem sich eine nie wiederkehrende Gelegenheit bot, allen ein für alle Mal zu zeigen, dass er nicht nur ein Emporkömmling oder falscher Gulden war. Er biss die Zähne aufeinander, da der Schmerz in seiner Brust ihn zu überwältigen drohte. Mit einem tiefen Ausatmen presste er die Lider aufeinander und wartete, bis sich der Aufruhr in seinem Inneren ein wenig beruhigte. »Herr, zeige mir deine Wege und lehre mich deine Steige!«, flüsterte er und schlug mit müden Bewegungen ein Kreuz vor der Brust, bevor er sich nach einigen weiteren Augenblicken des Brütens widerwillig erhob. Er musste auf Gott vertrauen, ermahnte er sich. Gott würde ihn leiten. Wenn er mit kostbaren Araberhengsten von der Reise zurückkehrte, würde er nicht nur so viel Profit machen, dass er seinen Eltern eine Kapelle stiften konnte; er würde sich zudem aussuchen können, wem er die seltenen, von allen begehrten Tiere verkaufte! Und dann würde es niemand mehr wagen, ihm mit Herablassung zu begegnen.

Mit mahlenden Kiefermuskeln klopfte er den Schmutz aus seiner Hose und machte sich in Gedanken versunken auf den Weg zurück zu seinem Haus – vorbei an Galgenkränen, Ziegelstapeln und emsig arbeitenden Steinhauern. Erst jetzt bemerkte er den Lärm, der auf der Baustelle herrschte, beinahe als trete er aus einer anderen Welt in die ihn umgebende Wirklichkeit ein. Tief fliegende Schwalben kommentierten den Trubel mit schrillem Kreischen, das beinahe in dem Geschrei eines Knäuels Zimmerleute unterging. Irgendwo drosch jemand so heftig auf einen Stein ein, dass dieser mit einem hässlichen Geräusch zerbarst. Seufzend überquerte der junge Mann den staubigen Platz und tröstete sich mit dem Gedanken daran, dass er schon bald zu einer Reise aufbrechen würde, um die ihn selbst die welterfahrenen Handwerker beneiden würden. Denn ganz gleich, was Lutz ihm riet, er würde das Wagnis eingehen.

KAPITEL 7

VERBORGEN IM SCHATTEN eines protzigen Patrizierkontors beobachtete Otto von Katzenstein, wie sein Neffe zurück nach Hause trottete. Obgleich seine Laune nach einem Besuch bei seinem *Bancherius* beinahe auf dem Gefrierpunkt angelangt war, ließen ihn die deutlich im Gesicht des Knaben lesbaren Gefühle hoffen, die Schlappe schon bald in einen Sieg verkehren zu können. Ein saurer Geschmack stieg in ihm auf, als er an das unverschämte Lachen des Italieners zurückdachte, als dieser ihm in gebrochenem Deutsch zu verstehen gegeben hatte, dass er auf keinen weiteren Kredit bei ihm hoffen konnte.

»Was denkest du, was meine *Zio*, meine Onkel, mir erzählen, wenn ich dir noch mehr Geld leihe?«, hatte der schmierige Florentiner mit einem provozierend strahlenden Lächeln gefragt. »Ich haben vier *Cugini*, wie sagt man, vier Vetter. Eine in London, eine in Brügge, eine in Valencia und eine in Firenze. Ich hier in die kalte Norden.« Er hatte übertrieben fröstelnd die Handflächen aneinandergerieben. »Wenn ich leihe dir noch mehr Geld, dann schicke meine *Zio* mich nach England. Und seine *Figlio*, seine eigene Sohn, in die Süden.« Ein Ausdruck der Abscheu war über sein vollwangiges Gesicht gehuscht. »Aber *io*«, hatte er heftig fuchtelnd verkündet, »ich wollen zurück nach Firenze, wo meine *Famiglia* sein.«

Otto rümpfte verächtlich die Nase. Was interessierten ihn die Familienbeziehungen dieses Halsabschneiders?! Hatte er bis jetzt nicht all seine Schulden fristgerecht zurückgezahlt? Und hatte er dem Blutsauger nicht einen beträchtlichen Teil seines Landes als Sicherheit für die läppischen fünfundsiebzig Gulden überschrieben, die noch ausstanden? Er trat nach einer streunenden Katze, deren räudiges Fell in Büscheln ausfiel. Es hatte keinen Sinn, sich über den Kerl aufzuregen. Zugegeben, der Italiener hatte ihm mit seiner Weigerung einen wichtigen Schachzug verbaut; doch würde sich das Misstrauen des lästigen Verwalters Lutz sicherlich auch anders zerschlagen lassen als durch den Wechselbrief, den er gehofft hatte zu erhalten. Er fuhr mit der Hand in die Tasche, um nach den letzten Münzen zu tasten, die ihm nach dem Pferdemarkt noch geblieben waren. Diese würden genügen müssen, um den Anschein zu erwecken, dass es nicht von der Zustimmung seines Neffen abhing, ob er die Reise ins Morgenland antreten würde oder nicht. Vierzehn Gulden, dachte er grimmig. Das entsprach beinahe genau dem Kaufpreis von zehn mittelmäßigen Pferden.

Er zog die Wangen zwischen die Zähne und nagte daran, bis ihn der metallische Geschmack des eigenen Blutes innehalten ließ. Er musste das Eisen schmieden, solange es heiß war!, ermahnte er sich, reihte sich hinter einem Pulk schnatternder Mägde ein und folgte seinem Neffen zu dessen Haus. Wenn er den Burschen richtig gelesen hatte, dann würde der Köder, den er zusätzlich zu den Vollblütern ersonnen hatte, endgültig den Ausschlag geben. Und dann war es nur noch eine Frage der Zeit, bis er ihn schlachten und ausnehmen konnte wie eine Weihnachtsgans! Unauffällig, Falks Blickfeld vermeidend, schlug er einen Bogen und näherte sich dem Knaben von rechts.

»Ah, das trifft sich gut«, rief er mit gespielter Überraschung aus und streckte seinem Neffen beide Hände entgegen, um die des Knaben voller geheuchelter Herzlichkeit zu ergreifen.

Er betätigte die Arme des Jüngeren wie Pumpenschwengel, bis dieser sich mit einem geschmeichelten Lächeln von ihm befreite. »Es tut mir leid, wenn ich Euch mit meinem Vorschlag überrumpelt habe«, entschuldigte Otto sich scheinbar zerknirscht und genoss die Empfindungen, die sich in den Augen des jungen Mannes jagten.

Als Falk nervös von einem Fuß auf den anderen trat, stahl sich ein Lächeln auf sein Gesicht. »Das habt Ihr nicht«, wehrte sein Neffe nach einigen Momenten ab und rieb den Spann seines Stiefels an der Wade. Deutlich zeichneten sich Aufregung und Unsicherheit auf seinen Zügen ab. »Wann können wir aufbrechen?«, platzte er schließlich heiser heraus, und zufrieden beobachtete Otto wie sich seine Wangen mit dem Feuer des Eifers überzogen.

Sorgfältig auf die Wirkung bedacht, die er damit erzielen würde, zauberte er tiefe Falten auf seine Stirn und setzte eine vernünftige Miene auf. »Seid Ihr sicher, dass Ihr diese beschwerliche Reise tatsächlich auf Euch nehmen wollt?«, erkundigte er sich mit genau der richtigen Mischung aus Sorge und unterdrücktem Tatendrang, während er dem jungen Mann den Arm um die Schultern legte. Mit etwas, das man für väterliche Wärme hätte halten können, suchte er den Blick seines Neffen und dirigierte ihn in den Hof des Anwesens. Dort würden sie hoffentlich sicher sein vor den neugierigen Augen und Ohren des Verwalters, dachte er, während sich der nächste Satz in seinem Kopf formte. »Euer Freund Lutz hat Recht«, räumte er mit einem weiteren Stirnrunzeln ein, nachdem er sich mit einem schnellen Blick versichert hatte, dass niemand sie belauschen konnte. »Es ist ein enormes Risiko. Die Straßen sind alles andere als sicher. Es könnte uns unterwegs allerhand zustoßen.«

»Ach, das sagt Ihr doch nur, um mir die Sache auszureden!«, brauste Falk – wie gehofft – auf und befreite sich vom Arm seines Onkels, um ihn aufgebracht anzustarren. »Vermutlich denkt Ihr, dass ich zu jung und unerfahren bin!« Er blitzte Otto zornig an. »Warum habt Ihr es dann vorgeschlagen?«

Offenbar erschrocken über die Heftigkeit seiner Reaktion wiegelte Otto umgehend ab: »Aber nein, es hat nichts mit Euch zu tun!« Er senkte mit einem Seufzen den Kopf – darauf aus, den Anschein eines Mannes in einer peinlichen Notlage zu vermitteln. »Es ist nur so ...« Er verstummte und rieb sich das Kinn.

»Es ist wie?«, hakte Falk nach, und die Besorgnis in seiner Stimme ließ Otto innerlich triumphieren.

»Nun«, hub er an und nagte einige Male an seiner Unterlippe, »ich werde wohl noch einmal bei meinem *Bancherius* vorsprechen müssen. Es scheint als reichten die Sicherheiten nicht aus, um den Betrag flüssig zu machen, den ich benötige«, log er glatt. Wie es ihm gelang, ein Zittern in seine Stimme zu legen, wusste er selber nicht. Doch der Erfolg machte ihn stolz.

»Ihr braucht keine Bank«, stieß Falk empört hervor und stemmte die Hände in die Hüften. »Ich sagte doch bereits, dass ich Euch das Geld auslegen kann!« Seine bernsteinfarbenen Augen sprühten Funken.

Otto jedoch schüttelte abwehrend den Kopf und klimperte unauffällig mit den Münzen in seiner Tasche. »Das könnte ich niemals annehmen«, versetzte er lahm.

»Aber ich bestehe darauf!« Falks Tonfall verriet deutlich, dass er die Weigerung seines Onkels als Beleidigung empfand. »Als Euer Neffe ist es nicht nur meine Pflicht, es ist mir auch eine Ehre!«

Der Katzensteiner Ritter wirkte betreten. Mit einem schweren Ausatmen legte er den Kopf schief und gaukelte vor, angestrengt einige Augenblicke nachzudenken. Schweigend richtete er den Blick auf einen Punkt in der Ferne, während er Zwiesprache mit sich selbst vortäuschte. »Es ist mir furchtbar unangenehm«, murmelte er schließlich und zog eine Hand voller Gulden aus der Tasche, die er jedoch flugs wieder verschwinden ließ – als beschäme ihn die profane Geste. »Aber ein solches Unterfangen lohnt sich kaum, wenn man lediglich ein oder zwei Pferde kaufen kann.« Dass dann kein einziger Pfennig mehr für Reise und Unterkunft übrig sein würde, verschwieg er geflissentlich. »Auf der anderen Seite kann ich nicht von Euch verlangen, dass Ihr mir das Geld dafür auslegt.« Er holte tief Luft und blinzelte einige Male, als würden ihm die Augen brennen.

»Ihr seid Gast in meinem Haus«, stellte Falk bestimmt fest und setzte eine männliche Miene auf. »Und es ist Teil meiner Gastfreundschaft, Euch mit der Summe auszuhelfen, die Ihr benötigt, damit diese Kauffahrt ein Erfolg wird.« Er wies mit dem Kinn auf Ottos Tasche, in der die Münzen sich deutlich unter dem Stoff abzeichneten. »Sagt mir, wie hoch der Betrag ist, den Ihr zusätzlich benötigt, und ich weise mein Bankhaus an, ihn bei Eurem *Bancherius* gutschreiben zu lassen.«

»Nein!«, entfuhr es Otto, bevor er sich zurückhalten konnte. Auf keinen Fall durfte dem gierigen Florentiner auch nur *ein* Schilling in die Hände geraten! Denn dann war der Kredit genau dort, wo er ihn nicht haben wollte. »Warum machen wir es nicht so«, schlug er nach einigen weiteren Augenblicken des Nachdenkens vor, »dass Ihr die gesamte Summe verwaltet und mir an Ort und Stelle genau so viel zur Verfügung stellt, wie ich benötige?« Damit stellte er sicher, dass der Bursche einen ausreichend großen Batzen Gold und Silber mit auf eine Reise nahm, von der er niemals zurückkehren würde. Ein Sonnenstrahl fing sich in dem Kreuz am Hals seines Neffen, und der Köder, den Otto im Laufe des Gespräches beinahe vergessen hatte, fiel ihm wieder ein. »Und vielleicht, nur vielleicht«, setzte er leise hinzu, »ist dann noch etwas übrig, um eine Reliquie für meinen Bruder zu erstehen.« Er schlug hastig die Augen nieder, um die Verachtung in seinem Blick vor dem Knaben zu verbergen.

»Eine Reliquie?«, biss Falk atemlos an. »Für meinen Vater?«

»Ja«, erwiderte Otto und tat als müsse er sich eine Träne aus dem Augenwinkel wischen. »Es gibt zahllose Möglichkeiten auf dem Weg.« Er hob die Hand, um einige davon an den Fingern aufzuzählen. »Man sagt, die Steine des Turms, in dem die Heilige Barbara eingesperrt war, wären in ganz Griechenland verstreut«, setzte er hinzu. »Andere erzählen von der Walkerstange, mit der der Heilige Jakobus erschlagen wurde. Es soll auch möglich sein, einen Zahn der Heiligen Appolonia oder einen Splitter des Kreuzes, an dem der Heilige Andreas hingerichtet wurde, zu erstehen.«

Falk riss die Augen auf, und nur mühsam verkniff sich Otto ein lautes Lachen. Mein Gott, man konnte ja beinahe dabei zusehen, wie der Stachel, den er in der Seele des Burschen gepflanzt hatte, Widerhaken schlug!

»Eine Reliquie«, wiederholte Falk ehrfurchtsvoll. »Das wäre die Rettung aus dem Fegefeuer!« Seine Lippen bebten, während ein sehnsüchtiger Glanz in seine Augen trat.

～⊕～

Zwei Stockwerke über den Köpfen der beiden Männer stieß Lutz einen Laut aus, der klang wie das Knurren eines Hundes. Wie um alles in der Welt sollte er den Jungen nur davon abhalten, die ungeheuerliche Torheit zu begehen, zu der sein hinterhältiger Onkel ihn überreden wollte? Zornig, verzweifelt und traurig zugleich raufte sich der alte Verwalter die grauen Locken, während er das Gespräch der beiden verfolgte. Alles in Falks Körperhaltung verriet die Begeisterung des jungen Mannes. Was immer sein Onkel ihm erzählte, hatte zwei rote Flecken auf seine Wangen gemalt, und der Glanz in seinen Augen war selbst aus dieser Entfernung zu erkennen. Augenscheinlich war es Otto nun vollkommen gelungen, Falks Vertrauen und Sympathie zu gewinnen. Und auch wenn es für Lutz offensichtlich war, was für ein Spiel der Katzensteiner trieb, schien der Junge blind für den Eigennutz des anderen zu sein.

»Wenn es nur Eigennutz wäre«, brummte er und lehnte die Stirn gegen das kalte Bleiglas. Denn allmählich befürchtete er, dass Otto von Katzenstein mehr im Schilde führte als seinen Neffen zu übervorteilen. Was würde dein Vater dazu sagen?, dachte er bekümmert, während die Züge des verstorbenen Freundes vor seinem inneren Auge auftauchten, beinahe als wollten sie ihn an seine Pflicht gemahnen. Er seufzte schwer, als er an die Nacht des verheerenden Brandes zurückdachte. Die Nacht, in der er den Knaben davon hatte abhalten müssen, Hals über Kopf in das in Flammen stehende Haus zu stürzen, um seine Eltern zu retten. Seine Eltern, die bereits unter dem Schutt und der Asche des verkohlten Dachstuhles begraben waren. Er schloss die Augen, um die Bilder zu vertreiben. Doch anstatt zu verblassen, nahmen sie an Lebendigkeit zu, sodass er nach wenigen Augenblicken aufgab und den Blick zurück auf das ungleiche Paar im Hof richtete.

Wie froh er damals gewesen war, das zwar bleiche aber unversehrte Gesicht des Jungen zu sehen, der – wie die anderen Lehrlinge – in einer Kammer über der Küche geschlafen hatte. Denn in dieser Angelegenheit hatte sein Vater sich nicht erweichen lassen.

»Als Lehrling bist du nicht besser oder schlechter als die anderen Lehrknechte«, hatte er seinem Sohn ins Gewissen geredet. »Oder willst du von Anfang an verlacht und verspottet werden, weil dein Vater und dein Großvater dich mit Samthandschuhen anfassen?«

Ein wohlbekanntes, oft unterdrücktes Gefühl machte ihm die Brust eng, als er an den Protest der Mutter des Knaben zurückdachte. Brigitta! Mit einem Mal verschwammen die Beobachteten vor seinen Augen. Als habe ihn eine unsichtbare Macht all die Jahre zurückversetzt, sah er die schöne Gemahlin seines Freundes vor sich – genauso wie sie ihm bei ihrer ersten Begegnung das Herz gestohlen hatte; und genau wie damals, raubte die Erinnerung ihm auch jetzt noch den Atem. Mit verzerrtem Gesicht rieb er sich die Brust – beinahe als könne er den Schmerz in seinem Herzen dadurch wegmassieren. »Brigitta«, murmelte er, während er sich fragte, was wohl geschehen wäre, wenn sie *ihn* erwählt hätte anstatt Wulf von Katzenstein.

Ein Seufzer fand den Weg über seine Lippen, als er sich ihrer warmen braunen Augen und der ungebändigten blonden Locken entsann, die ihr stets Verdruss bereitet hatten. Ob sie gewusst hatte, was er für sie empfand? Oder ob sie ihm in ihrer Unschuld die Lüge geglaubt hatte, dass er einfach nie die Richtige gefunden hatte? Er umschloss seine Faust mit der Linken und rieb mit den Knöcheln über die jahrzehntealten Schwielen der Handfläche. Wie oft er sich einen Narren gescholten hatte! Und wie oft er sich geschworen hatte, das Haus des Freundes zu verlassen, um endlich ihren Bann zu brechen und eine eigene Familie zu gründen! Doch immer und immer wieder hatte er eine Ausflucht gefunden, hatte sich vorgegaukelt, dass es sich nicht lohnte, ein eigenes Haus anzumieten oder in eine Herberge zu ziehen. Sein freudloses Lachen verklang gespenstisch in dem leeren Raum. Bis es zu spät gewesen war, und er tränenlos in ihr Grab gestarrt hatte – die Hand auf der Schulter ihres unmündigen Sohnes. Er zwang sich, in die Gegenwart zurückzukehren. Mit beinahe kämpferischer Entschlossenheit schwor er sich, die Fehler der Vergangenheit nicht zu wiederholen.

Er würde nicht ein zweites Mal der untätige Beobachter bleiben! Hätte er damals den Mut gefasst, den Schritt in ein eigenes Leben zu wagen, dann wäre sicherlich vieles anders gekommen. Doch da daran nichts mehr zu ändern war, würde er wenigstens dafür sorgen, dass der Sohn seiner großen Liebe nicht einen ähnlichen Irrweg einschlug und einem anderen unüberlegt in sein Schicksal folgte. Er ließ von seinen Schwielen ab und verschränkte die Hände hinter dem breiten Rücken. Da selbst ein Blinder sehen konnte, wie sehr Otto den Knaben inzwischen für sich eingenommen hatte, beschloss er, Schritte in die Wege zu leiten, um den Jungen vor sich selbst zu schützen.

KAPITEL 8

Bursa, Frühjahr 1400

»MEINE GÜTE, HAST DU PECH in den Adern?« Die schneidende Stimme der in einen schreiend roten Kaftan gekleideten Aufseherin riss Sapphira aus der stumpfen Benommenheit, in die sie verfallen war.

Kaum hatte der Sultan das *Hamam* verlassen, hatte die Badefrau die Neuzugänge zurück in den Eingangsbereich des Gebäudes gescheucht, wo sie kurze Zeit später von einer fülligen Frau abgeholt worden waren. Außer der schwarzen Sklavin und Sapphira selbst wartete dort eine Handvoll weiterer junger Frauen, deren Geplapper zu entnehmen war, dass sie aus dem zweiten Hof in den *Harem* befördert worden waren.

»Nun mach schon«, herrschte die *Saray Ustasi* – die oberste Aufseherin – das Mädchen an, das mit tränenverschleiertem Blick und gesenktem Kopf das Ende der kleinen Schlange bildete. Missfällig tasteten die nachtschwarzen Augen der etwa vierzigjährigen Haremsdame das dünne Gewand ab, das sich eng an Sapphiras Körper schmiegte. »Als ob es nicht schon genug Verschwendung gäbe«, murmelte sie und trieb ihre Schutzbefohlenen durch einen Durchgang in den von einer hohen Mauer umfangenen Hof.

Vorbei an den Quartieren der schwarzen Eunuchen, führte sie die Mädchen einen mit bunten Kieselsteinen dekorierten Weg entlang, bis sich zu ihrer Linken die eindrucksvollen Mauern der Moschee erhoben. Just in dem Moment, in dem sie in die Schatten des gewaltigen Bauwerkes eintauchten, erhob über ihren Köpfen der Imam die durchdringende Stimme: »Ašhadu anna lā ilāha illā'Llāh Muḥammad rasūl Allāh – Ich bezeuge, dass es keine Gottheit außer Gott gibt und dass Muḥammad der Gesandte Gottes ist.«

Wenngleich Sapphira diesen Ruf zum Salāt – zum Pflichtgebet – schon Tausende von Malen gehört hatte, zuckte sie zusammen und richtete die Augen zu dem in den Himmel wachsenden Minarett. Fünfmal am Tag ertönte diese Aufforderung in lang gedehnten Kadenzen über den Dächern der Stadt. Doch aus solcher Nähe hatte sie eine beinahe überwältigende Klangstärke.

Da nicht eine einzige der Frauen dem moslemischen Glauben angehörte – verbot doch dieser die Versklavung eines Gläubigen – eilte keine von ihnen zum nächsten Brunnen, um sich vor dem Gebet der rituellen Waschung zu unterziehen. Ganz anders hingegen die hohen Beamten und Offiziere des *Harems*. Von allen Seiten strömten diese zur Moschee, um sich in deren Inneren Gesicht, Arme und Füße zu reinigen, bevor sie sich vor Gott niederwarfen.

Mit stumpfem Blick verfolgte Sapphira, wie der Strom der Männer allmählich anschwoll, während die *Saray Ustasi* ungeduldig in die Hände klatschte. »Weiter!«, befahl die Hüterin den Mädchen, die allesamt neugierig innegehalten hatten. »Auf, auf!«, drängte die kräftig gebaute Frau. »Die Haremsmeisterinnen warten auf euch.«

Gerade als Sapphira dem Befehl Folge leisten wollte, blitzte etwas durch das dichte Laub der Büsche, das aussah wie die goldbestickte Borte eines Brokatgewandes. Während ihr Herz einen unerwarteten Satz machte, verfolgte die junge Frau den Besitzer des Kaftans. Doch als dieser kein Dutzend Schritte vor ihnen auf eine Tür in der Mauer zusteuerte, senkte sich bleischwere Enttäuschung über sie. Nicht der Sultan, sondern lediglich der Großwesir mit seinem Gefolge verschwand durch den Torbogen in den äußeren Teil des Hofes.

Teilnahmslos ließ sie sich von der Aufseherin weiterziehen, und als sie nach kurzer Zeit bei einem Küchengebäude anlangten, war sie fest davon überzeugt, dass man sie für den niedrigsten aller Dienste eingeteilt hatte. Denn was war sie jetzt noch wert, da der König der Könige, der allmächtige Bayezid *Yilderim*, sie zurückgewiesen hatte wie ein verdorbenes Stück Fleisch?

»Ihr beiden«, befahl die *Saray Ustasi* zwei jungen Dingern, deren kräftige Hände verrieten, dass sie harte Arbeit gewöhnt waren. »Ihr gehört ab jetzt zur *Oda* der Meisterin der Speisekammer.« Daraufhin hieb sie dreimal kräftig die Knöchel gegen das verwitterte Holz der Küchentür, und beinahe augenblicklich erschien eine Hilfskraft im Rahmen. Ohne weitere Worte schob sie die beiden Dienerinnen über die Schwelle und wandte sich zurück zu ihren übrigen Schützlingen. »Ihr drei wartet hier bis euch jemand abholt.« Sie zeigte auf ein dunkelhäutiges Kleeblatt, dessen Mitglieder demütig die Köpfe senkten. »Eure *Oda* untersteht der Meisterin der Wäscherei.« Damit richtete sie den Blick auf Sapphira und die pechschwarze Sklavin, die ebenfalls von Bayezid verschmäht worden war, und wies mit dem Kopf auf ein flaches Gebäude zu ihrer Linken.

Von mehreren kleinen Kuppeln überwölbt, unterschied es sich kaum von der *Madrasa* – der Schule der Pagen, die direkt an es anschloss.

»Und ihr«, brummte die Aufseherin. »Ihr werdet im *Darüssifa* – im Hospital – dienen.«

Bevor sie sich bemerkbar machen konnte, tauchte eine kleine Frau auf und verneigte sich vor der *Saray Ustasi*.

»Die Helferinnen, nach denen die *Hekime* verlangt hat«, erklärte die Aufseherin knapp. Ohne auf eine Antwort zu warten, kehrte sie den Mädchen den Rücken und eilte zurück zum *Hamam*.

»Kommt«, forderte die schmächtige Helferin die beiden jungen Frauen überraschend freundlich auf und lud sie mit einer Geste ein, den Vorraum des Hospitals zu betreten.

Trotz der Schwere in ihrem Herzen bemerkte Sapphira den angenehmen Geruch von glimmendem Sandelholz und Amber, mit dem augenblicklich Erinnerungen an Yahya und den *Hekim* in ihr aufstiegen.

Bevor diese ihr Elend jedoch noch verstärken konnten, tauchte eine schlanke Gestalt vom anderen Ende des Ganges her auf, deren blütenweiße Tracht merkwürdig fehl am Platz wirkte. Gefolgt wurde sie von einer weiteren Frau, und als die beiden die Neuankömmlinge erreicht hatte, stellte die Helferin sie vor: »Das ist die *Hekime Kadin*, unsere weibliche Ärztin.«

Sowohl Sapphira als auch die dunkelhäutige Sklavin verbeugten sich mit vor der Brust zusammengelegten Händen.

»Sie benötigt dringend eine neue *Cariyesi*. Ihre alte Assistentin wurde letzte Woche mit einem der jungen Beamten vermählt.« Ihr Blick wanderte weiter zu der zweiten Dame. »Und das ist die Aufseherin über die Patienten.«

Erneut beugten die beiden Mädchen respektvoll die Köpfe.

»Man hat mir gesagt, dass eine von euch bereits Erfahrung im Umgang mit Kranken hat.« Die Stimme der *Hekime Kadin* erinnerte an einen Singvogel.

Erstaunt hob Sapphira den Kopf und öffnete sprachlos den Mund, da für den Bruchteil eines Augenblicks ein satter Grünton aufflackerte, der mit der Farbe der ausdrucksstarken Augen der Heilerin korrespondierte.

Ein Schmunzeln stahl sich auf das strenge Gesicht der *Hekime*, als sie die Reaktion des Mädchens registrierte. Forschend musterte sie Sapphira, deren Wangen sich leicht röteten. Als wollten sie auf den Grund ihrer Seele blicken, wanderten die Augen der Ärztin über die Züge des Mädchens, bis sie schließlich zufrieden nickte. Sie fuhr sich einige Male mit einem langen Finger über den geraden Nasenrücken, bevor sie zu ihrer Begleiterin sagte: »Ich habe meine Wahl getroffen.« Damit gab sie Sapphira zu verstehen, ihr zu folgen, und während das Mädchen ihr auf unsicheren Beinen hinterherstakste, steckte sie den leichten Schleier auf ihrem rabenschwarzen Haar zurück in eine Schlaufe des beinahe armdicken Zopfes.

Eingeschüchtert von der bedrückenden Atmosphäre, registrierte Sapphira kaum die leuchtenden blau-weißen Lüsterfliesen an den Wänden und die Szenen, welche diese darstellten. Aus dem Augenwinkel bemerkte sie lediglich das verschlungene Arabeskenmuster, das auf Schulterhöhe den Raum umsäumte. Vorbei an dicht aneinandergereihten Lagern gelangten die beiden Frauen schweigend ans Ende des Korridors, von wo aus jeweils eine Tür in jede Himmelsrichtung führte.

»Dieser Teil des *Darüssifas* beherbergt das Bad für die Patienten«, erklärte die *Hekime*, bevor sie auf eine dickbohlige Tür wies, deren kleines Fensterchen vergittert war. »Das ist der Bereich, in dem die verwundeten Pagen und Janitscharen behandelt werden«, fuhr sie fort. »Dort haben wir Frauen eigentlich nur in Ausnahmefällen Zugang. Normalerweise kümmert sich ein männlicher Arzt um sie.« Sie schenkte Sapphira ein dünnes Lächeln. »Aber es kommt oft vor, dass der Sultan seine Dienste in Anspruch nimmt, und wir den Kranken ihr Leid erleichtern müssen.« Bei der Erwähnung des Sultans kehrte Sapphiras Mutlosigkeit zurück, und sie schlug hastig die Augen nieder, um ihre Gefühle vor der *Hekime* zu verbergen. Diese verstummte einige Momente, bevor sie in neutralem Ton hinzufügte: »Und hinter dieser Tür befindet sich der wichtigste Teil des Hospitals.«

Mit einer nahezu feierlichen Geste zog sie an einem eisernen Ring und umgehend schlug die Stimmung von todesschwer und trist in lebensdurstig und erwartungsvoll um. Diese deutlich spürbare Veränderung und das überwältigende Gemisch aus einer Vielzahl von Gerüchen vertrieben Sapphiras trübsinnige Gedanken wie die Sonne den Nebel. Während sich der Kummer als harter Klumpen in ihre Magengegend zurückzog, wetteiferten ihre Sinne damit, die unterschiedlichen Eindrücke zu verarbeiten. Schwer hing das Aroma von Wachs, Honig und Moschus in der Luft, wo es sich mit dem eigenartigen Duft neugeborenen Lebens vermischte. Das leise Weinen eines Säuglings wurde übertönt von dem Stöhnen einer Schwangeren, der Helferinnen den geschwollenen Leib mit Ölen und Salben einrieben. Eine weitere Dame ruhte auf einem prächtigen Diwan, den ein bemalter Wandschirm vor fremden Blicken schützen sollte.

»Hier werden wir nur im Notfall gebraucht«, erläuterte die *Hekime*. »Das ist das Reich der *Ebe* – der Hebamme.« Sie legte eine kühle Hand auf Sapphiras bloßen Arm und bugsierte sie an mehreren geschnitzten Abtrennungen vorbei auf einen weiteren Raum zu.

Dieser – hoch und von einer Gewölbedecke überspannt – entlockte der jungen Frau einen fassungslosen Laut. Verblüfft wanderte ihr Blick die scheinbar endlosen Regalreihen entlang, auf denen sich die unterschiedlichsten Dinge drängten: Sauber beschriftete und gestapelte Tongefäße mit Senf, Ölen und Mohnsaft wurden eingerahmt von Behältern voller Weidenrinde, Bilsenkraut, Herbstzeitlosen und Kamillenblüten. Myrte und Moschus wurden ergänzt durch Weidenblütenextrakt, Rosenwasser, Weihrauchharz und eine Unzahl an Kräutern. Der leicht säuerliche Geruch gedörrter Früchte wetteiferte mit den erstickenden Ausdünstungen der zahllosen Salben und Sude, die auf mehreren nebeneinanderliegenden Feuerstellen vor sich hin köchelten. Kostbare Perlen zur Heilung von Leberleiden teilten sich den Platz mit Seidenraupen, Biberhoden, Seemuscheln, Stinkwanzen und getrockneten Fröschen. Heilmittel gegen Hämorrhoiden, Verbrennungen und offene Wunden, sowie Arzneien gegen Haut-, Augen- oder Magenerkrankungen waren ebenso vorhanden wie der kompliziert herzustellende Theriak – ein Gemisch, das angeblich die meisten Krankheiten heilen konnte. Der Größe nach angeordnete, versteinerte Seeigelstacheln verrieten, dass die *Hekime* selbst so schwerwiegende Leiden wie Nierensteine behandeln konnte.

Ihre Scheu und Melancholie wie weggewischt, näherte Sapphira sich einem formlosen Klumpen, dessen Oberfläche sich zu bewegen schien. Je näher sie kam, desto mehr kristallisierte sich ein penetrant süßlicher Gestank aus dem Duftwirrwarr heraus; und als sie schließlich erkannte, um was es sich handelte, schlug sie angeekelt die Hand vor die Nase. Winzigen Reiskörnern gleich wimmelten weiße Larven über ein halb verfaultes Stück Fleisch, um das grünlich schillernde Fliegen summten. »Meisterin«, hub sie entsetzt an und deutete auf das widerliche Schauspiel.

»Nenn mich *Tabibe*.« Die ausdrucksstarke Stimme erklang so dicht an ihrem Ohr, dass Sapphira zusammenschrak. »Keine Angst«, klärte die Ärztin ihre neue Helferin auf, »das sind nur unsere Goldfliegen. Ohne sie wäre keine Heilung bei Wundbrand möglich. Sie ernähren sich vom abgestorbenen Gewebe des Patienten.«

Wenngleich die Vorstellung, mit diesen Insekten besetzt zu werden, ihr Abscheu bereitete, bewunderte Sapphira den Einfallsreichtum der *Tabibe*. Zwar hatte auch ihr ehemaliger Herr über eine erstaunliche Arzneisammlung verfügt. Doch diese Apotheke übertraf selbst ihre kühnsten Vorstellungen. Forschend glitt ihr Blick weiter an den Wänden entlang. Als er auf ein halbes Dutzend in feinstes Leder gebundener Bücher fiel, streckte sie, ohne nachzudenken, die Hand nach dem dicksten davon aus. Kaum wurde ihr allerdings klar, um was für einen Schatz es sich dabei handelte, zuckte sie erschrocken zurück.

»Nur zu«, ermutigte die *Tabibe* sie und zog einen mit goldenen Lettern beschrifteten Folianten hervor. »Kannst du Latein lesen?«, fragte sie und hob anerkennend die Brauen, als Sapphira nickte.

»*Methodi medendi* – Methoden des Heilens«, murmelte das Mädchen und wog das schwere Buch in den Händen.

»Galen«, erwiderte die *Tabibe*. »Ohne sein Werk und den Kanon der Medizin von Ibn Sina stünden wir noch am Anfang der Heilkunst.« Sie deutete auf ein in dunkelrotes Leder gebundenes Heftchen. »Und ohne Trotulas *De passionibus mulierum* wüssten wir nur halb so viel über die Leiden der Frau.«

»Trotula?«, fragte Sapphira verwundert. »Eine Frau?«

Die Ärztin lachte leise. »Oh, ja. Eine Frau.« Ihr Zeigefinger strich über den narbigen Einband. »Sie ist bereits seit über zweihundert Jahren tot. Aber durch diese weise Frau aus Salerno sind uns viele Details über Damm- und Kaiserschnitt überliefert.«

Sapphira schwirrte der Kopf. Entgegen des Liebesschmerzes, der sie noch vor Kurzem in abgrundtiefes Unglück gestürzt hatte, fühlte sie, wie Neugier in ihr aufkeimte. Sollte das Leben doch noch nicht zu Ende sein?

»Du wirst sehr viel lernen müssen«, unterbrach die *Tabibe* ihre Gedanken. »Aber ich bin sicher, dass du der Herausforderung gewachsen bist.« Erneut tasteten ihre grünen Augen die junge Frau forschend ab. Nach einigen Sekunden wanderte der Blick der Ärztin schließlich weiter in eine Ecke des Raumes. »Als erstes solltest du dich umziehen«, stellte sie fest und nahm zwei Kleidungsstücke von einem Haken an der Wand. »Deine Sachen sind zu schade, um sie an die Kranken zu verschwenden.«

Der ironische Unterton in ihrer Stimme ließ Sapphira erneut erröten. Hastig und verschämt schlüpfte sie aus dem durchsichtigen Überwurf und fuhr mit den Füßen in den einfachen *Shalvar* – eine knöchellange Hose – bevor sie sich die blaue *Entari*, die alle Helferinnen trugen, über den Kopf zog. Nachdem sie dieses Gewand am Hals zugeknöpft hatte, tauschte sie den Schleier auf ihrem Haar aus und legte die kostbaren Kleider sorgfältig zusammen. Wer wusste schon, ob sie diese nicht irgendwann noch einmal brauchen würde. Ihr Magen zog sich krampfhaft zusammen, als erneut das Bild des mächtigen Sultans vor ihrem inneren Auge auftauchte. Warum nur hatte er sich von ihr abgewandt, bevor sie ihm beweisen konnte, wie unermesslich ihre Ergebenheit war? Ein dumpfes Gefühl gesellte sich zu dem Knoten in ihren Eingeweiden. Ob sie ihn jemals wieder zu Gesicht bekommen würde?

Die Stimme der *Tabibe* drang zu ihr vor, als käme sie aus weiter Ferne: »Komm mit zurück in die Halle, ich möchte, dass du eine unserer ältesten Patientinnen kennenlernst.«

Wie im Nebel folgte das Mädchen der Aufforderung, angestrengt darauf bedacht, ihre Empfindungen zu verheimlichen. Doch als sie nach kurzer Zeit an einem mit zahllosen Kissen gepolsterten Diwan ankamen, fegte die überwältigende Gegenwart des Todes ihre Sorgen davon, als wären sie nichts weiter als gestaltlose Rauchgebilde. Noch bevor ihr Blick auf die blinden Augen der uralten Frau fiel, wusste sie, dass diese bereits mit einem Bein in der jenseitigen Welt stand.

Umgeben von kleinen Weihrauchfässchen, ruhte die Kranke zerbrechlich wie ein Kind in einem Meer aus Seide. An ihrer Seite kniete ein etwa zehnjähriges Mädchen mit einem grobzinkigen Kamm, das sich schweigend erhob, um der *Tabibe*

Platz zu machen. Lautlos wie ein Geist huschte es zum nächsten Lager weiter, um der dort schlafenden Kranken ebenfalls das wirre Haar zu ordnen.

»Das ist die *Daye Khatun*, die ehemalige Amme des *Padischahs*«, erklärte die Heilerin flüsternd, während sie Sapphira näher an das Lager zog. »Sie erholt sich von einem schweren Fieber.« Mit einem Wink gab sie ihrer Begleiterin zu verstehen, es ihr gleichzutun und sich auf einem Hocker neben dem Diwan niederzulassen. »Nimm ihre Hand«, forderte sie das Mädchen auf und beobachtete mit Adleraugen, wie Sapphira dem Befehl Folge leistete und ein Keuchen unterdrückte. »Dachte ich es mir doch«, murmelte sie und löste die Finger der Alten aus dem Griff des Mädchens, das eine verkrampfte Haltung angenommen hatte. »Du fühlst es, nicht wahr?« Es war mehr eine Feststellung als eine Frage, und als Sapphira lediglich trocken schluckte, fügte sie leise hinzu: »Es wäre besser, wenn außer mir niemand etwas von dieser Gabe erfährt.« Sie schob der jungen Frau die Rechte unter das Kinn und zwang sie, ihr in die Augen zu sehen. »Eines solltest du wissen. Der *Harem* ist kein friedlicher Ort.« Ihr Mund wurde schmal. »Jede einzelne der Frauen ist darauf bedacht, die Gunst des Sultans für sich zu gewinnen. Der Weg zu Macht und Einfluss führt einzig und allein über sein Bett.« Sapphira erschrak über die Bitterkeit in der melodischen Stimme. »Wer mehr Können oder Einfluss besitzt als die anderen, wird mit allen Mitteln bekämpft. Manchmal hatten wir hier schon Mädchen, die eindeutige Symptome einer Vergiftung aufgewiesen haben.« Sie zog die Hand zurück und hob diese warnend. »Sollte eine der Favoritinnen oder gar eine der Konkubinen des Sultans von deiner Gabe erfahren, dann wirst du selbst hier nicht vor ihren Nachstellungen sicher sein.«

Furcht stahl sich in Sapphiras Herz, als ihr klar wurde, wie ernst die *Tabibe* es meinte. Und obwohl die Begeisterung für das Neue eine Zeit lang die Schwermut im Zaum gehalten hatte, schlich sich diese bereits auf Umwegen wieder zurück in ihr Herz.

KAPITEL 9

ENTTÄUSCHT WIE EIN KIND, von dessen Spielzeug die Farbe abgeblättert war, blickte Bayezid auf die teilnahmslos neben ihm liegende Sklavin, deren einstmals funkelnde Augen einen schlammigen Ton angenommen hatten. Mit der Rechten tastete er ein weiteres Mal nach ihrem Geschlecht, das keinerlei Reaktion auf seine Liebkosungen zeigte, während er sich mit dem Oberkörper über sie beugte. Obschon er sich bereits zweimal an diesem Abend mit ihr vergnügt hatte, war der Reiz des Neuen verblasst, sobald sie aufgehört hatte, sich zu wehren. Anfangs widerspenstig wie eine Vollblutstute, hatte sie sich schon bald in ihr Schicksal gefügt und ihn gewähren lassen – ganz egal, was er von ihr verlangt hatte. Hatte ihn der erste Akt noch mit tiefer Befriedigung erfüllt, war ihre

Passivität bei der zweiten Vereinigung bereits ein Wermutstropfen gewesen, den er durch ein erneutes Liebesspiel auszulöschen hoffte.

Etwas unlustig fuhr er mit dem Finger in sie hinein und suchte nach dem Punkt, der seine Gemahlin, Maria Olivera Despina, stets zu einem feuerwerksähnlichen Höhepunkt führte. Doch ganz egal, wie sehr er sich bei diesem Mädchen anstrengte, keine seiner Berührungen schien ihr Lust zu bereiten. »Küss mich«, forderte er heiser, und als sich ihre Lippen kalt und gehorsam auf die seinen pressten, regte sich seine Männlichkeit neugierig – um allerdings kein halbes Dutzend Atemzüge später gelangweilt wieder das Haupt zu senken. »Verdammt!«, fluchte er und stemmte sich mit den Ellenbogen in die Höhe, um auf die blonde Schönheit hinabzublicken.

Engelsgleich wurde das bleiche ovale Gesicht von einer Flut flachsgelber Locken umspült, von denen sich einige in den dunklen Wimpern verfangen hatten. Der anfänglich fließende Tränenbach hatte eine getrocknete Spur auf der zarten Haut hinterlassen, und der Hass in ihrem Blick war stumpfer Gleichgültigkeit gewichen.

Einige ratlose Momente starrte Bayezid auf sie hinab und fragte sich, was um alles in der Welt in ihrem Kopf vorging. Wusste die dumme Gans denn nicht, was für eine Ehre es war, ihm zu Gefallen zu sein? Welches Privileg es im *Harem* darstellte, das Geschenk seiner Aufmerksamkeit zu empfangen? Für den Bruchteil eines Blinzelns war er versucht, es ein weiteres Mal zu versuchen, bevor er sich brüsk von ihr abwandte und in die Hände klatschte.

»Schaff sie mir aus den Augen«, knurrte er, als sich einer seiner Eunuchenpagen tief vor ihm verbeugte. »Ich habe genug von ihr!« Mürrisch und übellaunig verfolgte er, wie der Knabe der jungen Frau in ein fließendes Nachtgewand half, sie sanft bei der Hand nahm und in den Korridor hinausführte – vorbei an der vor seinem Schlafgemach postierten Leibgarde. »Was für eine Schlappe«, brummte er verdrossen und schlüpfte in ein leichtes Untergewand, nachdem er sich zornig erhoben hatte. Vielleicht hätte er doch die Dunkelhaarige wählen sollen!, dachte er reumütig, als er an den matten Olivton und die geschmeidigen Glieder des jüngeren Mädchens zurückdachte, das unter seinen Fingern zusammengezuckt war wie die weiche Nase eines Fohlens. Wie sagte das Sprichwort? »Die Blume, die mit Gewalt gebrochen wird, verliert ihren Duft.« Er seufzte reumütig. Offensichtlich entsprach diese Weisheit der Wahrheit.

Er wollte gerade nach dem Weinglas greifen, das halb voll auf einem geschnitzten Tischchen stand, als ihn das Geräusch der sich öffnenden Tür aufhorchen ließ. »Was soll das?«, brauste er auf und wirbelte herum – um im nächsten Moment einen erstaunten Ausruf zu schlucken.

Eingerahmt vom flackernden Licht der Fackeln stand seine Gemahlin auf der Schwelle – ihr beinahe weißblondes Haar schimmernd wie gesponnenes Mondlicht. Die beiden Dienerinnen, die sie begleitet hatten, sanken augenblicklich zu Boden, als der mächtige Sultan einen Schritt auf die kleine Gruppe zumachte.

»Geht«, hauchte Olivera und hob eine feingliedrige Hand, woraufhin die Mädchen lautlos davonhuschten und die Wachen verstört die beiden Türflügel schlossen.

»Was willst du hier?«, knurrte Bayezid mühsam beherrscht, während sein Blick ihre beinahe magische Erscheinung trank.

Hauchdünn, sodass man jede einzelne Linie darunter ausmachen konnte, schmiegte sich ein kobaltblaues *Gömlek* an ihren Körper, dessen Anblick ihm – wie immer – den Mund austrocknen ließ. Deutlich konnte er den in ihrer Halsgrube flatternden Puls ausmachen, der ihm ihre Erregung verriet. Wie der Flügelschlag eines Vogels, dachte er in dem vergeblichen Versuch, sich von ihren Reizen abzulenken, die seine Begierde anfachten wie der Wind einen Steppenbrand.

»Hatte ich dir nicht befohlen, dich aus meinen Gemächern fernzuhalten?«, stieß er rau hervor.

Die Antwort darauf war ein perlendes Lachen. Mit einem betörenden Augenaufschlag griff sie nach einer der glänzenden Haarsträhnen und wickelte sie um den Finger, während die Spitze ihrer kleinen, feuchten Zunge über ihre Unterlippe glitt. Ein übermütiges Funkeln trat in ihre blauen Augen, welche ihn stets an die Sterne erinnerten, mit denen die Dichter die Augen einer Frau so gerne verglichen. »Das hast du nicht ernst gemeint«, erwiderte sie trocken und trat auf ihn zu. Mit einem geübten Griff löste sie die Schnürung ihres Gewandes und ließ es provozierend langsam über ihre Schultern gleiten. »Sie sieht mir ähnlich, weißt du?«, gurrte sie und wiegte die Hüften hin und her, bis der Stoff schließlich ganz zu Boden geglitten war. Splitternackt stand sie vor ihm und blickte ihn herausfordernd an – beinahe wie ein Krieger auf dem Schlachtfeld, fuhr es ihm durch den Kopf. »Hat es dir mit ihr genauso viel Spaß gemacht wie mit mir?« Ein harter Unterton war in ihre Stimme getreten, und als sie die Hand prüfend in seinem Schritt platzierte, zuckte er kaum merklich zusammen.

»Ich könnte dich wegen deines Ungehorsams hinrichten lassen«, brachte er krächzend hervor, doch alles, was er damit erreichte, war, dass sie ihren Griff verstärkte.

»Das kannst du hinterher immer noch befehlen«, gab sie ungerührt zurück, ließ von ihm ab und steuerte auf die Bettstatt zu. Geschmeidig wie eine Gazelle zog sie die Beine unter das Gesäß und bog den Oberkörper zurück, sodass ihre vollen Brüste in ihrer ganzen Pracht zur Geltung kamen.

Hin und her gerissen zwischen dem Eid, den er sich geschworen hatte, und der Anziehungskraft, welche sie auf ihn ausübte, zögerte Bayezid einige Augenblicke lang, bevor er sich mit einem kehligen Laut das Untergewand über den Kopf zog und sich mit beinahe schmerzhaft pulsierender Männlichkeit neben sie kniete. »Du weißt, was geschieht, solltest du jemals ein Kind von mir empfangen«, warnte er halbherzig, nur um mit einem Stöhnen zu verstummen, als sich ihre warme Hand um ihn schloss.

Mit der energischen, aber dennoch angenehmen Berührung zwang sie ihn näher zu sich. Fordernd und flehend zugleich reckte sie ihm ihre keck aufgerichteten Brustwarzen entgegen, die er gierig zwischen die Lippen nahm. Der Taumel der Lust vernebelte ihm bereits die Sinne, als sie ihn mit erstaunlicher Stärke von sich stieß, sodass er auf dem Rücken zu liegen kam. Wie ein hilfloser, vom Pferd abgeworfener Kämpfer harrte er auf das, was sie vorhatte, während das Rauschen des Blutes in seinem Kopf anschwoll. Mit glühenden Wangen beugte sie sich über ihn, biss ihn in Kehle, Wangen und Ohrläppchen, bevor sie sich schließlich rittlings auf ihn schwang und ihn in sich hinein dirigierte. Als habe jemand einen Damm geöffnet, schoss ein überwältigendes Gefühl der Befriedigung durch seinen Körper, als sie ihn mit immer schneller werdenden Bewegungen in einen Rausch versetzte, der sich endlich in einem heiseren Schrei Luft verschaffte.

Erhitzt blickte sie einige Zeit lang auf ihn hinab, bevor sie von ihm glitt und den Kopf auf seinem mächtigen Brustkorb bettete. Wie jedes Mal erschrak er über das heftige Hämmern ihres Herzens. Doch als sie mit der Hand in sein Brusthaar griff, wurde ihm bewusst, dass sein Puls ebenso raste wie der ihre.

»Willst du mich jetzt immer noch hinrichten lassen?«, fragte sie spöttisch, und obgleich er wusste, dass er sie irgendwann für ihre Unverschämtheit würde bestrafen müssen, schob er es auch dieses Mal wieder auf.

»Heute nicht«, flüsterte er ihr ins Ohr. »Aber glaube nicht, dass ich meine Drohung nicht wahr mache.« Er sog ihren Duft ein, der ihn stets an die Luft nach einem Regenguss denken ließ. »Wenn du schwanger wirst, werde ich Befehl geben, das Kind zu töten!«

Er fühlte, wie sich ihre Glieder versteiften und ihr Atem flacher wurde. »Das würdest du nicht tun«, zischte sie und fuhr unvermittelt in die Höhe, um ihn hasserfüllt anzufunkeln.

»Doch, das würde ich«, versetzte er ruhig, zog den Arm unter ihr hervor und warf sie ohne Anstrengung auf den Rücken. Während er sich zwang, sich gegen ihre betörenden Reize zu verhärten, legte er den Unterarm über ihre Kehle, bis die in ihren Augen aufflackernde Furcht ihm mitteilte, dass sie verstand, wie ernst es ihm war. Wann würde sie endlich aufhören, dieses ermüdende Spiel zu treiben?, fragte er sich, während ihm gleichzeitig klar wurde, wie sehr es ihn erregte. »Du solltest keine Sekunde lang denken, dass ich deinetwegen die Regeln brechen würde«, zischte er und löste mühelos ihre Finger von seinem Arm. Obwohl ihre Nägel winzige, rote Halbmonde auf seiner Haut hinterließen, verspürte er nicht den geringsten Schmerz. Die Angst in ihrem Gesicht breitete sich aus, und als er begriff, dass er ihr die Luft zum Atmen abstellte, ließ er beinahe erschrocken von ihr ab.

Keuchend massierte sie sich die Kehle. »Aber es sind deine Regeln«, erwiderte sie störrisch. »Wer sollte dich daran hindern?«

Gegen seinen Willen musste er sich ein Lachen verkneifen. Bei *Allah*, was für eine Mutter sie sein würde! Was für ein Löwe aus ihrem Schoß entspringen würde! Er ertappte sich dabei, wie er diesen Gedanken weiterspann. »Du bist nicht anders als die anderen drei«, versetzte er deshalb mit einem Anflug von Grausamkeit. »Ich habe euch nicht geheiratet, damit ihr und eure Familien mich mit euren Bälgern erpressen könnt«, spuckte er aus – angestachelt von der Verletztheit in ihrem Blick. »Ihr seid nichts weiter als Trophäen.«

Diese Beleidigung, die durchaus den Tatsachen entsprach, saß. Wie die seiner übrigen Ehefrauen, war auch Oliveras Funktion zu Anfang ihrer Beziehung keine andere gewesen, als ihren Vater und Bruder zu demütigen und die Gefolgschaft der Serben sicherzustellen. Doch das hatte sich schneller geändert als es Bayezid lieb gewesen war. Wenngleich die Regeln der Dynastie es ihm verboten, Verkehr mit einer seiner Gemahlinnen zu haben, gelang es Olivera immer wieder, ihn in ihren Bann zu ziehen.

»Deinen Konkubinen schenkst du einen Sohn nach dem anderen«, schmollte sie und kehrte ihm den Rücken zu. Eine Geste, die er keiner anderen Frau hätte durchgehen lassen. Bei Olivera jedoch weckte sie das Bedürfnis in ihm, sie um Verzeihung zu bitten. Wie schaffte sie das nur immer?, fragte er sich grollend und legte eine seiner Pranken auf ihre formvollendete Schulter.

»Für sie gelten die Grundsätze auch«, verteidigte er sich lahm und schalt sich gleichzeitig einen Schwächling, da er sich vor ihr rechtfertigte. »*Ein* Sohn, danach können sie nie wieder das Bett mit mir teilen.«

Olivera stieß einen Laut aus, der halb Schnauben, halb Lachen war, bevor sie in beleidigtem Schweigen versank.

»Du kannst dich zurückziehen«, stellte Bayezid schließlich säuerlich fest, da er keine Lust hatte, sich weiter über sie zu ärgern – denn das würde die Befriedigung in ihm zunichte machen.

Ohne weitere Worte erhob er sich von seinem Lager und trat an den mit dunklem Holz verkleideten Kamin, vor dem das Fell eines Tigers ihn an die Gefahren der Jagd erinnerte. Lustlos bohrte er mit dem großen Zeh dort, wo der Schädel ansetzte, und tat so, als ob er tief in Gedanken versunken sei. Auf keinen Fall sollte sie bemerken, dass es ihr erneut beinahe gelungen war, ihn seine eigenen Prinzipien in Frage stellen zu lassen. Denn nur zu gut wusste er, dass der einzige Grund, aus dem sie einen Sohn von ihm wollte, der war, *Valide Sultan* – die Mutter des zukünftigen Herrschers – zu werden!

KAPITEL 10

MUCKSMÄUSCHENSTILL, um die anderen Mädchen nicht zu wecken, befreite Sapphira sich von der dünnen Decke, die trotz der Kühle der Nacht auf ihrem Körper zu brennen schien. Nachdem sie kurz nach Einbruch der Dämmerung aus dem Hospital entlassen worden waren, hatte eine *Jariye* – eine weibliche Dienstbotin – Sapphira und die dunkelhäutige Sklavin in eines der zahlreichen Dormitorien des Palastes geleitet, wo sie in Gruppen von je zehn Mädchen drei alten Aufseherinnen zugewiesen worden waren. Diese – streng und konservativ gekleidet – hatten ihnen die Gebote erklärt, welche beinhalteten, dass die ganze Nacht ein Licht brennen musste und dass die Diwane der jungen Frauen weit voneinander getrennt an den Wänden zu stehen hatten. »Gurken, Rettiche, Karotten und Ähnliches müssen klein geschnitten aus der Küche kommen«, hatte eine der Alten unter Hüsteln erklärt. Und wenngleich Sapphira nach der Warnung der *Tabibe* noch die Furcht in den Gliedern saß, hatte sie sich ein Schmunzeln nicht verkneifen können. Was sofort die Aufmerksamkeit des fettesten der drei Drachen auf sie gelenkt hatte. »Wer im Bett einer anderen ertappt wird, wird mit zwanzig Peitschenhieben bestraft«, hatte diese beinahe genüsslich verkündet, und einige der Mädchen waren erbleicht.

Mit einer Grimasse setzte Sapphira sich auf und ließ den Blick über die Schlafenden wandern. Die Hüterin, deren Bettstatt auf einer erhöhten Plattform stand, schnarchte leise, und nachdem sie sich ein letztes Mal versichert hatte, dass außer ihr niemand wach war, zog Sapphira das Nachtgewand enger um die Schultern und schlich auf Zehenspitzen zu einem der vergitterten Fenster. Mit angehaltenem Atem ließ sie sich auf der gepolsterten Fensterbank nieder, lehnte den Rücken gegen die Steinmauer und zog die Beine an die Brust. Obwohl ihr nicht kalt war, schlang sie die Arme um die Knie und bettete das Kinn in der so entstandenen Mulde. Während die feinen Härchen in ihrem Nacken sich aufrichteten, schloss sie die Augen und horchte in die Nacht hinaus. Das aufgeregte Zirpen von Grillen vermischte sich mit den vereinzelten lang gezogenen Rufen der in den Gärten gefangenen Vögel und den weit entfernten Geräuschen der Außenwelt.

Was Zehra wohl gerade tat?, fragte sich das Mädchen, während die lange zurückgehaltenen Tränen in ihren Augen aufstiegen. Zuerst vereinzelt, dann einem Sturzbach gleich rannen sie über ihre Wangen, die – wie am Morgen – erhitzt und fiebrig brannten. Von ihrer Magengrube ausgehend, breitete sich der Kummer kriechend, aber unaufhaltsam in ihrer Brust aus, stieg ihr in die Kehle und drohte, sie zu ersticken. Mit einem Geräusch, das einem Schluckauf glich, versuchte die junge Frau, das immer heftiger werdende Schluchzen zu unterdrücken. Doch das überwältigende Gefühl des Verlustes war stärker. Wie das Wimmern eines gequälten Tieres verklang der Laut in dem niedrigen Raum, und als ein Rascheln verriet, dass eines der Mädchen sich bewegt hatte, presste Sapphira die zitternden Hände vor den Mund. Voller Verzweiflung rang sie den Drang, ihrer Pein lauthals Luft zu machen, nieder und zwang sich, den abgehackten Atem unter Kontrolle zu bringen. Am ganzen Körper bebend, wartete sie darauf, dass wieder Stille einkehrte, bevor sie es wagte, den dröhnenden Kopf an das Gitter zu legen.

Wenn sie doch nur sterben könnte!, dachte sie gebrochen und fasste sich an die linke Brust, unter der ihr Herz zu zerbersten schien. So viel Schwermut erfüllte ihre Seele, dass sie vermeinte, von innen zerfressen zu werden. Womit hatte sie eine solch grausame Strafe verdient?, fragte sie sich verzagt, während die Bilder des Tages ihr Bewusstsein belagerten. Als geschähe es erneut, zerplatzte die Hoffnung, die sie am Morgen empfunden hatte, zerbarst und zersplitterte in Tausende von Stücken, die niemals wieder zusammengefügt werden konnten. Um einen weiteren Ausbruch zu unterdrücken, biss sie sich heftig auf die Lippe. Warum hatte der Sultan sich nur von ihr abgewandt? Was hatte sie falsch gemacht? Die Enge in ihrer Brust verwandelte sich in dolchartige Stiche. Hätte sie sich ihm bettelnd zu Füßen werfen sollen? Oder hätte sie sich genauso unwürdig gebärden sollen wie das blonde Mädchen, dessen Ausbruch dort Erfolg erzielt hatte, wo Sapphira versagt hatte? Wie ein gefangenes Tier drehten sich ihre Gedanken im Kreis, kehrten immer und immer wieder zu dem gleichen Punkt zurück, bevor sie schließlich zu erschöpft war, um sich weiter zu martern.

Stunden mussten in dumpfem Brüten vergangen sein, da irgendwann nicht nur ihre Glieder anfingen abzusterben, sondern auch die Nacht einem hellen Streifen am Horizont wich. Erschöpft und ausgelaugt streckte sie die steifen Beine und setzte die nackten Füße auf den gefliesten Boden, bis die Nadelstiche nachließen. Mit einem Seufzer, der aus solcher Tiefe kam, dass er eher klang wie ein Stöhnen, stahl sie sich zurück zu ihrem Lager und schlüpfte leise zwischen die Laken. Nachdem es keinen Sinn hatte, Schlaf zu suchen, starrte sie blicklos an die Decke, an die die schwachen Flammen der beinahe ausgebrannten Öllampen bizarre Muster malten.

Irgendwoher musste sie neue Zuversicht gewinnen! Vielleicht konnte die Aufgabe im Hospital ihrem Leben wieder einen Sinn geben, dachte sie niedergedrückt. Immerhin hatte die *Tabibe* deutlich gemacht, dass sie vorhatte, Sapphira in ihr Wissen einzuweihen und sie zur Ärztin auszubilden. Sie schluckte trocken, als sie sich die alarmierenden Worte der Heilerin ins Gedächtnis rief. Was, wenn diese nicht übertrieben hatte und Sapphira sich tatsächlich in Gefahr befand, sollte ihre Gabe jemals ans Licht kommen? Was, wenn die anderen Frauen wirklich dazu in der Lage waren, ihr ein Leid anzutun? Bevor sie sich jedoch ausmalen konnte, welche Ausmaße die Ränkespiele im *Harem* annehmen konnten, verkündete das wiederholte Räuspern der Aufseherin, dass diese das Reich der Träume verlassen hatte. Hastig schob das Mädchen die nagenden Fragen beiseite und presste die Lider aufeinander, um den Eindruck zu erwecken, ebenso fest zu schlafen wie die anderen Auszubildenden. Als kurze Zeit später die Tür des Schlafgemaches mit einem durch Mark und Bein gehenden Quietschen geöffnet wurde, fühlte sie einen leichten Luftzug über ihr Gesicht fächeln.

»Auf, auf!«, ertönte eine energische Stimme. »Der Faule stirbt vor Hunger, während sein Essen im Fenster steht!«

Beinahe im selben Atemzug erklangen das Klappern von Waschschüsseln und der entfernte Ton einer hellen Glocke, und während der Raum allmählich zum Leben erwachte, schlug Sapphira lustlos die Decke zurück. Schweigend und übernächtigt tat sie es ihren Gefährtinnen gleich, hob eine der Schalen auf und trottete mit gesenktem Kopf in Richtung Innenhof, wo sie sich an einem Springbrunnen wusch. Daraufhin zog sie sich ihre Arbeitskleidung über den Kopf, flocht ihr Haar und band sich einen leichten Schleier um die Stirn. Wenngleich sie alles andere als hungrig war, folgte sie dem Befehl der Aufseherin und begab sich in einen großen Raum, in dem die Dienerinnen in der Zwischenzeit aufgetischt hatten. Gemeinsam mit den anderen jungen Frauen ließ sie sich auf einer einfachen Bastmatte nieder und ließ sich eine Schüssel mit *Bulgur* füllen. Dieser Weizenbrei wurde mit Joghurt übergossen und leicht gesüßt und stellte die erste Mahlzeit des Tages dar. Nachdem sie eine Zeit lang appetitlos darin herumgestochert hatte, steckte sie mit einem Seufzen ihren Löffel in die graue Masse und schob die Speise von sich. Sie wollte gerade um Erlaubnis bitten, aufstehen zu dürfen, als ein melodischer Sopran nach der obersten Wächterin verlangte.

Wider Willen neugierig, verfolgte Sapphira, wie diese sich steif auf die Beine kämpfte und auf eine verschwenderisch gekleidete Dame zueilte, die – von zwei Eunuchenknaben begleitet – auf der Schwelle wartete. Heftig tuschelnd und gestikulierend sahen sich die beiden wenige Augenblicke später um, und als der Blick der Besucherin auf Sapphira zum Ruhen kam, fuhr dieser die Aufregung in die Glieder. Sollte ihr Flehen erhört worden sein? Ließ der Sultan nach ihr schicken? Fahrig schob sie sich eine lose Strähne hinter das Ohr, während ihr Puls sich schlagartig beschleunigte. Mit aufgeregt hämmerndem Herzen gehorchte sie der eindeutigen Geste der Hüterin, die zu ihrem grenzenlosen Verdruss außer ihr auch die schwarze Sklavin zu sich winkte.

»Tut, was die Herrin euch sagt«, herrschte die Alte die beiden Mädchen an, kaum hatten diese sich scheu vor der Dame verneigt. Damit ließ sie sie mit einer gemurmelten Bemerkung stehen und stakste zurück an ihren Platz.

»Keine Sorge«, versetzte die Hofdame mit einem verschmitzten Funkeln in den dunklen Augen. »Euch geschieht nichts. Ihr seid auserwählt worden, von der *Valide* unterrichtet zu werden.«

Die Schmetterlinge in Sapphiras Bauch verwandelten sich in einen Schwarm Hummeln. »Aber was wird dann aus dem Hospital?« Es war das erste Mal, dass Sapphira die Stimme des dunkelhäutigen Mädchens hörte.

»Ach«, winkte die Besucherin ab, »da braucht ihr euch nicht die Köpfe zu zerbrechen.« Sie wandte sich um und tauchte in den Korridor ein. »Nur ein Teil eurer Ausbildung findet im Palast statt. Die übrige Zeit dient ihr in der *Oda* eurer Meisterin. Das ist bei vielen Mädchen so.« Sapphira hörte das Lächeln mehr, als dass sie es sah. »Nur wenige werden direkt in die Gemächer des *Padischahs* befördert.«

Aufgewühlt und mit schwirrendem Kopf hastete Sapphira der vornehmen Frau hinterher, während sich ihre Gedanken überschlugen. Als hätten die melancholischen Nachtstunden nur in ihrer Einbildung existiert, ergriff ein überwältigendes Hochgefühl von ihr Besitz, das nicht einmal die gleichzeitig aufflammende Eifersucht auszulöschen vermochte. Sie warf ihrer dunkelhäutigen Begleiterin einen verstohlenen Seitenblick zu. Anders als Sapphira selbst schien diese jedoch nicht gerade begeistert von dem erneuten Wandel ihres Schicksals, sondern wirkte eher bedrückt.

Umso besser!, dachte sie und erschrak, als die Hofdame

ohne Vorwarnung haltmachte. In der Zwischenzeit hatten sie den Bereich des Palastes, in dem die Dormitorien untergebracht waren, verlassen und den Ostflügel erreicht. Dort zweigten mehrere Zimmerfluchten von einem überschatteten Säulengang ab. »Hier befinden sich die Gemächer der Gemahlinnen und Konkubinen unseres Herrn«, erklärte die Ältere. Sie wandte sich nach links, wo eine breite Treppe ins Obergeschoss führte. »Und das«, verkündete sie mit einem Blick nach oben, »ist das Reich der *Valide*.«

Voller Bewunderung folgten Sapphiras Augen ihrer ausgestreckten Hand, glitten über umrankte Fenster, vergoldete Rahmen und farbenfroh eingefasste Schriftzeichen, welche Verse aus dem Koran darstellten. Steinerne Simse und verspielte Türmchen lockerten die Fassade auf, die in diesem Bereich durchbrochen und luftig wirkte. Auch hier verrieten die zum Teil sichtbaren Netze, dass in den Innenhöfen Vögel gehalten wurden, deren Gezwitscher die Bewohner beim Lustwandeln erquicken sollte.

»Ich muss euch warnen«, sagte die Zofe mit plötzlichem Ernst. »Die *Valide* verzeiht keine Fehler. Wer ihren Befehlen nicht gehorcht, wird aufs Härteste bestraft.« Sapphira blinzelte unsicher. »Andererseits«, fuhr die Frau fort, »stellt sie den einzigen Weg in die Freiheit dar.« Die Verwirrung auf den Gesichtern der Mädchen veranlasste sie fortzufahren. »In ihren Gemächern herrscht absolute Schweigepflicht. Geredet wird nur, wenn man direkt dazu aufgefordert wird.« Sie hob den Daumen in die Höhe. »Ihr bekommt einen Sold von 10 Asper am Tag.« Der Zeigefinger gesellte sich zum Daumen. »Eure Ausbildung beginnt mit Stick- und Näharbeiten. Wenn ihr euch dabei nicht allzu ungeschickt anstellt, wird euch je eine Lehrerin oder ein Eunuch im Tanzen, Singen und in der Dichtkunst unterrichten.« Sie lächelte. »Die *Valide* höchstpersönlich übernimmt die Unterweisung in den Künsten der

Liebe.« Ihr Lächeln verwandelte sich in ein Grinsen. »Wenn ihr Glück habt, wählt sie euch für das Lager des Padischahs aus.« Sapphira spürte, wie ihr das Blut in die Wangen schoss. »Solltet ihr ihren Ansprüchen nicht genügen, endet euer Weg entweder in einem der Verwaltungsämter des *Harems* und ihr werdet zu einer Meisterin, oder ihr werdet mit einem Beamten des Sultans vermählt – was eure Freilassung bedeutet.« Damit ließ sie die Hand zurück an ihre Seite fallen, hob die Schultern und wies mit dem Kinn auf die Treppe. »Vergesst nicht, dass ab hier jedes Wort verboten ist.«

Während der Aufruhr in ihrem Inneren an Heftigkeit zunahm, folgte Sapphira der Aufforderung und erklomm zittrig die flachen Stufen. Wohingegen die Freiheit in der Vergangenheit oft etwas gewesen war, von dem sie geträumt hatte, erschien ihr diese plötzlich als Strafe. Zaghaft und dennoch voller Erwartung näherte sie sich dem Treppenabsatz, der von zwei grimmig dreinschauenden Bewaffneten bewacht wurde. Die Verzweiflung und das Selbstmitleid der vergangenen Nacht schlugen in Kampfeswillen und Ehrgeiz um, als sich die aus reinem Elfenbein gearbeitete, mit funkelndem Gold überzogene Tür zur Audienzkammer der *Valide* vor ihr öffnete. Diese zweite Chance würde sie sich von niemandem zunichte machen lassen! Ganz egal, welche Opfer ihr abverlangt würden, sie würde die Gunst der Sultansmutter gewinnen!

KAPITEL 11

Ulm, Frühjahr 1400

»Ich weiss, dass ich dich nicht davon abbringen kann, diese Reise zu unternehmen«, sagte Lutz und legte Falk beschwichtigend die Rechte auf die Schulter. »Aber selbst du musst zugeben, dass diese Lösung die vernünftigste ist.«

Trotz der abweisend vor der Brust verschränkten Arme musste Falk seinem Verwalter insgeheim recht geben – was er diesem aber nicht unbedingt zeigen wollte. Mit einer steilen Falte zwischen den Brauen befreite er sich vom Griff des Älteren, massierte sich die Schläfen und gab vor, über den Vorschlag nachdenken zu müssen.

»Wenn Barbarigo dir einen Brief an seinen Schwager Datini in Venedig mitgibt, in dem er bescheinigt, dass du das nötige Guthaben besitzt, dann kann Datini dir im Gegenzug eine Garantie für seine Filiale im Orient ausstellen.« Lutz breitete die Hände aus, die Handflächen nach oben – wie um die Unbestechlichkeit seiner Logik zu unterstreichen. »Dann kann euch auf dem Weg keiner überfallen.«

Falk verzog das Gesicht bei der Vorstellung, von den überall lauernden Wegelagerern erschlagen zu werden, nur damit diese danach feststellen mussten, dass sie ihr Opfer umsonst getötet hatten. Als ob man vorher gefragt wurde, ob man Bares mit sich führte!, dachte er und zog die Nase hoch – eine Angewohnheit, die er sich immer wieder abgewöhnen wollte.

»Keine Angst vor zwielichtigen Gastwirten oder Zolleintreibern«, spann Lutz den Gedanken weiter.

Und vor keinem Verwandten, der einen unterwegs um Hab und Gut betrügen könnte, ergänzte Falk die Argumentation in Gedanken. Obgleich er zuerst hatte aufbrausen wollen, als Lutz ihm die Idee mit der Bankgarantie unterbreitet hatte, hatte eine leise Stimme ganz tief am Grunde seines Verstandes ihm zugeflüstert, dass es besser war, den Teufel nicht zu versuchen. Was konnte es schaden, sicherzugehen, dass niemand ihn um das Gold bringen konnte, mit dem er plante, seine Zukunft neu zu gestalten? Und was konnte es schaden, seinem Onkel nicht ganz so blind zu vertrauen, wie er es bisher getan hatte? Er spielte mit der Zunge an einer scharfen Kante seines Eckzahnes. Auch wenn er Lutz' Bedenken für unangebracht und übertrieben hielt und ihn vehement in seine Schranken gewiesen hatte, als er ihm ungehalten an den Kopf geworfen hatte, dass Otto ihn spielte wie ein Instrument. Ein wenig Vorsicht walten zu lassen, war sicherlich nicht verkehrt. Immerhin wusste er – und da hatte er Lutz widerstrebend zustimmen müssen – nichts über Otto als das, was der Katzensteiner ihm erzählt hatte.

»Egal, wofür du dich entscheidest«, riss Lutz ihn aus seinen Überlegungen. »Vergiss nie, dass du meine uneingeschränkte Loyalität besitzt.«

Zu seinem Verdruss ließen diese Worte Falk die Augen feucht werden, und er wandte sich mit aufeinandergebissenen Zähnen von dem alten Freund seines Vaters ab. Als stünde die Antwort auf all seine Fragen dort geschrieben, starrte er auf den gewachsten Dielenboden und atmete tief und bewusst ein und aus, bis er die Kontrolle über sich zurückgewonnen hatte. »Ich glaube, es ist wirklich das Beste, wenn ich zu Barbarigo gehe«, gab er mit belegter Stimme zurück und griff nach seinem Filzhut. »Sobald Otto aus Katzenstein zurückkehrt, müssen wir aufbrechen.« Denn ansonsten würden sie die *Muda di Romania* – den bewaffneten Galeerenzug, der über Griechenland und Konstantinopel die Häfen im Süden des Schwarzen Meeres anlief – verpassen. Und da dieser Geleitzug nur zweimal im Jahr nach ausgeklügelten Fahrplänen in See stach, zählte jeder Tag.

»Aber Konstantinopel wird doch belagert«, hatte Lutz eingewendet, als Otto von der *Mude* berichtet hatte.

»Das ist richtig«, hatte dieser herablassend erwidert, »aber da unser Ziel Edirne ist, können wir bereits in Gallipoli von Bord gehen.« Und von da ab würde sie der Geleitbrief schützen, den Otto in Venedig erstehen wollte.

Mit einem Seufzen versicherte Falk sich, dass Dolch und Geldkatze an seinem Gürtel befestigt waren und knöpfte die eng anliegende Schecke zu, deren Brustteil mit reichlich Baumwolle ausgepolstert war. Schließlich wollte er genauso wenig wie all die anderen Burschen und Männer der Stadt schmalbrüstig oder gar mager wirken. Ein Schmunzeln stahl sich auf sein Gesicht, als er daran zurückdachte, wie sein verstorbener Großvater, Ulrich von Ensingen, stets über die Eitelkeit der Jugend gewettert hatte. Falks schreiend bunte, hautenge Beinlinge, die das Tragen der sackartigen Leinenunterhosen unmöglich machten, hätten ihm sicherlich einen Herzanfall beschert. Bevor ihn der Strudel der Erinnerung und somit Trübsinn erfassen konnte, stülpte er sich energisch den Hut auf den schwarzen Schopf und grunzte eine Verabschiedung.

Minuten später befand er sich mitten im Gewühl der Stadt, die an diesem Mittwoch besonders zu brodeln schien. Sengend stach die späte Maisonne von einem strahlend blauen Himmel, an dem sich ein Schwarm Spatzen beschimpfte. Mit gesenktem Kopf drückte er sich an der Münsterbaustelle vorbei, ignorierte das Gebrüll der Maurer und Zimmerleute und redete sich ein, dass der Geruch der frisch gebrannten Ziegel ihn genauso wenig lockte wie das Schlagen der Steinmetzhämmer. Er hatte seine Entscheidung getroffen! Und sein Onkel, Hans Kun – der Werkmeister des Münsters –, ebenfalls. Er verzog verdrießlich das Gesicht. Hätte dieser ihn nicht deutlich die Verachtung spüren lassen, die er für ihn empfand, als Falk angedeutet hatte, dass er eventuell irgendwann seine Lehre wieder aufnehmen wollte, dann stünden die Dinge anders. So allerdings stellte dieser Weg für ihn eine Sackgasse dar, und er musste sich wohl oder übel damit abfinden, dass er niemals wieder Stein behauen würde.

Er schluckte die Bitterkeit und wich im letzten Moment einem Haufen Fäkalien aus. Wenngleich er Trippen – hölzerne Unterschuhe – unter seinen Ledersohlen befestigt hatte, legte er keinen Wert darauf, nach Scheiße stinkend bei seinem *Bancherius* vorzusprechen. Stelzbeinig wie ein Storch hüpfte er von Trittstein zu Trittstein und bereute schon bald die Entscheidung, eine Abkürzung durch die engen Gässchen genommen zu haben. Die oberen Etagen der zum Teil vierstöckigen, meist strohgedeckten Häuser berührten sich beinahe, sodass das Tageslicht lediglich durch einen kaum armbreiten Spalt fiel. Vorbei an dampfendem Mist und Katzenkadavern bahnte Falk sich einen Weg durch das verwirrende Labyrinth, das ihn – so hoffte er – zur Rückseite des Rathauses führen würde. Balkonartige Vorbauten, Erker und zahllose Außentreppen ließen die Häuserreihen wie wuchernde Geschwüre erscheinen, und als am Ende einer kaum zwei Schritt breiten Gasse ein Karren auftauchte, stieß Falk einen Fluch aus.

Da es keine andere Möglichkeit gab auszuweichen, zog er sich an einem der Treppengeländer in die Höhe und kauerte sich auf einen morsch wirkenden Absatz, der Unheil verkündend unter ihm knarzte. Sobald der mit Schlachtabfällen beladene Wagen vorbeigeholpert war, ließ er sich mit einem erleichterten Aufatmen zurück auf den Boden fallen und klopfte sich die Knie ab. Er wollte gerade seinen Weg fortsetzen, als ein Knäuel räudiger Straßenköter aus einem Durchgang geschossen kam, um sich auf ein Schweineohr zu stürzen, das der Metzger offensichtlich verloren hatte. Einen Augenblick lang fürchtete er, die Hunde könnten ihn angreifen, doch als der erste – ein struppiger Mischling – die gelben Zähne in den Leckerbissen schlug, verwandelte sich die Meute in einen wütenden Ball.

Der Gestank, der seit Beginn der warmen Witterung über der Stadt hing, verdichtete sich, als er sich dem Marktplatz näherte; und wie jedes Mal, wenn er auf das hier gelegene Händler- und Bankenviertel zusteuerte, fragte er sich, wie die reichen Patrizier es aushielten, in solcher Nähe zu den Fischern zu wohnen. Angewidert rümpfte er die Nase, als ihm der Geruch von altem Fisch und brackigem Wasser in die Nase stach und sich mit dem eigentlich angenehmen Aroma frischer Backwaren zu einer seltsamen Note vermischte. Nur mühsam widerstand er dem Drang, den Atem anzuhalten. Doch da sich nach wenigen Schritten ein Hauch von orientalischen Gewürzen zu dem Geruchswirrwarr gesellte, ließ er erleichtert die Luft durch die Nase entweichen. Allmählich wurde das Labyrinth aus sich kreuzenden Häuserlinien durchsichtiger, und als das Stroh auf den Dächern schließlich – zum Teil bunten – Tonziegeln wich, wusste Falk, dass er sich nicht verlaufen hatte. Da an diesem Mittwoch Markttag war, drang auch bald das lautstarke Geschrei der Händler an sein Ohr, die den kauflustigen Ulmern ihre aus allen Winkeln der Welt stammenden Waren anboten. Nicht scharf darauf, sich durch das zweifelsohne dichte Gedränge zu kämpfen, schlug er einen Haken um die vor ihm auftauchenden Stände und murmelte »Gott sei Dank!«, als er endlich das durch eine riesige gelb bemalte Holzmünze gekennzeichnete Kontor seines *Bancherius* vor sich auftauchen sah. Kopfschüttelnd ließ er eine Schar vornehmer Damen passieren, die – aufgeputzt wie zur Kirchweih – plaudernd und gestikulierend in Richtung Tuchmarkt strömten. Wie immer würdigten ihn weder die Frauen noch ihre Dienstmägde eines Blickes, aber er rang den Zorn nieder, der in ihm aufsteigen wollte. Nicht mehr lange und genau diese hochnäsigen Weiber würden ihre Männer anflehen, eines der begehrten Vollblutpferde bei ihm zu erstehen! Denn dadurch würden sie vor ihren eingebildeten Freundinnen noch besser protzen können als mit arabischem Kamelhaartuch, persischem Brokat oder Damast aus Bagdad!

Er stellte sich vor, wie die reichen und adeligen Käufer in Zukunft katzbuckeln würden, um sein Wohlgefallen zu erregen; wie sie anstatt mit Smaragden und Rubinen, Pelzen oder Gewürzen mit einer temperamentvollen Stute aus den Ställen des osmanischen Sultans prahlen und ihn somit im ganzen Land berühmt machen würden. Wie Grafen und Ritter gleichermaßen bei ihm vorsprechen würden, um einen feurigen Hengst für ihre Zucht zu erstehen. Der Tagtraum zauberte ein Lächeln auf seine Züge, und als sich der Wächter vor der Tür seines *Bancherius* leicht vor ihm verneigte, klopfte er diesem jovial auf die Schulter. »Melde Barbarigo, dass ich ihn sprechen muss«, teilte er dem kleinen, aber kräftig gebauten Mann mit, der augenblicklich einen jungen Burschen, der im Schatten des Eingangs verborgen gewesen war, zu sich winkte.

In sich überschlagendem Italienisch gab er den Auftrag weiter und der Knabe stob ins Obergeschoss davon. Wenig später tauchte er wieder auf und lud Falk ein, ihm in das Gebäude zu folgen. Wenngleich er Barbarigo regelmäßig besuchte, versetzte ihn die schlichte Schönheit der Einrichtung des Italieners immer wieder in Erstaunen. Weder überladen noch protzig, zeugten die Räume mit ihren reich verzierten Möbeln und seidenen Teppichen vom Geschmack ihres Besitzers, der Falk mit ausgebreiteten Armen entgegenkam.

»Falk, mein *Amico*«, schnarrte er guttural und zog seinen Besucher an sich, um ihm einen Kuss auf die Wange zu drücken. »Womit kann ich dir dienen?«

KAPITEL 12

FÜNF TAGE SPÄTER kehrte Otto von Katzenstein zurück. Mit einem schwer beladenen Packpferd im Schlepptau ritt er am späten Montagnachmittag in Falks Hof ein, wo er unwirsch die Hilfe eines Knechtes zurückwies und sich alleine plump aus dem Sattel fallen ließ. »Das Gepäck kannst du abladen«, herrschte er den jungen Mann an, der sich auf die Zunge biss und tat, wie der Ritter ihm befohlen hatte.

Mürrisch klopfte der Katzensteiner sich die Schlammklumpen von Umhang und Hose und schickte einen giftigen Blick an den Himmel, der sich – wie um ihn zu ärgern – erst kurz vor Ulm aufgelockert hatte. Wohingegen die vergangenen Wochen strahlender Sonnenschein geherrscht hatte, war die Witterung nach Ottos Ankunft auf Katzenstein umgeschlagen und die Schafskälte hatte verfrüht Einzug gehalten. Seit drei Tagen pfiff ein unangenehm kalter Wind über das Land und in den Nächten war es so empfindlich abgekühlt, dass ihm Sehnen und Gelenke schmerzten. Als ob der Winter nicht lang genug gewesen wäre!, dachte er missmutig und schnäuzte sich mit den Fingern, die er anschließend an seinem Hosenbein abwischte. Obwohl er eigentlich hätte frohlocken müssen, da es ihm gelungen war, seinen Neffen zu einer Reise ohne Wiederkehr zu überreden, hatten ihm die Zustände auf Katzenstein beinahe die Laune verdorben.

Nicht nur hatte während seiner Abwesenheit über die Hälfte seiner Bauern das Weite gesucht; auch sein Verwalter hatte damit gedroht, ihn im Stich zu lassen, wenn sich nicht bald etwas an der finanziellen Lage seines Herrn ändern würde.

»Ich kann niemanden mehr bezahlen«, hatte er gejammert, als Otto ihn angebrüllt und gedroht hatte, ihn ins Angstloch zu werfen.

Als ob ihn die Probleme dieses Wurms interessierten. Dann musste er die Leute eben vertrösten! Unnützer Tölpel! Warum war er nur so dumm gewesen, den Kerl nach dem Tod seines Vaters zu übernehmen?, haderte der Ritter und rieb die Handflächen aneinander, um seine steifen Finger wieder zu durchbluten.

»Wir können die Bauern nicht noch mehr auspressen«, hatte der Bursche gewinselt, nachdem Otto ihm einen Schlag ins Gesicht versetzt hatte. »Sonst ist bald gar niemand mehr übrig, um Euer Land zu bestellen.«

Daraufhin hatte Otto ihm zähneknirschend ein paar Gulden in die zitternde Hand gezählt und war rauchend vor Zorn in seine lausig kalten Gemächer gepoltert – denen er am heutigen Morgen nur zu gerne den Rücken gekehrt hatte.

Er trat einen Schritt zur Seite, um es dem Stallburschen zu

ermöglichen, seinen Wallach abzusatteln und trocken zu reiben. Nachdem er neidisch festgestellt hatte, dass das Dach *dieses* Stalles nagelneu war, spuckte er auf den Boden, doch der unangenehme Geschmack verblieb in seinem Mund. Nicht so wie in Katzenstein!, schoss es ihm durch den Kopf. Wenn er Pech hatte, befiel seine drei neuen Pferde nicht nur die Wurmseuche, sondern sie ertranken in ihren Boxen, weil er kein Geld hatte, die zahllosen Löcher stopfen zu lassen.

Er stampfte ärgerlich mit dem Fuß auf. Wo blieb denn sein Neffe? Hatte der Bengel es jetzt nicht mehr nötig, ihm den angemessenen Respekt zu erweisen und ihn wenigstens zu begrüßen?! Als habe sie seine Gedanken gelesen, erschien im selben Augenblick eine Gestalt in dem Tor, das in den zweiten Hof führte.

Doch als sich der Mann näherte, verhärteten sich Ottos Züge. »Wo ist Falk?«, fragte er schroff und kratzte sich den fleckigen Bart, während sich sein ohnehin schmaler Mund zu einem Strich verhärtete.

»Oh«, erwiderte Lutz süß, »Falk ist bei seinem Schneider. Er wollte sich für die Reise noch ein paar neue Gewänder anfertigen lassen.« Er machte eine Pause, in der er Otto unverschämt von Kopf bis Fuß musterte.

Was bildete sich dieser Handlanger eigentlich ein? Die Rechte des Katzensteiners zuckte zum Schwertknauf. Es wurde Zeit, dass jemand diesem Flegel Respekt einbläute!

Lutz, der die Bewegung mit einem zynischen Lächeln verfolgte, schüttelte langsam den Kopf. »Das würde ich an Eurer Stelle lassen«, warnte er und wies mit dem Kinn in Richtung Hoftor, wo eine Handvoll Männer damit beschäftigt waren, Strohballen von einem Karren zu laden. »Die Stadtwache sieht es gar nicht gerne, wenn Bürger ohne jeglichen Grund angegriffen oder gar erschlagen werden. Schon gar nicht, wenn es Zeugen gibt.«

»Wie kannst du es wagen, du Stück Dreck?«, erboste sich Otto und packte sein Gegenüber am Kragen. Als sich jedoch augenblicklich vier kräftig gebaute Knechte in Bewegung setzten, um Lutz zur Hilfe zu eilen, ließ er ihn mit einem verächtlichen Knurren wieder fahren und stieß ihn von sich.

Scheinbar ungerührt zog der Verwalter sich das verknitterte Hemd unter dem Rock zurecht und lächelte dünn. »Ich weiß, was Ihr beabsichtigt«, versetzte er ruhig. Ottos Nasenflügel blähten sich gefährlich. »Aber falls Ihr vorhattet, den Jungen auf der Reise zu erleichtern, dann habt Ihr die Rechnung ohne den Wirt gemacht.« Ein roter Schleier der Wut kroch in Ottos Blickfeld, als er begriff, was der Mistkerl ihm da mitteilte. »Er wird nur das Nötigste an Bargeld mit sich führen«, setzte Lutz ungerührt hinzu, während der Hass drohte, Otto die Besinnung zu rauben. »Und«, fuhr der Verwalter fort und zog ein zusammengerolltes Stück Papier aus der Tasche, »dem Rat seines *Bancherius* hat er wohl mehr vertraut als dem meinen.« Die Bitterkeit in seiner Stimme drang kaum bis zu Otto vor. »Ihr werdet diesen Schuldschein unterzeichnen. Falk ist bereit, Euch 100 Gulden zu leihen. Das sollte genügen, um so viele Pferde zu kaufen, wie Ihr benötigt.« Er hielt einen Augenblick inne, bevor er hinzufügte: »Allerdings erhaltet Ihr dieses Geld erst am Ziel der Reise.«

Das kurze, harte Lachen, mit dem er diese Aussage unterstrich, ließ Otto alle Vorsicht vergessen. Mit einem Laut, der dem Zischen einer Schlange glich, stürzte er sich mit geballten Fäusten auf Lutz und schleuderte diesen in eine schlammige Pfütze. Bevor der Verwalter schützend die Arme hochreißen konnte, traf ihn ein wuchtiger Hieb am Kinn, der bewirkte, dass sein Hinterkopf mit einem hässlichen Geräusch auf dem festgestampften Boden aufprallte. Wenngleich Lutz den Ritter um einen halben Kopf überragte, überraschte ihn die Heftigkeit des plötzlichen Angriffes offensichtlich so sehr, dass

Otto ein weiteres halbes Dutzend Schläge landen konnte, bevor er ihm das Knie in die Rippen rammte.

Der flammende Schmerz, der den Katzensteiner übergoss, explodierte in einem Feuerwerk, als der Ältere auf die Beine schnellte und mit dem Ellenbogen nachsetzte. Um Atem ringend krümmte er sich zusammen, während sein Magen drohte, sich umzudrehen. Wie Dreschflegel landeten die Fäuste des unerwartet kräftigen Gegners inzwischen auf seinem Rücken, malträtierten seine Seiten und krachten schließlich gegen seinen Kiefer, sodass bunte Sterne vor seinen Augen tanzten.

Wie durch Watte drang das Gebrüll von Männern an sein Ohr, doch erst als ihn vier starke Hände an den Armen packten und zurückrissen, kristallisierten sich Worte aus dem Durcheinander heraus.

»Lasst ihn!«, schrie einer der Knechte.

»Ihr bringt ihn um«, warnte ein anderer.

Und als eine zwar junge aber energische Stimme zu wissen verlangte, was hier vor sich ging, schüttelte er den Kopf, um den Schwindel zu vertreiben.

Nur allmählich klärte sich sein Blick, kehrten seine Sinne zurück und damit die Erkenntnis, dass er einen furchtbaren Fehler begangen hatte. Wie hatte es dieser dahergelaufene Dienstbote nur geschafft, ihm die Maske vom Gesicht zu reißen? Wenn es ihm nicht gelang, den Vorfall ungeschehen zu machen, gefährdete er nicht nur all seine Pläne, sondern sein gesamtes Hab und Gut.

Die Hände in die Hüften gestemmt, blitzte Falk ihn und den heftig atmenden Lutz an, während sich tiefes Misstrauen in seinen Blick schlich. »Was soll das?«, fragte er unwirsch, doch anstatt sich – wie befürchtet – an Otto zu wenden, befahl er seinem Verwalter schroff: »Geh nach oben, wir haben zu reden!« Als Lutz den Mund zu seiner Verteidigung öffnete, schüttelte er ungehalten den Kopf und wandte dem Älteren unwirsch den Rücken zu. »Und ihr geht zurück an eure Arbeit«, fuhr er die Knechte an, die sich murmelnd trollten. Einem der vierschrötigen Burschen hätte Otto am liebsten die Heugabel in den Arsch gerammt, als dieser die gefährlichen Zinken drohend in seine Richtung schüttelte. »Macht schon, oder soll ich euch Beine machen?«, schickte Falk ihnen hinterher, bevor er sich langsam, beinahe bedächtig seinem Onkel zuwandte. »Es tut mir leid«, presste er zwischen zusammengebissenen Zähnen hervor. »Ich wusste nicht, dass er Euch so sehr hasst.« So viel Resignation schwang in dieser Feststellung mit, dass Otto ein Stein vom Herzen fiel.

Offenbar kam dem Jungen nicht einmal in den Sinn, dass sein Verwalter nicht die Schuld an der handgreiflichen Auseinandersetzung tragen könnte. Immer noch heftig atmend wischte er sich den Schmutz von der Kleidung und gab bissig zurück: »Eure Bediensteten scheinen sehr viel Freiheit zu genießen. Auf Katzenstein würde er dafür die Peitsche spüren! Oder Schlimmeres.«

Die Zerknirschung, die sich auf Falks Zügen ausbreitete, erfüllte ihn mit Genugtuung. Vielleicht konnte er diesen Vorfall zu seinem Vorteil nutzen und den Burschen dazu überreden, die übertriebenen Vorsichtsmaßnamen rückgängig zu machen. Er verkniff sich das Lächeln, das trotz der schmerzenden Glieder an seinen Mundwinkeln zog.

»Bitte akzeptiert meine Entschuldigung«, sagte Falk geknickt, und nachdem er eine angemessene Zeit lang gezögert hatte, nickte Otto schließlich gnädig.

»Es war ja nicht Eure Schuld«, versetzte er großmütig und beschloss, das Eisen zu schmieden, solange es nicht nur heiß, sondern rot glühend war. »Aber Ihr solltet diesem Mann nicht ganz so blind vertrauen. Ich habe den Eindruck, er nimmt sich zu viele Freiheiten heraus.« Zufrieden, Zweifel im Herzen seines Neffen gesät zu haben, fuhr er fort: »Er scheint sich nicht damit abfinden zu können, dass Ihr ein Mann und kein Kind mehr seid.« Diese Worte zeigten den gewünschten Effekt.

»Dann wird er es schleunigst lernen müssen«, knurrte der Knabe und ballte die Hände zu Fäusten. »Denn ansonsten ist er unter diesem Dach nicht mehr willkommen!« Mit diesen Worten entschuldigte er sich und stürmte ins Haus, aus dessen Innerem schon bald darauf zornig erhobene Stimmen in den Hof drangen.

Schmunzelnd verfolgte Otto den lautstarken Streit einige Minuten lang, bis er sich sicher sein konnte, dass der Verwalter seinem Neffen nicht die Augen öffnen konnte. Erst dann schlenderte er zu dem Badehäuschen im Hof, um sich den Reisestaub vom Körper zu waschen. Nachdem er eine Magd herbeigerufen hatte, befahl er ihr, den Waschzuber mit lauwarmem Wasser zu füllen. Und obwohl er das schamhafte Ding am liebsten mit in den Bottich gezogen hätte, entließ er sie und ließ sich seufzend in das mit Seife parfümierte Nass sinken. Behutsam tastet er seine Rippen ab und stellte erleichtert fest, dass der Schaden kleiner war als befürchtet. Ein paar blaue Flecken – mehr würde nicht bleiben. Er kicherte aufgekratzt. Und das war der Keil, den er zwischen Falk und seinen Freund getrieben hatte, allemal wert. Auch wenn dieser Hundsfott seinen ursprünglichen Plan, den Jungen auf der Reise zu erleichtern, vereitelt hatte. Er blies den Schaum auseinander. Es würde sich bestimmt auch so eine geeignete Möglichkeit ergeben. Geduld war eine Tugend, und in dieser würde er sich eben ein wenig mehr als vorgesehen üben müssen!

KAPITEL 13

Bursa, Frühjahr 1400

»ES GIBT VIER ELEMENTE«, erklärte Sapphira. »Erde, Wasser, Luft und Feuer.«

Die *Tabibe* nickte.

»Jedem dieser Elemente entspricht ein Körpersaft«, fuhr die junge Frau fort, das Erlernte zu wiederholen. »Das Blut entspricht der Luft. Das Feuer ist gelbe Galle, die Erde schwarze Galle. Das Wasser wird durch den Schleim verkörpert.«

»Richtig«, warf die Heilerin ein. »Und wie wirkt sich ein Ungleichgewicht dieser Säfte auf das Temperament eines Menschen aus?«, fragte sie und beobachtete ihre Schülerin gespannt.

Stolz darauf, sich an all die unzähligen Details zu erinnern, zählte Sapphira auf: »Wer zu viel gelbe Galle in sich hat, wird zum Choleriker. Denjenigen, bei dem die schwarze Galle überwiegt, nennt man Melancholiker.« Sie stockte kurz, bevor sie weiter herunterratterte: »Der Sanguiniker besitzt zu viel Blut und den Phlegmatiker zeichnet ein Übermaß an Schleim aus.«

Zufrieden mit der jungen Frau, forschte die *Tabibe* weiter: »Was sagt Galen über dieses Ungleichgewicht der Säfte?«

Sapphira lächelte, da die Lektüre der *Methodi medendi* – der Methoden des Heilens – des griechischen Arztes ihr besondere Freude bereitet hatte. Noch niemals zuvor hatte sie die

Zusammenhänge des menschlichen Körpers so klar und einfach verständlich dargelegt gesehen. »Galen sagt«, hub sie an, »dass es die Aufgabe des Heilers ist, dieses Ungleichgewicht durch Arzneien, eine strenge Diät oder chirurgische Maßnahmen wieder aufzuheben. Wenn ein Mensch Schmerzen leidet«, fuhr sie fort, »dann bedeutet das, dass an bestimmten Stellen im Körper ein Missverhältnis der Säfte vorherrscht.«

»Sehr gut«, ermunterte die *Tabibe* die junge Frau. »Und wie würdest du einen Choleriker heilen?«

Das war eine schwere Frage, denn so weit war Sapphira mit ihrer Lektüre noch nicht gekommen. Da sie die Ärztin jedoch nicht enttäuschen wollte, leitete sie sich eine Antwort her, die dem Sinn des bisher Gelesenen entsprach. »Da der Choleriker einen Überschuss an gelber Galle hat«, begann sie grübelnd, »sollte er keine Lebensmittel zu sich nehmen, die als heiß und trocken gelten. Er sollte seine Speisen also nicht zu stark würzen.« Der gespannte Ausdruck, mit dem die *Tabibe* sie musterte, ließ sie etwas selbstbewusster fortfahren: »Er sollte kalte und feuchte Nahrung wie Fisch wählen oder seine Nahrung in Wasser kochen.« Sie blinzelte konzentriert. »Salate sind besser für ihn als Wein und Rindfleisch. Zudem sollte er all seine Speisen klein hacken und die Zutaten gut durchmischen.« Da ihr Ehrgeiz es ihr gebot, grub sie noch tiefer und entsann sich an etwas, das am Rande einer Seite niedergekritzelt gewesen war. »Bitteres tut ihm ebenfalls nicht gut. Sein Speiseplan sollte viel Süßes und Salziges enthalten.«

»Ich bin sehr zufrieden mit dir«, lobte die Ärztin, nahm Sapphira den dicken Folianten ab, den diese bis vor Kurzem studiert hatte, und erhob sich von der hölzernen Bank.

Augenblicklich tat ihre Schülerin es ihr gleich und folgte ihr zu einem im hinteren Teil der Apotheke angebrachten Schränkchen. Was sich darin wohl verbarg? Neugierig stellte sie sich auf die Zehenspitzen und versuchte, der *Tabibe* über die Schulter zu sehen. Wie jedes Mal, wenn sie nach ihrem Unterricht in den Gemächern der *Valide* ins Hospital kam, war auch heute das Bedauern, das sie beim Aufbruch empfunden hatte, schon bald der Begeisterung für all das hier verborgene Wissen gewichen. Anders als der *Hekim*, von dem der *Kizlar Agha* sie gekauft hatte, schien die *Tabibe* tatsächlich mehr mit ihr vorzuhaben als das Zubereiten einfacher Tränke und das Behandeln von Fieber und Hautausschlägen. Sie schob sich etwas näher an die Ärztin heran und beobachtete, wie diese einige kolbenförmige Glasgefäße sortierte. Nahezu andächtig glitten die Finger der Älteren über die Oberflächen, tasteten tiefer und wanderten wählerisch von links nach rechts.

Da sich außer den Kolben allerdings nichts in dem Schrank befand, verlor Sapphira nach einiger Zeit das Interesse und begann, auf den Fußballen auf und ab zu wippen. Während die *Tabibe* mit Bedacht einige Behältnisse mit einem weichen Tuch polierte, zurückstellte und nach anderen griff, versetzte der Anblick des kunstvoll geblasenen Glases sie unvermittelt in ihre Kindheit in Smyrna zurück.

Ihr erster Herr, ein uralter Schreiber mit einem lustigen Ziegenbärtchen, hatte ihr manchmal kleine blaue, gelbe oder braune Glasperlen geschenkt, mit denen sie überglücklich gespielt hatte. Warme Wehmut erfüllte ihr Herz. Er war ein guter Herr gewesen, der ihr bereits im Alter von fünf Jahren Lesen und Schreiben beigebracht hatte.

Die Gestalt der *Tabibe* verschwamm vor ihren Augen, als sie versuchte, sich die Zeit *vor* dem Schreiber ins Gedächtnis zu rufen. Doch wie gewöhnlich tauchte nichts aus dem Nebel der Vergangenheit auf als das vage Bild einer gesichtslosen Frau, die sie manchmal auch in ihren Träumen besuchte. Sie presste die Lider aufeinander, um den Nebel zu vertreiben und die Züge der Frau zu erkennen. Aber genau wie jedes Mal nach dem Aufwachen gelang es ihr nicht, mehr als ein bleiches Oval auszumachen; und es blieb nichts zurück außer einem Gefühl der Sehnsucht gemischt mit dem sofort verblassenden Eindruck vollkommener Geborgenheit. Sie seufzte leise.

Ehe ihre Gedanken weiter schweifen konnten, wandte die Ärztin sich zu ihr um und die Aufmerksamkeit des Mädchens kehrte ins Hier und Jetzt zurück. »Nimm das«, sagte die schlanke Hospitalmeisterin beinahe feierlich und reichte Sapphira einen der durchsichtigen Kolben. »Das ist eine *Matula* für die Harnschau.« Als sich zwei Falten in Sapphiras Stirn gruben, belehrte sie das Mädchen lächelnd: »Die Harnschau ist die wichtigste Methode der Diagnose. Alles, was den menschlichen Körper betrifft, ist im Harnglas wie in einem Spiegel zu sehen.« Damit gab sie ihrer Schülerin zu verstehen, das Arzneilager zu verlassen, und schritt voran in den größten Raum des *Darüssifas*, in dem Sapphira vor beinahe einer Woche der alten Amme des Sultans die Hand gehalten hatte.

Wie schnell doch die Zeit vergangen war!, dachte sie, während sie der *Tabibe* folgte. Wie von ihr vorhergesehen, war die Kranke kurz nach ihrem Besuch gestorben – und ihr Lager von einer neuen Patientin belegt worden. Wann hatte sie aufgehört, die Tage zu zählen?, fragte sie sich. Nachdem ihr anfangs jede einzelne Minute, die sie von Bayezid getrennt war, vorgekommen war wie eine Ewigkeit an Ewigkeiten, tröpfelten die Tage inzwischen dahin wie zähflüssiger Honig. Beinahe als beschleunige sich die Zeit mit jeder Minute, die sie seiner Gegenwart beraubt war. Aber das konnte nicht stimmen! Sie zwang ihren Herzschlag, sich zu beruhigen, als seine Ehrfurcht einflößende Gestalt in aller Lebendigkeit vor ihr auftauchte – so wie sie vor drei Tagen in den Gemächern der *Valide* erschienen war.

Ein Prickeln kroch ihren Rücken hinauf, als sie sich in den Moment zurückversetzte. Einen einzigen glückstaumelnden

Augenblick hatte sie gehofft, dass er es sich anders überlegt hatte und gekommen war, um sie abzuholen. Doch bereits nach drei Schritten des mächtigen Sultans war dieser Traum zerplatzt wie eine Seifenblase. Ohne sie oder eines der anderen demütig niedergesunkenen Mädchen eines Blickes zu würdigen, war er auf seine Mutter zugerauscht und hatte diese in eine Kammer nebenan beordert. Und dann war er verschwunden – verschwunden, ohne dass Sapphira ihn noch einmal zu Gesicht bekommen hätte.

Bevor sie sich weiter in ihrer Sehnsucht verlieren konnte, machte die *Tabibe* abrupt vor einer Bettstatt halt. »Nimm eine Probe von dieser Patientin.« Sie deutete auf ein junges Mädchen, dessen Augen fiebrig glänzten, und lenkte ihre eigene Aufmerksamkeit auf eine ältere, heftig hustende Frau.

Etwas ratlos verharrte Sapphira einige Momente lang vor dem Lager der Kranken, ehe sie sich neben ihr auf der Matratze niederließ und die Decke zurückschlug. Alle anderen Überlegungen traten in den Hintergrund, als sie den geschwollenen Bauch und die zusammengepressten Oberschenkel des Mädchens sah. Ein Schweißfilm bedeckte ihr aschfahles Gesicht und die eigentlich dunkel getönte Haut vermittelte den Anschein, mit Kreidestaub überzogen zu sein. Erwartete die Ärztin, dass sie an Ort und Stelle die Harnprobe nahm? Verstohlen verfolgte sie, wie die Hospitalmeisterin eine Bettpfanne unter die Alte schob und tat es ihr gleich, sobald sie das Gefäß am Fußende des Lagers entdeckt hatte. Plätschernd rann der Urin der Kranken in die Schale, und kaum hatte diese ihre Notdurft verrichtet, fiel sie zurück in einen lethargischen Zustand.

Wenig begeistert tauchte Sapphira die *Matula* in die warme Flüssigkeit und wischte das Äußere mit einem Stofffetzen ab. Und das sollte ein Spiegel des Körpers sein? Zweifelnd betrachtete sie die fahlgrüne, trübe Flüssigkeit, die ihr dicker vorkam als normal. Kleine, blattförmige Flocken tanzten darin und schlugen sich schon bald am Boden des Harnglases nieder. Wider Willen fasziniert, beobachtete sie, wie sich der Ton schon nach wenigen Augenblicken veränderte und ins Dunklere spielte. Woran, um alles in der Welt, litt diese junge Frau?

Bevor sie sich in Mutmaßungen ergehen konnte, trat die Ärztin an ihre Seite, nahm ihr die *Matula* ab und hob sie an die Augen. Blinzend schüttelte sie den Kolben vor einer Kerzenflamme hin und her, drehte und wendete ihn, bis sie ihn schließlich murmelnd auf einem Tischchen abstellte. Ihre eigene Harnprobe hatte die Farbe reifer Brombeeren, und ein Blick auf die hustende Kranke genügte, um die Ernsthaftigkeit ihres Zustandes deutlich zu machen. Nachdem die *Tabibe* auch diese Flüssigkeit eingehend untersucht hatte, begab sie sich zurück zu der alten Frau, rollte ihr Nachtgewand über die Hüfte und begann, ihren Unterleib abzutasten.

Als die Kranke ein gequältes Stöhnen von sich gab, nickte sie, sprach einige Worte mit der halb Bewusstlosen und kehrte zu Sapphira zurück. »Sie hat mehrere Geschwüre in ihrem Bauch«, erklärte sie mit gedämpfter Stimme. »Ich werde dir zeigen, wie man einen Saft aus Mohn, Hanf, Mandragora und Bilsenkraut mischt, mit dem ihre Qual gelindert werden kann.« Sie wandte sich Sapphiras Harnglas zu. »Diese junge Frau hat Glück«, beschied sie. »Ihre Eingeweide sind krank, aber es ist nichts Ernstes. Ein Brei aus drei Teilen Fisch und einem Teil ihres eigenen Urins zwei Mal am Tag sollte sie heilen.«

Und das alles hat sie aus dem Harn gelesen?, wunderte sich Sapphira, die vermutlich tagelang in die Flüssigkeit hätte starren können, ohne eine Erkenntnis zu gewinnen. Da die *Tabibe* sich jedoch bereits wieder auf dem Weg zum Arzneilager befand, hastete sie dieser hinterher und machte sich augenblicklich an die Arbeit, sobald eine Hilfskraft den Fisch aus der Küche herbeigeschafft hatte.

In die Aufgabe versunken befolgte sie die Anweisungen der Ärztin, notierte Mengen und Mischverhältnisse in einem kleinen Wachstafelbuch und zerstieß die Zutaten in ihrem Mörser zu einem sämigen Brei. Diesen ließ sie eine halbe Stunde lang über einer kleinen Flamme köcheln, während die Heilerin auf einer kleinen Bronzewaage Mohn und Mandragora abwog. Das Bilsenkraut und den Hanf fischte sie aus einem irdenen Gefäß, und nachdem Sapphira sich eingeprägt hatte, wie viel von jedem Bestandteil der Trank benötigte, fuhr sie damit fort, diesen anzurühren.

»Ich lasse dich jetzt allein«, verkündete die Ärztin. »Wenn du fertig bist, flöße der alten Frau das Schmerzmittel ein. Die andere kann ihren Brei alleine löffeln.« Bevor Sapphira etwas erwidern konnte, war sie verschwunden und das Mädchen war mit dem überwältigenden Duftgemisch alleine.

Nachdem sie ihre Arbeit beendet hatte, räumte sie die Zutaten zurück an ihren Platz. Als sie sich nach einem Stück Hanf bückte, fiel ihr langer, geflochtener Zopf über die Schulter nach vorn. Und sie gefror mit einem entsetzten Aufkeuchen in der Bewegung. Verräterisch funkelnd blitzte ein goldenes Band zwischen den schwarzen Strähnen hervor. Nach einer Schrecksekunde zerrte sie mit zitternden Händen daran, bis es leise raschelnd auf den Boden segelte. Als handle es sich um ein giftiges Reptil, starrte sie einige Lidschläge lang darauf hinab, bevor sie es fahrig vor Furcht in die Tasche ihrer *Entari* stopfte. Einige Zeit lang verharrte sie wie gelähmt – die bebenden Hände ineinander verschlungen – während ihre Einbildung ihr vorgaukelte, dass das goldene Band sich durch den Stoff des blauen Obergewandes fraß. Wie war ein Schmuckstück der *Valide* in ihr Haar gelangt? Ein Verdacht ließ ihr Blut erkalten. Mit rasendem Herzen löste sie die verschlungenen Flechten und kämmte sie mit fliegenden Fingern durch, bis sie schließlich zerzaust und schwer atmend die Arme sinken ließ. Nachdem sie einige Momente lang Luft geschöpft hatte, schlang sie die Strähnen nachlässig wieder ineinander – sicher dass sich kein weiteres goldenes Bändchen darin verbarg.

»Mein Gott«, murmelte sie fassungslos. Wenn man sie damit ertappt hätte, dann wäre sie ohne viel Federlesens als Diebin verurteilt und bestraft worden. Sie erschauderte, als die Einbildung mit ihr durchging. Beinahe spürte sie die kalte Klinge des Richters auf ihrem Handgelenk, als dieser Maß nahm, bevor er ihr die Hand abtrennte. Die feinen Härchen auf ihren Unterarmen richteten sich auf. Jemand musste ihr den Schmuck ins Haar gesteckt haben, während sie nicht aufgepasst hatte. Die Warnung der *Tabibe* kam ihr in Erinnerung, und mit einem Mal schien ein eisiger Hauch durch den Raum zu wehen. Hatte eine der anderen Frauen trotz aller Vorsicht von ihrer Gabe erfahren? Oder hatte sie eine Feindin unter ihren Mitschülerinnen?

KAPITEL 14

Bursa, Frühsommer 1400

BAYEZID LACHTE DRÖHNEND. »Was für ein Narr!«, spuckte er abfällig aus und warf das zweite Schreiben Timur Lenks in die Flammen des Kamins. Obwohl an diesem Tag eine beinahe niederdrückende Hitze herrschte, hatte er den Pagen befohlen, das Feuer zu entzünden, da es dem riesigen Audienzsaal etwas Erhabenes verlieh. Nachdem er den Boten des tatarischen Khans beleidigend lange vor sich auf dem Boden hatte kauern lassen, hatte er ihn schließlich unter Androhung von Gewalt davongejagt, ohne das Schreiben seines Herrn zu beantworten. Sollte Timur doch warten, bis er schwarz wurde! »Was haltet Ihr davon, Ali Pasha?«, fragte er seinen Großwesir, dem er vertraute wie einem Bruder. Ein säuerlicher Ausdruck huschte über sein Gesicht. Vielleicht eher wie einer Schwester. Denn die würde ihm niemals den Thron streitig machen.

»Nun ja«, erwiderte Ali Pasha vorsichtig, da diesem wohl bewusst war, wie dünn das Eis war, auf dem er tanzte. Das war es, was Bayezid so an ihm schätzte. Noch nie hatte der Großwesir einen Vorschlag gemacht, der ihn, den Herrscher des Ostens, das Gesicht gekostet hätte. Nicht einmal damals, als er vorgeschlagen hatte, Johannes Palaiologos zu verschonen und zu einem Verbündeten in Konstantinopel zu machen. »Die Frage ist nicht leicht zu beantworten«, konstatierte Ali Pasha das Offensichtliche. Stets der Taktiker, dachte Bayezid anerkennend und wartete gespannt darauf, dass der Wesir fortfuhr. »Auf der einen Seite, bedarf die Unverschämtheit des Emirs Taharten der Vergeltung. Sich Eurem Befehl zu widersetzen und nicht hier zu erscheinen, um Euch seine Schätze auszuliefern, darf nicht ungesühnt bleiben. Auf der anderen Seite solltet Ihr Euch seinen Herrn, diesen Timur, nicht ausgerechnet jetzt zum Feind machen.«

»Was soll das heißen?«, brauste Bayezid auf.

»Denkt an die Worte Eures Vaters«, beschwichtigte ihn der grauhaarige Staatsmann, dessen langer Bart beim Sprechen auf und ab wippte. Die kleinen, scharfen Augen bohrten sich in die des Sultans. »Es ist wie beim Kampf mit dem Krummschwert. Solange man sich auf einen Gegner konzentriert, wendet man immer einem anderen den Rücken zu, und das sollte man tunlichst vermeiden.« Er senkte demütig den Kopf, als Bayezid ihn zornig anblitzte. Was war in den Kerl gefahren? War er seines Lebens überdrüssig? »Euer Reich gleichzeitig nach Westen und nach Osten auszudehnen ist riskant«, setzte der Großwesir hinzu. »Und so wie Timur Lenk schreibt, sieht er keine große Veranlassung, gegen Euch zu rüsten. Es sei denn, Ihr provoziert ihn weiter und hört nicht auf, seine Vasallen zu beleidigen oder gefangen zu setzen.«

Bayezids Zorn verrauchte genauso schnell, wie er gekommen war, und er warf erneut den Kopf in den Nacken, um ein kehliges Lachen auszustoßen. »Da mögt Ihr recht haben, Ali«, stimmte er scheinbar versöhnlich zu. »Aber vielleicht sehe *ich* eine Veranlassung, gegen *ihn* zu rüsten!« Seine Stimme wurde hart. »Es kann nur *einen* obersten islamischen Feldherrn geben, und das bin ich!«

Er erhob sich von dem prunkvollen Thron und schlenderte den Teppich entlang, bis er direkt vor seinem Wesir zum Stehen kam. Sämtliche Bediensteten und Höflinge schienen den Atem anzuhalten, als er die Pranke an den Dolch legte und diesen mit einer abrupten Bewegung zog. Als handle es sich um ein harmloses Stück Holz und nicht um eine tödliche Waffe, hielt er sie Ali Pasha direkt vor die Augen, in denen lediglich ein winziger Funken Furcht aufglomm. Das musste man dem alten Mann lassen: Er hatte Mut.

»Mit dem Osmanischen Reich verhält es sich wie mit dieser Klinge«, erklärte Bayezid beinahe fröhlich. »Sie hat zwei Schneiden und wirkt am besten, wenn man sie mitten ins Herz der Beute stößt.« Seine Hand schoss nach unten, sodass der Stahl nur um Haaresbreite den Brustkorb seines Gegenübers verfehlte. Doch der alte Großwesir verriet sich mit keinem Wimpernzucken. »Was bedeutet, dass dieser Timur genauso unterworfen werden muss wie Konstantinopel!«

Die Spannung im Raum war beinahe greifbar, und erst als Bayezid einen Schritt zurücktrat, atmeten die Anwesenden auf. »*Kâtib!*«, donnerte er, woraufhin sich sein Schreiber unter tiefen Verbeugungen näherte. Als er auf fünf Schritte herangekommen war, warf er sich flach auf den Boden und kroch bis direkt vor Bayezids Füße. »Steh auf«, knurrte dieser und scheuchte den Mann zum Fenster, wo ein aus Rosenholz gearbeiteter Tisch stand. Kaum hatte sich der Schreiber dort niedergelassen und mit unsicheren Händen seine Tintenfässer und Federn vor sich ausgebreitet, begann sein Herr zu diktieren. »Schreib in goldenen Lettern: Bayezid *Yilderim*, Sultan von Rum und oberster Herrscher des Ostens.« Er wartete, bis das Kratzen des Kiels verstummte. »Darunter, in kleineren, schwarzen Buchstaben: An Timur Lenk, den Lahmen.« Ein Grinsen breitete sich auf seinem Gesicht aus, als er sich vorstellte, wie der tatarische Khan auf diese Beleidigung reagieren würde.

»Der erhabene Padischah, Bayezid Yilderim, befiehlt seinem unwürdigen Diener, Timur dem Tataren, ohne Umschweife vor ihm zu erscheinen.

Sollte dem Befehl nicht Folge geleistet werden, wird das gewaltige Heer des Sultans wie eine Strafe Allahs über Timur Lenk kommen, ihn vernichten und ihm seinen Harem rauben.
Das Gleiche gilt für den Emir Taharten. Wenn er nicht ebenfalls ohne Umschweife mit all seinen Schätzen an den Hof nach Bursa gebracht wird, wird es keine Gnade für ihn oder seine Anhänger geben.«

Als sein Schreiber ihm eine vergoldete Feder reichen wollte, damit er seine Unterschrift unter den Text setzen konnte, winkte Bayezid ab.

»Es genügt, wenn du unterzeichnest.« Damit war die Beleidigung vollkommen und dem Tataren hoffentlich das Maul gestopft! Mal sehen, welcher Löwe lauter brüllen konnte, dachte er selbstgefällig und klatschte in die Hände.

Als daraufhin zwei seiner Pagen vor ihn traten, befahl er knapp: »Bringt mir Süßigkeiten und Wein.« Diese Worte genügten, um seinem Hofstaat zu signalisieren, dass er sich zurückziehen wollte, und das Huschen von Füßen gesellte sich zu dem Rascheln der Gewänder und dem nervösen Hüsteln eines Eunuchen.

»Warte eine Woche, bevor du den Brief abschickst«, wies der Sultan seinen *Kâtib* an. »Timur kann ruhig im eigenen Saft schmoren«, setzte er murmelnd hinzu. Denn auf keinen Fall würde er wieder einen Eilboten ausschicken wie beim letzten Mal oder das Schreiben gar dem Boten des Tataren anvertrauen. Er stellte sich die Reaktion des lahmen Kriegsherrn vor, wenn dieser vernahm, dass Bayezid seinem Abgesandten gegenüber nicht einmal die grundlegendsten Regeln der Höflichkeit beachtet hatte. Sein Mund verzog sich spöttisch.

Als der Schreiber seine Papiere und Utensilien zusammengelesen hatte, entließ er ihn und gab auch Ali Pasha zu verstehen, dass er ihn nicht mehr benötigte. Alleine bis auf zwei seiner Leibpagen, die in den Ecken neben der Tür kauerten, ließ er ein halbes Dutzend blühender Topfpflanzen links liegen und duckte sich unter einem schweren Brokatvorhang hindurch ins Freie. Und schloss einige Momente lang die Augen, um sich an das grelle Sonnenlicht zu gewöhnen. Mit einem wohligen Seufzen schob er die langen Ärmel seines Kaftans nach oben und genoss die Hitze auf seiner Haut, während er mit geblähten Nasenflügeln den eigentümlichen Duft der Gärten und Küchen einsog. Wenngleich der Prunkbalkon beinahe zwanzig Fuß über den Köpfen der im Hof hin und her eilenden Männer und Frauen aus der Palastmauer ragte, konnte er mit der Linken die Wedel einer mächtigen Palme berühren. Leicht hin und her bewegt von einer sanften Brise, malten die Blätter lange Schatten auf das Fliesenmuster des Bodens, verwischten die Konturen und schafften neue, flüchtige Formen.

Wann er diese Laus Timur wohl endlich aus seinem Pelz entfernen konnte?, fragte er sich und dachte mit grimmiger Genugtuung an den Tag vor etwas über einem Jahr zurück, an dem er die Stadt Sivas eingenommen und Timurs Groll auf sich gezogen hatte. Hatten ihn die Einwohner nicht zur Hilfe gegen den Prinzen von Kharput gerufen? Und ihn gebeten, sie von diesem Vasallen Timurs zu befreien? Was er auch getan hatte. Dass die etwa zweihundertfünfzig Meilen östlich von Ankara gelegene Stadt ein Tor in den Osten darstellte, war ihm damals nur allzu gelegen gekommen. Er stemmte die Fäuste auf den heißen Stein der Brüstung. Und nun dachte dieser Steppennomade, dieser hinkende Zwerg, dass er, Bayezid, ihm die Stadt zurückgeben, den Prinzen von Kharput ausliefern und zudem auf seine Forderungen gegen den Emir Taharten verzichten würde?! Er zog geringschätzig die Oberlippe hoch. Dazu würde es gewiss nicht kommen. Schließlich hatte er seinen ältesten Sohn, Suleyman, als

Statthalter des Gebietes eingesetzt! Die Ankunft der Süßigkeiten unterbrach seine Gedanken.

»Hierher«, brummte er und deutete auf einen Tisch am Rande des Balkons, der gerade groß genug war, um all die Köstlichkeiten zu fassen. Während er die Knaben dabei beobachtete, wie sie die Leckereien auftürmten, lief ihm das Wasser im Mund zusammen. Schmelzgebäck, dreieckige, mit Moschus parfümierte Blätterteigkrapfen, in Sesamöl frittierte Dattelpasteten, Mandel-Honig Gelee und süße Fladen aus Marzipan teilten sich den Platz mit Zuckerbiskuits und perlendem Weißwein.

Sobald die Pagen verschwunden waren, stürzte er sich auf das Gebäck und stopfte sich den Mund voll – gierig wie ein Kind. Während Honig und Öl von seinen Händen tropften, überlegte er weiter. Vielleicht sollte er seinem Sohn befehlen, ein Exempel an dem Prinzen von Kharput zu statuieren. Wenn er ihm auftrug, diesen Vasallen Timurs zu enthaupten und anschließend vor den Stadttoren aufzuhängen, würde das seinem Herrn eine Lektion sein! Er kaute genüsslich weiter und angelte nach dem dritten Krapfen. Er würde darüber nachdenken.

Durstig spülte er seine Kehle mit einem Glas Wein, während seine Überlegungen ihn zu seinem zweiten Sohn, dem zehnjährigen Mehmet, führten. Bald würde sich der Knabe auf dem Schlachtfeld beweisen und zeigen können, ob er den Namen des Propheten zu Recht trug. Auch wenn er eigentlich keinen seiner Söhne bevorzugen sollte, war Mehmet der Augapfel seines Vaters. Das musste Bayezid seiner Mutter, der schönen Devlet Hatun, lassen: Die Ausbildung des Knaben ließ in keinerlei Hinsicht zu wünschen übrig. Wie es von der Mutter eines Prinzen erwartet wurde, kümmerte sie sich zum Teil persönlich um die Unterweisung ihres Sohnes, während sie den harten Teil seiner Erziehung den Kriegern des

Sultans überließ. Bayezid beschloss, den Knaben ein weiteres Mal im Zweikampf mit dem *Yatağan* – dem türkischen Krummschwert – zu prüfen. Es wurde Zeit, dass er dem Jungen noch mehr von dem beibrachte, was sein eigener Vater *ihm* beigebracht hatte. Auch wenn die Mütter seiner anderen drei Söhne, Mustafa, Musa und Isa, sich dann sicherlich bei der *Valide* beschweren würden.

Bayezid schüttelte den Kopf. Wie sehr er doch das Schlachtfeld den Intrigen des *Harems* vorzog! Allmählich wurde er des Herumsitzens überdrüssig. Wenn sich nicht bald ein Grund für ihn ergab, sich persönlich in die Belagerung Konstantinopels einzumischen, dann würde er eben zuerst gegen Timur Lenk in die Schlacht ziehen. Bevor er hier in Bursa vor Langeweile umkam. Ein reumütiger Ausdruck stahl sich auf sein Gesicht. Nun ja, nicht gerade Langeweile. Seine Männlichkeit stimmte ihm zu, als er sich an das letzte Liebesspiel mit Olivera erinnerte. Aber es dürstete ihn dennoch nach der Hitze eines Gefechtes. Immerhin konnte er Olivera oder irgendeine der anderen Frauen ja mitnehmen, wenn er ins Feld zog.

Neugierig verfolgte er, wie eine seiner Sklavinnen mit hochgezogenen Schultern das Hospital verließ und auf den Palast zuhuschte. Wenngleich ihr rabenschwarzes Haar unter einem weißen Tuch verborgen war, erkannte er in ihr die Kleine aus dem *Hamam*. Irgendwann würde er auch ihren Garten der Lüste betreten. Doch im Moment war er der Experimente überdrüssig. Ein jungenhaftes Feixen erhellte seine Züge. Warum in die Ferne schweifen …? Und es war nicht nur das Gute, das nah lag, sondern auch das Feurige und erregend Verbotene. Auch wenn es seine eigenen Verbote waren, gegen die er verstieß.

KAPITEL 15

Aufgeregt, den Salbentiegel fest umklammert, hastete Sapphira auf den Westflügel des Palastes zu, der durch die Flucht der *Valide* mit dem Ostteil des Gebäudes verbunden war. Nachdem sie die Kranken wie befohlen versorgt hatte, hatte sie sich achtlos eines der zahllosen Gefäße gegriffen und der *Tabibe* die erstbeste Lüge aufgetischt, die ihr eingefallen war. Da es allerdings bereits mehrmals vorgekommen war, dass eine der Hofdamen sich eine Arznei hatte bringen lassen, hatte ihre Ausflucht kein Misstrauen erregt.

Blind für die Schönheit der Gärten und Wasserspiele, eilte sie beklommen an den Küchengebäuden vorbei, ließ die Quartiere der männlichen Bediensteten links liegen und näherte sich dem Säulengang, an dessen Ende eine Treppe ins Obergeschoss führte. Von der anderen Seite der Mauer drangen das Klirren von Metall und das Surren von Pfeilen an ihr Ohr. Doch weder das Gebrüll der Ausbilder noch das Treiben der jungen Janitscharen barg an diesem Tag irgendein Interesse für sie.

Immer wieder zuckte ihre Hand zu der Tasche, in der das goldene Schmuckband mit jeder Sekunde an Gewicht zuzunehmen schien. Sicher, dass ihr jeder ansehen konnte, dass sie Diebesgut verbarg, schlug sie die Augen nieder und wich den entgegenkommenden *Jariyes* und Eunuchen aus. Je näher sie dem Aufgang zu den Gemächern der Sultansmutter kam, desto mehr hatte sie das Gefühl, durch Sirup zu waten, da ihr die Furcht die Beine lähmte.

Diebesgut! Es war als hielte sie eine kalte Hand im Nacken gepackt. Welches der Mädchen konnte so böswillig sein, ihr das anzutun?, fragte sie sich erneut und rief sich die Gesichter ihrer Mitschülerinnen ins Gedächtnis. Konnte es Bülbül, die Nachtigall, sein, deren kornblumenblaue Augen unschuldig und ein wenig verdutzt in die Welt blickten? Oder war es Hüma, die amazonenhafte Schönheit aus dem fernen Indien, die den Namen des mythischen Paradiesvogels trug? Oder sollte es gar Gülbahar sein, ihre schwarze Gefährtin, mit der sie sich inzwischen angefreundet hatte? Sie konnte es einfach nicht glauben. Bei keiner der jungen Frauen hatte sie den Eindruck gehabt, es mit einer hinterhältigen Schlange zu tun zu haben, die nicht nur das Ansehen, sondern das Leben eines andern Mädchens aufs Spiel setzen würde. Und ihre Menschenkenntnis hatte sie bisher noch niemals im Stich gelassen. Während sie achtlos vorwärts stolperte, zermarterte sie sich weiter das Gehirn. Oder hatte sie eine Feindin, die sich geschickt im Hintergrund hielt?

Um ein Haar wäre sie mit einem Pagen zusammengestoßen, der zwei voll beladene silberne Tabletts vor sich her balancierte. »Entschuldige«, murmelte sie, ließ ihn passieren und presste das Salbengefäß gegen ihr wild klopfendes Herz. Sie musste sich zusammennehmen! Wenn die *Valide* oder eine der anderen Frauen Verdacht schöpften, war es um sie geschehen. Unter Aufbietung all ihrer Willensanstrengung unterdrückte sie das Zittern, das ihren gesamten Körper in regelmäßigen Abständen durchlief, und erklomm die Treppe in den ersten Stock. Dort schöpfte sie einige Augenblicke lang Atem, bevor sie sich durch den bewachten Durchgang drückte und den langen von umrankten Fenstern gesäumten Korridor entlangglitt.

Froh darüber, durch die Tracht einer *Cariyesi* mehr oder weniger unsichtbar zu sein, wischte sie an riesigen Vasen vorbei über den gefliesten Boden, passierte teils offene, teils geschlossene Türen und erreichte schließlich den Raum, in dem die Neu-zugänge die Arbeit mit Nadel und Faden erlernten. Hätte sie sich in einer anderen Lage befunden, hätte sie beim Anblick der folgsam gesenkten Häupter darüber frohlockt, dem Zep-ter der Stickmeisterin so bald entkommen zu sein. Doch im Moment zählte nur eines: So schnell wie möglich das Band dort-hin zurückzubringen, wo es hingehörte. Das leise Rascheln des Stoffes war das einzige Geräusch, das in den ansonsten toten-stillen Korridor drang, und während Sapphira sich so lautlos wie möglich hinter dem Rücken der Meisterin vorbeischlich, schwoll die Furcht in ihrer Brust zu einer überwältigenden Woge an. Wie, um alles in der Welt, sollte sie die Umkleidekam-mer der *Valide* erreichen, ohne gesehen zu werden?

Sie fuhr mit einem erstickten Laut zusammen, als plötzlich Schritte durch den Gang hallten. Begleitet vom Rauschen eines Palmwedels und dem leisen Klirren von Metall verklangen diese jedoch schon kurze Zeit später in der entgegengesetzten Richtung, und das Schlagen einer Tür verriet, dass die Gefahr gebannt war. Ein Krampf in ihrer Hand ließ sie den Griff um das Salbentöpfchen lockern. Beeil dich!, ermahnte sie sich und warf einen prüfenden Blick über die Schulter zurück. Sollte überraschend eine Hofdame in einem der Durchgänge erschei-nen, dann würde sie eben einfach eine weitere Lüge erfinden. Wer würde bei einer *Cariyesi*, einer Hospitalhelferin, schon Verdacht schöpfen?, versuchte sie sich selbst zu überzeugen. Mit etwas mehr Mut straffte sie die Schultern und hastete auf die beiden grünen Säulen zu, welche den Dienstboteneingang zu den Gemächern der *Valide* flankierten. Dort duckte sie sich hinter ein Zierschränkchen aus Zedernholz, bis ihr Atem sich so weit beruhigt hatte, dass sie es wagte, sich durch einen schmalen Spalt in den Raum zu zwängen.

Augenblicklich umfing sie ein künstliches Dämmerlicht. Abgeschwächt von roten, orangefarbenen und gelben Vorhängen, drang das Sonnenlicht durch ein feines Gitter, dessen Querstäbe wie Tierfiguren gearbeitet waren. Aus der Ferne drang der Duft von Chalani-Pfirsichen und Jasmin zu ihr vor, der sich mit dem schweren Geruch von Lilien und Behennussöl vermischte. Der Klang einer Laute und die scharfen Befehle, die kurz darauf folgten, verrieten ihr, dass die *Valide* damit beschäftigt war, eine Gruppe Mädchen in der Liebeskunst zu unterrichten. Doch anstatt der Eifersucht, die sie unter normalen Umständen durchströmt hätte, erfüllte sie Erleichterung darüber, dass die mächtige Sultansmutter beschäftigt war.

Auf leisen Sohlen tastete sie sich an einem übermannshohen, goldgerahmten Spiegel vorbei und vermied es geschickt, die beiden an seinem Fuß zusammengerollten Angorakatzen aufzuschrecken. Eine von ihnen öffnete zwar das Maul zu einem faulen Gähnen, steckte aber sofort darauf wieder den Kopf zwischen die Pfoten. Das Herz in der Kehle, schob Sapphira sich an der Wand entlang in den nächsten Raum, von dem drei Türen abgingen. Welche führte in die Umkleidekammer?, fragte sie sich mit einem Anflug von Panik und versuchte, sich die Anordnung der Gemächer vorzustellen. Die rechte! Schritt für Schritt folgte sie dem schmalen Teppich, griff nach der Klinke, drückte diese mit angehaltenem Atem nieder und kniff die Augen zusammen.

Anders als im angrenzenden Raum, strömte ihr hier gleißendes, von geschliffenen Buntglasscheiben gebrochenes Licht entgegen, und ein Blick auf die von einem Baldachin überspannte Bettstatt genügte, um sie ihren Fehler erkennen zu lassen. Sie hatte sich ins Schlafgemach der *Valide* verirrt.

Das Schlagen der Laute verstummte. Kopflos wie ein gehetztes Tier, fuhr sie mit der Hand in die Tasche, griff nach dem goldenen Band und schleuderte es zwischen die Seidenkissen. Danach schlug sie alle Vorsicht in den Wind, raffte die knöchellange *Entari* und ergriff die Flucht. Hals über Kopf stob sie zurück in den Korridor, wo sie über die Füße eines Kohlebeckens stolperte, das mit ohrenbetäubendem Getöse zu Boden krachte.

Augenblicklich erklangen die drohenden Stimmen der Wächter. Als das Trampeln ihrer schweren Stiefel verriet, dass sie sich in Bewegung gesetzt hatten, blieb Sapphira nichts weiter übrig, als auf gut Glück in einen anderen Raum zu schlüpfen.

Ihr Herz hämmerte so laut, dass sie fürchtete, die vorbeistampfenden Wachen könnten es hören und sie aus ihrem Versteck ziehen. Bebend vor Furcht duckte sie sich hinter einen Stapel *Pestemals* – frisch gewaschene Badetücher für das *Hamam* – und kroch weiter in die winzige Kammer. Während sich im Korridor die helleren Stimmen der Damen mit denen der Bewaffneten vermischten, schickte sie ein Stoßgebet zum Himmel, dass die *Valide* keine Durchsuchung des gesamten Flügels anordnen würde. Denn sobald der Verdacht aufkam, dass sich ein Mann, der kein Eunuch war, in die Gemächer der Damen geschlichen haben könnte, wurde das Unterste zuoberst gekehrt – das hatten zumindest die älteren Schülerinnen behauptet. Ihr Blut drohte, sich in Eis zu verwandeln, und sie blickte sich hilflos nach einer Fluchtmöglichkeit um. Doch in dem Moment, in dem sie sich überlegte, ob ein Sprung aus dem kleinen Fensterchen möglich war, erklang ein Händeklatschen und der Aufruhr auf dem Korridor legte sich.

»Es war sicherlich nur eines der Mädchen«, grollte die Sultansmutter. »Diese ungeschickten Dinger! Geht zurück auf euren Posten.« Damit entließ sie die Wächter, und nach wenigen Minuten kehrte wieder Ruhe ein – auch in Sapphiras Gedanken.

Nun, da die Gefahr gebannt war, als Diebin gefasst zu werden, wurde ihr klar, wie groß das Risiko gewesen war, das sie auf sich genommen hatte. Selbst wenn es ihr gelungen wäre, sich mit dem Salbentiegel aus der Affäre zu ziehen, hätte ein genaueres Nachforschen ans Licht gebracht, dass keine der Damen nach ihr geschickt hatte; und damit wäre das Misstrauen der *Valide* sicherlich genauso schnell entfacht worden wie ein Strohfeuer. Was mit einem Mädchen geschah, das sich auch nur den geringsten Fehler zuschulden kommen ließ, reichte von Degradierung zu den niedrigsten Diensten bis hin zur Verstoßung aus dem *Harem*. Ein Schauer ließ sie frösteln. Sie musste zusehen, dass sie so schnell wie möglich zurück ins Hospital kam.

Sie wollte gerade auf Zehenspitzen zurück zur Tür schleichen, als zwei gedämpfte Stimmen aus dem Garten unter dem Fenster an ihr Ohr drangen.

»Das geht dich nicht das Geringste an!«

»Das tut es sehr wohl«, kam die erboste Antwort. »Wenn er sich um deinen Sohn kümmert, warum bekommt mein Musa ihn dann nie zu Gesicht?«

Ein kaltes Lachen folgte. »Weil dein Sohn ein Schwächling ist!«

Entgegen aller Sorge entdeckt zu werden, lugte Sapphira durch das winzige Fensterchen, vor dem sich immergrüne Kletterpflanzen rankten, und suchte den üppigen Garten darunter nach den Sprecherinnen ab. Zuerst konnte sie nichts entdecken, doch dann traten zwei atemberaubend gewandete Frauen aus einer Laube, und einen Augenblick lang glaubte Sapphira, sie würden einander an die Kehle gehen.

Die ältere der beiden, eine mit Juwelen überladene Schönheit, hob angriffslustig die beringte Hand. »Mehmet ist jetzt schon geschickter im Umgang mit dem Krummschwert als dein Sohn es je werden wird«, fauchte sie und warf den Kopf in den Nacken, so dass Sapphira das Funkeln in ihren stark geschminkten Augen sehen konnte. »Hättest du deinen Sohn

früher von den Prinzessinnen getrennt, wäre er nicht so ver-
weichlicht!«

Die so beleidigte Frau machte einen Schritt auf die andere
zu, doch diese starrte sie lediglich mit gekräuselten Lippen
an. »Sieh dich vor!«, drohte die Jüngere und fuhr die Kral-
len aus, als wolle sie ihrem Gegenüber das Gesicht zerkratzen. »Einem Jungen kann schnell etwas zustoßen, wenn er
mit Waffen spielt.«

Sapphira hatte genug gesehen. Ohne Zweifel handelte es
sich bei den beiden Frauen um Devlet Hatun, die Mutter
des Prinzen Mehmet, und eine der anderen Konkubinen, die
einen Sohn von Bayezid empfangen hatten. Und offensichtlich waren die Gerüchte, welche über die Feindschaft zwischen den Damen im Umlauf waren, keineswegs so übertrieben, wie Sapphira angenommen hatte. Sie zog unwillkürlich
den Kopf ein, als sie sich ausmalte, wie es wäre, selbst in diesen Kampf verwickelt zu werden. Bevor sich ihre Gedanken
jedoch – wie so häufig – in dem Tagtraum verstricken konnten, in dem der mächtige Bayezid sie zu sich befahl, gemahnte
sie der gegen ihr Bein drückende Salbentiegel daran, dass es
höchste Zeit war zu verschwinden.

Um eine weitere Ausrede für ihre Anwesenheit im Flügel der *Valide* zu haben, griff sie sich zwei dicke Baumwoll-
tücher und verließ leise die Wäschekammer. Darauf gefasst,
angesprochen oder aufgehalten zu werden, gelangte sie nach
scheinbar endlosen Sekunden zum Ausgang, wo die Wächter ihr nicht die geringste Beachtung zollten. Kaum hatte sie
die Sicherheit des mit bunten Kieseln aufgeschütteten Weges
erreicht, beschleunigte sie die Schritte und rannte wie von
Furien gehetzt zurück zum *Darüssifa*.

KAPITEL 16

Zwischen Ulm und Augsburg, Frühsommer 1400

»MEINE GÜTE, ist das eine Hitze!« Prustend wischte Falk sich mit dem Handrücken den Schweiß aus den Augen und benetzte die trockenen Lippen. Bereits kurz nach ihrem Aufbruch aus Ulm hatte er die obersten Knöpfe seiner Schecke geöffnet und den viel zu warmen Filzhut in den Gürtel gesteckt. Seit Stunden rann ihm der Schweiß in wahren Bächen den Rücken hinab, und er dankte seiner Köchin Marthe ihm Stillen, dass diese ihn dazu genötigt hatte, zusätzlich zu all dem Proviant noch zwei Reiseflaschen an seinem Sattel zu befestigen. Durstig vom Staub der Straße griff er nach dem vom Knauf baumelnden Kolben und stürzte den mit Wasser verdünnten Rotwein so gierig hinab, dass ihm ein Teil des kostbaren Trunkes in den Kragen lief.

»Wenn du jetzt schon alles austrinkst, wirst du es später bereuen«, warnte sein Onkel ihn.

Otto, der Falk am Vorabend die vertrautere Anrede angeboten hatte, ritt auf gleiche Höhe mit seinem Neffen und warf ihm einen besorgten Blick zu. Genau wie sein Neffe, führte auch er ein Packpferd am langen Zügel und trug einen Reisesack mit dem nötigsten Gepäck auf dem Rücken. Da sie keine Waren mit sich führten, hatten die beiden darauf verzichtet, sich einem der vielen Kaufmannszüge anzuschließen, denen sie alle paar Meilen begegneten.

»Aber wir können doch jederzeit an einer Herberge anhalten«, gab Falk zurück und tat einen weiteren langen Zug.

»Das können wir«, stimmte Otto ihm zu, »aber dann werden wir ganz sicher die Abfahrt der *Mude* verpassen.« Erschrocken setzte Falk die kürbisförmige Flasche ab und stopfte den Korken zurück in die Öffnung. »Du weißt, dass die Zeit drängt«, fügte Otto hinzu und lenkte sein Reittier nach links, um einem abgebrochenen Ast auszuweichen. »Wir müssen in spätestens 30 Tagen in Venedig sein, sonst sticht der Geleitzug ohne uns in See.«

»Dann sollten wir aber etwas schneller reiten«, bemerkte Falk und machte Anstalten, seinem Apfelschimmelhengst die Sporen zu geben.

Doch Otto hielt ihn mit einem Griff an den Arm zurück. »Wenn wir die Tiere zu sehr antreiben, schaffen sie den beschwerlichen Weg über die Alpen nicht«, warnte er. »Je mehr Kräfte sie auf diesem Teil der Strecke sparen, desto weniger Schwierigkeiten bekommen wir später.«

Falk nickte. Daran hatte er nicht gedacht. Mit einem Schnaufen schob er sich den dunklen Schopf aus der Stirn und kniff die Augen zusammen. Die Wasseroberfläche der Donau, deren Lauf sie noch einige Zeit lang folgen würden, funkelte wie zerbrochenes Glas. Hie und da teilten Schwäne oder Enten die Fluten, tauchten nach Algen oder glitten einfach nur friedlich in dieselbe Richtung wie die beiden Reiter. Die silbernen Blätter der uralten Pappeln raschelten in einer leichten Brise, die sich allerdings zerstreute, bevor sie den Reisenden Kühlung bringen konnte. Immer wieder überholten Falk und Otto einzelne Fuhrwerke, schwer bewaffnete Eskorten oder Wanderer, doch bisher hatte sie niemand behelligt.

Ob und wann sie wohl dem ersten Wegelagerer begegnen würden?, fragte sich der junge Mann und griff sich instinktiv an die Brust. Dort, eingenäht im Futter seiner Schecke, ruhte die Bankauskunft, die einen Überfall sinnlos machte. Ohne seine Unterschrift und die des *Bancherius* in Venedig war das Schriftstück wertlos, und somit nicht von Interesse für die raubenden und plündernden Adeligen, welche in diesem Teil des Landes angeblich ihr Unwesen trieben. Falk warf seinem Onkel einen verstohlenen Blick zu und war beruhigt, das Schwert an seiner Seite baumeln zu sehen. Wer sagte denn, dass die Räuber sie nicht auch für vier Pferde und etwas Proviant erschlagen würden? Immerhin waren die Tiere auch so Einiges wert.

»Sei kein Tor«, hatte Lutz ihn ermahnt. »Wenn du das Vollblut reitest, ziehst du den Ärger an wie die Sünde den Teufel.«

Bei dem Gedanken an seinen Verwalter verzog der junge Mann das Gesicht. Wenngleich ihm klar war, was der Grund für die handgreifliche Auseinandersetzung mit Otto gewesen war, konnte er Lutz nicht gestatten, sich aufzuführen, als ob Falk noch ein unmündiger Knabe wäre. Deshalb hatte er ihn bestimmt und unmissverständlich in die Schranken gewiesen, und der Abschied im Morgengrauen war kurz und kühl gewesen. Er griff die Zügel nach, als sein Apfelschimmel vor einem plötzlich auftauchenden Eichhörnchen zurückschreckte.

»Wie kann ich dir nur begreiflich machen, dass er dich ausnutzt?«, hatte Lutz gestöhnt, nachdem sich die Wogen wegen der Prügelei mit Otto ein wenig geglättet hatten. »Warum willst du nicht begreifen, dass du sehenden Auges in eine Falle rennst?«

Weil es keine Falle sein konnte, und er nicht halb so dumm und unerfahren war wie Lutz anscheinend annahm!, dachte Falk und verdrängte das mulmige Gefühl, das sich ab und zu einschlich, wenn er zu sehr über die Warnung nachdachte. Warum sollte Otto ihn hintergehen wollen? Hatte er nicht von sich aus angeboten, ihm einen Teil seiner Ländereien zu überschreiben – im Gegenzug für die 100 Gulden, welche Falk ihm am Ende der Reise leihen würde? Sicherlich, er wusste nicht allzu viel über den Katzensteiner und hatte auch beschlossen, diesem einige Fragen auf der langen Reise zu stellen. Doch das Misstrauen, das Lutz in seiner Seele gesät hatte, reichte nicht aus, um das Schlimmste von dem Ritter zu denken. Zwar hatte Otto unauffällig versucht, ihn von den – in seinen Augen übertriebenen – Vorsichtsmaßnahmen abzubringen; als Falk allerdings nicht gleich auf seinen Vorschlag eingegangen war, hatte er das Thema fallen lassen wie eine heiße Kastanie.

Das Kreischen eines Eichelhähers lenkte ihn für einen Moment ab, doch als sich der Vogel auf einen gefiederten Eindringling stürzte, erging er sich beruhigt weiter in seinen Überlegungen.

Vermutlich war es ein kluger Zug gewesen, Otto das Geld nicht in bar auszuhändigen, denn eine solch gewaltige Summe konnte unter Umständen auch eine reine Seele beflecken. Aber wenn man seinem eigenen Onkel nicht mehr vertrauen konnte, wem dann?

Eine am Horizont auftauchende Zollstation ließ ihn die Zweifel vergessen. Bereits von Weitem sichtbar versperrte eine rot-weiß gestrichene Schranke den Weg, und eine Schlange von Fußgängern, Reitern und Karren verriet, dass die Abfertigung nicht gerade schnell vonstatten ging.

»So verpassen wir die *Mude* ganz sicher«, murmelte er, doch Otto hatte sich bereits von seiner Seite gelöst und trabte auf die bewaffneten Zolleintreiber zu.

Den zornigen Protest der Händler ignorierend, deutete er auf Falk, zog etwas aus der Tasche und drückte es einem der Kerle in die behandschuhte Rechte. Daraufhin stieß er einen Pfiff aus und winkte seinen Neffen zu sich. »Beeil dich«, rief er ihm zu, als Falk sich durch die schimpfende Menge drängte.

Kaum hatte er zu seinem Onkel aufgeschlossen, hob sich die hölzerne Schranke und die beiden klapperten in aller Seelenruhe über die leicht schwankende Holzbrücke.

»Ein paar Pfennige an der richtigen Stelle, sind Gold wert«, bemerkte Otto und lachte über seinen eigenen Witz. »Da wir keine Handelswaren mit uns führen, ist mit uns kein Geschäft zu machen«, erklärte er, da Falk ihn verständnislos ansah. »Der einzige Profit, der von Reisenden zu erwarten ist, ist die kleine Bestechungsgebühr, die einen an den Kopf der Schlange bringt.«

Zufrieden, ohne Verzögerung weiterzukommen, trieb Falk sein Reittier wieder zu einem gemächlichen Trab an und genoss den leichten Windhauch, der von Westen her aufkam.

Eine Zeit lang ritten sie schweigend nebeneinander her, bevor Otto erneut das Wort ergriff: »Du hast dich sicherlich gefragt, warum ich dich nicht schon früher aufgesucht habe.«

Das hatte Falk in der Tat. Da er seinen Verwandten allerdings nicht vor den Kopf stoßen wollte, zuckte er wortlos die Schultern.

»Ich kannte deinen Vater eigentlich gar nicht«, begann Otto. »Er hat Katzenstein nur ein einziges Mal besucht, als ich kaum drei Jahre alt war.«

Der Schmerz in Falks Herz flammte kurz auf, um sich jedoch sofort darauf wieder an den verborgenen Ort in seinem Inneren zurückzuziehen, an den er ihn verbannt hatte. Seit er den Entschluss gefasst hatte, die lange Reise zu unternehmen, war die Trauer um seine Eltern ein wenig abgeflaut – beinahe als habe die Aufregung sie verdrängt.

»Alles, was ich über ihn weiß, hat dein Großvater mir erzählt«, erklärte Otto weiter. »Und von deiner Existenz war nie die Rede. Wäre ich dir nicht zufällig auf dem Pferdemarkt begegnet, wüsste ich bis heute nichts von dir.«

Das leuchtete Falk ein. Immerhin hatte seine Familie seit er denken konnte in Mailand und Straßburg gewohnt. Der

Umzug nach Ulm war erst nach der furchtbaren Katastrophe erfolgt – getragen von dem Bestreben, so viele Meilen wie möglich zwischen sich und den Ort zu bringen, an dem seine Eltern den Tod gefunden hatten. Und von der Hoffnung, seine Steinmetzausbildung auf der Münsterbaustelle zu Ende bringen zu können.

Bevor die in ihm aufsteigende Bitterkeit ihm die Laune verderben konnte, fügte Otto mit einem schiefen Lächeln hinzu: »Dein Vater hasste das Leben eines Ritters, wusstest du das?«

»Wirklich?« Falk schielte ungläubig nach dem mit eisernen Platten versehenen Waffenrock des Älteren. Was würde er dafür geben, mit ihm tauschen zu können!

»Ja«, gab Otto zurück. »Und ich kann dir gar nicht sagen, wie recht er damit hatte. Es ist nicht alles Gold, was glänzt.« Seine Miene verhärtete sich. »Früher war es vielleicht eine Ehre, ein Ritter zu sein, aber das ist längst nicht mehr so.« Er lachte freudlos. »Raub und Überfall, das ist es, wovon man heutzutage am Besten lebt!« Falks schockiertes Gesicht ließ ihn fortfahren: »Ernährt werden wir von unseren bettelarmen Bauern, deren Felder kaum Ertrag bringen. Wo immer wir gehen und stehen, müssen wir fürchten, von einem anderen verschleppt und gegen Lösegeld festgehalten zu werden. Nicht einmal zur Jagd reiten kann man, ohne sich seines Lebens fürchten zu müssen.« Er machte eine Pause, um Luft zu schöpfen. »Und wenn es das nicht ist, dann muss man Zank und Streit zwischen den eigenen und fremden Meiern schlichten. So friedlich und bequem wie in der Stadt ist es auf dem Land bei Gott nicht!«

Der Ausbruch hatte ihm das Blut in die Wangen getrieben. Als Falk ihn bestürzt ansah, lenkte er hastig ab und deutete auf eine Gruppe junger Frauen, die schwere Tonkrüge am Ufer entlang trugen. »Schlag besser drei Kreuze. Wer weiß, ob die Krüge leer sind.« Damit fuchtelte er selbst drei Mal vor seiner Brust hin und her, und wenngleich Falk den Aberglauben nicht teilte, tat er es ihm gleich.

Dass die Begegnung mit Wassertragenden Unglück brachte, war sicherlich genauso ein Ammenmärchen wie die Furcht vor blinden Bettlern, alten Weibern und Buckligen. Als sie an den Bauernmädchen vorbeiritten, rafften zwei von diesen gerade ihre Röcke. Ohne Scham entblößten sie ihre Beine, stopften die Säume in die Gürtel und wateten ins Wasser. Die übrigen fünf kicherten übermütig und machten Anstalten, es ihren Gefährtinnen gleichzutun.

»Sieh sie dir nur an, diese schamlosen Flittchen!«, knurrte Otto und starrte die Mägde missgelaunt an. »Und wenn ein redlicher Mann der Versuchung erliegt, dann rennen sie und beklagen sich beim Vogt! Ich hätte nicht übel Lust, diesen Dirnen Anstand einzuprügeln!« Seine Kiefermuskeln zuckten.

Falk, den beim Anblick der nackten Haut ein heißes Gefühl durchströmte, ertappte sich dabei, wie er sich eine Ausrede wünschte, die Reise zu unterbrechen. Doch das kam nicht in Frage. »Wir müssen weiter«, presste er mühsam hervor und bemühte sich, seine Erregung zu unterdrücken, bevor ihm die ungewollt aufblitzende Erinnerung an Maria den Verstand vernebeln konnte.

Maria, die Küchenmagd seines Vaters, die sich mehr als einmal zu ihm ins Badehaus gestohlen hatte, als sie noch in Straßburg gewohnt hatten. Hochgezurrt und prall hatten ihre Brüste ihm bereits im zarten Alter von kaum dreizehn Jahren feuchte Träume beschert – die sie ihm nur allzu willig erfüllt hatte. Er stöhnte leise und zwang sich, den Blick von der milchweißen Haut abzuwenden. Da auch Otto mit seinen Gefühlen zu kämpfen schien, schüttelte Falk die ungewollten Gedanken ab und schnalzte übertrieben ungezwungen mit der Zunge. Mit versteiftem Rücken brachte er seinen Wallach zwischen die Mädchen und seinen Onkel und verwickelte diesen in ein schleppendes Gespräch über die Pferdezucht. Als nach etwas weniger als fünf Minuten endlich eine Flussbiegung den Blick auf die Mägde abschnitt, war er mehr als nur heilfroh. Die Heftigkeit, mit der er auf die Reize der jungen Frauen reagiert hatte, machte ihm Angst, und er beschloss, Gott um Vergebung für seine sündigen Gedanken zu bitten.

Der Rest des Tages verlief ohne größere Zwischenfälle, und als kurz vor Einbruch der Dämmerung die Umrisse eines Klosters vor ihnen auftauchten, atmete Falk dankbar auf. Wenigstens die erste Nacht würden sie in einer anständigen Unterkunft zubringen und nicht in einer der vielen zwielichtigen Spelunken!

KAPITEL 17

DREIEINHALB TAGE DARAUF erreichten sie die Burg Ehrenberg in Tirol. An der Via Claudia Augusta gelegen, erhob sich die gewaltige Befestigungsanlage in elfhundert Metern Höhe auf einem schroffen, bewaldeten Felsen, der aus demselben Stein beschaffen schien wie die mächtigen Mauern. Da sich über den Berggipfeln dichte, bedrohlich schwarze Wolken zusammenschoben, hatten Falk und Otto einige Meilen weiter nördlich beschlossen, Rast zu machen und abzuwarten, bis das Unwetter sich ausgetobt hatte.

»Was nützt es uns, schneller voranzukommen, wenn wir vom Blitz erschlagen werden?«, hatte der Katzensteiner Ritter festgestellt und auf die Silhouette der Grenzfestung gezeigt. »Dort gibt es sicher eine Möglichkeit unterzukommen.«

Zuversichtlich näherten sie sich der vorgelagerten Klause, welche durch lange Schenkelmauern mit der rechteckigen, erhöht stehenden Kernburg verbunden war, und brachten an der Zugbrücke ihre Bitte um Einlass vor. Nachdem die Wachen sie eingehend gemustert hatten, wiesen sie wortlos auf ein an die Sperrmauer gedrängtes Wirtshaus, das mit einem geschnitzten Wildschwein um Gäste warb. Neben der Herberge befanden sich ein Stall, eine Zoll- und Poststation sowie ein Festes Haus, in dem vermutlich der Pfleger der Burg wohnte. Drei halbfertige, gemauerte Wände deuteten darauf hin, dass hier bald ein Kornkasten entstehen würde. Doch bevor Falk die Gebäudeansammlung genauer in Augenschein nehmen konnte, ließ ihn ein gewaltiges Donnergrollen zusammenfahren.

»Wenn wir nicht bis auf die Knochen durchnässt werden wollen, sollten wir die Beine in die Hand nehmen«, brummte Otto und lenkte sein Reittier auf den Stall des Gasthofes zu.

Dort saßen die beiden Reisenden ab, drückten einem Burschen die Zügel in die Hand und trugen ihm auf, die Pferde trockenzureiben, zu tränken und zu füttern.

Noch bevor die beiden Männer ihre Packsäcke von den Rücken der Reittiere gehievt hatten, durchzuckte ein greller Blitz den bleiernen Himmel; und während ein zweiter Donner über die Gipfel rollte, kam ein peitschender Wind auf.

Hustend versuchte Falk, seine Augen vor dem aufgewirbelten Staub zu schützen und zog den Kopf ein, als kurz darauf ein sintflutartiger Regen einsetzte.

»Los, los, los«, drängte Otto und stürzte auf den Eingang der Herberge zu, über dem das Schild bedrohlich in den Scharnieren quietschte.

Tropfnass – obwohl der Stall nicht mehr als einen Steinwurf von dem Gasthof entfernt war – stolperte der Knabe seinem Onkel hinterher in den betörend duftenden Schankraum. Nachdem er sich wie ein nasser Hund geschüttelt hatte, folgte er Otto, der bereits auf einen Tisch zusteuerte, um sich mit einem Prusten auf die gepolsterte Bank sinken zu lassen. Wie der Ritter ließ auch Falk sein Gepäck achtlos zu Boden fallen, wo sich in Windeseile eine kleine Pfütze bildete. Überrascht registrierte er den sauber gefegten Boden, das ordentlich gestapelte Feuerholz und die geschnitzten Kruzifixe an den Wänden, welche überdies mit Trockenblumensträußen geschmückt waren. So viel Gemütlichkeit hatte er nicht erwartet.

Außer ihnen befand sich eine Gruppe Dominikaner in der Schankstube – zu erkennen an ihrem weißen Habit und dem schwarzen Radmantel. Wenngleich die Ankunft der beiden Reisenden ihr Gespräch für einige Momente unterbrochen zu haben schien, steckten die Mönche schon bald wieder die Köpfe zusammen und lauschten den Worten eines Bruders, dessen hartes Gesicht wie aus Stein gehauen wirkte.

Hätte das edelsteinbesetzte Kreuz an seinem Hals nicht ohnehin verraten, dass es sich bei ihm um den Ranghöchsten der Mönche handeln musste, dann hätte es die beinahe kriecherische Ergebenheit getan, mit der die anderen an seinen Lippen hingen. »Geduld ist eine Tugend, die dir immer noch fern ist, Bruder Johannes«, schalt der Anführer einen seiner Gefährten, der reumütig das Haupt senkte. »Die Ketzer werden uns nicht entkommen. Erstens wissen sie nichts von unserer Ankunft und zweitens, sag mir, wohin sollten sie fliehen? Noch höher hinauf in die Berge?«

»Verzeiht mir, Bruder Petrus«, murmelte der Gescholtene.

Als Falk klar wurde, um wen es sich bei den Dominikanern handelte, legte sich eine Gänsehaut über seine Arme. Ein Blick in Ottos Gesicht genügte, um ihm mitzuteilen, dass auch sein Onkel begriffen hatte, dass sie die Herberge mit einer Gruppe Inquisitoren teilten. Auf der Suche nach den überall gejagten Waldensern, schienen die Mönche offensichtlich auf dem Weg in die Bergdörfer – in der Hoffnung, die Ketzer in ihren geheimen Unterschlupfen aufzuspüren. *Domini canes* – die Hunde des Herrn – wurden diese Männer unschmeichelhaft genannt, und wie jeder Christ hatte auch Falk von den Prozessen gehört, in deren Verlauf Männer, Frauen und sogar Kinder zu einem qualvollen Tod auf dem Scheiterhaufen verurteilt wurden.

Alle Wärme schien mit einem Mal aus dem Raum zu fliehen, als er sich vorstellte, was den Bauern drohte, sobald die Heiligen Brüder die sogenannte Gnadenfrist über ihr Dorf verhängten. Zum Zeichen ihrer scheinbaren Barmherzigkeit würden sie den Einwohnern vier Wochen Bedenkzeit gewähren, in der diese ihre Sünden bekennen und dem Fehlglauben abschwören konnten. Wer sich den Inquisitoren stellte und der Ketzerei entsagte, der durfte hoffen, mit dem Tragen des Ketzerkreuzes davonzukommen. Doch wer von seinen Nachbarn, Freunden oder gar Familienangehörigen denunziert wurde, dem drohten Kerker, Folter und Tod. Und das war das eigentlich Zersetzende an dem Vorgehen der Mönche. Wer zuerst gestand und andere verriet, der kam mit dem Leben davon. Wer hingegen im Kerker landete, der hatte die Wahl, sich einen schnellen Tod zu erkaufen, indem er die Schuld einem anderen Unglücklichen in die Schuhe schob, oder so lange die Qualen auszuhalten, bis ihm schließlich ein

Geständnis abgepresst wurde. Und nicht nur Angeklagten drohte die Folter; auch Zeugen waren nicht sicher vor der questio – der peinlichen Befragung.

Die Kälte breitete sich weiter in ihm aus, und am liebsten hätte er ungeachtet des inzwischen tobenden Gewittersturms augenblicklich die Flucht ergriffen. Was, wenn Otto und er die Aufmerksamkeit der Brüder auf sich zogen? Um ein Haar wäre er von der Bank aufgesprungen, als plötzlich der Wirt neben ihm auftauchte. Mit unvermittelt hämmerndem Herzen starrte der Knabe den Mann einige Augenblicke lang an, als handle es sich um ein Trugbild, doch die raue Stimme des Schenks brach den Bann.

»Womit kann ich den Herren dienen?«, fragte der rundliche Mann in einem Dialekt, der verriet, dass er nicht aus der Gegend stammte.

»Bring uns einen Krug Wein, Brot, Käse und Braten«, gab Otto kurz angebunden zurück und machte Anstalten, in die Geldkatze zu greifen. Doch Falk, der sich inzwischen gefasst hatte, kam ihm zuvor.

»Wir brauchen außerdem zwei Lager für die Nacht«, wandte er sich an den Wirt, der geschäftstüchtig die Hand aufhielt, um die Bezahlung entgegenzunehmen.

Nachdem er die Silbermünzen gezählt hatte, nickte er zufrieden, durchstöberte die Tasche seiner Schürze und zählte Falk einige Pfennige zurück auf den Tisch. »In der Stube ist noch Platz«, erwiderte er und riet ihnen mit einem Seitenblick auf die Dominikaner, sich rechtzeitig ein Lager zu reservieren.

Die Vorstellung, mit den Mönchen in einem Raum nächtigen zu müssen, brachte das Unwohlsein zurück, das erneut mit überwältigender Macht von Falk Besitz ergriff. Was, wenn er im Schlaf redete und das Misstrauen eines der Inquisitoren weckte, der seine Albträume für ein Zeichen der Schuld hielt?

Als der Wirt wenig später mit einem Krug Würzwein zurückkehrte, beschloss er, die Nacht entweder hier im Schankraum zu verbringen oder sich in den Stall zu schleichen, sobald alle anderen schliefen. Denn ansonsten konnte er ebenso gut gleich wach bleiben, da an Schlaf nicht zu denken sein würde. Während sie schweigend das zwar einfache aber wohlschmeckende Mahl in sich hineinstopften, wurde Falk klar, was ihn an der Begegnung mit den Dominikanern so aufwühlte. Es war nicht nur die sehr reale Bedrohung, die von ihnen ausging, sondern vielmehr die Tatsache, dass ihre Anwesenheit sowohl ihn als auch Otto überrascht hatte.

Sicherlich war er sich beim Aufbruch aus Ulm darüber im Klaren gewesen, dass die Reise Gefahren barg; allerdings hatten die Inquisitoren ihm mit schockierender Deutlichkeit vor Augen geführt, dass es nicht nur die Gefahren waren, mit denen man von vornherein rechnete. Er kaute nachdenklich auf einem Stück knuspriger Schwarte herum. Die Feinde, für die man gerüstet war, waren nicht die, welche solch ein Unterfangen zum Scheitern bringen konnten. Das wurde ihm mit jeder Minute, die in der erstickenden Gesellschaft der Brüder verstrich, klarer. Es waren die Bedrohungen aus heiterem Himmel, vor denen man sich am meisten in Acht nehmen musste! Und nur Gott allein wusste, wie viele sie auf dieser Reise noch erwarten mochten.

❧

Mit zusammengekniffenen Augen beobachtete Otto von Katzenstein seinen Neffen. Offensichtlich hatten die *domini canes* dem Burschen denselben Schrecken eingejagt wie ihm selbst, da die sonnengebräunte Haut mit einem Mal seltsam fahl wirkte. Einige Momente lang empfand er so etwas wie Mitgefühl für den Jungen, der eine solch unheimliche Ähnlichkeit mit seinem Großvater, Ottos Vater, hatte. Nicht nur strich er sich den struppigen, schwarzen Schopf mit der gleichen Bewegung aus der Stirn; er fuhr sich auch genau wie Wulf von Katzenstein über das noch bartlose Kinn, wenn er aufgeregt war. Ganz zu schweigen von der Angewohnheit, an der Unterlippe zu nagen.

Verwirrt säbelte der Ritter eine dicke Scheibe Käse von dem halben Laib und stopfte sie, zusammen mit einem Bissen Weißbrot, in den Mund. Die Unbedarftheit des Knaben appellierte an etwas tief in seinem Inneren, und er ertappte sich dabei, wie er überlegte, seinen Plan aufzugeben. Konnte ihm nicht auch ein anderer Weg zum Erfolg verhelfen? Was, wenn er den Bengel tatsächlich bis nach Edirne begleitete, dort ein halbes Dutzend Vollblüter erstand und mit diesen eine neue Zucht anfing? Würden die Gewinne ihn nicht innerhalb kürzester Zeit von all seinen Schulden befreien? Doch dann verhärtete sich seine Seele wieder gegen den Spross, der ihm sein Erbrecht streitig machte. Ein Bastard, nichts als ein Bastard, das war er! Und daran änderte auch die entnervende Ähnlichkeit mit Wulf von Katzenstein nichts. Otto rammte das Messer in den Braten, um auch etwas von der köstlichen Kruste abzuschneiden. Er konnte es sich nicht leisten, weich zu werden! Denn wenn er alles auf die Karte der Zucht setzte, dann war er ruiniert, sollten die Tiere erneut einer Seuche zum Opfer fallen. Und dann würde er nicht nur all sein Geld verlieren, sondern auch *den* Teil seiner Ländereien, den er seinem *Bancherius* als Sicherheit überschrieben hatte. Und das konnte er nicht zulassen!

KAPITEL 18

Bursa, Frühsommer 1400

MIT EINER LEISEN MELODIE auf den Lippen befestigte Maria Olivera Despina die juwelenbesetzte Haarnadel an der Seite ihres Kopfes. Wie viele der vornehmen Damen im *Harem* trug auch sie die blonde Mähne zu aufgesteckten Zöpfen gebändigt – bedeckt mit einem durchscheinenden Tuch, das von einem goldenen Diadem festgehalten wurde. Zufrieden betrachtete sie ihre Erscheinung in dem reich verzierten Silberspiegel und zupfte den dünnen *Qazz* – die hauchfeine Gaze – ihres Untergewandes zurecht, sodass ihr voller Busen kaum beschattet war. Nachdem sie den mit goldenen Blumen bestickten Kaftan übergestreift hatte, legte sie einen breiten Gürtel an, auf dem Rubine, Smaragde und Diamanten funkelten. Danach schlüpfte sie in einige Perlenarmbänder und drehte sich zweimal im Kreis. Anders als die anderen Gemahlinnen des Sultans, verzichtete sie beim Ankleiden manchmal auf die Hilfe ihrer Hofdamen, da allein die Vorbereitung auf das Liebesspiel mit Bayezid sie mit einem Gefühl der Macht und der Lust erfüllte. Nach einem letzten Blick in den Spiegel wandte sie der polierten Oberfläche den Rücken und trat in die Mitte des Raumes, wo sie sich nach einigen Augenblicken für ein paar lederne Sandalen mit Silberschnallen entschied.

Vor den Fenstern ihres Gemaches versank soeben ein glutroter Sonnenball am Horizont, und das Abendrot tauchte die Landschaft in ein beinahe überirdisches Licht. Ein trillerndes Lachen verriet, dass sich einige der Mädchen noch in den Gärten vergnügten, in denen schon bald Lampions entzündet werden würden. Vermutlich hofften manche von ihnen, einen Blick auf Bayezid zu erhaschen, der am heutigen Tag den Diwan einberufen hatte.

Olivera entblößte die makellosen Zähne. Wie immer würde der Sultan nach dem Treffen mit seinen Wesiren vor Macht und Tatendurst pulsieren – was sie geschickt ausnützen würde, um ihn ein weiteres Mal dazu zu bringen, mit ihr zu schlafen. Ihre Hand zuckte zu ihrem Unterleib.

Nachdem sie gehofft hatte, endlich einen Sohn von ihm empfangen zu haben, hatte sie das Blut in ihrem Bett vor wenigen Tagen eines Besseren belehrt, und sie war in ein Stimmungstief gerutscht, aus dem sie gefürchtet hatte, nicht wieder aufzutauchen. Doch heute fühlte sie sich fruchtbar. Fruchtbar und unwiderstehlich.

Mit den Sandalen an den Füßen vollführte sie einen weiteren Wirbel um die eigene Achse und lachte übermütig, als sie an die Unterhaltung mit der *Valide* zurückdachte. Diese – herrisch wie immer – hatte sie vor einigen Tagen zu sich befohlen, um ihr unmissverständlich mitzuteilen, was sie von ihr hielt. Was Olivera jedoch nicht sonderlich beeindruckt hatte.

»Ich bin seine Mutter«, hatte die Ältere gekeift. »Er legt großen Wert auf meinen Rat!«

Scheinbar einsichtig, hatte Olivera der alten Hexe versprochen, ihren Sohn nicht zu unüberlegten Handlungen zu verleiten. Doch was konnte sie schon dagegen tun, wenn Bayezid von ihr besessen war? Und dass er das war, dessen war sie sich sicher.

Ihr schöner Mund verzog sich zu einer harten Linie. Und, ganz gleichgültig, was es sie kostete, er würde ihr einen Sohn schenken und sie so zu einer der wichtigsten Frauen nach der *Valide* machen! Wer weiß, dachte sie grimmig, vielleicht bricht sich die Alte irgendwann das Genick. Sie griff nach der Pfefferminzlösung, mit der sie stets ihren Mund spülte, bevor sie ihren Gemahl aufsuchte. Schließlich wollte sie, dass ihr Atem dem eines himmlischen Wesens und nicht dem einer Bäuerin glich!

»Eine Frau ohne Sohn ist wie ein Baum ohne Früchte«, murmelte sie und klatschte in die Hände.

Augenblicklich kehrten ihre Dienerinnen aus der angrenzenden Kammer zurück und fragten nach ihren Wünschen.

»Ihr braucht nicht auf mich zu warten«, sagte sie mit einem Lächeln in der Stimme. »Vermutlich bin ich erst morgen früh zurück.«

Wenngleich die Mädchen erschrocken die Augen aufrissen, ließen sie mit keiner Silbe verlauten, wie sehr sie das entsetzte, was ihre Herrin offensichtlich vorhatte – auch wenn diese davon abgesehen hatte, ihren Gemahl wie sonst nur im Nachtgewand aufzusuchen. Nachdem sie sich ehrerbietig zurückgezogen hatten, straffte Olivera die Schultern und trat hinaus in die Schwüle des Abends.

Seit einiger Zeit brachte der Wind eine beinahe unerträgliche Hitze aus dem Osten, und selbst in der Nacht kühlte es kaum ab. Der Geruch verblühender Büsche und heißer Erde hing schwer in der Luft, und der würzige Duft von Kiefernnadeln erinnerte sie wider Willen an ihre Heimat.

Ohne Vorwarnung flammte der immer noch in ihr wohnende Hass gegen Bayezid mit aller Gewalt auf, als die Hinrichtung ihres Vaters sich in ihren Verstand drängte. Als hielte sie eine unsichtbare Macht fest, verharrte sie auf der Stelle und blickte grimmig in die Ferne. Einen Moment lang schloss sie die Augen, um sich das zwar energische, aber liebevolle Gesicht Lazars von Serbien ins Gedächtnis zu rufen, so wie es gewesen war, bevor die Klinge des Henkers ihm die Seele geraubt hatte: Die durchdringenden, weisen Augen; die edle Nase und das schmale, von einem Bart eingerahmte Gesicht. Wenn er doch nur das diplomatische Geschick ihres Bruders besessen und sich Bayezid unterworfen hätte! Dann hätte er – wie ihr Bruder Stefan – weiter als Vasall des Sultans über Serbien herrschen können. Sie presste die Lippen aufeinander. Aber das hätte ihr Vater als feuriger Anhänger der orthodoxen Kirche niemals getan.

Ihre Nasenflügel blähten sich, als sie das Aroma der Nadelbäume noch tiefer einsog – wie um den Entschluss, den sie vor langer Zeit gefasst hatte, damit tiefer in ihr Gehirn einzubrennen. Was weder ihr Bruder noch ihr Vater zustande gebracht hatten, würde ihr gelingen! Mithilfe ihrer weiblichen Reize würde sie den mächtigen Bayezid *Yilderim* dazu bringen, eine Frucht in ihren Schoß zu legen, die prächtiger gedeihen würde als der Samen, aus dem sie entsprungen war. Und wenn sie dann die anderen Söhne des osmanischen Herrschers ausmanövriert hatte, würde ihrem Sprössling das gesamte Reich Untertan sein! Ein wohliges Glühen erfüllte sie, und sie setzte sich wieder in Bewegung, um beinahe beschwingt auf den nördlichen Teil des Palastes zuzueilen, über dem die Banner des Sultans sachte hin und her wehten.

Auf dem Weg durch die Gärten fiel ihr Blick auf ein Kleeblatt geschmeidiger Schönheiten, die selbstvergessen einen der buntgefiederten Vögel fütterten. Ein Stich der Eifersucht fuhr ihr ins Herz, als sie die kindliche Unschuld wahrnahm, mit der die jungen Mädchen versuchten, das Tier zu streicheln. Volle, sinnliche Lippen, glänzende Augen und das pralle Aussehen der Jugend, welches, ach, so schnell verwelkte. Der Geruch des Rosenöls, mit dem sie sich jeden Abend einrieb, stach ihr plötzlich unangenehm in die Nase. Diese jungen Dinger benötigten solche Hilfsmittel noch nicht! Falten oder Makel waren ihnen so fremd wie die Wärme dem Winter. Wie gut, dass sie Maßnahmen ergriffen hatte, um dafür zu sorgen, dass ihr kein weiterer Neuzugang den Rang ablief, dachte sie und hastete weiter, bevor ihr der Anblick der Rivalinnen die Zuversicht rauben konnte. Mit ihren fünfundzwanzig Jahren war sie immer noch jung, tröstete sie sich trotzig, wenngleich eine leise Stimme ihr einflüsterte, dass das nicht ganz der Wahrheit entsprach. Hoch erhobenen Hauptes rauschte sie an den Janitscharen vorbei, welche den Eingang zu Bayezids Flügel bewachten, und schüttelte – ärgerlich über sich selbst – den Kopf. Bewies Bayezids Schwäche nicht, dass sie begehrenswerter und schöner war als all seine anderen Frauen, Konkubinen und Sklavinnen zusammen?! Mit einer knappen Handbewegung gab sie der Leibgarde ihres Gemahls zu verstehen, sie in seine Privatgemächer einzulassen, und rüstete sich innerlich zum Kampf.

KAPITEL 19

Lechtaler Alpen, Frühsommer 1400

GEDÄMPFT VON DER ZWISCHEN DEN FELSEN hängenden Feuchtigkeit gellte der Schrei eines Steinadlers über die Köpfe der beiden Reiter hinweg. Rings um Falk und Otto verdampfte die Nässe der vergangenen Nacht, und hätte der Gastwirt ihnen nicht versichert, dass das Unwetter vorüber sei, hätten sie den Aufbruch an diesem Morgen noch nicht gewagt. Wie schwerelose Kissen hingen nebelartige Wolkenbänke auf Bergvorsprüngen und in Baumwipfeln, von wo aus sie fedrig zu Boden zu fließen schienen. Einem urzeitlichen Lindwurm gleich schlängelte sich die Via Claudia Augusta vor ihnen in die Höhe, gesäumt von schroffen, bemoosten Felsen, die vom Frost des Winters zerklüftet und brüchig waren. Rechts vor ihnen ragte zwischen den Schluchten ein Plateau auf, und je näher sie kamen, desto mehr terrassierte Felder wurden sichtbar. Auf diesen, so vermutete Falk, bauten die Bergbauern Hafer, Rüben, Hanf oder Flachs an, wohingegen sie die zum Teil steil abfallenden Wiesen offensichtlich als Weidegrund für Ziegen und Kühe benutzten.

Seit Stunden war das vom Echo verstärkte Geläute scheppernder Glocken ihr Begleiter, doch je höher sich der Pfad wand, desto mehr wurden die Geräusche vom Wind zerstreut. War dieser im Tal noch lau und angenehm gewesen, hatte er sich schon bald in eine Gewalt verwandelt, die heftig an Haaren und Kleidern zerrte.

Besorgt blickte Falk zu den noch schneebedeckten Gipfeln, die hie und da aus den zerfetzten Wolken lugten. Was, wenn der Gastwirt Unrecht hatte, und das Wetter wieder umschlug? Er zog den Kopf zwischen die Schultern, als er sich ausmalte, was geschehen würde, wenn sie an diesem ungeschützten Berghang von einem Gewitter überrascht wurden. Zwar drängten sich an einigen Stellen Fichten- und Tannenhaine in flache Mulden, doch würden diese nicht einmal ansatzweise genügend Schutz vor dem Toben der Elemente bieten. Und die verstreuten Bergdörfchen lagen zu weit auseinander, als dass man sich darauf verlassen konnte, dort Unterschlupf zu finden. Das Klappern von Hufen verjagte die angstvollen Gedanken, und er wandte sich neugierig im Sattel um.

Doch das, was sich ihnen von unten näherte, war alles andere als eine willkommene Abwechslung. Fassungslos tauschte Falk einen Blick mit seinem Onkel, dessen Miene zu entnehmen war, dass er ebenso wenig darauf erpicht war, der auf stämmigen Maultieren reitenden Gruppe erneut zu begegnen.

»Und ich dachte, die wären wir los«, brummte der Katzensteiner und zügelte sein Reittier. »Vielleicht wäre es besser, sie passieren zu lassen. Dann hat man nicht ständig das Gefühl, dass einem der Teufel im Nacken sitzt.«

Diese Bemerkung bescherte Falk eine Gänsehaut. Nachdem er sich in der Nacht aus der Stube in den Stall geschlichen hatte, um dort in Ruhe zu schlafen, hatte er gehofft, die Dominikaner nie mehr wiederzusehen. Aber ganz egal, wie sehr er sich beim Beladen seines Packpferdes beeilt hatte, die Mönche waren um ihn und Otto herumgeschwirrt wie hungrige Schmeißfliegen.

»Wohin führt Euch Eure Reise?«, hatte der Inquisitor Falk mit einem falschen Lächeln gefragt. Und als der junge Mann herumgedruckst hatte, war er weiter in ihn gedrungen – sodass Falk den Eindruck gehabt hatte, verhört zu werden.

»Nach Venedig«, hatte er schließlich hervorgepresst und so getan, als erfordere das Festzurren der Ladung seine gesamte Aufmerksamkeit.

»Ah, ein Händler«, war die Antwort gewesen, und zu seiner grenzenlosen Erleichterung waren die Kirchenmänner kurz darauf wieder in der Herberge verschwunden. Wie, um alles in der Welt, war es ihnen nur gelungen, so schnell aufzuholen?

Otto pfiff durch die Zähne, als die Dominikaner sich eine halbe Meile unter ihnen nach Osten wandten, um eine überdachte Holzbrücke zu überqueren, die auf die andere Seite eines schmalen Gebirgsbaches führte. Am Ufer dieses reißenden Wasserlaufes verband ein Steig die Brücke mit dem Plateau, von dem aus weit sichtbar ein Kirchturm in den Himmel ragte. »Das heißt nichts Gutes!«, bemerkte der Ritter und wies auf ein merkwürdiges Kruzifix am Wegesrand.

»*Lux lucet in tenebris*«, las Falk die Inschrift vor. »Das Licht leuchtet in der Finsternis. Das Motto der Ketzer!« Seine Augen weiteten sich entsetzt.

»Nichts wie weg hier!«, zischte Otto, dem deutlich anzusehen war, dass auch ihm die Furcht ins Mark gefahren war. Ohne Rücksicht auf gefährliche Stolpersteine, trieb er sein Reittier zu einem schnellen Trab an, um so viel Abstand wie möglich zwischen sich und die Ordensbrüder zu bringen.

Da Falk ebenfalls kein Bedürfnis hatte, ein weiteres Mal von den Mönchen zur Rede gestellt zu werden, tat er es seinem Onkel gleich und gab seinem Wallach die Sporen. Über Stock und Stein, durch Schluchten und über Brücken näherten sie sich der Passhöhe, und als gegen Abend die Sonne endgültig den Kampf gegen die Wolken gewonnen hatte, war der Schreck schon beinahe vergessen.

Sicherlich hätten es die Dominikaner nicht gewagt, einen Adeligen anzuklagen!, dachte Falk und schämte sich im Nachhinein für seine Hasenherzigkeit. Aber lieber feige und am Leben als mutig und tot! Müde und erschöpft von dem anstrengenden Ritt, zügelten sie schließlich ihre Tiere und beratschlagten, ob sie im nächsten Dorf Rast machen sollten.

»Auf alle Fälle sollten wir ein Dach über dem Kopf haben, bevor die Nacht hereinbricht«, versetzte Otto und zeigte auf eine kleine Ansammlung schäbig wirkender Holzkaten. »Es wäre sicher vernünftig, gleich hier nach einer Unterkunft zu fragen.«

Falk nickte, denn nicht nur taten ihm inzwischen Hintern und Beine weh, auch sein Magen knurrte wie ein hungriger Wolf.

Als sie in den Flecken einritten, schloss sich ihnen beinahe augenblicklich eine Schar barfüßiger Kinder an. Abgemagerte Schafe zupften auf fleckigen Weiden das dürre Gras, und ein starker Geruch von Knoblauch verriet, dass über einigen Feuerstellen bereits das Nachtmahl köchelte. Neben einer halb zerfallenen Kirche stand das einzige Steinhaus des Dorfes, auf das Falk und Otto zielstrebig zusteuerten. Offensichtlich waren die Steine schlampig übereinander gelegt und die Lücken nur notdürftig mit Stroh und Moos verstopft, doch etwas Besseres würden sie in dieser Gegend wohl kaum finden.

»Das wird das Haus des Dorfmeiers sein«, mutmaßte Otto und rutschte aus dem Sattel, um an die Tür zu hämmern, die sogleich von einer Alten geöffnet wurde.

Sie musste hinter der Tür gelauert haben. Ihre wässrigen Augen musterten die Besucher von oben bis unten, dann erst öffnete sich der nahezu zahnlose Mund zu einer Frage: »Was wollt Ihr?«

Erstaunt über die Unhöflichkeit der Bäuerin, runzelte Falk die Brauen und hoffte darauf, dass Otto sie in ihre Schranken verweisen würde; was dieser auch umgehend tat.

»Weib, wo ist dein Mann?«, herrschte er sie an und warf den Wappenrock über die Schulter zurück, sodass das Schwert an seiner Seite sichtbar wurde.

Diese Geste hatte den erwünschten Effekt, da die Alte augenblicklich den Kopf senkte, etwas vor sich hin brabbelte und zurück ins Innere der Kate verschwand.

Wenig später erschien ein korpulenter Kerl mit schütterem Haar im Rahmen, dem anzusehen war, dass es ihm im Gegensatz zu den übrigen Dorfbewohnern nicht am Nötigsten fehlte. Die Wurstfinger über dem feisten Bauch verschränkt, zuckten seine Äuglein von Falk zu Otto und zurück, und irgendetwas an seiner Haltung veranlasste Falk, sich nervös nach allen Seiten umzublicken.

»Es ist spät. Gewährt uns Eure Gastfreundschaft«, forderte Otto und hob die Hand, in der eine Münze funkelte. »Es soll sich auch lohnen für Euch.«

Kaum erspähte der Meier das Geldstück, faltete er sich katzbuckelnd zusammen und signalisierte seinen beiden Besuchern mit einer übertriebenen Geste einzutreten. »Eggli«, brüllte er. Da sich jedoch nichts tat, wiederholte er den Namen – noch lauter als zuvor. Als ein strohblonder Knabe um die Ecke gestoben kam, versetzte er diesem eine Maulschelle und blaffte ihn an: »Versorg die Pferde!«

Mit einem unguten Gefühl im Bauch folgte Falk seinem Onkel in die nach Ruß stinkende Stube und ließ sich auf Einladung des Bauern an dem wackeligen Tisch nieder.

»Leider gibt es nur Hammeleintopf«, entschuldigte sich der Hausherr, dessen Frau widerstrebend zwei Schalen mit einer dicken Suppe füllte, die dem strengen Geruch nach seit Tagen über der Kochstelle hängen musste.

Diese Vermutung wurde bestätigt, als Falk misstrauisch daran schnupperte und ihm der Gestank von ranzigem Fett in die Nase stach. Da sie jedoch außer etwas Brot und Käse den ganzen Tag über nichts gegessen hatten, schluckte er den Ekel und löffelte die Mahlzeit so schnell wie möglich in sich hinein.

»Schlafen könnt Ihr hier«, verkündete der Meier, nachdem auch die letzte Krume aufgegessen war und die Dämmerung vor den winzigen Luken sich in pechschwarze Nacht verwandelt hatte. »Ich lasse Euch ein paar Strohsäcke und Decken bringen.«

Wie erschlagen ließ sich der Knabe eine Stunde später auf die einfache Bettstatt sinken, und schon bald wiegten ihn das leise Knistern des ersterbenden Feuers und das angenehme Völlegefühl in seinem Magen in einen tiefen Schlaf. Gesichtslose Mönche jagten ebenso durch seine Träume wie hohlwangige Kinder, und als mitten in der Nacht das Trampeln von Stiefeln erklang, drehte er sich lediglich grunzend auf die Seite. Kühler Wind kroch unter die dünne Decke, und der durchdringende Geruch von Schweiß und feuchtem Leder legte sich wie eine Glocke über die Schlafenden. Doch erst als sich etwas Kaltes in seine Kehle bohrte, schreckte Falk aus seinen Träumen auf.

Zuerst wollte er sich die Augen reiben bei dem Anblick, der sich seinen müden Augen bot. Aber ein Schuh nagelte sein Handgelenk schmerzhaft am Boden fest. Beleuchtet von zwei schwach zischenden Fackeln, türmten sich die zuckenden Umrisse dreier Riesen vor ihm auf, von denen der Mittlere ihm ein Schwert an den Hals gesetzt hatte. Ein panischer Blick aus dem Augenwinkel verriet ihm, dass es Otto kein Deut anders erging, und er wollte gerade den Mund zu einer Frage öffnen, als ein hochgewachsener Mann in den Kreis trat.

»Ich nehme an, Ihr wisst, was wir wollen«, bemerkte er lässig und zog einen langen Dolch aus einer Scheide an seinem Gürtel. Das von der Seite beleuchtete Gesicht wirkte durch die unruhigen Flammen beinahe diabolisch, genauso wie das seltsame Wappen auf seiner Brust.

Trotz der Furcht, die ihm die Luft abschnürte, kniff Falk die Augen zusammen, um die verschlungenen Tiere zu erkennen – was ihm in Anbetracht der schlechten Beleuchtung allerdings nicht gelang.

»Ich will nicht lange fackeln«, stieß der Hüne ungeduldig hervor und gab seinen Leuten mit einem Wink zu verstehen, das Gepäck der Reisenden zu durchsuchen.

In Windeseile drehten die Kerle die Reisesäcke um, durchstöberten die Kleidungsstücke und schlitzten sogar das Futter der Obergewänder auf. Danach packten sie sowohl Otto als auch Falk an den Armen und zerrten sie auf die Beine, um zu sehen, was die beiden am Körper trugen.

Kaum fiel der Blick des Räubers auf die Geldkatze, welche der Katzensteiner selbst in der Nacht nicht ablegte, breitete sich ein Grinsen auf seiner Visage aus. »Wer sagt es denn«, triumphierte er und hielt die Hand auf, damit einer seiner Männer ihm den Inhalt auf die Handfläche schütten konnte. Als jedoch lediglich ein paar armselige Pfennige und Schillinge herausgekullert kamen, stieß er einen heiseren Wutschrei aus. »Wo habt Ihr den Rest versteckt?«, dröhnte er und schnellte auf Falk zu, um diesem von hinten den Arm um den Hals zu legen. Wenige Augenblicke später spürte der Knabe den Stahl des Dolches, der sich in die empfindliche Haut seiner Halsbeuge fraß. »Sagt Ihr mir freiwillig, wo es ist, oder muss ich erst Eurem kleinen Begleiter die Kehle durchschneiden?«, schnauzte der Anführer, während Falk erfolglos versuchte, der Schneide zu entkommen. »Lass das, Söhnchen!«, knurrte sein Bedränger und ritzte Falks Haut, sodass der Junge spürte, wie ihm ein dünner Blutfaden in den Kragen seines Untergewandes rann.

Worauf wartete Otto?, fragte er sich und kämpfte um Haltung. Warum rührte sich sein Onkel nicht? Entgegen der Todesangst, die drohte, ihm die Sinne zu lähmen, sah er, wie ein Schatten über Ottos Gesicht huschte, der ihm das Blut erkalten ließ.

Für den Bruchteil eines Augenblickes sah es so aus, als wolle der Katzensteiner mit den Achseln zucken. Doch dann verdrehte er die Augen, griff nach seinem Schuh und fuhr mit der Hand in ihn hinein. »Hier«, brummte er und warf etwa ein halbes Dutzend Gulden auf den Boden.

Mit einem zufriedenen Schmatzen ließ der Riese von Falk ab und bückte sich höchstselbst danach. »Nicht gerade ein Schatz«, bemerkte er naserümpfend. »Aber im Stall stehen ja noch die Pferde.« Damit gab er seinen Leuten einen Wink, und der Spuk verschwand beinahe genauso schnell, wie er gekommen war.

Als kurze Zeit darauf das Klappern von Hufen verriet, dass die Räuber ihre Drohung wahr gemacht hatten, sank Falk mit einem Stöhnen zurück auf den Strohhaufen und bettete den Kopf in den Händen.

KAPITEL 20

Bursa, Frühsommer 1400

KLEINE SCHWEISSPERLEN TANZTEN auf Bayezids Stirn, als er mit schmerzverzerrtem Gesicht die rechte Hand an die Brust drückte. Seit dem frühen Morgen, als er nach einer weiteren sinnestaumelnden Nacht mit seiner Gemahlin Olivera erwacht war, fühlte er sich heiß und fiebrig. Hatte er den dröhnenden Kopfschmerz zuerst auf das fünfte Glas Wein geschoben, ließen ihn die glühenden Stiche in Fingern und Ellenbogen fürchten, dass es sich um etwas anderes handelte als bloßen Katzenjammer. Als er versuchte, einen Kaftan über das klamme Untergewand zu ziehen, brüllte er vor Schmerzen laut auf, und augenblicklich stürmte seine Leibgarde das Gemach.

»Holt den *Hekimbaşi*«, stieß er zwischen zusammengebissenen Zähnen hervor – froh darüber, dass Olivera nicht Zeugin seiner Schwäche wurde.

Zusammengekrümmt schleppte er sich zurück zu seinem Lager, und stöhnte, als sich ein durchdringendes Hämmern zu dem Feuer in seinen Gelenken gesellte. In immer kürzer werdenden Abständen durchzuckte ihn ein solch Grauen erregender Schmerz, dass er versucht war, nach einem Messer zu greifen und der Qual ein Ende zu bereiten.

Sollte der Wein vergiftet gewesen sein?, fragte er sich und versuchte, sich an den Ausdruck in Oliveras Engelsaugen zu erinnern, als diese ihm ein ums andere Mal den Kelch gefüllt hatte. Heißblütig und wild wie immer, hatte sie ihm mehr als einmal den Verstand vernebelt, bevor sie sich schließlich kurz vor dem Morgengrauen zurückgezogen hatte. War es nur ein Zufall, dass sie den Weinkrug mitgenommen hatte, oder hatte sie dafür gesorgt, dass die Beweise für ihre Tat für immer verschwanden? »Oh, *Allah*, zerschmettere dieses falsche Weib!«, ächzte er und rang die Galle nieder, die bitter in seiner Kehle aufstieg. Wo blieb dieser verfluchte *Hekim*?

Mit aufeinander gebissenen Zähnen ließ er zu, dass seine Leibpagen ihm die Schuhe von den Füßen zogen und ihm frisch aufgeschüttelte Seidenkissen unter den Kopf schoben, der sich anfühlte, als ob er gleich explodieren würde.

»Wache!«, krächzte er und trank gierig aus der Schale mit frischem, leicht gesüßtem Wasser, die einer der Knaben ihm an die Lippen hielt. »Bring Olivera zu mir«, befahl er, sobald sich einer der Janitscharen vor ihm verneigt hatte.

Ganz egal, wie es ihm widerstrebte, sie seine Hilflosigkeit sehen zu lassen, er musste Gewissheit haben! Und wenn er den Janitscharen befehlen musste, ihr die Zunge Stück für Stück aus dem Mund zu schneiden, sie würde ihm sagen, womit sie ihn vergiftet hatte! Und dann würde sein Leibarzt ihm ein Gegenmittel brauen. Er schluckte mühsam und verkniff sich einen Schrei, als sich eine weitere Welle der Pein von seinem Arm her ausbreitete. »Binde sie«, ergänzte er mit rauer Stimme. »Aber keine unnötige Gewalt.« Noch nicht!, setzte er in Gedanken hinzu.

Er sank matt in den weichen Daunenberg zurück und schloss die Augen. Das wenigstens schuldete er ihr: Dass er sie erst töten ließ, wenn kein Zweifel mehr an ihrer Schuld bestand!

Stunden schienen in nicht enden wollender Marter vergangen zu sein, als endlich das aufgeregte Getrappel von Füßen die Ankunft des Arztes verkündete. Zu schwach, um sich aufzurichten und den Mann zu tadeln, schlug Bayezid mit letzter Anstrengung die kratzenden Lider auf und starrte den *Hekim* mit blutunterlaufenen Augen an. Dieser – umschwärmt von einem halben Dutzend Helfer und aufgeregten Wächtern – ließ sich neben dem Sultan auf die Knie sinken und griff wortlos nach Bayezids gesundem Handgelenk, um dem *Padischah* den Puls zu fühlen.

»Ihr habt Schmerzen in der Hand?«, fragte er, da er Bayezids krampfhaft angewinkelten Arm bemerkte. Als der Patient schwach den Kopf auf und ab bewegte, nickte er wissend. »Was ist mit Euren Füßen? Sind sie ebenfalls befallen?« Er erhob sich und betastete die Zehen des Sultans, da von diesem keine Antwort kam. Nach Ausbleiben einer Reaktion, murmelte er etwas in seinen weißen Bart, schnippte mit den Fingern und befahl einem seiner Helfer: »Gib mir die Fliete.« Kaum hielt er das kleine Messer in der Hand, winkte er zwei der Wächter herbei und ordnete an, dass sie ihren Herrn an den Schultern niederhalten sollten.

Sobald sie in Position waren, griff er blitzschnell nach Bayezids rechtem Arm, zwang diesen in eine ausgestreckte Lage und machte einen langen Schnitt in der Armbeuge des Patienten – der tobte und brüllte wie ein verwundetes Tier. Dick und dunkelrot rann das königliche Blut in eine silberne Schale. Sobald der Arzt genug des Körpersaftes gesammelt hatte, presste er ein Stück Baumwolle auf die Wunde und befahl einem seiner Assistenten, es so lange zu halten, bis die Blutung gestillt war.

Bayezid, dessen Gesicht eine gelbliche Farbe angenommen hatte, gurgelte etwas Unverständliches, was seine Wachen dazu veranlasste, beklommene Blicke auszutauschen.

»Kein Zweifel«, beschied der Heiler und machte ein Gesicht, als ob er einen schlechten Geschmack im Mund hätte. »Es ist genau das eingetreten, wovor ich Euch so oft gewarnt hatte.«

Er wurde von dem Janitscharen unterbrochen, der mit Olivera im Schlepptau in das Gemach gestürmt kam. Grob stieß dieser die verängstigt dreinblickende Frau auf die Bettstatt des Sultans zu und drückte sie auf die Knie.

Als habe ihm ihr Anblick etwas Kraft zurückgegeben, hob Bayezid mühsam den Kopf und presste kratzig hervor: »Du Hexe, welches Werk hat *Iblis* dir aufgetragen? Welches teuflische Gebräu hast du mir verabreicht?« Er sank ermattet und schwer atmend in die Kissen zurück, während einer der Wächter drohend das Krummschwert zog. »Sprich!«, flüsterte Bayezid, doch bevor seine vollkommen verwirrte Gemahlin sich verteidigen konnte, trat der *Hekim* zwischen sie und seinen Herrn.

»Sie ist unschuldig«, verkündete er platt und hob das Glas, in das er einen Teil von Bayezids Blut abgefüllt hatte. »Vergiftet seid Ihr«, fuhr er fort und ignorierte das erschrockene Lufteinziehen der Anwesenden. »Aber nicht von fremder Hand. Zu viel Galle und Schleim, ein Überschuss der Säfte, das ist es, was Euch Schmerzen bereitet.« Er zeigte anklagend auf einen Kelch, in dem Überreste von Rotwein eingetrocknet waren. »Das ist es, was Euch plagt. Ihr leidet an *Cheiragra*.« Da der Sultan ihn verständnislos aus tränenden Augen ansah, erläuterte er näher: »Von heute an müsst Ihr eine strenge Diät halten. Kein Wein, kein Fleisch und keine Gewürze. Fisch und gedünstetes, zu Brei zerstoßenes Gemüse ist alles, was Ihr zu Euch nehmen solltet. Lauch, Kohl, Karotten und Sellerie. Nur dann wird der Druck auf die Gelenke nachlassen und der Schmerz abklingen.«

»Wie lange wird das dauern?«, fragte Bayezid matt und zuckte zusammen, als der Helfer den blutgetränkten Stoffballen aus seiner Armbeuge entfernte. Immer noch fühlten sich Ellenbogen und Hand an, als ob jemand mit einem Eisenhammer darauf herumdrösche, und der Kopfschmerz wollte ihm den Schädel spalten.

»Ein bis zwei Tage, wenn Ihr Glück habt«, entgegnete der *Hekim* und zog einen glatten, schwarzgrünen Stein aus einer der Taschen, die er mitgebracht hatte. Dieser – in der Mitte ausgehöhlt – war derart gestaltet, dass man eine Hand oder einen Fuß hindurchstecken konnte, und schimmerte matt im durch die Fenster hereinströmenden Sonnenlicht. »Dieser fleischfressende *Sarcophagus* wird die Schwellung lindern«, versprach er. Bayezid stöhnte lauthals, als der Arzt seine Rechte behutsam hinein dirigierte. »Mehr kann ich nicht für Euch tun, außer zu *Allah* zu beten, dass er das Leiden schnell von Euch nimmt.« Damit verneigte er sich tief vor dem Sultan und zog sich rückwärtsgehend zum Ausgang zurück, durch den er kurz darauf – gefolgt von Maria Olivera Despina und den Wächtern – verschwand.

Vollkommen entkräftet, ließ Bayezid ein weiteres Mal die Augen zufallen und hoffte darauf, dass Gott ihn von den unsäglichen Qualen erlösen würde. Die Auseinandersetzung mit Timur, die vor wenigen Tagen noch seine Gedanken beherrscht hatte, war mit einem Mal so weit in den Hintergrund getreten, dass sie kaum mehr zu existieren schien. Strafte *Allah* ihn für seinen Hochmut und seine Sünden? Oder war das die Sühne, die für den Brudermord gefordert wurde?

∽☙∼

Wütend und gedemütigt rieb Olivera sich die Handgelenke, die von den Fesseln gerötet waren und unangenehm brannten. Wie konnte er es wagen, sie so zu behandeln?! Die Furcht, welche ihr für kurze Zeit die Luft zum Atmen abgeschnürt hatte, hatte sich schnell in Zorn verwandelt; und hätte sie Bayezid nicht ohnehin für den Mord an ihrem Vater schon aus tiefstem Herzen gehasst, dann wäre dies ab dem heutigen Tag der Fall gewesen. Hatte er nicht letzte Nacht in ihren Armen geschlafen wie ein zufriedenes Kind? Betrunken geschnarcht und sich an sie geklammert als bedeute ihr Fortgehen das Ende der Welt? Aufgebracht verscheuchte sie ihre Dienerinnen und warf sich mit angezogenen Beinen auf die gepolsterte Fensterbank, um mit leerem Blick in den Hof hinabzustarren. Sie musste allein sein! Wie hatte sie sich nur so irren können?, fragte sie sich übellaunig, während sich ein nagendes Gefühl in ihrer Brust ausbreitete. Hatte sie vor wenigen Stunden noch gedacht, dass der mächtige Sultan ihr endgültig mit Haut und Haaren verfallen war und ohne sie nicht mehr leben konnte, so hatte sie dieser Tanz auf Messers Schneide eines Besseren belehrt. Ob er sie wirklich, ohne mit der Wimper zu zucken, hätte hinrichten lassen? Lediglich aufgrund eines Verdachtes, der ihr zwar bewies, dass er ihr Wesen durchaus richtig zu lesen verstand, der aber meilenweit entfernt war von den Tatsachen. Sie zog die Oberlippe zwischen die Zähne und lutschte nachdenklich daran.

Was hätte sie davon, ihn zu vergiften? Und was war es, woran er so überraschend litt? Wenngleich sie vor Hass und Empörung brannte, gelang es ihr nicht, diese Frage beiseite zu schieben. Tot nützte er ihr nichts! Ihre Armreifen klimperten leise, als sie sich mit einem frustrierten Laut die Nadeln aus dem Haar zog und die Zöpfe löste, da sich langsam aber sicher ein kriechender Kopfschmerz über ihre Schläfen ausbreitete. Was, wenn er starb, bevor er ihr einen Sohn geschenkt hatte?

Gegen ihren Willen kehrten ihre Gedanken zu der leidenschaftlichen Nacht zurück. Wie viel besser es war, wenn er betrunken war!, dachte sie hitzig. Denn mit jedem Schluck, den er zu viel trank, gewann sie mehr Macht über ihn und konnte mit ihm spielen wie eine Katze mit einer winzigen, schwachen und gänzlich unbeeindruckenden Maus! Sie schüttelte die blonden Locken – wie um den hartnäckig in ihren Gliedern sitzenden Schrecken abzustreifen.

Sie musste herausfinden, wer die Schuld trug an seinem Zustand, und dann musste sie alles daran setzen, endlich ein Kind von ihm zu empfangen. Denn als Mutter seines Sohnes würde er sie ganz gewiss nie wieder so behandeln wie heute!

KAPITEL 21

»Nein, nein, nein!«, zeterte die *Valide* und fuhr wie ein Racheengel zwischen die im Kreis wirbelnden Mädchen, während die Laute mit einem gequälten Jammern verstummte. »Was ist denn an *Leichtigkeit* so schwer zu begreifen?! Ihr stampft herum wie Bäuerinnen, die Trauben zertrampeln!« Ihr faltiges, übermäßig geschminktes Gesicht strafte ihren Namen Gülçiçek Hatun – der so viel bedeutete wie »Rosenblume« – Lügen. Obwohl Sapphira vor Scham die Wangen brannten, dachte sie, dass die Sultansmutter eher den Namen »Rosendorn« verdient hätte. »Ihr sollt betören, verführen und entzücken«, ging die Schimpfkanonade weiter. »Nicht abschrecken!« Sie griff nach einem der durchsichtigen Tücher und trippelte erstaunlich graziös vor den Mädchen auf und ab. »Drehung, Hüftschwung, Fußarbeit«, schnaufte sie und befahl der Lautenspielerin fortzufahren. Zu der Melodie, die Sapphira bereits auswendig kannte, vollführte sie einen Tanz, bei dem die Bewegungen des Bauches vollkommen mit denen der schlangenartig durch die Luft zuckenden Arme übereinstimmten. Begleitet wurde die Vorführung von dem kunstvoll-schüchternen Auf und Ab des Kopfes und der mit Kohlestift hervorgehobenen Augen, sodass Sapphira sich für einen winzigen Moment vorstellen konnte, wie die *Valide* als junge Frau gewirkt haben musste.

Wenn sie doch nur ebenso anmutig und geschmeidig sein könnte! Doch im Vergleich zu den anderen Mädchen kam sie sich linkisch und ungeschickt vor, beinahe als habe sie zu viele Zehen an den Füßen. Auch wenn ihre Mitschülerinnen ebenfalls das Missfallen der Sultansmutter auf sich gezogen hatten, gelang diesen wenigstens ab und zu eine der für Sapphira kaum auszuführenden Drehungen, bei denen sie sich bereits mehr als einmal in ihrem fließenden Gewand verfangen hatte. Ich werde es niemals lernen, dachte sie resigniert und wünschte sich ins Hospital zurück.

Seit dem Beginn der Tanzausbildung zu Beginn der Woche, ertappte sie sich immer öfter dabei, wie sie sich danach sehnte, endlich den Klauen der strengen *Valide* zu entkommen und zu ihren Pflichten an der Seite der *Tabibe* zurückzukehren. Nach wie vor beherrschte der Wunsch, den Sultan zu verzaubern, ihre Träume. Doch schreckte sie die Unterweisung der mächtigsten aller Hofdamen mehr und mehr ab. Nicht nur empfand sie all die Verrenkungen und das Hin- und Hergehopse als lächerlich und wenig verführerisch; sie bezweifelte auch ernsthaft, dass der mächtigste Herrscher des Morgenlandes davon beeindruckt sein würde. Sie verdrehte die Augen, als die *Valide* ihr ein Zeichen gab, die Figuren nachzuahmen.

Wie ein Storch hob sie ihre Füße, wölbte wie befohlen den Spann und versuchte, sich vorzustellen, eine Gazelle zu sein. Die ersten Schritte gelangen ihr auch überraschend gut, bis die Lautenspielerin an Tempo zulegte und Sapphiras Arme hinter den Beinen zurückblieben.

»Oh, bei *Allah*«, stöhnte die Sultansmutter, als das Mädchen in einem Haufen aus Gliedern und Stoff zu Boden sank. »Ich weiß nicht, warum ich mir überhaupt Mühe mit dir gebe. Geh mir aus den Augen.« Als Sapphira sich mit gesenktem Kopf in Richtung Korridor davonschleichen wollte, fügte sie bissig hinzu: »Als ob der *Kizlar Agha* wüsste, was den Sultan erfreut!«

Trotz der Erniedrigung, wie eine einfache *Jariye* davongejagt zu werden, stieg heimliche Freude in Sapphira auf. Endlich wusste sie, wer dafür verantwortlich zeichnete, dass sie ausgewählt worden war, doch noch zur Konkubine ausgebildet zu werden. Denn das hatte ihr die Feindseligkeit der *Valide* von Anfang an signalisiert: Ihre Entscheidung war es ganz sicherlich nicht gewesen!

Sie war gerade durch den Ausgang geschlüpft, als plötzlich die Musik abbrach und die unvermittelte Totenstille wie ein Schwert die Luft durchschnitt. Einige Momente lang herrschte spannungsgeladenes Schweigen, dann hörte sie wie die *Valide* heftig mit dem schwer behängten Fuß aufstampfte und ein anklagendes »Du!« hervorstieß.

Entgegen der Strafe, die sie mit Sicherheit erwarten würde, sollte sie beim Lauschen ertappt werden, presste sie das Gesicht gegen den schmalen Spalt und versuchte, hindurchzuschielen. Geräuschlos drückte sie die Tür eine Winzigkeit weiter auf und erschrak zu Tode, als sie sah, wie die *Valide* die Hand hob und der zarten Bülbül eine so furchtbare Ohrfeige versetzte, dass diese zur Seite taumelte. Das andere halbe Dutzend Mädchen wirkte wie zu Salzsäulen erstarrt. Als Sapphira den weit aufgerissenen Augen ihrer Gefährtinnen folgte, entdeckte sie eine funkelnde Spange am Boden unweit eines Diwans.

»Du bist es also, die mich bestiehlt«, spuckte die Sultansmutter außer sich vor Wut aus und hob erneut die Hand. Der Schlag hinterließ – wie der erste – ein flammendes Mal auf der bleichen Wange der Beschuldigten, deren kornblumenblaue Augen verständnislos von dem Schmuckstück zu ihrer Herrin zuckten.

»Ich habe nichts gestohlen«, flüsterte sie flehend und fuhr zusammen, als die *Valide* einen weiteren Schritt auf sie zu tat.

»Zuerst habe ich es für einen Zufall gehalten«, zischte die alte Frau, deren scharfe Nase mit einem Mal wirkte wie eine tödliche Schneide. »Aber das erklärt alles, du kleine Diebin.«

Verzweifelt schluchzend sank das schmächtige Mädchen vor ihrer Herrin auf die Knie und griff nach dem Saum des Gewandes, um diesen an ihre Stirn zu pressen. Einen Augenblick wirkte es, als wolle die *Valide* sie wie ein lästiges Insekt zertreten, doch dann entriss sie ihr den Stoff mit einem heftigen Ruck.

Mit wenigen Schritten war sie an der Tür, und hätte Sapphira sich nicht im letzten Moment hinter eine der Säulen geflüchtet, wäre die Sultansmutter über sie gestolpert.

»Wache!«, rief diese gellend. »Wache!« Der Ruf war noch nicht verklungen, als zwei der Soldaten mit gezogenen Schwertern herbeieilten und vor der *Valide* zum Stehen kamen. Diese wies mit kalter Miene in den Raum zurück auf das Häufchen Elend am Boden und befahl knapp: »Sperrt sie ein! Sie erhält drei Dutzend Rutenhiebe, dann schert sie und verschenkt sie an einen Ziegenhirt!«

»Neeeeein!« Der lang gezogene, verzweifelte Schrei erschütterte Sapphira bis ins Mark.

Als die Wächter das schmächtige Mädchen grob auf die Beine zerrten, kämpfte sie nur mühsam den Impuls nieder, sich ihnen in den Weg zu stellen. Was nützte es, sich selbst in Gefahr zu bringen?, dachte sie, während tief am Grunde ihres Verstandes ein hässlicher Gedanke Gestalt annahm. Sollte sie nicht eher froh sein, dass eine ihrer Rivalinnen aus dem Weg geschafft war?

Erschüttert über sich selbst duckte sie sich weiter hinter die Säule und verfolgte, wie die Männer Bülbül unter Schlägen den Gang entlangtrieben – unberührt von dem mitleiderregenden Weinen ihrer zierlichen Gefangenen.

Reue stieg in ihr auf. Reue über den flüchtigen Moment der Schwäche, in dem sie derjenigen, die die Schuld an Bülbüls Unglück trug, in keinster Weise nachgestanden hatte. Das Glück oder gar das Leben eines anderen Mädchens für die eigenen Zwecke aufs Spiel zu setzen, war nicht nur unwürdig, sondern eine solch gewaltige Sünde, dass dafür alle Feuer der Hölle zu wenig Strafe waren. Plötzlich kehrte die Furcht zurück. War es ihr nicht um ein Haar genauso ergangen wie der Gefährtin? Was wäre wohl geschehen, wenn die *Valide* das goldene Band in Sapphiras Haar entdeckt hätte? Eine unsichtbare Hand fuhr ihr in den Nacken, und sobald das Lautenspiel wieder einsetzte, schlich sie hastig den Korridor entlang hinaus ins Freie.

Sie musste einen Weg finden, die *Valide* von Bülbüls Unschuld zu überzeugen, ohne sich selbst zu belasten. Vielleicht konnte ihr die *Tabibe* einen Rat geben. Denn die weise Heilerin war die einzige Frau im *Harem*, der Sapphira bedingungslos vertraute. Aber sie musste auf der Hut sein! Machte der heutige Vorfall nicht deutlich, dass eine der anderen Schülerinnen hinter dieser Intrige stecken musste? Wie hätte es ihr sonst gelingen sollen, erst Sapphira und dann Bülbül ein Schmuckstück unterzuschieben? Allmählich verdrängte der in ihr aufwallende Zorn die Angst. Warte nur!, dachte sie grimmig. Ich werde dir das Handwerk legen. Und dann gnade dir Gott!

In Gedanken versunken eilte sie über Kiesel und Steinplatten, wischte an duftenden Büschen vorbei und schrak zusammen, als eine blau gekleidete Hospitalhelferin auf sie zugeflogen kam.

»Sapphira! Dem Himmel sei Dank! Du musst sofort ins *Darüssifa* kommen. Der *Hekim* ist verwundet!« Damit packte das Mädchen Sapphira am Ärmel ihres feinen Gewandes und zog sie – ohne Rücksicht auf den Protest der Jüngeren zu nehmen – den Weg entlang, direkt auf den Flügel des Krankenhauses zu, in dem die verletzten Janitscharen behandelt wurden.

Die eigenen Probleme wurden augenblicklich von einem übermächtigen Gefühl der Beklemmung verdrängt, als sie hinter der *Cariyesi* in den Teil des Hospitals stürmte, den sie bis jetzt noch nicht betreten hatte. Beinahe greifbar hingen Angst, Schmerz und Tod in der übel riechenden Luft, und als sie die Lager der zum Teil schwer verwundeten Männer passierten, senkte Sapphira schamhaft und bange zugleich die Lider. Die Furcht vor dem, was sie hier erwartete, schnürte ihr die Kehle zu. Der metallische Gestank frischen Blutes verdichtete sich, je tiefer sie in den lang gestreckten Raum vordrang.

Um ein Bett, das direkt unter einem der wenigen Fenster stand, scharte sich eine Gruppe bestürzter und aufgebrachter Helfer, die heftig mit der *Tabibe* diskutierten.

»Wenn ihr nicht tut, was ich euch sage, wird er ganz gewiss verbluten. Also hört endlich auf, mir zu widersprechen und bringt mir die Kräuter!« Einer der jungen Männer löste sich widerstrebend aus dem Kreis, und ihr Blick fiel auf Sapphira. »Vergiss, was ich gesagt habe«, schickte die *Tabibe* dem Burschen hinterher und herrschte die anderen an: »Ich brauche euch nicht mehr.« An Sapphira gewandt, zählte sie an den Fingern auf: »Bereite einen Tee aus Hirtentäschel, bring mir eine

Schale *Amurca* mit Thymian und einen Becher Rotwein.« Sie überlegte einen Augenblick. »Und noch mehr von der *Qazz* – der festen Gaze.« Damit wandte sie sich zurück zu dem alten Mann, der sich mit klappernden Zähnen auf dem Bett hin und her warf. »Ich muss die Pfeilspitze aus Eurer Schulter holen«, sagte sie zwar sachlich aber beruhigend, bevor sie die Hände um den abgebrochenen Schaft legte, der aus dem bläulich verfärbten Fleisch ragte.

Froh darüber, eine Ausrede zu haben, verließ Sapphira fluchtartig den Raum. Sie hatte kaum den Durchgang zum Arzneilager erreicht, als ein markerschütternder Schrei durch das Hospital gellte. Hastig knallte sie die Tür hinter sich zu, um die grässlichen Geräusche abzuschneiden, und lehnte sich schwer atmend gegen das Holz.

Dem ersten Schrei folgten schon bald weitere, die allerdings Gott sei Dank nur gedämpft bis zu ihr vordrangen. Auf unsicheren Beinen löste sie sich von der Tür und stolperte auf die Gefäße zu, in denen das Geforderte aufbewahrt wurde. Erleichtert darüber, sich auf etwas anderes konzentrieren zu können, setzte sie den Kräutersud auf, füllte etwas Wein in einen Krug und vermischte die *Amurca* – die beim Pressen von Olivenöl anfallende, wässrige Flüssigkeit – mit einigen Löffelchen Thymian. Als das strenge Aroma des Tees verriet, dass dieser genug gezogen hatte, verfrachtete sie alles auf ein Tablett, holte tief Luft und wappnete sich für das Bevorstehende.

»Es ist wie verhext«, empfing die *Tabibe* sie und wies sie mit einem Wink an, ein Stückchen *Qazz* mit dem Öl zu tränken. »Erst der Sultan und jetzt der *Hekim*.«

Entgegen der Übelkeit, die beim Anblick der klaffenden Wunde in ihr aufstieg, platzte Sapphira erschrocken heraus: »Was ist mit dem Sultan?«

»Ich weiß es nicht«, erwiderte die Heilerin und nahm dem

Mädchen das Tuch ab, um damit die bereits entzündet wirkenden Ränder der Verletzung zu säubern. »Anscheinend leidet er an *Cheiragra* – an Gicht. Mehr war aus diesen unnützen Burschen nicht herauszubekommen.«

Das Gefühl der Beklommenheit in Sapphiras Magengrube verwandelte sich in blankes Entsetzen. Was, wenn Bayezid starb? Ein bodenloser Abgrund tat sich vor ihr auf, als sie sich vorstellte, was geschehen würde, sollte der mächtige Sultan von einer Krankheit niedergestreckt werden.

Die Stimme der Ärztin durchschnitt die Glocke der Taubheit, die sich bei diesem Gedanken erstickend über sie senkte. »Ich brauche deine Hände hier und hier.« Sie wies auf die Brust des *Hekims*. »Du musst die Haut zusammenpressen, solange ich nähe.«

Der Patient, der in der Zwischenzeit das Bewusstsein verloren hatte, wirkte wie tot, und einen Moment lang fragte sich Sapphira, ob er überhaupt noch am Leben war. Als die *Tabibe* jedoch mit einer schmalen Klinge einige Hautfetzen abtrennte, gab er ein Stöhnen von sich, und das Flattern seiner Lider verriet, dass er bald wieder zu sich kommen würde. Kaum tat die Ärztin den ersten Stich, spürte Sapphira, wie er unter ihr zusammenzuckte. Obwohl die Sorge um Bayezid an ihr nagte, verdrängte die mit aller Macht zurückkehrende Übelkeit alle anderen Überlegungen.

»Ich hoffe nur, es setzt keine Fäulnis ein«, murmelte die *Tabibe* schließlich und wusch die Wunde ein letztes Mal mit einem in Rotwein getränkten Schwamm. »Denn dann weiß ich nicht, ob ich ihm noch helfen kann.«

Als sie sich vom Lager des Kranken erhob, sandte Sapphira ein Stoßgebet zum Himmel, dass sie in den Teil des *Darüssifa* zurückkehren würden, in dem die Frauen untergebracht waren. Doch ein Blick auf das Gesicht der *Tabibe* riss diese Hoffnung an der Wurzel aus.

Mit einem Wink gab die Ärztin der jungen Frau zu verstehen, ihr zu dem benachbarten Bett zu folgen, in dem ein fiebernder, kaum vierzehnjähriger Bursche lag, dessen Augen glasig an die Decke starrten. Der beinahe mädchenhaft weiche Mund hing schlaff offen, und nachdem die Heilerin an einem Becher neben dem Bett gerochen hatte, bemerkte sie wissend: »Reiner Mohnsaft. Er muss unvorstellbare Schmerzen leiden.« Ohne weitere Vorrede schlug sie die dünne Decke zurück.

Sapphira entfloh ein fassungsloser Laut, als sie den blutverschmierten Verband am linken Bein des Knaben erblickte – beziehungsweise an dem, was von dem Bein des Jungen übrig war. Kurz über dem Knie abgetrennt, stand das verstümmelte Glied in einem seltsamen Winkel von einem Körper ab, dessen kräftige Muskeln in seltsamem Gegensatz zu der grauenvollen Verwundung standen.

»Höchste Zeit, den Verband zu wechseln«, stellte die *Tabibe* ungerührt fest und begann, die verschmutzte Binde aufzuwickeln.

Als nach zahllosen Schichten schließlich ein vereiterter, schlampig genähter Beinstumpf zutage kam, schlug Sapphira die Hand vor den Mund und taumelte in den Gang zwischen den Lagern zurück. Mit butterweichen Knien gelang es ihr mit Mühe und Not, die Latrine zu erreichen, wo sie vor einem der hölzernen Sitze auf die Knie fiel und sich heftig erbrach. Als wolle ihr Körper sich von dem Anblick reinigen, stieg Schwall um Schwall bitterer Galle in ihr auf, bis sie schließlich erschöpft und zitternd in sich zusammensackte und keuchend um Atem rang. »Heilige Mutter Gottes«, presste sie abgehackt hervor und verzog das Gesicht, als sich ein weiterer Krampf ankündigte. Dieser flaute jedoch genauso schnell ab, wie er gekommen war, und sie hob schwach die Hand, um sich mit aufeinanderschlagenden Zähnen den Schweiß aus dem Gesicht zu wischen. Als gehöre der Arm einer anderen, stellte sie bestürzt fest, dass der feine Stoff ihres Gewandes von oben bis unten besudelt war. Was würde die *Valide* nur dazu sagen? Das hysterische Wimmern, das in ihr aufstieg, raubte ihr erneut die Kontrolle, und sie kroch bebend in eine Ecke des Raumes, um sich dort zusammenzukauern.

KAPITEL 22

STUNDEN SPÄTER RISS ein unsanftes Rütteln Sapphira aus dem unruhigen, von Albträumen geplagten Schlaf. Erschrocken fuhr sie aus den Kissen auf und starrte die Gestalt vor sich an, als handle es sich bei ihr um einen Geist. Erst als sich das Mädchen bewegte, begriff sie, dass es sich keineswegs um einen Fleisch gewordenen Mahr handelte, sondern um eine der Hospitalhelferinnen, die sich über sie gebeugt hatte.

Froh darüber, den schauderhaften Bildern in ihrer Erinnerung zu entkommen, rieb sie sich die Augen und blinzelte geblendet in die abgeschirmte Flamme einer kleinen Öllampe. Nachdem sich der Anfall im Hospital gelegt hatte, war sie beschämt zurück an die Seite der *Tabibe* geschlichen. Doch anstatt die junge Frau zu schelten, hatte die Heilerin ihr befohlen, eine Handvoll Salben und Tränke anzumischen – was den Rest des Tages in Anspruch genommen hatte. Lange nach Einbruch der Dunkelheit hatte sie sich erschöpft und rastlos zugleich in das Dormitorium begeben, wo sie, ohne einen Bissen zu essen, auf ihr Lager gesunken war. Wenngleich ihr hellwacher und überhitzter Verstand Sapphira die schrecklichen Ereignisse des Tages immer und immer wieder vor Augen geführt hatte, war sie schließlich in eine Art Dämmerzustand gefallen, der irgendwann in einen oberflächlichen Schlummer übergegangen war.

»Wach auf«, drängte die nächtliche Besucherin und zog an der Decke. »Die *Tabibe* verlangt nach dir.«

Mit Beinen so schwer wie Blei kämpfte Sapphira sich in die Höhe und schlüpfte ungeschickt in die blaue *Entari*, die sie am Nachmittag gegen die beschmutzten Kleider der *Valide* ausgetauscht hatte.

»Du brauchst einen Schleier – eine *Yashmak*«, versetzte das andere Mädchen gewichtig. »Der Großwesir hat nach der *Tabibe* geschickt. Er fürchtet, der Sultan liegt im Sterben.« Diese Worte verscheuchten auch den letzten Rest Müdigkeit, und die Sorge um das Wohl des Großherrn kehrte mit überwältigender Macht zurück.

Wie schlimm musste sein Zustand sein, wenn er mitten in der Nacht nach einer weiblichen Ärztin schicken ließ?, fragte Sapphira sich, bevor ihr siedend heiß klar wurde, dass der schwer verwundete *Hekimbaşi* vermutlich noch nicht wieder in der Lage war, sich um seinen Herrn zu kümmern.

Angespannt und voller innerer Unruhe wand sie sich die aus mehreren Tüchern bestehende *Yashmak* um den Kopf, befestigte Sandalen an ihren Füßen und warf eine dunkle *Feraçe* – einen fein gewobenen Mantel – über die Schultern.

»Komm«, flüsterte ihre Besucherin und leuchtete in die Halle, von wo aus die jungen Frauen einen Säulengang entlangliefen und in den Hof hinauseilten.

Wortlos folgte Sapphira ihrer Führerin, während sie versuchte, sich einzureden, dass es sich bei dem merkwürdigen Gefühl in ihrer Brust um Aufregung handelte. Bevor sie sich in etwas hineinsteigern konnte, aus dem sie nur schwer wieder einen Ausweg gefunden hätte, tauchten die Umrisse der *Tabibe* vor der hellen Wand des Hospitals auf. Beleuchtet wurde sie von dem Licht zweier Fackeln in den Händen ihrer beiden bewaffneten Begleiter, die sich mit einer drohenden Gebärde vor ihr aufbauten.

»Das ist meine *Cariyesi*«, erklärte die Ärztin mit einem dünnen Lächeln und griff Sapphira energisch am Arm, als diese vor den Männern zurückweichen wollte. »Ohne sie kann ich nichts ausrichten.«

»Beeilt euch!«, knurrte der größere der Männer, und einen Moment lang fürchtete Sapphira, er könne von seiner Waffe Gebrauch machen. Dann allerdings ließ er die Rechte schlaff zurück an seine Seite fallen und befahl dem anderen Mädchen mit einer Kopfbewegung zu verschwinden. »Nicht mehr als zwei«, herrschte er die Ärztin an, die ergeben die Schultern hob und nickte. »Es ist schon schändlich genug, dass der *Padischah* sich von einem Weib untersuchen lassen muss«, grollte die Wache. »Wenn es nach mir ginge, würde dieser *Hekim* nicht faul in seinem Bett liegen!«

»Es ist gewiss nicht seine Schuld, dass ihn ein verirrter Pfeil getroffen hat«, schoss die *Tabibe* unerschrocken zurück.

»Wären die Ausbilder ein wenig sorgfältiger, könnte so etwas nicht passieren!« Der Wächter schnaubte und warf einen finstern Blick über die Schulter. »Keine Angst«, erwiderte er schroff, »dieser Ausbilder wird sich keine Fehler mehr zuschulden kommen lassen! Und der Bengel, der den

Pfeil abgeschossen hat, wird morgen bei Sonnenaufgang hingerichtet.«

Sapphira schluckte trocken und versuchte, ein Zittern zu unterdrücken. Wenn ein Versehen schon solch tödliche Folgen hatte, was würde dann mit ihr und der *Tabibe* geschehen, wenn sie versagten und Bayezid nicht retten konnten?

»Worauf wartet ihr noch?« Eine Hand versetzte ihr einen harten Stoß zwischen die Schulterblätter.

Verwirrt und furchtsam taumelte sie in der Mitte des Kleeblattes auf den innersten und heiligsten Bereich des Palastes zu, während sich ein dünner Film aus kaltem Schweiß auf ihrer Stirn bildete. Vorbei an dem palasteigenen Aquädukt und den Quartieren der weißen Eunuchen erreichten sie schließlich den Teil des Gebäudekomplexes, in dem die Zimmerflucht des Sultans untergebracht war. Blind für den Prunk und die Pracht, schlug sie die Augen nieder, um den unnachgiebigen und misstrauischen Blicken der Leibgarde auszuweichen, die überall verteilt die Macht des *Padischahs* demonstrierte. Im Handumdrehen schleusten die Wachen sie durch ein Gewirr von breiten Gängen und Korridoren, führten sie vorbei an kauernden Pagen und flüsternden Höflingen, bis sie schließlich vor einer goldbeschlagenen, von zwei Männern bewachten Tür haltmachten.

»Die *Tabibe*«, blaffte der Hüne an Sapphiras Seite, und augenblicklich traten die beiden Wächter zurück und öffneten die Flügel, die den Blick auf das taghell erleuchtete Gemach des mächtigsten Mannes der Welt freigaben.

Mühsam suchte Sapphira nach etwas Speichel, um den bitteren Geschmack in ihrem Mund zu schlucken. Doch es war, als habe sie Sand gegessen. Umringt von zahllosen Würdenträgern und Dienern, lag Bayezid *Yilderim* inmitten eines Kissenberges – das Gesicht gezeichnet von Schmerz und Wut. Ein halbwüchsiger Knabe kühlte ihm die Stirn und setzte auf ein Zeichen des Großwesirs eine Wasserschale an die geplatzten Lippen, die sich beinahe widerwillig öffneten.

»Er stirbt!«, hauchte einer der ranghöheren Bediensteten, kaum hatten die Frauen den Raum betreten.

Aber das bezweifelte Sapphira nicht nur – ihr Instinkt sagte ihr auf den ersten Blick, dass das vollkommener Unsinn war. Während sich der gänzlich unerwartete, flackernd grellrote Farbeindruck in ihr Gehirn einbrannte, sank sie an der Seite der Ärztin zu Boden und schrak zusammen, als die raue Stimme des Wesirs über sie hinweg dröhnte.

»Steht auf! Ihr dürft keine Zeit verlieren!« Noch bevor die Worte verklungen waren, griffen ihr von hinten zwei starke Hände unter die Arme und sie wurde grob auf die Beine gestellt. »Die Arznei des *Hekims* hilft nicht.« Die kleinen, schwarzen Augen des Großwesirs wirkten gehetzt. »Er erbricht sich seit Stunden. Und die Schmerzen werden immer schlimmer anstatt besser!«

Mit überraschend festem Schritt trat die *Tabibe* an die Seite des kranken Herrschers und bat wortlos um die Erlaubnis, ihn berühren zu dürfen. Erst als Bayezid schwach nickte, legte sie die Hand an seinen Hals und fühlte den Puls. Mit einem verächtlichen Naserümpfen griff sie nach dem schwarz-grünen »fleischfressenden« Stein und schob diesen zur Seite, um die stark geschwollene Hand des Sultans zu begutachten. »Gib mir die kleine, rote Flasche«, wandte sie sich an Sapphira, die sich nur mühsam vom Anblick des Großherrn löste.

Was war aus dem hellen Glanz geworden, der den prächtigen Herrscher umgeben hatte, als betrete die Sonne mit ihm den Raum? Wo war die Ehrfurcht einflößende Erhabenheit, die ihm etwas beinahe Übermenschliches verliehen hatte? Die Enttäuschung, die so unerwartet über sie kam wie ein Frühlingsgewitter, ließ sie dankbar darum sein, einen undurchsichtigen Schleier zu tragen. Denn ansonsten hätte das Befremden in ihrem Blick sie gewiss den Kopf gekostet. Fahrig nestelte sie an dem Verschluss der ledernen Tasche zu Füßen der Ärztin und tat wie befohlen.

»Was ist das?«, fragte der Großwesir misstrauisch, als die *Tabibe* das Gefäß entkorkte.

»Das sind zerkleinerte, in Alkohol angesetzte Knollen der Herbstzeitlose«, entgegnete die Heilerin geduldig und tröpfelte etwas von dem Elixier in ein Glas mit Wasser. »Das ist das einzige Mittel, das hilft.«

Einer der Janitscharen trat mit hartem Gesicht hinter sie und befreite sein Krummschwert aus der Scheide.

»Woher weiß ich, dass Ihr ihn nicht vergiftet?«, warf der Wesir misstrauisch ein.

»Das ist ein Risiko, dass Ihr eingehen müsst«, antwortete die *Tabibe* trocken und augenblicklich legte ihr der Wächter den Stahl an die Kehle. »Aber wenn er die Arznei nicht nimmt, wird seine Krankheit ihn umbringen.«

Auch Sapphira spürte die Spitze einer Waffe in ihrem Rücken. Was, um alles in der Welt, dachte sich die *Tabibe* dabei, die Männer so zu reizen?!

»Wenn es nicht hilft, tötet sie«, ließ sich auf einmal der Sultan vernehmen. »Aber gebt mir, um *Allahs* willen, endlich etwas gegen diese Qualen!« Die Stimme des *Padischahs* wirkte seltsam dünn. Als er sich von einem Pagen gestützt in die Höhe stemmte, um den Trunk entgegenzunehmen, zerstob auch der letzte Rest Bewunderung in Sapphira wie eine Wolke aus Kreidepulver. Mit kurzen Schlucken leerte der Sultan das Glas und sank zurück in die Kissen.

»Ihr wartet hier!«, raunzte ein hochrangiger Offizier, bei dem es sich offensichtlich um den *Agha* – den Oberbefehlshaber der Janitscharen – handelte, die Frauen an. »Wenn sich sein Zustand verschlechtert, werdet Ihr auf der Stelle hingerichtet!« Sapphiras Herz setzte einige Schläge lang aus, bevor es mit solcher Gewalt wieder einsetzte, dass sie fürchtete, es könne ihr die Brust sprengen.

»Keine Angst«, wisperte die *Tabibe*, die sich unauffällig neben ihre Helferin geschoben hatte. »Uns wird nichts geschehen.« Laut sagte sie: »Ich benötige kochendes Wasser. Ein Tee aus Brennnessel und Blutwurz wird die Wirkung unterstützen.«

Nachdem der *Agha* seine Zustimmung signalisiert hatte, rannte einer der halbwüchsigen Pagen, um das Geforderte zu holen, und kehrte schon bald darauf mit einem bauchigen Zinngefäß zurück. Schweigend mischte die Ärztin je eine Handvoll Kräuter in das Wasser und ließ das dampfende Gebräu eine Zeit lang ziehen.

»Flößt ihm das ein«, ordnete sie schließlich an, und innerlich vibrierend sah Sapphira dabei zu, wie die Pagen ihrem Befehl Folge leisteten. Unter gesenkten Lidern hervor warf sie alle paar Sekunden einen Blick auf Bayezid, der schon bald in einen apathischen Zustand verfiel. Wie lange würde es dauern, bis die Arznei Wirkung zeigte? Das schien sich auch die Leibgarde des Sultans zu fragen. Denn je mehr Zeit verstrich, desto bedrohlicher schloss sich der Kreis um die beiden Frauen.

KAPITEL 23

In der Nähe von Trient, Frühsommer 1400

»Es wäre besser, gleich umzukehren«, grollte Falk. »Die *Mude* können wir vergessen!« Mit einem mürrischen Tritt in die Flanke trieb er das klapprige Maultier unter sich zu einem lahmen Trab an, der jedoch schon bald wieder in den schaukelnden Schritt überging, welcher drohte, ihm die Geduld zu rauben. In dem breiten Tal unter ihnen schlängelte sich das funkelnde Band der Etsch – lediglich hie und da verdunkelt vom Schatten der gewaltigen Berge. Links von ihnen erhob der Marzola sein Haupt in den leicht bedeckten Himmel, während zu ihrer Rechten der Monte Bondone aufragte. Am Horizont zeichneten sich bereits die Umrisse der Stadt Trient ab, und Falk hoffte inständig, dass sie die schützenden Mauern vor Einbruch der Dunkelheit erreichen würden. Auch wenn der Torzoll bedeutete, dass sie vermutlich ein weiteres Mal hungrig zu Bett gehen würden. Denn in den großen Handelszentren wurden alle Besucher geschröpft, ganz gleich, ob sie etwas verkaufen wollten oder nicht. »Wir haben schon beinahe eine Woche verloren«, knurrte er. »Das holen wir nie wieder auf!«

Otto, der in den vergangenen Tagen immer wortkarger geworden war, schüttelte den Kopf und erwiderte lahm: »Noch können wir es schaffen. Von hier an geht es schneller. Zwei, höchstens noch drei Tagesritte, dann sind wir in Venedig.«

Falk schnaubte. »Ja, aber bis dahin sind wir vermutlich verhungert! Ich besitze nur noch ein paar Pfennige. Das reicht vielleicht für eine Unterkunft, aber satt werden wir davon noch lange nicht!« Wie so oft in letzter Zeit zuckte seine Hand zu der Bankgarantie in seiner Tasche, welche die Räuber ihm gelassen hatten, da sie damit nichts anfangen konnten. *Ich* allerdings auch nicht, dachte er grimmig. Denn erst in Venedig konnte er das Papier zu Geld machen – vorher war es auch für ihn so gut wie wertlos. Hätte er nicht einen Notgroschen in seinen Hut eingenäht gehabt, wären er und Otto vollkommen mittellos in dem verfluchten Bergdorf gestrandet; dem Bergdorf, aus dem der verräterische Meier wie durch Zauberhand verschwunden war, kaum hatten die Räuber sein Haus verlassen. Die Erinnerung an den Überfall ließ ihn die Zähne aufeinanderpressen. Ohne Zweifel hatte ihr hinterhältiger Gastgeber dem Raubritter die Information zukommen lassen, dass lohnende Beute in seinem Netz zappelte. Sicherlich waren sie nicht die ersten Reisenden gewesen, die dem Mistkerl auf den Leim gegangen waren, und bestimmt würden sie auch nicht die letzten sein. Der inzwischen wohl bekannte Rachedurst keimte erneut in ihm auf und vermischte sich mit dem immer noch tief sitzenden Misstrauen Otto von Katzenstein gegenüber.

Ganz egal, wie er versucht hatte, sich das Zaudern seines Onkels zu erklären, er war immer zum gleichen Ergebnis gelangt. Zu deutlich hatte sich die Versuchung auf Ottos Zügen abgezeichnet, zu klar war das Ringen gewesen, das Falk um sein Leben hatte fürchten lassen. Immer und immer wieder stellte er sich die gleiche Frage: Hätte der Ritter den Räubern das Geld auch ausgehändigt, wenn er Falk nicht mehr gebraucht hätte? Oder hätte er einen Handel mit dem Riesen abgeschlossen, dessen seltsames Wappen für immer in Falks Gehirn eingebrannt war – auch wenn er die verschlungenen Tiere darauf nicht deutlich hatte erkennen können. Hatte Lutz' Argwohn ihm die Haut gerettet? Verdankte er sein Glück der Tatsache, dass niemand außer ihm das Stück Papier in seiner Tasche zu Gold machen konnte? Hastig schob er den Gedanken an den alten Verwalter beiseite, da diese Überlegungen bohrenden Zweifel mit sich brachten. Er hatte keine Wahl! Wenn er nicht wie ein begossener Pudel nach Ulm zurückschleichen wollte, musste er das Vorhaben wohl oder übel zu Ende bringen. Und zu Ende bringen konnte er es nur, wenn er Edirne erreichte! Ein bitteres Lachen stieg in ihm auf. Wenigstens mussten sie das ganze Gepäck nicht mehr mit sich herumschleppen. Außer zwei Hemden, einer Schecke und einer Hose war keines der eigens für die Reise angefertigten Kleidungsstücke mehr zu gebrauchen gewesen, da die Wegelagerer bei der Suche nach Reichtümern ganze Arbeit geleistet hatten. Mit einem ungehaltenen Fluch gab er seinem Reittier ein weiteres Mal die Sporen. »Lauf, du Klepper!«, schimpfte er und ignorierte Ottos verwunderten Blick.

※

Während er mit seinem eigenen Maultier kämpfte, betrachtete Otto von Katzenstein seinen Neffen forschend von der Seite. Irgendetwas war seit dem Überfall anders an dem Bengel; und mit jedem Tag, der verging, bestätigte sich sein Verdacht, dass er drauf und dran war, sein Opfer zu verlieren. Wenn nicht bald etwas geschah, mit dem er den Schnitzer ungeschehen machen konnte, sah er seine Felle bereits jetzt davonschwimmen. Welcher verdammte Teufel hatte ihn geritten? Warum hatte er dem Raubritter nicht einfach sein Geld vor die Füße geworfen, anstatt zu zögern? Noch immer sah er den entsetzten Ausdruck auf dem Gesicht des Knaben vor sich, als diesem klar geworden war, dass sein Leben im wahrsten Sinne des Wortes auf Messers Schneide stand. Er rieb sich die stoppelige Wange, die dringend einer Rasur bedurfte. Was konnte er nur unternehmen, um das Vertrauen des Burschen zurückzugewinnen? Und ihn davon zu überzeugen, dass sein Onkel nur sein Bestes wollte? Die Doppeldeutigkeit dieser Worte malte ein zynisches Lächeln auf sein Gesicht. Sein Bestes, in der Tat! Denn was war besser an dem Jungen als sein Geld? Er beeilte sich, ein Husten vorzutäuschen, das die verräterischen Spuren der Vorfreude von seinem Gesicht wischte, und rückte sich im Sattel zurecht. Da seine Füße den Boden streiften, wenn er sie nicht anwinkelte, plagten ihn immer wieder Krämpfe in den Beinen; und auch jetzt holte ihn ein Stechen in der Wade aus den Gedanken zurück. Wie hatte er nur so dumm sein können, die Hinterlist des Meiers nicht zu durchschauen? Hätte er an Stelle des Raubritters nicht genau das Gleiche getan? Seine Nasenflügel blähten sich, als ihm unvermittelt der Geruch von Feuer in die Nase stach. Augenblicklich wachsam, reckte er den Hals und ließ argwöhnisch den Blick schweifen. Eine halbe Meile vor ihnen, hinter einem zerrupft wirkenden Tannenhain kräuselte sich schwarzer Rauch in den Himmel. Doch als Otto instinktiv nach seinem Schwert greifen wollte, fasste er ins Leere.

Er schluckte die Verwünschung, die ihm auf der Zunge lag, und langte stattdessen nach dem Dolch, den ihm die Wegelagerer gelassen hatten. Sobald sie Venedig erreicht hatten, musste er unbedingt für eine neue Waffe sorgen. Ohne sein Schwert fühlte er sich nackt und so verwundbar wie eine Jungfrau auf dem Feld. Mit zusammengekniffenen Augen versuchte er, auszumachen, ob es sich um ein friedliches Feuer handelte; und als sie nach wenigen Minuten eine Kreuzung erreichten, atmete er erleichtert auf. Vor einer windschiefen Holzkate loderte ein Scheiterhaufen, über dem ein findiger Jäger Kleinwild zum Räuchern aufgehängt hatte. Von dem aus

Westen wehenden Wind wurde der köstliche Geruch heißen Fettes zu ihnen getragen. Doch von dem Besitzer der Hütte war weit und breit keine Spur zu entdecken. Das musste ein Wink des Schicksals sein!

»Warte hier«, forderte er Falk auf und rutschte vom Rücken des trägen Maultieres. »Ich besorge uns etwas zu essen.«

»Aber …«, hub der Knabe an, doch Otto war bereits in dem tiefen Straßengraben verschwunden. Geduckt pirschte er sich im Schutz des hohen Grases bis dicht an den Waldrand heran, sah sich in alle Richtungen um und rannte auf das Feuer zu. Als er die Hütte beinahe erreicht hatte, spitzte er die Ohren und versuchte, das Knistern der Scheite von anderen Geräuschen zu trennen. Kaum war er sich sicher, dass außer ihm niemand in der Nähe war, richtete er sich zu seiner vollen Größe auf und näherte sich dem Scheiterhaufen. Dort angekommen, zuckte er zurück, als der Wind ihm die Hitze ins Gesicht blies, aber der köstliche Duft des Fleisches ließ ihn die Gefahr vergessen. Mit dem Fuß zog er einen gegabelten Ast zu sich heran, hob diesen auf und stieß die Stange über den Flammen aus ihrer einfachen Halterung – sorgsam darauf bedacht, die Hasen und Eichhörnchen nicht ins Feuer fallen zu lassen.

Er wollte sich gerade nach dem Raubgut bücken, als ihn wie aus heiterem Himmel ein solch gewaltiger Hieb zwischen den Schulterblättern traf, dass er der Länge nach im Staub landete. Während sich brennender Schmerz in seinem gesamten Körper ausbreitete, prasselten weitere Schläge auf ihn ein, von denen einer seinen Kopf lediglich um Haaresbreite verfehlte.

»Dieb, verdammter!«, zischte der Angreifer in seinem Rücken, und nur mit Mühe und Not gelang es Otto, sich mit einer Rolle zur Seite in Sicherheit zu bringen und ungeschickt aufzurappeln.

Die von Sand und Schmutz brennenden Augen erkannten zuerst nur die schemenhaften Umrisse des Angreifers. Doch nachdem der Katzensteiner ein paar Mal geblinzelt hatte, klärte sich sein Blick, und er keuchte erschrocken auf. Der Prügel, den der massige, beinahe quadratisch gebaute Bauer schwang, jagte ihm ein kaltes Prickeln über den Rücken. Knorrig und mit abgebrochenen Ästen gespickt, war dieser eine mindestens ebenso tödliche Waffe wie ein Morgenstern. Wäre Ottos Wappenrock nicht mit eisernen Platten gepanzert gewesen, hätte ihn schon der erste Hieb für immer gefällt. Bevor sein wutschnaubender Gegner ein weiteres Mal ausholen konnte, schnellte der Ritter jedoch nach rechts und befreite den Dolch aus seiner Scheide. Blitzschnell schlitzte er seinem Angreifer den Unterarm auf, sodass dieser mit einem Heulen den Knüppel fallen ließ. Angestachelt von der plötzlich aufflackernden Angst im Blick des Wilderers, setzte Otto nach und brachte seinem Gegner eine klaffende Wunde auf der Wange bei. Einen Zentimeter weiter oben und der Bauer hätte ein Auge verloren – etwas, was den Kerl dazu veranlasste, sich wieselflink zu ducken und ohne zu überlegen, die Beine in die Hand zu nehmen. »Nicht doch«, spuckte Otto aus, »gerade, wo es anfing, mir Spaß zu machen.« Immer noch heftig atmend wandte er sich wieder der Beute zu, schnappte sich, soviel er tragen konnte, und trottete zurück zu Falk, als ob nichts geschehen wäre. Eines war deutlich auf dem Gesicht des Burschen zu lesen – Bewunderung gepaart mit einem Hauch von Entsetzen. Otto feixte. So wie der Bengel aus der Wäsche schaute, hatte Otto mit diesem kühnen Fischzug wenigstens sein Vertrauen zurückgewonnen.

KAPITEL 24

ZWEI UNENDLICH LANG erscheinende Tage später erreichten sie endlich Venedig. Zerschlagen, durstig und mit einem Gewissen, das wegen des Diebstahls schwer wog wie Blei, kniff Falk die Augen zusammen, als die zahllosen Inseln vor ihnen auftauchten. Verstreut und dennoch zusammenhängend, lag die Lagunenstadt inmitten des grünlichen Wassers der Adria, und der Anblick war so ungewohnt, dass er für einen Moment all seine Bedenken vergaß. Die überall vor Anker liegenden Schiffe bildeten einen wahren Wald aus Masten und Segeln, und die Boote, welche zwischen ihren größeren Schwestern hin und her pendelten, wirkten wie winzige Nussschalen. Im gleißenden Licht der Junisonne funkelten eiserne Beschläge und Kanonen, blitzten Helme und Hellebarden auf, während ein mittelmäßiger Südostwind die zum Teil gerefften Segel flattern ließ. Im Hintergrund fing sich das Licht in den zahllosen Kaminen und Kupferdächern der Stadt, welche die Einwohner Venedigs voller Stolz *Serenissima* – die Erhabene – nannten. Fassungslos rieb Falk sich die Augen, da das Gewimmel auf See mit jedem Wimpernschlag zuzunehmen schien – beinahe als vermehrten sich die Barken, Nachen und Gondeln von Zauberhand. Seit einiger Zeit hatte sich auch der Strom der Reisenden um sie herum verdichtet, und inzwischen hatte sich der junge Mann an die halsbrecherisch vorbeipreschenden Reiter der *Compagnia dei corrieri* – der Boten des venezianischen Postdienstes – gewöhnt. Italienische Händler in langen schwarzen Gewändern hatten sich ebenso zu den Reisenden gesellt wie Kaufleute aus aller Welt, die auf Karren englische Wolltuche, deutsche Hüte und Schleier, Waid, Galläpfel oder Salz transportierten. Zwar waren Falk und Otto bereits auf dem beschwerlichen Weg über die Alpen dem einen oder anderen Zug begegnet, doch schienen sich diese vor dem Handelszentrum aufzustauen. Wie sein Onkel und er hatten viele dieser Reisenden den *Fondaco dei Tedeschi* – die deutsche Faktorei auf dem Rialto – zum Ziel, in der alle Händler aus Deutschland absteigen mussten, gleichgültig ob sie kaufen oder verkaufen wollten.

»Meine Güte, es wird Tage dauern, bis wir eine Gondel für die Überfahrt bekommen«, bemerkte Otto. »Das müssen Tausende sein.« Falk folgte seinem ausgestreckten Finger zu einer kunterbunten Menschenmenge, die sich um die Anlegestelle drängte, von der aus die Reisenden zum Stadtbezirk San Marco übersetzen konnten.

»Wenn Ihr es eilig habt, könnte ich Euch helfen.« Die ölige Stimme erklang so plötzlich hinter ihnen, dass sowohl Falk als auch der Katzensteiner herumwirbelten. »Für einen halben Dukaten bringe ich Euch auf das Boot meines Vetters«, fuhr ein schmächtiger Mann mit einem schmutzigen Gesicht fort. »Der schifft Euch vor allen anderen zum Rialto.«

Falk lachte freudlos. »Wenn wir einen halben Dukaten besitzen würden«, sagte er, »denkst du nicht, dass wir dann etwas standesgemäßer reisen würden?« Seine Stimme troff vor Ironie.

»Man weiß nie«, gab der Italiener mit einem schiefen Lächeln zurück. »Oft trügt der Schein.« Damit verschwand er genauso lautlos wie er aufgetaucht war in der Menge und Falk schüttelte den Kopf.

»Es war ein Fehler, nicht gleich kehrtzumachen«, bemerkte er säuerlich. »Ein großer Fehler.«

Otto, der seit dem Zwischenfall mit dem Wilderer versucht hatte, Falks stetig sinkende Laune aufzuhellen, zuckte die

Achseln und wies mit dem Kinn auf den Kopf der Schlange. »So lange wird es nicht dauern. Ich sehe mindestens drei Dutzend Gondeln und ebenso viele größere Boote.«

»Mag sein«, schoss Falk missmutig zurück. »Aber ob wir uns das leisten können, wird sich noch zeigen.« Unruhig nestelte er am Zügel seines Maultieres. Wenn er doch nur endlich wieder im Sattel eines richtigen Pferdes sitzen könnte!

Zäh wie Pech verstrich die Zeit, und es war beinahe Abend, als sie endlich dem *Gondoliere* den, Gott sei Dank erschwinglichen, Fahrpreis in die Hand zählten. Dankbar darum, im Laufe der Wartezeit die beiden Reittiere an einen Metzger losgeworden zu sein, rammte Falk seinen leichten Reisesack zwischen zwei Sitze und vergrub das Kinn in den Händen. Sobald sie ihr Ziel erreicht hatten, würde er als erstes bei seinem *Bancherius* vorsprechen und sich dann zur Beichte in die Kirche begeben, um seine Seele von den Sünden der Reise reinzuwaschen. Er tastete nach dem Kruzifix an seinem Hals, das die Wegelagerer übersehen hatten – genau wie den Siegelring, den er wegen des scheuernden Zügels ebenfalls an der Kette befestigt hatte. Sein Onkel schien einen schlechten Einfluss auf ihn zu haben. Nicht nur ein, sondern zwei Diebstähle lasteten auf seinem Gewissen; und hatte er den ersten noch mit dem nächtlichen Überfall rechtfertigen können, gelang es ihm nicht, eine Ausrede für den zweiten zu finden. Wie gewöhnliche Strauchdiebe hatten sie einen Mann um seine Jagdbeute gebracht, und es half nicht, sich einzureden, dass der Bauer die Tiere gewildert hatte. Er seufzte leise. Wann hatte diese Reise, die als Abenteuer gedacht war, ihren Reiz verloren?, fragte er sich, obwohl er die Antwort kannte. Bevor er sich in diese düsteren Überlegungen hineinsteigern konnte, erreichte die Gondel einen *Canale*, der sich in einer breiten Schleife zwischen den Inseln hindurchwand.

Wie ein betrunkener Zwerg schaukelte das Boot an den langen, schlanken Galeeren vorbei, auf denen der Senat die heiß begehrten Luxusgüter transportierte, wie der Gondelführer sie informierte. In einem Fort schnatterte der Mann in beinahe fehlerfreiem Deutsch, wies hierhin und dorthin, sodass Falk mehr als einmal befürchtete, sie könnten mit einem der anderen Kähne kollidieren. Beladen mit Baumwolle aus dem syrischen Akkon, Goldfäden aus Persien, chinesischer Seide, Elfenbein und Gewürzen, wurden die Galeeren offenbar von Bogenschützen und anderen Bewaffneten bewacht – anders als die schwerfälligen, plumpen Koggen, auf denen Massenware wie Getreide, Salz oder Wein eingeführt wurden. In der Nähe einer Kaimauer lag eines dieser bauchigen Schiffe gekentert im Hafen, und der *Gondoliere* hatte alle Hände voll zu tun, die im Wasser treibenden Fässer und Stoffballen zu umschiffen. Staunend verfolgte Falk, wie die Mannschaft versuchte, die Fracht zu bergen, während der Kapitän der Kogge eine lautstarke Schimpftirade über ihre Köpfe hinwegschickte. Mit unerwarteter Gewalt vertrieben die auf ihn einstürmenden Eindrücke Falks schlechte Laune, und als sich nach einigen Minuten der Blick auf den Markusplatz öffnete, hatte er all seine Gewissensbisse vergessen. Einem gewaltigen Zeigefinger gleich ragte der *Campanile*, dessen Schatten auf den schneeweiß in der Sonne leuchtenden Dogenpalast fiel, in den blauen Himmel – weithin sichtbar für jeden, der die Stadt von Süden her ansteuerte. Im Hintergrund zog die *Basilica San Marco* eine Traube von Menschen an, die offensichtlich zum Abendgebet zusammenströmten. Da Falk diese weltberühmten Bauwerke aus den begeisterten Berichten seines Ulmer *Bancherius* kannte, fiel es ihm nicht schwer, sie zu identifizieren. Doch es waren die Pracht und vor allem die Ungeschütztheit des Markusplatzes, die sein Staunen in ungeschminkte Bewunderung umschlagen ließen.

Im Gegensatz zu allen anderen Städten, die er in seinem bisherigen Leben bereist hatte, war das Machtzentrum Venedigs nicht durch sichtbare Wehrbauten gesichert. Eine Tatsache, die jedem einzelnen Besucher klar machte, dass diese Stadt keine Schutzwälle nötig hatte.

Viel zu schnell wandte sich der *Gondoliere* nach Westen, um in den *Canale Grande* einzutauchen, auf dem der Wasserverkehr so dicht war, dass sie beinahe zum Stillstand kamen. Hunderte von kleineren und größeren Booten mussten sich einen Weg zwischen den Galeeren hindurch suchen, deren Ruder zum Teil gefährlich weit ins Wasser ragten. Vorbei an zahllosen *Palazzi*, Kontoren und Gasthäusern erreichten sie schließlich zur siebten Stunde den Rialto – das Finanz- und Handelszentrum der Stadt, das sich auf einer etwa dreihundert Schritt breiten Insel am Westufer des *Canale* erhob. Je tiefer sie in die Stadt vordrangen, desto schwerer stand die Hitze über dem Wasser, und Falk erschrak heftig, als er aus einigen Fenstern schwarze Tücher hängen sah.

»*Si*«, beantwortete der *Gondoliere* seine Frage. »In letzter Zeit hat es wieder Pestfälle gegeben.« Falk tauschte einen Blick mit Otto, dem ebenfalls anzusehen war, dass ihn diese Nachricht beunruhigte. »Aber Ihr braucht Euch nicht zu sorgen«, setzte der Venezianer mit einem wegwerfenden Schulterzucken hinzu. »Der Senat sorgt dafür, dass die Quarantäne eingehalten wird.«

Na, dann kann ja nichts passieren, dachte Falk ironisch und zog den Kopf ein, um dem Ruder einer anderen Gondel auszuweichen. Geschickt manövrierte der Venezianer den kleinen Kahn an einen Steg direkt am Fuße der hölzernen Rialtobrücke, auf der sich zahllose Menschen drängten.

»Das ist die Halle der Händler«, erklärte der *Gondoliere* und zeigte nach links. »Dort befindet sich die öffentliche Waage. Das *Fondaco dei Tedeschi* liegt gegenüber.« Damit half er ihnen von Bord und stieß augenblicklich vom Ufer ab, um der nächsten Gondel Platz zu machen.

Noch bevor Falk und Otto ihre leichten Reisebündel geschultert hatten, wurden sie bereits vom Strom der Händler, Aufseher und Boten mitgerissen und auf den Fuß der Brücke zugedrängt, an dem ein heilloses Durcheinander herrschte. Fernhandelskaufleute und Makler brüllten ebenso lautstark durcheinander wie Kommissionsagenten und entnervt aber offiziell wirkende Aufseher. Die beiden schräg aufeinander zulaufenden Rampen der Brücke waren von Verkaufsbuden gesäumt, und egal wohin man sah, stapelten sich Waren in Säcken, Fässern und Kisten.

»Meine Güte, wie soll ich in diesem Durcheinander Datini finden?«, schrie Falk seinem Onkel ins Ohr, dem anzusehen war, dass er ähnlich beeindruckt war wie sein Neffe.

»Dort drüben, unter den Bogengängen scheinen die Geldwechsler zu sitzen«, erwiderte dieser, nachdem er sich kurz umgesehen hatte. »Die sollten dir sagen können, wo du deinen *Bancherius* findest.«

Während sie von Ellenbogen, Schultern und Händen hin und her geschoben wurden, kämpften sich die beiden Männer durch die Menschenmenge. Diese lichtete sich erst etwas, nachdem sie die Brücke hinter sich gelassen hatten. Als sie sich den hölzernen Tischen der Geldwechsler näherten, wurden sie von einem Wachtrupp streng beäugt, der ihre Erscheinung von Kopf bis Fuß abtastete. Verständlich, dachte Falk, da auf den aufgebockten Holzbänken in offenen Schalen Münzen aus aller Herren Länder blinkten. Alle paar Minuten huschte ein Bote mit einer eisenbeschlagenen Kassette davon – vermutlich um größere Beträge im Palast der *Camerlenghi* in Sicherheit zu bringen. Falk erinnerte sich dumpf daran, dass Barbarigo ihm von diesen Kassenhütern der Stadt vorgeschwärmt und bedauert hatte, dass etwas Derartiges in

Ulm nicht existierte. Jeder Geldtransfer wurde von den *Bancherii* in einem dicken Journal notiert, in denen offenbar auch Bezahlungen per Gutschrift vermerkt wurden.

Als Falk endlich an der Reihe war, trug er sein Anliegen in flüssigem Latein vor und war erleichtert, als ihm einer der Männer in genauso gutem Deutsch antwortete wie der *Gondoliere*. »Da habt Ihr Glück, er war gerade hier.« Er wies nach Süden das Ufer entlang. »Ihr könnt ihn kaum verfehlen. Folgt einfach dem roten *Mantello*.«

Als Falk in die angewiesene Richtung blickte, entdeckte er sofort einen hochgewachsenen, in einen karmesinroten Umhang gekleideten Mann, dessen Kopf eine ebenso farbenfrohe Kappe bedeckte. Ohne zu zögern, gab er Otto zu verstehen, ihm zu folgen und eilte auf *den* Mann zu, der dafür sorgen würde, dass er sich endlich nicht mehr wie ein Bettler vorkam. Als er nach wenigen Minuten zu dem *Bancherius* aufgeschlossen hatte, richtete er sich unbewusst zu seiner vollen Größe auf, bevor er ihn von der Seite ansprach. »Seid Ihr Francesco Datini?«

Das Gesicht, das sich ihm zuwandte, zeigte eine Mischung aus Argwohn und geschäftstüchtiger Freundlichkeit, welche die grauen Augen allerdings nicht erreichte. »*Si*, der bin ich. Was kann ich für Euch tun?« Die scharfe Nase zuckte, beinahe als wolle sie wittern, ob es sich bei seinem Gegenüber um einen Betrüger oder um einen Kunden handelte.

Nachdem Falk ihm sein Anliegen erläutert und die Bankgarantie nebst Begleitbrief des Schwagers aus der Tasche gezogen hatte, änderte sich das Verhalten des Älteren jedoch schlagartig; und er lud sowohl ihn als auch Otto mit einer herzlichen Geste ein, ihm zu seinem *Palazzo* zu folgen. Dieser, die *Casa Datini*, schien Falk der wohl schönste und reichste Palast der Stadt – Wohn- und Lagerhaus, Kontor und Bank in einem. Dort ließ der Italiener die beiden Reisenden mit einem Imbiss aus Käse, Oliven, Wein und frisch gebackenem Brot bewirten, während er sich zurückzog, um ein ähnliches Schreiben für seine Filiale im Orient aufzusetzen. »Damit bekommt Ihr in jeder größeren Stadt von hier bis Damaskus den auf dem Dokument aufgeführten Betrag«, erläuterte er und drückte sein Siegel in das weiche Wachs. »Und hier sind die fünfzig Dukaten in bar, um die Ihr gebeten habt.« Bevor er Falk die Geldkatze aushändigte, schob er diesem ein Schriftstück zu, das der Knabe unterzeichnete und das der Venezianer mit etwas Sand abtrocknete. »Ich würde Euch liebend gerne meine Gastfreundschaft anbieten«, sagte Datini, als Falk und Otto sich schließlich von den bequemen Stühlen erhoben. »Aber das Gesetz verbietet es jedem Venezianer bei empfindlicher Strafe, Händler aufzunehmen.« Er hob entschuldigend die Schultern. »Es gibt also nur die Möglichkeit, Euch im *Fondaco dei Tedeschi* oder einem Gasthof einzumieten.«

Falk nickte stumm und verstaute den ledernen Beutel unter seiner Schecke. Welch eine Freude, endlich wieder Geld in der Tasche zu haben! »Wir wollen nicht lange bleiben«, versetzte er mit neuer Zuversicht in der Stimme. »Sobald wir die nötigsten Einkäufe getätigt und einen Geleitbrief beschafft haben, werden wir uns auf der *Muda di Romania* einschiffen, um so schnell wie möglich aufzubrechen.«

Die Brauen des Italieners wanderten in die Höhe. »Die *Muda*?«, fragte er verwundert. »Dafür, fürchte ich, seid ihr eine Woche zu spät. Sie hat am vergangenen Freitag den Hafen verlassen.«

KAPITEL 25

Konstantinopel, Frühsommer 1400

DIE LAGE SPITZTE SICH ZU. Mit einem bitteren Lachen zer-
knüllte Johannes Palaiologos die Nachricht von seinem
Onkel, dem Kaiser, und warf sie achtlos auf den Boden –
um sie kurz darauf wieder aufzuheben und ein weiteres Mal
zu lesen. Vielleicht war das Schreiben ja doch nicht so wertlos, wie er zuerst gedacht hatte. Noch reichte der Zorn der
Bewohner Konstantinopels nicht zur offenen Rebellion gegen
den Kaiser aus; aber vielleicht half es, die Neuigkeit zu streuen,
die Manuel ihm mitgeteilt hatte. Konnte die offene Weigerung des Papstes Bonifaz IX., zu einem weiteren Kreuzzug
gegen die Osmanen aufzurufen, die hungernde Bevölkerung
endgültig davon überzeugen, dass Bayezid die klügere Alter-
native war? Vor allem, da der Kaiser bereits vor Monaten in
aller Heimlichkeit seine Familie zu seinem Bruder nach Griechenland geschafft hatte. Er kratzte sich nachdenklich den
Bart. Immerhin waren die Einwohner der ehemals mächtigen Kaiserstadt inzwischen so verzweifelt, dass viele von
ihnen mit Seilen über die Stadtmauer flohen, um sich den
Belagerern auszuliefern. Was sollte sie dann davon abhalten,
sich offiziell dem Sultan zu ergeben? Mit seinem guten Auge
schielte Johannes zu den kaiserlichen Wachen, deren Loyalität ebenfalls zu schwinden schien. Stimmten die Gerüchte,
hatte sogar Matthäus, der Patriarch der Stadt, in der Zwischenzeit ein heimliches Abkommen mit Bayezid getroffen,

das ihm erlaubte, seine Stellung als Kirchenoberhaupt beizubehalten, sollte die Stadt an die Osmanen fallen. Wie immer, wenn er aufgewühlt war, rieb Johannes die tote rechte Seite seines Gesichtes. Doch sobald ihm diese verräterische Geste bewusst wurde, ließ er hastig die Hand zurück an seine Seite fallen. Wenn er es schlau anstellte, konnte er sich vielleicht die Unterstützung des Patriarchen sichern. Offensichtlich fürchtete dieser den Ausgang von Kaiser Manuels Bettelfahrt genauso wie Johannes selbst. Zwar stand für den Kirchenmann nicht der Thron auf dem Spiel, wohl aber die Wahrhaftigkeit seines Glaubens, die durch eine mögliche Union mit Rom bedroht war. Warum war er nicht schon vorher auf diesen Gedanken gekommen? Während er sich von dem übermannshohen Fenster abwandte und zurück in den Audienzsaal schlenderte, beschloss er, so bald als möglich ein Treffen mit Matthäus zu arrangieren.

Doch vorher musste er Spione ausschicken, um in Erfahrung zu bringen, wie viel an dem Gerede dran war, dass Bayezid sich einen mächtigen Feind gemacht hatte. Einen Feind, den der unkluge Sultan offenbar so sehr verärgert hatte, dass dieser zum Kampf gegen ihn rüstete. Johannes unterdrückte den Drang, den Kopf zu schütteln, da er sich nie sicher sein konnte, wie die Palastwache seine Reaktionen interpretierte. Denn dass sein Onkel, der Kaiser, ihn bespitzeln ließ, daran zweifelte er keine Sekunde lang. Seine Gedanken kehrten zu den Berichten zurück, die ihm von mehreren Seiten zugetragen worden waren. Timur Lenk, das war der Name des Tatarenfürsten, mit dem der Sultan es aufnehmen wollte. Timur, der Eiserne. Wenn man den Berichten Glauben schenken konnte, dann war dieser Timur nicht nur ein furchterregender Feldherr, sondern auch ein schlauer Fuchs, dem es immer wieder gelang, seine Feinde mit Versprechungen in Sicherheit zu wiegen, die er dann – sobald sie sich ergeben hatten – mit Wortklaubereien aushebelte. Timur, der Schreckliche, schien besser zu passen, nach allem, was er gehört hatte. Urplötzlich wehte ein Windhauch durch den Raum, und er schlang die Arme um sich. Hoffentlich brach Bayezids Hochmut ihm nicht das Genick! Die Belagerung Konstantinopels; der Feldzug in Griechenland, wo der Sultan nicht nur nach der Familie des Kaisers suchen ließ, sondern sich auch mit dessen Bruder um die Vorherrschaft in der Morea schlug; und der Zwist mit Timur. Allmählich bezweifelte Johannes, dass ihm seine Stellung als Schwiegervater des Osmanen tatsächlich einen Vorteil verschaffen konnte. Denn, wenn dieser besiegt wurde, was sollte Timur dann davon abhalten, Konstantinopel einzunehmen und ein für alle Mal dem Erdboden gleichzumachen? Und das war es, was der Tatarenfürst tun würde, da er im Gegensatz zu dem osmanischen Sultan keinerlei Veranlassung hatte, alte Versprechen einzulösen oder frühere Abkommen einzuhalten.

KAPITEL 26

MARIA OLIVERA DESPINA schürzte die Lippen. Ihre Augen verengten sich nachdenklich, während ihre Finger mit der Belohnung spielten, welche das Mädchen vor ihr mit nur schlecht verhohlener Gier beäugte. Anders als die Tage zuvor, hing heute eine Wand aus bleigrauen Wolken über der Stadt, die vermutlich bald ein Gewitter bringen würde. Als spürten sie die Bedrohung, waren die Singvögel in den Gärten bereits vor Stunden verstummt, und auch Olivera fühlte sich merkwürdig bedrückt. Wäre es die Zeit ihrer monatlichen Unreinheit gewesen, hätte sie die innere Unruhe verstanden. Doch die Rastlosigkeit, die von ihr Besitz ergriffen hatte, war eine andere. Vermutlich hing sie mit der Erkrankung des Sultans zusammen, über die strenges Stillschweigen gewahrt wurde. So streng, dass sie manchmal fürchtete, er sei gar nicht mehr am Leben. Erneut wollte sich die Sorge um sein Wohlergehen mit dem Zorn vermischen, nicht zu ihm vorgelassen zu werden. Aber bevor die Erinnerung an die Unverschämtheit der Janitscharen ihre Körpersäfte in Aufruhr bringen konnten, zwang sie ihre Gedanken zurück zu der jungen Frau in ihrem Gemach.

Ohne viele Worte warf sie dieser das rubinbesetzte Armband zu und verfolgte mit verzogenem Mund, wie ihre Helferin dem Schatz hinterher kroch und ihn hastig in die Tasche stopfte. »Sobald auch die anderen aus dem *Harem* verstoßen sind, bekommst du den Rest«, sagte sie kühl, da sie wenig Achtung für die Verräterin empfand. Sie wusste, dass sie deren Hilfe benötigte, um die jungen Schützlinge der *Valide* in Misskredit zu bringen. Doch hieß das noch lange nicht, dass sie das Mädchen als mehr schätzte als das, was es war. Bei dem schlecht verhohlenen Stolz, der sich auf dem Gesicht der jungen Frau ausbreitete, musste Olivera sich zwingen, nicht auszuspucken. »Lass mich allein!«, befahl sie deshalb knapp und wandte sich dem Fenster zu, um die Stirn gegen das kühle Flechtwerk zu legen.

Noch immer hallten die Schreie der geprügelten Sklavin in ihren Gedanken nach; und manchmal wachte sie nachts auf, da sie geträumt hatte, an Stelle des Mädchens aus dem Palast vertrieben und an einen schmutzigen, ungehobelten Bauern verschenkt worden zu sein. Die drückende Hitze ließ ihr den Schweiß aus den Poren treten. Hatte das Zwischenspiel mit Bayezid ihr nicht zu deutlich gezeigt, wie schnell und unverhofft man in Ungnade fallen konnte? Der stets in ihr glimmende Hass flammte erneut auf, als sie sich die Demütigung ins Gedächtnis rief. Um sich zu beruhigen, ließ sie die satte Blütenpracht unter dem Fenster vor den Augen verschwimmen und bemühte sich, ihren Geist zu leeren.

Nachdem sie eine lange Zeit so dagestanden hatte, fuhr sie sich mit den Handflächen über das feuchte Gesicht – dankbar darüber, am heutigen Tag auf Schminke verzichtet zu haben. Ob ihre Konkurrentinnen ähnliche Intrigen spannen wie sie?, fragte sie sich, obwohl sie die Antwort ahnte. Geistesabwesend wickelte sie eine der blonden Locken um den Zeigefinger. Seit der Sultan vor einiger Zeit seinen Sohn Mehmet persönlich im Schwertkampf unterrichtet hatte, herrschte Zwist zwischen den Konkubinen des mächtigen Herrschers, da jede von ihnen den eigenen Sprössling als zukünftiges Oberhaupt des Hauses Osmans sah. Und wenn etwas auf das Geplapper der *Jariyes* zu geben war, hatte sich der Streit zwischen Devlet Hatun, der Mutter des Prinzen Mehmet, und der Mutter des Prinzen Musa inzwischen so zugespitzt, dass die beiden gewaltsam voneinander ferngehalten werden mussten. Ihre Mundwinkel wanderten nach oben. Vielleicht gingen die beiden ja so weit, die Brut der anderen auszulöschen. Dann würde Bayezid sich in ihre Arme flüchten; und sie würde ihn endlich davon überzeugen, dass es besser war, mit ihr, seiner Gemahlin, einen Sohn zu zeugen, als mit einer Sklavin! Als unvermittelt ein Blitz über den Himmel zuckte, fuhr sie erschrocken zusammen und wich hastig vom Fenster zurück, da zeitgleich mit dem Donner die ersten dicken Tropfen auf das Blattwerk der Bäume und Büsche klatschten. Sie musste abwarten. Je mehr Zeit ins Land ging, desto besser standen ihre Chancen, sich den Sultan gefügig zu machen. Aus sicherem Abstand verfolgte sie, wie Blütenblätter durch die Luft wirbelten und wie sich der Regen zu kleinen Rinnsalen sammelte, welche die bunten Kiesel unterspülten. Innerhalb weniger Augenblicke verwandelten sich die schweren Tropfen in dünne Fäden, die von dem aufkommenden Sturm gegen die Mauern der Gebäude gepeitscht wurden. Schon bald wirkten die ansonsten strahlend weißen Mauern des Palastes schlammig und schmutzbesudelt. Mit einem letzten Blick auf das Naturschauspiel zog Olivera sich ins Innere des Gemaches zurück und griff nach einer der in Honig getränkten Datteln, die auf einem silbernen Tablett lockten. Immer noch grübelnd lutschte sie den klebrigen Überzug von der weichen Frucht, bevor sie die Zähne hineingrub und genüsslich kaute. Zuerst einmal musste Bayezid wieder gesund werden. Ihre ansonsten glatte Stirn legte sich in Falten. Und sie musste in Erfahrung bringen, wer es war, der ihm nach dem Leben trachtete.

Sapphiras Herz schlug wie ein Vogel. Zwar hatte sich der Zustand des Sultans in den vergangenen Tagen erheblich gebessert, aber ihre Knie verwandelten sich immer noch jedes Mal in Butter, wenn sie sich an den schwer bewaffneten Janitscharen vorbei in das königliche Gemach duckte. Wenn sie daran zurückdachte, wie knapp sie und die *Tabibe* dem Tod entgangen waren, verkrampfte sich ihr Magen; und sie war beinahe froh, als sie neben der Heilerin zu Boden sinken konnte. So hatte sie wenigstens einige Momente Zeit, das Zittern ihrer Glieder unter Kontrolle zu bringen und sich mit den tiefen, bedächtigen Atemzügen zu beruhigen, welche die *Tabibe* ihr beigebracht hatte. Was wohl geschehen wäre, wenn es länger gedauert hätte, bis die Medizin der Ärztin Wirkung gezeigt hatte? Die Erinnerung an die Spannung, welche die Luft im Gemach des *Padischahs* zum Knistern gebracht hatte, jagte ihr auch heute noch kalte Schauer über den Rücken. Insgeheim hatte sie sich schon Dutzende Male gefragt, welche grausame Todesart der Großwesir für sie und ihre Herrin ausersehen hatte. Sie zwang sich, ihre Gedanken auf die bevorstehende Aufgabe zu richten, da die Vorstellung ihrer eigenen Hinrichtung nicht gerade dazu beitrug, sie zu beruhigen. Nachdem sie sich erhoben hatte, zog sie instinktiv die *Yashmak* – den Schleier vor ihrem Gesicht – etwas weiter nach oben, sodass die Wimpern ihres Unterlides den Stoff streiften. Auch wenn sie wusste, dass sie sich etwas vormachte, gab ihr diese dünne Barriere ein Gefühl der Sicherheit: Das Gefühl, vor den harten Blicken der Leibgarde geschützt zu sein. Zwar hatte sie sich vor ihrem ersten Besuch im Flügel des Sultans entgegen aller Tatsachen nichts sehnlicher gewünscht als dass Bayezid – von ihrer Schönheit geblendet – ihr augenblicklich seine Gunst erwies. Doch hatte sich dieser Wunsch schon bald in die nackte Hoffnung verwandelt, am Leben zu bleiben. Und so waren weitere Schleier hinzugekommen, die ihre Gesichtszüge gänzlich unkenntlich machten. Um zu vermeiden, dass sie allzu viel Aufmerksamkeit auf sich zog, trat sie auf leisen Sohlen in den Hintergrund und huschte an der Wand entlang in die winzige Nische, in der die Pagen die Instrumente und Arzneisäckchen der *Tabibe* untergebracht hatten. Während ihre Herrin dem Sultan den Puls fühlte und sein Blut nahm, setzte Sapphira einen Tee aus Blutwurz auf und bereitete Essigumschläge zur Kühlung der immer noch leicht geschwollenen Gelenke vor.

»Wie lange dauert es, bis du einen neuen *Hekim* gefunden hast?«, grollte Bayezid an den *Kapi Agha* gewandt, der wie eine zum Zustoßen bereite Schlange hinter der *Tabibe* lauerte. Dieser, das offizielle Verwaltungsoberhaupt des Hospitals, verneigte sich tief und versetzte mit hoher Eunuchenstimme: »Ich wünschte, ich könnte Euch eine einfache Antwort geben, Erhabener.« Er rang verzweifelt die Hände. »Aber es besteht Grund zu allerhöchster Vorsicht«, setzte er unterwürfig hinzu. »Die Männer müssen befragt werden, ihr Hintergrund darf nicht den geringsten Zweifel an ihrer Loyalität zulassen.« Er machte eine kurze Pause, in der Bayezid ungeduldig die Hand der *Tabibe* von seiner Armbeuge wegschlug.

»Mir geht es ausgezeichnet!«, knurrte er. »Wann kann ich dieses verfluchte Bett endlich wieder verlassen?«

Bevor die Ärztin darauf antworten konnte, fuhr der *Kapi Agha* fort: »Drei *Hekims* konnten meine Männer bisher ausfindig machen. Einer von ihnen war halb blind, der zweite konnte eine Schwangere nicht von einem Buckligen unterscheiden und der dritte war so eifrig, dass der *Agha* der Janitscharen es für angebracht hielt, ihn einer Befragung zu unterziehen.« Er blies die Wangen auf und zuckte die Achseln. »Dabei kam heraus, dass er Euch im Auftrag des Emirs Taharten vergiften sollte.«

Sapphira riss die Augen auf. Wenngleich ihre Bewunderung für den mächtigen Bayezid *Yilderim* in den vergangenen Tagen sehr gelitten hatte, entsetzte sie die Vorstellung, dass ein feindlicher Spion in den *Harem* des Sultans vorgedrungen war. Warum hatte sich die Pfeilwunde des *Hekims* auch entzünden und ihn töten müssen? War es vielleicht gar kein Unfall gewesen?

»Er hat die Befragung nicht überlebt«, unterbrach der *Kapi Agha* ihr Grübeln und schielte kurz darauf beinahe Hilfe suchend auf die *Tabibe*.

Mit einem unwirschen Grunzen gestattete der Sultan dieser, die Untersuchung zu beenden, und die von Sapphira vorbereiteten Verbände anzulegen. Verstohlen beobachtete das Mädchen, wie er zusammenzuckte, als die Ärztin seine Finger berührte.

»Vorsichtig!«, knurrte er.

Einen Moment lang fürchtete Sapphira, er könne die *Tabibe* schlagen, so wie er es bereits einmal getan hatte. Doch die Linderung, welche der kühle Verband brachte, schien auszureichen, um seinen Missmut im Zaum zu halten.

»Ihr solltet noch ein oder zwei Tage Bettruhe halten«, verkündete die Ärztin zwar respektvoll, aber bestimmt. »Erst wenn die Schwellung vollkommen abgeklungen ist, ist die Krankheit besiegt.« Sie hob warnend die Hand. »Aber sie kann jederzeit wieder kommen, wenn Ihr Euch nicht an den Speiseplan haltet.«

»Ja ja«, erwiderte Bayezid unwirsch, und wie aus heiterem Himmel fiel Sapphira eine Redewendung ein, die sie einmal gehört hatte.

»Vertrautheit ist der Nährboden der Verachtung«, dachte sie und hätte um ein Haar genickt, um den Wahrheitsgehalt dieser Weisheit zu bestätigen. Wohingegen sie den imposanten Herrscher bei ihrer ersten Begegnung für einen unbesiegbaren Löwen gehalten hatte, ähnelte er in seinem jetzigen Zustand mehr einem verwundeten Bären; was ihn nicht weniger gefährlich, aber weitaus weniger Ehrfurcht einflößend machte! Sie empfand beinahe etwas wie Trauer über den Verlust, den sie erlitten hatte. Verloren war der Glanz der ersten Tage, und es gab Momente, in denen sich die junge Frau fragte, wie zwei solch unterschiedliche Seelen in ein und derselben Person wohnen konnten. Denn manchmal, wenn die Schmerzen nicht allzu groß waren, verschwand der grellrote Farbeindruck und wurde durch das goldene Schimmern ersetzt, in dem sie ihn das allererste Mal wahrgenommen hatte. Doch zu anderen Zeiten zeigte ein gemeines, grausames und rachsüchtiges Wesen sein Gesicht. Ein Wesen, vor dem sich das Mädchen mit jeder Faser seines Seins fürchtete. Was war mit dem kraftvollen Liebhaber geschehen, nach dessen Berührung sie sich so sehr gesehnt hatte? Wohin hatte sich die Illusion der Vollkommenheit verflüchtigt? Sie schluckte ein Seufzen und sammelte die Arzneien ein, die sie wieder mit ins Hospital nehmen wollte. Dann folgte sie dem Wink der *Tabibe*, küsste erneut die Fliesen und atmete erleichtert auf, als die Leibgarde am Ausgang des Nordflügels kehrtmachte und die beiden Frauen alleine ließ.

»Ich hoffe nur, die Wachen bringen nicht jeden *Hekim* in der Stadt um, weil sie überall Gespenster sehen«, zischte die Ärztin, nachdem sie sich versichert hatte, dass sie alleine waren. »Ich weiß nicht, wie lange wir die Janitscharen noch mitversorgen können.« Sie kämpfte erfolglos gegen ein Gähnen an, das sich auf Sapphira übertrug. »Wenn wir nicht bald Verstärkung bekommen, werde ich die *Valide* darum bitten müssen, dich freizugeben«, fuhr sie ehrlich bekümmert fort.

Doch anstatt der Verdrossenheit, mit der Sapphira diese Nachricht noch vor einer Woche aufgenommen hätte, durchströmte sie Erleichterung – die sich bei dem Gedanken an die

Sultansmutter allerdings augenblicklich mit einem nagenden Schuldgefühl vermischte. Ihre Augen füllten sich mit Tränen, als sie an den Vorsatz dachte, den sie gefasst, aber nicht eingehalten hatte. Eine Woge der Reue schlug über ihr zusammen. Wie so oft in letzter Zeit gaukelte ihre Fantasie ihr Bilder der verstoßenen Bülbül vor, täuschte sie mit der Vorstellung von Schmutz, Elend und Leid. Warum hatte sie nur so lange damit gezögert, das Missverständnis aufzuklären? Hätte sie der *Valide* sofort erklärt, was geschehen war, dann würde das Schicksal der ehemaligen Gefährtin jetzt nicht wie ein Gebirge auf ihrem Gewissen lasten. Sie wich dem forschenden Blick der Ärztin aus, die – wie Sapphira selbst – die Gabe besaß, die Gefühle anderer zu erspüren.

»Es handelt sich höchstens um ein paar Wochen«, versprach diese, da sie annahm, der Kummer des Mädchens hätte etwas mit dem Unterricht im *Harem* zu tun. »Dann kehrt hoffentlich wieder Normalität ein.«

Auch wenn Sapphira nicht festmachen konnte warum, war sie sich sicher, dass die *Tabibe* sich da gewaltig irrte.

KAPITEL 27

Venedig, Frühsommer 1400

»Nun komm schon«, beharrte Otto von Katzenstein und legte Falk freundschaftlich den Arm um die Schultern. »Das Kind ist noch nicht in den Brunnen gefallen! Du hast doch gehört, dass es außer der *Mude* auch noch private Schiffszüge gibt. Alles, was wir tun müssen, ist einen Kapitän zu finden, der uns aufnimmt.« Er verzog aufmunternd das Gesicht. »Immerhin habe ich uns schon einen Geleitbrief beschafft.« Als könne dieses Schriftstück erreichen, was ihm nicht zu gelingen schien, hob er es vor den Augen seines mürrischen Neffen in die Höhe. »Ich hätte nicht gedacht, dass es so leicht sein würde«, gab er zu; und in der Tat hatte es ihn erstaunt, wie bereitwillig der osmanische Handelsvertreter, von dem er eben erst zurückgekehrt war, die Urkunde ausgestellt hatte.

»Wie schwer kann es dann sein, sich auf einer Kogge einzuschiffen?« Falk, der sich auf eines der durchgelegenen Betten zurückgezogen hatte, hob verdrießlich den Kopf.

Nachdem sie den *Bancherius* des Jungen verlassen hatten, war er vor Otto her zu der deutschen Faktorei gestürmt, um sich und seinem Onkel einen Schlafplatz für die Nacht zu sichern; und noch immer brannte Zorn in dem Katzensteiner Ritter, der nur schwer seinen Stolz geschluckt und dem Jüngeren den Vortritt gelassen hatte. Aber der Bengel würde dafür büßen, dass Otto sich vorgekommen war wie ein Hund, der seinem Herrn hinterher schwänzelte! Wie gut, dass er einen

Grund gefunden hatte, seinen Neffen wenigstens für eine Stunde mit seinem Selbstmitleid allein zu lassen! Er ballte die Rechte zur Faust und presste sie gegen den Oberschenkel, während seine Wangenmuskeln arbeiteten. Nur mühsam gelang es ihm, den Drang zu beherrschen, dem Burschen eine Tracht Prügel zu verabreichen. Doch gleichzeitig war er froh, dass der Knabe den Miesepeter spielte, da er ihm mit seinen Launen derart auf die Nerven fiel, dass sämtliche Bedenken im Keim erstickt wurden.

»Ich weiß nicht«, erwiderte Falk lahm und spielte mit der Schnürung seiner Schecke. »Kann man diesen Leuten denn vertrauen?«

»Die einfachste Methode, das herauszufinden, ist sich umzuhören«, beschied Otto gezwungen geduldig. »Und das tut man am besten in den Tavernen und Gasthäusern.« Mit diesen Worten zog er den Jungen auf die Beine, packte ihn an den Schultern und dirigierte ihn in den Gang hinaus, auf dem ein heilloses Durcheinander herrschte.

Da das *Fondaco* – genau wie die Gasthäuser – vollkommen überfüllt war, hatte es sie eine horrende Summe gekostet, eine der sechsundfünfzig Kammern im Obergeschoss zu mieten, die den Kaufleuten als Wohn- und Arbeitsstätte dienten. Weil er und Falk keine Güter mit sich führten, hatten sie viele giftige Blicke auf sich gezogen – was in Anbetracht der Tatsache, dass die Gewölbe im Untergeschoss nicht ausreichten, um die Waren zu lagern, verständlich war. Ballen, Säcke und Truhen stapelten sich selbst in den Gängen, und obschon es spät war, wimmelten die Korridore immer noch von Dienern, Beamten und Lastenträgern.

»Eigentlich wollte ich zur Abendmesse«, murmelte Falk, doch Ottos Blick sorgte dafür, dass er verstummte.

Am Eingang angekommen, ließ sich der Ritter zum zweiten Mal an diesem Tag von einem der *Visdomi* – den Aufsehern des Gebäudes – seine Waffen wieder aushändigen, die er bei der Ankunft hatte abgeben müssen. Und erneut dankte er der Weitsicht, die ihn dazu veranlasst hatte, sich nicht nur umgehend um den Geleitbrief zu kümmern, sondern im gleichen Atemzug für ein neues Schwert zu sorgen. Dafür hatte er sich Geld von seinem Neffen leihen müssen, doch dieser schien froh gewesen, Otto für eine Weile los zu sein. Mit gestrafften Schultern und einem entschlossenen Zug um den Mund trat er hinaus ins Freie. Immer noch drängten sich unzählige Menschen auf dem Rialto, und inzwischen verbreiteten die trichterförmigen Kamine über den Dächern eine dichte, stinkende Rauchwolke, die sich mit Essensgerüchen vermischte.

Ottos Magen knurrte. »Auf der anderen Seite der Brücke habe ich einige Gasthäuser gesehen«, verkündete er und betrat die hölzernen Bohlen, bevor Falk es sich anders überlegen konnte. Wenn er den Bengel in einer der zwielichtigen Spelunken mit Wein abfüllte und in die Arme einer Dirne trieb, blieb ihm genug Zeit, sich um die Feinheiten seines Planes zu kümmern. Nachdem er den osmanischen Handelsvertreter verlassen hatte, war ihm eine Idee von solcher Eleganz gekommen, dass er sich am liebsten selbst dafür beglückwünscht hätte. Wenn alles so lief, wie er es sich vorstellte, dann würde er nicht nur seine Seele vor dem Fegefeuer bewahren, da er sich selbst die Hände nicht schmutzig machen musste; er würde sich zudem eine Reise ersparen, von der er immer weniger hielt, je weiter sich die Dinge entwickelten. Wäre die *Mude* noch im Hafen gelegen, hätte alles anders ausgesehen. So allerdings war die beste Lösung, den Knaben betrunken zu machen, all seiner Habseligkeiten zu berauben und an den erstbesten Kapitän zu verschachern, der mit Sklaven handelte. Denn diese Erkenntnis hatte ihn bei seinem Gang durch die Stadt getroffen wie ein Hieb in den

Magen: In Venedig konnte ein Mensch spurlos vom Erdboden verschwinden, ohne dass ihn irgendjemand vermisste.

～⊕～

Hin und her gerissen zwischen der niederdrückenden Enttäuschung, welche die Nachricht von der Abfahrt der *Mude* ihm beschert hatte, und der bereits wieder in ihm emporbrodelnden Aufregung bahnte Falk sich hinter Otto von Katzenstein einen Weg durch das Getümmel. Schliefen die Kaufleute denn nie?, fragte er sich verwundert, als plötzlich eine Glocke erklang und die Männer um ihn herum so schnell auseinander spritzten, dass er und sein Onkel sich unversehens einen Steinwurf kanalabwärts wiederfanden.

Noch bevor Falk sich von der Überraschung erholt hatte, tauchte um die Biegung ein gewaltiges Schiff auf, das nur allmählich die Fahrt verlangsamte. Einem gebrüllten Befehl folgend, zog je ein halbes Dutzend Männer das an Eisenketten befestigte Mittelstück der Rialtobrücke in die Höhe, sodass die Kogge kurz darauf ungestreift vorbeiziehen konnte. Kaum hatte das Heck den letzten Pfeiler passiert, senkten die Handlanger das mittlere Stück zurück an seinen Platz, und augenblicklich schwappte der Strom der Händler wieder darüber.

»Was für eine Stadt«, murmelte der Knabe und blickte sich nach allen Seiten um. Inzwischen hatte die Stadtwache überall Laternen und Fackeln entzündet, und da die Straßen immer noch überfüllt waren, entstand ein seltsam zeitloser Eindruck.

»Lass uns einen Happen essen«, schlug Otto vor, nachdem sie einige hundert Schritt in Richtung Norden geschlendert waren.

Dort, verteilt um einen kleinen Platz, drängten sich hell erleuchtete Gasthäuser, Bordelle und Badehäuser, die allem

Anschein nach mehr als gut besucht waren. Ein Stachel der Reue bohrte sich in Falks Brust. Noch weiter konnte er sich von seinem Vorsatz, zur Beichte zu gehen, vermutlich nicht entfernen! Als unversehens ein grob zusammengezimmerter Galgen vor ihnen auftauchte, an dem eine junge Frau baumelte, erschrak er so heftig, dass er um ein Haar mit Otto zusammengeprallt wäre. Aus dem hässlichen Stumpf, wo einst ihre Hand gewesen war, tropfte noch Blut zu Boden – ein Umstand, der verriet, dass ihre Hinrichtung noch keine Stunde her sein konnte.

»Hier wird nicht lange gefackelt«, stellte der Katzensteiner mit einem Seitenblick auf die Diebin fest, bevor er auf eine Taverne zusteuerte, die den einladenden Namen *Dal commerciante allegro* – Zum fröhlichen Kaufmann – trug.

Befremdet über die Kaltschnäuzigkeit, mit der sein Onkel den grausigen Anblick abtat, wandte Falk den Blick von der Toten ab und betrat kurz darauf eine drückend heiße, bis zum Bersten mit Gästen vollgestopfte Schenke. Erstickend hing die schwüle Luft der Lagune in dem großen Raum, dessen niedrige Decke von starken Balken getragen wurde, und bereits nach wenigen Schritten spürte Falk, wie sich ein Schweißfilm über sein Gesicht legte. Der durchdringende Gestank zu vieler Menschen vermischte sich mit dem eigentümlichen Aroma eines Fleischgerichtes, das von einem fülligen Wirt in Holzschüsseln abgefüllt wurde. Überlagert wurde dieses Gemisch von dem einladenden Duft heißen Weines; und wenngleich Falk bis vor Kurzem keinen Hunger verspürt hatte, lief ihm das Wasser im Mund zusammen. Dicht hinter Otto schob und drängte er sich durch die kunterbunt zusammengewürfelte Menge, unter der sich selbst ganz in Weiß gekleidete Osmanen befanden. Neugierig beobachtete Falk, wie sie etwas Dampfendes aus kleinen Schalen nippten, die sie immer wieder an die gespitzten Lippen hoben. Bevor er seine Betrachtung jedoch vertiefen konnte, zupfte ihn sein Onkel am Ärmel und wies mit dem Kinn auf eine kleine Nische, in der soeben ein Tisch frei geworden war. Gestützt auf den Arm eines Knaben, wankte ein offensichtlich mehr betrunkener als fröhlicher Händler in das Getümmel, das ihn und seinen Begleiter innerhalb weniger Augenblicke verschluckte. Ehe die anderen Gäste den freien Platz bemerkt hatten, warfen Falk und Otto sich auf die harte Bank, und der Knabe blickte sich weiter um. Als ob in dem Moment, in dem er die anderen Gäste mit den Augen abtastete, ein Damm in seinem Inneren brach, kehrte die verloren geglaubte Abenteuerlust mit solcher Gewalt zurück, dass Falk erstaunt über sich selbst die Stirn runzelte. So inmitten des pulsierenden Lebens der Handelsmetropole, verpuffte sein Missmut wie eine Rauchwolke, und er langte fast schon wieder heiter nach der Geldkatze an seinem Gürtel.

»Du wartest hier«, wehrte Otto ab und machte Anstalten, sich zu erheben. »Ich besorge uns alles Nötige.«

Ohne zu zögern, schob Falk ihm einen der venezianischen Dukaten, die er von Datini erhalten hatte, über den Tisch; und wäre er nicht voll und ganz damit beschäftigt gewesen, die neuen Eindrücke zu verarbeiten, hätte er die Gier in Ottos Augen aufflackern sehen. So allerdings verfolgte er bereits fassungslos wie ein barbusiges Mädchen nicht weit von ihm einem Gast auf den Schoss glitt und diesem die Brüste ins Gesicht drückte. Er errötete, als die Dirne ihm über die Schulter ihres Freiers hinweg zuzwinkerte. Waren sie hier in einem Hurenhaus gelandet?, fragte er sich unangenehm berührt, da sein Körper heftig auf das unsittliche Schauspiel ansprach. Mit brennenden Wangen biss er sich auf die Unterlippe und wandte den Blick in die entgegengesetzte Richtung, um sich mit dem bunten Treiben abzulenken. Die schwarzen Umhänge der venezianischen Kaufleute vermischten sich mit den farbenfrohen Trachten der Seeleute und Ausländer zu einem lebhaften Teppich, der schon bald vor seinen Augen verschwamm, als er die Gedanken zurück zu dem Besuch bei Datini wandern ließ. Wie hatte er sich nur so leicht aus dem Konzept bringen lassen können? Was war mit der Entschlossenheit geschehen, mit der er aus Ulm aufgebrochen war? Hatte er wirklich so leicht aufgeben wollen? Scham über den eigenen Kleinmut stieg in ihm auf. Was hieß es schon, dass Datini es für gewagt hielt, mit einem der weniger gut bewachten Handelskonvois in See zu stechen? Immerhin war der Mann ein *Bancherius* und nicht jemand, der ausgezogen war, um kühn der Gefahr zu trotzen wie er selbst! Er rümpfte die Nase über seine Schwachheit. Was hatte ihn nur geritten, auch nur einen Moment lang über den Vorschlag des Venezianers nachzudenken?! »Reliquien und Vollblüter könnt Ihr auch hier erstehen«, hatte der Italiener eingewendet, als Falk auf der Wichtigkeit der Reise beharrt hatte. Sicherlich!, dachte er gallig. Aber das wäre nicht nur ein Verlustgeschäft; obendrein würde ich mich auch noch vor Lutz zum Narren machen! Die erneut aufkeimende Selbstverachtung drohte, ihm abermals die Laune zu verderben.

Doch ehe es so weit kommen konnte, kehrte der Katzensteiner Ritter zurück – ein flachsblondes Mädchen im Schlepptau, das zwei Schüsseln, Becher und einen Krug Wein auf einem Tablett balancierte. »Setz dich zu uns«, lud Otto sie mit einem Klaps auf die pralle Rückseite ein und grinste seinen Neffen wenig subtil an.

Nachdem Otto ihr ein Geldstück in die Hand gedrückt hatte, schlängelte sich das Mädchen geschickt zu Falks Seite des Tisches durch und schob sich neben ihn auf die Bank.

Na wunderbar, erboste sich der Knabe. Das hat mir noch gefehlt! Was, in drei Teufels Namen, hat Otto sich dabei gedacht? Sein Rücken versteifte sich. Wenngleich er bemüht war, ihren Geruch zu ignorieren, stieg dieser ihm mit jedem Atemzug tiefer in die Nase. Als die bloße Haut ihrer Unterarme ihn an der Hand streifte, hätte er um ein Haar den Löffel fallen lassen. Das Feixen auf dem Gesicht seines Onkels schien mit jeder Sekunde breiter zu werden, und Falk hätte ihn am liebsten lauthals verwünscht. Er würde sich nicht noch eine weitere Sünde zuschulden kommen lassen! Ganz egal, was Otto mit der Magd eingefädelt hatte, er würde nicht mitspielen. Fest entschlossen, die Wärme ihres Körpers zu ignorieren, stopfte er das pikant gewürzte Mahl in sich hinein und spülte es großzügig mit dem staubtrockenen Wein hinunter. Kaum hatte er den ersten Becher geleert, schenkte der Ritter ihm nach, und da die Anwesenheit der Dirne Falk zusehends nervöser werden ließ, folgte eine Füllung der anderen. Vielleicht konnte er die Versuchung ertränken. Die warme Taubheit, die sich allmählich in ihm ausbreitete, ließ ihn hoffen. Doch als Otto sich nach einiger Zeit erhob, verwandelte sich diese Wärme ohne Vorwarnung in eine sengende Hitze – was vermutlich etwas damit zu tun hatte, dass sich die Hand des Mädchens auf sein Bein gestohlen hatte. Hustend stellte er den Kelch zurück auf den Tisch und wollte aufspringen, um seinem Onkel zu folgen.

Aber dieser winkte lachend ab. »Amüsiert euch«, versetzte er fidel. »Ich höre mich solange ein wenig um. Dort drüben sind Seeleute. Vielleicht kann ich uns eine Überfahrt sichern.« Damit ließ er seinen Neffen sitzen, dem von dem vielen Wein inzwischen der Kopf brummte.

Schwindelig lehnte er sich mit dem Rücken gegen die raue Holzwand und schloss einige Momente lang die Augen. Um sie jedoch sofort wieder aufzureißen, als die Finger der Magd sich seinem Hosenlatz näherten.

»Wenn du mit nach hinten kommst, zeige ich dir etwas«, gurrte sie ihm ins Ohr. »Etwas, das dir Spaß machen wird.«

Erschrocken über die ungestüme Reaktion seines Körpers, versuchte Falk, sich von ihrem Griff zu befreien. Doch die schlanken Hände des Mädchens besaßen mehr Kraft als er ihr zugetraut hätte. Mit einem Mal voller Panik, versuchte er, sich aufzurappeln und vor ihr zu fliehen, aber seine Beine versagten ihm den Dienst.

Mit sanfter Gewalt fasste die junge Frau ihn am Kinn, drehte seinen Kopf in ihre Richtung und drückte ihm die weichen, nach Honig und Würzwein schmeckenden Lippen auf den Mund. »Er hat für dich bezahlt«, wisperte sie und zog Falk in die Höhe. Ihre kühlen Finger schlangen sich um die seinen, als sie ihn tiefer in die Eingeweide der Taverne führte, und obwohl er Widerstand leisten wollte, folgte er ihr wie ein Lamm.

Mehr als einmal wäre er um ein Haar über die eigenen Füße gestolpert. Als sie schließlich zu einem verborgenen Durchgang gelangten, war er beinahe froh darüber, einen Augenblick haltmachen zu können. Waren die Auswirkungen des Weins im Sitzen noch nicht zum Tragen gekommen, wurde er mit jedem Schritt benommener, sodass er sich in dem schmalen Gang hinter der Tür taumelig an der Wand abstützte.

»Gleich, mein armer Liebling«, säuselte die junge Frau und bugsierte ihn weiter den Korridor entlang, von dem mehrere Kammern abgingen. Aus diesen drangen solch eindeutige Geräusche, dass Falk trotz der Benommenheit ein letztes Mal versuchte, Reißaus zu nehmen. »Nicht doch«, schalt sie ihn sanft, legte den Arm um seine Taille und manövrierte ihn in einen von Kerzen erhellten Raum, wo er sich von ihr auf eine klumpige Matratze drücken ließ. Dankbar dafür, endlich wieder festen Halt zu haben, ließ er sich nach hinten sinken und streckte die Beine von sich.

»Du wirst mir doch nicht einschlafen wollen«, tadelte sie scherzhaft und trat zu ihm, um ihm mit geübten Bewegungen aus Hemd, Schecke und Hose zu helfen. Wenngleich sein Kopf sich anfühlte, als wäre er unter Wasser, verfolgte er mit halb geschlossenen Lidern, wie sie sich geschmeidig aus ihrem Kleid wand, es zu Boden gleiten ließ und das Haar löste, das in einer goldenen Flut bis zu ihren Hinterbacken fiel. Er stöhnte leise und versuchte, sich von ihr abzuwenden. Doch im nächsten Moment schwang sie sich auf ihn, und er spürte zu seinem Entsetzen, wie seine Männlichkeit sich selbständig machte. Mit einem perlenden Lachen drückte sie die üppigen Schenkel in seine Seiten und beugte sich über ihn, um seinen Hals und seine Brust mit Küssen zu bedecken. Die Hitze, die ihm beinahe schmerzhaft in die Lenden schoss, ließ ihn zusammenzucken. Als ihre Lippen weiter seinen Bauch hinabwanderten, verwandelte sich der Weinrausch in einen Taumel der Leidenschaft. Die Benommenheit wie abgestreift, grub er die Finger in ihre weichen Rundungen und zog sie gierig an sich. Seine Lippen suchten noch nach ihrer verhärteten Brust, als sie sich mit einem Laut, der wie ein Schnurren klang, aufrichtete, ihr Gewicht auf die Knie verlagerte und ihn in sich aufnahm.

»Oh, Heilige Mutter Gottes«, murmelte er. »Vergib mir meine Sünden.«

»Das wird sie, mein Engel«, spottete die Dirne, die mit einem beinahe triumphalen Ausdruck auf ihn hinabblickte. »Das wird sie ganz sicher.« Mit diesen Worten begann sie, die Hüften auf und ab zu bewegen; und während sich eine Woge flüssigen Feuers über Falk ergoss, verfiel sie in einen immer schneller werdenden Rhythmus.

Als er schließlich kam, war der Höhepunkt des jungen Mannes so gewaltig, dass er einen Augenblick lang fürchtete, sein Kopf würde zerspringen. Doch dann ebbte das überwältigende Gefühl genauso schnell wieder ab, und das Rasen seines Herzens vermischte sich mit dem Rauschen in seinen Ohren, während der Schwindel sich allmählich zurückschlich.

Als wäre nichts geschehen, glitt die junge Frau von ihm, schlüpfte in ihr Kleid und setzte sich neben ihn auf die Matratze. Eine Zeit lang betrachtete sie ihn schweigend, dann griff sie nach einem Becher und hielt ihm diesen mit einem süßen Lächeln an die Lippen.

Immer noch heftig atmend, trank er zwar gierig aber zitternd von dem kühlen Wein, dessen Geschmack sich sauer über seinen Gaumen legte.

»Trink«, säuselte sie und umspielte den Rand des Gefäßes mit ihrer Zunge, die sie neckend in die Flüssigkeit tauchte. »Trink.« Damit nötigte sie ihn erneut zu nippen, und erst als der Wein von seinem Kinn auf das Laken tropfte, stellte sie den Becher ab und küsste ihn auf die Augen.

Diese – bleiern von Alkohol und Erschöpfung – schienen mit jeder Sekunde schwerer zu werden, und Falk merkte nicht einmal mehr, wie die Dirne sich vom Bett erhob, die Kammer verließ und die Tür von außen verschloss.

KAPITEL 28

Bursa, Frühsommer 1400

DAS LEISE ZISCHEN der Flamme verkündete, dass sie bald erlöschen würde. Obgleich ihr vor Müdigkeit beinahe die Augen zufielen, hielt Sapphira eine neue Kerze an den zerfransten Docht und drückte diese in das heiße Wachs des ersterbenden Stummels. Konnte es wirklich so sein, wie Aristoteles sagte? Dankbar darüber, eine lateinische Übersetzung des griechischen Philosophen in den Händen zu halten, blätterte sie einige Seiten zurück und begann, von vorne zu lesen. »Der männliche Samen enthält einen *Homunculus*, einen winzigen Menschen, der in der Gebärmutter der Frau ausgebrütet wird.« Sie legte die Stirn in Falten. Wie, um alles in der Welt, kam dieser kleine Mensch in den Samen? Platzierte Gott ihn darin? Und wenn ja, warum musste er dann von der Frau erst noch ausgetragen werden? Warum geschah dies nicht im Leib des Mannes, der – den alten Meistern zufolge – wesentlich stärker, wärmer und vollkommener war als der der Frau? Ihr Zeigefinger wanderte über die eng geschriebenen Zeilen, die allmählich undeutlich wurden. Wenn Frauen feuchter und poröser waren als Männer, bestand dann nicht die Gefahr, dass das Kind im Bauch starb, bevor es zur Welt kam? Und wenn der Grund dieser Schwachheit war, dass der weibliche Körper die Nahrung nur bis zur vorletzten Stufe, dem Menstruationsblut, verkochen konnte – anstatt bis zum Samen wie der Mann – warum konnten Frauen dann männliche Kinder zur Welt bringen? Als »verstümmeltes Männchen« sollten sie dazu doch eigentlich gar nicht in der Lage sein.

Mit wirrem Kopf legte sie ihre Lektüre zur Seite und starrte in die Flamme, bis bunte Kreise vor ihren Augen zu tanzen begannen. Aristoteles würde warten müssen. Eigentlich hatte sie in einer der Abhandlungen über Wundbehandlung etwas nachschlagen wollen, doch wie so oft hatte der Wissensdurst sie gepackt, und sie hatte weiter gestöbert. Leise seufzend klappte sie das Buch vor sich zu, stellte es zurück an seinen Platz und machte sich auf zu ihrer letzten Runde durch das Hospital.

Eine halbe Stunde später trat sie in die Nacht hinaus und sog für einige Augenblicke die angenehm kühle, frische Luft ein. An einem Himmel, der schimmerte wie schwarzer Samt, funkelten Tausende von Sternen. Sie sehen aus wie goldene Tränen, dachte Sapphira, und riss sich nur widerwillig von dem Anblick los, der an eine verzauberte Welt erinnerte. Wie friedlich alles auf einmal schien. So ganz anders als am Tage. Da ihr Zögern die Aufmerksamkeit der Wachen auf sich zog, schlug sie jedoch hastig den Blick nieder und huschte an ihnen vorbei durch den Torbogen in den innersten Bereich des Palastes. Bei den Dormitorien angekommen, ignorierte sie den säuerlichen Blick der alten Aufseherin und schlich in den kleinen Raum, in dem tagsüber die Mahlzeiten der Mädchen serviert wurden. Im schwachen Schein einer Öllampe kauerte dort bereits jemand auf einer Bastmatte, vor der sich mehrere Schalen türmten.

»Gülbahar!«, rief Sapphira freudig überrascht aus, da sie die Freundin seit dem Tod des *Hekims* kaum mehr außerhalb des Hospitals zu Gesicht bekam.

»Sapphira«, nuschelte das dunkelhäutige Mädchen mit vollen Backen und schob der Gefährtin eine Schüssel zu. »Es ist nicht mehr viel da, aber es ist besser als gar nichts.«

Aufgrund der Tatsache, dass sie meist spät von ihrem Dienst zurückkehrten, hatten die Wächterinnen Anweisung von der *Tabibe* erhalten, den Mädchen etwas von den Speisen aufzuheben und sie zu jeder Tages- und Nachtzeit frei passieren zu lassen. Was einen Grad an Freiheit darstellte, um den sie viele der anderen Sklavinnen beneideten. Aber nur, solange sie nicht mit ihnen tauschen mussten, dessen war sich Sapphira sicher. Zwar hatte sie sich inzwischen mehr oder weniger an die oft furchtbaren Verletzungen der Janitscharen gewöhnt – was jedoch nicht bedeutete, dass ihre Träume nicht von ihren Schreien heimgesucht wurden. Sie ließ sich mit untergeschlagenen Beinen neben der anderen jungen Frau nieder und griff nach einem Stück Fladenbrot, das sie in Olivenöl tunkte, bevor sie hungrig hineinbiss.

Eine Weile kauten sie schweigend – jede in die eigenen Gedanken vertieft – bis Gülbahar sich die Fingerspitzen leckte und ihre Schale mit einem zufriedenen Geräusch von sich schob. »Stell dir vor, was ich heute gehört habe«, platzte sie nach einigen Augenblicken heraus, in denen sich ihre Aufregung deutlich spürbar auf Sapphira übertrug. Als ginge ein unsichtbares Zittern von ihr aus, welches die Luft in Bewegung setzte und alles um sie herum zum Vibrieren brachte, strahlte die junge Frau urplötzlich eine Unruhe aus, die Sapphira die Brauen heben ließ. »Es sollen fahrende Händler in den Palast kommen!« Die weißen Zähne des Mädchens schimmerten, als sich ein breites Lächeln auf seinem Gesicht ausbreitete. »Es heißt, dass jede von uns sich etwas kaufen darf!«

»Wirklich?«, fragte Sapphira erstaunt, und obwohl sie vermutete, dass ihr magerer Lohn nicht ausreichen würde, um etwas Besonderes zu erstehen, keimte Vorfreude in ihr auf. »Woher weißt du das?«

»Die Meisterin hat es mir gesagt«, entgegnete die Freundin, der es inzwischen sichtlich schwerfiel, still zu sitzen. Die langen, schlanken Finger kneteten nervös den Saum ihres Gewandes, der so weit nach oben gerutscht war, dass ihre Knie sichtbar waren.

»Das ist doch nicht alles«, stellte Sapphira nach einigen Momenten schließlich misstrauisch fest und fasste ihr Gegenüber kritisch ins Auge. »Da ist noch mehr. Das sehe ich dir an der Nasenspitze an.«

»Nein, nein«, druckste das dunkelhäutige Mädchen, doch keine zwei Atemzüge später entschlüpfte ihr ein sehnsuchtsvolles Seufzen. »Kannst du ein Geheimnis bewahren?«, fragte sie eifrig und beugte sich so weit vor, dass Sapphira jede einzelne der dichten Wimpern ausmachen konnte. »Du musst bei allem, was dir heilig ist, schwören, dass du mich nicht verrätst!« So viel Dringlichkeit lag in ihrer Stimme, dass diese drohte, zu kippen. Die vollen Lippen bebten leicht, und die Anspannung in ihrer Haltung verriet, dass sie kurz davor war, etwas hervorzusprudeln, das sie nicht mehr für sich behalten konnte – egal wie sehr sie es versuchte.

Auch wenn eine Stimme in ihrem Inneren sie davor warnte, solch ein Versprechen einzugehen, nickte Sapphira nach einem kurzen Zögern, und augenblicklich ergriff das andere Mädchen ihre Hand.

»Komm mit«, drängte es und ignorierte den Protest der Gefährtin, da diese ihr Mahl noch nicht beendet hatte.

Kurz darauf fand sich Sapphira in dem spärlich beleuchteten Gang wieder. Doch anstatt in Richtung Schlafkammer führte die Freundin sie an das Ende des Korridors, das am weitesten von der Eingangstür entfernt lag. Dort angekommen, zwängte sie sich zwischen zwei Säulen hindurch, hinter denen eine kaum vier Hand breite Holztür in einen Hinterhof führte. Hier stapelten sich Abfälle, Säcke und zerschlissene Teppiche, deren Umrisse von alten Vogelnetzen verwischt wurden. Nachdem sich ihre Augen an die Dunkelheit gewöhnt hatten, erkannte Sapphira auch ein altes Brunnenbecken, hinter dem Gülbahar zwischen einer dichten Gruppe von Akazien verschwand. Dankbar darüber, dass wenigstens ein sichelförmiger Mond am Himmel stand, kniff sie die Augen zusammen und versuchte, sich zu orientieren. Wo waren sie? Wenige Schritte zu ihrer Linken erhob sich die zwölf Fuß hohe innerste Mauer des Palastes, die mit eisernen Stacheln gespickt war. Zu ihrer Rechten versperrte ausgefranstes Blattwerk den Blick, doch Sapphira nahm an, dass dahinter die fensterlose Rückwand der Dormitorien verborgen lag. Was bedeutete, dass die Quartiere der schwarzen Eunuchen direkt hinter der Mauer sein mussten! »Was sollen wir hier?«, flüsterte sie aufgeregt, als ihr klar wurde, was die Bewacher der Frauen mit ihnen anfangen würden, wenn sie sie mitten in der Nacht im Freien erwischten. »Was, wenn uns jemand sieht?!«

Das Weiß von Gülbahars Augen hob sich von dem dunklen Hintergrund ab, als diese sich zu der Freundin umwandte und den Zeigefinger an die Lippen legte. »Keine Angst«, erwiderte sie leise. »Ich komme beinahe jeden Tag hierher und bis jetzt hat mich noch nie jemand ertappt.« Sie brachte den Mund näher an Sapphiras Ohr, sodass diese den warmen Atem des anderen Mädchens spüren konnte. »Er heißt Andor und ist ein *Civelek* – ein frisch gebackener Janitschar!« Ihr Schlucken war deutlich hörbar in der plötzlich unheimlichen Stille der Nacht. »Und ich liebe ihn.«

Sapphiras Augen weiteten sich ungläubig. Unwillkürlich trat sie einen Schritt von der Freundin zurück – wie um Abstand von dem soeben Gehörten zu gewinnen.

»Ich werde ihm ein Liebespfand kaufen«, wisperte das dunkelhäutige Mädchen und schob einige tief hängende Zweige zur Seite, hinter denen eine niedrige Tür sichtbar wurde.

Während ihr Verstand versuchte, diese ungeheuerliche Neuigkeit zu verarbeiten, breitete sich lähmende Furcht in Sapphiras Gliedern aus. »Bist du wahnsinnig«, brachte sie schließlich heiser hervor und packte die Gefährtin am Ärmel, um sie von dem Durchgang wegzuziehen. »Hast du vollkommen den Verstand verloren? Weißt du, was geschehen wird, wenn jemand davon erfährt?«

Obwohl es im silbernen Schein des Mondes wirkte als habe ihre Haut an Farbe verloren, zuckte die junge Frau die Achseln und warf einen sehnsüchtigen Blick über die Schulter. »Ja«, erwiderte sie kleinlaut. »Man wird uns beide töten.« Doch dann hob sie den Kopf und sah Sapphira kampfeslustig an. »Aber es wird niemand davon erfahren!«, erklärte sie bestimmt. »Du hast versprochen, das Geheimnis für dich zu behalten, und Andor ist vorsichtig. Ich warte jeden Tag zur vereinbarten Stunde auf ihn. Aber wenn es nicht sicher ist, kommt er nicht.«

Am liebsten hätte Sapphira sich die Ohren zugehalten. Ich will es nicht wissen, dachte sie mit einem mulmigen Gefühl in der Magengrube. Ich will es überhaupt nicht hören! Denn damit werde ich zum Mitwisser. Bevor sie sich ausmalen konnte, was für eine Strafe die Bewacher des *Harems* für Mitschuldige bereithielten, richteten sich plötzlich die Haare in ihrem Nacken auf und sie wirbelte herum, um in die Dunkelheit zu lauschen. »Was war das?«, zischte sie, nachdem das Hämmern ihres Herzens sich ein wenig beruhigt hatte. »Hast du das auch gehört?«

»Ach«, winkte die Freundin ab, »das war sicher nur eine Katze.«

Auch wenn Sapphira sich inständig wünschte, dass diese Erklärung zutraf, verriet das Knacken von Ästen deutlich die Anwesenheit eines wesentlich größeren Lauschers. »Lass uns zurückgehen«, drängte sie deshalb und zog die Gefährtin von der Tür fort – in der Hoffnung, dass der heimliche Besucher ihre geflüsterte Unterhaltung nicht gehört hatte. Denn sollte er das getan haben, dann mussten sie um ihr Leben fürchten! Ansonsten kamen sie vielleicht mit einer Rüge davon, weil sie sich unerlaubt in einem Teil des Gebäudekomplexes aufgehalten hatten, in dem sie nichts zu suchen hatten.

KAPITEL 29

Venedig, Frühsommer 1400

»WER SAGT MIR, dass ich Euch trauen kann? So wie Ihr ausseht, könntet Ihr auch ein Spitzel des Senates sein.«

Mit mahlendem Kiefer legte Otto von Katzenstein bei dieser Beleidigung die Hand an den Schwertknauf und funkelte den Sprecher zornig an. Die Haut der glatt rasierten Wangen seines Gegenübers wirkte viel zu jungenhaft für die harten, abgeklärten Augen, über denen sich eine breite Stirn wölbte;

und auch sonst erweckte der angebliche Kapitän nicht gerade den Anschein, das zu sein, wofür er sich ausgab. Der schmale Mund verzog sich hochmütig, während die Muskeln unter dem Hemd des Mannes sich deutlich sichtbar spannten.

Nachdem Otto in der Herberge »Zum fröhlichen Kaufmann« einem listig dreinblickenden Burschen sein Anliegen so vage wie möglich geschildert hatte, hatte dieser ihn in eines der Badehäuser geführt, in dessen Vorhalle er nun von einem halben Dutzend Seeleuten umringt wurde. »Ihr solltet achtgeben, was Ihr sagt«, knurrte er mühsam beherrscht und fuhr herum, als einer der Kerle so dicht hinter ihn trat, dass er dessen Schweiß riechen konnte. Mit einer blitzartigen Bewegung des Handgelenkes zückte er den Dolch an seiner Seite. Doch bevor er die Waffe auf jemanden richten konnte, drehte einer der Burschen ihm den Arm auf den Rücken und schleuderte ihn auf die Knie.

Der Kapitän lachte rau. »Lass ihn los«, befahl er und packte Otto am Kragen seines Waffenrockes. »Ich glaube Euch. So dämlich würde sich kein Handlanger des Senates anstellen! Außerdem ist Euer Latein zum Fürchten.« Als wöge Otto nicht mehr als ein Kind, zerrte er den Ritter in die Höhe und musterte ihn mit zusammengekniffenen Augen, bevor er ihn wieder freigab und ihm versöhnlich den Stoff gerade zog. »Ich denke, wir kommen ins Geschäft«, bemerkte er mit einem Hochziehen der Brauen. »Ich sehe Gier in Eurem Blick.« Als Otto erneut aufbrausen wollte, hob er beschwichtigend die Hand und schnippte mit den Fingern. Augenblicklich tauchte ein Badegehilfe aus der Tiefe des Gebäudes auf, dem der Kapitän etwas auf Italienisch befahl. Kaum war der Wortschwall beendet, machte der Junge einen Bückling und bedeutete Otto, ihm zu folgen.

»Ihr wartet hier«, brummte der Seemann an seine Begleiter gewandt und schloss sich dem Katzensteiner an, der von dem

Gehilfen durch eine Tür in einen vernebelten Raum geführt wurde, in dem sich nackte Paare in Badezubern tummelten.

Vor ihnen befanden sich reich gedeckte Tische, die von jungen Mädchen umschlichen wurden, deren durchsichtige Kleidung mehr enthüllte als verdeckte. Obwohl Otto Frauen aus tiefstem Herzen verachtete, ließ ihm die Erregung den Mund austrocknen, als eine der Dirnen ihm frech die makellos gezupfte Scham zeigte. Mit einem verführerischen Augenaufschlag ließ sie den Finger in der Falte ihres Geschlechts verschwinden, sodass Otto um ein Haar über den Kapitän gefallen wäre.

»Ihr könnt auch einen Knaben haben, wenn Ihr wollt«, sagte dieser ungerührt und fing ein etwa zwölfjähriges Ding mit flammend rotem Haar ab, um ihm ohne viele Umschweife die Hand aufs Gesäß zu legen. »Oder Ihr könnt diese hier mit mir teilen.« Ein raubtierhaftes Lächeln huschte über seine Züge, und zu seinem Entsetzen stellte Otto fest, dass dieser Gedanke ihn reizte. »Macht, was Ihr wollt«, brummte der Venezianer schließlich und ließ sich von der Rothaarigen in eine Nische führen, in der gerade ein Lager frei geworden war. »Danach besprechen wir die Einzelheiten bei einem Krug Wein.«

Damit ließ er Otto stehen, der nicht wusste, wie ihm geschah, als die junge Frau mit dem entblößten Geschlecht sich an ihn presste und ihn ebenfalls auf eine Nische zuschob. Dort angelangt, befreite sie sich von dem nicht erwähnenswerten Rest ihres Gewandes und bescherte Otto ein Erlebnis, das dieser so schnell nicht vergessen würde. Wenngleich er nicht ganz bei der Sache war, gelang es ihr, ihn für kurze Zeit von seinen Plänen abzulenken und in das Reich der Lust zu entführen, aus dem er eine halbe Stunde später nur widerwillig wieder auftauchte.

Da der Kapitän mit seiner rothaarigen Eroberung bereits in

einem der geräumigen Zuber Platz genommen hatte, tat Otto es ihm gleich, und griff dankbar nach dem Becher, den seine Gespielin ihm reichte. Danach rutschte auch sie ins Wasser und machte sich augenblicklich wieder an Otto zu schaffen.

»Lass das!«, presste er unwillig hervor und stieß sie so heftig von sich, dass das Wasser über den Rand des Bottichs schwappte.

»Ihr vermischt wohl nicht gerne Geschäft und Vergnügen?«, scherzte der Kapitän. Doch als er den Ausdruck auf Ottos Gesicht sah, befahl er den Mädchen zu verschwinden.

Nachdem diese, ohne zu murren, gehorcht hatten, schob sich der Seemann näher an Otto heran und legte diesem die schwielige Pranke auf die Schulter. Im Gegensatz zu dem des Katzensteiners war sein Körper hart und muskulös, doch bevor Otto sich wegen seines Bauchansatzes schämen konnte, raunte der andere ihm ins Ohr: »Also, was ist dran an der Sache? Francesco hat behauptet, Ihr hättet einen hochwertigen Sklaven anzubieten.« Da er Ottos Unwohlsein zu spüren schien, zog er die Hand zurück und legte die Arme auf den Rand des Badezubers. »Wer ist der Bursche?«

Ottos Augen verengten sich argwöhnisch. »Das braucht Euch nicht zu interessieren. Das einzig Wichtige ist, dass er so weit weg geschafft wird wie nur irgend möglich.«

Sein Gegenüber stieß ein kurzes Lachen aus. »Wenn Ihr Euch da mal nur nicht geschnitten habt«, entgegnete er spöttisch. »Wenn ich nicht weiß, wer er ist, lande ich vielleicht Euretwegen am Galgen! Wenn ich Euch trauen soll, müsst Ihr mir wohl oder übel auch trauen.«

»Sein Name ist nicht wichtig«, gab Otto hitzig zurück. »Er ist einfach jemand, den ich loswerden will.«

Der Kapitän zuckte mit den Achseln und machte Anstalten, sich zu erheben. »Fein, wenn Ihr es so wollt, dann müsst Ihr Euch einen anderen suchen!«

»Wartet!«, seufzte Otto ergeben und legte den Kopf in den Nacken, um einige Augenblicke lang an die Decke zu starren. »Also gut. Er ist der Bastard meines Bruders. Ein Niemand. Aber wenn ich ihn nicht aus dem Weg räume, wird er mir Scherereien machen. Kein Mensch wird ihn vermissen!« Er rümpfte die Nase, da sich diese Erklärung selbst in seinen Ohren schäbig anhörte.

Doch sein Gegenüber nickte lediglich versonnen. »Und Ihr habt ihn von der Dirne im Gasthaus betäuben lassen?«, fragte er schließlich trocken.

»Ja«, gab Otto zurück und wies mit dem Kinn auf das Häufchen, das seine Kleider am Boden bildeten. »Der Schlüssel ist in meiner Tasche. Ihr könnt ihn sofort haben, wenn Ihr wollt.« Er machte eine nachdenkliche Pause. »Wie viel würdet Ihr mir denn für ihn bezahlen?«

Der Seemann stieß ein Brummen aus und schüttelte den Kopf. »So einfach wird es leider nicht sein«, wandte er bedauernd ein. »Die Beamten des Senates überprüfen jedes einzelne Frachtstück. Wenn der Bursche mein Schiff also nicht freiwillig betritt, dann könnt Ihr den Handel vergessen. Selbst wenn Ihr ihn in ein Fass oder in eine Kiste sperrt, was sollte ihn davon abhalten, Zeter und Mordio zu schreien? Irgendwann lässt auch die Wirkung des stärksten Trankes nach.« Er legte die Stirn in Falten. »Und dann lande nicht nur ich am Galgen, sondern Ihr auch.«

Ottos Mut sank, als ihm klar wurde, dass der Kapitän ihm gerade einen hässlichen Strich durch die Rechnung gemacht hatte. Was sich als Plan so schön zusammengefügt hatte, brach in der Wirklichkeit auseinander wie schlecht getrocknete Ziegel. Zornig drosch er die Faust in die Handfläche, bis diese mit einem brennenden Schmerz gegen die Misshandlung protestierte. »Verflucht!«, spuckte er ärgerlich aus und griff nach dem Weinkelch, um seine Hand an dem Metall zu kühlen. »Was?!«, brauste er auf, als der Venezianer ihn eindringlich musterte. »Habt Ihr vielleicht eine bessere Idee?«

»Die habe ich in der Tat«, bemerkte der Italiener vergnügt. »Aber das Ganze ist nicht ungefährlich.«

Otto verzog verächtlich den Mund. »Solange ich den Bengel loswerde, ist mir alles egal!«

Mit einem Augenzwinkern blickte sich der Seemann um und beugte sich näher an den Ritter heran. »Habt Ihr schon einmal etwas von Seeversicherungen gehört?« Als Otto verneinte, erklärte er geduldig: »Viele Händler können sich den teuren Frachtraum auf den staatlichen Galeeren nicht leisten. Deshalb schließen sich einige von ihnen zusammen und mieten Koggen, auf denen sie die weniger wertvollen Güter in den Osten befördern.« Er hielt einen Moment lang inne, um sicherzugehen, dass Otto ihm folgen konnte. »Salz, Wein, Weizen, Leder, Felle oder Tuche, das sind die Waren, die in den Orient gehen. Im Gegenzug transportieren die Schiffe auf dem Rückweg Feigen, Öl, tatarische und russische Sklaven.« Er trank einen Schluck, bevor er fortfuhr. »Der Haken ist, dass diese privaten Schiffszüge nicht halb so gut bewacht sind wie die *Muden* des Senates. Deshalb schließen die Kaufleute so gut wie immer Seeversicherungen gegen Piratenüberfälle oder Schiffbruch ab.« Ein Strahlen erhellte sein wettergegerbtes Gesicht. »Solch eine Versicherung ist etwas Feines«, beschied er heiter. »Denn die Hafenaufseher kontrollieren zwar die Ladung, aber kein Mensch überprüft, ob die Ware verdorben ist oder nicht. Alles, was diese Leute interessiert, ist, dass die aufgelisteten Güter mit den geladenen Gütern übereinstimmen.« Otto begann zu ahnen, worauf der Mann hinaus wollte. »Man muss lediglich sicherstellen, dass die Ladung niemals ihren Zielort erreicht.«

Als Otto begriff, worauf der Kapitän anspielte, griff die Heiterkeit auf ihn über. »Meine Güte, Ihr seid ein Fuchs!«

Der Seemann lachte dröhnend. »Das haben auch schon andere behauptet. Wenn Ihr und der Junge also an Bord einer dieser Koggen geht, wird niemand Verdacht schöpfen, wenn der Bursche nie wieder von der Reise zurückkehrt.« Er hob den Zeigefinger, als Otto etwas erwidern wollte. »Allerdings sollte ich ihn mir vorher ansehen. Wenn Ihr Glück habt, taugt er für den *Harem* des Sultans. Dann seid Ihr ein gemachter Mann.« Er hielt dem Ritter die Hand hin, in die dieser beinahe übermütig einschlug.

KAPITEL 30

Bursa, Frühsommer 1400

»IHR BENEHMT EUCH wie eine Glucke, Ali«, schnaubte Bayezid und schlüpfte energisch in den Ärmel seines Kaftans – wie um seinem Großwesir zu beweisen, dass die Krankheit besiegt war. Umringt von Pagen, Beamten und anderen

Speichelleckern, hatte er am Morgen beschlossen, das Bett zu verlassen und sich um die Regierungsangelegenheiten zu kümmern, die dringend seiner Aufmerksamkeit bedurften. Sicherlich hatte der Diwan unter Aufsicht Ali Pashas die wichtigsten Depeschen und Briefe beantwortet, doch das Problem, über das seine Spione ihn unterrichtet hatten, erlaubte keinen Aufschub. Schon seinem Vater war Theodor Palaiologos, der Despot der Morea, ein Dorn im Auge gewesen. Doch seit dessen Bruder, der byzantinische Kaiser Manuel, seine Familie zu ihm in die Peloponnes geschafft hatte, war Bayezids Interesse an ihm gestiegen. Die Hoffnung auf wertvolle Geiseln allein hätte ihn vermutlich nicht dazu veranlasst, zu einem Kriegszug gegen den Despoten zu rüsten – vor allem, da Timur Lenk offensichtlich ebenfalls einen Schlag gegen Bayezid plante. Allerdings hatte der Herrscher der Morea vor wenigen Wochen einen entscheidenden Fehler begangen und die von Bayezids Truppen hart bedrängte Stadt Mystras dem Malteserorden in Rhodos angeboten – was diese Angelegenheit dringlicher machte als den Marsch Timurs des Lahmen! Sicherlich würde Bayezids ältester Sohn Suleyman, der Statthalter von Sivas, alleine mit dem Problem fertig werden und den hinkenden Tataren mit aller Gewalt zurückschlagen. Wozu hatte Bayezid ihm schließlich zwanzigtausend Reiter gegeben? Er stieß den Bewahrer des königlichen Schwertes grob zur Seite und entriss ihm die Waffe, um sie selbst anzulegen. Den Hüter der Gewänder funkelte er ebenfalls zornig an, sodass der junge Mann sich mit einer tiefen Verbeugung in den Hintergrund zurückzog. Manchmal gingen ihm all die Bediensteten wirklich auf die Nerven! Hatten sie ihn nicht lange genug bemuttert wie ein krankes Kind? »Lasst das Banner mit den sechs Pferdeschweifen im äußersten Hof platzieren, Ali«, befahl er seinem Großwesir, dessen kleine Augen ihn besorgt musterten. »Sobald die Truppen mobilisiert sind, schickt es als Warnung vorneweg. Und sorgt dafür, dass genug Vorräte auf dem Weg sind, bevor wir aufbrechen.« So war es Brauch seit seinem Urgroßvater Osman. Und an Bräuche sollte man sich halten, solange sie Sinn machten. Er gab dem für seinen Turban zuständigen Offizier zu verstehen, ihm diesen um die gelbe Kappe zu winden. Sobald der Mann von ihm zurücktrat, zog er die dunkelblaue *Hirka* unter dem blutroten Kaftan zurecht. »Ich berufe den Diwan ein«, sagte er an Ali Pasha und die übrigen Wesire gewandt. »Aber zuerst werde ich beten.«

Damit entließ er den surrenden Schwarm und atmete einige Male tief durch. Die Dinge begannen, sich zu überschlagen. Auch wenn er es nicht hatte wahrhaben wollen, schien Ali Pasha recht gehabt zu haben mit seiner Warnung, nicht an mehreren Fronten gleichzeitig zu kämpfen; denn dieser Zug nach Griechenland schöpfte seine Reserven an Soldaten nahezu aus. Es war höchste Zeit, dass sich der *Agha* der Janitscharen um Nachschub an Militärsklaven kümmerte, damit Bayezid, falls nötig, die Belagerung Konstantinopels verschärfen und seinem Sohn Suleyman bei dem bevorstehenden Gefecht mit Timur Lenk zur Seite stehen konnte. Hatte er sich vor dem Ausbruch seiner Krankheit noch gelangweilt, war dieses Gefühl der Eintönigkeit inzwischen einem Hauch von Demut und, vor allem, der Vorfreude auf die Schlacht gewichen. Er tätschelte beinahe liebevoll den Knauf seines Krummschwertes, das bald wieder das Blut seiner Feinde trinken würde. »*Paşali!*«, rief er einen der unzähligen Diener zurück, der sich direkt auf der Schwelle des Gemaches zu Boden warf. »Überbringe meinem Sohn Mehmet den Befehl, sich in den nächsten Tagen für die Reise zu rüsten. Er wird mich nach Griechenland begleiten.« Sobald der kahl geschorene Knabe davongestoben war, griff er nach einer kleinen Glocke, die er jedoch sofort darauf mit einem Seufzen wieder abstellte, ohne sie benutzt zu haben. Er musste hart zu sich sein! Beinahe eine Woche hatte ihn der verfluchte Anfall gekostet; und wenngleich er den Speiseplan der *Tabibe* für nichts weiter als eine Schikane hielt, hatte er so viel Respekt vor dem Wissen der Heilerin, dass er sich geschworen hatte, vorerst keinen Wein zu trinken. Allerdings hatte er nicht damit gerechnet, wie schwer es war, diesen Vorsatz einzuhalten! Unbewusst rieb er sich das Ellenbogengelenk, das nur noch dann leicht schmerzte, wenn er sich nachts ungeschickt umdrehte. Er musste die Warnung, die *Allah* ihm geschickt hatte, beherzigen! Immerhin gab es noch andere Dinge, mit denen man sich die Zeit vertreiben konnte. Grinsend wippte er einige Male auf den Fersen auf und ab, bevor er eine kleine goldbeschlagene Schatztruhe auf dem Tisch öffnete, darin herumstöberte und einen tropfenförmigen Rubin zum Vorschein brachte. Nachdem er diesen einige Male in den Fingern hin und her gedreht hatte, ließ er ihn mit einem nachdenklichen Schmatzen wieder fallen und angelte nach einer riesigen bläulich schimmernden Perle. Dieser folgten zwei goldene Armketten und eine diamantbesetzte Gürtelschnalle, die er ebenso in den Falten seines Kaftans verstaute wie den Rest. Das sollte genügen, um die Wogen zu glätten, die immer noch im Herzen seiner Gemahlin hochschlugen. Bevor er sich in die Moschee und dann zum Diwan begab, musste er Abbitte bei Olivera leisten. Allerdings auf eine Art und Weise, die es ihm gestattete, das Gesicht zu wahren. Auf keinen Fall konnte er sich direkt bei ihr entschuldigen für das, was geschehen war. Ein Sultan rechtfertigte sich nicht vor einem Weib! Er reckte sich zu seiner vollen Größe. Aber irgendwie musste es ihm gelingen, sie wieder gnädig zu stimmen. Denn auch wenn er sie in einem Anfall von Zorn und Todesangst hätte hinrichten lassen, ohne mit der Wimper zu zucken, sehnte er sich beinahe schmerzlich nach ihrer

Gesellschaft. Er zog die Hand aus den Falten des Gewandes zurück und wandte sich der Tür zu. Schließlich konnte sie nicht ewig schmollen!

»*Du* warst es! Du bist schuld an der Krankheit, die ihn um ein Haar umgebracht hätte. Du bist eine Hexe, eine *Ifritin*, die ihm irgendwann den Tod bringen wird!« Die Stimme der *Valide* Sultan überschlug sich vor Wut und Hass, und ihr war deutlich anzusehen, dass sie die Gemahlin ihres Sohnes am liebsten auf der Stelle erdrosselt hätte. »Dir ist es zu verdanken, dass er sich schon viel zu lange hier herumdrückt, anstatt zu kämpfen!« Die kalten grauen Augen über der scharfen Nase schleuderten Blitze, und wäre Maria Olivera Despina nicht an die Beschimpfungen und Ausbrüche der Sultansmutter gewöhnt gewesen, hätte sie die Heftigkeit der alten Frau sicherlich mehr beeindruckt.

So allerdings neigte sie lediglich scheinbar gescholten den Kopf, während sie innerlich über die Alte lachte; wenngleich sie die Anschuldigungen erschütterten. Sollte das Gebrabbel der *Valide* tatsächlich der Wahrheit entsprechen, dann hatte niemand anders außer ihr selbst den Anfall des Sultans verschuldet. Sie runzelte die Stirn. Aber wie sollte es möglich sein, dass ein wenig Wein einen Mann wie Bayezid fällte? Einen Mann von der Stärke dreier Ochsen? Ihre Gedanken wurden jäh unterbrochen.

»Keine Sorge, werte Mutter«, dröhnte der Bass des *Padischahs*, und nicht nur Olivera wirbelte erschrocken herum.

»Bayezid Khan«, hauchte die *Valide* bestürzt, und zu ihrer heimlichen Genugtuung sah Olivera, wie sie unter all der Farbe in ihrem Gesicht erbleichte. »Nicht mehr lange, und der *Harem* gehört wieder dir allein.« Ohne auf das Gestammel der *Valide* zu achten, wandte er sich Olivera zu, in der bei seinem Anblick die unterschiedlichsten Gefühle Widerstreit hielten.

Einerseits saß die Demütigung immer noch wie ein Dorn in ihrem Herzen; andererseits weckten die breiten Schultern und der energische Mund bereits wieder das Bedürfnis in ihr, ihn mit ihrer Sinnlichkeit zu unterwerfen. Trotzig hielt sie seinem Blick stand, der – nachdem er über ihre Rundungen gewandert war – wieder zu ihrem Gesicht zurückkehrte.

»Lasst uns allein!«, befahl er seiner Mutter und deren Hofdamen, die in beinahe dekorativen Häufchen über den Boden verteilt waren. Nachdem auch der letzte Rock verschwunden war, fuhr Bayezid sich mit der Zunge über die Lippen und griff in die Tasche seines Kaftans.

Was hat er nun wieder vor?, fragte sich Olivera – darum bemüht, eine ausdruckslose Miene zu bewahren.

Einige Augenblicke lang musterten sie sich schweigend, während sich die Spannung zwischen ihnen spürbar aufbaute. Wohl bewusst, dass sie mit ihrer trotzigen Haltung schon wieder dem Löwen die Hand in den Rachen steckte, hob Olivera provozierend das Kinn und bohrte den Blick in Bayezids leicht schräg stehende braune Augen. Der blonde, gut gestutzte Vollbart betonte das starke Kinn, das sich schon so oft an ihren Busen geschmiegt hatte. Beinahe war es, als könne sie das Kratzen der groben Haare spüren. Ein Prickeln der Lust kroch ihren Rücken hinauf, als ihre Einbildung ihr das Gefühl seiner Hände auf ihrem Körper vorgaukelte.

Er räusperte sich mühsam und hielt ihr die ausgestreckte Hand entgegen, auf der allerlei Geschmeide funkelte. »Das ist für die Reise«, stieß er heiser hervor. »Du kommst mit mir nach Griechenland.« Er zögerte einen Moment und wartete darauf, dass sie die Gabe wie ein zahmer Vogel aus seiner Pranke pickte. Als sie fragend die Brauen in die Höhe zog, fügte er hastig hinzu: »Lass dir Gewänder anfertigen. Ein paar Wochen, dann kehren wir hierher zurück«, versprach er, und Olivera verkniff sich nur mit Mühe ein Schmunzeln, als seine Hand in ihre Richtung zuckte.

Er vermisste sie! Und der Schmuck war seine Art, sie um Verzeihung zu bitten! Ein Blick in sein Gesicht genügte, um sie in dieser Vermutung zu bestätigen. Deutlich zeichnete sich das Verlangen auf den Zügen des Sultans ab. Wahrscheinlich war es lediglich die Tatsache, dass sie sich in den Gemächern seiner Mutter befanden, die ihn davon abhielt, sich augenblicklich ihrer Ergebenheit zu versichern.

»Ich danke Euch, Gebieter«, gab sie artig, wenngleich reserviert zurück, da sie keineswegs vorhatte, es ihm leicht zu machen. Wenn er dachte, er könne die Erniedrigung mit einem Haufen Tand wieder gutmachen, hatte er sich geschnitten. Sie würde dafür sorgen, dass er es sich beim nächsten Mal reiflich überlegte, bevor er seine Schergen auf sie hetzte und sie fesseln ließ wie eine billige Küchensklavin! Sie sank in eine Verneigung, die ihn mit Einblicken quälte, die tief genug waren, um das Feuer der Lust in ihm zu entfachen. »Wenn Ihr erlaubt, ziehe ich mich zurück«, säuselte sie honigsüß – wohl bewusst, dass sie ihn mit ihrer Förmlichkeit mehr reizte, als wenn sie ihm das Geschenk vor die Füße geschleudert hätte.

Da er keine andere Wahl hatte, als sie gehen zu lassen, nickte er betont herrisch und wandte ihr brüsk den Rücken zu. »Der Diwan wartet«, knurrte er und rauschte davon, ohne sich noch einmal nach ihr umzublicken.

Bevor die *Valide* und ihre Begleiterinnen – die zweifelsohne nebenan gelauscht hatten – in den Raum zurückkehrten, befand sich Olivera bereits mit federnden Schritten auf dem Weg in ihre eigene Zimmerflucht.

KAPITEL 31

Venedig, Frühsommer 1400

DAS HÄMMERN IN FALKS SCHLÄFEN ließ ihn mit einem Stöhnen die Augen aufschlagen – was er allerdings sofort bereute, da sich das flackernd im Raum schwebende Licht wie ein Dolch in sein Gehirn bohrte. »Oooh«, hauchte er belegt und hob zitternd die Hand an die Stirn, die vor Hitze glühte. »Oh, Gott, was ist geschehen?«, murmelte er und hustete trocken. Mühsam bewegte er die pelzige Zunge hin und her und versuchte zu schlucken. Doch damit verschlimmerte er lediglich den brennenden Durst, der ihm die Kehle zuschnürte.

»Wie ich sehe, hast du dich vergnügt«, bemerkte der Schemen neben seinem Bett, und wenngleich der Raum sich um ihn drehte, erkannte Falk das verschwommene Gesicht seines Onkels. »Hoch mit dir«, forderte dieser ihn auf, packte seinen Arm und zog ihn in eine sitzende Stellung. »Wer säuft, sollte es tragen wie ein Mann!«

»Nicht«, jammerte der Knabe und presste die Hände auf die Ohren, um zu verhindern, dass ihm der Kopf platzte.

»Du hast genug geschlafen«, beharrte der Katzensteiner. »Die Sonne geht bald auf. Trink, das wird helfen.«

Blinzelnd nahm Falk den hölzernen Becher entgegen, den Otto ihm reichte, und stürzte das abgestandene Wasser in einem Zug in sich hinein. Dann atmete er einige Male tief durch und versuchte, den Aufruhr in seinen Gedärmen unter Kontrolle zu bringen.

»Kommt heute Abend zur achten Stunde zum Kai bei San Marco«, bemerkte eine Gestalt im Hintergrund, die Falk erst jetzt entdeckte. »Der Zug sticht morgen früh in See.« Damit reichte der in einen Kapuzenmantel gekleidete Mann Otto die Hand und wandte sich zum Gehen.

»Wer war das?«, fragte Falk verdattert und neugierig zugleich, doch die plötzlich in ihm aufsteigende Übelkeit verdrängte alle anderen Gedanken. Würgend fasste er sich an den Bauch und torkelte vom Bett auf einen Eimer zu, vor dem er schlotternd auf die Knie fiel. Während Hitzewallungen und Kälteschauer sich jagten, befreite sein Körper sich von dem weinverdünnten Mageninhalt. Als er schließlich mit einem Stöhnen zurück auf die Fersen sank, fühlte er sich trotz des ekelhaften Geschmackes in seinem Mund etwas besser.

»Das war der Kapitän des Schiffes, das uns an Bord nehmen wird«, erklärte Otto, wenig gerührt von Falks jämmerlichem Zustand. »Aber vorher sollten wir zurück ins *Fondaco*.« Er kräuselte die Lippen. »Da kannst du deinen Rausch vollends ausschlafen.«

»Ich habe gar nicht so viel getrunken«, protestierte Falk lahm. Als ihm siedend heiß wieder einfiel, dass das nicht ganz stimmte und er zudem nicht alleine gewesen war in der Kammer, schluckte er den Rest der Verteidigung jedoch beschämt und senkte die Lider. Wenn er doch nur zur Beichte gegangen wäre, anstatt Otto in die Herberge zu folgen!, dachte er reumütig. Aber für solche Gedanken war es jetzt wohl zu spät. Linkisch streifte er sich die überall verstreuten Kleider über und folgte dem Ritter auf wackeligen Beinen hinaus in die schwüle Nacht.

Immer noch herrschte reger Verkehr in den verwinkelten Gassen, und in mehreren Ecken vergnügten sich Freier mit den käuflichen Mädchen der Stadt. Ekel stieg in ihm auf. Wie hatte er sich nur zu einer solchen Tat hinreißen lassen können? Am liebsten hätte er sich die Sünde auf der Stelle abgewaschen, aber so wie die Dinge standen, würde er damit noch eine Weile warten müssen. Niedergedrückt trabte er hinter dem Ritter über die Rialtobrücke auf die Deutsche Faktorei zu, deren Fenster bereits wieder hell erleuchtet waren. Ohne viele Worte gaben sie ihre Waffen bei den *Visdomi* ab, und Falk beschloss insgeheim, sich vor dem Aufbruch in den Orient selbst ein Schwert zu besorgen. Immerhin war solch eine Schiffsreise nicht ungefährlich. Entgegen der Zerknirschung wegen der Verfehlungen der Nacht stahl sich ein Grinsen auf sein Gesicht. Und außerdem hatte er sich schon immer ein Schwert gewünscht. Warum hatte er nicht schon früher daran gedacht? Immerhin war er seit beinahe einem halben Jahr ein Mann, und als solcher dazu berechtigt, eine richtige Waffe zu besitzen. Wie es sich wohl an seiner Seite anfühlen würde? Sicherlich besser als der zwar teure aber lange nicht so beeindruckende Dolch, den er für gewöhnlich niemals ablegte.

Die Vorfreude auf diesen Kauf ließ ihn wünschen, die Buden und Kontore hätten bereits geöffnet. Mit beinahe beschwingtem Schritt erklomm er hinter dem Katzensteiner die steile Treppe ins Obergeschoss, wo sie von einem aufgebrachten Stimmenwirrwarr empfangen wurden.

»Was soll das heißen?«, keifte ein kahler Händler drei Bewaffnete an, die sich um die Tür seiner Kammer drängten. »Ihr wollt mich wohl ruinieren? Woher wollt Ihr wissen, dass dieser Quacksalber recht hat?«

»Dieser *Signore* ist Stadtarzt«, grollte der größte der Wächter. »Wenn er sagt, dass Euer Sohn die Pest hat, dann hat Euer Sohn die Pest!«

Der Kahlköpfige warf die Hände in die Luft. »Ach was«, zeterte er. »Ein Ausschlag ist es, weiter nichts. Ihr könnt uns doch nicht einfach für vierzig Tage hier einsperren! Seid Ihr denn von Sinnen?!«

Falks Augen weiteten sich, und er warf Otto, der ebenfalls erbleicht war, einen ungläubigen Blick zu. »Was meint er damit?«, tuschelte er – darauf bedacht, die Aufmerksamkeit der Soldaten nicht zu wecken.

»Ich fürchte, genau das, was er sagt«, entgegnete der Ritter und stieß ihn den Gang entlang auf die Tür ihrer eigenen Unterkunft zu. »Keinen Mucks«, warnte er und drehte so lautlos wie möglich den Schlüssel. Kaum war die Tür mit einem leisen Klicken aufgesprungen drängte er Falk ins Innere und begann augenblicklich damit, das spärliche Gepäck zusammenzusuchen. »Wenn wir uns nicht auf der Stelle aus dem Staub machen«, wisperte er, »dann sitzen wir hier fest bis zum Sankt Nimmerleinstag!«

Als alles verstaut war, schlichen sie auf Zehenspitzen zurück in den Gang hinaus und hatten gerade den Treppenabsatz erreicht, als eine der hölzernen Dielen mit einem Knarren unter Falk nachgab.

»Halt!«, befahl der Anführer der Wachposten und ohne nachzudenken schlug der Knabe alle Vorsicht in den Wind und polterte hinter seinem Onkel die Treppe hinab. Augenblicklich setzten ihnen die Bewaffneten nach. Das Trampeln der genagelten Stiefel hallte so laut durch das Gebäude, dass die *Visdomi* am Ausgang ihnen bereits misstrauisch den Weg vertraten, als sie außer Atem bei ihrer Stube anlangten. »Haltet sie auf!«, brüllte einer der Soldaten, und wenngleich ihre Waffen noch in den Händen der Aufseher des *Fondaco* waren, flohen Falk und Otto aus dem Gebäude, als wäre der Leibhaftige hinter ihnen her.

»Schneller!«, keuchte Falk, dem einer der Männer so dicht auf den Fersen war, dass er befürchtete, jeden Moment von ihm gefällt zu werden. Ohne auf den Protest der Kaufleute zu achten, die allmählich zum Rialto tröpfelten, schlug der Knabe Haken um die Hindernisse und stürmte zur Halle der

Händler, unter deren Arkaden die ersten Geldwechsler ihre Bänke aufstellten. Mit einer blitzschnellen Handbewegung wischte sein Onkel vor ihm eine Schale funkelnder Gulden, Scudi und Dukaten auf den Boden; was zur Folge hatte, dass die schimpfenden Besitzer der Münzen augenblicklich dem Schatz hinterherstürzten. Dem Getöse in ihrem Rücken nach zu urteilen, erzielte dieser Schachzug den gewünschten Erfolg, da die Bewaffneten lange genug aufgehalten wurden, dass Falk und Otto in einer der Gassen verschwinden konnten. Ohne darauf zu achten, wo sie hinrannten, umrundeten sie ein halbes Dutzend Häuserecken, bevor sie sich schließlich in einen schmalen Durchgang duckten, der von einem struppigen Busch halb verdeckt wurde. Heftig keuchend stemmte Falk die Hände auf die Oberschenkel und rang nach Luft, während ihn erneut Schwindel übermannte.

»Das war knapp«, beschied Otto grimmig. »Aber die Waffen können wir vergessen.« Er schlug die Faust gegen die schlampig verputzte Häuserwand. »Verdammt! Das Schwert war noch nicht mal einen Tag alt!«

Hätte Falk nicht mit dem Drang, sich erneut übergeben zu müssen gekämpft, hätte ihm sein Onkel leid getan. So allerdings sackte er mit einem gepressten Laut in sich zusammen und vergrub den schmerzenden Kopf zwischen den Knien – blind für das flammende Morgenrot, das den Himmel über ihnen allmählich überzog. Eine Zeit lang fürchtete er, das laute Gurgeln seines Magens könne sie verraten. Doch als nach einer Viertelstunde immer noch keine Wachen aufgetaucht waren, kam er leicht schwankend zurück auf die Beine.

»Ich glaube, wir haben sie abgeschüttelt«, stellte Otto brummig fest. »Und du solltest schleunigst etwas essen. Sobald du etwas Festes im Bauch hast, geht es dir besser.«

Falk, dem alleine bei dem Gedanken an Nahrung die Galle hochkam, schüttelte schwach den Kopf und hob mit einem schiefen Lächeln die Geldkatze in die Höhe. »Zuerst gehen wir ein Schwert kaufen.«

∽◉∾

Den Rest des Tages drückten sie sich in Gasthäusern herum, um nicht doch noch den Wächtern des Senates in die Hände zu fallen. Nachdem sie ihr Versteck verlassen hatten, hatte Falk darauf gedrängt, sich und Otto eine neue Waffe zu kaufen, und mit einem zynischen Lächeln beobachtete der Katzensteiner Ritter, wie sein Neffe den glänzenden Stahl liebkoste. Es genügt nicht, ein Schwert zu besitzen, dachte er verächtlich. Man sollte es auch benutzen können! Und das war etwas, das er dem Jungen nicht zutraute. Zwar hatte die Großzügigkeit des Knaben ihm einen weiteren flüchtigen Augenblick der Unschlüssigkeit beschert; aber der Handel mit dem Kapitän war viel zu verlockend, als dass er sich von albernen Gefühlen leiten lassen konnte! Zumal diese Gefühle vollkommen grundlos waren. Immerhin hatte der Bengel nichts weiter getan, als das Geld, dass ihm, Otto von Katzenstein, zustand, mit vollen Händen rauszuwerfen und dem eigentlichen Besitzer ein Almosen zu gewähren. Denn das war es, als was Otto dieses Geschenk ansah – als ein Almosen von einem Dieb! Der Hass auf den Knaben stieg mit neuer Macht in ihm auf. Es wurde Zeit, dass er ihn sich vom Hals schaffte. Dieses entwürdigende Spiel dauerte schon viel zu lange. »Es wäre besser, du würdest dich ein bisschen beeilen«, knurrte er, milderte den harten Ton jedoch sofort durch ein falsches Lachen. »Sonst verpassen wir diesen Schiffszug auch noch.« Und das wollte er auf alle Fälle vermeiden, auch wenn ihm bei dem Gedanken an die Reise nicht gerade gut zumute war. Die Aussicht, dass dieser falsche Neffe für immer im *Harem* des Sultans verschwinden könnte, war das Risiko wert. Und ein

Risiko war es, dessen war er sich sicher. Seine Finger umklammerten den beruhigenden Stahl an seiner Seite. Ein Handschlag war ein Handschlag, aber wer konnte ihm garantieren, dass der Kapitän ihn nicht ebenfalls hinterging? Er unterdrückte ein Seufzen. Es gab keinen anderen Weg. Wenn er den Bengel loswerden wollte, musste er wohl oder übel mit ihm auf dieses Schiff gehen! Daher schob er Falk die Überreste des Mahls hin und wartete ungeduldig, bis der Knabe auch die letzte Krume verschlungen hatte. Sobald sich sein Kater ein wenig gelegt hatte, hatte der Bursche einen Appetit entwickelt, der dem eines Ochsen in nichts nachstand.

Mit einem leisen Rülpsen wischte sich der junge Mann den Mund und sprang auf. »Wie kommen wir zum Kai?«, fragte er, nachdem sie die Taverne verlassen hatten. »Am Rialto sollten wir uns besser nicht mehr blicken lassen.«

Otto nickte. »Wir mieten uns ein wenig weiter kanalaufwärts eine Gondel. Ich glaube zwar nicht, dass noch jemand nach uns sucht, aber sicher ist sicher.« Mit diesen Worten schlug er einen Weg ein, der sie hinter der Halle der Händler in Richtung Süden führte, wo die weniger gut betuchten Geldwechsler ihre Tische aufgeschlagen hatten. Als ein Trupp Wachsoldaten keinen Steinwurf vor ihnen aus einem Gebäude gestürmt kam, fuhr Otto zusammen und drückte Falk in den Schatten eines dreistöckigen Hauses. Zu seiner Erleichterung steuerten die Soldaten allerdings schnurstracks auf einen der *Bancherii* zu, den sie lautstark anbrüllten, bevor sie ihm mit einer Axt den Tisch zerschlugen.

»*Banca rotta*«, flüsterte Falk, der wie Otto von Datini wusste, was das Zertrümmern der Bank bedeutete. »Der arme Teufel ist bankrott!«

Da der Schreck sich bereits wieder verflüchtigt hatte, zuckte Otto jedoch lediglich die Achseln und drängte seinen Neffen weiter, bis sie einen wackeligen Anlegesteg am

Ufer des *Canale Grande* erreicht hatten. »Zur *Piazza San Marco*«, befahl er dem *Gondoliere*, und kaum schaukelte das kleine Boot durch das trübe Wasser, hellte sich seine Laune ein wenig auf. Nicht mehr lange und er hatte sein Ziel erreicht! Ganz gleich, was der Kapitän im Schilde führte, er hatte keinen Grund, Otto zu hintergehen. Was sollte er davon haben? Hatte er ihm nicht glaubwürdig versichert, dass jeder angebliche Händler, den er an Bord nahm, die Versicherung in die Höhe treiben würde? Und hatte Otto ihm im Gegenzug nicht versprochen, für einen Teil der schadhaften Ware zu unterzeichnen, sodass die staatlichen Aufseher ihn als Eigentümer listen konnten? Erneut verdrängte die Bewunderung für den raffinierten Seemann die immer wieder aufkeimende Sorge. Wie oft der Italiener diesen Betrug wohl schon erfolgreich abgewickelt hatte? Vielleicht konnte Otto sich nach seiner Rückkehr als stiller Partner in sein Geschäft einkaufen. Als nach einiger Zeit die gerefften Segel eines halben Dutzend Koggen in Sicht kam, beschloss Otto, diesen Vorschlag so bald als möglich vorzubringen. Man konnte schließlich nicht sicher genug gehen!

KAPITEL 32

Bursa, Sommer 1400

DER AUFBRUCH DER ARMEE stand kurz bevor. Drei Wochen waren vergangen, seit das Kriegsbanner mit den sechs Pferdeschweifen im äußersten Hof platziert und der Befehl zur Mobilmachung in die Provinzen geschickt worden war.

»Gütiger Himmel!«, murmelte Sapphira, nachdem sie sich zwischen den anderen Mädchen nach vorne bis dicht an die Mauer der Moschee geschoben hatte, die von einer doppelten Reihe Bewaffneter verlängert wurde. Mehrere Dutzend Eunuchen versuchten, die Frauen davon abzuhalten, näher an das Geschehen zu rücken, doch der Erfolg ihrer lautstarken Bemühungen war eher bescheiden. Dröhnend scholl in regelmäßigen Abständen das Schlagen gewaltiger Kesselpauken über die Köpfe der Versammelten hinweg; und das Getöse der *Mehterhane* – der Janitscharen-Kapelle – war so enorm, dass Sapphira nicht die einzige war, die sich mit einer Grimasse die Ohren zuhielt. Auf Kamelen thronend droschen die Trommler auf die an ihren Sätteln befestigten, kunstvoll bespannten *Kös* ein, begleitet von Zimbeln und *Boru* – osmanischen Hörnern – deren Bläser die stoischen Tiere umringten. Als ginge ihr der Lärm ebenso an die Nieren wie der jungen Frau, hatte sich die aufgehende Sonne des Monats *Dhu' l-Qa'dah* hinter einer Wand aus Wolken versteckt, die wie flammende Finger in Richtung Westen wiesen. Dank des in der Nacht gefallenen Regens war der Morgen verhältnismäßig erträglich, doch viele der Fußsoldaten hatten ihre roten Obergewänder bereits bis zum Bauch aufgeknöpft. Vor allem den Jüngeren unter ihnen war die Aufregung anzumerken, mit der sie dem bevorstehenden Marsch entgegensahen, der vielen von ihnen Tod, Leid und Schmerz bringen würde. Wimmelnd und dennoch geordnet umflossen sie die hohen Würdenträger in der Mitte des innersten Hofes, aus denen der ganz in Gold gekleidete Sultan hervorstach wie ein strahlender Stern. Wie alle anderen Mitglieder des *Harems* hatte auch Sapphira an diesem Tag die Erlaubnis erhalten, den Abzug des *Padischahs* und seiner Truppen zu bejubeln. Aber die schluchzende Freundin an ihrer Seite drohte, ihr das Schauspiel zu vergällen.

»Ich werde ihn nie wiedersehen«, weinte Gülbahar, die kaum davon abzuhalten gewesen war, ihrem Andor vor aller Augen um den Hals zu fallen, als sie ihn inmitten seiner *Orta* – seiner Einheit – entdeckt hatte. »Er wird sterben!«

»Sei still!«, zischte Sapphira mit einem besorgten Blick über die Schulter. Zwar übertönte die Marschmusik der Kapelle so gut wie alle anderen Geräusche, aber man konnte nie wissen, wer ungefragt mithörte. »Wenn du für ihn betest, wird ihm nichts geschehen«, versuchte sie die Freundin zu trösten. Doch die Verzweiflung, die von ihr ausging, schien sich mit jeder Sekunde zu verstärken.

Als wäre es das Normalste auf der Welt, knetete das tränenzerflossene Mädchen eine weiße *Börk* – die Filzmütze der Janitscharen –, welche sie ohne Zweifel von ihrem Liebhaber als Zeichen seiner Ergebenheit erhalten hatte.

»Um Gottes willen«, warnte Sapphira und bedachte das *Corpus delicti* mit einem ängstlichen Blick. »Versteck das Ding!« Als ob die Sorge, in dem kleinen Garten beobachtet worden zu sein, nicht ausreichte! Wenn die *Valide* oder irgendjemand sonst das Pfand entdeckte, war es um Gülbahar ganz gewiss ebenso geschehen wie um Bülbül. Mit einem Blinzeln vertrieb Sapphira das Schuldgefühl, das sich jedes Mal in ihr ausbreitete, wenn sie an die verstoßene Gefährtin dachte, und verdeckte die Freundin mit ihrem Körper. Nachdem der verräterische Hut in der blauen *Entari* verschwunden war, griff Sapphira nach ihrer Hand und zog sie weiter in Richtung Moschee, um sich dort mit ihr die Stufen hinauf zu kämpfen. Sicherlich würde all die Aufregung Gülbahar schon bald von ihrem Liebesschmerz ablenken. Den ärgerlichen Protest einiger *Jariyes* ignorierend, bahnten sie sich einen Weg, bis sie direkt unter einem der Minarette angekommen waren. Von dort hatten sie freien Blick auf die Soldaten und – vor allem – auf Sultan Bayezid Khan, der auf einem tänzelnden, mitternachtsschwarzen Hengst eine imposante Figur machte. Wenngleich der junge Prinz an seiner Seite beinahe ebenso prachtvoll gekleidet war wie sein Vater, verblasste er vor dem Glanz des Sultans zur Unscheinbarkeit. Entgegen der Enttäuschung, die Sapphira noch vor Kurzem aller Illusionen beraubt hatte, spürte sie, wie ihr Herzschlag sich bei seinem Anblick beschleunigte. Der Löwe war zurück, und mit ihm der Eindruck der Vollkommenheit! Sie ertappte sich dabei, wie sie sich einreden wollte, das Zwischenspiel auf dem Krankenlager habe niemals stattgefunden. Wie konnte solch ein Mann, solch eine kraftstrotzende Naturgewalt sich unlängst noch gebärdet haben wie ein launischer Knabe? Da mit der Bewunderung auch der überwältigende Wunsch nach seiner Nähe zurückkehrte, wurde ihr Blick beinahe magisch von der Sänfte angezogen, die – von vier Sklaven umringt – zu Füßen seines Reittieres darauf wartete, aufgenommen zu werden. Und die Eifersucht flammte mit solcher Macht in ihr auf, dass sie scharf die Luft einsog.

Froh, dass Gülbahar in ihren eigenen Gedanken gefangen war, grub sie die Fingernägel in die Handflächen und versuchte, ihr Blut wieder zur Ruhe zu bringen. Jeder wusste doch, dass der Sultan seiner Gemahlin Maria Olivera Despina verfallen war; so sehr verfallen, dass er alle Regeln missachtete und sein Bett mit ihr teilte. Denn Klatsch und vor allem die damit einhergehende Missgunst verbreiteten sich im Harem schneller als ein Lauffeuer. Mehr als eine Schülerin der *Valide* hatte bereits die Hoffnung aufgegeben, jemals die Aufmerksamkeit des *Padischahs* zu erregen, und selbst der Mutter des mächtigen Herrschers war die Abscheu gegenüber Olivera Despina deutlich anzusehen. Da diese Überlegungen die verheilt geglaubte Wunde in Sapphiras Herz wieder aufrissen, lenkte sie schleunigst die Aufmerksamkeit auf etwas anderes und begann, die Janitscharen-Ortas zu zählen. Bereits nach knapp drei Dutzend verlor sie allerdings den Überblick, da die Banner der Fußtruppen sich mit den Fahnen der Kavallerie und der Artillerie vermischten. Roter Stoff mit weißem Halbmond flatterte ebenso im Ostwind wie weiße Seide, die Sonnen, Sterne, doppelschneidige Dolche und die Hand der *Fatima* – eine Handfläche, in der ein weit aufgerissenes Auge prangte – zierten. Sie sollte die Truppen vor den *Dschinni*, den überall vorhandenen Geistern, beschützen. Als ob diese sich von einem Stück Tuch foppen ließen! Mit einem Mal beklommen, erinnerte Sapphira sich an die Worte eines Priesters in Smyrna, die sie seit ihrer Kindheit verfolgten. »Der Einfluss der Dunklen Mächte ist gewaltig!« Wenn die Tageszeit des Teufels angebrochen war, hatte der Prediger die versammelten Gläubigen geängstigt, konnten Dämonen in den menschlichen Körper eindringen und ihm die Seele rauben.

Das durchdringende Quäken eines Blasinstrumentes beendete ihre Grübelei. Dankbar für die Ablenkung, wischte sie die beunruhigenden Gedanken beiseite und verfolgte, wie die Truppen in Habachtstellung gingen. Als sich kurz darauf die leichte Kavallerie der Vorhut in Bewegung setzte, griff die Anspannung auch auf sie über, und sie verfolgte beinahe fiebrig, wie die rote Masse der Fußsoldaten mit einem Ruck vorwärtsdrängte. Kurz darauf gab auch der Sultan seinem Vollblut die Sporen und schwang das Krummschwert über dem Kopf.

Die ersten Kompaniestandarten hatten bereits die äußerste Ummauerung des Palastes passiert, als die glutrote Sonne hinter den Wolken hervortrat und die Helme und Waffen aufleuchten ließ, sodass der Eindruck entstand, der Himmel überspanne die Armee des Sultans mit einer leuchtenden Kuppel. »*Allāhu akbar*«, erklang die Stimme des Imams hoch über ihren Köpfen, und augenblicklich griffen die marschierenden Männer den Ruf auf. Begleitet von dem immer schneller werdenden Rhythmus der Trommeln, vermischten sich die heiseren Stimmen mit den lang gezogenen Kadenzen der *Boru*-Spieler. Beinahe eine Stunde dauerte es, bis auch der letzte Mann den Palast verlassen hatte; und obschon die *Mehterhane*-Kapelle vermutlich noch lange zu hören sein würde, wirkte der Hof mit einem Mal geradezu unheimlich still. Daran konnte nicht einmal das aufgeregte Schwatzen der Frauen etwas ändern, die sich in kleinen Grüppchen zurück in den innersten Bereich begaben, um ihr Tagwerk zu beginnen.

Mit einem leisen Seufzer riss auch Sapphira sich von dem verwaisten Platz los und hakte sich bei Gülbahar unter, deren Tränen inzwischen stumpfer Schicksalsergebenheit gewichen waren. Obwohl ihr die Freundin leidtat, regte sich dennoch Ärger in ihr, da diese die Gesetze des *Harems* übertreten und Bayezid hintergangen hatte. Wie hatte Gülbahar sich nur in einen gewöhnlichen Fußsoldaten verlieben können, wo ihr alle Tore offen standen und sie bereits die Aufmerksamkeit des Sultans auf sich gezogen hatte? Dass sie selbst diesen prächtigen Herrscher noch vor wenigen Tagen alles andere als bedingungslos bewundert hatte, ignorierte sie geflissentlich.

Am Eingang zu den Gemächern der *Valide* trennten sie sich. Da es dem *Kapi Agha* – dem Verwaltungsoberhaupt des

Hospitals – inzwischen gelungen war, einen jungen *Hekim* aufzutreiben, welcher der *Tabibe* unterstellt war, hatte sich die Lage im Hospital entspannt; und sowohl Sapphira als auch Gülbahar genossen weiterhin die Unterweisung, deren Ziel die vollkommene Beherrschung der Liebeskünste war. Während ihre dunkelhäutige Gefährtin sich auch in Zukunft im Tanz üben durfte, hatte die Sultansmutter Sapphira ungnädig entlassen und in die Hände eines Meisters der Dichtkunst übergeben.

Dieser, ein alter Eunuch mit sanften Augen, empfing die Mädchen mit einem verschmitzten Ausdruck auf dem faltigen Gesicht, das einer vertrockneten Feige glich. »Ah, da seid ihr ja, meine Täubchen«, flötete er vergnügt und wies seine Schützlinge an, sich mit ihren Wachstafeln auf den überall verteilten Kissen niederzulassen. »Ein besserer Tag als der heutige ist kaum möglich, um ein Lobgedicht auf den *Padischah* zu verfassen«, schwärmte er und ließ sich unelegant mit untergeschlagenen Beinen auf einen ledernen Sitzsack fallen, der knarzend unter seinem Gewicht nachgab. Die buschigen Brauen wanderten in die Höhe, während er mit seinen langen Fingern in der Luft wild gestikulierte, als müsse er lästige Fliegen verscheuchen. »Schreibt in Versen, so wie ich es euch gelehrt habe«, forderte er die Mädchen auf. »Schreibt, wie sehr ihr euren Herrn vermisst, wie euer Herz blutet und wie wenig Sinn das Leben ohne ihn hat.« Er schürzte die Lippen. »Und denkt dabei daran, dass es ebenso ein Lobgedicht ist wie eine Liebeserklärung, mit der ihr dem Großherrn huldigt.«

Froh darüber, der Ziemlichkeit halber beim Ankleiden die *Yashmak* um den Kopf gewunden zu haben, verzog Sapphira unter dem Schleier den Mund zu einem Lächeln, da der Eifer des Dichtlehrers sie auch heute erheiterte. Während ihre Mitschülerinnen leise stöhnten, griff sie, ohne zu zögern, nach dem beinernen *Stilus*, um die ersten Worte in

den weichen Untergrund einzuritzen. Anders als der Bauch-
tanz, fiel ihr das Verfassen von Versen so leicht, dass sie sich
bereits mehr als einmal über die Schwierigkeiten der anderen Mädchen gewundert hatte. Aber vermutlich waren diese
nicht bei einem Schreiber aufgewachsen, der sie schon im
zarten Kindesalter die Schönheit der lateinischen und türkischen Sprache gelehrt hatte.

>*Bei seiner Stirne hellem Schein*
Und seiner Rosenwange: Nein!«,

begann sie und kaute einige Momente lang an dem Griffel, um ihre Gedanken zu ordnen. Dabei beschwor sie das
Bild des strahlenden Kriegsherrn herauf, und wie bei ihrer
ersten Begegnung mit Bayezid *Yilderim* überwältigten sie
von neuem Hochachtung und Ergebenheit. Welcher Teufel hatte nur die schändlichen Gedanken in ihren Verstand
gepflanzt? Heiße Scham übergoss ihre Wangen, als sie daran
zurückdachte, wie sie den Sultan für seine Schwäche verachtet hatte. Vermutlich wäre jeder andere, jeder gewöhnliche
Mensch allein an den Schmerzen zugrunde gegangen! Hatte
die *Tabibe* ihr nicht erklärt, wie grauenvoll die Qualen waren,
welche durch die Krankheit, an der er gelitten hatte, verur-
sacht wurden? Voller Entschlossenheit grub sie den *Stilus*
erneut in das Wachs und fuhr mit dem Lobgesang fort, der
mit aller Gewalt aus ihr hervorsprudelte.

>*Sobald er sich zum Gehen wand',*
Ließ ihn mein Blick nicht mehr allein.

Schnell stand ich auf, ihm hinterher!
Und fiel über mein eignes Bein.

Ich holterte und polterte
Und stolperte ihm hinterdrein;

Er hüpfte leicht und ohne Sturz
Wie die Gazelle querfeldein.

Sein Herz ist gegen mich so hart,
Als wäre es ein Herz aus Stein.

Es brennt mein Eingeweide mir.
Er stürzte es in Höllenpein!

Die Wange drück' ich in den Staub,
Wie Regen fließt die Träne mein.

Ach, welch ein Jammer! Welch ein Schmerz!
Wird mir mein Jammern nützlich sein?«

Vermutlich nicht, dachte sie und senkte ihr Schreibgerät, um
die Zeilen auf Fehler zu überprüfen.

»Du bist schon fertig?«, fragte der Eunuch und streckte
die Hand aus, um die Tafel entgegenzunehmen. Nachdem er
das Gedicht überflogen hatte, hob er den Kopf und nickte
anerkennend. »Ein bemerkenswertes Talent«, stellte er wohl-
wollend fest. »Wärst du ein Mann, hätte ein bedeutender
Dichter aus dir werden können.«

Sapphira schlug bescheiden die Augen nieder und murmelte eine Dankesfloskel. Wäre ich ein Mann, dachte sie, dann
würde ich vermutlich meinem Herrscher in den Kampf folgen!

KAPITEL 33

Das Mittelmeer, Sommer 1400

Es WAR BEINAHE etwas wie Glückseligkeit, das Falk durch die Adern strömte, als er – die Nase in der seichten Brise – an der hölzernen Reling des bauchigen Frachtschiffes lehnte. Alles Misstrauen und alle Zweifel waren in *dem* Augenblick verpufft, als sie an Bord der Kogge gegangen waren. Und er hatte sich schon öfter als einmal dafür geschämt, was er Otto nach dem Überfall in den Alpen unterstellt hatte. Etwas über zwei Wochen befanden sie sich bereits auf See, und während sie zu Beginn der Reise ein starker Wind nach Süden getragen hatte, herrschte im Moment eine nahezu vollkommene Flaute. Der azurblaue Himmel über ihm war getüpfelt mit bauschigen Wölkchen, die allerdings nicht einmal ausreichten, um die erbarmungslos stechende Sonne zu verdecken. Schon am Morgen hatte er sich der Schecke entledigt, sodass er in Hemdsärmeln beinahe aussah wie einer der italienischen Seeleute. Da er viel Zeit an Deck verbrachte, hatte seine Haut mittlerweile einen dunklen Haselnusston angenommen, und er war froh, dass er sich im Gegensatz zu Otto nicht schälte wie eine Erbse. Diesen hatte schon kurz nach dem Auslaufen aus dem Hafen von Venedig der erste Anfall von Seekrankheit niedergestreckt; und selbst bei kaum vorhandenem Seegang wirkten die eigentlich geröteten Wangen stellenweise geisterhaft fahl. Auch heute kauerte der Ritter wie ein Häuflein Elend in der Nähe des Hecks, um sich bei den geringsten

Anzeichen von Übelkeit würgend über die Bordwand zu lehnen. Mit einem mitleidigen Lächeln verfolgte Falk, wie sich sein Onkel stöhnend in den Schatten eines Fasses verkroch, das vermutlich Trinkwasser enthielt. Da auch der Katzensteiner seinen schweren Waffenrock abgelegt hatte, wirkte er ungewohnt schmalbrüstig, und von Weitem hätte man ihn für einen Knaben halten können. Falk straffte unbewusst die Schultern und tastete nach dem Schwert an seiner Seite, das er Tag und Nacht nicht ablegte. Es war nicht einfach, damit zu schlafen, aber da auch die Besatzung bis an die Zähne bewaffnet war, fühlte er sich so wohler. »Es ist Vorschrift des Senates«, hatte der Kapitän sie informiert. »Die Meere wimmeln nur so von Piraten. Die größeren Handelszüge haben sogar Geschütze an Bord.«

Mit einem faulen Gähnen ließ Falk den Blick über die fünf kleineren Koggen gleiten, die hinter ihnen die glatte See durchschnitten. Zwei von ihnen hatten bemalte Segel, wohingegen das Tuch der anderen strahlend weiß die Sonne einfing. Die runden Krähennester waren beflaggt und bemannt, und schon mehr als einmal hatte Falk sich gefragt, wie der Ausblick von dort oben sein mochte. Vielleicht konnte er den Kapitän ja bei Gelegenheit um Erlaubnis bitten, die wackeligen Wanten zu erklimmen – wenn ihn der Mut nicht verließ. Er legte den Kopf in den Nacken und folgte den starken Tauen bis zu dem Einstieg in den Mastkorb. Wie hoch es wohl war? Und was würde geschehen, wenn man den Halt verlor und abstürzte? Die Antwort darauf wurde ihm klar, als er sich vorstellte, welche Auswirkung es hätte, einen Kürbis aus dieser Höhe auf die Planken fallen zu lassen. Und er senkte hastig den Blick zurück auf das frisch geschrubbte Deck. Vielleicht war es doch besser, das Schicksal nicht noch mehr herauszufordern, als er es mit dieser Reise ohnehin schon getan hatte. Gedankenverloren drehte er das Kruzifix an seinem

Hals, dem immer noch sein Siegelring Gesellschaft leistete, und sandte ein kurzes Gebet zum Himmel. »Herr bewahre und begleite mich und behüte mich vor dem Bösen.« Er verstummte, da er es immer noch bereute, Otto in das Freudenhaus gefolgt zu sein, anstatt zur Beichte zu gehen. Sobald sie eine größere Ansiedlung mit einer Kirche erreichten, würde er dieses Versäumnis endlich nachholen, beschloss er.

Denn ansonsten konnte er es nicht wagen, auch nur in die Nähe einer geweihten Reliquie zu kommen. Allein der Gedanke an den Zorn Gottes, der auf ihn hinabfahren würde, ließ ihn einen Priester herbeisehnen. Manchmal träumte er sogar davon, dass die Zähne der Heiligen Apollonia sich in seine Brust gruben oder das Kreuz, an dem der Heilige Andreas gestorben war, in Flammen aufging, weil Falk, der Frevler, sich ihm genähert hatte. Er schluckte trocken, als andere, mühsam verdrängte Bilder unversehens wieder aufflammten. Bevor die Trauer um seine Eltern den Wall sprengen konnte, den er darum errichtet hatte, lenkte er seine Gedanken energisch auf das Ziel der Reise. Und tatsächlich gelang es seiner Begeisterung für die kostbaren Vollblüter, den dumpfen Schmerz in Zaum zu halten. Während die Klaue, die sein Herz umfing, sich allmählich wieder lockerte, stellte er sich das glänzende Fell und den eleganten Schwung eines schneeweißen Hengstes vor, der mit erhobenem Schweif über eine seiner Koppeln in Ulm trabte. Wie es wohl sein würde, nicht nur eines der vollkommenen Tiere, sondern gleich mehrere davon sein eigen zu nennen? Schon als Kind hatte es für ihn nichts Schöneres, nichts Wunderbareres gegeben als Pferde. Stundenlang hatte er bereits als Fünfjähriger seinem Vater dabei zugesehen, wie dieser die Zwei- und Dreijährigen zugeritten hatte, und darum gebettelt, von ihm in den Sattel gehoben zu werden. Seine Augen wurden feucht, und er wischte sich verstohlen mit dem Handrücken über das Gesicht. Er musste aufhören, in die Vergangenheit zu blicken! Die Zukunft war das, was zählte; und wenn es ihm gelang, seinen Traum zu verwirklichen, dann konnte er seinen Eltern eine Kapelle stiften, in der zahllose Gläubige für sie bitten würden.

Er wandte sich mit einem Ruck von der Reling ab und steuerte auf Otto zu, um diesem die Hand zu reichen und ihm auf die Beine zu helfen. »Bald ist es überstanden«, ermunterte er den Ritter – froh darüber, sich mit den Problemen eines anderen ablenken zu können.

»Das glaube ich erst, wenn dieses verdammte Schiff endlich in einem Hafen liegt«, stieß sein Onkel gequält hervor. Als die Kogge mit einem Ruck nach Backbord abdrehte, verzerrte sich sein Mund zu einer schmalen Linie.

»Die Straße von Otranto haben wir hinter uns«, sagte Falk und verfolgte mit halbem Auge, wie sich das Segel über ihnen mit der Richtungsänderung etwas mehr füllte. »Der Kapitän meinte, dass wir bald vor Anker gehen. Hier gibt es anscheinend haufenweise kleine Inseln.« Ein halbherziges Flattern verriet, dass der Wind sich bereits wieder legte. »Wenn sich das Wetter nicht ändert, kommen wir ohnehin nicht viel weiter.«

Mit einem Grunzen hangelte Otto sich wackelig an der Bordwand entlang, bis sie das Achternkastell erreicht hatten, in dem nicht nur die Armbrustschützen, sondern – unter Deck – auch die Passagiere untergebracht waren. Wie das Bugkastell war auch dieser Aufbau mit Schießscharten versehen, durch welche die Männer auf alles zielen konnten, was sich unerlaubt näherte. Da der Laderaum bis obenhin mit Kisten, Fässern und Ballen vollgestopft war, war die Besatzung auf engstem Raum zusammengepfercht. Aber Falk und Otto war eine relativ geräumige Kajüte zugewiesen worden.

»Ich werde mich ein wenig hinlegen«, murmelte Otto, dessen Gesichtsfarbe inzwischen ins Grünliche spielte. »Vielleicht hat Gott ein Einsehen und lässt uns auf Grund laufen.«

Kopfschüttelnd blickte Falk ihm nach und machte sich zurück auf den Weg an Deck. Dort beschäftigte er sich die nächsten Stunden damit, eine kleine Schnitzarbeit, die er während der Reise über die Alpen begonnen hatte, zu vervollkommnen. Das weiche Birnenholz hatte bereits die Gestalt eines Pferdekopfes angenommen, doch Falk war noch lange nicht zufrieden damit. Warum ließ sich das Schütteln einer Mähne nicht so darstellen, wie er es sich vorstellte? Und wie konnte er den Eindruck vermitteln, dass die Stute wieherte? Als der Ausguck gegen Abend endlich Land verkündete, stopfte er das kleine Kunstwerk in die Tasche zurück und rappelte sich auf, um wie die anderen Männer nach Steuerbord zu laufen und an den Horizont zu starren.

In weiter Ferne tauchten allmählich die flimmernden Umrisse einer Insel auf, deren felsige Küste sich schon bald von dem glitzernden Wasser abhob. Schroff und abweisend stieg eine steile Kalksteinwand aus den Wogen auf, und je näher die Kogge den Klippen kam, desto mehr wunderte Falk sich über die Auswahl des Anlegeplatzes. Wollte der Kapitän mitten im Meer ankern? Denn egal wie sehr er die Augen zusammenkniff, eine Bucht oder einen Hafen konnte er beim besten Willen nicht entdecken. Da die Besatzung jedoch keinerlei Unruhe zeigte, zuckte er innerlich die Schultern und beobachtete fasziniert, wie der Steuermann das bauchige Schiff geschickt um kleinere Felsen herummanövrierte, deren messerscharfe Kanten den Rumpf aufschneiden konnten wie Butter. Hoffentlich wusste der Mann, was er tat!, dachte Falk und hielt die Luft an, als der Bug gefährlich nahe an einem der Riffe entlangschrammte. Je weiter sie sich der Insel näherten, desto aquamarinblauer wurde das Wasser, und allmählich zeichneten sich Olivenhaine auf dem Kamm der Steilküste ab. Winzige Punkte, die Falk für Ziegen hielt, bewegten sich hüpfend von einer unmöglichen Stelle zur nächsten; und als das Schiff nach langer Fahrt schließlich wieder tieferes Wasser erreichte, schnellten schnatternde Delfine an die Oberfläche.

Eine Ewigkeit schien vergangen, bevor die Kogge endlich einen felsigen Vorsprung umrundete, hinter dem sich eine halbmondförmige Bucht verbarg. Dort – überschattet von Zypressen – duckte sich ein Fischerdorf in eine Senke, und in einem winzigen Hafen schaukelten dicht gedrängte Nachen.

»Holt das Segel ein und werft Anker!«, befahl der Kapitän. Nachdem die Besatzung die Order ausgeführt hatte, trat er auf Falk zu und bemerkte mit einem Blick auf das Dörfchen: »Wenn Ihr wollt, rudern meine Männer Euch und Euren Onkel an Land. Dort gibt es sicherlich frischen Fisch und besseren Wein als hier an Bord.« Er verzog den Mund zu einem Lächeln. »Und Euer Onkel würde ein Nachtlager an Land sicherlich vorziehen.«

Falk nickte. Das würde Otto bestimmt. Da die Bewohner harmlose Fischer zu sein schienen, stimmte er dem Vorschlag nur zu gerne zu. Auch er sehnte sich nach einem anständigen Bett und etwas anderem zu essen außer Dörrfleisch und hartem Brot.

Der Himmel färbte sich bereits orange, als er und der Katzensteiner Ritter aus dem flachen Boot sprangen, das sie zum Strand gebracht hatte. Ein Großteil der Besatzung war an Bord der Kogge geblieben, doch sowohl der Kapitän als auch der Steuermann und ein halbes Dutzend weiterer Männer wateten ebenfalls aus dem seichten Wasser ans Ufer. Auch von den übrigen fünf Schiffen lösten sich einige Kähne, die wie sie die Bucht ansteuerten, die größer war als Falk zuerst vermutet hatte. Bis hinauf in die Hügel erstreckten sich die einstöckigen Häuser des Dorfes. In der Mitte eines kleinen Platzes lockte eine urige Schenke, deren Gastraum überfüllt war mit Einheimischen. Beim Eintreten der Fremden verstummten die Gespräche einige Augenblicke lang, um kurz darauf noch lautstärker wieder einzusetzen. Einen kurzen Moment lang hatte Falk den Eindruck, dass der Kapitän kein Unbekannter für die Fischer war – ein Gefühl, das verstärkt wurde, als der Venezianer das unverständliche Kauderwelsch des Wirtes erwiderte. Doch als kurz darauf ein üppiges Mahl aufgetischt wurde, vergaß er seine Umgebung. Hungrig von dem langen Tag schlang er das Essen in sich hinein, bis ihm der Bauch spannte und ihn satte Müdigkeit übermannte. So allerdings schlüpfte er im hinteren Teil des Gebäudes neben seinem Onkel unter die Decke und lauschte eine Zeit lang dem Zechlärm, bis ihm schließlich die Augen zufielen.

Eingelullt von dem Stimmgemurmel, glitt er ins Reich der Träume ab, in dem sich staksige Fohlen und silbern schimmernde Stuten auf saftigen Koppeln tummelten. Alles war friedlich und vollkommen, bis aus dem Nichts eine schwarze Wolke am Himmel auftauchte, die den penetranten Geruch von Feuer verströmte. Schon bald gesellten sich weitere Wolken zu der ersten, die sich mit einem Mal in einen Pechklumpen verwandelte, aus dem echsenhäutige Teufel krochen. Der Schlag eines Donners folgte einem Blitz, der auch die anderen Wolken aufriss, sodass diese zischelnde Schlangen ausspien. Eine dieser Kreaturen legte sich um Falks Hals und zog sich zusammen, bis er das Gefühl hatte, keine Luft mehr zu bekommen. Wild um sich schlagend, versuchte er, der Gefahr zu entkommen, griff nach dem schuppigen Leib und zerrte voller Verzweiflung daran. Doch das Einzige, das er damit bewirkte war, dass der Schlange Klauen wuchsen, die sich immer härter in seine Kehle gruben. Keuchend rang er um Luft.

In dem Moment, in dem die Angst zu ersticken ihren Höhepunkt erreicht hatte, fuhr er aus dem Traum auf – um zu erstarren, als er in ein glitzerndes Augenpaar blickte, das den Schein mehrerer Fackeln reflektierte. Während sein Verstand fieberhaft versuchte, die Benommenheit des Schlafes abzustreifen, nahm der Druck auf seine Kehle erneut zu; und er begriff, dass der Mann, zu dem das Augenpaar gehörte, ihn am Hals gepackt hielt. Da sein Peiniger den Griff allerdings brutal verstärkte, wurde es Falk nach wenigen hämmernden Herzschlägen schwarz vor Augen, und er merkte nicht einmal mehr, wie ihm das Schwert abgenommen wurde.

Erst das Schaukeln eines Bootes brachte ihn wieder zu Bewusstsein, und als er versuchte, sich zu bewegen, schlug namenlose Furcht über ihm zusammen. Verschnürt wie ein Stück Frachtgut, war er achtlos auf den schlüpfrigen Boden eines Kahns geschleudert worden, der von vier Ruderern aufs Meer hinaus gesteuert wurde. Angsterfüllte Schreie hallten durch die Nacht – gespenstisch untermalt durch das Klirren von Metall und das Surren von Armbrustbolzen. Ein grelles Flackern erklärte den Gestank nach verbranntem Holz. Kaum näherte sich der Nachen den vor Anker liegenden Koggen, entfloh Falk ein entsetzter Ausruf. Deutlich zeichnete sich ein in Flammen stehender Mast vor dem vernebelten Hintergrund ab. Mit der Deutlichkeit eines Faustschlages begriff er, dass das Dorf von Piraten überfallen worden war.

KAPITEL 34

Bursa, Sommer 1400

Die Händler waren tatsächlich gekommen! Mit der immer noch niedergeschlagenen Gülbahar im Schlepptau drängte Sapphira an diesem heißen Freitag an der Moschee vorbei in den äußeren Hof, um wie die anderen Frauen ihren Sold gegen etwas ganz Besonderes einzutauschen. Zwar wusste sie noch nicht genau, was es war, das sie erstehen wollte, aber bei der Vielzahl der Stände würde sich bestimmt etwas finden lassen. Vielleicht reichten ihre Asper für ein feines Stück Stoff oder sogar einige Schmucksteine, die sie zu einer Kette oder einem Diadem verarbeiten konnte. Oder sie konnte sich Silberfäden kaufen und damit ein einfacheres Gewand besticken. Die Möglichkeiten waren grenzenlos. »Mach nicht so ein Gesicht«, schalt sie die Freundin, welche seit dem Aufbruch der Janitscharen in einen lethargischen Zustand verfallen war. »Kauf etwas für ihn«, raunte sie Gülbahar ins Ohr. »Einen Dolch vielleicht. Oder Liebesplätzchen. Du wolltest ihm doch ein Pfand schenken.« Damit trieb sie ihre Begleiterin auf ein blau-weiß gestreiftes Zelt im Schatten einer Dattelpalme zu, in dessen Innerem ein verhutzeltes Männchen Süßigkeiten feilbot, die von einer Heerschar von Fliegen umkreist wurden. Klebrig und glänzend lockten diese Köstlichkeiten die naschhafteren unter den Frauen an, und mehr als eine Hofdame trug bereits ein kleines Beutelchen mit dem Schriftzug des Händlers vor sich her. »Sieh nur«, schwärmte Sapphira und wies auf eine Ansammlung kleiner Küchlein mit dem Namen »Finger von Banid«.

Als Gülbahar jedoch lediglich lustlos den Kopf schüttelte, kam ihr der Krämer zur Hilfe. »Wie wäre es mit ein paar Amberkämmen oder in Sesamöl frittierten Dattelpastetchen?«, fragte er unterwürfig, wobei er es achtsam vermied, den Blick der verschleierten Mädchen zu suchen. »Oder ein ›Wunder von Umm Salih‹?«, pries er weiter an. »Probiert, und Ihr werdet es nie wieder vergessen können.«

Wenngleich Sapphira eigentlich nicht vorhatte, Geld für etwas so Vergängliches wie Leckereien hinauszuwerfen, gab sie der Versuchung nach und ließ das Naschwerk auf der Zunge zergehen. »Köstlich«, murmelte sie.

Als die Gefährtin sie ungeduldig am Ärmel zupfte, war sie beinahe froh, der Versuchung den Rücken zu kehren.

Immer noch kauend, folgte sie dem Blick ihrer Begleiterin zu einer kleinen Ansammlung von Ständen, vor denen ein wahrer Aufruhr herrschte. Anders als die bescheidenen Buden am Rand des Hofes, protzten diese Verkaufsstände mit kostbarem Zeltstoff, der die Gewänder der reichen Damen beinahe schäbig aussehen ließ. Dort, direkt in der Mitte des Hofes, hatte sich eine Traube vornehmer Haremsbewohnerinnen gebildet, die sich lauthals um chinesische Seide, persischen Brokat und Schleier aus Perugia stritten. Juwelen, Gewürze, Elfenbein und Damaszener Zucker wurden ebenso angepriesen wie Smaragde, Rubine und arabisches Kamelhaartuch. Für diejenigen, deren Geldbörse solche Extravaganzen nicht zuließen, reizten etwas weiter abseits Glasschmuck, Muskatblüten, Feigen, Mandeln und Rosinen. Neugierig umschlichen die beiden Mädchen den Pulk, der an manchen Stellen dichter war als an anderen, und reckten die Hälse, um zu sehen, warum die Frauen wie magisch von einem ganz bestimmten Zelt angezogen wurden.

»Wenn ich es Euch doch sage, meine Damen«, prahlte dort ein hochgewachsener Mann, dessen glatte Wangen die Farbe von Ebenholz hatten. »Mein Urgroßvater selbst hat in diesen Teppich je einen Faden aus Sonnen- und einen Faden aus Mondlicht eingesponnen. Wenn ihr die Formel richtig sprecht, wird Euch diese einmalige Knüpfarbeit bis ans Ende des Regenbogens tragen.«

»Sagt uns, wie man sie ausspricht«, forderte ein schlankes Mädchen.

»Das darf ich nicht«, erwiderte der Händler mit einem bedauernden Schulterzucken. »Denn dadurch würde der Zauber aufgehoben. Jeder Besitzer des Teppichs muss es selbst herausfinden, sonst erkennt er ihn nicht als Herrn an.« Einige der Versammelten lachten unsicher.

»Woher sollen wir dann wissen, ob der Teppich wirklich fliegen kann?«, fragte eine ganz in Grün Gekleidete, deren erlesenes Geschmeide sie als eine der Konkubinen des Sultans auswies. »Ihr könntet doch auch ein Betrüger sein.«

Der Mann zuckte zusammen, als habe sie ihm einen Schlag ins Gesicht versetzt. »Wie könnt Ihr so etwas annehmen?!«, klagte er und sah sich Unterstützung heischend um. »All meine Waren sind von allererster Güte. Wäre der Herr aller Herren anwesend, würde er dieses Prunkstück besteigen und sich hier, an Ort und Stelle, mit ihm in die Lüfte erheben!«

Sapphira verdrehte die Augen. »Was für ein Schlaukopf!«, zischte sie, doch Gülbahar schien genauso gebannt von dem Schwindler wie die anderen Frauen. Sie wollte die Freundin gerade mit ihrer Gutgläubigkeit aufziehen, als ihr Blick auf eine der ganz in Schwarz gekleideten, taubstummen *Jariyes* fiel, die der *Valide* und den anderen hochrangigen Haremsbewohnerinnen dienten. »Wie kann *die* es sich denn leisten, hier etwas zu kaufen?«, fragte sie so laut, dass sich einige der Marktbesucherinnen zu ihr umdrehten. »Sieh doch nur!« Sie stupste ihre Begleiterin in die Seite und wies mit dem Kinn auf das Mädchen, das sich am Rande der Ansammlung aufgehalten hatte und nun in Richtung Innenhof davonhuschte. Unter ihrem Arm trug sie ein in Leintuch eingeschlagenes Päckchen, aus dem ein Zipfel schreiend roten Tuches hervorlugte. »Das ist doch viel zu teuer!«

Wenngleich Gülbahar immer noch mit einem Auge nach dem Teppichhändler schielte, legte sie die Stirn in Falten, als auch sie den Kauf der Sklavin entdeckte. »Das ist in der Tat seltsam«, wunderte sie sich – die traurige Stimmung durch Interesse ersetzt. »Das sieht aus wie bestickter Samt. Ich möchte nicht wissen, was der kostet.«

»Ich schon«, erwiderte Sapphira und steuerte mit energischem Schritt auf das Zelt zu, von dem sich die *Jariye* gelöst hatte. Dort lag in sorgfältig ausgebreiteten Bahnen nicht nur roter Samt, sondern auch perlenbesetzter Brokat und golddurchwirktes Wolltuch. Das hochnäsige Gesicht, mit dem der Verkäufer sie bedachte, bestätigte ihre Vermutung; und als sie auf ihre Frage nach dem Preis einer Elle des einfachsten Stoffes eine schwindelerregende Antwort bekam, verstärkte sich ihr Erstaunen.

»Vielleicht hat eine der Hofdamen sie geschickt, um für sie einzukaufen«, mutmaßte Gülbahar, der anzusehen war, dass ihre Neugier bereits wieder verblasste. »Wie dem auch sei«, fuhr sie fort und drückte Sapphiras Hand. Das, was unter dem Schleier von ihrem Gesicht zu sehen war, verdunkelte sich erneut mit dem Schatten der Sorge. »Ich gehe lieber wieder zurück. Das ist doch alles rausgeworfenes Geld.« Mit diesen Worten verschwand sie – zweifelsohne zurück in den kleinen Garten hinter den Dormitorien, um sich um ihren Geliebten zu grämen.

Wenn sie doch nur endlich Vernunft annehmen und begreifen würde, dass es besser war, wenn sie Andor niemals wiedersah!, dachte Sapphira mit einem Anflug von Unwillen, da sie die Freundin manchmal am liebsten so lange geschüttelt hätte, bis diese zu Verstand kam.

Aber das würde vermutlich auch nichts helfen! Nicht bereit, sich von der Torheit einer anderen die Stimmung verderben zu lassen, wandte sie sich von dem überheblichen Stoffhändler ab und schlenderte weiter, etwas abseits von dem Aufruhr in der Mitte des Hofes. Ziellos bummelte sie an den Zeltreihen entlang, hielt hie und da inne, um die Waren zu begutachten, doch nichts von dem, was für sie erschwinglich war, reizte sie wirklich. Sie wollte gerade unverrichteter Dinge aufgeben, als sie einen unscheinbaren, winzigen Stand erspähte, der von der Unterkunft des Kaufmanns neben ihm beinahe vollkommen ausgestochen wurde. Dieser Spezialitätenhändler pries lauthals eingesalzene Sperlinge, gestampfte Oliven, saures Gemüse, Estragon und diverse Käsesorten an. Aber es waren die in brüchiges Leder gebundenen Bücher seines Nachbarn, die Sapphira den Atem stocken ließen. Als habe eine unsichtbare Macht die Kontrolle über ihre Glieder ergriffen, trugen ihre Beine sie, ohne zu zögern, zu dem erstaunlich jungen Mann, der sie mit einer ehrerbietigen Verneigung begrüßte.

»Ihr seid eine Liebhaberin der weisen Schriften?«, fragte er – ohne den leisesten Anflug von Herablassung. Als Sapphira nickte, lud er sie mit einer Geste ein, das Zelt zu betreten. Sie war kaum in den Schatten der Leinwand eingetaucht, als der Geruch von Pergament und fein gegerbtem Leder süßer als jedes noch so kostspielige Duftwasser ihre Nase füllte. Schwer, beinahe beißend hing ein Gemisch aus Staub, Alter und Wissen in der Luft, das Sapphira mit einem Gefühl erfüllte, welches sie nicht beschreiben konnte. Fassungslos sah sie sich um und ließ den Blick über zahllose Buchrücken und lose Rollen wandern, deren ausgefranste Ränder darauf schließen ließen, dass sie viele Generationen alt waren. Sorgsam geordnet, harrten hier astrologische, philosophische, magische und medizinische Schriften auf einen Käufer, der sie aus ihrem Grab befreite und wiederbelebte. Mehr denn je dankbar dafür, dass ihr erster Herr, der Schreiber aus Smyrna, sie nicht nur Lesen und Schreiben, sondern noch dazu Latein und ein wenig Griechisch gelehrt hatte, überflog sie Titel und Aufschriften. Viele davon waren auf Türkisch, das ihr leichter fiel als die anderen Sprachen. Doch es war ein zwei Finger dickes, sorgsam gebundenes Büchlein, welches ihre Aufmerksamkeit erregte. »De passionibus mulierum«, wisperte sie andächtig und wog den Schatz in der Hand, bevor sie ihn aufschlug und vorsichtig durchblätterte. Anders als der ausgedünnte Text im Hospital war dieses Buch mit ausführlichen Erläuterungen und Illustrationen versehen, die in ihrer graphischen Darstellung mehr erklärten, als Worte allein es vermochten.

»Was wollt Ihr dafür?«, fragte sie heiser vor Aufregung, da sie das Kleinod um nichts auf der Welt wieder aus der Hand legen wollte. Noch niemals zuvor hatte sie etwas mit solcher Gewalt zu besitzen begehrt wie diese Abhandlung einer längst verstorbenen Frau aus dem fernen Italien.

»Nun«, hub der Händler mit einem listigen Ausdruck auf den knabenhaften Zügen an. »Ich könnte es Euch für einhundert Asper überlassen.«

»Einhundert Asper?!«, keuchte Sapphira und machte Anstalten, die Schrift zurückzulegen – auch wenn es ihr das Herz brach, sich von dieser Kostbarkeit zu trennen. So viel besaß sie einfach nicht!

»Aber da ich mich eher selbst an den Bettelstab bringen würde, als Euch zu übervorteilen«, setzte er ölig hinzu, »könnte ich mich auf achtzig Asper herunterhandeln lassen.« Er schenkte Sapphira ein gänzlich unbescheidenes Lächeln, und mit plötzlicher Klarheit begriff sie, was von ihr erwartet wurde.

»Mehr als dreißig Asper kann ich Euch dafür nicht geben«, log sie deshalb und bemühte sich um eine gleichgültige Miene – bis ihr einfiel, dass er wegen des Schleiers nicht viel von ihrem Gesicht sehen konnte. »Es tut mir leid.« Damit streckte sie die Hand, welche die Abhandlung hielt, in seine Richtung. Was die gewünschte Wirkung erzielte.

»Nun gut«, stöhnte er mit beinahe komischer Verzweiflung. »Fünfzig Asper, aber für weniger kann ich mich wirklich nicht davon trennen!«

Da sie allmählich Gefallen an dem Spiel fand, legte Sapphira scheinbar grübelnd den Kopf auf die Seite und blinzelte den Mann ein paar Mal an, um zu sehen, ob sich der Preis noch weiter herunterhandeln ließ. Die vor der Brust verschränkten Arme und der harte Glanz in seinen grauen Augen sprachen jedoch eine deutliche Sprache, sodass sie die Münzen auf einen kleinen Tisch zählte, bevor er es sich anders überlegte.

»Es war mir ein Vergnügen, mit Euch Geschäfte zu machen«, flötete er.

Doch Sapphira hatte bereits nach ihrem Kauf gegriffen und sich mit einem kurzen Nicken von ihm abgewandt. Kaum klammerten sich ihre Finger um das kühle Leder, verpuffte der Reiz des Marktes und sie machte sich schnurstracks auf den Weg ins *Darüssifa*, um der *Tabibe* ihren Schatz zu zeigen. Zweifelsohne würde auch diese begeistert sein von der bildlichen Darstellung von Schnitten während der Geburt, Urinfarben und den genauen Mischungsverhältnissen von schmerzlindernden Mitteln.

Ohne auf die Schicklichkeit zu achten, flog sie an Hofdamen und Wächtern vorbei in den innersten Bereich des Palastes, der seit der Abwesenheit Bayezids ausgestorben und leblos wirkte. Der Wunsch nach der Nähe des *Padischahs* hatte sich in den vergangenen Tagen wieder verstärkt, aber sie hatte gelernt, das Gefühl in Schach zu halten. Dennoch verspürte sie ein Zwicken des Bedauerns, als sie unter den Fenstern seiner Zimmerflucht vorbei ins Hospital stürmte, wo sie von einer ungewohnten Stille empfangen wurde. Seit dem Abzug der Truppen lag der Flügel der Janitscharen beinahe vollkommen verwaist da, und auch die Leiden der Frauen schienen weniger geworden zu sein. Mit wehender *Entari* hastete sie auf den hinteren Teil des Krankenhauses zu, hielt jedoch mitten in der Bewegung inne, als ihr der durchdringende metallische Geruch von Blut in die Nase stach. Unheil verkündend hing er in der Luft und schlug sich in ihrem Rachenraum nieder, sodass sie den Eindruck hatte, ihn zu schmecken. Die Tür, welche ins Reich der *Ebe* – der Hebamme – führte, stand eine Handbreit weit offen; und zusammen mit der deutlich spürbaren Anspannung verriet diese Nachlässigkeit Sapphira, dass sich dahinter ein Drama abgespielt haben musste. Unsicher verharrte sie einen Moment auf der Schwelle und lauschte auf die Geräusche, die aus der Kammer drangen. Verhaltenes Flüstern wechselte sich mit dem Klirren von Metall und dem Plätschern von Wasser ab, doch kein Laut verriet die ansonsten übliche Hektik. Mit einem Engegefühl im Hals drückte sie die Tür auf und erstarrte, als sie die blutigen Stofffetzen sah, die achtlos über eine der hölzernen Trennwände geworfen worden waren. Das Glück über den Kauf vergessen, umrundete sie den bemalten Wandschirm – und blieb wie angewurzelt stehen, als ihr Blick auf den halb nackten Leib einer jungen Frau fiel. In seiner wächsernen Bleichheit bildete dieser einen beinahe unwirklichen Kontrast zu den blutgetränkten Laken, auf denen er ruhte. Umringt wurde die Tote von der *Ebe*, der *Tabibe* und zwei Helferinnen, die alle auf ein winziges Gebilde starrten, das reglos und besudelt zwischen den Beinen der Verstorbenen lag. Zwei weitere *Cariyesi* säuberten die Frau mit feuchten Schwämmen, die sich schneller mit ihrem Blut vollsogen, als diese sie auswringen konnten.

»Ach, Sapphira«, seufzte die *Tabibe,* die das Eintreten des Mädchens bemerkt hatte. »Wenn sie doch nur ein wenig früher gekommen wäre, dann hätten wir sie retten können!«

Erschüttert verfolgte das Mädchen, wie eine der jungen Frauen die Fehlgeburt aufhob, in ein sauberes Tuch einwickelte und behutsam auf ein Kissen bettete. Traurigkeit breitete sich in ihr aus. Warum konnte eine solche Verschwendung von Leben nicht verhindert werden? Warum gelang es dem Tod immer wieder, der Heilkunst ein Schnippchen zu schlagen?

KAPITEL 35

Das Mittelmeer, Sommer 1400

MIT EINEM FLAUEN GEFÜHL in der Magengegend verfolgte Otto das Gemetzel auf See. Da eine der Koggen lichterloh in Flammen stand, war es nicht schwer, die grausigen Einzelheiten des Schlachtens auszumachen. Überall trieben tote und verstümmelte Körper im Wasser, das rot war vom Schein des Feuers und dem Blut der Erschlagenen. Das Geräusch auftreffender Armbrustbolzen vermischte sich mit dem Klirren von Schwertern, doch die Venezianer waren den kampferprobten Piraten nicht gewachsen. Weil nicht alle Mitglieder des Handelszuges in den Betrug des Kapitäns eingeweiht worden waren, mussten diejenigen, die sich zur Wehr setzten, in der geschickt gestellten Falle ihr Leben lassen – sollte der Streich vom Senat ungeahndet bleiben. Umringt von dem listigen Schiffsführer und seinen Kameraden, stand Otto am Strand der kleinen Insel, bei der es sich zweifelsohne um einen Unterschlupf der Seeräuber handelte.

»Nun, was sagt Ihr?«, riss ihn der Italiener aus den Gedanken. »Ihr seid Euren Neffen los und ich die mangelhafte Ware.« Er stieß mit dem Fuß gegen einen prall gefüllten Sack zu seinen Füßen, der ein gedämpftes Klimpern von sich gab. »Sogar die Schiffe sind bezahlt.« Er lachte kalt. »Es wäre auch ein Jammer gewesen, sie einfach so zu versenken.« Seine Stimme hatte einen beinahe wehmütigen Unterton – fast so als schmerzte ihn der Verlust eines Schiffes mehr als der Tod seiner Landsleute. »Aber wenn wir mit ihnen zurückkämen, was würden dann wohl die Aufseher des Senats sagen? Dazu bin selbst ich ein zu schlechter Lügner!«

Otto verkniff sich ein Schnauben, da er den Mann um nichts in der Welt verärgern wollte. Wenn er Venedig lebend erreichen wollte, schmierte er dem Kerl besser Honig um den Mund. Denn was sollte diesen davon abhalten, ihm auf offener See die Kehle durchzuschneiden und ihn den Haien zum Fraß vorzuwerfen? »Ich hätte Interesse, als Partner in Euer Geschäft einzusteigen«, erklärte er deshalb und wandte den Blick von dem Morden ab. Jetzt, da er ein reicher Mann war, sollte er zusehen, dass er seinen Wohlstand vermehrte. Und das Täuschungsmanöver des Kapitäns war vielversprechend.

Er hoffte, dass er mit dem Vorschlag nicht zu lange gewartet hatte. Aber die Seekrankheit hatte in den vergangenen Wochen alles andere in den Hintergrund gedrängt. »Was haltet Ihr davon, wenn ich mich als Teilhaber bei Euch einkaufe?«

Der Mund des Seemannes verhärtete sich, und einen Augenblick lang fürchtete Otto, dass der Zeitpunkt der Wahrheit gekommen war. Doch dann zuckte der Italiener die Achseln und meinte: »Warum eigentlich nicht. Ein Deutscher als Partner verleiht dem Ganzen zusätzliche Glaubwürdigkeit.« Er dachte kurz nach. »Allerdings muss ich Euch warnen. Es darf höchstens jeder vierte Zug verloren gehen. Ansonsten setzt der Senat uns Aufseher mit an Bord, und dann ist die Katze schneller aus dem Sack als uns lieb ist.«

»Abgemacht«, sagte Otto erleichtert und schlug in die Hand des anderen ein, der ihn spöttisch beäugte.

»Wisst Ihr, ich hätte Euch auch ohne diesen Handel unversehrt nach Venedig zurückgebracht.« Er lachte meckernd. »Schließlich bin ich ein Ehrenmann.« Damit drosch er Otto auf den Rücken und bellte seine Männer auf Italienisch an, woraufhin diese sich auf den Weg ins Dorf machten. »Sobald die Sonne aufgeht, bringen die Fischer uns mit ihren Booten auf die Nachbarinsel«, informierte der Seemann den verwirrt blinzelnden Katzensteiner. »Dort können wir uns ein kleineres Schiff mieten.« Er verzog die Lippen, sodass seine Zähne den Schein des Feuers einfingen. »Immerhin wollen wir den Eindruck vermitteln, überfallen worden zu sein. Je schäbiger der Kahn, desto unwahrscheinlicher ist es, dass die Senatoren Verdacht schöpfen.« Er packte den Sack und schulterte ihn, als wöge er nicht mehr als eine Ladung Federn.

Otto, in dessen Tasche hundertfünfzig venezianische Golddukaten ruhten, starrte noch eine Weile aufs Meer hinaus, wo die erste der geenterten Koggen bereits Segel setzte, um mit der nächsten Flut auszulaufen. Offensichtlich war der Widerstand der Besatzung inzwischen erstorben, da die Überlebenden an Deck zusammengetrieben worden waren. Vermutlich würden die Seeleute – genau wie sein Neffe – als Sklaven an die Osmanen verkauft werden. Er wischte den leisen Anflug von Reue mit einer ungeduldigen Bewegung zur Seite und lenkte seine Gedanken auf all die Dinge, die er sich allein mit der Bezahlung für Falk würde kaufen können. Nicht nur konnte er seine Schulden bei dem Blutsauger in Ulm bezahlen, er würde auch das Dach seines Stalles in Katzenstein endlich ausbessern können. Er rieb sich die Handflächen. Für Stuten und Hengste würde er keinen rostigen Pfennig ausgeben müssen, da er vorhatte, Falks gesamte Zucht auf seine Festung zu verlegen. Ein Kichern stieg in ihm auf und vertrieb auch die letzten Gewissensbisse. Sobald er wieder in Ulm war, würde er diesen unverschämten Lutz zum Teufel jagen und sich das Vermögen des Jungen sichern! Das Erbe, das ihm von Geburt her zustand!

Seine Hand berührte den Brief, den der Knabe noch im Hafen von Venedig verfasst hatte – nachdem Otto ihn mit einer List dazu überredet hatte. »Du solltest ihm wenigstens mitteilen, dass wir Venedig erreicht haben«, hatte er im Brustton der Überzeugung gedrängt. »Er ist immerhin dein Verwalter. So weiß er in etwa, wann du dich zurückerwarten kann.« Das Argument war ihm selbst lahm erschienen, aber der Bengel war mit hochroten Wangen darauf hereingefallen. Otto verzog zynisch den Mund. Wie hätte er auch wissen sollen, dass sein Onkel niemals vorgehabt hatte, den Brief einem Reiter des venezianischen Postdienstes – der *Compagnia dei corrieri* – auszuhändigen. Er gab der Versuchung nach und zog das Papier hervor, um die holperig hingekritzelten Worte zum hundertsten Mal zu überfliegen. »Blah, blah, blah«, spottete er und strich mit dem Zeigefinger über den einzigen Teil des Dokumentes, der ihn interessierte: Die kindliche Unterschrift seines Neffen, die für Otto Gold wert war. Mehr Gold als es der Siegelring des Knaben, den dieser verloren haben musste, jemals hätte sein können. Sein Lächeln verbreitete sich, als er erneut die Schönheit seines Planes bewunderte. Gut, er hatte ihn ein paar Mal ändern und an die Gegebenheiten anpassen müssen. Aber wen scherte das schon, wenn das Ergebnis Erfolg brachte? Er faltete das kostbare Schriftstück sorgsam wieder zusammen und steckte es zurück an seinen Platz. Sobald er zurück in der Heimat war, würde er als erstes Bruder Protervus im Kloster Herbrechtingen aufsuchen, der seinen Namen dem für einen Mönch so unpassenden, ungestümen Temperament verdankte. Doch das war nicht das Wichtigste. Außer durch die Tatsache, ein Mitglied der Bruderschaft zu sein, zeichnete sich der Ordensmann dadurch aus, dass er weit und breit der beste Fälscher war. Und das war es, was ihn für Otto schon mehr als einmal unentbehrlich gemacht hatte. Er legte den Kopf schief und dachte an die drei Mal zurück, die er Protervus' Dienste in Anspruch genommen hatte. Seine Zunge benetzte die trockenen Lippen. Was waren schon lächerliche Kaufverträge im Vergleich zu der Herausforderung, vor die er den Bruder schon bald stellen würde? Mit einem Glucksen fischte er die für ihn nutzlose Bankgarantie seines Neffen aus der Tasche und zerriss sie in kleine Stücke, die er in den Wind streute.

Die Zeit verging wie im Fluge. Während er sich den zukünftigen Wohlstand und Überfluss ausmalte, lichteten die Koggen Anker und segelten auf die Klippen zu, hinter denen sie bald darauf im rosigen Licht der Dämmerung verschwanden. Einen Teil des Weges wurden die Schiffe von kreischenden Kormoranen begleitet, die jedoch bald die Lust an dem Spiel verloren und im Sturzflug nach Fischen tauchten.

»Wollt Ihr hier Wurzeln schlagen?« Ohne dass Otto es gemerkt hatte, waren die Venezianer aus dem Dorf zurückgekehrt. Gefolgt wurden sie von einer Handvoll Fischer. Wild gestikulierend wiesen diese auf einige Nachen, die wirkten, als ob sie bei der ersten Welle auseinanderbrechen würden.

Sicherlich hatte der Kapitän nicht vor, damit aufs Meer hinauszurudern?, dachte Otto entsetzt und hatte Mühe, die Fassung zu wahren, als ihm einer der Männer bedeutete, in der Nussschale Platz zu nehmen.

»Keine Sorge«, las der Venezianer seine Gedanken. »Wir bleiben immer dicht an der Küste. Selbst wenn wir kentern, könnt Ihr jederzeit zurück an Land schwimmen.«

Otto erbleichte. Schwimmen? Davon war nie die Rede gewesen! Wer, in aller Welt, konnte denn schwimmen? Mit weichen Knien folgte er der Aufforderung und krallte verkrampft die Finger in die Bank, nur um sie augenblicklich zurückzuziehen und mit einem Fluch daran zu lutschen. Nachdem er den Holzsplitter ausgespuckt hatte, presste er die Knie aneinander und versuchte, an etwas anderes zu denken als all das viele Wasser um ihn herum. Eine Winzigkeit lang spielte er mit dem Gedanken, schreiend davonzulaufen. Doch da wurde der Nachen bereits vom Ufer abgestoßen. Schaukelnd und schlingernd wurde das Boot von der Ebbe aufs Meer hinausgezogen, und bereits nach wenigen Minuten meldete Ottos Seekrankheit sich wieder zu Wort.

KAPITEL 36

DIE FINSTERNIS, DIE FALK UMFING, war nahezu vollkommen. Lediglich durch zwei vergitterte Luken in der Decke fiel ab und zu ein Streifen Licht in den Laderaum, der nach Schimmel, feuchtem Holz und Furcht stank. Zusammengepfercht mit den anderen Gefangenen kämpfte er seit Stunden in dem stickigen Schiffsbauch gegen eine übermächtige, alles andere auslöschende Panik an, die drohte, ihm den Verstand zu rauben. Immer noch an Armen und Beinen gefesselt, hatte er inzwischen jegliches Zeitgefühl verloren. Doch das nagende Hungergefühl ließ ihn vermuten, dass sich der Tag bald dem Ende neigen musste. Seitdem er mit den restlichen Überlebenden über das blutgetränkte Deck gezerrt und grob die Ladeluke hinabgestoßen worden war, hatte sich keiner der Piraten blicken lassen, um ihnen Wasser oder gar etwas zu essen zu geben. Und wenn ihn die furchtbaren Krämpfe in seinen Gliedern nicht umbrachten, dann würde er mit Sicherheit bald verdursten. Angestrengt versuchte er, genug Speichel zu sammeln, um das Kratzen in seinem Hals zu lindern. Aber der Versuch war ebenso fruchtlos wie seine Bemühungen, sich in eine andere Position zu schieben. Erfolglos tastete er nach einem Halt, der es ihm erlauben würde, den Oberkörper aufzurichten. Eine Welle glühenden Schmerzes ließ ihn mit einem Wimmern aufgeben. Erschöpft legte er die Wange auf die glitschigen Bohlen und ließ sich von der Dunkelheit wie von einem Mantel einhüllen. Außer dem Knarren der Planken und dem Gischten des Wassers durchschnitt kein

Laut die gespenstische Stille in den Eingeweiden des Schiffes. Nachdem die Einstiegsöffnungen geschlossen worden waren, hatte ein Feuerwerk italienischer Schimpftiraden eingesetzt, die jedoch schon bald in Wehklagen, Flehen und schließlich verzagtes Schweigen übergegangen waren. Da Falks Latein zwar gut war aber nicht ausreichte, um den Dialekt der Italiener zu verstehen, hatte er schon nach kurzer Zeit aufgegeben, den Gesprächen zu folgen, und sich an einen Ort in seinem Kopf zurückgezogen, an dem er die Furcht wenigstens für eine Weile in Zaum halten konnte. Doch je länger die Wellen von außen gegen die Bordwand klatschten, desto schwerer fiel es ihm, sich gegen die kriechende Kälte zu wehren, die sich trotz der Wärme in ihm ausbreitete.

Wäre er doch nur zur Beichte gegangen! Zweifelsohne war die Zwangslage, in der er sich befand, die Strafe für seine Sünden! Er biss die Zähne zusammen, um nicht vor Verzweiflung laut aufzuheulen. Wenngleich es ihm kaum auszuhaltende Schmerzen bereitete, ballte er die halb abgestorbenen Hände zu Fäusten und genoss das Gefühl der Sühne, das er dabei empfand.

Wo war Otto? Trieb sein Onkel zerhackt oder verstümmelt im Meer wie all die anderen Unglücklichen? Oder harrte er auf einer der übrigen Koggen seines Schicksals? Seine eigene Angst vermischte sich mit der grauenvollen Vorstellung, den Onkel ebenso verloren zu haben wie seine Eltern. Doch bevor er noch tiefer in den Abgrund der Hoffnungslosigkeit stürzen konnte, verkündete das Klirren von Ketten, dass sich jemand an den Luken zu schaffen machte. Kurz darauf polterten Stiefel die Stufen hinab und Fackelschein erhellte den Frachtraum. Vom Licht entwöhnt, kniff Falk die Augen zusammen und versteifte sich, da er sicher war, dass die Männer gekommen waren, um sie ebenfalls abzuschlachten. Mit angespannten Nackenmuskeln wartete er darauf, dass der tödliche Streich fiel, während sich all seine Sinne schärften. Beinahe war es, als baue sich die Bedrohung zu einer Wand auf, die unaufhaltsam näher kam. In einer seltsam gutturalen Sprache bellten die Seeräuber die Gefangenen an, und einige der unverständlichen Bemerkungen wurden von hartem Gelächter quittiert. Ab und zu ertönte ein Schlag, dem ein Schrei folgte, der weiteres Lachen erntete. Als Falk ein Fuß in die Rippen traf, stöhnte er auf und rollte sich schützend zusammen – in dem aussichtslosen Versuch, das Unabwendbare hinauszuzögern. Derweil sein Herzschlag sich überschlug, presste er die Lippen aufeinander, um seinem Mörder die Genugtuung zu verweigern, ihn betteln zu hören. Auf keinen Fall würde er um Gnade winseln! Als ihm eine Hand in die Haare fuhr und seinen Kopf nach hinten bog, löste sich die Entschlossenheit jedoch genauso schnell, wie sie gekommen war, in Wohlgefallen auf. Und er hatte Mühe, nicht die Kontrolle über seine Blase zu verlieren.

Die Fratze, die sich in sein Blickfeld schob, starrte vor Dreck und getrocknetem Blut. So dicht hielt ihm der Pirat die Flamme der Fackel vors Gesicht, dass es sich anfühlte, als ob seine Wimpern und Augenbrauen versengt würden. Einige Augenblicke lang musterte der Kerl ihn von oben bis unten, tastete jeden Zoll seines Gesichtes ab, bevor er schließlich mit der Zunge schnalzte und sich nachdenklich das Kinn rieb. »Bist du der Deutsche?«, fragte er endlich in holperigem Italienisch. Kaum hatte Falk die Frage mit rauer Stimme bejaht, rammte er die Fackel in einen Spalt zwischen den Bohlen und zog einen krummen Dolch.

Wenngleich der Knabe sich noch vor wenigen Minuten vorgegaukelt hatte, dem Tod gleichgültig ins Auge sehen zu können, traf ihn das Grauen wie ein Keulenschlag. Gebannt wie ein Hase im Angesicht der Schlange verfolgte er, wie der glänzende Stahl sich ihm näherte.

Dicht vor seiner Brust hielt der Pirat jedoch abrupt in der Bewegung inne und gab ihm mit einem Knurren zu verstehen, sich auf den Bauch zu drehen. Als Falk nicht gleich begriff, was von ihm erwartet wurde, half der Hüne mit einem rohen Griff und einem unverständlichen Fluch nach. Kurz darauf spürte der junge Mann, wie sich der kalte Stahl gegen seine Handgelenke legte. Wollte man ihn erst an Deck bringen, bevor man ihn tötete?, fragte er sich, als seine Fesseln zu Boden fielen. Oder stand ihm etwas anderes bevor? Nachdem der Seemann auch seine Beine befreit hatte, stellte er ihn unsanft auf die Füße, die allerdings so gefühllos waren, dass Falk auf der Stelle wieder in die Knie sackte. Mit einer weiteren Verwünschung, bückte sich der Hüne nach ihm und warf ihn über die Schulter wie einen Sack Mehl. Nachdem er seinen Spießgesellen etwas zugerufen hatte, wandte er sich der schmalen Leiter zu, die er trotz der Last geschickt erklomm. An Deck angekommen ließ er Falk am Fuß des Mastes zu Boden gleiten und verschwand ein weiteres Mal im Bauch der Kogge. Verstört beobachtete der Junge, wie nach und nach weitere Gefangene nach oben geschafft wurden, die ebenso unzeremoniös abgeladen wurden wie er selbst. Während das Blut unter Stechen und Kribbeln den Weg zurück in seine Hände und Füße fand, fragte er sich, was die Piraten mit ihm und den anderen Burschen vorhatten – denn es waren ausschließlich bartlose Knaben, die wie er im Schatten des Mastes kauerten. Schaudernd betrachtete er die muskelbepackten Seeleute, deren harte, ausdruckslose Gesichter nicht die geringste Hoffnung auf Schonung zuließen. Wohingegen einige von ihnen schmutzige Turbane um die Köpfe gewickelt hatten, trugen andere eindeutig westliche Kopfbedeckungen, die aus aller Herren Länder zusammengewürfelt schienen.

Als nach einer Weile auch der letzte Pirat wieder an Deck war, wurden die Luken erneut mit Ketten verschlossen und ein breitschultriger Kerl mit einer ungepflegten Mähne baute sich vor den Jungen auf. »Versteht ihr mich?«, fragte er in einem erstaunlich gehobenen Italienisch, das auch Falk mühelos begriff. Da jeder einzelne der sieben Angesprochenen schüchtern nickte, fuhr er ohne Umschweife fort: »Ihr taugt für die Armee des Sultans. Deshalb wird es euch an nichts fehlen.« Sein Blick wanderte zu der Rah über ihren Köpfen. »Wer einen Fluchtversuch unternimmt, wird dort oben aufgehängt«, drohte er grimmig, bevor er auf das Bugkastell deutete. »Das ist für den Rest der Reise eure Unterkunft. Ihr bekommt zu essen und zu trinken, so viel ihr wollt. Je besser euer Zustand, desto mehr Geld kann ich für euch verlangen.« Ein hässliches Grinsen teilte seine Lippen. »Ihr seid mehr wert als dieses Schiff. Zwingt mich also nicht dazu, euch zu bestrafen!« Er stieß einen gellenden Pfiff aus und winkte zwei seiner Männer zu sich, denen er bedeutete, die Knaben fortzuschaffen. »Man sagt übrigens, der Sultan ließe jeden seiner Sklaven entmannen«, schickte er den Gefangenen hinterher und bleckte die Zähne als wolle er den Jungen bedeuten, dass der Sultan die betreffenden Körperteile höchstpersönlich abbiss. »Vielleicht könnt ihr euch ja während der Fahrt schon mal an den Gedanken gewöhnen!« Das wiehernde Lachen bereitete Falk Übelkeit, die durch die anzüglichen Blicke der Besatzung noch verstärkt wurde.

»Herr errette mich«, flüsterte er und zog den Kopf ein, als einer der Männer sie in die Kajüte stieß. Diese, versehen mit Schießscharten für die Armbrustschützen, schien für den Aufenthalt der Knaben vorbereitet worden zu sein, da eine Anzahl Strohsäcke über den Boden verteilt war. In einer Ecke standen einige Nachttöpfe – ein Umstand, der Falk seltsam erleichterte. Während die anderen Burschen noch wild durcheinander brabbelten, griff er sich eines der Gefäße und leerte seine übervolle Blase. Dann kniete er sich vor einen Eimer mit Frischwasser und trank gierig aus der hölzernen Kelle, bis sich sein Durst allmählich legte.

Ein schlaksiger Junge, der etwa in seinem Alter war, tat es ihm nach einer Weile gleich und bemerkte dann in klarem Italienisch: »Man sagt, die Ungläubigen beten den Teufel an.« Er warf sich auf einen der Strohsäcke und sah zu Falk auf. »Sie tanzen nachts bei Vollmond und opfern ihm die Herzen ihrer Feinde«, ergänzte er und schlug ein Kreuz, um den Leibhaftigen abzuwehren, der durch bloße Erwähnung herbeigelockt werden konnte.

»Woher weißt du das?«, fragte Falk und kniete sich neben ihn.

»Das weiß doch jeder!«, schoss der Bursche zurück und blitzte sein Gegenüber mit kohlschwarzen Augen an. Hohe Wangenknochen verliehen seinem sonnengebräunten Gesicht etwas Kantiges, und die großen Hände verrieten, dass er zu einem beeindruckenden Mann heranwachsen würde. »Der Palast des Sultans ist der Eingang zur Hölle.«

Wenngleich Falk den Worten des Burschen keinen Glauben schenken wollte, umklammerte er unbewusst das Kruzifix an seinem Hals, während sich die Überzeugung verstärkte, dass Gott ihn für seine Verfehlungen geißelte.

KAPITEL 37

DER SCHLAF WOLLTE und wollte nicht kommen. Anders als seine venezianischen Mitgefangenen hatte Falk kaum einen Bissen des faden Fischgerichtes angerührt, aber es war nur zum Teil der nagende Hunger, der ihn wach hielt. Lange Zeit wälzte er sich von einer Seite auf die andere, bis ihn ein ärgerlicher Stoß in die Seite traf. Da es ohnehin keinen Zweck hatte, weiter zu versuchen, Ruhe zu finden, erhob er sich mit steifen Gelenken und schlich auf Zehenspitzen zu einer der Schießscharten. Trotz der nächtlichen Stunde herrschte immer noch drückende Hitze in dem beengten Bugkastell, das sich in der prallen Sonne des Tages vermutlich zu einem Backofen aufheizen würde. Dankbar um etwas Kühlung, zwängte Falk den Kopf durch den schmalen Spalt und suchte in der tintigen Finsternis erfolglos nach dem Horizont. Glatt und schwarz erstreckte sich das Meer so weit sein Auge reichte, und im blauen Licht des Mondes wirkte das Wasser wie ein auf Hochglanz polierter Spiegel. Wie die Pforte zu einer anderen Welt, dachte er und zog die Schultern hoch, als er sich ausmalte, was für Höllenwesen am Grund des Meeres ihr Unwesen trieben. Vermutlich wurde man direkt in das Reich des Teufels gezogen, wenn man das Pech hatte, über Bord zu gehen. Die Vorstellung bereitete ihm Unbehagen, und obwohl er sich einen Feigling schalt, zog er hastig den Kopf zurück – um argwöhnisch die Ohren zu spitzen. Bereits vor Stunden war Ruhe auf Deck eingekehrt, die nur ab und zu durch einen leisen Austausch der Wachhabenden unterbrochen wurde. Weshalb das Schlagen einer Tür und das Klirren von Ketten umso vernehmlicher durch die Dunkelheit hallten. Einen Moment lang dachte Falk, sich getäuscht zu haben. Doch dann durchschnitt dröhnendes Gelächter die Nacht, das kurz darauf von begeistertem Händeklatschen begleitet wurde. Da der Knabe nicht verstand, worüber sich die Seeleute so amüsierten, schrak er umso heftiger zusammen, als sich plötzlich jemand an der Tür ihres Gefängnisses zu schaffen machte.

Er wich in die hinterste Ecke der Kajüte zurück, da kurz darauf einige hochgewachsene Gestalten im Rahmen auftauchten. Im Schein ihrer Fackeln erkannte Falk drei der Männer, welche die Jungen an Deck und dann zum Bugkastell gebracht hatten. Bevor er sich fragen konnte, was die Seeleute mitten in der Nacht in der Unterkunft ihrer Gefangenen wollten, drängten sich die Kerle in den winzigen Raum, der augenblicklich taghell erleuchtet war. Offensichtlich betrunken wankten sie einige Atemzüge lang auf der Stelle, bevor sie die Fackeln ungeschickt in die dafür vorgesehenen Halterungen steckten und auf die erwachenden Knaben zutorkelten. Einige von diesen rieben sich verwundert die Augen und blickten angstvoll zu den Eindringlingen auf.

»Was ist los?«, stammelte Antonio, der Knabe, mit dem Falk sich am Abend unterhalten hatte. Doch ein brutaler Schlag mit der Faust brachte ihn zum Verstummen. Leblos wie eine Gliederpuppe sackte er zurück auf sein Strohlager, während das Blut in einem Schwall aus seiner Nase schoss.

Der Tumult, der sich daraufhin erhob, wurde von dem Anführer der Gruppe dadurch unterbunden, dass er zwei der Jungen an den Haaren in die Höhe riss und mit den Köpfen zusammenschlug. »Haltet die Klappe!«, brüllte er lallend und bedachte die Anwesenden mit einem mordlustigen Blick. »Du, du und du«, befahl er in schleppendem Italienisch. »Ihr kommt mit.« Seine Hand wanderte zu dem Gürtel, mit dem seine vor Schmutz starrende Hose mehr schlecht als recht zusammengehalten wurde.

Die drei Knaben, auf die seine Wahl gefallen war, drängten sich schlotternd zusammen. Einer seiner Begleiter warf etwas ein, das Falk nicht verstand, und zückte einen spitzen Dolch. Aber der Wortführer schüttelte den Kopf. Ohne Falk oder die anderen Jungen eines weiteren Blickes zu würdigen, pflückte er sich den Kleinsten aus dem Kleeblatt und schleifte ihn am Oberarm hinter sich her. Die anderen beiden Jungen, die ebenfalls nicht viel älter als elf Jahre sein konnten, wurden von seinen Spießgesellen ähnlich grob gepackt und aus der Kajüte getrieben. Als einer der Burschen anfing zu weinen, drehte sein Peiniger ihn derb um und ohrfeigte ihn ein halbes Dutzend Mal, sodass sich das Weinen in lautstarkes Heulen verwandelte.

Starr vor Entsetzen verfolgte Falk, wie der Mann sein Messer zog, dem Knaben den Mund aufriss und seine Zunge packte. Augenblicklich verstummte das Jammern und die Tränen des Jungen versiegten. »Ein Ton und du wirst ein stummer Sklave«, knurrte der Seemann und funkelte seinen Gefangenen an. Dann versetzte er ihm einen weiteren Hieb und schloss die Pranke um seinen Nacken, bevor er ihn aus dem Bugkastell stieß.

Der dumpfe Knall, mit dem die Tür ins Schloss fiel, rüttelte Falk aus seiner Erstarrung auf. Mit zitternden Knien stolperte er an Antonios Seite, riss ein Stück Stoff von seinem Hemd ab und drückte es dem Venezianer auf die Nase. Dann tauchte er die Kelle in den Trinkwassereimer und goss dem Besinnungslosen einen Schwall ins Gesicht.

Prustend schlug dieser die Augen auf und blinzelte einige Male, bevor er sich mit einem Stöhnen an die Nase fasste, deren Schwellung verriet, dass sie gebrochen war. *Dio mio*«, murmelte er und stemmte sich mühsam auf den Ellenbogen. »Was ist passiert?«

In ungeschminkten Worten berichtete Falk ihm, was vorgefallen war.

»Diese Schweine«, zischte Antonio. »Die Sünde Sodoms! Das ist es, was auch uns erwartet!« Seine blutunterlaufenen Augen weiteten sich furchtsam. »Erst rauben sie dir die Seele, dann zwingen sie dich, den Herrn der Finsternis anzubeten.« Er schlug mehrere hastige Kreuze vor der Brust und küsste danach seine Fingerspitzen. Dann kämpfte er sich auf die Knie und begann, auf Italienisch zu beten.

Vielleicht sollte ich das auch tun, dachte Falk. Doch da die Vorstellung, dass Antonios Worte wahr sein könnten, ihn mit abgrundtiefem Grauen erfüllte, lenkte er sich damit ab, den anderen beiden Burschen zu helfen. Erst als auch diese wieder munter waren, sank er neben dem Venezianer auf den Boden und flehte zu Gott. Lange Zeit verging in schweigendem Bitten – Bitten, das vermutlich fruchtlos war. Aber jedes Mal, wenn ihm sein Verstand einflüstern wollte, dass Gott ihn aufgegeben hatte, bäumte sich etwas in Falk auf und ließ ihn weiter beten. Als Stunden später wieder schwere Schritte über Deck polterten, zuckte er zusammen und schwor sich fröstelnd, dass er seine Seele mit Zähnen und Klauen verteidigen würde. Dennoch sank sein Mut, als die Tür aufsprang und die Raubeine die drei halb nackten Knaben zurück in ihr Gefängnis stießen. War er der nächste? Seine Muskeln verkrampften sich. Doch kaum hatten sie sich ihrer Opfer entledigt, machten die Piraten kehrt, und ein weiteres Mal fiel der Riegel von außen in die Halterung.

Ein Blick auf die zusammengekauerten Häuflein ließ ihn die eigene Furcht vergessen. Sowohl der kleinste als auch der magerste der drei Jungen waren über und über mit Blut besudelt, und beide zierten fingerdicke Striemen. Die zerfetzten

Hemden waren ebenfalls von roten Flecken übersät, und alle drei stanken nach Kot und Urin.

»Heiliger Achatius«, stieß Falk erschüttert hervor. »Was haben sie euch angetan?« Wenngleich er die furchtbare Antwort ahnte, schrak er betroffen zurück, als einer der Knaben sich auf den Knien aufrichtete und ein Heulen ausstieß, das klang wie das eines gemarterten Tieres. Die grünen Augen des Elfjährigen wirkten milchig, und obwohl er Falk direkt anblickte, schien er ihn nicht zu sehen. Tränen hatten deutliche Spuren auf seinem schmutzigen Gesicht hinterlassen, das zu einer Maske des Schmerzes verzerrt war. Als könne dies seine Pein lindern, grub er die Finger in den blauschwarzen Schopf und vergrub den Kopf in seinem Schoß. Immer noch wimmernd ließ er sich auf die Seite fallen und rollte sich zu einem schützenden Ball zusammen. Nachdem er einen unsicheren Blick mit Antonio gewechselt hatte, nahm Falk sich ein Herz und ging neben ihm in die Hocke, um ihm tröstend die Hand auf die Schulter zu legen. »Es wird alles gut«, versprach er ohne Überzeugung, während sich das Beben des Knaben auf ihn übertrug.

KAPITEL 38

Griechenland, Hochsommer 1400

MÜDE UND GELANGWEILT zupfte Maria Olivera Despina eine weitere Weintraube ab und steckte sie sich in den Mund. Seit Tagen brannte die Sonne erbarmungslos und ohne Unterlass auf das Lager des Sultans nieder, und wenn sie nicht bald ein Bad nehmen konnte, würde sie schreien. Vier Wochen waren seit dem Aufbruch aus Bursa ins Land gegangen, und noch immer war Bayezid seines Gegners nicht habhaft geworden. Nachdem Olivera die Frucht mit den Zähnen geschält hatte, biss sie genüsslich in sie hinein und ließ den süßen Geschmack auf der Zunge zergehen. Vermutlich hatte sich der Feigling Theodor in seine Festung in Monemvasia im Südosten der Peloponnes zurückgezogen, in der sich Gerüchten zufolge auch die Familie des byzantinischen Kaisers versteckte. Wenn das der Fall war, würde Bayezid unverrichteter Dinge kehrtmachen und sich mit den bisherigen Gebietsgewinnen zufriedengeben müssen. Sie rümpfte die Nase und griff nach einer weiteren Traube. Aber so wie sie ihn kannte, würde er versuchen, die Zitadelle einzunehmen und mit wertvollen Geiseln zurückzukehren. Auch wenn sich innerhalb der gewaltigen Mauern angeblich ein Kornfeld und zahlreiche Zisternen befanden, die es den Bewohnern möglich machten, einer Belagerung jahrelang zu trotzen. Sie verdrehte die Augen und versuchte, den Gestank von Kameldung zu ignorieren. Wenn es doch nur nicht so entsetzlich öde wäre! Da sie weder das Zelt noch – wenn sie weiterzogen – ihre Sänfte verlassen durfte, bekam sie so gut wie nichts von der Außenwelt mit; und der Vorteil, dass sie Bayezid mehr oder weniger für sich alleine hatte, war nur ein schwacher Trost. Oft war er nach den wenig befriedigenden Geplänkeln des Tages missgelaunt und lustlos. Sie zupfte an dem dünnen Stoff ihres Gewandes, um ein wenig mehr Luft an ihre Haut zu lassen. Haut, die sich nach Duftölen, Wasser und einer Massage sehnte. So wie sie stank, war es kein Wunder, dass er sich immer häufiger von ihr fernhielt. Sobald sie ihn zu Gesicht bekam, würde sie ihn darum bitten, ihr zu erlauben, irgendwo ein Badehaus aufzusuchen. Wozu gehörten ihm denn all die Städte, wenn diese nicht einmal sicher genug waren, dass seine Gemahlin ein *Hamam* besuchen konnte? Sicherlich sorgten die Wasserträger dafür, dass stets genug des kühlen Nass vorhanden war, um die rituellen Waschungen zu vollziehen. Aber diese lächerlichen Mengen reichten einfach nicht aus, um sich frisch und wohlriechend zu fühlen! Geistesabwesend spielte sie mit ihren Zehen und legte den Kopf zurück in die nach Holzfeuer und Staub riechenden Kissen. Wie lange noch? Der einzige Lichtblick am Horizont war, dass ihre monatliche Blutung seit mehr als einer Woche überfällig war. Sollte ihr Traum endlich in Erfüllung gehen, würde sie diese Prüfung Gottes auch noch länger ertragen. Wenn es sich allerdings wieder um einen Irrtum handelte, würde sie vermutlich bald den Verstand verlieren! Sie bedachte die Zofe, die ihr am nächsten war – eine einheimische Schönheit – mit einem finsteren Blick; woraufhin das Mädchen sich hastig aus dem Hintergrund löste und begann, ihr Kühlung zuzufächeln. Während die bewegte Luft den Schweiß auf ihrem Körper trocknete, schloss Olivera die Augen und sank in eine Art Dämmerzustand.

An das ununterbrochene Gebrüll der Soldaten gewöhnt, schrak sie erst auf, als sich die tiefen Stimmen mehrerer Männer ihrer Unterkunft näherten. Eine davon – ein sonorer Bass – gehörte ihrem Gemahl, eine andere erkannte sie als die eines der Generäle.

»Selbst wenn er Euch das verrät, was Ihr hören wollt«, versetzte der *Agha* respektvoll, »würde das bedeuten, dass wir uns für eine Belagerung rüsten müssen. Und dazu fehlen uns die Männer.«

Neugierig schlüpfte Olivera in ihre Sandalen und schlich zum Eingang des Zeltes, um durch einen Spalt nach draußen zu lugen. Keinen Steinwurf von ihrem Standpunkt entfernt kauerte ein Gefangener, dessen Hände hinter dem Rücken gefesselt waren, auf dem Boden.

»Dann müssen wir eben noch mehr Lehensreiter aus den umliegenden Provinzen zusammenziehen«, erwiderte Bayezid ungerührt und trat näher an den Gefangenen heran.

Dieser – an seiner Kleidung als Untergebener Theodors zu erkennen – reckte trotzig das Kinn und spuckte dem Sultan vor die Füße. »Ihr werdet meinen Herrn niemals besiegen!«, zischte er und zuckte mit keiner Wimper, als ein Janitschare ihm den Schwertknauf in den Rücken rammte.

Eine kleinere Gestalt, die bisher halb von den anderen Männern verdeckt worden war, beobachtete die Szene mit ausdrucksloser Miene. Mehmet!, dachte Olivera hasserfüllt. Diese kleine Missgeburt! Wann würde er endlich vom Pferd fallen und sich den Hals brechen? Am liebsten hätte sie den Jungen eigenhändig vergiftet. Doch da er stets von seinen Ausbildern und Pagen umringt war, konnte sich ihm niemand unbemerkt nähern. Sie schluckte den bitteren Geschmack in ihrem Mund und nahm den hochfahrenden Sohn des Sultans in Augenschein. Anders als sein Vater, war der Knabe schlank und zierlich, doch die Grausamkeit in seinem Blick war von gänzlich anderer Güte als die des *Padischahs*. Während Bayezid aufbrausend war wie ein Unwetter in den Bergen, strahlte Mehmet eine distanzierte Leidenschaftslosigkeit aus, die für einen Jungen seines Alters unheimlich war. Wie immer, wenn sie den Bengel zu genau betrachtete, spürte sie, wie ihr Blut erkaltete. Sollte es ihr tatsächlich gelingen, einen Sohn von Bayezid zu empfangen, würde sie sich zuallererst den Prinzen Mehmet vom Hals schaffen müssen. Ansonsten würde dieser ihren Spross ausreißen und zertrampeln, als ob es sich um ein Büschel Unkraut handelte.

Schaudernd verfolgte sie, wie der Sultan den Griechen einige Male umrundete, bevor er ihn auf die Beine zerren ließ und einen juwelenbesetzten Dolch zog. »Es wird Zeit, dass du lernst, Spione zu befragen«, wandte er sich an seinen Sohn und hielt ihm die Waffe auf der Handfläche entgegen.

Mit steinerner Miene verneigte sich der Junge vor seinem Vater, griff nach dem Dolch und ließ diesen einige Augenblicke lang die Sonne einfangen. Dann gab er den Janitscharen zu verstehen, den Mann zu entkleiden und an einen Pfahl zu binden, der eigens zu diesem Zweck in den trockenen Boden getrieben worden war. »Wollt Ihr eine schnelle oder eine aufrichtige Antwort?«, fragte er den Sultan, um dessen Mund ein stolzes Lächeln spielte.

»Das überlasse ich ganz dir«, gab Bayezid ermunternd zurück und befahl seinen Männern, dem Knaben Platz zu machen.

Selbstsicher und fast schon andächtig trat dieser auf den nackten Gefangenen zu, dessen Muskeln sich in Erwartung eines Streiches spannten. Doch anstatt die Klinge in seine Weichteile zu bohren, wie Olivera es vermutet hatte, reckte sich der Prinz zu seiner vollen Größe empor und blendete den Griechen mit einer blitzschnellen Bewegung.

Der Schrei, der dabei durch das Lager gellte, ließ Olivera die Haare zu Berge stehen. Aber sie zwang sich, die Befragung weiter zu verfolgen. Immerhin hatte sie schon Schlimmeres gesehen, als ihr Volk von Bayezid unterworfen worden war! Sie richtete den Blick zurück auf den brüllenden Griechen. Dort, wo eben noch ein Auge gewesen war, klaffte jetzt ein fleischiges Loch, aus dem das Blut in Strömen seine Wange hinunterlief.

»Wohin hat sich dein Herr verkrochen?«, erkundigte sich der Prinz im Plauderton und wischte die Waffe an einem Tuch ab, das ein Page ihm reichte. Da der Gefangene jedoch lediglich ein unartikuliertes Blubbern von sich gab, hob der Junge die Klinge abermals zu dessen Gesicht und drehte sie abwägend hin und her – als müsse er darüber nachdenken, was er als Nächstes tun sollte. »Du kannst entweder schnell oder langsam sterben«, bemerkte er ausdruckslos. »Wenn du mir sagst, was ich wissen will, geht der nächste Stich direkt ins Herz.« Er ließ seine Worte einige Augenblicke lang wirken. »Andernfalls verlierst du erst dein zweites Auge, dann mache ich mit deiner Nase weiter, und dann gehe ich zu deinen Ohren über.« Er verzog den Mund und sah zu einem hochrangigen Janitscharen auf. »Und der *Agha* hatte versprochen, mir zu zeigen, wie man seinen Feinden die Haut abzieht.«

Von Ekel erfüllt zog Olivera sich ins Innere des riesigen Zeltes zurück und verschloss die Ohren vor den Schreien, die allerdings schon bald zu einem kaum vernehmlichen Winseln abflauten. Was auch immer geschah, sie würde alles daran setzen, um das Kind, das in ihr wuchs, vor dieser Bestie zu schützen. Denn mit jedem Tag, der verstrich, war sie sich sicherer, dass sie endlich empfangen hatte. »Bring mir Wein«, herrschte sie ihre ungelenke Zofe an, der anzusehen war, dass sie das lautstarke Schauspiel vor dem Zelt ebenfalls bis ins Mark erschütterte. Vielleicht kannte sie den Mann sogar, dachte Olivera mit einem Anflug von Mitgefühl. Immerhin war sie erst vor kurzer Zeit von den Vorreitern des Sultans gefangen und ins Lager gebracht worden. Sie fasste das junge Ding ins

Auge. Die Kleine konnte von Glück sagen, dass Olivera sie als Dienerin ausgewählt hatte, da sie ansonsten das Schicksal ihrer Mitgefangenen geteilt hätte. Zwar war es den Janitscharen – die einen Großteil der Armee stellten – untersagt, sich mit Frauen zu vergnügen; aber für die Provinztruppen galt dieses Verbot nicht. Etwas milder gestimmt nahm sie der zitternden jungen Frau den Kelch ab und schenkte ihr ein dünnes Lächeln. Schon nach dem ersten Schluck spürte sie, wie sich ihr Körper entspannte. Wenn es ihr jetzt noch gelang, ihren Geist in einen stumpferen Zustand zu überführen, würden sich die Ängste dorthin zurückziehen, wo sie hingehörten. Sicherlich würde Bayezid bald erkennen, wie fruchtlos es war, den Despoten der Morea zu jagen. Und dann würden sie nach Bursa zurückkehren, wo sich die *Tabibe* darum kümmern konnte, dass sie das Kind in ihrem Bauch nicht verlor! Dankbar darum, dass Bayezids neue Enthaltsamkeit nicht so weit ging, dass er auch von ihr Mäßigung verlangte, nahm sie einen weiteren Schluck des schweren Rotweins und träumte sich an einen Ort, der ihrer Heimat ähnlich war. Bald, dachte sie benebelt und legte die Hand auf ihren Unterleib. Bald würde ihr Plan Früchte tragen!

KAPITEL 39

Bursa, Hochsommer 1400

»Lass sie!« Die Stimme des alten Lehrers war ruhig, aber bestimmt.

Aus den Gedanken gerissen, blickte Sapphira von ihrer Wachstafel auf und kräuselte die Lippen, als sie den Stein des Anstoßes erblickte. Sichtlich verschreckt von all der Aufmerksamkeit, duckte sich eine etwa zwei Zoll messende Spinne in den Schatten einer Topfpflanze und stellte sich tot. Eine ihrer Mitschülerinnen war mit einem spitzen Schrei aufgesprungen und hatte die Schreibgeräte fallen lassen, sodass ihre Utensilien über den ganzen Boden verteilt waren. Ein anderes Mädchen machte Anstalten, die Spinne zu zertreten, wurde jedoch von dem Eunuchen mit einem sanften Griff am Arm zurückgehalten.

»Spinnen sind heilige Tiere«, erklärte er, angelte sich ein kleines Gefäß und stülpte es über den erstarrten Achtbeiner. Dann schob er ein Stückchen zerfasertes Papier darunter, hob beides vom Boden auf und warf die Spinne durch das geöffnete Fenster in den darunter liegenden Garten. »Habt ihr das denn noch nicht im Koranunterricht gelernt?«

Ein Großteil der Mädchen schüttelte den Kopf, da sie wie Sapphira selbst noch mitten in der Erschaffung der Welt, dem Paradies und dem nahenden Endgericht steckten. Dieses, so hatte der Koranlehrer düster prophezeit, würde durch ein großes Feuer, ein Erdbeben oder das Verblassen der Sonne eingeleitet – und wenngleich die junge Frau nicht daran glaubte, hatte sie sich schon oft dabei ertappt, wie sie bange zum Himmel geschielt hatte. Verkündete die Bibel nicht Ähnliches?

»Dann wird es Zeit, dass ihr diese Geschichte hört«, beschied der Eunuch und stellte das Gefäß zurück an seinen Platz. Froh über eine Unterbrechung, ließen sich die Mädchen wieder auf den Kissen nieder und blickten ihren Lehrer erwartungsvoll an.

»Es geschah zu der Zeit, als der Prophet aus seiner Heimatstadt Mekka fliehen musste«, hub der Eunuch an und senkte bedeutungsvoll die Stimme. »Damals hatten seine Feinde beschlossen, dass aus jeder Sippe ein Mann an dem geplanten Mordanschlag an Muḥammad beteiligt sein sollte. So würde es nicht zu einer Fehde zwischen der Sippe des Propheten und der Sippe des Mörders kommen.« Wider Willen interessiert, legte Sapphira ihren Griffel beiseite und beugte sich vor, um den Eunuchen besser hören zu können. »Da sie wussten, dass der Prophet sich immer zur gleichen Stunde in die Moschee begab, lauerten sie ihm auf, um ihn beim Verlassen des Gebäudes zu erschlagen. Aber als Muḥammad aus der Moschee trat, da verhüllte *Allah* den Blick der Mörder, und er konnte unversehrt entkommen.« Der Lehrer hob die Hände an die Augen, um seine Geschichte zu untermalen. »Dann floh der Prophet mit einem Gefährten aus der Stadt und fand eine Höhle im Gebirge, in der sie sich verbergen konnten. Drei Nächte verbrachte er in der Höhle. Als schließlich die Verfolger dort ankamen, da hatte eine Spinne ihr Netz vor dem Eingang gewoben, und wilde Tauben hatten ihre Nester dort gebaut.« Er machte eine bedeutungsvolle Pause. »Deshalb sahen die Verfolger davon ab, die Höhle zu durchsuchen und der Prophet konnte unversehrt entkommen.« Er lächelte zufrieden, als ob er etwas mit der Rettung zu tun gehabt hätte.

»Und daher, meine Lieben, darf kein Gläubiger einer Spinne ein Leid zufügen.« Die plötzlich einsetzende Stille wurde von aufgebrachten Männerstimmen durchschnitten. Irgendwo in den Gängen hallten Tritte, die sich erst zu entfernen, dann zu nähern schienen. »Achtet nicht darauf«, bemerkte der Eunuch mit einem Stirnrunzeln und nickte einem Mädchen zu, das die Hand zu einer Frage gehoben hatte. Die junge Frau wollte gerade den Mund öffnen, als unvermittelt die Tür aufgerissen wurde und ein Knäuel Wachen hereinstürmte.

Einen Moment lang herrschte verwirrtes Durcheinander, dann drang der Anführer mit finsterem Blick in den Raum vor und befahl barsch und ohne Vorrede: »Seht mich an! Ich suche eine schwarze Sklavin.«

Gelähmtes Schweigen schlug ihm entgegen. Aus der Geschichte des Eunuchen gerissen, zogen die Mädchen verstört die Köpfe ein, als die Bewaffneten einen drohenden Halbkreis um sie bildeten. Nach einigen Sekunden der Anspannung kämpfte sich schließlich eine der alten Aufseherinnen der Dormitorien, die im Hintergrund gelauert haben musste, nach vorn und schüttelte den Kopf. »Hier ist sie nicht.«

Furcht stieg wie Galle in Sapphiras Kehle auf, als ihr Blick auf die Hand der Alten fiel. Wie die Klauen eines Raubvogels umklammerten die knotigen Finger ein weißes Stück Filz, das die junge Frau erschrocken als eine *Börk* – eine Janitscharenmütze – erkannte. Gülbahar! Ihr Atem stockte. Hatte die Freundin nicht beteuert, das verräterische Liebespfand an einem Ort versteckt zu haben, wo es niemals jemand finden würde?

»Du«, fuhr der alte Drache Sapphira an. »Wo ist sie? Ihr seid doch sonst immer zusammen.«

Da sie plötzlich alle anstarrten, schoss der jungen Frau das Blut in die Wangen und sie senkte hastig den Kopf. Was sollte sie tun? Wenn sie schwieg, machte sie sich verdächtiger, als sie ohnehin schon sein musste. Denn nicht nur die Hüterin würde annehmen, dass sie mit der Freundin unter einer Decke steckte! Wenn der heimliche Lauscher sie in der Nacht hinter den Dormitorien erkannt hatte, dann war es auch um Sapphira geschehen. Da es nur eine Frage der Zeit war, bis die Wachen Gülbahar bei der *Valide* fanden, nutzte ihr Schweigen so oder so niemandem. »Sie hat heute Tanzunterricht«, erwiderte sie daher tonlos und starrte auf den Saum ihrer *Entari.* »Bei der *Valide*«, setzte eine ihrer Mitschülerinnen hinzu – offenbar in der irrigen Annahme, dass diese Information die Wachen aufhalten würde.

Obwohl der Alten bei der Erwähnung der Sultansmutter die Farbe aus dem Gesicht wich, spuckte sie bissig aus: »Das trifft sich gut. Dann kann sie gleich ihrer gerechten Strafe zugeführt werden!« Mit diesen Worten wies sie die Bewaffneten an, ihr zu folgen, und stürmte auf die Zimmerflucht der Valide zu, aus der kurz darauf schrille Stimmen in den Gang drangen.

Während das Geschrei erst anschwoll und dann abrupt abgeschnitten wurde, breitete sich ein hohles Gefühl in Sapphira aus. Sie musste der Freundin helfen! Auch wenn die Furcht um ihr eigenes Leben ihr die Luft zum Atmen abschnürte, konnte sie nicht zulassen, dass Gülbahar die grausame Strafe traf, welche die Gesetze des *Harems* für ein derartiges Vergehen vorsahen. Ein Zittern breitete sich in ihrem Körper aus, als sie sich vorstellte, wie es sein musste, in einen Sack eingenäht zur Küste geschleift und lebendig ins Marmarameer geworfen zu werden. Das Gefühl, sich übergeben zu müssen, traf sie ohne Vorwarnung.

Mit einem gepressten Laut schlug sie die Hand vor den Mund und kam taumelnd auf die Beine. »Entschuldigt«, stammelte sie und rannte wie von Furien gehetzt aus dem Zimmer, um sich irgendwo zu verbergen, wo sie niemand finden konnte. Am ganzen Leib bebend, verbarg sie sich in der Wäschekammer, die ihr schon mal als Versteck gedient hatte, und rang die Übelkeit nieder. Während sie der Geruch frisch gewaschenen Leinens einhüllte, zermarterte sie sich das Gehirn, wie sie die Freundin vor dem sicheren Tod bewahren konnte. Ihr Herzschlag beschleunigte sich weiter, als sich nagende Reue zu ihrer Furcht gesellte. Sie musste sich zusammennehmen! Um zu verhindern, dass ihre Zähne aufeinander schlugen, presste sie die Kiefer zusammen und atmete tief und bewusst durch die Nase. Auf keinen Fall durfte sie den Fehler wiederholen, den sie bei Bülbül gemacht hatte, und sich feige verkriechen. Ärger keimte in ihr auf, als ein schrecklicher Verdacht die Panik verdrängte. War auch dieser hinterhältige Streich die Tat einer Verräterin? War Gülbahar ebenfalls das Opfer der Intrige geworden, die beinahe auch Sapphira selbst zu Fall gebracht hätte? Der Funken der Wut sprang von ihrem Geist auf ihren Körper über, und sie schnaubte zornig. Wie dumm von ihr anzunehmen, dass die Schlange aus ihrer Mitte verschwunden war, nur weil sich in letzter Zeit keine weiteren Vorfälle ereignet hatten. Wie hatte sie nur so leichtsinnig sein können, sich in Sicherheit zu wiegen? Der Zorn verwandelte sich in blinde Feindseligkeit; und ohne an die Folgen ihres Tuns zu denken, wischte sie sich die Angsttränen aus dem Gesicht, rappelte sich auf und stolperte aus dem Raum.

Inzwischen wimmelte der Korridor von Schaulustigen, da sich Neuigkeiten im *Harem* mit der Geschwindigkeit eines Lauffeuers verbreiteten. Dicht gedrängt strömten Hofdamen, Konkubinen und Dienerinnen zur Audienzkammer der Sultansmutter, deren zweiflügelige Tür von vier Posten flankiert wurde. Als habe auch sie nichts anderes im Sinn als zu gaffen, reihte Sapphira sich in die Menge ein, fing jedoch nach wenigen Schritten eine der einfachen *Jariyes* ab. »Lauf und hol die *Tabibe*. Sag ihr, es geht um Leben und Tod!« Sobald das Mädchen davongestoben war, nahm sie allen Mut zusammen, zupfte den Schleier auf ihrem Kopf zurecht und folgte den anderen Frauen an den Wächtern vorbei in das Reich der *Valide*. Der Anblick, der sich ihr in dem prunkvollen Raum bot, ließ sie erstarren.

Wie Bülbül vor nicht allzu langer Zeit, lag Gülbahar vor der Sultansmutter auf den Knien, während diese mit eisigem Blick auf sie hinabstarrte. Mit spitzen Fingern schleuderte sie die *Börk* neben dem Mädchen auf den Boden und fuhr es scharf an: »Wie erklärst du, dass dieses Ding unter deinem Bett gefunden wurde? Willst du mich mit deinen Lügen beleidigen?« Atemlos sah Sapphira mit an, wie die Freundin beschwörend die Hände hob und wortlos den Kopf schüttelte. »Weißt du, welche Strafe dir droht?« Die grauen Augen der Sultansmutter glänzten wie polierte Kieselsteine. »Antworte!«, herrschte sie die junge Frau an und bedeutete zwei Bewaffneten, sich hinter ihr aufzubauen.

»Ja«, hauchte Gülbahar so leise, dass man es in dem riesigen Raum kaum hören konnte.

»Ganz gleich, wie verstockt du bist«, zischte die *Valide*, »glaube mir, schon bald wirst du dir nichts sehnlicher wünschen, als zu gestehen.« Sie hob die beringte Hand und schnippte mit den Fingern, woraufhin die Wachen ihre Lanzen auf Gülbahar richteten.

Ohne zu zögern, drängte Sapphira sich an den anderen Frauen vorbei und trat in den Kreis, den die Schaulustigen um die Gefangene gebildet hatten. »Gebieterin«, stieß sie mit unsicherer Stimme hervor und sank vor der *Valide* nieder. Nachdem sie die Fliesen mit ihrer Stirn berührt hatte, richtete sie sich wieder auf und flehte: »Vergebt mir, aber ich kann nicht schweigen, wenn eine Unschuldige verurteilt wird.« Sie zog den Kopf ein, als sie die drohende Präsenz eines Bewaffneten hinter sich spürte.

Einige quälend lange Sekunden geschah gar nichts. Doch dann verengten sich die Augen der Sultansmutter, und sie näherte sich Sapphira mit einem beinahe genüsslichen Ausdruck auf dem faltigen Gesicht. »Willst du damit sagen, dass du dich als ihre Fürsprecherin anbietest?«, fragte sie eisig und zog die gezupften Brauen in die Höhe.

»Ja, Herrin«, entgegnete Sapphira mit belegter Stimme, da sie wusste, worauf die *Valide* hinauswollte. Sollte Gülbahars Schuld tatsächlich bewiesen werden, dann drohte auch ihr eine harte Bestrafung.

Die Sultansmutter wollte gerade etwas hinzufügen, als ein Raunen durch die Versammlung ging und die *Tabibe* sich durch die Reihen nach vorn schob. Ehrerbietig trat sie vor die mächtigste Frau im *Harem*, legte die Fingerspitzen an Stirn und Brust und verneigte sich tief. Mit einem einzigen Blick schien sie die Situation zu erfassen, da sie zwar respektvoll aber mit fester Stimme verkündete: »Ich verbürge mich für die Unschuld dieser Mädchen!«

Durch den unerwarteten Widerstand vor den Kopf gestoßen, runzelte die *Valide* die Stirn und fasste die Heilerin streng ins Auge. »Seid Ihr sicher?«, brachte sie schließlich etwas kratzig hervor, da die Situation Gefahr lief, ihrer Kontrolle zu entgleiten. Wenn sie sich vor ihren Hofdamen nicht zum Narren machen wollte, musste sie entweder auch das Leben der *Tabibe* bedrohen oder vor der Herausforderung kapitulieren.

»Ganz sicher«, versetzte die Heilerin ruhig und wies auf die Kappe. »Das hat einer der Soldaten im Hospital vergessen. Die *Cariyesi* hat es auf meinen Befehl hin aufbewahrt.«

Sichtlich hin und her gerissen funkelte die *Valide* ihr Gegenüber an, als wolle sie die Ärztin mit ihren Blicken niederringen. Zwar schien sie die Lüge zu wittern. Aber die

Folgen, welche eine Verurteilung *der* Frau nach sich ziehen würde, die dem Sultan das Leben gerettet hatte, ließen sie zögern. Nach einigen Augenblicken der lastenden Stille räusperte sie sich schließlich und bemerkte mühsam beherrscht: »Dann liegt offenbar ein Irrtum vor.« Ihr Kopf zuckte kaum merklich nach links, wo eine Anzahl *Jariyes* und niedriger Bediensteter das Geschehen beobachtete. Einige Atemzüge lang fixierte sie ein Mitglied des *Harems*, das Sapphira erst jetzt bemerkte. Wie Gülbahar lag auch dieses Mädchen auf den Knien – allerdings so weit am Rand der Versammlung, dass es Sapphira vorher überhaupt nicht aufgefallen war. Erstaunt erkannte sie die taubstumme Dienerin, welche die Freundin und sie auf dem Markt beobachtet hatten. Anders als inmitten des bunten Basartreibens fiel ihr heute jedoch eine überwältigende Schwärze auf, welche die junge Frau umwaberte und alle Farben in ihrem Umfeld auszulöschen schien. Wie eine Wolke legte sich die Bosheit um das Mädchen, umfing und verschluckte es, während es demütig den Kopf senkte. Einem scharfen Befehl folgend packten zwei Bewaffnete die *Jariye* unter den Achseln und hielten sie fest, während die *Valide* sich mit steinerner Miene wieder den anderen Anwesenden zuwandte. »Ihr dürft euch entfernen«, grollte sie und klatschte herrschaftlich in die Hände.

Schwindelig vor Erleichterung kam Sapphira auf die Beine und zog sich – genau wie die anderen Frauen – rückwärtsgehend aus dem Raum zurück. Im Korridor angekommen, bedeutete die *Tabibe* ihren beiden Helferinnen, ihr zu folgen, und zu dritt begaben sie sich schweigend ins Hospital. »Was habt ihr euch dabei gedacht?«, brauste die Ärztin auf, kaum hatte sie die beiden Mädchen ins Arzneilager gescheucht und die Tür verrammelt. »Seid ihr vollkommen von Sinnen? Wisst ihr, wie knapp ihr gerade dem Tod entronnen seid?« Gülbahar nickte und hob bedrückt die Achseln.

»Es ist mir vollkommen gleichgültig, was ihr außerhalb des *Darüssifas* anfangt«, setzte die *Tabibe* hinzu, »aber ich kann und werde es nicht dulden, dass ich eine Helferin verliere!« Ihre grünen Augen sprühten Funken. »Habt ihr das verstanden?« Die beiden Gescholtenen senkten die Köpfe. »Seht zu, dass ihr an die Arbeit kommt«, wetterte die Ärztin, in deren Ton sich schon wieder Nachsicht einschlich. Dann murmelte sie etwas Unverständliches, machte auf dem Absatz kehrt und ließ die beiden jungen Frauen stehen wie begossene Pudel.

Einige Momente lang sprach keine, dann zog Gülbahar vernehmlich die Nase hoch und fuhr sich über die geröteten Augen. »Danke«, murmelte sie. »Das hättest du nicht tun sollen.«

Sapphira winkte ungehalten ab. »Ich hätte schon bei Bülbül etwas unternehmen müssen«, erzürnte sie sich und legte die Stirn in Falten. »Jemand hat es auf die Schülerinnen der *Valide* abgesehen. Die Spange bei Bülbül, das goldene Band in meinem Haar und deine Mütze. Wie konntest du nur so dumm sein, sie zu behalten?«

»Was meinst du mit dem Band in deinem Haar?«, beantwortete Gülbahar ihre Frage mit einer Gegenfrage. Nachdem Sapphira ihr in knappen Worten berichtet hatte, wie es ihr vor einiger Zeit ergangen war, wurde auch sie wütend. »Nur schade, dass die Kleine nicht sagen kann, wer sie dafür bezahlt hat«, zischte sie, da es offensichtlich die *Jariye* gewesen war, die sie angeschwärzt hatte. »Aber umsonst hat sie das Risiko ganz sicher nicht auf sich genommen. Da steckt jemand anders dahinter, und solange wir nicht wissen, wer es ist, müssen wir weiter auf der Hut sein.«

Sapphira stieß ein kurzes Lachen aus. »Das sagt die Richtige!« Sie legte die Hände auf Gülbahars Schultern und schüttelte sie sanft. »Ich hoffe nur, du hast deine Lektion gelernt.« Als sich die Züge der Freundin umwölkten, versetzte sie ihr einen leichten Schlag auf den Arm. »Zieh dich um, sonst reißt uns die *Tabibe* doch noch den Kopf ab. Alles Weitere können wir später besprechen.«

KAPITEL 40

Bosporus, Hochsommer 1400

»SEHT ES EUCH GENAU AN!«, bellte der Anführer der Piraten, nachdem er Falk und die anderen Knaben an Deck hatte bringen lassen. Zusammengedrängt standen sie im Schatten des Segels und folgten dem ausgestreckten Arm des Mannes, der ihnen zwar die Freiheit geraubt, sie allerdings auch vor den Übergriffen der Besatzung bewahrt hatte. Kaum hatte er von dem nächtlichen Überfall und der Schändung seiner jüngsten und somit wertvollsten Gefangenen erfahren, hatte er die Missetäter, ohne zu fackeln, hinrichten und ihre Köpfe als Warnung an den Mast nageln lassen. Noch immer übermannte Falk kaltes Grauen, wenn er an das Geräusch der fallenden Axt dachte, die das Leben der Kerle beendet hatte. »Das ist die Festung *Güzelce Hisar*«, erklärte der Pirat, als sie sich dem Hafen von Gallipoli näherten, in dem sich zahllose Kriegsschiffe drängten. An der engsten Stelle der Dardanellen erbaut, ragte eine mächtige Befestigungsanlage abweisend und bedrohlich in den wasserblauen Himmel, an dem seit dem späten Vormittag dichte Wolken aufzogen. »Von hier aus kontrolliert der Sultan den Bosporus und den gesamten Orienthandel«, fuhr der Mann fort und deutete auf eine Ruine am gegenüberliegenden Ufer. »Und das ist alles, was der Kaiser von Konstantinopel ihm entgegensetzen kann!« Er lachte geringschätzig. »Nicht mehr lange, und der mächtige Bayezid Khan wird zuerst Konstantinopel und dann Venedig dem Erdboden gleichmachen. Wenn ihr euch erst mal mit eurem Schicksal abgefunden habt, werdet ihr stolz darauf sein, einem solchen Herrn dienen zu dürfen«, prophezeite er, während das Schiff zwischen den Sperrketten hindurchglitt.

Doch das bezweifelte Falk. Gezwungen ruhig verfolgte er, wie die Kogge auf eine Anlegestelle zusteuerte, an der Turbanträger und Europäer bunt durcheinander gemischt hin und her wieselten. Nach Auskunft des Seeräubers standen viele italienische und griechische Schiffseigner in den Diensten des Sultans, der hier, in Gallipoli, eine Flottenbasis mit Marinearsenal hatte errichten lassen.

»Ihr wisst gar nicht, was für ein Glück ihr habt«, spottete der Kapitän weiter, während sein Steuermann das Schiff geschickt zwischen Beibooten und kleineren Schiffen hindurchmanövrierte. »*Ihr* werdet wenigstens nicht den Rest eurer Tage an eine Ruderbank gekettet sein!« Er stieß einen Pfiff aus und befahl den herbeieilenden Männern etwas in seiner Sprache, woraufhin diese einen Ring um die Knaben bildeten. Auf einen weiteren Befehl ihres Anführers hin zückten sie ihre Dolche und fassten die Gefangenen angriffslustig ins Auge. Vermutlich wünschte sich mehr als einer von ihnen sehnlich, das Blut derjenigen zu vergießen, die ihren Kameraden den Tod gebracht hatten. »Ich warne euch nur ein einziges Mal«, drohte der Kapitän und warf seinen Männern einen bedeutungsvollen Blick zu. »Wer einen Fluchtversuch unternimmt, dem kann nicht einmal mehr Gott helfen!«

»Was weiß der denn schon von Gott«, zischte Antonio an Falks Seite. »Der hat doch allenfalls ein Abkommen mit dem Leibhaftigen!« Ein Tritt in den Allerwertesten ließ ihn für einen kurzen Moment verstummen. Während er sich die Rückseite rieb, murmelte er allerdings bereits wieder eine hässliche Verwünschung. Doch als einer der Piraten drohend auf ihn zutrat, presste er hastig die Lippen aufeinander.

Dankbar darüber, dem stickigen Bugkastell eine Weile entkommen zu sein, fügte Falk sich in sein Schicksal und sah dabei zu, wie die Besatzung die Kogge vertäute. Das Treiben im Hafen lenkte ihn wenigstens eine Zeit lang von der Furcht ab, die zu einem ständigen Begleiter geworden war, der sich immer dann unerwartet zu Wort meldete, wenn er am wenigsten darauf vorbereitet war. Hinter ihnen legten allmählich auch die anderen Schiffe aus ihrem Zug an, und schon bald wurden die ersten Gefangenen unter lautstarkem Geschrei und Schlägen wie Vieh die Laufstege hinabgeführt. Ob sein Onkel auch unter den Unglücklichen war? Ungeachtet der missfälligen Blicke reckte er sich auf die Zehenspitzen und kniff die Augen zusammen. Aber egal, wie sehr er sich bemühte, er konnte weit und breit kein Anzeichen von Otto entdecken. Der Knoten in seiner Brust verhärtete sich. Vermutlich trieb der Leichnam des Katzensteiners mit all den anderen unbeachtet im Meer. Ein anderer Gedanke blitzte auf, der in seiner Hässlichkeit erschreckender war, als die Vorstellung, dass der Ritter irgendwo erschlagen an Land gespült worden war. Was, wenn Otto *kein* Opfer der

Piraten war? Falk erinnerte sich dumpf an die Nacht in Venedig, als Otto den Kapitän der Kogge mit in die Schänke gebracht hatte. Damals hatte er sich nichts dabei gedacht. Aber was, wenn der Ritter mit dem Italiener irgendeine Schurkerei ausgeheckt hatte? Was, wenn der Überfall geplant war und Otto sich vorher in Sicherheit gebracht hatte? Er schluckte schwer. Konnte es möglich sein, dass sein Onkel ihn kalt lächelnd verkauft hatte? Lutz' mahnende Worte und der Vorfall im Gebirge fielen ihm wieder ein.

Aber bevor er sich weiter mit diesen Überlegungen quälen konnte, ließ ihn ein gellender Schrei zusammenfahren. Am Ende der hölzernen Planke hatte sich einer der Männer trotz seiner Fesseln losgerissen und war ins Wasser gesprungen, wo er wie ein Stück Blei versank.

»Verdammt!« Mit einer flüssigen Bewegung riss der Kapitän einem seiner Untergebenen die Armbrust aus der Hand und legte höchstpersönlich auf den Venezianer an. »Das könnt ihr auch haben!«, brüllte er die übrigen Gefangenen mit hochrotem Kopf an, nachdem er sich versichert hatte, dass sein Schuss ins Schwarze getroffen hatte. »Denkt nicht, dass ich auch nur einen einzigen Augenblick zögere, nur weil ich euch verkaufen will.« Seine Stimme war heiser vor Ärger. »Vorwärts!«, donnerte er und versetzte dem Gefangenen, der ihm am nächsten war, einen derben Hieb in den Rücken.

Trotz der erbarmungslosen Hitze lief ein Zittern durch Falks Körper, als ihm klar wurde, dass auch sein Leben keinen Pfifferling mehr wert war. Er schluckte die Bitterkeit in seiner Kehle. Was nutzte es ihm, dass der Kapitän ihn mit Gold aufwiegen konnte? Um sich von den eigenen Gedanken abzulenken, schielte er auf den Jüngsten in ihrer Mitte, der seit dem schrecklichen Vorfall in einen lethargischen Zustand verfallen war. Stumpf und leer blickten die grauen Augen stets auf einen Punkt in der Ferne, den außer ihm niemand zu sehen vermochte. Die anderen Knaben hatten sich immer wieder bemüht, ihn zum Sprechen zu bringen, aber das tiefe Schweigen, in das er sich seit der furchtbaren Nacht hüllte, konnte niemand durchbrechen. Falk hob die Hand, um sich den Schweiß von der Stirn zu wischen. Ob es ihm und den anderen genauso ergehen würde? Oder harrte ihrer noch Schrecklicheres? Unsicher legte er die Fingerspitzen auf das Kreuz an seinem Hals, da er inzwischen fürchtete, dass Gott ihn aufgegeben hatte. Wie sollte er es sich sonst erklären, dass kein einziges seiner Gebete erhört worden war? Und gebetet hatte er! Beinahe ununterbrochen hatte er die erste Zeit nach der Gefangennahme neben Antonio gekniet und gemeinsam mit dem Venezianer um Erlösung gefleht. Doch schon bald war die Erkenntnis zu ihm durchgesickert, dass er überhaupt keine Erlösung verdient hatte. Vermutlich war diese Diesseitsstrafe erst der Vorgeschmack darauf, was ihn im Jenseits erwarten würde. Wie immer, wenn er sich mit solchen Überlegungen marterte, reckten die niedergetrampelten Überreste seiner Zuversicht ihr Haupt. Was, wenn Gott ihn nicht nur für seinen Hochmut bestrafen, sondern ihm mit dieser Prüfung die Gelegenheit geben wollte, sich reinzuwaschen und die Stärke seines Glaubens unter Beweis zu stellen? Was, wenn es ihm erging wie Josef in Ägypten? War dieser nicht auch in eine ähnliche Lage geraten, aus der ihn der Allmächtige stark und weise hatte hervorgehen lassen? Er rieb sich die pochenden Schläfen.

Die Ankunft einer Gruppe Osmanen lenkte seine Aufmerksamkeit zurück auf das Geschehen um ihn herum. Begleitet von mehreren schwer bewaffneten Soldaten und dem Anführer der Seeräuber, betrat ein hochgewachsener Mann das Schiff, als ob es sein Eigentum wäre. Seine hohe Stirn zierte ein silbernes Band, das eine seltsame, weiße Mütze umschloss, die schlaff bis auf seinen Rücken hinabfiel. Ein schmaler Oberlippenbart unterstrich die harte Linie seines Mundes, und ein Blick in die mitleidslosen Augen ließ Falk wünschen, an Bord der Kogge bleiben zu können. Gekleidet war der Neuankömmling in feuriges Rot, das lediglich von den blauen Ärmeln eines Untergewandes aufgelockert wurde. Wie seine Begleiter hielt auch er eine hässliche, kurze Peitsche in der Hand, mit der er in diesem Moment auf die versammelten Knaben zeigte. Das wilde Gestikulieren des Piraten ließ darauf schließen, dass sich die Männer über irgendetwas uneinig waren – ein Eindruck, der unterstrichen wurde, als der vornehme Türke auf die Jungen zusteuerte. Ehrfürchtig machten die Seeleute ihm den Weg frei, und er durchmaß mit wenigen Schritten die Entfernung. Bei den Knaben angekommen, schnappte er sich den erstbesten Burschen und befahl ihm auf Lateinisch, das Hemd auszuziehen. Da dieser dem Befehl nicht sofort Folge leistete, versetzte der Soldat ihm einen Hieb mit der Peitsche und zitierte zwei der Bewaffneten zu sich. Im Handumdrehen hatten diese den zusammengekauerten Jungen wieder aufgerichtet und entkleidet, sodass der Osmane ihn in Augenschein nehmen konnte. Mit kritisch gerunzelter Stirn untersuchte er Arme, Brust und Rücken des Venezianers, griff ihm in den Mund und zwang ihn, ihm in die Augen zu sehen. Offensichtlich zufrieden, trat er an den nächsten Gefangenen heran, der die gleiche Prozedur über sich ergehen lassen musste. Als die Reihe schließlich an Falk kam, schnappte der Mann nach dem Kruzifix an seinem Hals, ließ es jedoch sofort wieder fahren, als habe er sich daran verbrannt. Widerwillig ertrug der junge Mann, dass ihn der Soldat ebenfalls betastete, seine Muskeln prüfte und seine Hände begutachtete, bevor er schließlich anerkennend nickte. Nachdem auch der letzte Junge für tauglich befunden worden war, löste der Türke einen prallen Beutel von seinem Gürtel und warf ihn dem Kapitän vor die Füße.

Ohne abzuwarten, bis dieser das Geld gezählt hatte, knurrte er seinen Männern einen Befehl zu, und kurz darauf befanden sich Falk und seine sechs Gefährten auf festem Boden. Wie eine Schar Gänse trotteten sie ihrem neuen Herrn hinterher, bis sie etwa eine halbe Meile weiter östlich ein bauchiges Schiff erreichten, zu dem aus allen Himmelsrichtungen junge Männer und Knaben strömten. Einige von diesen schienen ebenfalls Gefangene zu sein, doch ein Großteil der Burschen trug bereits rote Uniformen. An Deck angelangt, machte Falk eine Gruppe kaum achtjähriger Kinder aus, die sich mit furchtsam aufgerissenen Augen aneinanderdrängten und bei jedem lauten Geräusch zusammenzuckten. Etwas weiter heckwärts prahlten einige ältere Kerle mit ihren Waffen, ließen diese allerdings hastig verschwinden, sobald der Anführer seine Aufmerksamkeit auf sie richtete.

»Stellt euch dort drüben auf«, herrschte der Türke sie an und deutete auf die Steuerbordseite, wo bereits andere Jungen warteten. »Ihr stinkt!« Mit dieser Feststellung stolzierte er davon und überließ Falk und seine Gefährten einer Handvoll junger Soldaten, die sie wortlos dazu aufforderten, ihre zerschlissenen Kleider auszuziehen.

Da die Hitze trotz des bewölkten Himmels immer unerträglicher wurde, war Falk beinahe froh, als ihn kurz darauf ein Wasserschwall traf und ihm jemand einen Schwamm und ein Stück Seife zuwarf. Nur mit einer weiten Unterhose bekleidet schäumte er sich von oben bis unten ein und steckte den Kopf in einen Eimer, bevor er sich mit dem Inhalt abspülte. Wäre er nicht von Furcht erfüllt gewesen, hätte er die Erfrischung genossen.

So jedoch schrak er zusammen, als ein barscher Befehl erscholl, und einer der Türken auf einen Stapel blauer Hosen, weißer Hemden und roter Jacken zeigte. »Zieht das an!«, wies der etwa Zwanzigjährige sie auf Latein an. »Das ist die Uniform der Janitscharen. Vom heutigen Tag an gehört ihr zur Armee des Sultans.« Während ein plötzlicher Kälteschauer seinen Körper überzog, erkannte Falk, dass die Farbe der Jacke den gleichen Blutton hatte wie die echsenhäutigen Dämonen, die in zermürbender Regelmäßigkeit durch seine Albträume jagten.

KAPITEL 41

Ulm, Hochsommer 1400

SCHWARZ UND BEDROHLICH schob sich die Gewitterfront über Ulm von Norden her heran. Da die Schwäbische Alb und das Donautal seit Beginn des Monats August unter einer anhaltenden Dürre litten, wanderte nicht nur Lutz Metzlers Blick hoffnungsvoll zum Himmel. Viele der Bauern hatten ihre Felder wegen des langen Winters erst spät mit Sommergetreide bestellt, sodass die Trockenheit für sie eine Katastrophe darstellte. Wenn es endlich regnen würde, dachte Lutz, dann ließ vielleicht auch irgendwann diese elende bleierne Hitze nach. Prustend fuhr er sich mit dem Ärmel seiner Schecke über die Stirn und rammte die Heugabel in den ausgedörrten Boden der Koppel. Weil ihn die Sorge um Falk beinahe auffraß, hatte er in den vergangenen Wochen immer mehr Aufgaben übernommen, für die eigentlich das Gesinde zuständig war, auch wenn die harte Arbeit die Unruhe in seinem Inneren nicht auszulöschen vermochte. Wenigstens konnten ihn die körperlichen Mühen von den Vorahnungen ablenken, die ihn immer öfter quälten. Hätte er den Jungen doch nur von dieser Eselei abgehalten! Mit einem Seufzer überschlug er, wie lange er noch brauchen würde, um das frisch gemähte Gras auf den Karren zu verladen. Als Verwalter zählte es zwar nicht zu seinen Pflichten, sich um solche Nichtigkeiten zu kümmern, aber da der Besitz ansonsten in bester Ordnung war, war er auch heute vor der bedrückenden Enge des halb leeren Hauses geflohen. Beinahe einen ganzen Tag befand er sich schon vor der Stadtmauer – umgeben von Bauern, Knechten, Hirten und drei Dutzend Pferden. Seit Stunden witterten die Tiere das bevorstehende Unwetter, und vielleicht war es an der Zeit, dass Lutz die Warnung ernst nahm. Ergeben reckte er die knackenden Schultern und stieß einen Pfiff durch die Zähne aus. Als die vier Stallburschen, denen der Befehl gegolten hatte, herangestoben kamen, sagte er: »Treibt die Stuten zusammen und bringt sie in die Ställe. Ich komme mit den Hengsten nach.« Auf keinen Fall würde er die kostbaren Tiere der Gefahr aussetzen, vom Blitz erschlagen zu werden. Das war er Falk schuldig.

Einen der Knechte beauftragte er damit, den Heuwagen ins Trockene zu schaffen, und als in der Ferne Donner grollte, streifte er dem letzten der fünf Hengste das Halfter über die Nase. Dann koppelte er die nervös schnaubenden Schimmel und Rappen zusammen und schwang sich ohne Sattel auf den Rücken des Leittieres. Sobald der erste Blitz über den Himmel zuckte, gab der ängstliche Vierjährige in der Hinterhand nach, aber Lutz gelang es ohne Mühe, ihn einzufangen und auf das Stadttor zuzutreiben. »Ihr solltet Euch besser beeilen!«, riet ihm der alte Wachmann, mit dem er schon oft einen Scherz gewechselt hatte. »Nicht mehr lange, dann öffnet der Herrgott alle Schleusen.«

»Zeit wird es ja«, erwiderte Lutz und trabte in Richtung Münsterplatz, wo hektisches Hin und Her darauf hindeutete, dass auch der Werkmeister den Befehl gegeben hatte, den Baubetrieb für heute einzustellen.

Wie um ihm recht zu geben, klatschten kurze Zeit später die ersten dicken Tropfen auf den staubigen Boden, und noch bevor Lutz die Baustelle umrundet hatte, kam ein heftiger Wind auf. Wie unsichtbare Finger griffen die Böen nach Kleidern und Haaren, erfassten herumliegende Blätter und Fetzen und wirbelten diese wild durch die Luft. Beruhigende Worte murmelnd tätschelte er seinem Reittier den Hals und schnalzte erleichtert mit der Zunge, als das Hoftor seines Zuhauses vor ihm auftauchte. Fast alle Tiere waren bereits im Stall verschwunden. Lediglich der schmächtigste der vier Burschen kämpfte noch mit einer kapriziösen Fuchsstute, die Lutz schon mehr als einmal gebissen hatte.

»Hilf ihm Jak«, rief er einem baumstarken Knecht zu, der daraufhin zwei schwere Säcke absetzte und dem Jungen das Halfter aus der Hand pflückte. »Du kannst das Futter verteilen«, sagte er an den Knaben gewandt und glitt vom Rücken seines Rappen. »Ruhig«, raunte er dem Tier ins Ohr und streichelte ihm die weiche Nase. Auch die Augen der anderen Hengste waren inzwischen weit aufgerissen. Dem Stampfen der Hufe war zu entnehmen, dass es allerhöchste Zeit war, sie im Stall in Sicherheit zu bringen. Da die Tropfen inzwischen dichter fielen und sich der durchdringende

Geruch heiß-feuchter Erde verbreitete, fasste Lutz das Halfter des Leittieres nach und bugsierte die Hengste unter einigen Schwierigkeiten in die Boxengasse. Dort winkte er drei Helfer herbei und deutete mit dem Kinn auf einen Ballen Stroh. »Reibt sie ab und kratzt ihnen die Hufe aus. Mähnen und Schweife können warten.« Ein weiterer Donnerschlag ließ die Wände erzittern. Mit einem Wiehern wollte einer der Rappen steigen, aber der Stalljunge hielt ihn mit einem harten Griff davon ab.

Anerkennend klopfte Lutz dem Knaben auf die Schulter und wollte gerade kehrtmachen, um im Stutenstall nach dem Rechten zu sehen, als sein Blick auf einen eleganten Apfelschimmel fiel, der ungerührt Heu aus einer Krippe zupfte. »Wo kommt der denn her?«, fragte er verdutzt und trat näher an die Box, um das Tier in Augenschein zu nehmen. Sowohl das silberne Zaumzeug als auch der fein gearbeitete Sattel des Reiters hingen an einem Balken zu seiner Rechten. Stirnrunzelnd ließ er die Fingerkuppen über das weiche Leder gleiten, während ein leises Stechen in seiner Schläfe einsetzte.

»Ihr habt einen Gast«, sprach Jak das aus, was Lutz bereits ahnte. Achselzuckend klopfte der hünenhafte Knecht sich den Schmutz aus der Hose und zeigte in Richtung Haupthaus. »Irgendein reicher Wichtigtuer«, setzte er naserümpfend hinzu und tat Lutz' tadelnden Blick mit einem schiefen Feixen ab.

»Hat er gesagt, was er hier will?«, erkundigte Lutz sich mit belegter Stimme, obwohl ihm das flaue Gefühl in seinem Magen sagte, dass er es eigentlich schon wusste.

»Nein«, erwiderte Jak gleichgültig und hielt dem Apfelschimmel ein Stückchen Karotte vor die Nase. »Er war nur sicher, dass Ihr ihn auf alle Fälle sehen wolltet.« Das Tier schnappte nach dem Leckerbissen und zerkaute ihn genüsslich. »Hat sich nicht abwimmeln lassen.«

Mit einem Mal schien die Luft im Stall zu dünn und jeder Atemzug schmerzte. *Ein* Pferd!, dachte Lutz beklommen. Er räusperte sich. »War er allein?«

Wenngleich er die Antwort eigentlich kannte, zerschmetterte das Nicken des Knechtes auch den winzigen Rest Zuversicht, den er sich so mühsam bewahrt hatte.

»Der Herr sei ihm gnädig«, wisperte er und schüttelte den Schwindel ab, der ihn plötzlich übermannte. »Wie alt war er?«, setzte er rau hinzu.

»Schwer zu sagen. Etwa dreißig oder fünfunddreißig«, gab Jak zurück und ließ von dem Schimmel ab.

Irgendwo tief in Lutz' Herzen flackerte Zorn auf, loderte empor und griff um sich wie ein Waldbrand im Hochsommer. »Dieser Hundsfott!«, presste er zwischen den Zähnen hervor und ballte die Fäuste. »Dieser verfluchte Sohn einer Hure!«

⚭

Im ersten Stock des Wohnhauses nippte Otto gelassen an dem süßen Pflaumenwein, den ihm die schüchterne Magd zusammen mit einem Korb Brezeln und einer Platte Käse gereicht hatte. Nachdem er bereits sämtliche Gegenstände im Raum begutachtet hatte, kam allmählich Langeweile auf – auch wenn er sich keine Sekunde lang vormachte, dass er die Begegnung mit dem Verwalter auf die leichte Schulter nehmen konnte. Vor den bunt verglasten Fenstern ging inzwischen die Welt unter, und Otto war froh, dass er ein Dach über dem Kopf hatte. Zufrieden blickte er auf das versiegelte Dokument hinab, das er auf dem Tisch platziert hatte. Nachdem sein Plan, sich in den Betrug des Piraten mit einzukaufen, daran gescheitert war, dass ganz Venedig wegen einer Pestepidemie unter Quarantäne stand, hatte er sich halb erleichtert, halb enttäuscht auf den Rückweg über die Alpen gemacht;

allerdings nicht, ohne vorher dem Beispiel seines Neffen zu folgen und in Trient sein Bargeld gegen eine Bankgarantie einzutauschen. Unbehelligt von Strauchdieben und Wegelagerern, war er der Via Claudia Augusta zurück bis nach Reutte gefolgt – vorbei an ausgestorbenen und niedergebrannten Dörfern, welche die eindeutigen Spuren der Inquisition trugen. Als er endlich erleichtert und voller Vorfreude das Kloster Herbrechtingen erreicht hatte, hatte ihm der Tod des Fälschers Protervus beinahe einen Strich durch die Rechnung gemacht. Doch der junge Nachfolger, Honestus, stand seinem Lehrer in keinster Weise nach. Otto lachte lautlos. Wer hätte gedacht, dass er einmal davon profitieren würde, dass sein Vater so dumm gewesen war, seinem Bastard den eigenen Siegelring zu schenken? Beinahe liebevoll betrachtete er den in Wachs verewigten buckelnden Kater Katzensteins. Wie sollte jemand erkennen, wessen Ring es gewesen war, der die Urkunde mit diesem Zeichen verschlossen hatte? Wie gut, dass er sich keinen Knappen leisten konnte, der mit ihm auf die Reise gegangen war! So brauchte er wenigstens keinen Mitwisser zu fürchten.

Das Knallen einer Tür im Erdgeschoss ließ ihn den Becher abstellen und die Schultern straffen. Keine halbe Minute später trampelte jemand die Treppe hinauf, und kurz darauf erschien der wutschnaubende Verwalter im Rahmen. »Wo ist Falk?«, fuhr er Otto an und trat drohend auf ihn zu. Deutlich sichtbar zuckte ein Muskel in seiner Wange. »Was habt Ihr mit ihm gemacht?«

Darauf bedacht, dass sein Gegenüber die Geste bemerkte, platzierte Otto die Hand auf seinem Schwert und reckte mit gespielter Empörung das Kinn. »Ich ahnte, dass Ihr so reagieren würdet«, versetzte er bitter und legte ein schmerzliches Zittern in seine Stimme. »Von Anfang an habt Ihr mir nichts als unlautere Absichten unterstellt.« Um ein Haar hätte er sich selbst geglaubt, dass ihn die Kränkung tief traf. Er stieß einen Seufzer aus und hob in einer Geste der Machtlosigkeit die Schultern. »Der Zug wurde von Piraten überfallen, als wir …«

Der Rest des Satzes ging in dem kehligen Schrei des Verwalters unter. Ohne Vorwarnung – das Gesicht zu einer Maske der Wut verzerrt – ballte Lutz die Hände zu Fäusten und wollte sich auf Otto stürzen. Auf eine solche Reaktion vorbereitet, befreite dieser jedoch behände die Waffe aus der Scheide und fing die Attacke ab, indem er dem Älteren mit aller Kraft die flache Seite der Klinge gegen die Brust schmetterte.

»Zwingt mich nicht dazu, Euch ernsthaft zu verletzen«, riet er kühl, während Lutz sich mit verzerrtem Gesicht zusammenkrümmte. Mit der Zielsicherheit langjähriger Übung hatte Otto die empfindliche Stelle direkt zwischen den Rippenbögen getroffen, die ungeschützt selbst den erfahrensten Kämpfer fällen konnte. »Warum hört Ihr mich nicht erst an?«, fragte er scheinbar versöhnlich und holte tief Luft, als der Verwalter nichts darauf antwortete. »Wir hatten schon beinahe die halbe Strecke hinter uns«, wiederholte er die Worte, die er während der langen Reise so oft geübt hatte, »als wir nachts von Seeräubern überfallen wurden.« Um zu verhindern, dass Lutz ihm ins Wort fiel, sprach er hastig weiter. »Falk hat gekämpft wie ein Löwe, aber gegen diese Bestien hatte er keine Chance.« Erneut ließ er seine Stimme beben. »Er und fünfzig andere wurden an Ort und Stelle beerdigt. Ich verdanke mein Leben lediglich der Tatsache, dass die Kerle dachten, ich sei tot.« Er zog am Kragen seines Rockes, um Lutz die verheilte, oberflächliche Wunde zu zeigen, die er sich selbst beigebracht hatte. Gerade tief genug, um zu verschorfen, zog sich ein hässlicher rot-brauner Striemen über seine Kehle.

»Ich glaube Euch kein Wort!«, spuckte Lutz aus und sackte auf einen Schemel. »Kein Wort!« Seine dunklen Augen schwammen, aber das krampfhafte Ballen seiner Fäuste verriet, dass es in ihm kochte.

»So etwas in der Art hatte ich schon vermutet«, erwiderte Otto, mit einem Mal frostig, und schob ihm das Dokument zu. Offenbar konnte er sich die Mühe sparen, den Mann überzeugen zu wollen. Eine Seite seines Mundes wanderte geringschätzig nach oben. Einen Versuch war es wert gewesen. Er kniff die Augen zusammen und maß sein Gegenüber mit Blicken. Es hätte die Angelegenheit um so vieles erleichtert, wenn der Kerl mitgespielt hätte! Das hätte Otto sich sogar einiges kosten lassen. So allerdings, half wohl nur noch der Holzhammer. »Ihr könnt doch lesen, oder?«, fragte er – wohl wissend, dass er den Verwalter damit beleidigte. »Dann solltet Ihr Euch schleunigst diese Urkunde ansehen.« Er hielt sie Lutz mit spitzen Fingern vor die Nase und wartete, bis dieser nach dem Papier griff.

»Was für eine Teufelei habt Ihr ausgeheckt?«, zischte der grauhaarige Ulmer nach einigen Atemzügen schließlich und brach das Siegel. Seine Lippen bewegten sich lautlos, während er den Inhalt des Dokumentes überflog. Als er an der Stelle angekommen war, in der Falk angeblich seinem Onkel all sein Hab und Gut vermachte, erbleichte er und kam mit einem Satz auf die Füße. »Eine Schenkung?«, fragte er heiser. »Ihr wollt mir weismachen, dass dieses Schriftstück von Falk stammt?« Seine Nasenflügel blähten sich gefährlich.

Doch auch damit hatte Otto gerechnet. Mit großer Geste zückte er deshalb seinen Trumpf und ließ diesen vor Lutz auf den Tisch segeln. »Auch ich habe eine Schenkungsurkunde in Falks Namen erstellt. Dieser Einfall kam uns, nachdem wir in den Alpen von Wegelagerern ausgenommen wurden.« Ein Anflug von Schadenfreude huschte über seine Züge. »Und falls Ihr bezweifelt, dass das Falks Handschrift ist«, setzte er hinzu und angelte den Brief seines Neffen aus der Tasche, »dann habe ich hier eine Schriftprobe für Euch.« Er fletschte

die Zähne zu etwas, das man für ein Lächeln hätte halten können. »Aber Ihr kennt seine Hand sicherlich besser als ich.«

Nachdem Lutz alle drei Dokumente eins ums andere Mal
gelesen und im Kerzenlicht in Augenschein genommen hatte,
schleuderte er sie Otto schließlich vor die Füße und versetzte
mit steinernem Gesicht: »Wenn Ihr denkt, dass ich Euch diese
Fälschungen abkaufe, habt Ihr Euch getäuscht.« Seine Stimme
hätte Glas geschnitten. Ein hartes Funkeln trat in seine Augen,
als er sich Otto bis auf zwei Schritte näherte. »Bevor Ihr einen
Fuß in dieses Haus setzt«, knurrte er, »friert die Hölle ein!«

Ottos Waffenhand schloss sich so heftig um den Griff
seines Schwertes, dass die Knöchel weiß hervortraten. Was,
zum Henker, dachte sich dieser Kerl?! »Und wie genau wollt
Ihr mich davon abhalten?«, fragte er den hochgewachsenen
Verwalter nach einigen mühsam beherrschten Augenblicken
zynisch. »Denkt Ihr im Ernst, dass Euer armseliges Wort auch
nur das Geringste wert ist? Wollt Ihr vielleicht ein Grafen-
gericht anrufen?«, höhnte er, wohl wissend, dass das für den
Bürger einer freien Reichsstadt kaum möglich war. Als Ade-
liger war er für Lutz Metzler so gut wie unangreifbar.

Zu seinem Erstaunen kräuselte der grauhaarige Mann allerdings die Lippen und verzog das Gesicht. »Nein«, erwiderte
er rau. »*Ich* werde mich ganz gewiss nicht gegen Euch stellen.« Otto hob die Brauen und wollte seinem Gegenüber
gerade zu seiner weisen Entscheidung gratulieren, als Lutz
beißend hinzusetzte: »Aber bevor ich zulasse, dass Ihr auch
nur einen einzigen Strohhalm in Besitz nehmt, wende ich
mich an den Grafen von Württemberg!« Etwas an Ottos
Gesichtsausdruck musste ihn erheitern, da er zwar freudlos
aber schallend lachte. »Ich weiß alles«, spuckte er aus und
stach Otto den Zeigefinger in die Brust. »Wenn Falk wirklich tot ist – was ich Euch nicht glaube – spielt es keine Rolle
mehr, ob jemand davon erfährt, dass sein Vater der Bastard der

Gräfin von Württemberg war.« Seine Augen nahmen einen seltsamen Glanz an. »Ein Vermögen von solchen Ausmaßen käme dem Grafen ganz sicher gelegen.« Er zog scheinbar grübelnd die Wangen ein. »Und für den Fall, dass es ihn entgegen aller Wahrscheinlichkeit nicht interessieren sollte, gibt es auch noch den Grafen von Helfenstein.« Ottos Blut erkaltete. Meinte der Mistkerl die Drohung ernst? »Verschwindet und kommt nie wieder!«, stieß Lutz durch die Zähne hervor. »Ansonsten könnt Ihr versuchen, Eure Forderungen gegen zwei der mächtigsten Männer des Landes durchzusetzen!«

KAPITEL 42

Die Küste des Marmarameers, Bucht von Bandirma, Hochsommer 1400

DIE ERBITTERUNG, die in Bayezid kochte, ließ ihn alle Umsicht in den Wind schlagen. Ungeschützt trabte er an der Spitze seiner Leibgarde – weithin sichtbar für jedermann, der ihm aus dem Hinterhalt auflauern wollte.

»*Padischah*«, drängte Ali Pasha, der dicht neben ihm ritt. »Ihr fordert das Schicksal heraus.«

Bayezid schnaubte. »Das Schicksal! Das Schicksal ist demjenigen hold, der es zu kontrollieren weiß«, erwiderte er ohne Überzeugung, da die jüngsten Ereignisse etwas anderes vermuten ließen. »Wer sollte es schon wagen, mich hier anzugreifen?« Er hob die Hand und deutete auf das Küstengebiet seiner Provinz. »Selbst wenn dieser verwünschte Timur Sivas inzwischen eingenommen haben sollte, wird er kaum dumm genug sein, Krieger so tief ins Feindesland zu schicken.«

Ali Pasha senkte gescholten den Kopf und schwieg – was Bayezid Gelegenheit gab, sich wieder in seine Gedanken zu verstricken. Sobald der Bote seines ältesten Sohnes, Suleyman, die Bitte um Verstärkung überbracht hatte, hatte der Sultan befohlen, die Zelte in Thessalien abzubrechen und in Gewaltmärschen nach Anatolien zu ziehen. Wenn es stimmte, was Suleyman schrieb, dann stand Timur bereits kurz vor der Stadt. Nachdem sein Sohn die Befestigungsanlagen hatte ausbauen lassen, wartete er nun mit seinen zwanzigtausend Reitern darauf, dem Tataren die Stirn zu bieten. Doch die Berichte seiner Spione ließen ihn fürchten, dem Ansturm nicht gewachsen zu sein. Daher hatte er seinem Vater eine Nachricht zukommen lassen. Und da sich Theodor Palaiologos tatsächlich in seiner uneinnehmbaren Festung verschanzt hatte, hatte Bayezid beschlossen, das Unterfangen in Griechenland erst einmal aufzugeben. Wenn diese Made von Theodor sich zu einem Handlanger des Malteserordens machen wollte, bitte! Die Festigung der osmanischen Herrschaft in der Morea konnte Bayezid auch seinen Provinztruppen überlassen. Vielleicht gelang es seinen *Sipahi* – seinen Lehensreitern – das Nest auszuräuchern und wertvolle Geiseln zu machen. Er selbst hatte im Moment andere Sorgen. Er schob den Kiefer nach vorn und bearbeitete seine Oberlippe mit den Zähnen.

Blind für die Schönheit der von Palmen und Feigenbäumen unterbrochenen Landschaft, duckte er sich tiefer über den Hals seines Hengstes und fegte über den steinigen Boden. Glitzernd warf das Marmarameer zu seiner Linken das Licht der hoch am Himmel stehenden Sonne zurück, und zu einem anderen Zeitpunkt hätte Bayezid die Armee in einer der Buchten Rast machen lassen. Da jedoch jede Minute zählte, trieb er sein Reittier erbarmungslos weiter an, indem er mit einer kurzen Peitsche auf es eindrosch. Zur Rechten des Zuges blitzte der *Manyas Kuş Gölü* – der Manyas-Vogel-See – durch das hohe Gras, und das rosarote Gefieder einer Schar Flamingos zog für einen kurzen Moment den Blick des Sultans auf sich. Wenn er sich doch nur Schwingen wachsen lassen könnte!, dachte er neidisch und kniff die Augen zusammen, als ihm eine Staubwolke entgegen wirbelte. Dann könnte er sich in die Lüfte erheben und wie ein aus rauchlosem Feuer erschaffener *Dschinn* auf Timur hinabfahren und diesen in die *Dschahannam* – die Hölle – stürzen, wo er im See aus Feuer verbrennen würde. Erneut wallte Zorn in ihm auf. »Dieser ungläubige Sohn einer Ziege!«, murmelte er, genau wie vor einer Woche, als er die Nachricht zerknüllt und gedonnert hatte: »Der Monat ist noch nicht um, und er zieht gegen mich?!«

Seine Miene verdunkelte sich, als er an Ali Pashas Einwand zurückdachte. »Wir sind doch auch auf einem Kriegszug, *Padischah*«, hatte dieser betroffen bemerkt, da es sein Glaube eigentlich auch Bayezid verbot, vor Ablauf des Monats *Dhu'l-Hidschdscha* die Waffen zu erheben.

»Der Unterschied ist nur, dass ich ein *Ghazi* bin, der sich im Heiligen Krieg befindet, und kein Gläubiger, der einen anderen Gläubigen angreift!«, hatte der Sultan ausgespuckt und einen lästerlichen Fluch folgen lassen.

Eine in Küstennähe auftauchende Galeere hellte seine Stimmung ein wenig auf. Wenigstens hatte der Kommandeur seiner Flottenbasis in Gallipoli gute Neuigkeiten für ihn gehabt! Offenbar war die Knabenlese erfolgreicher verlaufen als erwartet, und es befanden sich mehrere hundert neue Militärsklaven auf dem Weg nach Bursa.

⌇

Auch wenn die Sänftenträger ihr vor lauter Eile sämtliche Knochen im Leib durcheinander schüttelten, war Olivera von einem Gefühl tiefer Zufriedenheit erfüllt. Anders als die hohen Würdenträger und Bayezid selbst, empfand sie den Aufbruch aus Griechenland nicht als Niederlage, sondern als ein Zeichen Gottes, der ihr einen Schutzengel für ihr Kind gesandt hatte. Wie sonst ließ es sich erklären, dass ihr Wunsch so schnell in Erfüllung gegangen war und sie nach Bursa zurückkehrten? Wenngleich die Hitze in der Sänfte beinahe unerträglich war, fühlte sie sich seltsam wohl – beinahe als wäre mit dem Aufbruch jegliches Gefühl von Unbehagen ausgelöscht worden. Um zu verhindern, dass sie sich grün und blau schlug, hatte sie einen Wall aus Kissen um sich herum errichtet, der die schlimmsten Stöße abfing. Und so wie sie in der Mitte des Tragsessels thronte, kam sie sich beinahe vor wie eine Henne in ihrem Nest.

»Ihr solltet etwas trinken, Herrin«, riet ihre Zofe mit leiser Stimme und reichte ihr einen goldenen Becher. Dieser, nur halb gefüllt, damit sein Inhalt nicht über den Rand schwappte, enthielt eine Mischung aus Wein, Gewürzen und Honig, welche Olivera als kräftigend empfand.

Froh darüber, das griechische Mädchen um sich zu haben, nippte sie ein paar Mal von dem wohlschmeckenden Trunk, bevor sie das Gefäß zurückgab und die Beine unterschlug. »Stimmt es, was die anderen Frauen sagen?«, fragte sie ihre Zofe nach einigen Minuten des Schweigens. »Kannst du die Zukunft aus der Hand lesen?« Obwohl Olivera eigentlich nichts von derartigem Aberglauben hielt, konnte sie die Versuchung nicht länger niederringen.

»Ja, Herrin«, entgegnete die Griechin schüchtern und senkte den Kopf als fürchte sie, für dieses Geständnis bestraft zu werden. »Viele in meinem Heimatdorf hatten diese Gabe.«

Einen Augenblick kämpfte Olivera mit sich, doch dann streckte sie der jungen Frau ihre Linke hin und forderte: »Sag mir, was die Zukunft bringt.«

Sichtlich überrascht von diesem Befehl, zögerte das Mädchen kurz, bevor es mit klammen Fingern die Hand der Älteren ergriff. Eine scheinbare Ewigkeit starrte sie darauf hinab, fuhr Linien nach, die Olivera noch nie beachtet hatte, und bewegte die Lippen in einer Art Gebet. Als ihre Fingerkuppe an der Wurzel von Oliveras Mittelfinger anlangte, zog sie erschrocken die Luft durch die Nase ein und hob den Blick zu ihrer Herrin.

»Was ist?«, fragte diese atemlos, da sich die Unruhe des Mädchens auf sie übertrug. »Was siehst du?« Die Finger, die ihre eigenen umschlossen, schienen immer kälter zu werden. »Siehst du Tod?«, drängte Olivera und zog ihre Hand zurück, um selbst nach Anzeichen eines Schicksalsschlages zu suchen.

»Ich sehe ein langes Leben«, hauchte die Zofe und wich dem Blick der Sultansgemahlin aus. »Ihr seid stark und weise, und habt mehr Kraft als viele Männer zusammen.« Sie zögerte und blinzelte einige Male aufgeregt. »Vielleicht werdet Ihr einen weiteren Gatten haben«, fügte sie hinzu. »Aber das kann ich nicht genau sehen.«

Olivera versteifte sich, da sie spürte, dass die junge Frau ihr etwas verschwieg. »Was noch?«, setzte sie der Griechin zu, auf deren blasser Stirn sich allmählich Schweißperlen bildeten. Als sie nicht antwortete, schnellte Olivera nach vorn und packte sie an den Schultern, um sie zu schütteln. »Ich werde dich auspeitschen lassen, wenn du es mir nicht sagst!«, fauchte sie. »Oder ich sage meinem Gemahl, dass er dich an die Reiter verschenken soll.«

Der Kiefer des Mädchens bebte. Aber erst als Olivera Anstalten machte, das Tuch zu heben und den Trägern etwas zuzurufen, gab es seinen Widerstand auf. »Ich sehe, dass Ihr ein Kind in Euch tragt«, flüsterte es. »Einen Sohn, der Euch viel bedeutet.«

Olivera ließ den Stoff fallen und rückte näher an die Sklavin. »Hat mein Sohn eine leuchtende Zukunft vor sich?«, wisperte sie und zuckte zusammen, als die junge Frau mit einem Schluchzen den Kopf schüttelte.

»Nein«, presste sie unter Tränen hervor und griff erneut nach Oliveras plötzlich ebenfalls eiskalter Hand. »Euer Sohn wird durch sein eigen Fleisch und Blut den Tod finden!«

KAPITEL 43

Bursa, Hochsommer 1400

WAR ES DAS, was man als Ironie des Schicksals bezeichnete? Tiefe Falten gruben sich in Sapphiras Stirn, als sie die immer noch blutigen Verbände vom Rücken der Patientin löste. Die lastende Hitze des Hochsommers lag erstickend über dem Palast, und selbst das Grün der Pflanzen hatte inzwischen einen dunklen Schlammton angenommen. Ein Schweißtropfen löste sich aus ihrem Haar und rann langsam ihre Schläfe entlang. Da ihre Hände mit der Verwundeten beschäftigt waren, schüttelte sie den Kopf, um zu verhindern, dass das Salz ihre ohnehin brennenden Augen weiter reizte. Wenn doch nur endlich Abkühlung käme!, dachte sie und tauchte den Schwamm erneut in das Gemisch aus Rotwein und Olivenöl-*Amurca*, mit dem sie die tiefen Wunden der *Jariye* säuberte. Als sie das Netzwerk von klaffenden Striemen berührte, bäumte sich die junge Frau unter ihr auf und grub die Zähne in das Kissen – wie sie es jedes Mal tat, seit sie vor drei Tagen blutig und bis auf die Knochen gegeißelt ins Hospital gebracht worden war. Auch wenn ein Teil von Sapphira frohlockt hatte, da die Verräterin ihrer gerechten Strafe zugeführt worden war, hatte sie der Versuchung widerstanden, der taubstummen Sklavin mehr Schmerzen zuzufügen als nötig. Denn dann wäre sie keinen Deut besser gewesen als die *Jariye*. Erbarmungslos hatte der von der *Valide* angewiesene Eunuch die junge Frau dafür gezüchtigt, dass sich die

Sultansmutter ihretwegen vor ihren Untertanen eine Blöße gegeben hatte. Und noch immer hallte das grässliche Klatschen der Peitsche in Sapphiras Gedanken nach – unheimlich verstärkt, da den Schlägen keine Schreie gefolgt waren. Sie fuhr mit der Zungenspitze über ihre trockenen Lippen und tupfte den Eiter aus einer Wunde. Wer hat dich beauftragt?, dachte sie zornig. Die stummen Tränen der *Jariye* benetzten ihre entstellte Wange, und entgegen der Abneigung, die Sapphira für sie empfand, stieg Mitleid in ihr auf. Wäre sein Gesicht nicht durch eine hässliche Narbe verunziert, wäre das Mädchen eine Schönheit. So allerdings hatte es nicht dazu getaugt, in den höheren Dienst aufgenommen zu werden, was dazu geführt hatte, dass man ihm sowohl die Zunge als auch das Gehör geraubt hatte. Dadurch konnte die Sklavin überall im Palast ein und aus gehen, ohne die Geheimnisse der *Valide* oder der Gemahlinnen des Sultans weiterzutragen. Sapphira verzog das Gesicht, als ein dünner Schorf unter dem Druck ihrer Hand nachgab und einen Schwall Eiter ausspie. Selbst wenn die junge Frau Lippen lesen konnte wie die meisten taubstummen Dienerinnen, war sie nicht dazu in der Lage, ihr Wissen aus Versehen auszuplaudern.

Wenn sie doch nur irgendwie erfahren könnte, wer hinter der heimtückischen Intrige steckte! Ein weiteres Mal tränkte Sapphira den Schwamm und presste ihn auf den Rücken der *Jariye*. So viele Fragen, aber keine einzige Antwort. Warum hatte es so lange gedauert, bis die Sklavin Gülbahar beschuldigt hatte? Sie zog hastig die Hand zurück, als sich ihre Patientin erneut versteifte. Inzwischen war sie sicher, dass es sich bei der unsichtbaren Beobachterin in dem kleinen Gärtchen um die *Jariye* gehandelt haben musste. Doch warum hatte diese mit ihrem Verrat so lange gewartet? Die Erklärung, welche die Freundin gehabt hatte, klang einleuchtend, aber traf sie auch zu? »Ich habe die *Börk* nur ein einziges Mal im Dormitorium vergessen«, hatte Gülbahar zerknirscht gestanden. »Und ausgerechnet an *dem* Tag musste diese dumme Gans sie finden!« Hatte das Mädchen jeden Tag die Schlafplätze durchsucht, da es nicht wusste, wen es beobachtet hatte und wann diejenige sich verraten würde? Die unterschwellige Angst, die sich bei Gülbahars Festnahme in Sapphiras Brust eingenistet hatte, war zwar inzwischen verschwunden. Allerdings gab sie sich keinen Augenblick der irrigen Annahme hin, dass sie sich in Sicherheit wiegen konnte. Wer auch immer die Gegnerin im Hintergrund war, sie würde gewiss eine neue Helferin finden. Ihre Miene verdüsterte sich, als sie daran dachte, wie leicht Gülbahar die Folgen ihres Tuns nahm.

»Stört es dich denn gar nicht, dass die *Valide* dich vom Unterricht ausgeschlossen hat?«, hatte sie die Gefährtin gefragt.

Woraufhin diese lediglich die Schultern gezuckt und erwidert hatte: »Alles, was für mich zählt ist, dass ich Andor wiedersehe.« Ihr Blick war sehnsüchtig in die Ferne geschweift. »Vielleicht gelingt es uns irgendwann zu fliehen.«

Die Unvernunft der Freundin brachte Sapphira immer noch zum Kopfschütteln. Wie konnte Gülbahar nur die Ehre, Bayezid dienen zu dürfen, gegen eine unbedeutende Schwärmerei eintauschen? Gegen die belanglose Zuwendung eines einfachen Janitscharen?! Sie rümpfte die Nase. Sie selbst würde jedenfalls nicht zulassen, dass ihr jemand die Möglichkeit verbaute, doch noch die Gunst des *Padischahs* zu gewinnen. Irgendwann würde es ihr gelingen, seine Aufmerksamkeit zu erregen! Und dann würde sie in die höchsten Kreise des *Harems* aufsteigen.

Die Stimme der *Tabibe* beförderte sie unsanft zurück in die Realität: »Cennet kann für dich weitermachen. Ich brauche dich im Arzneilager. Die neuen Militärsklaven kommen heute an, und es ist nicht mehr genug Salbe zur Wundbehandlung da.« Ihre grünen Augen funkelten amüsiert. »Unser neuer *Hekim* ist sicherlich ein Meister der Worte, aber ich gehe ihm lieber zur Hand. Sonst ist es abzusehen, dass das *Darüssifa* in den nächsten Tagen mit jungen Männern überschwemmt wird, die an einer Stelle behandelt werden müssen, die gänzlich unschicklich ist.«

~~⊙~~

Es war beinahe etwas wie Erleichterung, das Falk ergriff, als endlich die abweisenden Mauern eines Palastes vor ihnen auftauchten. Hinter spitz aufragenden Türmen erhob sich im Süden die blaue Wand eines Höhenzuges, über dem weiße Wolkenberge emporquollen. Die Straße, die auf das mächtige Tor zuführte, wirkte ausgestorben, und auch die Fensterluken der Hütten und Häuser glotzten leer und verwaist in den aufgewirbelten Staub. Dieser verwischte die Umrisse der Dattelpalmen, Pfirsichbäume, Kiefern und Zypressen, die zum Teil schlaff die Äste hängen ließen. Doch wenigstens wurde der Zug nicht länger von dem ekelhaften Gestank der Schwefelquellen begleitet, die Falk mit bodenloser Furcht erfüllt hatten.

»Glaubst du mir jetzt?«, hatte Antonio gefragt und auf die Erdspalten gezeigt, aus denen schwelender Qualm aufgestiegen war. »Wenn das nicht ein Zeichen dafür ist, dass die Geschichten wahr sind, was dann?« Darauf hatte Falk keine Antwort gewusst. »Zentauren, Dämonen und der Teufel selbst hausen dort«, hatte Antonio furchtsam geflüstert und war zusammengefahren, als eine der Quellen eine Dampfschwade ausgespuckt hatte. »Wer dorthin verbannt wird, leidet unendliche Qualen!«

Noch immer wollte Falk nicht glauben, was der Venezianer ihm einzureden versuchte; und je mehr der faulige Gestank verblasste, desto weniger bedrohlich schien die ansonsten grüne Landschaft. War die Hölle nicht ein gewaltiger Trichter im Boden? Und musste man nicht erst den Fluss Acheron überqueren, um die Höllenkreise zu erreichen, in denen die Sünder entsprechend ihrer Vergehen grausam gepeinigt wurden?

»Heißt es nicht, dass die Leiber in einem Blutstrom gekocht werden?«, hatte Antonio hinzugesetzt und sich verstohlen umgeblickt. »Vielleicht ist das gar nicht wörtlich gemeint.«

Einige angsterfüllte Augenblicke war Falk seinem Gedankengang gefolgt und hatte die leuchtend roten Uniformen als böses Zeichen gesehen. Doch dann hatte sich das Licht der Sonne in einem kuppelförmigen Dach gefangen, und allein der strahlende Glanz hatte genügt, um Falks Ängste zu beruhigen. Sicherlich war die Hölle ein Ort der Dunkelheit und der Verzweiflung. Wie konnte es dann sein, dass der Palast, auf den sie zusteuerten, mit üppiger Pracht und vollkommener Architektur protzte?

Dennoch blieb ein Rest nagenden Zweifels zurück, und mit jedem Schritt, den er sich seinem Schicksal näherte, wurde ihm unbehaglicher zumute. Fast eine Woche hatte die Reise von Gallipoli nach Bursa gedauert; und wohingegen die Tage auf See noch verhältnismäßig angenehm gewesen waren, hatte der Marsch unter sengender Sonne ihn ans Ende seiner Kräfte gebracht. Wie viele andere schleppte auch er sich inzwischen nur noch aus Furcht vor Bestrafung vorwärts. Denn die brutalen Treiber sorgten dafür, dass sich niemand zu Boden fallen ließ, der nicht wirklich zu schwach war, um weiterzulaufen. Erbarmungslos prügelten sie auch auf die Kleinsten ein, deren Weinen sie noch anzuspornen schien. Kurz nach der Landung hatte eine Gruppe Knaben versucht zu fliehen. Und noch immer standen Falk die Haare zu Berge, wenn er an die Knüppel dachte, mit denen ihre Fußsohlen in einen blutigen

Brei verwandelt worden waren. Ungeachtet der entsetzlichen Schmerzen, welche die Tortur ihnen bereiten musste, waren sie gezwungen worden weiterzugehen, als ob nichts geschehen wäre – und zwei von ihnen waren an einer Vergiftung des Blutes gestorben.

Unbewusst rieb Falk sich die Handgelenke, die mit einem derben Strick gefesselt waren. Wie Schlachttiere, waren je vier von ihnen in einer Reihe zusammengebunden, damit kein einzelner auf die Idee kam, das Weite zu suchen. Ein dröhnender Befehl brachte die jungen Männer und Knaben vor ihm zum Stehen, und unversehens stieg eine kalte, alle Vernunft auslöschende Panik in ihm auf. Wenngleich er sich geschworen hatte, diese Prüfung Gottes geduldig wie ein Ochse das Joch zu tragen, griff er nach dem Kruzifix an seinem Hals. »Vater unser, der Du bist im Himmel, geheiligt werde Dein Name. Dein Reich komme, Dein Wille geschehe, wie im Himmel so auf Erden!« Er verstummte, als einer der Treiber neben ihm auftauchte. Hastig ließ er das Kreuz los und verbarg es unter seinem Hemd. Nachdem der Türke ihn kurz prüfend gemustert hatte, eilte er weiter und ließ Falk mit seiner Mutlosigkeit allein. »Unser täglich Brot gib uns heute; und vergib uns unsere Schuld, wie auch wir vergeben unsern Schuldigern; und führe uns nicht in Versuchung, sondern erlöse uns von dem Bösen, Amen,« flüsterte er, ohne die Lippen zu bewegen.

Als sich das gewaltige Tor mit einem Knarren öffnete, rutschte ihm das Herz in die Hose. Was, wenn Antonio doch die Wahrheit gesagt hatte? Was, wenn ihn hinter den so weltlich wirkenden Mauern Höllenstürme, Eisregen, kochendes Pech und vom Himmel fallende Feuerflocken erwarteten? Ganz zu schweigen von Dämonen, Harpyien und anderen Ungeheuern? Sein Blut gefror, als sich das Seil um seine Handgelenke straffte und seine Mitgefangenen ihn vorwärts zogen. Während sich ein Zittern in ihm ausbreitete, stolperte er an bewaffneten Wächtern vorbei ins Innere des Palastes, das in seiner Fantasie die grauenvollsten Formen annahm. Da er die Lider aufeinandergepresst hatte, stieß er nach kurzer Zeit mit seinen Vordermännern zusammen, als diese urplötzlich haltmachten. Erschrocken riss er die Augen wieder auf und blinzelte verdutzt, als er prunkvolle Gebäude, Wasserspiele und Gärten erblickte. Blaue Pfauen stolzierten mit gespreizten Schwanzfedern über einen Hof, der so sauber war, dass man vom Boden hätte essen können. Eine Handvoll Kamele war ordentlich in Reih und Glied im Schatten eines vorspringenden Daches angebunden; und jedes Mal, wenn sie den Kopf bewegten, klimperten kleine Glöckchen an ihrem Geschirr. Durch einen Torbogen, der in einen weiteren Hof zu führen schien, trabte soeben ein halbes Dutzend Offiziere, deren Reittiere Falk den Atem stahlen. Schneeweiß und glänzend schimmerte das Fell der Vollblüter im Sonnenschein, als diese sich dem Zug näherten. So sahen Kreaturen der Hölle aus? Die Verwirrung nahm zu, als die Offiziere aus dem Sattel glitten und die Reihen der Gefangenen abschritten. Die jungen Janitscharen aus Gallipoli lösten sich auf einen Befehl hin aus der Schlange und scharten sich um Banner, die Falk erst jetzt bemerkte. Der Rest der jungen Männer wurde dem Alter nach getrennt, sodass Falk sich in einem Kreis Gleichaltriger wiederfand. Diese – etwa dreißig Knaben – wurden in den Schatten einer Palme dirigiert, wo sie zu warten hatten, bis die Auslese beendet war. Die jüngsten Gefangenen nahm ein blau Gekleideter mit einem roten Hut unter seine Fittiche, der sie in die Eingeweide des Palastes scheuchte.

Als schließlich alle aufgeteilt waren, trat einer der Offiziere vor die Knaben und herrschte sie in makellosem Latein an: »Ihr seid zu alt, um in die Provinzen geschickt oder für den Palastdienst ausgewählt zu werden. Eure militärische Ausbildung beginnt sofort.« Damit winkte er einige Bewaffnete zu sich, welche die jungen Männer in die Mitte nahmen und sie ebenfalls in den nächsten Hof trieben. Von dort aus ging es durch ein weiteres Tor, bis Falk und seine Leidensgenossen schließlich vor einem kleinen, mit bunten Kacheln geschmückten Gebäude anlangten, dessen Tür weit offen stand. Nichts von dem, was er auf dem Weg sah, bestätigte Antonios Schwarzmalerei. Und allein das genügte, dass er sich trotz aller Unsicherheit ein wenig entspannte.

»Trödelt nicht!« Die hohe Fistelstimme ließ Falk erschauern. Ein fetter Kerl mit weibischen Gesichtszügen tauchte aus dem Gebäude auf und wedelte ungeduldig mit den Händen. »Der *Hekim* wartet bereits!« Mit diesen Worten grabschte er nach Falk und den beiden Jungen, die ihm am nächsten waren, und beförderte sie unsanft in das Dämmerlicht des kleinen Baus.

Dort brannten Feuer in Kohlebecken, und ein eigenartiger Geruch ließ Falk schnuppern. Um was es sich handelte, konnte er nicht feststellen, aber als ihr Führer eine Tür aufstieß, erstarrte er zur Salzsäure. In der Mitte des Raumes befand sich ein Tisch, an dem Riemen befestigt waren. Bevor Falk sich versah, hatten ihn zwei kräftige Helfer gepackt, auf den Tisch geschnallt und ihm die Hose heruntergezogen. Ohne auf seinen lautstarken Protest zu achten, traten ein dunkelhäutiger Mann und eine verschleierte Frau neben ihn und machten sich in seinem Schritt zu schaffen. In der Hand des Mannes blitzten ein Messer und eine Art Schere, und als Falk den Mund zu einem weiteren Ruf öffnen wollte, legte sich ein Tuch darüber. Der Geruch, der davon ausströmte, benebelte ihm die Sinne. Dennoch spürte er deutlich, wie sich eine raue Hand um seine Männlichkeit legte und ihn ein stechender Schmerz durchzuckte.

KAPITEL 44

WIE VOM DONNER gerührt starrte Sapphira auf die Stelle, an der die erste Gruppe der Neuankömmlinge verschwunden war. Nachdem sie der *Tabibe* geholfen hatte, ihre Salben und Instrumente in den flachen Bau zu schaffen, hatte diese ihr gestattet, ins Hospital zurückzukehren; worüber Sapphira in Anbetracht dessen, was die jungen Männer erwartete, mehr als froh war. Doch es war weder die überwältigende Wand der Furcht noch das Wissen darum, was das Messer des *Hekims* den zukünftigen Janitscharen antun würde, das sie auf der Stelle festnagelte. Vielmehr war es das blasse Azurblau, welches mit einem der Gefangenen durch die Tür verschwunden war, das ihren Atem zum Stocken brachte. Wie Yahya umflackerte den dunkelhaarigen Knaben *die* Farbe, die Sapphira stets an einen wolkenlosen Sommerhimmel erinnerte. Als ob sein Bild sich in ihre Lider eingebrannt hätte, sah sie ihn selbst dann noch vor sich, als sie die Augen schloss, um ihren Herzschlag zu beruhigen und die Fassung wiederzuerlangen. Von den Grübchen in seinen Wangen bis hin zu den seltsam bernsteinfarbenen Augen grub sich seine Erscheinung in ihre Erinnerung ein und fraß sich in ihre Seele.

Mit einem sichtlichen Ruck zwang sie sich dazu sich zusammenzunehmen, kehrte den Gefangenen den Rücken und eilte zurück ins *Darüssifa*. Dort hastete sie den Gang zwischen den Betten entlang in das hospitaleigene *Hamam* und schloss heftig atmend die Tür. Während sich ihr Puls allmählich beruhigte, lehnte sie sich gegen die kühle Wand und sog bewusst den Duft der Seifen und Öle ein. Warum machte ein gewöhnlicher Militärsklave einen solchen Eindruck auf sie? Der betörende Geruch von Pfirsich lullte sie ein und beruhigte sie ein wenig. Vielleicht konnten die vertrauten Gerüche die befremdliche Anziehungskraft auslöschen, die der junge Mann auf sie ausübte. Mit geschlossenen Augen ließ sie sich einige Momente lang von den Wohlgerüchen einhüllen und versuchte, die Empfindung abzuschütteln. Je heftiger sie das Gefühl jedoch in den Hintergrund drängte, desto mehr verstärkte es sich, bis sich schließlich Ärger über die eigene Torheit hinzugesellte. Was, in drei Teufels Namen, hatte der Fremde an sich, dass er sie derart aus dem Gleichgewicht bringen konnte?, fragte sie sich und schlug ungehalten die Augen wieder auf.

Einem Impuls folgend, löste sie sich von der Wand und drang weiter in den Umkleideraum vor. Beinahe zögernd näherte sie sich dem Spiegel in der nördlichen Ecke und betrachtete die schlanke Gestalt darin. Unschlüssig zupfte sie an einem Ende des Schleiers vor ihrem Gesicht und befreite sich von den Stoffbahnen, bis ihr das eigene, ovale Gesicht mit den hohen Wangenknochen entgegenblickte. Von dichten Wimpern umrahmte, blaue Augen musterten den Bereich, wo ihr Körper sich von dem hellen Hintergrund abhob. Vielleicht gab es eine ganz einfache Erklärung für den Zauber. Aber egal, wie sehr sie sich anstrengte, es gelang ihr auch dieses Mal nicht, eine Farbe um sich herum auszumachen. Nach einer Weile gab sie seufzend auf. Warum hätte es ihr heute auch anders ergehen sollen als all die ungezählten Male, die sie es bisher versucht hatte? Mit einem ärgerlichen Kopfschütteln befestigte sie einen der dünneren Schleier wieder auf ihrem Haar und faltete die übrigen Tücher sorgfältig zusammen. Da der neue *Hekim* offenbar in vielen Dingen noch unerfahren war, benötigte er häufig die Hilfe der *Tabibe* – was oft auch

Sapphiras Anwesenheit im Bereich der Männer erforderlich machte. Demzufolge war die *Yashmak* stets griffbereit, um wenigstens ein Minimum an Anstand zu wahren.

»Mach dir keine Sorgen. Die Notwendigkeit erlaubt das Verbotene«, hatte die *Tabibe* ihre Schülerin beruhigt. »Zur Zeit des Propheten haben Frauen die im Krieg verwundeten Männer geheilt. Nicht einmal der Sultan hätte etwas dagegen einzuwenden, dass wir die Janitscharen behandeln. Wenn das Leben einer seiner eigenen Gemahlinnen bedroht wäre, dürfte sogar ihre geheimste Stelle vor einem *Hekim* entblößt werden.«

Während sie sich diese Unterhaltung ins Gedächtnis rief, spielte Sapphira geistesabwesend mit dem letzten der Schleier, bis dieser ihr aus der Hand glitt und zu Boden segelte. Mit einem letzten Zukneifen der Augen bückte sie sich danach, wandte sich zum Gehen und beschloss, den jungen Militärsklaven so schnell wie möglich zu vergessen. Sicherlich war es nur einem Zufall zu verdanken, dass er ihr überhaupt aufgefallen war. Wäre er in einer anderen Gruppe gewesen, hätte sie ihn vermutlich nicht einmal bemerkt. Sie trat energisch zurück in den Hauptteil des *Darüssifas*, um sich um die Fiebernden, Leidenden und Alten zu kümmern.

So versunken war sie in ihre Aufgabe, dass sie die Rückkehr der *Tabibe* erst bemerkte, als die Ärztin schimpfte: »Wenn dieser Kerl nur halb so viel wüsste wie der alte *Hekim*, dann wüsste er immer noch zehnmal so viel, wie er weiß.« Sapphira zog verwirrt die Augenbrauen in die Höhe und stellte ein Glas mit einer gelbweißen Kotprobe zur Seite, die sie bei einer Patientin mit erhöhter Temperatur genommen hatte. »Es hätte nicht viel gefehlt, und er hätte die Zahl der vollkastrierten Eunuchen an einem Tag verdoppelt!« Ihr ansonsten ernstes Gesicht verzog sich zu einer komischen Grimasse der Verzweiflung. »Ich kann nur hoffen, dass sich die Jungen nicht allzu oft verletzen. So wie der Bursche zu Werke geht, heilt der nicht mal einen verstauchten Knöchel!« Ihre Brust hob und senkte sich heftig. Aber als sie sah, wie schlecht es der Kranken ging, von der Sapphira die Probe genommen hatte, wurde sie schlagartig ernst. »Es wird nicht besser, oder?«, fragte sie besorgt und beugte sich über die Frau, deren Augen einen ungesunden Gelbton aufwiesen. Die Haut ihrer Arme war blutig gekratzt, und ihr Fieber war in den vergangenen Tagen angestiegen. »Hast du ihr die Medizin gegeben?« Als Sapphira bejahte, tastete sie den Hals der Kranken ab. »Wenn sie nicht bald Besserung zeigt …,« hub die Ärztin an, ließ den Satz jedoch unbeendet. Eine Zeit lang betrachtete sie die schwer atmende Hofdame nachdenklich. »Bring sie ins *Hamam*«, sagte sie schließlich, nachdem sie der Kranken erst am rechten und dann am linken Handgelenk den Puls gefühlt hatte. »Lass sie ein warmes Bad nehmen und dann sorge dafür, dass sie sich bewegt. Die Diät alleine genügt nicht.« Mit einem Griff unter die Achseln der geschwächten Frau half sie dieser in eine sitzende Stellung und zog sie auf die zitternden Beine. »Das Wasser wird die Schmerzen lindern«, versprach sie der Kranken, die leise stöhnte, als Sapphira sie um die Taille fasste.

»Es sind nur ein paar Schritte«, ermutigte das Mädchen die Patientin und führte sie langsam den Gang entlang. »So ist es gut.« Mit Lob und guter Zurede gelang es ihr nach einer scheinbaren Ewigkeit, die Frau ins Bad zu bringen, wo Sapphira sie behutsam in eines der Warmwasserbecken gleiten ließ. Dann träufelte sie eine Essenz aus Fichtennadeln in das dampfende Nass und rieb die Kranke mit einem weichen Schwamm in kreisenden Bewegungen ab.

Während sich die Patientin allmählich ein wenig entspannte, schweiften Sapphiras Gedanken gegen ihren Willen zurück zu dem jungen Janitscharen. Wo er wohl herkam? Zwar war sein Haar schwarz und seine Haut sonnengebräunt, aber seine Gesichtszüge wirkten fremdländisch und seltsam eckig. Sie kaute selbstvergessen an ihrer Lippe, während sie versuchte, behutsam die Steifheit aus dem Körper der Hofdame zu massieren. Ob er tatsächlich so furchtlos war, wie er ihr erschienen war? Als geschähe es in ebendiesem Augenblick, sah sie ihn vor sich, wie er versuchte, sich mit einer trotzigen Bewegung aus dem Griff des Eunuchen zu befreien; sah die energische Linie seines Kinns und die unwillig gerunzelten Brauen. Erneut breitete sich ein seltsames Gefühl in ihr aus, das selbst ihre Fingerspitzen erreichte. Was war nur los mit ihr? Ärgerlich über sich selbst, schüttelte sie ein weiteres Mal den Kopf und griff nach einem weichen Badetuch. »Gebt mir Eure Hand«, forderte sie die Kranke auf und half ihr aus dem Becken. Dann wickelte sie die Frau in das *Pestemal* ein und begann, sie im Bad auf und ab zu führen. Als sie die Patientin eine halbe Stunde später zurück zu ihrem Lager brachte, war sie beinahe froh über die Neuigkeiten, die sie erwarteten.

»Der Sultan ist auf dem Rückweg«, verkündete die *Tabibe*. »Und mit ihm viele Verwundete. Ich fürchte, die nächsten Tage werden alles andere als ruhig.« Ihr Blick wanderte zum Westflügel des Hospitals. »Wir sollten zusehen, dass genug Salben und Verbandsstoff vorhanden sind.« Sie zog die Oberlippe hoch. »Ich bezweifle, dass diese schlechte Entschuldigung für einen *Hekim* ohne unsere Hilfe auskommt.«

KAPITEL 45

Zwischen Ulm und Katzenstein, Hochsommer 1400

AM LIEBSTEN HÄTTE OTTO jemanden erschlagen. In gestreck-
tem Galopp preschte er den festgetrampelten Pfad am Rand
eines Kieferngehölzes entlang, aber egal wie sehr er sich und
sein Reittier antrieb, die Wut in seinem Bauch blieb. Nachdem
er in einem Tobsuchtsanfall den Sohn eines Ulmer Gastwirtes
verprügelt hatte, war er am Morgen Hals über Kopf aus der
Stadt aufgebrochen – um 75 Gulden erleichtert, die inzwischen
in der Truhe seines gierigen italienischen *Bancherius* ruhten.
Mit einem lautlosen Fluch setzte er über einen halb vermoder-
ten Ast hinweg, der ihm bereits im Frühjahr auf dem Weg zum
Pferdemarkt ein Dorn im Auge gewesen war. Wenn es *seine*
Bauern wären, hätte er schon längst dafür gesorgt, dass das
faule Gesindel dieses Hindernis aus dem Weg räumte. Schäumend drosch er seinem Reittier den Zügel über den Hals, und
als der Apfelschimmel protestierend den Kopf warf, rammte er
ihm die Hacken in die Flanken. Seine Bauern! Er presste grimmig die Zähne aufeinander, als er sich fragte, wie viele von diesen treulosen Hunden in der Zwischenzeit das Weite gesucht
hatten. Es war wie verhext! Hatte er vor dem Gespräch mit diesem vermaledeiten Lutz noch das Gefühl gehabt, alle Trümpfe
in der Hand zu halten, hatte die Drohung des Verwalters sein
Kartenhaus zum Einsturz gebracht wie ein gewaltiges Erdbeben. Er kniff die Augen zusammen. Die Sonne, die einem
flimmernden Feuerball gleich am Himmel stand, bereitete ihm

Kopfschmerzen. Fühlte sich sein Kopf nicht ohnehin an, als ob er zerspringen wollte?! Mit jedem Huftritt schien das Stechen in seinen Schläfen tiefer zu dringen – beinahe als triebe ihm jemand eine hauchdünne Klinge ins Gehirn. Ärgerlich beugte er sich weiter über die Mähne seines Hengstes und versuchte, das triumphierende Lächeln auf Lutz Metzlers Gesicht zu vergessen. Doch seine Bemühungen waren vergeblich. »Ansonsten könnt Ihr versuchen, Eure Forderungen gegen zwei der mächtigsten Männer des Landes durchzusetzen!« Deutlich hallten die Worte in seinem Verstand wider. Als ob er sich mit dem Grafen von Württemberg anlegen würde! Oder gar dem Grafen von Helfenstein, gegen dessen *Gesellschafft mit Sankt Wilhelm* er so viel ausrichten konnte wie ein Kind gegen einen erprobten Kämpfer. Er zog dem Apfelschimmel ein weiteres Mal den Zügel über den Hals. Sobald er in Katzenstein war, würde er nach einem Mittel suchen, wie er diesen Stachel aus seinem Fleisch entfernen konnte, ohne sich dabei weiteren Schaden zuzufügen. Denn geschlagen geben würde er sich ganz gewiss nicht! Er musste nur sichergehen, dass dieser Lutz aus dem Weg geräumt wurde, bevor er sich verplappern konnte. Er schnaubte – immer noch wütend über sich selbst. Warum war er auch so dumm gewesen, den Kerl zu unterschätzen? Hätte er von Anfang an *den* Feind in ihm gesehen, der er war, dann hätte er dafür sorgen können, dass auch er vom Erdboden verschwand, als habe er niemals existiert.

In halsbrecherischem Galopp fegte er vorbei an brachliegenden Feldern, die mannshoch mit Unkraut und Disteln bewachsen waren. Eine große Zahl der Dörfer, an denen er vorbeikam, war verlassen, und vielerorts hatten sich Schafherden auf den wüsten Äckern ausgebreitet. Das Blöken der trägen Tiere vermischte sich mit dem Donnern der Hufe und den Rufen der Hirten. Je mehr sich der Katzensteiner seinen eigenen Ländereien näherte, desto stärker wurde die

Beklemmung, die allmählich den Zorn verdrängte. Wenn seine eigenen Dörfer und Äcker in einem ähnlich jämmerlichen Zustand waren wie die der anderen Herren, dann stellte die Drohung Lutz Metzlers nicht sein einziges Problem dar. Sicherlich war er – auch nach der Begleichung seiner Schulden – immer noch ein reicher Mann. Aber er hatte keineswegs vor, diesen Reichtum damit zu vergeuden, die mangelnden Abgaben seiner Bauern auszugleichen. Ungehalten jagte er weiter über Stock und Stein, bis schließlich die Umrisse seiner Burg am Horizont auftauchten. Wie ein mahnender Zeigefinger ragte der Bergfried in den Himmel, und zu seiner Zufriedenheit flatterte das Wappen der Katzensteiner im böigen Wind. Plötzlich wurde ihm klar, dass ein Teil von ihm befürchtet hatte, seinen Stammsitz genauso verlassen vorzufinden wie all die Höfe und Siedlungen, an denen er im Laufe des Tages vorbeigekommen war. Befremdet über diese Ahnung zügelte er den Apfelschimmel, da das Tier allmählich ermüdete. »Was für ein Narr du doch bist«, murmelte er und verscheuchte eine aufdringliche Bremse, die sich immer wieder auf seinem Bein niederlassen wollte. Warum hätten seine Leute Katzenstein verlassen sollen? Hatte er vor seiner Abreise nicht eigens Geld zur Bezahlung des Gesindes dagelassen? Er zog eine Grimasse, da er in der Zwischenzeit froh darüber war, auf seinen Verwalter gehört zu haben. Als der Wald zu seiner Rechten allmählich in Wiesen, Weiden und Felder überging, sog er beinahe wehmütig den Duft des warmen Wacholders ein. Wie er diesen Geruch vermisst hatte! Kein noch so teures Aroma, keine noch so ferne Stadt konnte das Gefühl erzeugen, das ihn stets ergriff, wenn er die mächtigen Mauern seiner Heimatburg erblickte. Er legte reumütig die Stirn in Falten, als er sich daran erinnerte, wie er Katzenstein verwünscht hatte, als er das erste Mal unter dem Dach seines Neffen geschlafen hatte.

Der Gedanke an seinen Neffen bescherte ihm einen säuerlichen Geschmack im Mund. Als habe der Verrat an dem Burschen irgendetwas an ihm verändert, reagierte sein Körper stets mit einem Anflug von Unwohlsein, wenn er an ihn dachte. Seine Miene verfinsterte sich weiter. Warum hatte der venezianische Kapitän seine geschmacklosen Bemerkungen nicht für sich behalten können? »Wenn Ihr Eure Seele verkauft, dürft Ihr Euch nicht wundern, wenn der Teufel irgendwann seinen Preis fordert!«, hatte der Italiener mit einem unheimlichen Lachen verkündet, als Otto halb tot vor Seekrankheit in einer Ecke gekauert hatte. »Findet Euch damit ab«, war der Venezianer fortgefahren, als ob er den entsetzten Gesichtsausdruck des Ritters nicht bemerkt hätte. »Der Verrat an Eurem Neffen hat Euch einen Platz direkt im Herzen der Hölle gesichert!« Noch immer standen Otto die Nackenhaare auf, wenn er an diese Aussage zurückdachte. »Ich bin wenigstens nur ein Dieb und Räuber«, hatte der Seemann scheinbar genüsslich weiter in dieselbe Kerbe gehauen. »Bis in alle Ewigkeit von Schlangen gebissen, zu Asche zerfallen und wieder auferstehen zu müssen, erscheint mir harmlos im Vergleich zu dem, was Euch erwartet.« Sein Lachen war Otto durch Mark und Bein gegangen. Bei der Erinnerung daran überfiel ihn eine ähnliche Übelkeit wie die, die ihn an Bord des Schiffes niedergestreckt hatte. Mit einem mühsamen Schlucken verhinderte er, dass ihm bittere Galle in die Kehle stieg. »Bis zum Kopf in einem See eingefroren zu sein – direkt neben Luzifer selbst«, hatte ihn der Italiener weitergequält, »das würde selbst mir Angst einjagen!« Ein weiteres dröhnendes Lachen hatte Otto verraten, dass er ihm kein Wort glauben sollte. Und doch nagte seit diesem Gespräch etwas an ihm, das mit jedem Tag, der verstrich, mächtiger zu werden schien. Er zügelte den Apfelschimmel zu einem gemächlichen Schritt und zog die Schultern hoch. Manchmal vermeinte er sogar an den heißesten Tagen zu frieren. Er hob die Hand an seinen Hals, an dem seit einiger Zeit ein Kruzifix baumelte. Zwar war sein bisheriges Leben alles andere als gottesfürchtig gewesen, aber es konnte sicherlich nicht schaden, sich vor den Dämonen der Hölle zu schützen. Denn das war es gewesen, was ihn an den Worten des Piraten am meisten erschüttert hatte: dass einem Sünder wie ihm offenbar schon zu Lebzeiten die Seele geraubt werden konnte. Dann würde ein Dämon in seinen leblosen Leib schlüpfen und in der diesseitigen Welt sein Unwesen treiben, während er selbst bereits im Inferno unvorstellbare Qualen erlitt.

Er wischte die beunruhigenden Gedanken mit einer ärgerlichen Geste zur Seite. Was er getan hatte, war richtig! Richtig und unumgänglich. Hätte er den Jungen tatsächlich ohne finstere Absichten auf die Reise begleitet, dann hätte er zugelassen, dass dieser einen Reichtum mehrte, der ihm nicht zustand. Er verzog griesgrämig das Gesicht, als sich eine Spur Reue zu dem Unwohlsein gesellte. Wie hätte er denn sonst handeln sollen, um sein Erbe zurückzugewinnen?, fragte er sich zum wohl tausendsten Mal seit die Gewissensbisse angefangen hatten ihn zu plagen. Es hatte keinen anderen Weg gegeben. Und damit fertig! Er kniff die Augen zusammen und ritt die staubige Straße entlang, die in einiger Entfernung in das Dorf Katzenstein mündete. Mit aller Macht konzentrierte er sich auf die Wärme der Sonne auf seiner Haut, bis es ihm schließlich gelang, seine Ruhe zurückzugewinnen. Kaum hatten sich die Ängste ein wenig gelegt, fielen ihm einige Unstimmigkeiten auf. Warum stand das Tor in der Dorfmauer sperrangelweit offen? Und warum waren die Felder zum Teil noch nicht abgeerntet? Misstrauisch geworden richtete er sich im Sattel auf und ließ den Blick über seine Ländereien schweifen. Etwa jede dritte Hufe wirkte vernachlässigt – die goldenen Ähren von Unkraut erstickt. Was ging hier vor? Wenngleich sein Hengst schnaubend protestierte, trieb er ihn erneut zu einer schnelleren Gangart an. Trabend näherte er sich dem Dorfgraben, an den die Dorfmauer anschloss, und ritt in die Siedlung ein. Wie ein bleierner Mantel lag die Hitze des Tages über den strohgedeckten Dächern der Bauernhäuser, die ausgestorben und verlassen wirkten. Sollten etwa noch mehr seiner Leute zum Betteln in die umliegenden Städte geflohen sein, obwohl empfindliche Strafen darauf standen? Verdrossen lenkte er seinen Hengst auf den Dorfplatz zu, wo sich die Behausung des Dorfmeiers befand. Dieser, einer der wenigen Freien in Katzenstein, übte für Otto wichtige Funktionen aus und organisierte das Hofgericht. Wenn jemand wusste, was hier geschehen war, dann er. Wenn er nicht ebenfalls inzwischen an einem anderen Ort sein Glück suchte. Mit sinkendem Mut passierte er halb zerfallene Ställe und Scheunen und sah sich nach einem Lebenszeichen um. Doch erst der helle Klang eines Schmiedehammers verriet ihm, dass zumindest noch einer der Bewohner anwesend sein musste.

Neugierig dirigierte er sein Reittier nach links und tauchte in eine enge Gasse ein, an deren Ende die Schmiede schwarzen Rauch in den Sommerhimmel spuckte. Der beißende Gestank von heißem Eisen und verbranntem Holz vermischte sich mit einem würzigen Geruch, der seltsam fehl am Platze wirkte. Er hatte gerade die Umrisse des Schmiedes ausgemacht, als sich eine weitere, beinahe kindlich schlanke Gestalt aus dem Hintergrund löste. Einige Augenblicke redete diese auf den Mann ein, legte ihm dann kurz die Hand auf die Schulter und zog ein löchriges Tuch über den Kopf. Dann griff sie nach einem Korb und trat hinaus ins Freie.

Ottos Herzschlag verlangsamte sich. Trotz der ziemlichen Kopfbedeckung umfloss eine Flut rostroter Locken ein bleiches Gesicht, aus dem grasgrüne Augen hervorstachen. Eine kleine, gerade Nase unterstrich den elfenhaften Eindruck, der durch den federnden Schritt der jungen Frau verstärkt wurde. Ehrerbietig und dennoch stolz neigte sie flüchtig den Kopf zum Gruß und huschte an Otto vorbei, der ihr wie vom Donner gerührt nachstarrte.

Wer war dieses bezaubernde Geschöpf? Obwohl er Frauen wegen ihrer Schwäche und Falschheit sein ganzes Leben lang verachtet hatte, schlug dieses Wesen ihn so sehr in seinen Bann, dass er alle Geringschätzung auf der Stelle begrub. Es dauerte einige Momente bis er sich so weit gefasst hatte, dass er sich aus dem Sattel schwingen konnte. Die Sorgen über den Verbleib seiner Hörigen schon fast vergessen schüttelte er die Verwirrung ab und betrat die Schmiede.

KAPITEL 46

Bursa, Hochsommer 1400

DER KURZE RUF GENÜGTE, um die jungen Männer auffahren zu lassen. Während sein Verstand noch damit kämpfte, sich zu orientieren, griff Falk sich instinktiv mit der Hand zwischen die Beine und atmete erleichtert auf. Alles war noch an seinem Platz – anders als in dem schrecklichen Traum, aus dem der Befehl des Ausbilders ihn gerissen hatte. Die Wunde schmerzte noch, aber es bestand kein Zweifel, dass er noch ein ganzer Mann war. Widerwillig setzte er die Füße auf den Boden und versuchte, das Durcheinander in seinem Kopf zu ordnen. Wie die anderen, hatte auch er die Nacht auf einem schmalen, harten Lager verbracht, das nach altem Schweiß und verfaultem Stroh stank. Wund, zerschlagen und übermüdet rappelte er sich auf und schlüpfte hastig in Hemd, Hose und Jacke, um den Unwillen des strengen Janitscharen nicht zu erregen. Während er an Schnürungen nestelte und Haltung annahm, dachte er schaudernd an den Moment des überwältigenden Entsetzens zurück, als sich die Hand des Arztes um ihn geschlossen hatte. Ein kalter Schauer lief seinen Rücken hinab. Anstatt ihn wie befürchtet zu entmannen, hatte der *Hekim* ihm und den anderen Knaben jedoch lediglich die Vorhaut entfernt und die heftig blutenden Einschnitte mit einem seltsam riechenden Brei bestrichen, den Falk bei der ersten Gelegenheit abgekratzt hatte. Daraufhin hatte der Mann ihn in die Hände eines Aufsehers übergeben, der die Neuankömmlinge in Gruppen zu je fünfzehn Mann aufgeteilt und in ein steinernes Gebäude getrieben hatte. Vorbei an bunt gefliesten Wänden, vergoldeten Türen und Springbrunnen war Falk durch mehrere Höfe geführt worden, bis sie schließlich in einem Teil des Baus angelangt waren, der sich durch Schmucklosigkeit und Nüchternheit auszeichnete. Durch eine hohe Mauer von den Werkstätten der Schwert- und Bogenmacher, Sattler, Schmiede, Schuster und Schneider getrennt, wirkte dieser Bereich des Komplexes trostlos und – in seiner Kahlheit – bedrohlich. Mühsal, Angst und Schmerz schienen beinahe greifbar in der schwülen Luft zu liegen, die Falk den Schweiß aus den Poren treten ließ.

»Das ist Ünsal, Euer Lehrer«, donnerte der Ausbilder auf Lateinisch und deutete auf einen blau Gewandeten, dessen Kopf ein hoher roter Hut zierte. »Er wird Euch die türkische Sprache beibringen. Ihr werdet ihm gehorchen!«

Damit trat er in den Hintergrund und übergab das Wort an den Alten, dessen braun-grüne Augen die Jungen aufmerksam musterten. »Ihr alle sprecht Latein?«, fragte er. Nachdem die Knaben genickt hatten, fuhr er schmunzelnd fort: »Die ersten Wochen werdet ihr ausschließlich unter meiner Obhut zubringen.« Das Lächeln verschwand. »Sobald ihr genug Türkisch gelernt habt, um die Befehle zu verstehen, beginnt eure militärische Ausbildung.«

Der Aufseher trat wieder in den Vordergrund. »Ünsal wird euch auch im rechten Glauben unterweisen. Ihr seid allen Älteren zu absolutem Gehorsam verpflichtet. Wer dagegen verstößt, wird bestraft. Wer flucht oder sich mit anderen prügelt, dessen Fußsohlen werden mit der *Falaka* geschlagen, bis sie bluten. Wer sich nicht sauber hält, wird zum Strafdienst in die Küche versetzt.« Er hielt einen Moment inne. »Der Sultan, der Schatten Gottes auf Erden, ist euer oberster Herr. Ihr werdet euer bisheriges Leben vergessen und eure Zukunft voll und ganz dem Dienst des *Padischahs* widmen.« Irgendwo erklang eine tiefe Glocke. »Das ist das Zeichen, sich zur Mahlzeit zu versammeln. Jede Gruppe besitzt einen *Kazan* – einen Suppenkessel – der niemals unbewacht sein darf. Die Nahrung zu verweigern bedeutet, gegen den Sultan aufzubegehren, ihr solltet also nicht einmal daran denken.« Mit diesen Worten klatschte er in die Hände und befahl den jungen Männern, sich in den Hof zu begeben.

Dort stand etwa ein Dutzend auf Hochglanz polierter Kupferkessel in Reih und Glied, vor denen sich je ein Janitschar aufgebaut hatte. Mit einer hölzernen Kelle schaufelten die Suppenverteiler einen dicken Eintopf in die Schalen, welche die Knaben bei ihrer Ankunft erhalten hatten. Nachdem er den Löffel von seinem Gürtel losgemacht hatte, tat Falk es den anderen jungen Männern gleich und ließ sich auf dem Boden nieder. Hungrig stopfte er die erstaunlich wohlschmeckende sämige Suppe in sich hinein, während er mit leerem Blick vor sich hinstarrte.

Wie um alles in der Welt sollte er jemals von hier entkommen?, fragte er sich mutlos. Gefangen hinter unzähligen Mauern, schien er sich zwar nicht – wie von Antonio befürchtet – in der Hölle zu befinden, aber an eine Flucht war nicht zu denken. Die gewaltige Angst, die ihn während des beschwerlichen Marsches beherrscht hatte, war zu einer dumpfen Empfindung tief in seinem Inneren abgeflaut. Dennoch machte er sich keine Sekunde etwas vor. Er befand sich in einer Lage, die schlimmer kaum sein könnte. Tausende von Meilen von seiner Heimat entfernt würde er vermutlich den Rest seines Daseins als Sklave eines Ungläubigen fristen – wenn Gott nicht irgendwann ein Einsehen mit ihm hatte. War dies die Strafe dafür, dass er nicht mehr dafür getan hatte, seine Eltern aus dem Fegefeuer zu befreien? Wollte der Herr ihm die gleichen Qualen aufbürden, die sein Vater und seine Mutter wegen seiner Untätigkeit erdulden mussten? Das Kreuz an seinem Hals erschien ihm mit einem Mal schwer wie Blei. Er musste die Prüfung bestehen. Nur dann würde er sich würdig erweisen, vom Allmächtigen erlöst zu werden. Er sandte ein stilles Gebet zum Himmel und duckte sich, als einer der Soldaten hinter ihm vorbei in das Gebäude rauschte. Hungrig kratzte er auch den letzten Rest des Eintopfes zusammen und leckte den Löffel ab. Als er sich vorbeugte, schlug sein Siegelring klimpernd gegen das Kruzifix, und urplötzlich keimte das Misstrauen gegen seinen Onkel wieder in ihm auf. War Otto von den Seeräubern erschlagen worden? Oder hatte er tatsächlich mit dem Venezianer einen Plan ausgeheckt und sich vor dem Überfall in Sicherheit gebracht – eine Vermutung, die Falk für immer wahrscheinlicher hielt. Er kaute nachdenklich an einem Fingernagel. Fragen über Fragen. Er war beinahe froh, als ein weiterer scharfer Befehl erklang, der ihn zurück auf die Beine brachte.

»Ausbildungseinheit eins bis fünf begibt sich sofort zum Bogenschießen!«, bellte ein kräftig gebauter Soldat. »Die Einheiten sechs bis zehn zum Unterricht!« Er machte auf dem Absatz kehrt.

Während einige der jungen Männer verunsicherte Blicke tauschten, erschien der Lehrer Ünsal – gefolgt von vier weiteren Eunuchen – wieder auf der Bildfläche. »Ihr kommt mit mir«, sagte er mit sanfter Stimme an Falk und seine Kameraden gewandt und führte sie in das Gebäude zurück.

Da inzwischen die Sonne den Horizont erklommen hatte, wichen die erträglichen Temperaturen der Nacht bereits wieder der sengenden Hitze, und Falk atmete auf, als ihn die dämmerige Kühle des Gebäudes verschluckte. Doch so wie die Tritte ihrer Stiefel von den kahlen Wänden zurückgeworfen wurden, hallte die Rede des Ausbilders in seinem Kopf nach. Der rechte Glaube! Er rümpfte die Nase. Als ob diese Lästerer wussten, welcher Glaube der richtige war! Mit einem unbehaglichen Gefühl folgte er den anderen und beschloss, die Ohren vor den Lügen der Ungläubigen zu verschließen. Ganz gleich, womit man ihm drohte, er würde niemals seinen Gott verraten!

Nach einiger Zeit erreichten sie das Ende eines langen Korridors, den eine hohe, vom Alter dunkle Tür abschloss. Diese öffnete sich wie von Zauberhand, kaum hatte der Lehrer davor haltgemacht, und zwei etwa siebenjährige Knaben traten aus dem Raum. Sie verneigten sich tief vor dem Eunuchen und stoben auf seinen Wink hin davon. »Jeder von euch nimmt sich eine dieser Tafeln«, erklärte der Alte und schwang sich auf eine Art Pult. Gänzlich unlehrerhaft ließ er die Beine baumeln und beugte sich vor, um seine Schützlinge zu beäugen. Nachdem auch das letzte Rascheln und Flüstern verstummt war und die Knaben halb erwartungsvoll, halb ängstlich zu ihm aufsahen, räusperte er sich. »Die türkische Sprache ist einfach zu erlernen«, sagte er ruhig und legte die Fingerspitzen aneinander. »Stellt euch einfach vor, ihr reiht Perlen auf einer Kette aneinander. Für jede neue grammatikalische Information fügt ihr eine weitere Perle hinzu. Da ihr alle Latein sprecht, dürfte es euch nicht schwerfallen, euch schon bald auf Türkisch zu unterhalten.« Er hob den Zeigefinger. »Aber es ist auch viel Arbeit. Ihr müsst viele Wörter in sehr kurzer Zeit lernen. Deshalb hat der *Agha* mir befohlen, Faulheit auf das Härteste zu bestrafen.« Er wies auf einen fingerdicken Stock, der in einer Ecke lehnte. »Zwingt mich nicht dazu, ihn zu benutzen«, bat er, und einen Moment lang hatte Falk den Eindruck, dass es ihm mit dieser Bitte ernst war. Der Eunuch räusperte sich erneut. »Lasst uns mit einem der wichtigsten Verben anfangen. Dem Wort »leben«. Sprecht mir nach:

ich lebe	*yascharüm*
du lebst	*yascharsyn*
er/sie/es lebt	*yaschar*
wir leben	*yascharyz*
ihr lebt	*yascharsyz*
sie leben	*yascharler.*«

Diesem Verb folgten im Laufe des langen Vormittags so viele weitere, dass Falk schon bald den Überblick verlor. Obwohl er sich bemühte, jedes neue Wort – so wie er es verstand – auf der Wachstafel festzuhalten, die der Lehrer verteilt hatte, gab er irgendwann auf und schloss die Augen, um dem Klang der fremden Sprache zu lauschen. Entgegen der Abneigung, welche er für den Eunuchen empfinden wollte, ertappte er sich dabei, wie er versuchte, den Wohlklang seiner Stimme zu imitieren.

»So ist es richtig!«, begeisterte sich dieser, als Falk einen Satz nachsprach, an dem seine Mitschüler scheiterten. »Wie ist dein Name?« Ohne dass Falk es bemerkt hatte, war Ünsal zu ihm getreten und hatte sich vor ihm auf den Fersen niedergelassen.

»Falk«, erwiderte er kurz angebunden.

»Ein schöner Name«, gab der Lehrer zurück und blickte den jungen Mann forschend an. Die braun-grün gesprenkelten Augen schienen all seine Geheimnisse zu ergründen. Tiefe Falten gruben sich in seine Wangen, als er den Mund zu einem Lächeln verzog. »Wenn du aufhörst, gegen dein Schicksal anzukämpfen, wird die Last leichter.« Er hob den Zeigefinger. »Ich lese Trauer in dir. Trauer ist ein eigennütziges Gefühl. Lass sie los und vergiss, wer du einmal warst. Dann verblasst der Schmerz.«

Falks Miene versteinerte sich. Das werde ich niemals!, dachte er störrisch und senkte den Blick. Eher sterbe ich!

KAPITEL 47

MIT EINEM HEISEREN WUTSCHREI schleuderte Bayezid die Brieftaube von sich, sodass der Vogel mit einem dumpfen Geräusch von der Wand abprallte. Regungslos blieb das perlgraue Tier auf den Fliesen liegen – die Augen stumpf und blicklos. »Was für ein Sohn ist das, der eine befestigte Stadt nicht einmal lange genug halten kann, bis Verstärkung eintrifft?!«, tobte der Sultan und zog das Krummschwert, um bebend vor Zorn auf die tote Taube einzuhacken. Wie ein Wahnsinniger ließ er die Klinge immer und immer wieder auf das Tier niedersausen, bis Blut und Federn seine Kleidung besudelten. Als kaum mehr etwas von dem Vogel übrig war, hielt er schwer atmend inne und starrte auf den Kadaver hinab.

Eine unheimliche Stille erfüllte den Raum, in dem der Diwan tagte, und selbst die ältesten unter den Wesiren wagten nicht, sich zu regen. Jeder einzelne der versammelten Würdenträger schien die Luft anzuhalten und darauf zu warten, dass der Sultan sich wieder beruhigte. Während sein Puls sich allmählich verlangsamte, rammte Bayezid die Waffe zurück in die Scheide und knurrte: »Achtzehn Tage! Ganze achtzehn Tage hat es dieser Versager geschafft, einen lahmen Tataren in Schach zu halten!« Seine Gesichtsfarbe spielte ins Purpurne. Zähneknirschend las er den Brief seines Sohnes Suleyman ein zweites Mal durch.

»Erhabener Vater,

vergebt mir, aber ich muss Euch schlechte Nachricht zukommen lassen. Sivas ist gefallen, der Prinz von Kharput von Eurem Feind befreit. Es war eine gewaltige Übermacht, gegen die selbst die todesmutigsten Ausfälle nutzlos blieben. Achtzehn Tage lang hat Timur Lenk die Mauern untergraben und Pfähle unter sie getrieben. Diese hat er mit Pech übergossen und angezündet, und all unsere Bemühungen, die Feuer zu löschen, waren vergeblich.

Als die Türme einstürzten, blieb uns nichts anderes übrig, als mit dem Tataren zu verhandeln. Wie der unwürdige Sohn einer Steppennomadin hat er sein Wort gegeben, niemandes Blut zu vergießen, nur um es wieder zu brechen. Viele von uns konnten ihre Freiheit erkaufen, aber viertausend Reiter mussten wegen seiner Falschheit ihr Leben lassen. Kaum stand die Stadt in Flammen, hat er diese Tapferen lebendig begraben lassen und uns gezwungen, dabei zuzusehen. Diejenigen, die zu arm waren, sich freizukaufen, wurden zu seinen Sklaven, und das Geschrei der geraubten Jungfrauen hat Allah sein Antlitz verhüllen lassen.

Der Feind hat sich wieder nach Osten zurückgezogen, doch wir stehen vor Ruinen. Befehlt, was geschehen soll und ich werde gehorchen, wie es sich für einen Sohn ziemt.

Ich erflehe Eure Vergebung, mächtiger Sultan.

Untertänigst
Suleyman.«

Die Hand, die den Brief hielt, zitterte. »Todesmutig«, schnaubte er und ließ das Schreiben angeekelt zu Boden fallen. »Wenn sie sich wirklich todesmutig zur Wehr gesetzt haben, warum, bei allen *Shaitans*, sind sie dann noch am Leben?« Er spürte, wie eine Ader an seiner Schläfe zu pochen

begann. Wäre sein Sohn nicht ein solch jämmerlicher Nichts-
nutz, dann hätte er diesem tatarischen Ungeziefer so lange die
Stirn geboten, bis Bayezid mit seiner Streitmacht dem Übel
ein für alle Mal ein Ende bereitet hätte! Er ballte die Fäuste.
Am liebsten hätte er Suleyman höchstpersönlich den Kopf
abgeschlagen als Lohn für seine Feigheit. »Lasst sofort Befehl
geben wieder aufzubrechen«, herrschte er den Großwesir Ali
Pasha an. »Wenn wir uns beeilen, können wir diesem räudi-
gen Hund Timur in den Rücken fallen und ihn vernichten.«
Roter Nebel schien ihn einzuhüllen und von außen in sein
Blickfeld zu kriechen. »Worauf wartet Ihr noch?«, wütete
er, als Ali Pasha sich nicht vom Fleck rührte, sondern sich
demütig vor ihm verneigte.

»Auch wenn Ihr mich auf der Stelle tötet, Sultan Bayezid Khan«, sagte der graubärtige Großwesir ruhig, »ist es
meine Pflicht, Euch vor einer Entscheidung zu warnen, die
im Zorn gefällt wurde.«

Der rote Schleier verdichtete sich und raubte Bayezid die
Sicht. Außer sich vor Ingrimm trat er auf den Älteren zu und
beugte sich zu ihm hinab. Warum fürchtete sich niemand
mehr vor ihm? Zitternd widerstand er der Versuchung, Ali
Pasha vor den Augen seines Diwans eigenhändig zu erdros-
seln, auch wenn es ihn beinahe übermenschliche Anstrengung kostete.

»Wenn es stimmt, was Eure Spione schon vor Monaten
berichtet haben«, fuhr der Großwesir unbeirrt fort, »dann ist
Timurs eigentliches Ziel Damaskus.« Seine kleinen, schwarzen Augen wanderten nervös zu Bayezids Händen. »Vermutlich hat ihn nur der Streit um den Prinzen von Kharput
dazu veranlasst, Sivas anzugreifen.«

Bayezid richtete sich zu seiner vollen Größe auf und zwang
sich, die Kontrolle über sich wiederzuerlangen. »Dieser tatarische Emporkömmling hat gerade eine meiner Städte zerstört,

meinen Sohn gedemütigt und mich zum Gespött gemacht, und ich soll ihn tatenlos wieder abziehen lassen?«, fragte er durch die Zähne. »Ist es das, was Ihr vorschlagt?« Seine Stimme drohte zu kippen.

Sein Großwesir schluckte vernehmbar und nickte. »Ja, Gebieter, das schlage ich vor.« Bevor Bayezid etwas darauf erwidern konnte, setzte er tapfer hinzu: »Anstatt Eure Kräfte darauf zu verschwenden, gegen den Tataren zu ziehen, solltet Ihr die Verhandlungen mit ihm wiederaufnehmen und alles daran setzen, Konstantinopel zu erobern. Denn wenn diese Stadt erst Euch gehört, dann kann Euch niemand mehr aufhalten.«

Bayezids Augen verengten sich, und er musterte Ali Pasha von oben bis unten. Auch wenn er es sich nicht gerne eingestand, wusste er, dass der alte Mann recht hatte. Eine Zeit lang rang er mit sich, ob er sich dieses Zeichen der Schwäche vor seinem Diwan erlauben konnte. Doch dann holte er tief Luft, verschränkte die Hände hinter dem Rücken und stieß resigniert hervor: »Mein Vater hätte vermutlich auf Euch gehört.« Das Knarzen von Leder und das Rascheln von teurem Stoff verrieten, dass die übrigen Wesire und *Aghas* sich entspannten. »Ich werde Suleyman und seinem Geschmeiß befehlen, augenblicklich die Truppen vor Konstantinopel zu verstärken. Aber sobald die Stadt gefallen ist, werde ich den Zorn aller bösen Geister heraufbeschwören und diesen Timur in die Höllenfeuer stürzen, wo er bis ans Ende aller Tage brennen soll!«

Da ihm bereits wieder der Kamm schwoll, bedachte Bayezid die Versammlung mit einem letzten vernichtenden Blick, wirbelte herum und stürmte aus dem Raum. Im Freien angekommen, verscheuchte er seine Leibpagen und lenkte sich einen Moment lang damit ab, dem Brüllen der Janitscharenausbilder zu lauschen. Wenigstens die Knabenlese war ein Erfolg gewesen!, dachte er erbittert. Das Surren der Pfeile und das Klirren von Krummschwertern gab ihm eine gewisse Ruhe zurück. Was war *eine* Niederlage schon im Vergleich zu dem, was er in den vergangenen Jahren erreicht hatte. Hätte er der Versuchung widerstanden, Theodor Palaiologos in Griechenland eine Lehre zu erteilen, dann wäre es jetzt Timur, der mit eingezogenem Schwanz davonschlich, nicht Suleyman! Die Verachtung für seinen Sohn trieb ihm erneut das Blut in die Wangen. Lag es daran, dass er den Namen des Propheten trug, dass Mehmet seinem älteren Bruder bereits jetzt überlegen war? Die Erinnerung daran, wie der Knabe den griechischen Spion befragt hatte, erfüllte ihn mit einem warmen Gefühl. Vermutlich hätte Mehmet sich nicht so einfach ins Bockshorn jagen lassen! Er fuhr sich mit den Handflächen über das Gesicht. Die staubige Hitze ließ ihn den Schatten einer Reihe von Dattelpalmen suchen, unter denen einige Vollblüter angebunden waren. Bald schon würde er Mehmet an die Spitze eines Flügels stellen können. Wenn der Knabe sich weiterhin so vielversprechend entwickelte, dann würde er bereits in naher Zukunft die geschicktesten und härtesten Krieger überflügeln. Stolz trat an die Stelle von Erbitterung. Vielleicht war es eine Warnung *Allahs* gewesen, nicht zu viel Last auf die Schultern seines ältesten Sohnes zu legen. Sein Mund zuckte. Vielleicht hatte der Allmächtige ihn aber auch für seinen Hochmut strafen und ihn daran erinnern wollen, wie schnell die Waagschale zu seinen Ungunsten kippen konnte. Ein unangenehmes Kribbeln breitete sich in ihm aus, als er an die Unausweichlichkeit des Todes dachte. Was würde geschehen, wenn der Engel ihn über die Brücke führte, die schmaler als ein Haar und schärfer als ein Schwert war? Würde er unbeschadet ins Paradies eintreten oder würden ihn seine Sünden hinab in die Hölle stürzen?

Eine Gruppe Frauen teilte sich vor ihm und sank demütig zu Boden. Dankbar für die Ablenkung, ließ er den Blick über ihre gebeugten Rücken wandern und ertappte sich dabei, wie er hoffte, Olivera möge unter ihnen sein. Enttäuscht musste er jedoch feststellen, dass es sich um eine seiner ehemaligen Konkubinen und deren Hofdamen handelte. Aber die Begegnung entfachte ein Verlangen in seinen Lenden, das selbst der Ärger über den Verlust von Sivas nicht auszulöschen vermochte. Begierig tasteten seine Augen die zu gut verhüllten Rundungen ab, suchten nach Haut und Formen, die mit Vollkommenheit lockten. Doch nichts, was er sah, konnte Oliveras Schönheit das Wasser reichen. Mit neuem Schwung im Schritt raffte er den bauschigen Stoff seines Kaftans und eilte in den Palast, wo er einem seiner Diener befahl: »Bring Olivera Despina zu mir!«

Kaum war der Knabe davongeeilt, hob die Vernunft den tadelnden Zeigefinger. Allerdings nur so lange, bis sich die Tür öffnete und die engelsgleiche Gestalt seiner Gemahlin auf der Schwelle erschien. Umrahmt von kunstvoll geflochtenen Zöpfen wirkte das bleiche Gesicht mit den strahlend blauen Augen heute noch makelloser als sonst. Und als sie ihn eine Idee zu lange kühl musterte, bevor sie sich vor ihm verneigte, spürte Bayezid wie jede Faser seines Körpers Feuer fing. Anders als in Griechenland, wo ihn eine ungewohnte Lustlosigkeit von ihrem Lager ferngehalten hatte, wirkte ihr Zauber an diesem Tag in gewohnter Weise. Er vertrieb den Gedanken an den missglückten Feldzug mit einem unwilligen Kopfschütteln und trat auf sie zu. Beinahe andächtig ließ er die Fingerkuppen über die zarte Linie ihres Halses wandern, nachdem er sie bei den Schultern gefasst und in die Höhe gezogen hatte. Sein Verstand schrie ihm zu, sie wieder fortzuschicken, sich endlich von ihren unsichtbaren Fesseln zu befreien und sich einer weniger gefährlichen Liebschaft zuzuwenden. Aber sein Körper presste sich an sie, sog ihre Wärme in sich auf und drängte ihn, eins mit ihr zu werden. Der betörende Duft, der von ihr ausströmte, machte ihn schwindelig.

»Welchem Anlass verdanke ich die Ehre, dass Ihr mich zu Euch befehlt?«, fragte sie und trat provozierend von ihm zurück. Ein kalter Funke glomm in ihren Augen, denen schwarzer Kohlestift eine unnatürliche Tiefe verlieh.

Der Zauber zerplatzte wie eine Seifenblase. Ohne Vorwarnung wallte der unterdrückte Zorn wieder in Bayezid auf, und er musste sich zwingen, das überlegene Lächeln nicht mit einem Schlag aus ihrem Gesicht zu wischen. Nicht einmal sein eigenes Weib fürchtete sich mehr vor ihm! Die Anstrengung, die es ihn kostete, die Fassung zu wahren, malte zwei rote Flecken auf seine Wangen. Mit knirschenden Zähnen machte er erneut einen Schritt auf sie zu und packte sie hart an den Oberarmen. »Ich bin heute nicht zu deinen Spielchen aufgelegt«, grollte er und sah dabei zu wie Furcht den Hochmut ablöste. Dann wandte er ihr abrupt den Rücken, streifte Kaftan, *Shalvar* und *Gömlek* ab und rollte die Schultern. Warum musste das Liebesspiel mit ihr immer in einen Kampf ausarten?, fragte er sich und starrte missfällig auf seine Männlichkeit, die offenbar anders darüber dachte als er. Das Klimpern ihrer Armreifen warnte ihn vor, sodass er kaum zusammenzuckte, als sich ihre Hände von hinten um ihn legten.

»Verzeih mir, Gebieter«, flüsterte sie und bedeckte seinen Rücken mit sanften Küssen. »Ich hatte nur befürchtet, du seiest meiner überdrüssig.« Entgegen aller eisernen Entschlossenheit wurde er weich und drehte sich zu ihr um. »So viele Nächte habe ich mich nach dir verzehrt«, murmelte sie, »aber der Krieg hat dich gleichgültig gemacht.« Sein Herz zog sich schmerzhaft zusammen. Ganz gleich wie sehr sie ihn manchmal reizte – ein Blick in ihre schwimmenden Augen genügte, um ihn niederzuwerfen und zu Wachs in ihren Händen zu machen.

Er schluckte trocken und erschauerte, als sie ihren Bauch gegen seine Erregung presste und mit den Fingernägeln über seinen Rücken fuhr. »Überdrüssig«, keuchte er und beugte sich zu ihr hinab, um der Einladung ihrer geöffneten Lippen zu folgen. »Um wie vieles klüger ich dann wäre!« Seine Zunge fand die ihre. Kaum schmeckte er die Süße von Pfefferminz, umhüllte ihn das berauschende Gefühl der Leidenschaft, mit dem sie ihn immer und immer wieder einfing, als wäre er nichts weiter als ein gezähmtes Schoßtier.

KAPITEL 48

Burg Katzenstein, Hochsommer 1400

Es schien, als wolle der Horizont schmelzen. Schwitzend hob Otto von Katzenstein die Hand an die Augen und ließ den Blick über seine Ländereien schweifen. Blaue Punkte verrieten ihm, dass wenigstens ein Teil seiner Hörigen bei der Arbeit war, auch wenn mehr als zwei Drittel des Dorfes verwaist waren. Der schwere Duft von frisch gemähtem

Gras hing in der Luft und vermischte sich mit dem eigentümlichen Geruch heißen Steines und warmer Erde. Eine Schar Schwalben jagte über den wolkenlosen Himmel, der in seinem strahlenden Wasserblau beinahe unnatürlich wirkte. Von seinem Standpunkt auf den Zinnen des Bergfriedes aus konnte Otto bis zu den Wäldern sehen, deren Wipfel ebenso in der Hitze flimmerten wie der See, die Straße und die nur zum Teil abgeernteten Felder. Bereits vor Stunden hatte er den viel zu warmen Wappenrock abgelegt, sodass ihn nur die Schnabelschuhe von einem der hemdsärmeligen Knechte unterschieden. Diese Fußbekleidung – die einzige modische Spielerei, die er sich erlaubte – war allerdings staubbedeckt, abgetreten und an manchen Stellen durchgewetzt. Wenn er Ulm nicht Hals über Kopf verlassen hätte, hätte er sicherlich bei einem Schuster und einem Gewandschneider haltgemacht und sich neu ausgerüstet. So allerdings würde eine standesgemäßere Ausstattung noch eine Weile warten müssen. Er stemmte die Hände auf die Zinnen, während sein Blick den Waldrand suchte. Ob er sie aus dieser Entfernung erkennen würde, wenn sie den Schutz der Bäume verließ?, fragte er sich und verschränkte ärgerlich die Arme. Seit er von dem Dorfschmied erfahren hatte, wer die rothaarige Göttin war, die ihn sprachlos gemacht hatte wie einen liebestollen Knaben, hoffte er beinahe täglich, sie wiederzusehen.

»Das war Helwig, das Kräuterweib«, hatte der rußbefleckte Hüne ihn wissen lassen und unbeirrt weiter auf ein Stück glühendes Eisen eingedroschen. »Sie kam kurz nach Eurer Abreise ins Dorf und hat uns ihre Dienste angeboten«, hatte er schwer atmend hinzugefügt und das Werkstück in einem Eimer Wasser abgekühlt. »Offenbar haust sie in der alten Kate im Wald.« Die Dampfschwaden hatten Otto blinzeln lassen. »Sie tauscht ihre Tränke gegen Essen und Stoff ein«, hatte der Schmied ergänzt, und irgendetwas an seinem

Ton war Otto merkwürdig vorgekommen. Da er den Mann allerdings nur als Schemen wahrnahm, blieb sein schmutziges Gesicht ein undeutliches Oval. »Mein Sohn hatte hohes Fieber, aber jetzt geht es ihm wieder besser«, hatte der Schmied erklärt und das Werkstück zur Seite gelegt, um seinen Herrn ins Freie zu führen. Danach war alles Interesse an Helwig erstorben, als Otto erfahren hatte, wie viele seiner Bauern sich aus dem Staub gemacht hatten.

Bevor ihn erneut Erbitterung über die Undankbarkeit dieses Gesindels überkommen konnte, lenkte ein unterdrückter Fluch gefolgt von einem dumpfen Krachen seine Aufmerksamkeit auf das Dach seines Stalles. Dort krochen vier Gestalten mit Hämmern in den Händen in Richtung First, und alle paar Augenblicke schleuderte einer von ihnen eine schadhafte Schindel auf den Misthaufen im Hof. Da es ihm – ganz egal wie sehr er sich den Kopf zermarterte – noch nicht gelungen war, einen Schlachtplan gegen Lutz Metzler zu schmieden, hatte er beschlossen, sich erst einmal den nötigen Reparaturen auf Katzenstein zu widmen. An vielen Stellen war Ausbesserung mehr als dringend erforderlich. Wenn das Dach der Stallungen nicht bald geflickt wurde, würde die kalte Jahreszeit vermutlich den mageren Rest seiner Zucht auslöschen, und das konnte und wollte er nicht zulassen. Aber es war nicht nur der Zustand der Burg, der ihm Sorgen bereitete. Er musste schon bald Tagelöhner finden, die willens waren für ein mageres Entgelt harte Arbeit zu leisten, damit nicht ein Großteil seiner Ernte in den Ähren verrottete und der kommende Winter zu einem Schreckgespenst wurde.

Er schürzte die Lippen und schüttelte – verwundert über sich selbst – den Kopf. Manchmal fragte er sich, was eigentlich mit ihm los war. Anstatt alles daranzusetzen, dem Feind in Ulm das Handwerk zu legen, vertrödelte er seine Zeit mit Dingen, für die eigentlich sein Verwalter zuständig war.

Wofür bezahlte er den Burschen denn, wenn er sich selbst um alles kümmern musste? Ein Kribbeln ließ ihn die Rechte heben und mit dem Zeigefinger über den Nasenrücken streichen. Es war Zeit, den Turm zu verlassen und Schatten zu suchen. Wenn er nicht aufpasste, verbrannte er sich die Haut in der prallen Sonne genauso wie auf dem venezianischen Schiff. Unvermittelt verwandelte sich der blitzblaue Himmel vor seinen Augen in seichtes Wasser, auf dem zerstückelte Leichen trieben. Ein Gefühl, als fahre ihm jemand mit einem Eiszapfen über den Rücken, ließ ihn frösteln, und er presste heftig die Lider aufeinander. Als er sie nach einigen Atemzügen wieder öffnete, erinnerte nichts mehr an das furchtbare Trugbild, das das Herz in seiner Brust heftig hämmern ließ. Wenngleich der Anblick der friedlichen Landschaft ihm half, sich wieder zu beruhigen, fühlte sich der Schweiß auf seiner Stirn plötzlich klebrig an. Warum war es nicht zu vermeiden, dass immer wieder Erinnerungsfetzen scheinbar aus dem Nichts auftauchten?, fragte er sich gallig, während seine Finger das Kreuz an seinem Hals betasteten. Lag es daran, dass seine Seele inzwischen dem Teufel gehörte? Wollte der Herr der Finsternis ihn daran erinnern, was ihn im Jenseits erwartete? Er ließ die Hand zurück an seine Seite fallen und wandte sich von den Zinnen ab. Wenn er nicht aufhörte, sich vor Schatten zu fürchten, lief er Gefahr, in einem Tollhaus zu enden! Etwas zu forsch stieß er die niedrige Tür des Bergfriedes auf und setzte den Fuß auf die oberste Stufe der wackeligen Treppe.

Vermutlich war es am Besten, sich mit einfachen Dingen zu zerstreuen. Da er sich noch nicht entschieden hatte, was er mit dem Rest des Geldes anfangen sollte, das ihm der Verkauf seines Neffen eingebracht hatte, beschloss er, seine Zucht etwas genauer in Augenschein zu nehmen. Seit seiner Abreise im Frühjahr hatten einige Stuten gefohlt, weshalb die Dinge nicht so schlecht standen wie befürchtet. Sein Mund verzog sich zu einer schmalen Linie. Vielleicht sollte er neben den Reparaturarbeiten mit dem Ausbau der Stallungen beginnen. Sobald es ihm gelang, Falks Zucht in die Hände zu bekommen, würde der Platz nicht mehr ausreichen.

Ein Geistesblitz ließ ihn mitten im Schritt innehalten. Was, wenn seine Besessenheit von der bezaubernden Helwig ein Wink des Schicksals war? Er schnalzte nachdenklich mit der Zunge. Konnte es sein, dass die Lösung für all seine Probleme bei ihr zu suchen war? Ein Tritt mit der Stiefelspitze ließ die Tür im Erdgeschoss des Bergfriedes gegen die Wand krachen. »Walko«, brüllte er und stemmte die Hände in die Hüften. Als einer seiner Burschen über den Hof gestoben kam, herrschte er ihn an: »Reite ins Dorf und frag den Schmied, wo Helwig, das Kräuterweib, zu finden ist. Dann nimm zwei der Bauern und bring sie zu mir!« Er zögerte einen kaum merklichen Moment, bevor er hinzusetzte: »Wenn sie sich weigert, sag ihr, dass sie nichts zu befürchten hat. Es wird ihr kein Leid geschehen.«

Nachdenklich blickte er dem Knecht hinterher, als dieser kurze Zeit später auf einem stämmigen Kaltblüter davontrabte. War es am Ende gar kein Zufall gewesen, dass er der jungen Frau im Dorf begegnet war? War ein Pakt mit ihr die endgültige Besiegelung seines Schicksals? In dem belebten Burghof erschienen ihm seine Ängste plötzlich so lächerlich wie die eines Kindes. War nicht jeder seines eigenen Glückes Schmied? Mit neuer Zuversicht steuerte er auf die Ställe zu. Vielleicht, nur vielleicht war der Teufel ja ein besserer Verbündeter als Gott und alle Heiligen zusammen. Denn was hatten *die* bis jetzt für ihn getan?

KAPITEL 49

Ulm, Hochsommer 1400

»WOHER WOLLT IHR WISSEN, dass er nicht recht hat mit seiner Behauptung?« Die buschigen Brauen des Baumeisters Hans Kun schoben sich über seiner Nasenwurzel zusammen. »Was, wenn der Junge wirklich von Piraten getötet worden ist?«

Lutz Metzler unterdrückte ein Seufzen. Wie hatte er nur so einfältig sein können zu denken, dass Falks Verschwinden vorerst ein Geheimnis bleiben konnte? Wusste er nicht allzu gut, wie rasend schnell sich Klatsch in der Stadt verbreitete? Eigentlich müsste er erstaunt sein, dass es so lange gedauert hatte, bis der Onkel des Knaben bei ihm auftauchte. Und eigentlich hätte er auch damit rechnen müssen, dass der Steinmetz so reagieren würde. Immerhin bedeutete der Tod des jungen Mannes für ihn beträchtlichen Reichtum. »Mag sein, dass dieser Teil der Geschichte der Wahrheit entspricht«, räumte er daher widerwillig ein. »Aber wenn Ihr das Schlimmste annehmt, was wollt Ihr dann gegen die Forderung des Katzensteiners unternehmen. Euch ist sicher bewusst, dass es keinen Mittelweg gibt.« Er hob die Hände. »Auch Euch wird es nicht gelingen, ihm einen Betrug nachzuweisen. Die einzige Wahl, die Ihr habt, ist folglich, Falks Besitz an Otto von Katzenstein, den Grafen von Württemberg oder den Grafen von Helfenstein zu verlieren.« Seine Miene verhärtete sich. »Und glaubt mir, wenn mein Verdacht stimmt, hat der Katzensteiner den Jungen verraten und verkauft, ohne auch nur mit der Wimper zu zucken.«

»Warum habt Ihr ihn nicht von diesem Unterfangen abgehalten?«, fragte der Baumeister, und Lutz wurde die Brust eng.

Ja, warum habe ich das nicht?, dachte er zerknirscht und starrte einige Lidschläge lang auf die glitzernden Bruchstücke eines alten Schneckenhauses. »Warum habt Ihr ihm den Abschluss seiner Lehre verweigert?«, gab er schließlich zurück – plötzlich erfüllt von einem überwältigenden Drang, die Last der Schuld auf andere Schultern zu verteilen. »Dann hätte ihm dieser Otto erst gar keine Flausen in den Kopf setzten können.« Sein Gegenüber blähte sich auf.

»Was erlaubt Ihr Euch?!«, empörte er sich. »Wollt Ihr mir die Schuld dafür in die Schuhe schieben, dass der Bengel wie sein Vater ohne Sinn und Verstand gehandelt hat?«

Trotz der Abneigung, die ihn wie ein Strudel ergriff, horchte Lutz auf. Das war es also! Hans Kun, der mit der Schwester von Falks Mutter vermählt war, hatte ein Problem mit Falks Vater gehabt. Er stieß ein kurzes, hartes Lachen aus. »Falks Vater mag vielleicht manchmal impulsiv und unberechenbar gewesen sein«, versetzte er gezwungen ruhig, »aber er war ein begnadeter Steinmetz.« Seine Augen verengten sich. »Und das wisst Ihr.« Als Hans Kuns hageres Gesicht sich verzog als habe er in eine Schlehe gebissen, wurde ihm schlagartig klar, warum der Baumeister Falk eine Anstellung verweigert hatte. »Ihr hattet Angst, dass auch er Euch überflügelt«, platzte es aus ihm heraus, bevor er richtig nachgedacht hatte.

»Seid Ihr nicht stets und immer im Schatten seines Vaters gestanden?« Die ohnehin zerfurchte Stirn seines Gegenübers legte sich in zornige Falten. »Das steht hier überhaupt nicht zur Debatte!«, spuckte er giftig aus. »Was viel eher zur Debatte steht ist, ob und warum es Euch gestattet sein sollte, weiterhin die Güter meines Neffen zu verwalten!«

Lutz' Hand zuckte, aber bevor er einen Fehler machen konnte, den er mit Sicherheit bereuen würde, fuhr er sich damit viel zu heftig durch die schütteren Locken. »Ich glaube, Ihr habt mich nicht richtig verstanden«, presste er mühsam hervor. »Es besteht nicht die geringste Aussicht für Euch, auch nur einen Bruchteil der Besitzungen zu erben, solange der Katzensteiner über die Schenkungsurkunde verfügt.« Er legte den Kopf schief und fuhr beinahe genüsslich fort: »Ihr könnt dieses Schriftstück genauso wenig anfechten wie ich. Aber bevor ich zulasse, dass Otto von Katzenstein auch nur einen einzigen rostigen Nagel erbt, werde ich den Grafen von Württemberg oder den Grafen von Helfenstein in Kenntnis setzen.« Hans Kun schnappte nach Luft, als Lutz sich zu seiner vollen Größe aufrichtete und ihn ansah als sei er ein verstocktes Kind. »*Warum* sich diese beiden für das Erbe Eures Neffen interessieren sollten, geht Euch nichts an! Wenn weder Falks Vater noch Falks Mutter es für richtig hielten, Euch einzuweihen, dann werde ich es ganz gewiss auch nicht tun!« Um ein Haar hätte er lauthals gelacht, als sich die Wangen des Baumeisters mit einem satten Rot überzogen.

»Wie könnt Ihr es wagen?!«, zischte dieser, außer sich vor Empörung. »So hat bisher noch niemand mit mir geredet!«

»Dann wird es allerhöchste Zeit«, erwiderte Lutz ungerührt. »Ihr seid arrogant und tut genau das, was Ihr Falks Vater vorwerft. Ihr lasst Euch von Euren Gefühlen leiten.«

Der Schlag saß, da Hans Kun unversehens in sich zusammensackte, als habe ihm jemand einen Tritt in die Magengrube versetzt. »Wenn Euer Hass auf seinen Vater Euch nicht den Blick getrübt hätte, hättet Ihr erkennen müssen, wie viel Talent der Junge besitzt.« Er machte Anstalten, sich abzuwenden, doch etwas musste er noch loswerden. »Ihr solltet Euch schämen. Wenn Ihr Falks Vater so sehr verachtet habt, dann sollte Euch auch sein Geld zuwider sein!« Damit machte er auf dem Absatz kehrt und ließ den schäumenden Steinmetz stehen.

»Ihr werdet noch von mir hören!«, schickte Hans Kun ihm hinterher. Doch auch wenn er sich noch so sehr anstrengte, eine Drohung in die dünne Stimme zu legen, machte er keinen Eindruck auf Lutz.

Ärgerlich über sich selbst, trat er einen trockenen Dreckklumpen zur Seite und stürmte zurück ins Haus, in dem eine angenehme Kühle herrschte. Ich hätte mich nicht so gehen lassen sollen!, dachte er mürrisch. Aber gleichzeitig stieg etwas Ähnliches wie Zufriedenheit in ihm auf. Es war allerhöchste Zeit gewesen, dass jemand diesem aufgeplusterten Hans Kun die Leviten las! Wäre dieser Sturkopf nicht so engstirnig gewesen, dann wäre Falk niemals auf die wahnwitzige Idee gekommen, in den Orient zu reisen! Er trat in die Stube und ließ sich müde auf einen Schemel fallen. Oder es wäre zumindest leichter gewesen, ihn davon abzuhalten. Mit einem Seufzen stemmte er die Ellenbogen auf die Knie und stützte das Kinn in die Hände. Egal, was Otto von Katzenstein behauptete, er wusste, dass Falk noch am Leben war. Er wusste es einfach! Eine grün schillernde Schmeißfliege versuchte vergeblich, durch die kleinen bunten Glasscheiben ins Freie zu gelangen. Ob es dem Jungen irgendwo genauso ging? Die Fliege verschwamm vor seinen Augen. Wenn er ihm doch nur helfen könnte! Eine lange Zeit saß er einfach nur da und ließ zu, dass sich der Schmerz über andere Verluste zu seiner Trauer um Falk gesellte. Die Schatten längten sich bereits, als er schwerfällig zurück auf die Beine kam und einen Entschluss fasste. Wenn er Falk schon nicht helfen konnte, dann würde er wenigstens dafür sorgen, dass ihn niemand um sein Erbe betrog. Und wenn es das Letzte war, das er in seinem Leben tat, er würde die Aasfresser zurückschlagen, bis er entweder starb oder Falk zurückkehrte.

KAPITEL 50

Bursa, Spätherbst 1400

Fröstelnd rieb Sapphira die kalten Hände aneinander und zog das Wolltuch um ihren Kopf enger. Seit der Sommer dem Herbst gewichen war, waren die Temperaturen stetig gesunken, und es war morgens empfindlich kühl. Erst wenn die schwachen Strahlen der Sonne den Weg durch den dichten Nebel fanden, erwärmte sich die Luft so weit, dass auch die Vögel es wagten, die Köpfe aus dem Gefieder zu ziehen. Seit Beginn des Monats *Rabi-ul-Awwal* rollten dichte Wolken über das Uludağ-Gebirge ins Flachland, die an manchen Tagen sintflutartigen Regen brachten. Sie hob die Augen zum Himmel, um nach Anzeichen für besseres Wetter zu suchen, aber wie befürchtet hing das triste Grau auch heute wie ein Totentuch über der Stadt. Selbst die bunten Kacheln und das goldene Dach der Moschee wirkten stumpf und farblos. Während sie über den gepflasterten Innenhof huschte, fegte der kalte Wind die vertrockneten Blätter der Bäume und Büsche um ihre Beine, und sie suchte eilig Schutz in einem der Säulengänge. Auch dort tanzten Laub und Schmutz in kleinen Wirbeln durcheinander, die sich teils in den Becken der Springbrunnen, teils in den Ästen der immergrünen Pflanzen fingen. Sie hustete und hob den Ärmel vors Gesicht. Als endlich die hohe Pforte vor ihr auftauchte, eilte sie an einer Handvoll *Jariyes* vorbei in die Eingeweide des Palastes, dessen zahlreiche Kamine und Kohlebecken für eine angenehme Temperatur sorgten.

»Ich bin gespannt, was sie heute wieder von uns verlangt.«
Die Stimme erklang so dicht hinter ihr, dass Sapphira erstaunt
herumfuhr. Hüma, ihre schlanke, hochgewachsene Mitschü-
lerin aus dem fernen Indien, grinste spöttisch. »Vielleicht habe
ich Glück und darf die Laute schlagen«, setzte sie hinzu, verstummte jedoch schuldbewusst, als eine altmodisch gekleidete Hofdame am Ende des Ganges erschien.

Diese klatschte ungeduldig in die Hände, als sie die Mädchen erblickte, und schimpfte: »Welche Ausrede habt ihr wohl
dieses Mal? Hat euch die Kälte die Glieder einfrieren lassen?«

Sapphira verkniff sich ein Stöhnen. Genau wie Hüma war
auch sie nicht allzu begeistert von der neuen Lehrerin, die
den Schülerinnen der *Valide* die Kunst des Gesanges beibringen sollte.

»Du und du, ihr spielt die Instrumente.« Die Hofdame
deutete auf Sapphira und ein blondes, hellhäutiges Mädchen,
das vergeblich versucht hatte, in den Hintergrund zurückzuweichen.

Bevor die andere danach greifen konnte, schnappte Sapphira sich die Schellentrommel, sodass der Blonden nur die
Laute blieb.

Hüma, deren Hoffnung damit im Keim erstickt worden
war, verdrehte verzweifelt die Augen. Doch ihr resignierter
Blick erreichte genau das Gegenteil von dem, was sie sich
vermutlich erhofft hatte, weil die Lehrerin sie zu sich winkte.
Mit einigen geübten Handgriffen zupfte sie die Kleidung
ihres Opfers zurecht, bis der Hals der jungen Frau frei lag
und nichts die Bewegung ihres Kopfes einschränkte. »Deine
Stimme habe ich noch nicht vernommen«, stellte sie fest und
zog Hümas Schultern gerade. »Aufrechte Haltung trägt den
Ton«, mahnte sie und bedeutete dem Rest der Anwesenden,
sich auf dem Boden niederzulassen. »Ihr anderen schweigt
und achtet auf die Höhen. In ihnen liegt das Geheimnis des

Lockens.« Sapphira schluckte ein Seufzen, da die Meisterin denselben Vortrag bereits mehrmals gehalten hatte. Diese fuhr unbeirrt fort: »Sind die Töne zu schrill, schmerzen euren Zuhörern die Ohren. Sind sie zu tief, gerät der Vortrag aus dem Gleichgewicht.« Sie wackelte mit dem Zeigefinger. »Denkt an den Gesang einer Nachtigall und versucht, ihn nachzuahmen. Dann werdet ihr diese Kunst meistern und den *Padischah* betören.«

Bei dem Gedanken an Bayezid zog sich etwas in Sapphira zusammen. Zwar träumte sie immer noch davon, eines Tages von ihm erwählt zu werden. Doch mit jeder Stunde, die verstrich, fürchtete sie mehr, dass dieser Traum niemals in Erfüllung gehen würde. Das makellose Gesicht Maria Olivera Despinas tauchte vor ihrem inneren Auge auf, und sie fegte es ärgerlich beiseite. Je öfter sie den eigenen, ungeschliffenen Liebreiz mit der vollkommenen Anmut der Älteren verglich, desto erbärmlicher und langweiliger kam sie sich vor. Nur mit halbem Ohr hörte sie die gesummte Melodie, welche die Mädchen imitieren sollten, und verpasste beinahe das Zeichen zum Einsatz. Während sie sich vorstellte, dass es das Gesicht der Sultansgemahlin war, hob Sapphira das Tamburin auf und schlug mit der Handfläche gegen das glatte Leder. Wie viele unnütze Dinge musste sie noch lernen?, grollte sie und schüttelte die Schellen. Nach einigen Takten fand sie den Rhythmus des Liedes, und ihre Hände machten sich selbständig, während ihre Gedanken auf Wanderschaft gingen. War es wirklich der Sultan, der all diese Kenntnisse und Fertigkeiten von seinen Konkubinen verlangte? Oder war es vielmehr eine Möglichkeit für die älteren Frauen im *Harem*, die jüngeren Mitglieder so lange wie möglich von ihm fernzuhalten? Ihr Blut erhitzte sich, als ihre Erinnerung sie, wie so häufig, zu dem Tag zurückkatapultierte, an dem sie die Berührung des erhabenen Herrschers auf ihrer Haut gespürt hatte.

Es war als überzöge eine Unzahl von Ameisenbissen ihren Körper, und nur mit Mühe unterdrückte sie einen sehnsüchtigen Laut. Wann würde sie endlich in die wirklichen, tiefen Geheimnisse der Liebeskunst eingeweiht? Wenn es so weiterging, war sie bald zu alt, um dem mächtigen Bayezid Khan zugeführt zu werden! In weniger als zehn Monaten würde sie ihr sechzehntes Lebensjahr erreichen und sich auf dem besten Weg zu einer alten Jungfer befinden.

Hümas Gesang durchschnitt ihr Grübeln. Wie gebannt starrten die Hofdame und die übrigen Schülerinnen die Inderin an, als diese mühelos die Tonleiter erklomm und selbst die schwierigsten Modulationen meisterte.

»Vollkommen«, hauchte die Lehrerin ergriffen, als das Mädchen verstummte. »Beispiellos!«

Überrascht von dem plötzlichen Ende des Liedes, schlug Sapphira ein weiteres Mal auf die Schellentrommel und errötete, als die Köpfe der anderen zu ihr herumschnellten. Wunderbar!, dachte sie verdrossen. Ich kann nicht singen, ich kann nicht tanzen, und zur Musikerin tauge ich auch nicht. Wenn es der Wunsch des Sultans war, dass seine zukünftigen Bettgefährtinnen Meisterinnen dieser Künste waren, dann sollte sie ihr Verlangen besser beerdigen.

Zu ihrer grenzenlosen Erleichterung verlief der Rest des Unterrichtes mit krächzenden Vorträgen ihrer Gefährtinnen, die Hüma ebenso eifersüchtig beäugten, wie Sapphira es zu vermeiden versuchte. Als die Lehrerin sie schließlich entließ, war die junge Frau fast froh, zurück in die Kälte des Hofes zu treten. Inzwischen hatte sich zwar der Nebel verzogen, aber von der Sonne war nach wie vor weit und breit keine Spur zu entdecken. Stattdessen trieb ein frischer Wind die tief hängenden Wolken gen Süden, wo sie sich an dem Höhenzug aufstauten. Sicherlich würde es bald wieder anfangen zu regnen, dachte sie und wich einem Schwarm schwer bewaffneter

Männer aus, die irgendeinen Würdenträger begleiteten. Seit der Rückkehr des Sultans glich der Palast mehr einem Bienenstock denn je. Mit langen Schritten fegte sie an Dienern und Wachen vorbei und atmete auf, als sie den einzigen Ort im Palast erreichte, an dem sie sich wohl und – vor allem – nicht wie ein hoffnungsloser Fall fühlte. Auf dem schnellsten Wege entledigte sie sich der überflüssigen Schichten warmer Kleidung und griff nach dem Wachstafelbuch, das ihre Aufzeichnungen enthielt.

Beim Verlassen der Apotheke nickte sie Gülbahar zu, die mit einem Neugeborenen auf dem Arm auf und ab ging. Die Antwort war ein kühler Blick und ein gezwungenes Lächeln, das Sapphira traurig zur Kenntnis nahm. Seit Gülbahars Geliebter mit dem Sultan aus Griechenland zurückgekehrt war, wanderte die Freundin auf einem Grat, dessen Brüchigkeit Sapphira ihr immer und immer wieder vor Augen führte. Aber ihre Warnungen stießen auf taube Ohren. Wenn sich die Kluft zwischen ihnen weiter vergrößerte, würde Gülbahar ihr vermutlich bald ganz aus dem Weg gehen, dachte die junge Frau und seufzte leise. Was auch immer sie sagte, schien die Freundin als ein Ergebnis von Neid, Eifersucht oder Missgunst aufzufassen. Nun, es war ihr Leben, das sie leichtfertig aufs Spiel setzte!

Da sich seit dem »Fund« der Janitscharenmütze keine weiteren Vorfälle ereignet hatten, ging Sapphira davon aus, dass mit der taubstummen *Jariye* tatsächlich die Verräterin entlarvt worden war. Aber wenn ihre Vermutung stimmte, dann war es nur eine Frage der Zeit, bis Maria Olivera Despina eine neue Helferin fand. Sie stopfte eine widerspenstige Strähne zurück unter das Tuch auf ihrem Kopf. Unbewusst presste sie die Lippen aufeinander, als sie sich daran erinnerte, wie die *Jariye* ihrem Drängen schließlich nachgegeben und ihre Herrin mit einem Nicken verraten hatte. Zuerst war sie Sapphiras bohrenden Fragen tagelang ausgewichen, indem sie kurzerhand die Augen geschlossen hatte. Doch irgendwann hatte die Scham die Oberhand gewonnen.

»Sie wird einfach einer anderen Sklavin befehlen, die Schmutzarbeit für sie zu erledigen«, hatte Sapphira Gülbahar gewarnt.

Aber die Freundin hatte lediglich die Achseln gezuckt. »Ich bin kein Ziel mehr«, hatte sie stur behauptet. »Vergiss nicht, dass die *Valide* mich vom Unterricht ausgeschlossen hat, obwohl die *Tabibe* für mich gelogen hat.«

»Du bist eine Närrin!«, hatte Sapphira gezischt und die Gefährtin zornig stehen lassen.

Und genau das ist sie auch, dachte sie, als Gülbahar mit dem Säugling im Reich der Hebamme verschwand. Wenn erneut auch nur der Schatten eines Verdachtes auf sie fiel, dann würde selbst die *Tabibe* sie nicht mehr vor dem sicheren Tod bewahren können.

Mit einem Seufzen betrat sie den Hauptteil des *Darüssifas* und begann ihre tägliche Runde. Langsam aber sicher fügten sich die Bruchstücke ihres Wissens zu einem bunten Teppich zusammen, der zwar an manchen Stellen noch Löcher aufwies, aber von Tag zu Tag dichter wurde. Sowohl das Ansetzen von Suden, Tränken und Salben als auch die Harnschau stellten inzwischen keine Geheimnisse mehr dar. Und auch die Beklemmung im Angesicht von Blut und Schmerz hatte sich im Laufe der Zeit gelegt. Mit geschickten Bewegungen wechselte sie Verbände, kühlte Fiebernden die Waden und ließ einige Frauen zur Ader.

Sie war gerade dabei, sich um den Hautausschlag einer vierjährigen Prinzessin zu kümmern, als die *Tabibe* sie unerwartet zu sich rief. »Komm mit in die Apotheke«, bat sie und reichte Sapphira ein eisernes Instrument, das geformt war wie die Hörner einer Kuh. »Zwei der Janitscharen haben sich im Kampf die Knochen gebrochen und der *Hekim* hat einen von ihnen fast umgebracht«, erklärte sie nüchtern und eilte voran in das Arzneilager, in dem auch die ärztlichen Instrumente aufbewahrt wurden.

Dort angekommen, öffnete sie die Tür eines Schränkchens und ließ den Blick über die blitzenden Messer, Schröpfköpfe, Skalpelle und Pinzetten wandern. In einer Schublade ruhten Haken, Sägen, Feilen und Meißel, mehrere Starnadeln, Brenneisen und Katheter für die Blase. Doch es waren die Knochenzange und ein zweiter hornförmiger Knochenheber, nach denen sie griff. »Wir brauchen Mandragora«, sagte sie, und Sapphira angelte die Flasche mit dem betäubenden Trank von einem Regal. »Zehn Tropfen auf einem Schlafschwamm sollten genügen.«

Sapphira nickte und stopfte auch eine Handvoll kleiner Schwämme in die Tasche ihrer *Entari*.

Die Ärztin dachte einen Augenblick nach, bevor sie ihrer Schülerin ein ledernes Beutelchen entgegenhielt. »Etwas von dem Memphitischen Stein kann sicher auch nicht schaden.« Sie zögerte und rieb sich die Augen. Blinzelnd schob sie eine der Öllampen zur Seite – beinahe als könne sie die Helligkeit der Flamme nicht ertragen. Warum versuchst du es heute nicht einmal?«, schlug sie nach einigen Wimpernschlägen schließlich vor und fasste Sapphira kritisch ins Auge. »Ich sehe heute nicht besonders gut«, fügte sie hinzu und hob fast entschuldigend die Schultern. »Die Entzündung will einfach nicht abklingen.«

Seit einigen Wochen beeinträchtigte eine Infektion ihr Sehvermögen, das an manchen Tagen so schlecht war, dass das Licht ihr Schmerzen bereitete.

Der Vorschlag ließ Sapphira nervös schlucken. Auch wenn sie bereits einige einfache chirurgische Eingriffe hatte vornehmen dürfen, war das Ausrichten eines gebrochenen Knochens eine Aufgabe, die viel Können erforderte. »Sollte nicht lieber der *Hekim* …«, hub sie an, doch die Ärztin schnitt ihr mit einer ungeduldigen Geste das Wort ab.

»Schlechter als dieser prahlende Quacksalber wirst du es ganz gewiss nicht machen! Nur Mut, ich werde dir sagen, was zu tun ist.« Damit schob sie ihre Schülerin auf den Ausgang zu, und viel zu schnell fand sich Sapphira am Lager eines fiebernden Knaben wieder, dessen Uniform zerrissen und blutbesudelt war.

Sie musste unbewusst die Luft angehalten haben, da ihr plötzlich schwindelig wurde. Hastig atmete sie einige Male tief ein und versuchte, das Zittern ihrer Hände unter Kontrolle zu bringen. Warum erleichterte es sie dermaßen, dass der verletzte Junge blondes Haar hatte?

Bevor ihr die Antwort auf diese Frage klar wurde, kam der *Hekim* aus dem vorderen Bereich des Hospitals herbeigeschossen und zeterte: »Warum wollt Ihr mir nicht glauben?«, erboste er sich und tänzelte vor der *Tabibe* auf und ab. »Der Knochen ist zu sehr beschädigt. Das Bein muss abgenommen werden.«

Anstatt ihm zu antworten, schnaubte die Ärztin lediglich, schob ihn unzeremoniös zur Seite und entkorkte die Flasche mit dem Mandragoraextrakt. »Keine Angst«, ermunterte sie den Knaben, dessen Blick furchtsam zwischen den Frauen hin und her zuckte. »Du wirst kaum etwas spüren.« Sie presste ihm das getränkte Schwämmchen auf die Nase und wartete, bis seine Augen sich schlossen. An Sapphira gewandt sagte sie: »Du musst den Punkt finden, an dem der Knochen den Muskel durchdrungen hat. Schieb den Knochenheber darunter und rücke ihn an die ursprüngliche Stelle. Das Ganze sollte schnell vonstatten gehen.« Die Atmung des Knaben beruhigte sich weiter. »Danach reinige die Wunde und vernähe sie. Die Schiene kann der *Hekim* anlegen.« Sie bedachte den Arzt mit einem grimmigen Blick, unter dem dieser zu schrumpfen schien.

Wie sie es geschafft hatte, die Operation durchzuführen, wusste Sapphira später nicht mehr. Alles, woran sie sich erinnern konnte, war der Ruck, der durch den Körper des Knaben ging, als der Knochen in seine ursprüngliche Position zurückrutschte. Danach geschah alles wie im Schlaf.

»Geh dich waschen«, forderte die *Tabibe* sie irgendwann auf und nahm ihr die blutigen Tücher ab, mit denen Sapphira die Wunde abgetupft hatte. »Und Ihr«, fuhr sie den *Hekim* an, »seht zu, dass das Bein nicht von Fäulnis befallen wird.« Sie griff nach Sapphiras Hand und drückte diese leicht – ungeachtet des vielen Blutes.

Gott sei Dank hatte der Junge nicht viel von dem Eingriff mitbekommen. Ob es an dem Mandragorasaft lag oder ob er vor Schmerzen das Bewusstsein verloren hatte, wusste Sapphira nicht. Und es war ihr auch egal. Die Hauptsache war, dass sie seine Schreie nicht von dem abgehalten hatten, was nötig war, um sein Leben zu retten.

»Das hätte ich selbst kaum besser machen können«, lobte die *Tabibe*. »Ohne dich hätte der Bursche sein Bein verloren.« Damit schob sie Sapphira auf das hospitaleigene *Hamam* zu und verschwand kurz darauf in der Arzneikammer.

Eine Zeit lang begriff die junge Frau nicht, was geschehen war. Doch dann lief ein Zittern durch ihren Körper, und die Anspannung fiel so plötzlich von ihr ab, dass ihr die Knie weich wurden. Um nicht zu Boden zu sinken, stützte sie sich an der Wand ab und wartete, bis sich die Schwäche legte. Dankbar für die Wärme, die das *Hypokaustum* – die Fußbodenheizung – verbreitete, griff sie schließlich nach einem Gefäß und füllte es mit warmem Wasser. Beinahe andächtig reinigte sie Hände, Arme und Gesicht, während allmählich Stolz die Beklemmung und das Unbehagen verdrängte. Der

Junge würde dank ihr sein Bein behalten, dachte sie zufrieden und sah dabei zu, wie sich das rot gefärbte Wasser in einer Rinne sammelte. Er würde nicht, wie so viele der verwundeten Kriegsheimkehrer, sterben, weil zu lange mit der Behandlung gewartet worden war. Das schwache Lächeln auf ihren Zügen erstarb. Was, wenn es das nächste Mal nicht ein anderer war? Sondern *der*, von dem sie nicht wusste, was sie sich mehr wünschte – ihn wiederzusehen, oder ihn nicht wiederzusehen. Sie schüttelte ungehalten den Kopf. Wie hatte die Erinnerung an ihn nur so unvermittelt wieder lebendig werden können?, fragte sie sich und streifte die verschmutzen Kleider ab. Warum konnte sie ihn nicht vergessen?

KAPITEL 51

EINE HAND AUF IHREM BAUCH, die andere an dem Karfunkel an ihrem Hals, starrte Maria Olivera Despina in den Hof hinaus. Der feine Nieselregen, der sich wie Tau über die Blätter der Pflanzen legte, machte die Umrisse der Gebäude unkenntlich und ließ die Farben verschwimmen. Wie gewöhnlich herrschte trotz der schlechten Witterung reges Treiben in den Höfen und Gärten, und sie folgte mit leerem Blick einer Schar *Jariyes*, die Körbe, Platten und Kessel aus den Palastküchen in den Flügel des Sultans schafften. Anscheinend war Bayezid in Festlaune, da seit dem Morgen reich gekleidete *Aghas*, *Beğis* und Emire herbeiströmten wie Bienen zu einem Honigtopf. Sie zog die Wangen ein und verlagerte das Gewicht auf ihr linkes Bein. Was auch immer es war, das ihn zu dieser Zurschaustellung seiner Macht veranlasst hatte, sie hoffte, dass es ihn davon abhielt, sie weiterhin in sein Gemach zu befehlen.

Sie kniff die Augen zusammen, als ein Mädchen geduckt um die Ecke huschte und kurz darauf in einem Arkadengang verschwand. Aber der Eindruck hatte getäuscht. Es war nicht das nutzlose kleine Ding, das so dumm gewesen war, sich von der *Valide* bei einer Lüge ertappen zu lassen. Der Ärger, den sie bei der Nachricht von der Überführung ihrer Helferin empfunden hatte, war schon bald verpufft. Denn sobald ihre monatliche Blutung ein zweites Mal ausgeblieben war, war ihr klar geworden, dass es nicht mehr in ihrem Interesse lag, andere Mädchen von Bayezid fernzuhalten. Mit dem Daumen ihrer Rechten drehte sie einen breiten Diamantring an ihrem Mittelfinger und legte die Stirn in Falten. »Euer Sohn wird durch sein eigen Fleisch und Blut den Tod finden.« Die Worte der griechischen Sklavin hallten in ihren Gedanken nach. Doch gleichgültig, wie oft sie die junge Frau – unter Androhung schlimmster Strafen – dazu bewegen wollte, ihr mehr zu sagen, stets erhielt sie dieselbe Antwort: »Mehr sehe ich nicht. Ihr könnt mit mir machen, was Ihr wollt. Aber über den Willen Gottes kann man sich nicht hinwegsetzen.«

»Vermutlich kann man das nicht«, murmelte sie und ließ sich auf der Sitztruhe nieder, um den Kopf gegen das geschnitzte Fenstergitter zu legen. Aber man kann versuchen, ihn zu beeinflussen, dachte sie. Inständig hoffend, dass er ihre Gedanken nicht lesen konnte, schlug sie ein Kreuz vor der Brust und schickte eines der viel zu seltenen Gebete zum Himmel. »Herr, lasse Dein Angesicht leuchten über meinem Sohn und sei ihm gnädig«, schloss sie und presste die Lippen aufeinander, während die Ängste zurückkehrten. War es so, wie sie vermutete? Sie zuckte zusammen, als sich der Diamant ein wenig zu stark in ihre Haut grub. War es der Prinz Mehmet, vor dem sie ihr ungeborenes Kind beschützen musste? Oder würde ein anderer Sohn des Sultans das Leben nehmen, das sie mit jedem Tag, der verging, deutlicher in sich spürte. Die Ankunft ihrer Zofe erlöste sie von weiterem Grübeln.

»Herrin«, sagte das Mädchen schüchtern und verneigte sich tief. »Die *Tabibe*.« Damit zog sie sich in den Hintergrund zurück und machte Platz für die Frau, von der Olivera sich mehr als nur einen Rat erhoffte.

»Nehmt Platz«, lud sie die Ärztin ein. Als diese der Aufforderung gefolgt war, erhob sie sich von der Sitztruhe, um sich neben ihrer Besucherin auf einen Diwan sinken zu lassen. »Ich brauche Eure Hilfe«, gestand sie nach einigen peinlichen Sekunden des Schweigens, in denen die grünen Augen ihres Gegenübers sie verstörend offen musterten.

Mit dem rabenschwarzen, von einigen silbernen Strähnen durchzogenen Haar und dem langen Gesicht war die Ärztin das völlige Gegenteil von Maria Olivera. Und die stille Strenge der Heilerin erfüllte sie mit einem seltsamen Gefühl der Demut.

»Ich erwarte ein Kind«, stieß sie schließlich hervor und suchte nach Anzeichen der Empörung im Gesicht der *Tabibe*. Diese zog jedoch lediglich eine Augenbraue hoch und faltete die schlanken Hände in ihrem Schoß. »Braut mir einen Trank, der verhindert, dass ich das Kind verliere«, drängte Olivera. »Einen Trank, der es in mir hält, egal, was geschieht.«

KAPITEL 52

MIT BLEIERNEN GLIEDERN, den Kopf dröhnend von einer weiteren schlaflosen Nacht, stolperte Falk in die kalte Dunkelheit hinaus, um sich schlotternd an einem der Brunnen zu waschen. Auch in dieser Nacht hatte er kein Auge zugetan, da die stets brennenden Öllampen Muster gemalt hatten, auch wenn er die Lider noch so fest aufeinander gepresst hatte. Mit einem Stöhnen versuchte er, die schmerzenden Arme über den Kopf zu heben, doch da jeder Muskel in seinem Leib wie Feuer brannte, gab er den Kampf schon bald auf. Nach einer oberflächlichen Katzenwäsche schlüpfte er in seine Uniform und humpelte zur Suppenausgabe, die auch bei schlechtestem Wetter im Freien stattfand. Schweigend schaufelte er den dicken Eintopf in sich hinein, ohne auch nur im Geringsten darauf zu achten, wie er schmeckte. Ob seine Augen genauso tot ins Leere starrten wie die der anderen?, fragte er sich mit einem Schaudern und leckte den Löffel ab, um auch nicht den winzigsten Tropfen zu verschwenden. Da die Tage inzwischen einem knochenbrechenden Ablauf folgten, würde er alle Kraft brauchen – nur um zu überleben. Den Blick niedergeschlagen, um keine Aufmerksamkeit auf sich zu ziehen, wartete er, bis der Befehl zum Aufstehen ertönte, der die Auszubildenden in Windeseile auf die Beine brachte. Wer zu langsam war, bekam die *Falaka* zu spüren.

Ein flaues Gefühl breitete sich in ihm aus, als er daran dachte, wie sich der fingerdicke Stock in die Fußsohlen seines Freundes Antonio gefressen hatte. Dieser war bei einem

Übungskampf nicht schnell genug ausgewichen und hatte sich geweigert, dem Ausbilder die Hand zu küssen, nachdem der Janitschar ihn mehrmals geohrfeigt hatte. Daraufhin war er von zwei kräftigen Eunuchen gepackt und auf den Boden geworfen worden, bevor seine nackten Füße – an einen Balken gebunden – in die Höhe gezogen worden waren. »Seht genau her«, hatte der Ausbilder die anderen angeschnauzt und die Rute niedersausen lassen. Und dann waren dem ersten Hieb weitere gefolgt, bis Antonios Fußsohlen sich in rohes Fleisch verwandelt hatten. »Das erwartet jeden, der die Regeln nicht befolgt!« Drei Tage später war Antonio verschwunden, und keiner wusste wohin.

»In Zweierreihen zum Bogenschießen antreten!«, dröhnte die Stimme des Schützenmeisters, und Falk zog unbewusst den Kopf ein, als er die Präsenz des alten Soldaten im Nacken spürte. Allerdings schien heute sein Glückstag zu sein, da der Narbengesichtige auf einen anderen Burschen zusteuerte und diesem befahl, die Waffen zu verteilen.

»Wer ist euer Herr, und wem dient ihr bis in den Tod?«, donnerte ein zweiter Ausbilder, während die jungen Männer sich Köcher und Bogen über die Schultern warfen.

»Dem *Padischah*, dem Schatten Gottes auf Erden, dem mächtigen Bayezid *Yilderim*, dem Vater, der uns zu essen gibt!«, antworteten die helleren Stimmen wie aus einem Munde. Und wenngleich die Worte einen bitteren Geschmack zu hinterlassen schienen, legte auch Falk so viel Nachdruck wie möglich in die täglich mehrmals wiederholte Parole. »Sultan Bayezid, Sultan Bayezid, Sultan Bayezid!«

Sobald der Kampfruf verklungen war, trabten die jungen Männer wie befohlen zum Schießplatz, auf dem bereits die als Ziel dienenden ausgehöhlten Holzscheite verteilt worden waren.

»Die erste Reihe! Anlegen, zielen, schießen!«, brüllte der

Schützenmeister, und kurz darauf surrten die ersten Pfeile durch die Luft.

Mit zusammengebissenen Zähnen ignorierte Falk den Schmerz, als die Sehne gegen seinen ohnehin schon blauen Unterarm schlug, und zog einen weiteren Pfeil aus dem Köcher. Froh, dass mehr als die Hälfte seiner Geschosse ihr Ziel fanden, trat er kurze Zeit später in die zweite Reihe zurück und harrte mit klopfendem Herzen auf die Strafe für seine Fehlschüsse. Die allerdings heute ausblieb. Verstohlen riskierte er einen Blick unter gesenkten Lidern hervor und beobachtete den Janitscharen, der an den meisten Tagen jeden Patzer mit einem Rutenhieb quittierte. Heute allerdings lehnte er gelangweilt am Stamm einer Palme und kaute auf einem Strohhalm. Was für ein Glück!, dachte der junge Mann und stöhnte innerlich auf, als der Bursche vor ihm viel zu schnell alle Pfeile verschossen hatte.

Stunden vergingen, und nach einer Weile fing es an zu regnen. Erst gegen Mittag gönnte der Ausbilder ihnen eine kurze Pause, in der sie ein Stückchen nur halb gebackenes Brot und eine Scheibe Trockenfleisch erhielten. »Esst!«, befahl er. »Danach bringt die Bögen zurück in die Waffenkammer und holt euch ein *Yatağan* – ein Krummschwert.«

Mühsam würgte Falk einen zähen Bissen hinab und schloss müde die Augen. Wann war sein Kampfwille, seine Entschlossenheit zur Flucht in die stumpfe Gleichgültigkeit umgeschlagen, die ihn jeden Tag mehr in eine willenlose Gliederpuppe verwandelte?, fragte er sich resigniert. Wann hatte er aufgehört, gegen das Schicksal anzukämpfen? Essen, schlafen, überleben. Das war es, worum sich sein Denken inzwischen drehte. Eine kalte Hand griff nach seinem Herz. Mit jedem Tag, den er dem erbarmungslosen Drill ausgeliefert war, verblassten die Gedanken an seine Eltern, seinen Onkel und sein früheres Leben, und manchmal fragte er sich, ob alles nur ein Traum gewesen war. Inzwischen war es ihm sogar egal, ob Otto ihn verraten hatte oder nicht. Was sollte ihm eine solche Erkenntnis auch bringen? Blinder, unbedingter Gehorsam – das war es, was ihn aus dem Sumpf der Hoffnungslosigkeit ziehen konnte, in dem er bis zum Hals steckte. Blinder Gehorsam und herausragende kämpferische Leistungen. Dann würde er vielleicht irgendwann in die königliche Reiterei befördert, die den Neid vieler Fußsoldaten auf sich zog.

»Wollt ihr hier Wurzeln schlagen?!« Der drohende Unterton des Ausbilders brachte die Knaben dazu, ihr Mahl hastig zu beenden und wie befohlen die Waffen auszutauschen.

Als Falk und seine Leidensgenossen sich wenige Minuten später wieder auf dem Kampfplatz einfanden, lagen bereits Helme und Kettenhauben bereit. Diese bedeckten Gesicht und Brust und ließen nur die Augen frei, damit die Schwertkämpfer sich nicht bereits beim ersten Schlagabtausch verletzten.

»Ihr werdet heute auch den Kettenpanzer anlegen«, verkündete der Fechtmeister und wies auf einen Stapel eiserner Hemden, welche die jungen Männer misstrauisch beäugten. »Ihr habt lange genug mit stumpfen Waffen gefochten. Es ist Zeit, dass ihr lernt, welche Folgen Unaufmerksamkeit in einem echten Kampf hat.«

Falk spürte wie sich Furcht in ihm ausbreitete. Hatte er richtig verstanden? Während er mit steifen Fingern die Kettenhaube über den Kopf zog und sich in einen schlecht sitzenden Panzer zwängte, schalt er sich einen Narren. Warum sollten ihn ausgerechnet heute seine inzwischen beträchtlichen Türkischkenntnisse im Stich lassen? Ein bitteres Lachen stieg in ihm auf, doch es gelang ihm, es zu schlucken. Was würde Ünsal sagen, wenn er ihn jetzt sehen könnte?, fuhr es ihm durch den Kopf.

»Hast du Angst vor dem Tod?«, hatte der Eunuch ihn eines Tages gefragt, nachdem er Falk ein Lob für seine wache Auffassungsgabe ausgesprochen hatte.

»Nein«, war Falks trotzige Antwort gewesen, und Ünsal hatte wissend genickt.

»Dann hast du gewiss Angst vor dem Sterben. Denn ansonsten wärest du ein Tor.«

Auch diese Annahme hatte Falk heftig von sich gewiesen und war dem forschenden Blick des Lehrers ausgewichen. Aber die Furcht, die sich in seiner Magengrube eingenistet hatte, strafte ihn Lügen. Er versuchte, die Gedanken an Ünsal zu vertreiben. Was wusste dieser Verräter seines eigenen Glaubens schon davon, wie Falk sich fühlte?! Seine Hand schloss sich um den Griff des Krummschwertes, als könne die Waffe ihm Halt in einer Welt geben, die schon lange aus den Fugen geraten war.

»Ihr werdet so lange gegeneinander kämpfen, bis sich euer Gegner ergibt oder kampfunfähig wird.« Der Fechtmeister hob drohend den eigenen *Yatağan* und deutete damit auf eine Gruppe älterer Burschen, die je mit einer Peitsche bewaffnet am Rand des Platzes warteten. »Wer aufgibt oder sich feige zeigt, schmeckt den Lohn der Schande! Ihr solltet es euch also gut überlegen, bevor ihr um Gnade winselt.« Damit drosch er mit seinem Schwert auf eine zerbeulte Kupferscheibe, die einen gequälten Ton von sich gab.

Bevor Falk sich versah, stürzte sich ein breitschultriger Italiener auf ihn und hieb auf ihn ein, als wolle er ihm den Schädel spalten. Obschon Falk auf einen Angriff vorbereitet war, überraschte ihn die Heftigkeit der Attacke, und er parierte den ersten Streich in letzter Sekunde. Der Aufprall des gegnerischen *Yatağans* ließ ihn zurücktaumeln und gerade noch rechtzeitig ausweichen, als sein Gegner mit verzerrtem Gesicht nach seinem Schwertarm schlug. Ein gewaltiger

Streich folgte dem nächsten, und schon bald verlor Falk jegliches Zeitgefühl. Wie im Traum hieb und stieß, duckte und drehte er sich, während der bloße Überlebenswillen übermenschliche Kraft in ihm freisetzte.

Irgendwann im Lauf des Kampfes wendete sich das Blatt, und die Angriffslust des Italieners verwandelte sich in schwerfälliges Abblocken. Inzwischen folgte jedem Hieb ein angestrengtes Stöhnen, das in dem Klirren von Eisen unterging. Als sein Gegner über eine Unebenheit in der Grasnarbe stolperte, nützte Falk den kurzen Moment der Ablenkung und brachte ihn mit einem gezielten Schlag zu Fall. Bevor sich der Gestrauchelte von der Überraschung erholen konnte, nagelte er seinen Schwertarm mit dem Stiefel am Boden fest und setzte ihm den *Yatağan* auf die gepanzerte Brust.

Als hätten sie die ganze Zeit über auf diesen Augenblick gewartet, stürzten daraufhin zwei der älteren Burschen auf den Platz, packten den Italiener und zerrten ihn auf einen der zahlreichen, in den Boden gerammten Pfähle zu. Nachdem sie ihm die Kleider vom Leib gerissen hatten, banden sie seine Hände daran fest und schlugen mit der Peitsche auf ihn ein.

»Du bist ein guter Kämpfer«, tönte der Fechtmeister, der unbemerkt hinter Falk getreten war. »Du erhältst bei der nächsten Mahlzeit eine Extraration Brot.« Er entblößte eine Reihe schlechter Zähne. »Bring dein Schwert zurück in die Waffenkammer. Für dich ist der Tag zu Ende.«

Halb besinnungslos vor Erschöpfung starrte Falk ihm nach und verhärtete sein Herz gegen die Schreie des geprügelten Italieners. Hätte er ihn nicht besiegt, wäre es jetzt seine Haut, auf welche die erbarmungslosen Hiebe rote Striemen malten. Schaudernd wandte er dem Kampfplatz den Rücken und stolperte zurück zu dem Gebäudekomplex, in dem die Janitscharen untergebracht waren. Da es den ganzen Tag über immer wieder geregnet hatte, klebte ihm die Uniform am Körper, der sich anfühlte, als habe ihn jemand auf ein Rad gebunden und zerschlagen. Einige der riesigen Blasen an seinen Händen waren während des Kampfes aufgeplatzt, sodass warmes Blut seine Finger entlangrann und auf den Boden tropfte. Hinkend umrundete er die Werkstatt eines Schmiedes und blieb wie angewurzelt stehen, als er ein schneeweißes Ross erblickte, das darauf wartete, beschlagen zu werden. Große, intelligente Augen rollten von links nach rechts, während das Tier den schlanken Kopf auf und ab warf. Die formvollendeten Flanken zuckten – als wolle der Hengst im nächsten Moment fliehen. Mit spielenden Ohren und geblähten Nüstern stampfte er mit der Hinterhand auf, als der Schmied nach einem Huf griff.

Die Schönheit des Tieres ließ Falk für den Bruchteil eines Augenblickes alle Schmerzen vergessen. Als sich jedoch eine Gruppe Janitscharenwächter von rechts näherte, fuhr er schuldbewusst zusammen und eilte hastig weiter. Gerade als er das Rekrutenquartier erreicht hatte, zuckte ein greller Blitz über den Himmel und tauchte das südlich der Stadt gelegene Gebirge in ein unheimliches Licht. Unmittelbar darauf folgte ein grollender Donner, und der Wind frischte so weit auf, dass Stroh und tote Blätter durch die Luft tanzten. In der beinahe gelblichen Beleuchtung vermeinte er einige Herzschläge lang, Terrassen am Bergrücken ausmachen zu können, doch mit einem Blinzeln verschwand der Eindruck wieder. Kopfschüttelnd wandte er den Blick ab und betrat das zwar ungeheizte aber wenigstens trockene Gebäude. Dieses Gebirge war genauso wenig der Läuterungsberg wie der Palast des Sultans der Eingang zur Hölle! Es war nichts weiter als ein Bergmassiv. Er schleppte sich den Korridor entlang, bis er zur Waffenkammer gelangte. Dort suchte er sich einen weichen Lappen, etwas Öl und eine Ecke und begann, den *Yatağan* zu reinigen. Die Einsamkeit, die ihn trotz all der anderen Rekruten täglich mehr zu ersticken drohte, breitete sich in ihm aus, als die

Erinnerung an sein altes Leben wie eine Blase an die Oberfläche stieg, nur um kurz darauf zu zerbersten. Inzwischen war ihm klar, dass es sich bei seiner Notlage nicht um eine Prüfung Gottes handelte, sondern dass dieser ihn schon längst verlassen hatte. Seine Hände zitterten leicht, als er die Klinge vom Schmutz säuberte. Zugegeben, er befand sich nicht – wie von Antonio geunkt – im Reich des Teufels. Aber wenn Männer wie Ünsal ungestraft vom rechten Glauben abfallen konnten, dann musste Gott an einem Ort sein, der weit, weit entfernt war. Denn ansonsten hätte all sein Zorn auf den alten Lehrer herabfahren müssen, als dieser geleugnet hatte, dass Jesus der Heiland war.

»Ich bin der Herr, dein Gott. Du sollst keine anderen Götter neben mir haben. Ist es nicht das, was die Bibel sagt?«, hatte Ünsal, der früher Alexios geheißen hatte, seine Schüler vor einiger Zeit gefragt.

»Woher weiß *der* denn, was die Bibel sagt?«, hatte Antonio damals geraunt, woraufhin Ünsal geschmunzelt hatte.

»Ich habe sehr gute Ohren, mein Junge. Gib Acht. *Dein* Gott ist auch *mein* Gott. Frevelst du also meinem Gott, dann frevelst du auch deinem Gott. Aber sind Gott, der Vater, der Sohn und der Heilige Geist nicht *drei* Personen?« Er hatte den Finger gehoben, um Antonios Einwand im Keim zu ersticken. »Und widerspricht es nicht der Gerechtigkeit Gottes, dass er zugelassen hat, dass sein Sohn, der ohne Sünde war, gekreuzigt wurde?«

Diese und viele weitere Fragen spukten seit dem Beginn des Koranunterrichts in Falks Kopf herum und verwirrten ihn mehr, als er sich eingestehen wollte. Er schüttelte die Erinnerung unwillig ab und konzentrierte sich darauf, das Krummschwert auf Hochglanz zu polieren. Auch wenn Gott ihn verlassen hatte, er würde eher sterben, als der Verführung zu erliegen. Niemals würde er zu einem falschen Gott beten, der ihm die Seele rauben und ihn zu einem Werkzeug des Bösen machen würde! Zwar war er dankbar dafür, dass der morgige Tag eine Pause von den zermürbenden Waffenübungen bringen würde. Aber er würde seine Ohren vor den Worten des Eunuchen verschließen und nicht zulassen, dass die giftige Pflanze des Zweifels Wurzeln in seinem Verstand schlug.

KAPITEL 53

DEN BLICK VOM Wein getrübt, verfolgte Bayezid, wie die fünf grazilen Mädchen sich zum Klang der Instrumente vor ihm und seinen Gästen im Kreise drehten. Leichtfüßig und verführerisch huldigten sie ihrem Herrn mit einem Tanz, der an Vollkommenheit kaum zu übertreffen war. Vor allem eine hochgewachsene Sklavin mit edlen indischen Gesichtszügen fesselte das, was von seiner Aufmerksamkeit übrig war. Ihre glockenklare Stimme schien den Gesang einer Nachtigall nachzuahmen, und auch die Bewegungen ihrer formvollendeten Arme glichen dem Schwingenschlag eines Vogels.

Seine Mutter hatte ganze Arbeit geleistet bei der Ausbildung der jungen Dinger!, dachte er und grunzte, als sein Leibpage mit einer Weinkaraffe neben ihm auftauchte. »Schenk nach«, befahl er und riss dem Jungen den Kelch aus der Hand, kaum war dieser wieder bis zum Rand gefüllt. Das Geschirr auf der langen Tafel funkelte im Schein der bunten, chinesischen Lampions, die beinahe genauso kostbar waren wie das bemalte Porzellan. Dieses war – wie die Silberplatten, -schalen und -schüsseln – eigens für das heutige Bankett aus der Schatzkammer geholt worden, in der es auch wieder verschwinden würde, sobald Bayezid sich zurückzog. Vielen seiner Gäste war anzusehen, dass sie den Genuss von *Al-kuhl* nicht gewohnt waren und nur aus Furcht vor dem Zorn des Sultans gegen das Verbot des Propheten verstießen und ebenfalls Wein tranken. Am liebsten hätte Bayezid mit dem Finger geschnippt und sie alle in Luft aufgelöst, doch dazu war selbst er nicht in der Lage. Anders als erwartet, löschte die wiederholte Zurschaustellung seiner Macht die Demütigung durch Timur Lenk nicht aus, und manchmal dachte er, Verachtung in einem Blickwechsel oder einer Geste zu entdecken.

Wenngleich er eigentlich satt war, griff er nach einem frittierten Gebäckstück, das den Namen »Frauennabel« trug, und biss hinein. Anders als die »Lippen der Geliebten«, von denen er zuvor gekostet hatte, schmeckte ihm diese Leckerei jedoch nicht, und er spuckte sie unwillig wieder aus. Einer seiner Köche hatte den Zucker darauf mit zu viel Nelkengeschmack versetzt, und wäre Bayezid nicht zu träge dafür gewesen, hätte er für seine Bestrafung gesorgt. So allerdings legte er lediglich den Kopf in den Nacken und ließ die zahllosen Gastgeschenke vor seinen Augen verschwimmen. Er wusste, dass er seine Ausschweifungen am nächsten Morgen bereuen würde. Aber der zunehmend beleidigende Briefwechsel mit Timur, dem Lahmen, wühlte ihn beinahe mehr auf als der schändliche Verlust der Stadt Sivas. Verhandlungen!, dachte er abfällig und suchte die Versammelten nach Ali Pasha ab, der ihn immer wieder vor hitzigen Entscheidungen warnte. Mit Verhandlungen hatten die unverhohlenen Drohungen, die sowohl Timur als auch er hinter einer hauchdünnen Fassade schöner Worte versteckten, nicht mehr viel zu tun. »Ihr verdankt es lediglich der Tatsache, dass Euer Reich nicht bedeutend genug ist, um mir zu schaden, dass ich Euch eine letzte Möglichkeit schenke, Euch so zu verhalten, wie es Eurem Stand entspricht«, hatte der Tatar in einem seiner letzten Briefe geschrieben. Der Nelkengeschmack verwandelte sich in Galle, und Bayezid nahm einen weiteren tiefen Schluck Wein. Unbedeutend!

Noch immer fraß die Beleidigung an seinem Stolz. Bald schon würde er wieder nach Konstantinopel aufbrechen, um dafür zu sorgen, dass die Belagerung noch weiter verschärft würde. Wenn sein Sohn Suleyman auch dort versagte, dann würde er ihn in die entlegenste Provinz verbannen und Mehmet an seine Stelle setzen. Er zwirbelte gedankenverloren seinen Bart und starrte in den rubinroten Würzwein, dessen Schaum sich allmählich legte. Mehmet war die Zukunft, dessen war er sich mehr und mehr sicher. Wenn er den Knaben richtig einschätzte, würde dieser mit keiner Wimper zucken, wenn er sich das Recht auf die Thronfolge dadurch sicherte, dass er sich seiner Brüder entledigte. Bayezid musste nur dafür sorgen, dass der Ehrgeiz des Jungen ihn nicht zu früh mit Wünschen erfüllte, die ihm selbst gefährlich werden konnten.

Der Klang der Instrumente verstummte so abrupt, dass er nicht der Einzige war, der überrascht blinzelte. Die Geschmeidigkeit, mit der die Tänzerinnen sich vor ihm verneigten, verscheuchte die Ernsthaftigkeit, und er beugte sich vor, um die Inderin näher zu betrachten. Pralle Brüste zeichneten sich unter einem kobaltblauen Gewand ab, das genug erahnen ließ, um ihm das Wasser im Munde zusammenlaufen zu lassen. Vielleicht sollte er seinen Hengst in dieser Nacht zur Abwechslung in einer anderen Oase der Freude tränken, dachte er. Vor allem, da Olivera in letzter Zeit ungewöhnlich teilnahmslos war – oder sich mit ihrer monatlichen Unreinheit entschuldigte. Launisch wie eine Katze!

Bevor der Ärger über Olivera ihm die Lust rauben konnte, klatschte er in die Hände und bedeutete den Mädchen, sich zu erheben. »Du«, er zeigte auf die junge Frau, deren schimmerndes rabenschwarzes Haar glatt bis zu ihren Kniekehlen fiel. »Lass dich von der *Valide* bereit machen.«

Ehrfurcht, Freude und ein Anflug von Angst wechselten sich auf dem ebenmäßigen Gesicht der Sklavin ab, bevor sie einen Dank murmelte und sich rückwärtsgehend zurückzog.

Als auch die übrigen Tänzerinnen durch die vergoldete Pforte verschwunden waren, hob Bayezid die Tafel auf. Zwischen gebeugten Rücken hindurch schlenderte er an seinen Wachen vorbei in den überdachten Säulengang hinaus, dem er in Richtung Norden folgte. Er malte sich in Gedanken bereits aus, wie er die neu erwählte Konkubine von dem störenden Stoff befreien würde, als sich eine Tür zu seiner Rechten öffnete und eine Schar Hofdamen im Gang erschien. Diese hatten mit den Gemahlinnen der geladenen Würdenträger in einem anderen Raum das Gastmahl abgehalten – unter dem Vorsitz seiner gestrengen Mutter. Ein Lächeln stahl sich auf sein Gesicht, als er sich vorstellte, wie die *Valide* seinen Befehl, die Inderin für sein Lager vorzubereiten, aufgenommen hatte. Vermutlich hat sie es Olivera brühwarm unter die Nase gerieben, um sie zu erniedrigen, dachte er und bedeutete den Frauen mit einer faulen Geste aufrecht zu stehen. Aufgeregte Stimmen verrieten, dass die Neuigkeit noch verdaut wurde. Und als kurz darauf Olivera im Rahmen der Tür auftauchte, breitete sich beinahe etwas wie Häme in Bayezid aus. Kühl hielt sie einen Moment lang seinem herausfordernden Blick stand, bevor sie die Hände vor der Brust faltete und sich verneigte. Einem plötzlichen, unerklärlichen Verlangen folgend trat er bis auf einen Schritt an sie heran und zischte: »Welch ein Jammer, dass deine monatliche Unreinheit immer länger zu dauern scheint. Da muss ich mich wohl oder übel nach einer anderen Gefährtin umsehen.«

Ihre Miene blieb ausdruckslos, als sie den Kopf hob und ihn ansah. »Warum seid Ihr so grausam?«, fragte sie. Doch anstatt der erwarteten Eifersucht flackerte einen verräterischen Moment lang Erleichterung in ihrem Blick auf. »Ich bin sicher, die Ausbildung des Mädchens lässt nichts zu wünschen übrig.« Sie schlug hastig die Augen nieder, als Bayezid die Brauen zusammenschob und sie misstrauisch musterte.

Irgendetwas war faul. Alles hatte er erwartet, aber diese Reaktion erregte seinen Argwohn. Hätte sie ihn mit frostiger Höflichkeit behandelt oder die Sklavin durch die Blume abgewertet, hätte er sich dazu gratuliert, sein Ziel erreicht zu haben. So allerdings keimte der Verdacht in ihm auf, dass er genau das tat, was sie wollte. Er fasste sie genauer ins Auge und merkte, wie sie unter seiner Betrachtung schrumpfte.

Warum zog sie seit einigen Wochen immer die Schultern ein, sodass sie beinahe wirkte wie eine gebeugte alte Frau? Und warum trug sie in letzter Zeit Gewänder, die sie noch vor einem halben Jahr als unförmig verschmäht hätte? Sein Misstrauen verstärkte sich, als er den dünnen Schweißfilm bemerkte, der auf ihre Oberlippe getreten war. Zusammen mit der steifen Haltung und dem unsicheren Zucken ihrer Mundwinkel bestätigte ihr Verhalten seinen Argwohn. »Sieh mich an«, herrschte er sie deshalb an. Als sie zögerte, packte er sie unsanft am Kinn und zwang ihren Kopf nach oben.

Ihre Augen verdunkelten sich und die Erkenntnis, dass er sich von ihr hatte foppen lassen, traf ihn wie ein unerwarteter Hieb.

Inzwischen hatte sich ein Halbkreis neugieriger Hofdamen um sie gebildet, aus dem in diesem Moment die *Valide*
hervortrat. Als fürchte sie, dass ihr Sohn seine Entscheidung
bereits wieder vergessen hatte, schob sie das schöne Mädchen vor sich her – wie ein Händler, der seine Ware anpreisen
wollte. »Erhabener Sultan«, säuselte sie und zupfte ein edel-
steinbesetztes Diadem auf dem Haar der jungen Frau zurecht,
»Eure Gefährtin wird schon bald in Eure Gemächer gesandt.«

Bayezid winkte ungeduldig ab. »Dann geh und mache sie
bereit«, brummte er. »Ich erwarte sie in einer Stunde.« Das
Rascheln von Stoff verriet, dass sich mit der *Valide* auch die
anderen Hofdamen zurückzogen, und schon bald waren nur
noch Olivera und ihre Zofen übrig. »Verschwindet«, gebot
er mürrisch und bohrte den Blick in Oliveras blaue Augen.
»Du kommst mit mir!« Er platzierte die Linke zwischen
ihren Schulterblättern und stieß sie den Korridor entlang
auf den Nordflügel zu, wo sich seine Privatgemächer befanden. Dort angekommen schob er sie in sein Schlafgemach
und verscheuchte seine Diener. Dann fasste er Olivera derb
bei den Schultern und befahl frostig: »Mir ist nach einer Vor-
speise. Zieh dich aus!«

Ihre Augen weiteten sich furchtsam und das Blut wich aus
ihren Wangen. »Ich bin noch nicht wieder rein«, hauchte sie
und versuchte, sich seinem Griff zu entwinden. Doch anstatt
sie loszulassen, verstärkte er den Druck so lange, bis sie mit
einem erstickten Laut zusammenzuckte. »Ihr tut mir weh«,
flüsterte sie – die förmliche Anrede wählend, um sie wie eine
Waffe gegen ihn zu verwenden.

»Ich werde es nicht noch einmal sagen«, knurrte er und zerriss das feine Gewebe ihres Obergewandes. »Zieh dich aus!«

Der Ausdruck auf ihrem engelsgleichen Gesicht bestätigte seinen Verdacht. Deutlich zeichnete sich nackte Angst
in den weit aufgerissenen Augen ab, die sich mit Tränen füll-

ten. »Bitte«, hauchte sie erneut. Doch als er drohend die Hand hob, löste sie mit zitternden Fingern die zahlreichen Broschen und Schnürungen ihrer aufwändigen Kleidung. Flüsternd fiel der Stoff zu Boden. Als hätte sie ihm ihren nackten Leib nicht schon unzählige Male beim Liebesspiel dargeboten, verschränkte sie schamhaft die Hände vor ihrem Geschlecht und schlug erneut die Augen nieder.

Der Anblick ihres Bauches ließ Bayezid zischend die Luft einziehen. Die zwar kleine, aber deutliche Wölbung war nicht zu übersehen und ließ nur einen Schluss zu. Sein Wutschrei ließ sie wimmernd vor ihm zurückweichen und sich in einer Ecke zusammenkauern. Sie hatte es gewagt! Sie hatte es tatsächlich gewagt! Mit drei langen Schritten durchmaß er den Raum, grub die Hand in ihr Haar und riss sie auf die Beine. Nur mühsam hielt er sich davon ab, ihr auf der Stelle das Genick zu brechen. »Ist es mein Kind?«, stieß er heiser hervor und schlug ihr den Handrücken ins Gesicht, als sie nicht sofort antwortete. »Ist es mein Kind oder das eines anderen?«, wiederholte er und schüttelte sie so heftig, dass ihre Zähne aufeinanderschlugen. »Antworte!«, brüllte er.

»Ja«, wisperte sie, »es ist dein Kind.«

Er ließ von ihr ab, als habe er sich verbrannt. Einige rasende Herzschläge lang starrte er sie lediglich fassungslos an, bevor er die Faust ballte und sie in ihren Unterleib trieb. Der Laut, den sie von sich gab, glich keinem Geräusch, das er je gehört hatte. Zusammengekrümmt ließ sie sich auf die Knie sinken und versuchte, ihren Bauch zu schützen. Obschon die Versuchung, auf sie einzuprügeln, gewaltig war, beugte er sich nach einigen Augenblicken zu ihr hinab und spuckte dicht an ihrem Ohr aus: »Ich hatte dich gewarnt.«

KAPITEL 54

Burg Katzenstein, Spätherbst 1400

Der Anblick der rostroten Locken, die sich unter einem fadenscheinigen Tuch hervor kräuselten, ließ Ottos Herz einen Sprung machen. So viele Wochen waren vergangen, ohne dass seine Männer ihrer habhaft werden konnten, dass er bereits befürchtet hatte, sie hätte die Gegend verlassen. Leichtfüßig setzte sie mit gerafften Röcken über Rinnen und Pfützen hinweg und schlängelte sich durch die fahrenden Händler, die am Morgen auf Katzenstein angekommen waren. Der beißende Geruch von Blut und das Schreien der Schlachttiere lagen in der Luft, die bereits seit Tagen nach Schnee roch. Nur selten gelang es der milchigen Sonne, den zähen Nebel zu durchdringen, und Ottos Kleidung fühlte sich genauso klamm an wie alles in der Burg. Wenngleich der Winter nahte, trug Helwig ein dünnes Sommergewand, das sich weich an ihren schlanken Körper schmiegte. Als sei es das Natürlichste auf der Welt, bahnte sie sich zielstrebig einen Weg durch Händler, Mägde und Knechte und blieb lächelnd vor Otto stehen, sobald sie ihn erreicht hatte.

»Ihr habt nach mir suchen lassen«, stellte sie sachlich fest, und der offene Blick ihrer grünen Augen sandte ihm einen Schwall Hitze in die Wangen. Als Otto sie lediglich wortlos anstarrte, verschränkte sie die Arme vor der Brust und wippte auf den Fußballen auf und ab. »Wisst Ihr, das ist seltsam«, fuhr sie fort, als entspräche es den üblichen Höflichkeitsformen, dass der Burgherr schwieg wie ein verdatterter Tölpel. »Ich war häufig im Dorf, aber erst heute habe ich von Eurem Wunsch erfahren. Wo haben Eure Männer denn nach mir gesucht?«

Otto riss sich mühsam von dem Anblick ihres schwanenhaften Halses los und räusperte sich. »Im Wald«, krächzte er schließlich. »Sie haben den ganzen Wald durchkämmt, dich aber nie gefunden.«

Ihre Reaktion überraschte ihn. Nachdem sie ihn kurz beinahe mitleidig gemustert hatte, lachte sie ungezwungen und legte eine Hand an ihre Wange. »Dabei war ich so oft in Eurem Dorf«, sagte sie mit einem Unterton, den Otto nicht zu deuten vermochte. »Sie hätten einfach nur dort nach mir fragen müssen.«

»Aber der Schmied sagte, du wohnst in einer Kate im Wald«, protestierte Otto und schloss deutlich vernehmbar den Mund, als ihm klar wurde, dass er sich vor ihr rechtfertigte.

Eine ihrer feinen Brauen wanderte in die Höhe. »Nun«, erwiderte sie gelassen, »jetzt bin ich ja hier. Wie kann ich Euch helfen?«

Otto beobachtete fasziniert, wie sich ein Haar in ihrem Mundwinkel fing, und sie es mit einer grazilen Bewegung befreite. Er schluckte trocken. »Ich brauche …«, hub er an, unterbrach sich jedoch, als sein Verwalter auf ihn zugeeilt kam und die junge Frau instinktiv einen Schritt zurücktrat. »Was ist?!«, spuckte er ungehalten aus, da das, was er Helwig gerade hatte fragen wollen, ihm schwer genug fiel.

»Einer der Bauern bittet um Aufschub bei den Abgaben«, setzte der Mann ihn in Kenntnis und warf dem Kräuterweib einen eindeutig furchtsamen Seitenblick zu. »Seine Frau ist krank und einer seiner Söhne ist im Sommer gestorben. Wenn er Euch die geforderte Menge abtritt, wird er den Winter nicht überleben.« Mit einem Schritt in Richtung Hof brachte er etwas mehr Abstand zwischen sich und Helwig, die in geduldiger Pose verharrte.

Otto schnaubte. Wenn er nicht erst die zeitraubende Erfahrung gemacht hätte, wie schwierig es war, in diesen Zeiten Tagelöhner zu finden, hätten ihn die Probleme des Bauern nicht interessiert. So allerdings knurrte er: »Dann bleibt er mir den Rest bis nächstes Jahr schuldig.« Damit gab er seinem Verwalter ein Zeichen zu verschwinden und wandte sich wieder Helwig zu.

Einen kurzen Augenblick vermeinte er, eine nicht näher bestimmbare Empfindung in ihren Augen zu lesen, doch dann erstrahlte ihre Miene in einem Lächeln. »Ihr braucht …?«, knüpfte sie dort an, wo er abgebrochen hatte.

Otto rieb sich die Stirn und bedeutete ihr, ihm in einen der Burggärten zu folgen. »Hier sind wir ungestört«, sagte er mit einem Blick über die Schulter und beugte sich zu ihr hinab, sodass seine Lippen ihr Ohr beinahe berührten. »Beherrschst du die Schwarze Magie?«, fragte er heiser und zuckte zurück, als sie ein kurzes, hartes Lachen ausstieß und ihn anfunkelte.

»Wer hat das behauptet?«, fragte sie eisig. »Egal, was für Lügen Euch die Dorfbewohner aufgetischt haben, Ihr solltet keine einzige davon glauben!« Sie reckte das Kinn vor. »Ich heile ihre Kinder mit Tränken, die aus harmlosen Kräutern bestehen. Ich gebe Rat, wo Rat gefragt ist, und ich kümmere mich um ihre Verletzungen. Wer Euch etwas anderes erzählt hat, ist ein Lügner!« Ihre Unterlippe bebte leicht, und ihre Augen verdunkelten sich.

Otto begriff. Sie hatte Angst, dass er sie für ihr Tun bestrafen wollte. Dass er wie so viele fürchtete, sie sei mit dem Teufel im Bunde. Ein trockener Laut stieg in seiner Kehle auf – war es doch genau das, was er hoffte. »Du verstehst mich nicht«, gab er deshalb bedächtig zurück, »ich will dich für deine Dienste bezahlen.« Er hob die Rechte und zog das Kruzifix hervor, das ihn von Tag zu Tag mehr störte. Mit einem Ruck riss er sich den ledernen Riemen vom Hals, spuckte auf das kleine Holzkreuz und schleuderte es in den Schlamm. »Glaubst du mir jetzt?«, fragte er aufgebracht und zog den Kopf ein, als fürchte er, ein Blitz könne vom Himmel auf ihn herabfahren. »Ich habe nach dir suchen lassen, weil ich *hoffe*, dass du die Schwarze Magie beherrschst.«

»Ich dachte, Ihr wäret ein gläubiger Mann«, gab Helwig erstaunt zurück und fasste ihn näher ins Auge. Während sie ihn mit ausdrucksloser Miene ansah, malten ihre Hände kaum wahrnehmbar Zeichen in die Luft, bis sie nach einiger Zeit schließlich nickte. »Sprecht Euren Wunsch aus, und ich werde ihn dem Gott dieser Welt vortragen. Aber seid gewarnt. Ich stehe unter seinem Schutz. Solltet Ihr mich hintergehen wollen …«

»Ich will dich nicht hintergehen.« Ottos Herz raste, als ihm klar wurde, dass er dabei war, seine Seele unwiederbringlich an den Teufel zu verpfänden. Innerhalb weniger Augenblicke schossen ihm so viele Gedanken und Fragen durch den Kopf, dass dieser sich anfühlte, als ob er zerspringen wollte. Er drückte die Knöchel gegen seine Schläfen und holte tief Luft. »Ich möchte, dass du einen Schadenszauber für mich wirkst«, stieß er schließlich hervor. »Einen Zauber, der so mächtig ist, dass kein Pfaffe ihn wieder aufheben kann.« Wäre er nicht so sehr mit seinen eigenen Gefühlen beschäftigt gewesen, hätte er einen Schatten der Belustigung über Helwigs schönes Gesicht huschen sehen. Stattdessen schloss er die Augen und wartete auf ihre Antwort. Diese kam zögernd.

»Dazu brauche ich einen Gegenstand desjenigen, den ich mit dem Zauber belegen soll«, erklärte sie. »Ansonsten ist meine Kunst wirkungslos.« Sie dachte eine Zeit lang nach und etwas Berechnendes trat in ihren Blick. »Es würde zudem helfen, wenn ich mit Euch das Ritual der Vereinigung vollziehen würde.«

Otto erstickte um ein Haar an seinem eigenen Speichel. Meinte sie das, was er dachte? Er hustete heftig.

»Nur wenn auch Ihr Euch meinem Herrn durch mich hingebt, wird seine ganze Macht in mich fahren, und er wird Euch selbst die geheimsten Wünsche erfüllen.«

Konnte er seinen Ohren trauen? Sollte sich das Rad der Fortuna endlich wieder in Bewegung gesetzt haben? Er benetzte die trockenen Lippen. Hatte er in Helwig tatsächlich das Instrument für seine Rache an Lutz Metzler gefunden? Die Wut darüber, dass er sich um Ernte, Vieh und die Instandhaltung der Gebäude kümmern musste, anstatt Vergeltung zu üben, hatte ihn in den vergangenen Wochen beinahe aufgefressen! Seine Hand zitterte, als er sich damit den plötzlich aus den Poren tretenden, kalten Schweiß von der Stirn wischte. »Sag mir, was du brauchst, und ich werde einen der Knechte nach Ulm schicken«, sagte er schließlich und schrak zusammen, als sie ihm leicht die Linke auf den Arm legte.

»Ihr werdet mich bei Euch aufnehmen müssen«, erklärte sie mit leiser Stimme und suchte sein Gesicht mit den Augen nach Zeichen des Zweifels ab. Als er nicht widersprach, fuhr sie fort: »Ich benötige etwas aus der unmittelbaren Umgebung desjenigen, den der Zauber treffen soll. Je persönlicher der Gegenstand ist, desto stärker die Wirkung.«

Otto nickte und winkte einen der Helfer aus dem Dorf herbei. »Sag Walko, dass ich ihn sprechen will.« Kaum war der Junge im Stall verschwunden, wandte er sich zurück an Helwig und fragte: »Was nützt dir sonst noch?«

KAPITEL 55

Bursa, Spätherbst 1400

»ALLES, WAS ICH von euch erwarte, ist, dass ihr euren Geist öffnet und in Betracht zieht, dass mein Glaube genauso richtig ist wie der eure.«

Falk presste die Lippen aufeinander, um sich die bissige Bemerkung zu verkneifen, die ihm auf der Zunge brannte.

Der dürre Eunuch Ünsal schob die Ärmel seines viel zu weiten Gewandes nach oben und ließ den Blick in die Runde schweifen. »Abraham, Adam, Eva, Moses, Jesus, Maria, der Erzengel Gabriel. Seht ihr denn nicht, dass es die gleichen Geschichten sind, wie sie auch die Bibel erzählt?« Falks Gesicht verhärtete sich, als Ünsal ihn direkt anblickte. »Ich kann mir gut vorstellen, was man euch über die Lehre des Propheten erzählt hat«, fuhr der Lehrer fort. »In meiner Heimatstadt Thessaloniki gab es einen Priester, der unter Kindern und auch Erwachsenen verbreitete, die Osmanen seien Teufelsanbeter.« Seine braun-grünen Augen funkelten belustigt, als einige der Knaben beunruhigte Blicke tauschten. »Ich war lange genauso verblendet wie ihr und habe auf diese Lügen gehört.« Er hob einen knochigen Zeigefinger. »Aber warum sagt die einhundertzwölfte Sure dann: ›Sprich: Gott ist einer. Er ist der Ewige. Er ist nicht gezeugt und Er hat nicht gezeugt. Ihm gleicht keiner.‹« Der Junge vor Falk begann, nervös auf seiner dünnen Sitzmatte hin und her zu rutschen. »Kein Gläubiger leugnet, dass Jesus Weisheit und Wissen, Barmherzigkeit und Reinheit in sich vereint hat.« Ünsal breitete die Hände aus. »Aber ein barmherziger Gott hätte ihn niemals für Sünden büßen lassen, die er nicht auf sich geladen hat. Genauso wenig wie *Allah* alle Kinder Adams für dessen Verfehlung büßen lässt. In seinen Augen ist jeder Mensch von Natur aus gut. Es sind erst schlechte Einflüsse, unter denen er sich ändern kann. Darüber solltet ihr nachdenken.«

Falk unterdrückte ein Schnauben und setzte eine grimmige Miene auf, um vor Ünsal zu verbergen, dass die Geschichten, die dieser vorgelesen hatte, ihn erschütterten. Sicherlich war es gelogen, dass die Ungläubigen die Jungfrau Maria ebenso verehrten wie die Christen! Auch wenn er inzwischen sicher war, dass Gott ihn aufgegeben hatte, würde er nicht in diese mit Honig bestrichene Falle gehen und den lästerlichen Worten Glauben schenken.

Als könne Ünsal seine Gedanken lesen, setzte dieser hinzu: »*Mein* Gott ist ein Barmherziger, kein Strafender. *Mein* Gott ist stark genug, um den Teufel zu beherrschen. Dieser hat lediglich eine Frist bis zum Jüngsten Tag, um die Menschen zu versuchen. Er ist keineswegs der Widersacher des Herrn, sondern sein Werkzeug, um den Glauben zu prüfen. *Iblis* ist ganz gewiss nicht allmächtig.«

Falk konnte nicht länger den Mund halten. »Wie erklärst du dir dann all das Böse auf der Welt?«, platzte es aus ihm heraus, bevor er richtig nachgedacht hatte.

Ünsal schmunzelte und überlegte einen Augenblick. »Ich glaube, dass irgendwann in jeder Seele sowohl das Gute als auch das Böse wohnt«, sagte er schließlich. »Aber ich glaube auch, dass jeder von uns den freien Willen hat, sich gegen das Dunkle in sich zu entscheiden und das Licht zu wählen.« Er machte eine bedeutungsvolle Pause. »Egal, an welchen Gott er glaubt.« Einige Augen weiteten sich zweifelnd und Ünsal fuhr sich mit einer müden Bewegung über die

Wange. »Vielleicht erkennt ihr irgendwann die Gemeinsamkeiten, anstatt nach den Unterschieden zu suchen.« Damit entließ er seine Schüler.

Und obschon Falk froh war, dem Unterricht zu entkommen, gruben sich die Worte des Eunuchen tief in sein Gehirn ein. Würde ein barmherziger Gott gute Menschen bestrafen, nur weil sie ohne Absolution in den Tod gerissen wurden? Er schüttelte die Gedanken ab und folgte den anderen hinaus in den Hof, wo soeben die Kessel mit dem Nachtmahl an kurzen Ketten aufgehängt wurden. Da sie vor den übrigen Rekruten den Tag beendet hatten, mussten sie sich jedoch noch eine Weile gedulden, bevor die Suppenverteiler ihre Schüsseln füllten. Das aufgeregte Gemurmel seiner Kameraden verriet, dass er nicht der Einzige war, den Ünsals Worte verunsichert hatten. Fest entschlossen, sich nicht von all den Lügen beeinflussen zu lassen, konzentrierte er sich darauf, wie die feuchte Kälte des Abends langsam, aber unaufhaltsam seine Kleidung durchdrang. Dennoch schweifte sein Geist immer wieder zu dem zurück, was Ünsal gesagt hatte. Als eine halbe Stunde später endlich die erschöpften Kämpfer von ihren Waffenübungen zurückkehrten, brachten sie Ablenkung und die Furcht vor den unerbittlichen Ausbildern mit sich. Während diese die jungen Männer zu dem täglichen Kampfruf aufpeitschten, nistete sich das Saatkorn der Unsicherheit in Falks Seele ein. Kaum dampfte der sämige Eintopf in seiner Schale, beugte er sich darüber und schaufelte das Essen schweigend in sich hinein, während sein Verstand weiterarbeitete.

Trotz der zahllosen Fragen, die ihm durch den Kopf gingen, schlief er in der kommenden Nacht erstaunlich gut. Erst gegen Morgen erwachte er scheinbar ohne Grund, doch bevor seine Gedanken sich wieder in endlosen Schleifen verlieren konnten, erscholl der Weckruf des Ausbilders. Als er eine halbe Stunde später durch Nebelschwaden zum Fechtplatz trottete, war er beinahe froh, dass die Anforderungen des Kampfes seine gesamte Konzentration in Anspruch nehmen würden. Mit steifen Fingern streifte er sich Kettenpanzer, Haube und Helm über, wog das Krummschwert in der Hand und wartete darauf, dass ihm der Fechtmeister einen Gegner zuteilte.

»Ihr werdet heute nicht gegen einen, sondern gegen mehrere Feinde kämpfen«, trompetete dieser und wies sie an, sich in einen abgesteckten Kreis zu begeben. »Wer den Kreis verlässt, gilt als gefallen.« Er brauchte nicht zu erwähnen, was der Lohn war, der denjenigen erwartete.

»Wie schön«, murrte einer seiner Kameraden, dem das strohblonde Haar wirr in die Stirn hing. »Das wird ein unglaublicher Spaß!«

Ein Hieb aus dem Nichts ließ ihn aufjaulen. »Ihr redet nicht, ohne gefragt zu werden!«, donnerte ein weiterer Ausbilder so dicht neben Falk, dass er zusammenfuhr.

»Jeder gegen jeden. Versucht, eure Gegner nicht zu töten. Andere Regeln gibt es nicht!« Der Fechtmeister hob die Hand mit dem eigenen *Yatağan*, und sobald er den Arm sinken ließ, stürzten sich die jungen Männer brüllend aufeinander. Innerhalb weniger Augenblicke war Falk in einen erbitterten Schlagabtausch mit zwei kräftigen Rekruten verwickelt, von denen einer allerdings nach kurzer Zeit von hinten angegriffen wurde. Mit einem Fluch wirbelte der Bursche herum, warf sich nach links und verschwand kurz darauf im Getümmel. Falk nützte die Ablenkung dazu, sein Gegenüber mit einem mächtigen Hieb nach hinten zu drängen, sodass dieser nur noch zwei Schritte von der Kreislinie entfernt war. Dankbar darum, dass der Unterricht bei Ünsal seinen Muskeln Zeit gegeben hatte, sich zu erholen, drosch er auf den Italiener ein, bis es ihm schließlich gelang, diesen aus dem

Rund zu zwingen. Sofort kamen zwei der Aufpasser herbeigestürmt, um ihn zu ergreifen und für sein Versagen zu bestrafen. Für die Dauer eines einzigen Atemzuges war Falk abgelenkt, und als er sich wieder umwandte, blieb ihm gerade noch genug Zeit, unter einer auf ihn niedersausenden Klinge hinwegzutauchen. So dicht pfiff der tödliche Stahl an seinem Gesicht vorbei, dass er den eisigen Hauch spürte, mit dem dieser die Luft durchschnitt.

Während sein Puls sich überschlug, breitete sich ein unangenehmer Geschmack in seinem Mund aus, der sich verstärkte, als er seinen Gegner erkannte. Ausgerechnet der Größte!, dachte er und wich nach hinten aus – in der Hoffnung, die auf ihn niederprasselnden Schwertstreiche dadurch abzuschwächen. Jeder der gewaltigen Treffer ließ seine Arme erzittern, die von Minute zu Minute schwerer wurden. Nach kaum einem Dutzend Hieben breitete sich das Stechen in seinen Handgelenken zu den Ellenbogen aus, und schon bald brannten auch seine Schultern wie Feuer. Mit jeder Bewegung schwand seine Kraft und seine Beine verloren an Standfestigkeit, bis er schließlich über einen niedergestreckten Gefährten stolperte. Alle Geräusche traten in den Hintergrund, als der Hüne ihm mit einem Streich die Waffe aus der Hand schlug. Als habe jemand die Zeit um ihn herum angehalten, nahm Falk wahr, wie sich seine Füße vom Boden lösten, er nach hinten fiel und etwas mit solcher Gewalt auf seinem Oberschenkel auftraf, dass die Erschütterung wie eine Welle durch seinen Körper lief. Einige unwirkliche Augenblicke lang empfand er nichts außer einer seltsamen Erleichterung, dass er sich nicht aus dem Kreis hatte drängen lassen. Doch dann kam der Schmerz. Der Aufprall auf dem Boden trieb ihm im gleichen Moment die Luft aus den Lungen, in dem er den Mund öffnete. Statt des markerschütternden Schreis, der sich in seiner Brust aufgebaut hatte, fand jedoch lediglich ein heiseres

Röcheln den Weg über seine Lippen. Als habe jemand sein Bein in Flammen gesetzt, breitete sich ein solch überwältigender Schmerz von seinem Oberschenkel her aus, dass ihn Schwärze umfing. Mit letzter Kraft versuchte er, dem drohend über ihm schwebenden Krummschwert zu entkommen. Aber bevor er sich zur Seite rollen konnte, verlor er die Kontrolle über seine Blase und versank in Dunkelheit.

KAPITEL 56

»Bist du denn gar nicht eifersüchtig auf Hüma?«, erkundigte sich Gülbahar, der an der Nasenspitze anzusehen war, dass sie etwas ausheckte.

Da Sapphira zwar froh war über die gute Laune der Gefährtin, allerdings keinerlei Bedürfnis hatte, deren Torheiten mit ihr zu teilen, schluckte sie die Frage nach dem Stimmungsumschwung hinunter und schüttelte den Kopf. »Nein«, erwiderte sie wahrheitsgemäß und hob ein Harnglas an eine Kerzenflamme. »Ich freue mich für sie.«

Gülbahar legte die Trage mit dem Säugling auf einem kleinen Tisch ab und zog mit den Zähnen an einem Knoten. Nachdem sie auch den Kopf des Kindes straff mit Binden umwickelt hatte, hob sie das winzige Paket auf und stemmte es in die Hüfte.

»Sie hat die Ehre verdient«, fügte Sapphira hinzu und kramte in einem Arzneischrank. »Ihre Anmut ist vollkommen.«

Gülbahar kniff verwundert die Augen zusammen und begann, die neugeborene Prinzessin hin und her zu wiegen. »Und ich dachte, du würdest sie dafür hassen«, stellte sie nüchtern fest und stupste mit der Fingerspitze auf die weiche Nase des Kindes.

Das hatte ich auch gedacht, fuhr es Sapphira durch den Kopf, aber sie verriet mit keinem Wimpernzucken, dass Gülbahar recht hatte. Stattdessen gab sie vor, sich auf das Wiegen der verschiedenen Arzneien konzentrieren zu müssen. Seit sie erfahren hatte, dass Hüma von Bayezid Khan als Konkubine erwählt worden war und eigene Gemächer, Dienerinnen sowie einen Eunuchen zugewiesen bekommen hatte, war ihr Innerstes in Aufruhr. Es stimmte, dass die Neuigkeiten ihr einen kurzen Moment des Verdrusses und der Eifersucht beschert hatten, doch waren ihre Empfindungen in keinster Weise so heftig, wie sie befürchtet hatte. Voller Befremden hatte sie feststellen müssen, dass sie sogar eher etwas wie Erleichterung erfüllte.

Da sie nicht antwortete, schwatzte Gülbahar weiter. »Was, denkst du, wird mit Olivera Despina geschehen?«

Bevor Sapphira ihr mitteilen konnte, dass ihr das vollkommen gleichgültig war und sie das Gerede nicht interessierte, kam eine Hospitalhelferin in die Apotheke gestürmt und rief atemlos aus: »Sapphira, die *Tabibe* braucht Mandragora, ein Skalpell, Verbände, Rotwein, *Amurca*, Brenneisen und Nadeln. Einer der Janitscharen hat eine furchtbare Schwertwunde am Bein.« Sie griff nach einem Ballen *Qazz* zur Blutstillung und verschwand in einem Wirbel aus wehendem Stoff.

Obwohl Sapphira froh war, der Unterhaltung mit Gülbahar zu entkommen, zog sich etwas in ihr zusammen und eine ungute Vorahnung sorgte für ein dumpfes Pochen in ihren Schläfen. Angespannt sammelte sie die Sachen zusammen, verstaute sie in einem Korb und hastete in den Teil des *Darüssifas*, der eigentlich dem *Hekim* unterstand. Aber nur eigentlich, dachte sie verächtlich und bemerkte zu spät, dass sie nur einen dünnen Schleier trug. Mit der Linken zog sie das Tuch tiefer ins Gesicht, stieß mit dem Fuß die Durchgangstür auf und erstarrte, als sie das schwache Blau sah, das um einen totenbleichen Verwundeten flackerte. Voller Entsetzen erkannte sie das von einem dunklen Schopf umrahmte, kantige Gesicht, dessen Fahlheit in furchtbarem Kontrast zu dem Blut auf dem Laken stand. Ihr Herz setzte aus, und um ein Haar wäre der Korb ihren Händen entglitten, doch die feste Stimme der *Tabibe* riss sie vom Abgrund zurück.

»Schnell«, drängte die Ärztin und griff nach Skalpell und Brenneisen. »Halte das Eisen über die Glut«, gebot sie und deutete auf ein Kohlebecken. Dann wies sie einen der männlichen Helfer an, einen Schwamm mit Mandragora zu tränken und sich bereitzuhalten, falls der Bewusstlose erwachte. Die *Qazz* auf der klaffenden Wunde hatte sich bereits mit Blut vollgesogen, und während sie mit einer Hand einen neuen Ballen darauf presste, zerschnitt die Ärztin mit der anderen die Hose des Patienten. »Du«, herrschte die *Tabibe* einen Helfer an, »bring mir etwas von dem Memphitischen Stein und Goldene Wundsalbe.« Heftig blinzelnd beugte sich die Heilerin dicht über die Wunde, die so tief war, dass der Knochen durch das Fleisch blitzte. Dann setzte sie das Skalpell an und schnitt die ausgefransten Ränder zurecht. Während Sapphira sich bemühte, das Zittern ihrer Hände unter Kontrolle zu bringen, schob sich der *Hekim* in den Vordergrund und schielte der *Tabibe* über die Schulter. »Ihr steht mir im Licht«, fuhr die Ärztin ihn an. »Sapphira, wo bleibt das Brenneisen?«

Mit butterweichen Knien hob die junge Frau das rot glühende Instrument aus dem Becken und hielt die Luft an, als die *Tabibe* das Eisen in die Wunde drückte, nachdem sie das Pulver des Memphitischen Steins darüber gestäubt hatte. Während sich der Gestank verbrannten Fleisches im Hospital ausbreitete, sandte Sapphira ein Stoßgebet zum Himmel, dass der Patient nicht erwachen würde. Das Gefühl, dass ihr Brustkorb von mächtigen Armen zusammengedrückt wurde, verstärkte sich, als die Lider des jungen Mannes flackerten. Bitte bleib dort, wo du gerade bist!, dachte Sapphira und presste die Hand vor den Mund, um sich nicht mit einem unbedachten Laut zu verraten.

Als sie das Ausbrennen beendet hatte, beugte sich die Heilerin erneut über die Verletzung und verengte die Augen zu kleinen Schlitzen. »Die Wunde ist tief und gefährlich«, stellte sie fest und warf dem *Hekim* einen missfälligen Blick zu. »Sie muss jeden Tag von Eiter und Wasser gesäubert werden, damit sie austrocknen kann. Sonst besteht die Gefahr, dass sie von Fäulnis befallen wird.«

Der Angesprochene verzog den Mund zu einer arroganten Linie und erwiderte: »Überlasst das ruhig mir.«

»Ich überlasse es euch, wenn ich sicher bin, dass alles Nötige getan wurde, um das Schlimmste zu verhindern«, schoss die *Tabibe* zurück und griff nach dem Tiegel, der das *unguentum aureum* – die Goldene Wundsalbe – enthielt.

Sie hatte gerade den Finger hineingetaucht, als die äußere Pforte des Hospitals aufgestoßen wurde und zwei Wachen des Sultans den Gang entlangtrampelten. Bei der kleinen Versammlung angekommen, bellte einer von ihnen: »Der *Padischah* verlangt nach dem Trank. Jetzt.«

Verwundert bemerkte Sapphira, wie ein Schatten über das Gesicht der Ärztin huschte, bevor diese sich mit einem Seufzen erhob und zu ihr sagte: »Bestreiche den gesamten Bereich mit Salbe. Dann leg einen lockeren Verband an. Die Wunde muss atmen können, und die Binden dürfen nicht zu fest am Bein kleben.« An den *Hekim* gewandt knurrte sie: »Meine *Cariyesi* besitzt mein volles Vertrauen. Ihr seid mir unterstellt, und ich befehle Euch, ihr nicht im Weg zu sein.« Mit diesen Worten bedeutete sie den Janitscharen zu warten und eilte in Richtung Arzneilager davon, aus dem sie kurz darauf mit einer kleinen Flasche zurückkehrte.

Wenngleich es ungewöhnlich war, dass die Wachen des Sultans im Hospital auftauchten, vergaß Sapphira den Zwischenfall, sobald ihre Fingerspitzen die Haut des Verwundeten berührten. Vorsichtig trug sie die kühlende, stark nach Weihrauch und Mastix riechende Salbe auf und versuchte, nicht daran zu denken, was alles passieren konnte. Hatte sie nicht bereits einmal eine ähnliche Wunde erfolgreich behandelt? War der Junge mit dem hässlichen Knochenbruch nicht vollkommen genesen? Und war es nicht einfacher, eine reine Fleischwunde zu heilen als eine Verletzung, die mit Knochensplittern verunreinigt war? Mit der feindseligen Anwesenheit des *Hekims* im Nacken griff sie nach einigen Minuten nach einer Binde und bedeckte die blutige Masse mit dem trügerisch weißen Stoff. Wie täuschend leicht es war, den Eindruck der Ganzheit wieder herzustellen, dachte sie und ertappte sich dabei, wie sie nach der Hand des jungen Mannes griff. »Ich muss seinen Puls fühlen«, murmelte sie und legte Zeige- und Mittelfinger auf das Handgelenk des Patienten. Erleichtert stellte sie fest, dass sein Herz zwar schwach, aber regelmäßig schlug. Da der Helfer den Schlafschwamm inzwischen nicht mehr auf das Gesicht des jungen Mannes drückte, konnte Sapphira ihn genau aus der Nähe betrachten. Während sie vorgab, auf seinen Atem zu lauschen, tasteten ihre Augen die dichten Brauen, den energischen Mund und die Grübchen an Kinn und Wange ab. Was für eine Farbe seine Augen wohl hatten?, fragte sie sich, aber ihre Gedanken wurden rüde von dem *Hekim* unterbrochen.

»Ist noch nicht alles getan?« Seine Stimme troff vor Zynismus, und für einen kurzen Moment wünschte Sapphira sich, ein Mann zu sein und ihm die Faust in seine höhnische Fratze zu rammen; die zu hohen Wangenknochen zu brechen, zu sehen, wie sich die glänzenden und dennoch stumpfen Augen überrascht weiteten und das Flackern um ihn herum in Bewusstlosigkeit erlosch.

Stattdessen zupfte sie noch ein paar Mal an den Binden, bevor sie sich mit zähen Bewegungen erhob. Es war beinahe als hielte eine unsichtbare Macht sie fest. Widerwillig riss sie den Blick von dem friedlichen Gesicht los, da sie genau wusste, dass es nicht mehr lange dauern würde, bis es sich in eine Maske des Schmerzes verwandeln würde. »Ihr solltet ihn waschen, solange er noch nicht wieder bei sich ist«, riet sie und legte Salbentiegel, Binden, *Amurca* und Mandragorasaft auf einem Tisch neben dem Bett ab. Und für ihn beten, fügte sie in Gedanken hinzu. Da der *Hekim* sie jedoch von oben herab musterte und ein Gesicht machte, als habe er etwas Fauliges gegessen, griff sie nach ihrem Korb und machte Anstalten, sich zu entfernen.

»Und du solltest bei deinem nächsten Besuch darauf achten, dein Gesicht vor den Blicken der Burschen zu verbergen«, schickte er ihr bissig hinterher.

Die Wut, die bei dieser Bemerkung in ihr explodierte, überraschte sie selbst. Um nichts zu tun, das sie später bereuen würde, zwang sie sich mit steifen Bewegungen, ihren Weg fortzusetzen, aber das Knallen der Tür ließ die Wände erzittern. Mit langen Schritten flog sie am Reich der Hebamme vorbei, ignorierte die fragenden Blicke einiger Helferinnen und suchte Zuflucht im Arzneilager. Dort säuberte sie bebend die blutigen Instrumente und unterdrückte ein Schluchzen, als sich der Zorn aus heiterem Himmel in Traurigkeit verwandelte. Wie ein Dorn bohrte sich die furchtbare Angst in ihr Herz, dass die Kunst der *Tabibe* nicht ausreichen könnte, das Leben des jungen Mannes zu retten. Eines der Skalpelle fiel mit einem Klirren zu Boden, und als sie sich danach bückte, versagten ihr die Beine den Dienst. Wie ein Häufchen Elend sackte sie zusammen und ließ sich von ihrem Kummer davontragen. Sie wusste nicht, wie viel Zeit verstrichen war, als die Tränen endlich versiegten und sich der Wirrwarr der Gefühle allmählich legte. Erschöpft tastete sie nach dem winzigen Instrument und kam zitternd zurück auf die Beine. Das Herz immer noch schwer wie Blei, ließ sie ihre Hände die wohlbekannte Arbeit tun, während sie sich einzureden versuchte, dass ihre Gefühle für den jungen Rekruten auf nichts anderem als Mitleid fußten. Es war die Farbe! Würde sie nicht das gleiche Blau um ihn herum wahrnehmen wie um Yahya … Der Gedanke verlor sich. Sie biss die Zähne aufeinander und wischte sich die Tränen aus dem Gesicht. Sie musste ihr Herz gegen alle anderen Empfindungen verhärten und nur den Patienten in ihm sehen! Alles andere würde nichts als Unheil nach sich ziehen.

KAPITEL 57

OLIVERAS HERZ DROHTE, ihr die Brust zu sprengen. Nachdem Bayezid sie vor zwei Tagen in ihren Gemächern hatte einsperren lassen, hatte sie nichts mehr von ihm gehört. Und obwohl ihr das Gefühl in ihrer Magengrube etwas anderes sagte, hoffte sie, dass sich seine Wut inzwischen gelegt hatte. Während sie rastlos auf und ab lief, betastete sie die Schwellung in ihrem Gesicht, die von Bayezids Handrücken herrührte. Zuerst hatte sie befürchtet, das Kind zu verlieren, nachdem er ihr die Faust in den Bauch getrieben hatte. Aber die leichte Blutung war nach wenigen Stunden wieder abgeflaut.

»War es das, was du gesehen hast!«, hatte sie die griechische Zofe angeschrien und sie hysterisch geohrfeigt. »Stirbt mein Sohn durch die Hand seines eigenen Vaters?« Doch das Mädchen hatte lediglich hilflos den Kopf geschüttelt und still geweint.

»Ich hätte sie auspeitschen lassen sollen«, murmelte Olivera, doch dafür war es jetzt zu spät. Außer den beiden schwarzen Eunuchen, die ihre Tür bewachten, war sie alleine, und langsam aber sicher verstärkte die ungewohnte Einsamkeit ihre Ängste. Wann würde Bayezids Zorn verrauchen? Wann würde er sich damit abfinden, dass sie seinen Thronfolger in sich trug?

Schritte näherten sich ihren Gemächern und kurz darauf ertönte ein unverkennbarer Bass. »Öffnet die Tür!«

Furcht stieg in Oliveras Kehle auf und ließ sie an die Wand zurückweichen. Fahrig rückte sie das Diadem auf ihrem Haar zurecht und zupfte an ihrem Kleid, sodass die weichen Rundungen ihrer Brust deutlich zu sehen waren. Nur wenn sie keine Angst zeigte und Bayezid mit ihrer Sinnlichkeit betörte, würde es ihr gelingen, wieder Gewalt über ihn zu gewinnen. Dessen war sie sich nur allzu bewusst. Als die Tür unter Poltern aufsprang, schluckte sie daher die Bitterkeit in ihrer Kehle und schwebte ihrem Gemahl entgegen. Mit einem gezwungenen Lächeln verneigte sie sich tief vor ihm, und bevor sich ihre Lider senkten, nahm sie aus dem Augenwinkel die Anwesenheit der *Tabibe* wahr. Einen Moment lang hoffte sie, die Ärztin sei gekommen, um sicherzustellen, dass der Frucht seiner Lenden nichts zustieß. Aber die Härte in Bayezids Augen erstickte diese Hoffnung im Keim.

»Komm her!«, herrschte er sie an und winkte gleichzeitig die Ärztin zu sich. »Gibt es eine bestimmte Methode, diesen Trank einzuflößen?«

Anstatt dem Befehl Folge zu leisten, wich Olivera entsetzt vor ihm zurück.

»Denk nicht einmal daran, dich zu wehren«, fauchte Bayezid und entkorkte das kleine Glasgefäß, welches die *Tabibe* ihm gereicht hatte.

»Je mehr davon getrunken wird, desto größer ist die Wirkung«, erklärte die Heilerin leise.

»Nun, dann sollte sie wohl die ganze Flasche leeren!« Ein kalter Funken glomm in Bayezids Augen, als er sich Olivera näherte und sie mit einer blitzschnellen Bewegung am Hals packte. »Du hättest auf meine Warnung hören sollen«, zischte er und presste die Finger in ihre Wangen.

Während Olivera verzweifelt versuchte, sich gegen seinen Griff zur Wehr zu setzen, zwang er mit brutalem Druck ihre Kiefer auseinander und schob den Hals der Flasche in ihren Mund. Dann hielt er ihr die Nase zu und riss ihren Kopf nach hinten, sodass ihr nichts anderes übrig blieb, als die ekelhafte Flüssigkeit zu schlucken. Ölig und gallenbitter fand der Trank seinen Weg, bis kein einziger Tropfen der gelben Medizin mehr übrig war. Als der Sultan sie losließ, sank Olivera hustend und spuckend auf die Knie und rang nach Luft.

»Es hat keinen Sinn, sich zu erbrechen«, stellte Bayezid ungerührt fest und kehrte ihr den Rücken. »Die *Tabibe* hat mir versichert, dass die Wirkung umgehend eintritt. Ist es nicht so?«

»Ja, Erhabener«, bejahte die Heilerin tonlos. »In wenigen Stunden wird das Kind vom Körper abgestoßen.«

Wie durch das Tosen eines Wasserfalls gedämpft vernahm Olivera, dass sich die Männer zurückzogen, und schrak zusammen, als sich jemand neben sie kniete.

»Ich werde bei Euch bleiben, bis es vorüber ist«, sagte die *Tabibe* und legte tröstend den Arm um ihre Schulter.

KAPITEL 58

Burg Katzenstein, Spätherbst 1400

»Fahre in mich, Herr der Finsternis, Luzifer, Fürst der Hölle!«

Ottos Unwohlsein verstärkte sich, als Helwig den Handschuh, den sein Knecht aus Ulm mitgebracht hatte, in die Mitte des gezeichneten Pentagramms legte. Dankbar darum, allein im Obergeschoss des Palas zu sein, verfolgte er, wie sie eine Feder in Hühnerblut tauchte und den Handschuh damit bespritzte. Kleine, rote Punkte vermischten sich mit der weißen Kreide des fünfzackigen Sterns, der – anders als im Gebrauch der Kirche – nicht die Wunden Christi symbolisierte. Nicht zum ersten Mal seit Helwig vor etwas über einer Woche auf Katzenstein erschienen war, fragte er sich, ob er das Richtige tat. Sicherlich ließ sich dieser Lutz auch anders aus dem Weg räumen. Der kehlige Singsang, in den die rothaarige Frau verfiel, ließ ihm die Haare zu Berge stehen, und er sah unangenehm berührt an sich hinab. Auf ihr Bitten hin hatte er Wappenrock und Schecke abgelegt, sodass er nur noch mit einem dünnen Hemd bekleidet war – in dem er sich seltsam verwundbar fühlte. Da es inzwischen empfindlich kalt war, prasselte ein gewaltiges Feuer im Kamin, und Otto hatte eigenhändig ein *Dorsale* – einen dicken Wandbehang – in Brusthöhe angebracht. Irgendwann würde er die Wände seiner Gemächer mit einer hölzernen Verkleidung versehen, aber daran war vorerst nicht zu denken.

»Malefaciam, malefaciam, malefaciam«, raunte Helwig und wiegte ihren Oberkörper immer heftiger hin und her. Nach einiger Zeit stieß sie einen unheimlichen Laut aus, beugte sich über das Pentagramm und ruderte mit den Armen. »Wie du befiehlst, Herr«, flüsterte sie schließlich und erhob sich. Ihre grünen Augen wirkten unnatürlich geweitet, als sie sich Otto zuwandte und eine Hand an ihre linke Brust legte. »Der Gott dieser Welt befiehlt mir, mich mit Euch zu vereinigen. Erst dann kann er Euren Wunsch erfüllen und der Schadenszauber kann wirken.«

Otto schluckte krampfhaft, als sie sich daraufhin ohne zu zögern das einfache Hemdkleid über den Kopf zog und sich ihm näherte. Im Schein des Feuers zeichnete sich jede Linie ihres makellosen Körpers unter dem Untergewand ab, und augenblicklich zuckte seine Männlichkeit.

»Nur, wenn wir eins werden, kann der Pakt geschlossen werden«, säuselte Helwig und machte sich an seinem Hemd zu schaffen. »Die Vereinigung ist der einzige Weg.« Sie löste die rostroten Locken und befreite sich auch von dem Rest ihrer Kleidung. Vollkommen unverhüllt schritt sie auf Ottos Bettstatt zu und winkte ihn zu sich.

Ohne weitere Worte zu verlieren, streifte er Stiefel, Hemd und Hose ab und folgte ihrer Einladung. Ihre kleinen, kühlen Hände sandten einen Schauer der Lust über seinen Körper, und kaum hatte sie ihn auf die Matratze gezogen, überwältigte ihn die Leidenschaft. Ungestüm wie ein Halbwüchsiger nahm er sich das, was sie ihm so bereitwillig darbot, drang in sie ein und stemmte die Hände in die Kissen. Während sie ihm hungrig die Hüften entgegenreckte, schoss Erregung durch seine Lenden, und bevor er richtig begriff, was geschehen war, sackte er erschöpft auf ihr zusammen.

»Der Meister nimmt dein Opfer an«, wisperte Helwig ihm ins Ohr und wand sich unter ihm hervor. »Aber noch ist nicht alles getan.« Als wäre es das Natürlichste auf der Welt, schwang sie die Beine aus dem Bett und griff nach der Schale mit dem Hühnerblut. Während Otto sich an ihren vollkommenen Formen berauschte, tauchte sie einen Fingernagel in das Blut und befahl: »Dreh dich auf den Rücken.«

Kaum hatte er die Aufforderung befolgt, ließ sie sich neben ihm nieder, und hätten ihre Hinterbacken und die prallen Brüste ihn nicht halb um den Verstand gebracht, hätte das Unbehagen schneller den Weg an die Oberfläche seines Verstandes gefunden.

»Malefaciam, malefaciam, malefaciam«, wiederholte sie die Formel, die sie vorher bereits einmal gesprochen hatte. »Ich werde Böses tun.« Dann setzte sie den Finger auf Ottos Brust und malte eine Unzahl verschlungener Symbole auf seine Haut.

Während das Blut an der Luft trocknete, glitt sein Blick über ihre perfekten Rundungen. Nach einer Weile stellte Helwig die irdene Schale auf dem Boden ab und fasste ihn forschend ins Auge. Ihre perlweißen Zähne bearbeiteten die volle Unterlippe, und in diesem Moment hätte Otto alles dafür gegeben, ihre Gedanken lesen zu können.

»Du weißt, dass das, was wir getan haben, nie wieder ungeschehen gemacht werden kann?«, fragte sie schließlich und wickelte eine Locke um den Finger. Die milchweiße Haut ihrer Wangen überzog sich mit einer feinen Röte, als sie weitersprach. »Um den Pakt vor dem Rest der Welt zu verbergen, sollten wir zu einer List greifen.«

Otto stemmte sich mühsam auf die Ellenbogen und versuchte, ihre Brust mit den Lippen zu umschließen. Helwig wich ihm jedoch geschickt aus und bedeckte sich mit dem Laken.

»Was für eine List?«, fragte er nur halb neugierig, da seine Begierde bereits wieder die Kontrolle über sein Denken übernahm.

»Wir sollten so tun, als würden wir auch einen Bund vor

Gott eingehen«, erklärte Helwig und ließ zu, dass er das Laken zur Seite schob und ihren Busen umfasste.

»Einen Bund vor Gott?«

»Ja«, entgegnete sie und öffnete die Schenkel, um ihm Zugang zu ihrer gezupften Scham zu gewähren.

»Du meinst, wir sollten ehelichen?«, hakte Otto nach und vergrub den Kopf in der betörenden Weichheit.

»Das sollten wir«, bestätigte sie und zog ihn näher.

KAPITEL 59

Bursa, Winter 1400

LUSTLOS LÖSTE BAYEZID sich von seiner geschmeidigen Gespielin, die verstört die Luft einsog.

»Was ist, Gebieter?«, fragte sie scheu, als der Sultan das Bett verließ und sich mit der Hand durch den Bart fuhr. »Gefalle ich Euch nicht mehr?«

»Es ist nicht deine Schuld.« Bayezid winkte ab und hob ihre *Entari* vom Boden auf, um sie ihr zu reichen. »Ich habe heute nur andere Dinge im Kopf.«

Und das hatte er in der Tat. Wie sonst sollte es sich erklären lassen, dass er bei ihrem Anblick immer häufiger an Timur Lenk denken musste? Während sich das Mädchen anzog, kramte er in einem Kästchen, aus dem er schließlich einen Ring mit einem blauen Stein hervorzauberte. »Das ist für dich«, sagte er versöhnlich und steckte ihn auf einen ihrer feingliedrigen Finger. »Und jetzt lass mich allein.«

Das pechschwarze Haar fiel bis auf den Boden, als sie in einer tiefen Verbeugung versank. Doch egal, wie sehr Bayezid sich wünschte, es vergessen zu können, ihr Aussehen erinnerte ihn immer öfter an den Fall der Stadt Delhi und an die Tatsache, dass es ihm immer noch nicht gelungen war, Kriegselefanten zu besorgen. Er ließ den Kopf kreisen und blies die Wangen auf. Warum ging ihm nur immer wieder diese dumme Geschichte durch den Kopf? Seit einer der Wesire berichtet hatte, wie Timur Lenk vor einigen Jahren die Armee des Sultans von Delhi durch eine List besiegt hatte, kreisten Bayezids Gedanken ununterbrochen um den Tataren.

»Sultan Mahmud Khan schickte den Angreifern 120 gepanzerte Elefanten entgegen, deren Stoßzähne mit Gift gefüllt waren«, hatte der Wesir mit glühenden Wangen erzählt. »Aber Timur Lenk belud kurzerhand seine Kamele mit Holz und Heu und setzte sie in Flammen, als die Elefanten angriffen.« Und so hatten die Kriegselefanten des Sultans sich gegen dessen eigene Armee gewandt und diese niedergetrampelt. Etwas, das Bayezid ganz gewiss nicht passieren würde. Nur ein Esel rannte sehenden Auges in eine solch offensichtliche Falle! *Er* würde seine Elefanten niemals so platzieren, dass eine derart plumpe List die gesamte Streitmacht gefährden konnte.

Wann würde es seinen Männern endlich gelingen, die kostbaren Tiere zu erstehen? Er klatschte in die Hände und augenblicklich erschienen zwei seiner Pagen. »Helft mir beim Ankleiden«, brummte er. »Jagdkleidung.« Vielleicht würde ihn die Falkenjagd ein wenig zerstreuen. Das ständige Hin und Her zwischen Bursa und Konstantinopel höhlte ihn aus – genauso wie der zunehmend unflätiger werdende Briefwechsel mit Timur. Da sein Sohn Suleyman zu seiner Verwunderung die Belagerung von Konstantinopel unter Kontrolle zu haben schien, flaute Bayezids Tatendrang zwar bereits wieder ab. Aber er konnte es sich nicht leisten, die Stadt nicht einzunehmen. Wenn die Berichte der Spione nur eine Spur Wahrheit enthielten, war Johannes Palaiologos kurz davor, die Macht zu übernehmen, was de facto einen Sieg für Bayezid bedeuten würde. Wie weitsichtig es doch gewesen war, die Tochter des Byzantiners zur Frau zu nehmen, dachte er und machte augenblicklich ein säuerliches Gesicht, weil dieser Gedanke unaufhaltsam einen Rattenschwanz nach sich zog. Ehe er sich versah, war er mit seinen Überlegungen bei Olivera angekommen, deren Ungehorsam immer noch sein Blut in Wallung brachte. Hatte sie tatsächlich gedacht, er würde zulassen, dass sie ihn mit einem Kind erpresste?

Einer seiner Pagen machte eine ungeschickte Bewegung und Bayezid versetzte ihm einen Schlag auf den Hinterkopf. »Pass auf!«, blaffte er den Jungen an und verscheuchte ihn mit einem gotteslästerlichen Fluch.

Das unbestimmbare Gefühl, das ihn seit einigen Tagen immer wieder heimsuchte, bohrte sich tiefer in seine Eingeweide und strahlte von dort in seinen gesamten Körper aus. »*Allah*, vergib mir«, flüsterte er, da er ganz genau wusste, welcher Tat er die innere Anspannung eigentlich verdankte. Immerhin hatte er sein eigenes Kind getötet! Den *Homunculus*, den er selbst in Oliveras Bauch eingepflanzt hatte! Er wischte die Gewissensbisse beiseite und ignorierte die kleine Stimme, die ihm einflüsterte, dass er jetzt nicht mehr nur ein Brudermörder war. Die Jagd würde ihm helfen, seine Unbeschwertheit wiederzuerlangen! Und sobald das Wetter etwas aufklarte, würde er nach Konstantinopel zurückkehren und einen Erfolg feiern, der seine Nachkommen mit Stolz erfüllen würde.

⌒◉⌒

»Falk.« Die Stimme seiner Mutter schien aus weiter Ferne zu kommen. »Falk.«

Die vollkommene Dunkelheit, die ihn umfing, waberte, hellte sich auf und verzog sich wie Rauch, als plötzlich eine Frauengestalt aus dem Nichts auftauchte. Wild gelocktes Blondhaar umfloss ein Gesicht, das von warmen, braunen Augen beherrscht wurde. Ihr Mund verzog sich zu einem liebevollen Lächeln, als sie Falk eine Hand auf die Stirn legte, deren Berührung der junge Mann jedoch nicht spürte.

»Mutter?«, fragte er, aber die Frauengestalt verriet mit keiner Regung, dass sie die Worte gehört hatte. Stattdessen blickte sie mit unendlicher Traurigkeit auf ihn hinab, bevor sie sich – genau wie bei ihrem letzten Besuch – in Feuer verwandelte und verschwand. »Nicht!«, flehte er und erwachte in einer Hölle, deren Qualen ihm den Verstand raubten.

Als habe jemand sein Bein in siedendes Öl getaucht, um danach die Haut abzuziehen und zahllose Dolche in sein Fleisch zu treiben, strahlte der unvorstellbare Schmerz inzwischen so weit aus, dass er nicht mehr feststellen konnte, wo er seinen Ursprung hatte. Der Laut, der in ihm aufstieg, erreichte nicht einmal seine Lippen, die – aufgeplatzt und blutverkrustet – zu taub waren, um sie zu bewegen. Die Trockenheit in seiner Kehle hinderte ihn am Schlucken, und jedes Mal, wenn er dennoch einen Versuch unternahm, schien seine festgeklebte Zunge ein Stück Haut aus dem Gaumen zu reißen. Herr, nimm mich zu dir und erlöse mich von diesen Qualen, bat er in Gedanken. Doch der immer mehr anschwellende Schmerz ließ ihn fürchten, dass Gott ihm niemals helfen würde. Ein lang gezogenes Wimmern drang an sein Ohr, und es dauerte eine Weile, bis er begriff, dass er es war, der das Geräusch von sich gegeben hatte.

»Herr, ich glaube, ihr solltet nach der *Tabibe* schicken«, hörte er jemanden sagen, bevor eine weitere Welle unbeschreiblicher Pein über ihn hinweg spülte und ihm erneut die Besinnung nahm.

Als er wieder zu sich kam, spürte er, wie jemand seinen Kopf hob und ihm ein Gefäß an die Lippen setzte. »Trink das«, wies eine Frau ihn an und flößte ihm einen bitter-süßen Saft ein. Dann bettete sie ihn vorsichtig wieder in die Kissen, bevor sie sich an eine zweite Person wandte. »Wann habt Ihr aufgehört, die Verbände täglich zu wechseln?« Die Härte in ihrem Ton stand in völligem Gegensatz zu der Sanftheit, mit der sie zu Falk gesprochen hatte. »Habt Ihr denn nicht gerochen, dass sein Bein fault?«

Die Antwort wirkte trotzig. »Wenn Ihr wüsstet, wie viele Verwundete wir hier täglich verarzten, dann würdet Ihr verstehen, dass ich mich nicht um jeden einzelnen kümmern kann. Ich habe einen der Jungen damit beauftragt.«

Ein Schnauben ertönte und Falk öffnete mühsam die Augen, um zu sehen, um wen es sich bei den Sprechern handelte. Der entsetzliche Schmerz schien sich kriechend langsam dorthin zurückzuziehen, von wo er ausstrahlte. Er suchte nach einem Rest von Kraft in seinem zerschlagenen Körper, und es gelang ihm, den Kopf ein wenig zu drehen. Keine zwei Schritte von ihm entfernt sah eine dunkelhaarige Frau in blütenweißer Tracht zu einem Mann auf, der sich mit einer ungeduldigen Geste von ihr abwandte.

»Es ist ohnehin Zeitverschwendung! Der Bursche wird das nächste *Bayram* Fest wohl kaum erleben.« Er hustete in die vorgehaltene Hand. »Man hätte das Bein auf der Stelle abnehmen müssen. Aber Ihr musstet ja darauf bestehen, es zu behandeln.«

Die Frau zog die Oberlippe hoch und erwiderte schroff: »Das Ziel eines Arztes ist es, den Körper zurück ins Gleichgewicht zu bringen. Wie wollt Ihr das erreichen, wenn Euer erstes und oberstes Gebot ist, ihn zu verstümmeln?« Ihr Gegenüber öffnete den Mund, aber sie winkte ungehalten ab. »Meine *Cariyesi* und ich werden uns ab heute um diesen Patienten kümmern. Ausschließlich.« Damit kehrte sie ihm brüsk den Rücken und warf Falk einen prüfenden Blick zu. »Kannst du mich hören?«, fragte sie, und Falk versuchte ein Nicken. Die Frau hob den Kopf. »Flöß ihm noch etwas von dem Mohnsaft ein, Sapphira. Dann müssen wir die Verbände entfernen und sehen, was noch zu retten ist.«

Eine verschleierte Gestalt näherte sich seinem Bett von der anderen Seite und setzte ihm erneut den Becher mit dem bitter-süßen Trank an die Lippen. Blinzelnd versuchte er, etwas von ihrem Gesicht zu erkennen, aber außer tiefblauen Augen und einem schlanken Nasenrücken war nichts unbedeckt. Mitleid lag in ihrem Blick und auch etwas anderes, das Falk nicht verstand. Da jeder Schluck der Medizin ihn mehr benebelte, verschwamm sie jedoch schon bald vor seinen Augen und er ließ sich von einer Wolke umhüllen, die ihn davontrug. Er fühlte noch, wie die Frauen sein Bein berührten. Aber wohingegen vor Kurzem schon die Berührung von Stoff genügt hatte, ihn aufschreien zu lassen, verursachte das behutsame Tasten lediglich leichte Nadelstiche. Bevor er in einen tiefen Schlaf fiel, registrierte er noch einen beißenden Gestank, der ihm in seine Träume folgte.

KAPITEL 60

»Mein Gott«, stieß Sapphira erschüttert hervor, als die letzte Binde fiel. Das deutlich vernehmbare Knistern hatte sie bereits das Schlimmste fürchten lassen, aber der Anblick des Beines jagte ihr einen Schauer über den Rücken. Vereitert und bläulich verfärbt, warf das Fleisch an manchen Stellen Blasen, und als die *Tabibe* die Wunde betastete, verstärkte sich das knisternde Geräusch. Ein Schwall blutig-schwarzen Sekrets trat aus, dessen schaumige Konsistenz ihren Verdacht bestätigte. Der faulige Geruch ließ sie würgen und sich wünschen, sie hätte etwas Adlerholz mit Amber zum Räuchern mitgebracht.

»Ich brauche deine Augen, Sapphira«, sagte die *Tabibe*, die sich dicht über die Verletzung gebeugt hatte. »Kannst du mir die Farbe genau beschreiben?«

Sapphira trat neben sie und versuchte, die unterschiedlichen Schattierungen so präzise wie möglich zu benennen.

»Dann ist es so, wie ich befürchtet habe. Der gallige Fluss hat zur Fäulnis geführt und einen Wundbrand ausgelöst.« Sie rieb sich das Kinn. »Wir müssen sofort die Goldfliegenlarven aufsetzen, sonst schreitet die Vergiftung fort und er stirbt.«

Sapphiras Herz verkrampfte sich und plötzlich fiel ihr das Atmen schwer. Um zu verhindern, dass sie ihre Gefühle verriet, zwang sie sich, an den Tag zurückzudenken, an dem sie das Arzneilager zum ersten Mal betreten hatte. Deutlich erinnerte sie sich an die wimmelnden, weißen Maden, die sie auf dem verfaulten Stück Fleisch entdeckt hatte. Ohne auf eine weitere Anweisung zu warten, raffte sie die *Entari* und hastete in die Apotheke. Ihren Ekel unterdrückend packte sie die Larven samt Fleisch in ein Stück Stoff ein und kehrte in den Janitscharenbereich zurück. Sie überreichte der Ärztin mit zitternden Händen das Tuch, das diese vorsichtig zurückschlug.

»Das ist deine Aufgabe«, seufzte die Ältere, nachdem sie einige Wimpernschläge lang blinzelnd auf das Gewimmel gestarrt hatte. »Ich fürchte, wenn es so weitergeht, wirst du noch schneller lernen müssen.«

Trotz des Aufruhrs in ihrem Inneren riss Sapphira erstaunt die Augen auf. »Wie meint Ihr das?«, fragte sie und kniete sich neben das Lager des Patienten.

»Ich erblinde, Sapphira«, stellte die *Tabibe* ruhig fest. »An manchen Tagen sehe ich die Dinge nur noch schemenhaft. Heute ist es besonders schlimm.« Sie presste mehrmals die Lider aufeinander. »Wenn es mir nicht bald gelingt, die Krankheit aufzuhalten, wirst du früher an meine Stelle treten müssen, als ich dachte.« Sie seufzte leise und legte ihrer Schülerin eine Hand auf den Arm. »Aber so weit ist es noch nicht.«

Der Schreck, den diese Eröffnung ihr bescherte, trug nicht gerade dazu bei, Sapphiras Hand ruhiger zu machen. Aber eine platzende Blase ließ sie nach den Maden greifen. »Was muss ich mit den Larven tun?«, fragte sie und rümpfte die Nase, als sie das Krabbeln auf der Haut spürte.

»Setze sie auf das abgestorbene Fleisch und bedecke sie mit einer dünnen Schicht *Qazz*. Dann wickel eine Binde locker um das Bein. Bereits in einigen Stunden wird man erkennen, ob die Behandlung anschlägt.«

Sapphira befolgte die Anweisungen und atmete erleichtert auf, als endlich eine Schicht frischer Verbände das entstellte Bein bedeckte. »Ich bin fertig«, sagte sie und wischte sich die Hände an einem sauberen Tuch ab.

Die *Tabibe* schwieg einige Augenblicke, bevor sie sich ihrer Schülerin zuwandte und dieser in die Augen sah. »Du solltest deine Gefühle für ihn vergessen, solange du seine Ärztin bist«, riet sie und Sapphira schoss das Blut in die Wangen. »Sie könnten dir die Sicht trüben und dich davon abhalten, das zu tun, was nötig ist.« Sapphira holte Luft, aber die *Tabibe* hob warnend den Finger. »Ich spüre, was du für ihn empfindest«, sagte sie. »Vergiss nicht, dass auch ich über die Gabe verfüge, die ich in dir erkannt habe.«

»Aber…«, hub die junge Frau an.

»Aber du solltest immer daran denken, wer dein Herr ist«, beendete die Heilerin den Satz. Mit diesen Worten stemmte sie sich in die Höhe und bedeutete Sapphira ihr zu folgen. »Zwei Hofdamen mit Zahnschmerzen warten darauf, von ihren Beschwerden befreit zu werden.«

Sie kehrten in den Bereich der Frauen zurück, wo Sapphira sich entschuldigte, um sich im *Hamam* von Blut und klebrigem Sekret zu reinigen, ehe sie ihren weiteren Pflichten nachkam. Bevor sie das Bad betrat, entstand am Eingang des Hospitals jedoch ein Aufruhr, als eine *Jariye* den dort beschäftigten Helferinnen etwas zurief. Augenblicklich ließen die Frauen alles stehen und liegen und folgten der Dienerin, die wild gestikulierend in den Hof hinaus zeigte.

Kopfschüttelnd sah Sapphira ihnen nach und drückte die Tür des *Hamam*s auf. Vermutlich stolzierte wieder eine der Konkubinen oder Sultansgemahlinnen in neuem Putz über den Hof, dachte sie verächtlich und biss die Zähne aufeinander, als viel zu heißes Wasser ihre Haut berührte. Als könne sie sich damit von den Gefühlen reinigen, welche die *Tabibe* so richtig erkannt hatte, genoss sie die Taubheit, die allmählich ihre Arme hinaufkroch, und lauschte auf das Prasseln des Feuers. Jeden Morgen und Abend befestigten die Hospitalhelferinnen riesige Kessel über den Feuerstellen, die tagein, tagaus in Betrieb waren. Die Hitze hüllte sie ein und ließ ihr den Schweiß auf die Stirn treten, aber die Wärme konnte nicht bis in ihr Innerstes vordringen. Was, wenn die Behandlung keinen Erfolg zeigte, und er starb? Sie schluckte das Brennen in ihrer Kehle und griff nach einer groben Bürste. Warum fühlte sie sich nur so hohl und leer? Tränen stiegen in ihren Augen auf, als sie ihre Hände brutal mit den harten Borsten bearbeitete. Er war ein Patient, nichts weiter als ein Patient, dessen Leiden sie lindern wollte! Sie biss die Zähne zusammen und schleuderte die Bürste von sich. Jedes Leben war wertvoll, jedes Leben, das sie retten konnte, ein Sieg über den Tod! Mit leerem Blick angelte sie sich ein Badetuch und trocknete sich ab. Tief in Gedanken versunken walkte sie den Stoff zwischen den Fingern, obwohl ihre Hände schon längst nicht mehr nass waren, und schrak zusammen, als eine schrille Stimme aus dem Hauptteil des *Darüssifas* an ihr Ohr drang. »Sie richten sie hin! Gülbahar soll hingerichtet werden!«

Die Worte trafen sie wie ein Schlag. »Was?!«, wisperte sie und ließ das Badetuch fallen, als ob sie sich daran verbrannt hätte. »Das kann doch nicht wahr sein!« Als sei ihr der Teufel auf den Fersen, stürzte sie aus dem *Hamam* und flog den Korridor entlang hinaus ins Freie. Wenngleich ein unangenehmer Wind über den Hof pfiff, empfand sie keine Kälte, als sie den anderen Frauen folgte, die zielstrebig in Richtung Moschee strömten. Dort, direkt vor den Treppen, auf denen sie und die Gefährtin den Abzug des Sultans verfolgt hatten, knieten zwei Gestalten, deren Uniform sie als Janitscharen auswies. Zwar hatte einer der jungen Männer dunkle Haut, aber es handelte sich eindeutig um einen der blau-rot gekleideten Fußsoldaten. Erleichterung durchströmte sie, und sie wollte gerade wieder kehrtmachen, als ein Wächter den Gefangenen die weißen Mützen vom Kopf riss. Während einer von ihnen kurz geschoren und eindeutig männlich war, ließen die fein geflochtenen Zöpfe die andere Gestalt eindeutig als Frau erkennen.

»Oh, mein Gott«, entfuhr es Sapphira, die wie die anderen Anwesenden aufkeuchte. »Gülbahar!«

In den weit aufgerissenen Augen der jungen Frau waren Furcht, Verwirrung aber auch Trotz zu lesen.

»Hört her!«, tönte ein teuer gekleideter Offizier, an dessen Seite ein kostbares Schwert hing. »Diese beiden Unwürdigen haben den Sultan verraten. Sie wurden auf frischer Tat ertappt, als sie aus dem Palast fliehen wollten.« Er wies mit dem Kinn auf zwei Holzklötze zu seinen Füßen, und augenblicklich zerrten vier grobschlächtige Kerle Gülbahar und Andor vor ihn. »Die Strafe dafür ist der Tod. Den mächtigen Sultan Bayezid Khan hintergeht man nicht!«

»Nein!«, flüsterte Sapphira erstickt, als einer der Männer Andors Kopf auf den Block drückte und ein Krummschwert zog. »Bitte verschont sie.«

Auch die anderen Versammelten tuschelten durcheinander, doch das Geräusch der auf Holz auftreffenden Klinge ließ alle verstummen. Die unheimliche Stille wurde von einem lang gezogenen Schrei durchschnitten, der so entsetzlich war, dass Sapphira sich die Hände auf die Ohren presste. Mit einem Auge sah sie, wie die Soldaten Gülbahar zu dem zweiten Block zerrten, aber bevor auch ihr Leben von der Schneide beendet wurde, machte Sapphira kehrt und rannte zurück zum Hospital.

Dort sank sie schlotternd auf einen Schemel und vergrub das Gesicht in den Händen. Das war es also gewesen, was die Freundin ausgeheckt hatte! Die Flucht mit ihrem Geliebten. Ihr Zwerchfell zog sich krampfhaft zusammen. Wie hatte sie nur so dumm sein können? Wie hatte sie nur annehmen können, dass niemand die plumpe List durchschaute? Zorn gesellte sich zu der überwältigenden Traurigkeit, die ihr das

Bewusstsein bescherte, dass Gülbahar ihr Leben verschwendet hatte. Warum hatte sie sich nicht damit abfinden können, dass ihre Liebe zu Andor unmöglich war? Warum hatte sie es sich in den Kopf setzen müssen, Glück zu suchen, wo keines zu finden war? Sie fuhr sich grob mit dem Ärmel über die Augen und zog die Nase hoch. Hatte die *Valide* nicht deutlich genug gemacht, was die Strafe für einen derart ungeheuerlichen Betrug war? Ihre Augen schwammen immer noch. Sicherlich hatte die Freundin sich in letzter Zeit von ihr zurückgezogen, aber das änderte nichts daran, dass Sapphira sie beinahe so sehr geliebt hatte wie die Schwester, die sie niemals gehabt hatte. Sie ballte die Hände zu Fäusten und starrte auf ihre Zehenspitzen. Sie musste ihr Herz verhärten! Wenn sie nicht das gleiche Ende nehmen wollte wie Gülbahar, dann musste sie vermeiden, in dieselbe Falle zu tappen. Die *Tabibe* hatte recht. Ihre Liebe durfte ausschließlich dem *Padischah*, dem erhabenen Bayezid *Yilderim* gelten, der sie irgendwann mit dem Geschenk seiner Aufmerksamkeit ehren würde. Kein anderer durfte jemals einen Platz in ihrem Herzen in Anspruch nehmen! Ihre Lippen bebten, als die Trauer zurückkehrte und erneut ein Schluchzen in ihr aufstieg.

KAPITEL 61

Burg Katzenstein, Winter 1400

DIE SCHNEEDECKE VERWANDELTE DIE LANDSCHAFT in etwas, das in seiner Schönheit und Makellosigkeit beinahe übernatürlich wirkte. Wie Wächter aus einer anderen Welt thronten riesige Saatkrähen in den kahlen Wipfeln der Bäume und warnten mit durchdringendem Krächzen vor Kälte und Tod. Hin und wieder hüpfte eines der großen Tiere von einem Ast zum anderen, und manchmal dachte Otto, die schwarzen Augen könnten selbst aus der Entfernung all seine Geheimnisse erkennen. Geistesabwesend drehte er das schmale Goldband an seinem Finger und ließ den Blick über seine Ländereien schweifen. Nach einer wilden und erschöpfenden Hochzeitsnacht mit Helwig freute er sich auf den Ausritt, der zeigen würde, ob der Weg nach Ulm passierbar war. Seit Tagen drängte es ihn vor die Mauern der Burg, in der er sich mehr und mehr wie in einem geräumigen Gefängnis fühlte. Das verglaste Fenster warf ein schwaches Spiegelbild zurück, das beinahe wirkte wie ein durchscheinender Geist. Otto unterdrückte ein Frösteln und betastete die Stelle, an der vor wenigen Tagen noch ein Kinnbart gesprossen war. »Nimm ihn ab, Liebster«, hatte Helwig ihn gebeten. »Mir zuliebe.« Und wie jede andere Bitte, hatte er ihr auch diesen Wunsch erfüllt. Nicht einmal vier Wochen hatte sie ihm Zeit gegeben, um den zwar geheuchelten aber nötigen Bund vor Gott zu schließen, mit dem sie den Rest der Welt täuschen würden. »Luzifer ist mächtiger als Gott, der Vater, der Sohn und der Heilige Geist zusammen«, hatte Helwig ihm versichert. »Wenn der Tag des Jüngsten Gerichts kommt, wird der Herr der Finsternis triumphieren und seine Diener werden belohnt werden.«

Otto legte den Daumen an die Lippen und wandte den Kopf, als ein Rascheln verriet, dass Helwig sich bewegt hatte. Im Schlaf wirkte sie friedlich und unschuldig wie ein Kind – die vollen Lippen leicht geöffnet, die kleinen Hände von den rostroten Locken bedeckt. Und obwohl er sich manchmal vor ihr fürchtete, war er ihr mit Haut und Haar verfallen. Deshalb war es ihm nicht schwergefallen, den kläglichen Rest seiner Familie – die Verwandtschaft seiner Mutter, allen voran seinen Onkel Friko von Oettingen – zu belügen und zu behaupten, dass er eine ehrbare Tochter aus gutem Hause zur Frau nehmen würde. Ein mitleidiges Lächeln teilte seine Lippen. Ob Friko, dieses Weinfass, immer noch im Schoß seiner Magd lag? Anders als seine Mutter ihn Otto als Kind beschrieben hatte, war sein Onkel keineswegs Furcht einflößend. Fett und träge, war er mehr am Inhalt seines Kelches als an Ottos Gemahlin interessiert – was dem Katzensteiner nur allzu recht war. Wenn es die Witterung erlaubte, würde Friko schon bald zu seiner eigenen Burg zurückkehren, und Otto und Helwig dem jungen Eheglück überlassen.

»Liebster?« Wärme stieg in ihm auf, als er sich vom Fenster abwandte und sich neben Helwig auf der Matratze niederließ. »Wohin gehst du?«, fragte sie und zog ihn zu sich hinab, um ihm die weichen Lippen auf den Mund zu drücken. Noch immer duftete ihr Atem nach dem Trank, den sie am Abend bereitet hatte, und Otto sog gierig die Mischung aus Minze, Kamille und Honig ein.

Auch wenn er am liebsten wieder zu ihr unter die warme Decke geschlüpft wäre, zwang er sich dazu, standhaft zu bleiben, und machte sich von ihr los. »Ich reite aus«, teilte er ihr mit. Als sie sich in den Kissen aufrichtete und die Decke nach unten rutschte, hätte er seinen Plan allerdings um ein Haar in den Wind geschrieben. »Wenn die Wege frei sind, können wir schon bald nach Ulm aufbrechen.«

Sie legte die Stirn in Falten und nickte. »Es muss daran liegen, dass die Distanz zu groß ist«, wiederholte sie die Erklärung, die ihm einleuchtend erschien. »Der Schadenszauber hat noch nie versagt. Aber ich habe ihn auch noch nie aus solcher Entfernung gewirkt.«

Otto zurrte den Gürtel fester und griff nach einem wollenen Mantel. »Wer weiß, vielleicht ist mein Bote auch belogen worden.« Daran glaubte er zwar selbst nicht, aber ab und zu versuchte er sich dennoch einzureden, dass Lutz Metzler sich vor Schmerzen wand und unter Helwigs Zauber dahinwelkte.

»Geduld, Gemahl!«, mahnte sie und strich sich das Haar aus dem Gesicht. »Ich werde die Zeremonie täglich wiederholen. Irgendwann ist der Fluch stark genug, auch die größte Entfernung zu überwinden.«

Otto drückte ihr einen Kuss auf die bleiche Stirn. »Das Beste ist, du kommst mit mir nach Ulm.«

Schweren Herzens kehrte er der Verlockung den Rücken und verließ die Kemenate, um sich wenig später in den Sattel seines treuen Apfelschimmels zu ziehen. Der Schnee dämpfte den Hall der Hufe, als er über die Zugbrücke trabte, sich nach rechts wandte und den Burgberg hinab ins Dorf ritt. Der eintönig graue Himmel schien viel zu tief über den verschneiten Hügeln zu hängen, die in der Entfernung mit dem flacheren Land verschmolzen. Die Oberfläche des kleinen Sees am Fuße des Dorfes wirkte wie flüssiges Blei – stumpf, zäh und unbeweglich. Ein kalter Ostwind zupfte an Ottos Kleidern, und schon nach kurzer Zeit zog er sich die Kapuze tiefer ins Gesicht. In der Nähe des Dorfgrabens sammelte eine Handvoll zerlumpter Kinder vertrocknete Äste. Doch als Otto sich ihnen näherte, stoben sie davon und versteckten sich hinter einer Gruppe Wacholderbüsche. Feiglinge!, dachte Otto verächtlich und gab seinem Hengst die Sporen. Da die eisige Kälte ihm die Wangenknochen lähmte, beugte er sich tiefer über die Mähne des Tieres, dessen Atem kleine Dampfwölkchen bildete. Nach einer guten Viertelstunde scharfen Rittes erreichte er das zur Grafschaft Dillingen gehörige Dorf Dischingen, in dem er vor einer Schenke absaß. Nachdem er sich die Stiefel abgetreten hatte, betrat er einen niedrigen, verrußten Raum, in dem ein alter Wirt damit beschäftigt war, Holzgeschirr zu sortieren.

»Herr!«, rief er überrascht aus. »Das Mahl ist noch nicht fertig.«

Bei der Vorstellung, hier etwas essen zu müssen, rümpfte Otto die Nase. »Ich bin nicht als Gast hier«, erklärte er unwirsch und hielt mit einem Fuß die Tür auf, um frische Luft in den stinkenden Raum zu lassen. »Ich will wissen, ob die Straße nach Ulm passierbar ist.«

Der Wirt stellte eine Schüssel ab und nickte. »Ja«, entgegnete er. »Einige Männer sind erst vor Kurzem von dort zurückgekehrt.«

»Gut«, brummte Otto und überlegte einen Moment lang, ob er den Mann für die Auskunft belohnen sollte. Doch dann entschied er sich dagegen und trat wortlos zurück ins Freie.

Um sich zu versichern, dass der Kerl die Wahrheit gesagt hatte, folgte er der Straße noch einige Meilen in Richtung Dillingen und kehrte erst um, als er den Kirchturm des nächsten Dorfes sehen konnte. Beinahe beschwingt machte er sich auf den Heimweg, und nicht einmal die schneidende Kälte konnte ihn davon abhalten, seinen Hengst zu einem gestreckten Galopp anzutreiben. Zwei Stunden nach seinem Aufbruch kehrte er nach Katzenstein zurück, über dem inzwischen eine Wolke aus dichtem Rauch stand. Offenbar hatten seine Bauern genug Feuerholz, dachte Otto mit einem Anflug von Ärger, da er sich von seinem Verwalter dazu hatte überreden lassen, die Abgaben der Hörigen zu verringern. Genug Feuerholz und genug zu essen, um während des Winters Kraft zu sammeln für das Frühjahr, ermahnte ihn seine Vernunft. Schwache und kranke Bauern nützten ihm nichts. Auch wenn er schon bald reicher sein würde, als er jemals zu träumen gewagt hatte.

»Da ist er, der Narr von Helwig, der Hure!« Die geflüsterten Worte schienen von nirgendwoher zu kommen. »Helwig, die Hexe. Helwig, die Hure.«

Zorn flammte mit solcher Macht in Otto auf, dass er um ein Haar den Steigbügel verloren hätte, als er sich im Sattel umwandte. »Wer wagt es?«, knurrte er, zügelte sein Reittier und zog schäumend vor Wut das Schwert. »Zeig dich!«

Doch kein Knirschen, kein Knacken, kein einziger Laut verriet, dass er nicht allein war auf der verwaisten Straße. Auch die hölzernen Fensterläden der armseligen Katen bewegten sich kein Haar breit.

»Zeig dich!«, brüllte er erneut, aber außer einem Echo antwortete ihm nichts und niemand.

Schnaubend grub er seinem Apfelschimmel die Fersen in die Flanken und lenkte ihn durch die engen Gassen, bis er an der anderen Seite des Dorfes angekommen war. Außer denselben Kindern, die ihm beim Verlassen von Katzenstein bereits begegnet waren, trieb sich allerdings niemand im Freien herum, und er gab schließlich widerwillig auf. Wer wagte es, seine Gemahlin zu beleidigen?, fragte er sich, während sein Reittier den Anstieg zur Burg erklomm. Und, viel wichtiger, wer wagte es, sie eine Hure zu nennen? Seine Kiefermuskeln arbeiteten heftig. Er würde es herausfinden! Und dann würde derjenige erfahren, was es bedeutete, Otto von Katzenstein zu verhöhnen!

Immer noch verärgert drückte er einem Stallburschen die Zügel in die Hand und steuerte auf den Palas zu, dessen Wände an vielen Stellen feuchte Flecken aufwiesen. Wenn dieser Winter ebenso schneereich und endlos wurde wie der letzte, dann würden schon bald wieder Schimmelflecken den Putz der Wände verunzieren. Er seufzte und beschloss, mehr heizen zu lassen, auch wenn dieser Luxus bedeutete, dass er mehr Holz schlagen lassen musste. In der Halle angekommen warf er den Umhang über eine Bank und machte sich auf den Weg zurück in seine Gemächer. Er würde Helwig noch heute befehlen, alles Nötige für die Reise nach Ulm zusammenzupacken, damit sie innerhalb der nächsten Tage aufbrechen konnten. Als er die Kemenate verwaist vorfand, stieg Beklemmung in ihm auf. Nachdem sie bereits vor Wochen ihre Kräuter, Tränke und Salben aus der Kate im Wald nach Katzenstein gebracht hatte, hatte sie sich in einer Kammer unter dem Dach eingerichtet, in die sie sich öfter zurückzog, als es Otto lieb war. Mit einem unwohlen Gefühl stieg er die schmale Treppe hinauf bis unter die Dachsparren, in denen im Sommer Tauben und Schwalben nisteten. Mit eingezogenem Kopf tastete er sich durch das Halbdunkel, bis er schließlich an einer von innen verriegelten Tür anlangte. »Ich bin es«, rief er und hieb gegen das raue Holz.

Als er keine Antwort erhielt, wollte er gerade ein zweites Mal anklopfen, als sich die Tür öffnete und Helwig im Rahmen erschien. Wie jeden Tag trug sie ein einfaches schwarzes Kleid, das sie noch bleicher erscheinen ließ, als sie war.

»Gemahl«, grüßte sie, und einen Moment lang vermeinte Otto etwas in ihren Augen aufflackern zu sehen. Doch als sie zurücktrat, um ihn in die Kammer zu lassen, verschwand der Eindruck genauso schnell, wie er gekommen war.

»Pack deine Sachen«, sagte er und vermied es, all die seltsamen Dinge anzusehen, die sie hier untergebracht hatte. Kat-

zenbälger, Vogelknochen, getrocknete Kröten und Wild-
schweinhauer waren das Harmloseste. Wenn es stimmte, was
sie sagte, enthielten einige der Gefäße Hirnschale, Wieselblut,
Wolfsherzen und Rabeneier.

»Es ist nicht der richtige Zeitpunkt«, wandte sie zu seiner
Überraschung ein. »Ich habe mit unserem Herrn gesprochen.« Ihre grünen Augen blickten starr auf ein totes Huhn,
das in der Mitte eines Kreidekreises lag. »Erst wenn der Mond
noch dreimal voll am Himmel stand, ist die Zeit gekommen.
So lange musst du dich gedulden.« Obwohl Otto am liebsten
protestiert hätte, hielt ihn der Ausdruck auf ihrem Gesicht
davon ab. »Allerdings habe ich auch eine gute Neuigkeit«,
fuhr sie fort und legte die Hand auf ihren Bauch. »Wir haben
letzte Nacht ein Kind Luzifers gezeugt.«

KAPITEL 62

Bursa, Winter 1400

SIE WAR WIEDER DA! Immer noch zu schwach, um den Kopf mehr als einige Fingerbreit zu heben, verfolgte Falk wie das wunderschöne Mädchen sich auf dem Schemel neben seinem Lager niederließ und behutsam nach seinem Bein griff. Auch wenn ihr Auftauchen stets Qualen bedeutete, brachte es auch Hoffnung und eine überwältigende Empfindung, die Falk Stärke und Lebenswillen zurückgab. Sie war fast wie ein Elixier, das ihn von innen heraus heilte, ihn kräftigte und ihn ganz machte. Mit ruhigen Bewegungen löste sie die Verbände an seinem Bein und sah ihn kurz entschuldigend an, bevor sie die letzte Schicht entfernte. Wie jedes Mal durchfuhr ihn ein scharfer, stechender Schmerz, der zu einem dumpfen Pochen abklang, sobald die kühlende Salbe die Wunde berührte.

»Wie sieht es aus?«, fragte die zweite Frau, die mit *Tabibe* angesprochen wurde.

»Es gibt nur noch wenige Eiterherde und die Wundflüssigkeit wird durchsichtig«, erwiderte das Mädchen, dessen Name offenbar Sapphira war. »Die Fäulnis ist besiegt.«

Das klang gut, dachte Falk und biss die Zähne aufeinander, als Sapphira kurz darauf neue Binden anlegte. Um nicht aufzuschreien, konzentrierte er sich auf den starken Geruch von Harz, Weihrauch und Wachs, den er gelernt hatte, mit ihr in Verbindung zu bringen. Wohingegen er die ersten Tage und Wochen nach der Verletzung kaum lange genug bei

430

Bewusstsein geblieben war, um Furcht zu empfinden, waren die Intervalle der Klarheit inzwischen länger und – was noch wichtiger war – die Geister hatten aufgehört, ihn zu belagern. Lange Zeit hatte er am Abgrund des Todes verharrt, hatte mit einem Fuß in der Welt gestanden, in der er hoffte, seine Eltern wiederzusehen. Doch irgendwann hatte der Wunsch zu leben die Oberhand gewonnen, und er hatte der Süße der Sehnsucht widerstanden. Zwar konnte er sich nicht an viel erinnern, aber als dem Mädchen eines Tages der Schleier verrutscht war und er ihr vollkommenes Gesicht erblickt hatte, hatte ihn eine Erkenntnis getroffen.

Derjenige, der ihn ins Jenseits locken wollte, gaukelte ihm etwas vor. Das Leben war viel zu wertvoll, um es aufzugeben. Der Anblick, den er von Sapphira erhaschen durfte, musste ein Zeichen Gottes sein. Ob es sein Gott war oder der Gott, von dem Ünsal gesprochen hatte, war ihm mit einem Mal gleichgültig geworden. »Wer auch nur ein einziges Körnchen Glauben in seinem Herzen hat, wird aus der Hölle gerettet werden.« Diese Worte des alten Eunuchen hatten ihn immer und immer wieder von der Dunkelheit zurück ins Licht geholt und ihn die Pein erdulden lassen.

»Trink etwas hiervon.« Ihre Stimme war warm und voller Mitgefühl. Mühsam hob er den Kopf ein wenig höher und schluckte den leicht süßlichen Trunk, den sie ihm viermal am Tag einflößte.

Angestrengt versuchte er, sich ein wenig in den Kissen nach oben zu schieben, aber der Versuch misslang und ein Teil des Trankes rann an seinem Kinn entlang und tropfte in die Laken. Ihre Augen verrieten, dass sie unter dem Schleier schmunzelte, und plötzlich schämte Falk sich für seine Schwäche.

»Wie lange willst du ihn noch so verweichlichen?«, erklang ein Tenor und alle Freundlichkeit wich aus dem Blick des Mädchens.

Ihr Rücken versteifte sich, und Falk sah, dass ihre Hände leicht zitterten. »Er ist immer noch sehr krank«, erwiderte sie förmlich, blieb jedoch unbeweglich an Falks Seite sitzen. »Wenn Ihr Einwände habt«, fügte sie hinzu, »wendet Euch an die *Tabibe*. Sie ist allerdings bereits nach nebenan zurückgekehrt.«

»Dort gehört sie auch hin!«, knurrte der Mann und verschwand leise schimpfend dorthin, woher er gekommen war.

»Was für ein Esel«, schimpfte Sapphira und tupfte die verschüttete Medizin von Falks Kinn.

»Esel«, krächzte er schwach und erschrak über den rostigen Klang seiner Stimme.

»Pssst«, ermahnte ihn die junge Frau und legte ihm die Hand auf die Stirn. Ihre Berührung sandte ein Prickeln über Falks Kopfhaut. »Wie fühlst du dich?«

Falk versuchte ein Lächeln. »Heiß«, murmelte er und fuhr sich mit der Zunge über die Lippen, die sich rau und aufgeplatzt anfühlten.

»Du hast kein Fieber mehr«, flüsterte Sapphira. »Dein Bein wird heilen. Aber es wird lange dauern, bis du wieder vollkommen gesund bist.«

»Danke«, krächzte er und versuchte, nach ihrer Hand zu greifen. »Wie lange bin ich schon hier?«, fragte er schwach, da ihn das Sprechen ermüdete.

»Vier Wochen«, erwiderte sie und hielt ihm erneut den Becher an die Lippen. Als er diesen geleert hatte, wollte sie sich erheben.

»Geh nicht«, bat er, da die Vorstellung, sie könne nicht bei ihm sein, wenn er das nächste Mal erwachte, ihm auf einmal unerträglich schien.

Ein Schatten trat in ihre Augen und ihr Gesicht verschloss sich, als habe er etwas Falsches gesagt. »Ich kann nicht bei dir bleiben«, sagte sie abweisend, während sie das Gefäß in den Händen hin und her drehte. »Ich muss mich um die übrigen Kranken kümmern.« Die blauen Augen wirkten plötzlich schwarz und glänzender als zuvor. Hastig stellte sie den Becher ab und suchte ihre Instrumente zusammen, die sie in einem Korb verstaute. »Ich werde später wieder nach dir sehen. Wenn du Schmerzen hast, wird der *Hekim* mich rufen lassen.« Einen Moment lang schien es, als wolle sie trotz allem noch nicht gehen. Doch dann zupfte sie ihre Röcke zurecht und verschwand, ohne ein weiteres Wort zu verlieren, aus Falks Blickfeld.

Eine Zeit lang starrte er auf die Stelle, an der sie eben noch gestanden hatte – als könne reine Willenskraft sie zurückbringen. Irgendwann verblasste ihr Bild jedoch und Falk schloss müde die Augen. Er hörte nicht einmal mehr das Stöhnen des jungen Mannes, der kurz darauf auf das Lager neben ihm gebettet wurde. Stattdessen wandelte er bereits wieder im Reich der Träume, das seine Schrecken verloren hatte, seit Sapphira ihm immer öfter dorthin folgte.

Heftig blinzelnd vertrieb Sapphira die Tränen, die drohten, ihre Augen zum Überlaufen zu bringen. Warum nur erfüllte es sie immer wieder mit Traurigkeit, wenn sie ihn ansah? Sie stieß einen tiefen Seufzer aus und drückte sich an einigen Helferinnen vorbei ins Arzneilager. Verriet die Farbe, die ihn umgab, nicht deutlich, dass er leben würde? Sollte sie nicht viel eher stolz darauf sein, den Wundbrand besiegt und ihn vor dem sicheren Tod bewahrt zu haben? Sie stellte den Korb mit den Instrumenten ab und kramte in einem irdenen Topf, der schmerzstillende Kräuter enthielt. Unvermittelt tauchte Gülbahars Gesicht vor ihr auf und sie zog zischend die Luft ein. Genau wie der junge Mann spukte auch die Freundin in regelmäßigen Abständen durch ihre Träume, um sie davor zu warnen, den gleichen Fehler zu begehen, der sie das Leben gekostet hatte. »Höre nicht auf dein Herz.«

Ihre Hand erstarrte mitten in der Bewegung. Ihre Sinne wollten ihr vorgaukeln, dass es Gülbahars Lippen waren, welche die Worte formten. Aber es war ihr eigener Mund, der sie ausgesprochen hatte. Geistesabwesend zerbrach sie einige der getrockneten Blüten und lauschte auf das kaum wahrnehmbare Rascheln. Sie musste endlich damit aufhören, sich mit Wünschen zu martern, die unter keinen Umständen wahr werden konnten. Ihre Gefühle für den jungen Janitscharen durften niemals das übersteigen, was eine Schwester für ihren Bruder empfand! Es war seine Tapferkeit und die Erinnerung an Yahya, die sie zu ihm hinzogen, log sie sich vor. Doch tief am Grunde ihres Herzens wusste sie, dass es etwas anderes war, das sie innerlich zerriss. Wohingegen es früher Bayezid gewesen war, nach dem sie sich gesehnt hatte, bereitete ihr inzwischen nicht einmal mehr die Tatsache Verdruss, vom Unterricht der *Valide* befreit zu sein. Grübelnd bearbeitete sie ihre Oberlippe mit den Zähnen.

»Der *Kapi Agha* hat meine Bitte gewährt. Du wirst meine Nachfolgerin«, hatte die *Tabibe* ihr am vergangenen Abend eröffnet. »Das heißt allerdings, dass du nicht weiter als Konkubine ausgebildet wirst.«

Zuerst hatte Sapphira gedacht, Enttäuschung zu spüren. Doch zu ihrer maßlosen Verwirrung waren es Freude und Erleichterung gewesen, die sie erfüllt hatten.

»Hier versteckst du dich.« Sie wirbelte schuldbewusst herum und hätte beinahe das Gefäß mit den Kräutern zu Boden gefegt. Die Ärztin, die inzwischen so schlecht sah, dass sie oft den Tastsinn zur Hilfe nehmen musste, steckte in einem warmen Mantel. »Zieh dich an, wir gehen in die Stadt.«

Sapphira riss erstaunt die Augen auf. »In die Stadt?«, fragte sie etwas einfältig. »Ist das denn erlaubt?«

Die *Tabibe* lachte leise. »Du würdest staunen, wenn du wüsstest, was alles erlaubt ist, sobald man eine gewisse Stellung im *Harem* innehat.« Sie wurde wieder ernst. »Als meine Nachfolgerin musst du genau wie ich die Zutaten für deine Arzneien selbst kaufen. Nicht alle Händler wagen sich in den Palast. Einige von ihnen sind zu alt oder zu furchtsam, um ihre Häuser zu verlassen.« Sie kam näher und fasste Sapphira bei den Schultern. »Etwas Ablenkung wird dir guttun.« Ihre stark geröteten Augen schienen durch ihre Schülerin hindurchzusehen. »Ich mache mir Sorgen um dich«, stellte sie fest. »Du schläfst kaum.« Sie öffnete den Mund, um etwas hinzuzufügen, schloss ihn jedoch wieder, ohne das gesagt zu haben, was Sapphira befürchtet hatte.

»Ich versuche, so viel wie möglich zu lernen«, murmelte die junge Frau und griff nach ihrem Umhang, der neben der Tür an einem Haken hing.

»Ich weiß«, erwiderte die *Tabibe* und hakte sich bei ihr unter, damit Sapphira sie führen konnte.

»Zwei der Rekruten werden uns als Wächter begleiten«, erklärte sie, und keine halbe Stunde später fand sich Sapphira im Getümmel der Stadt wieder.

Vorbei an den prunkvollen Behausungen in der Umgebung des Palastes, drangen sie allmählich zu dem im Zentrum gelegenen Markt vor, zu dem aus allen Himmelsrichtungen Menschen strömten. Hunderte von Händlern, Käufern, Bettlern und Kindern bildeten einen farbenfrohen Flickenteppich, aus dem hie und da der lange Hals eines Kamels herausragte. Zielsicher bahnte sich die *Tabibe* einen Weg durch die Menge und steuerte nach einer Weile auf ein altes Männchen zu, dessen Verkaufsstand ausgefranst und vernachlässigt wirkte. Sie nickte dem dürren Greis zu, der sich tief vor den Frauen verneigte.

»Womit kann ich Euch dienen, Herrin?«, fragte er mit einem bescheidenen Lächeln.

Die *Tabibe* ließ den Blick über seine Auslage wandern und erwiderte schließlich: »Ich brauche vier Ampullen deines reinsten Schlangengiftes, zehn Querfinger Mumienpulver, drei Skorpione und ein Dutzend Straußeneier«, zählte sie auf.

Nachdem sie eine Weile mit ihm gefeilscht hatte, erhielt sie das Geforderte und führte Sapphira tiefer in die Eingeweide des Bazars. »Für Giftpflanzen und Kräuter ist Cadi bekannt«, informierte sie ihre Begleiterin und machte am Ende einer Gasse vor einer windschiefen Kate halt, die kaum größer war als der angrenzende Stall. »Wartet hier«, trug sie den beiden Bewaffneten auf und griff nach Sapphiras Hand. »Sie ist schreckhaft wie ein Hase«, erklärte sie und schob das Mädchen in einen winzigen Raum.

Dieser wurde nur vom Schein eines schwachen Feuers erhellt, und Sapphira sah die Alte erst, als diese sich aus den Schatten schälte.

»*Tabibe*«, begrüßte das Kräuterweib die Heilerin und kam auf einen Krückstock gestützt auf die beiden Frauen zu. Kleine, wachsame Äuglein zuckten von der Ärztin zu Sapphira. »Wer ist das?«, fragte sie misstrauisch und wich in den hinteren Teil der Hütte zurück.

»Das ist meine *Cariyesi*«, sagte die *Tabibe* ruhig. »Sie wird bald an meiner Stelle die Einkäufe tätigen.«

Einige Augenblicke schien es, als habe sich die Alte in Luft aufgelöst, doch dann erklang ein meckernder Laut und sie trat zurück ins Licht. »So jung, so jung und schon der Heilkunst verfallen«, brabbelte sie und ließ sich nacheinander nennen, was die *Tabibe* brauchte.

Während sie in geflochtenen Körben, Kisten und Tongefäßen kramte, gewöhnten sich Sapphiras Augen allmählich an die Dunkelheit und sie entdeckte eine halb verborgene Hintertür. Unerwartet schoss ihr ein Gedanke durch den Kopf, der in seiner Kühnheit erschreckend war. Wie lange würde es wohl dauern, bevor die unerfahrenen Wächter misstrauisch würden? Was, wenn sie oder die *Tabibe* einfach verschwanden, während ihre Bewacher annahmen, sie befänden sich noch in der Kate? Was, wenn sie einfach vor allem davonlaufen würde? Es war das erste Mal seit ihrer Ankunft im Palast vor fast einem Jahr, dass ihr die Freiheit wieder als etwas Erstrebenswertes und nicht als Strafe erschien. Sie sah sich verstohlen um. Während ihre Augen einen umgestürzten Kessel, morsche Bretter und einen mottenzerfressenen Vorhang abtasteten, fragte sie sich, ob es tatsächlich möglich war, in dem Gewirr von Gassen und Häusern unterzutauchen. Ein Blick zurück zur Tür, vor der die Soldaten immer noch auf sie warteten, genügte, um diese Frage zu bejahen. Möglich war es bestimmt. Aber was dann?

KAPITEL 63

»WOHER KOMMST DU?« Das bleiche Gesicht des strohblonden jungen Mannes zierte eine gebrochene Nase. Sein linker Arm steckte in einer Schlinge, und eines seiner Beine schien ebenfalls gebrochen. »Du hast im Schlaf gesprochen.«

Falk, der sich inzwischen wesentlich kräftiger fühlte, stemmte sich auf einen Ellenbogen und starrte den Burschen an. »Du bist Deutscher«, stellte er überflüssigerweise fest, da sein Bettnachbar in einem breiten bayerischen Dialekt sprach.

»Ja«, gab der Blonde zurück. »Mein Name ist Hans Schiltberger. Ich komme aus München.«

Falk starrte weiter. »Warum bist du hier?« Die Frage erschien ihm selbst unsinnig, da Hans sie ihm ebenso gut hätte stellen können.

Aber dieser lächelte und antwortete trocken: »Ich bin bei einer Reitübung unter die Hufe meines Pferdes gekommen.«

Falk musste lachen. »Ich meine, warum bist du hier in Bursa?«, erklärte er. »Bist du auch von Piraten gefangen genommen worden.«

Hans riss die Augen auf und schüttelte den Kopf. »Nein, ich bin hier, seit mein Herr vor vier Jahren bei der Schlacht von Nikopolis gefallen ist.« Seine Ohren röteten sich, als Falk ungläubig blinzelte.

»Seit *vier* Jahren?«, stieß dieser schließlich hervor und fuhr sich mit den Handflächen über das Gesicht. »Hast du nie versucht zu fliehen?«, platzte es aus ihm heraus.

Hans schnaubte und verlagerte die Stellung. »Und ob ich das habe!«, versetzte er – mit einem Mal hitzig. »Ich und über fünfzig andere Gefangene haben kurz nach unserer Ankunft hier im Palast Pferde gestohlen und uns davongemacht.« Seine grasgrünen Augen funkelten. »Aber bevor wir uns versahen, hat man uns wieder eingefangen und vor Bayezid geschleppt. Wenn sein Hauptmann nicht um unser Leben gebeten hätte, dann hätte der Sultan uns eigenhändig hingerichtet.« Er zog schaudernd die Schultern hoch. »Neun Monate sind wir in

Ketten gelegen, bis sein ältester Sohn ihn endlich um Gnade für uns gebeten hat.«

Falk schlug die Decke von seinem Bein zurück und rutschte ein wenig höher, sodass er sich gegen die Wand lehnen konnte.

»Glaub mir«, sagte Hans beklommen, »Dem mächtigen Bayezid *Yilderim* widersetzt man sich nicht.« Er kaute eine Zeit lang an einem Fingernagel, bevor er fortfuhr: »Zweimal hatte ich bereits die Klinge eines Osmanen am Hals. Ein drittes Mal werde ich sicherlich nicht davonkommen.«

Falk horchte auf. »Was ist beim zweiten Mal geschehen?«, fragte er neugierig – froh über die Ablenkung, die ihm der Himmel in Hans' Gestalt geschickt hatte.

Seit der Schmerz nachgelassen hatte und die Wunde heilte, beschäftigte er sich damit, die bunten Fliesen, flackernden Öllampen und Spinnenweben, ja selbst die Hospitalhelfer zu zählen, um die Grübelei um Otto in Zaum zu halten. Und da er zudem für alles dankbar war, was ihm das Warten auf Sapphira verkürzte, griff er Hans' Andeutung nur allzu gerne auf.

»Das *erste* Mal«, raunte Hans und senkte die Stimme zu einem verschwörerischen Flüstern, obwohl sie vermutlich niemand verstehen konnte. »Das erste Mal sind rings um mich herum die Köpfe von gefangenen Christen gefallen. Nach dem Sieg bei Nikopolis hat der Sultan Hunderte von Männern enthaupten lassen.« Er schluckte schwer und fuhr sich mit der Zunge über die Lippen. »Ich dachte schon, jetzt sei ich an der Reihe«, setzte er seine Geschichte nach kurzem Schweigen fort, »als der Befehl erklang, alle unter zwanzig Jahren zu verschonen.« Er zog einen Mundwinkel nach oben. »Seitdem kämpfe ich für den Sultan.« Sein linkes Augenlid begann zu zucken und er sprach hastig weiter. »Mein Vater war ein Ritter«, hub er an. »Wenn ich mich weiter anstrenge, macht mich der Sultan auch bald zu einem Ritter. Noch vor

Kurzem war ich nichts als ein einfacher Fußläufer.« In seiner Stimme schwang Stolz mit. »Jetzt bin ich Vorreiter.«

Falk lehnte den Kopf an die Wand und schloss die Augen, um seine Verwunderung zu verbergen. Wie es aussah, hatte Hans sich nicht nur damit abgefunden, für den Rest seiner Tage hier gefangen zu sein, er wollte trotz aller Feindschaft in den Reihen des Sultans aufsteigen. »Mein Großvater war auch ein Ritter«, lenkte er das Gespräch zurück auf ein Thema, das ihm weniger Unbehagen bereitete. »Und ich wünschte mir nichts sehnlicher, als dass er mir das Kämpfen beigebracht hätte.« Hans öffnete den Mund, um eine Frage zu stellen, doch er kam nicht dazu.

»Du solltest Türkisch reden, damit du nicht alles wieder vergisst.« Der Stimme folgten ein faltiges Gesicht, ein Turban und eine knochige Gestalt, deren Erscheinen Falk zu seiner Überraschung mit Freude erfüllte.

»Ünsal«, begrüßte er den Eunuchen, der etwas aus den Falten seines Gewandes zog.

»Hier«, sagte der alte Mann und reichte Falk ein dickes Wachstafelbuch. »Es gibt keinen Grund, denkfaul zu werden«, scherzte er und fuhr mit der Hand in eine weitere Tasche. Daraus zauberte er ein kleines Messer und einige Holzstückchen hervor. »Das habe ich bei deinen Sachen gefunden. Ich dachte mir, du könntest vielleicht etwas damit anfangen.« Er ignorierte Hans' verächtlichen Blick und ließ sich auf einem Schemel nieder. »Ich habe gehört, du wirst wieder gesund«, stellte er fest, und etwas in seinen Augen verriet Falk, dass ihn das freute.

»Ja«, entgegnete er und ließ die Fingerkuppen über das weiche Birnenholz gleiten.

»Dir ist Gottes Gnade zuteil geworden«, stellte Ünsal fest und deutete auf das Kruzifix an Falks Hals. »Er hat dich nicht verlassen.« Ein Schmunzeln erhellte sein Gesicht, als er Falks

Verwirrung sah. »Glaubst du mir jetzt, dass seine Barmherzigkeit ohne Grenzen ist?« Er fasste Falk genauer ins Auge. »Ich sehe zwar immer noch Trauer in deinem Blick, aber es scheint, du hast Hoffnung dazugewonnen.« Ein feines Netzwerk von Falten legte sich über seine Wangen, als das Schmunzeln sich in ein breites Lächeln verwandelte. »Das ist gut. Nicht Furcht sollte dein Denken bestimmen, sondern Hoffnung«, fügte er hinzu. Falk griff instinktiv nach dem kleinen Schmuckstück an seinem Hals. »Wirf die Last ab und vertraue auf Gottes Gnade, dann verlieren viele Dinge ihren Schrecken.« Der alte Lehrer hob die Augen zur Decke. »Aber genug davon. Eigentlich bin ich gekommen, um zu sehen, wie es dir geht.« Er zwinkerte Falk zu. Aber bevor er mehr sagen konnte, tauchte eine verschleierte Gestalt am Ende des Ganges auf und Ünsal, Hans und alles andere um Falk herum trat in den Hintergrund.

Mit Händen, die ihm schlagartig nicht mehr zu gehorchen schienen, legte Falk Holzstücke, Messer und Wachstafelbuch auf dem kleinen Tischchen neben seinem Lager ab. Angespannt verfolgte er, wie Sapphira hoch erhobenen Hauptes an dem *Hekim* vorbeirauschte, doch heute stellte der Arzt sich ihr nicht in den Weg. Stattdessen beugte er sich tiefer über einen weinenden Knaben, dessen Gesicht feuerrot brannte.

Ünsal hüstelte und verschränkte die Arme vor der Brust, als Sapphira auf Falks Bett zusteuerte. Er begrüßte die junge Frau mit einer leichten Verneigung und sagte an Falk gerichtet: »Ich komme wieder. Halte dein Herz rein, dann wird der Herr stets seine Hand über dich halten.« Damit wandte er sich von dem jungen Mann ab, aber Falk hatte nur noch Augen für Sapphira.

Diese strahlte, als sie sah, wie viel besser es ihm ging, doch als sie Falks Blick auffing, huschte der wohlbekannte Schatten über ihr Gesicht. Wortlos zog sie einen Schemel heran und begann, die Verbände zu wechseln, die sich inzwischen leichter von der Wunde lösten. Während das Herz in seiner Brust immer heftiger hämmerte, tastete er mit den Augen jede Einzelheit ihres Gesichtes ab. Den sanften Schwung ihrer Brauen, die langen, dichten Wimpern, die schmale Nase und den wundervollen Mund, den er gelernt hatte, unter dem Schleier zu erkennen. Verstohlen, sodass nicht einmal Hans es sehen konnte, schob er seine Hand näher an das verwundete Bein heran und hoffte, dass sie diese ergreifen würde – so wie sie es getan hatte, als er am Rand des Abgrunds gestanden hatte.

Als sie viel zu schnell neue Binden anlegte und Anstalten machte, ihn wieder zu verlassen, nahm er all seinen Mut zusammen und hielt sie leicht am Handgelenk fest. Die Wirkung, die er damit erzielte, ließ ihn erschrocken den Atem anhalten.

Als habe er sie verbrannt, zuckte sie vor ihm zurück und blitzte ihn an, während sich ihre Augen mit Tränen füllten. Das strahlende Blau wirkte plötzlich schwarz, und der Schmerz, der darin zu lesen war, ließ Falk die Brust eng werden. Sie war einen Moment lang wie versteinert, doch dann blinzelte sie heftig und nestelte an einem Faden. Einige Zeit saß sie einfach nur da und gab vor, noch mit seiner Wunde beschäftigt zu sein, doch schließlich stieß sie einen Seufzer aus und griff in ihren Korb. »Ich lasse dir etwas Salbe da«, sagte sie mit belegter Stimme und wich Falks Blick aus, als sie einen kleinen Tiegel neben das Wachstafelbuch stellte. »Ich werde nicht mehr so oft kommen können.« Die Enge in Falks Brust verstärkte sich. »Der *Hekim* wird dich die restliche Zeit über verarzten. Die Wunde ist sauber, es reicht, wenn ich einmal am Tag nach dir sehe.«

Etwas in ihrer Stimme verriet ihm, dass es sie ebenso schmerzte wie ihn, und er tastete erneut nach ihrer Hand. Dieses Mal wich sie ihm nicht aus, sondern schloss die kühlen Finger um die seinen. Das Gefühl, das ihn ohne Vorwarnung durchströmte, ließ ihn schwindelig die Augen schließen. Einige Momente lang ließ er sich treiben, genoss die Wärme, die ihn erfüllte und die Vorstellung, sie nie wieder loslassen zu müssen. Doch dann löste sie sich von ihm und der Traum zerplatzte.

»Ich muss gehen«, flüsterte sie, und der Ausdruck in ihren wundervollen Augen übergoss Falks Körper mit Feuer.

Deutlich las er darin, was sie so vergeblich zu verbergen gesucht hatte. Und wenngleich ihm ihre Traurigkeit das Herz zerreißen wollte, sprengte ihm ein unvermutetes Hochgefühl fast die Brust. Sie empfand das Gleiche für ihn wie er für sie! Ihre Fingerspitzen streiften ein letztes Mal seine Haut, bevor sie sich mit einem unterdrückten Laut abwandte und davoneilte. Fassungslos und halb berauscht vor Glück sah er ihr nach, bis sie wieder hinter der Tür verschwunden war, die er am liebsten eigenhändig niedergerissen hätte.

»Die hat es dir aber angetan«, prustete Hans und brachte Falk unsanft in die Realität zurück. »Wusstest du, dass die Mädchen alle Christinnen sind?«

Obwohl Falk keine Lust auf ein weiteres Gespräch mit Hans hatte, schüttelte er den Kopf. »Das ändert doch nichts, oder?«, gab er abweisend zurück und griff nach einem Stück Holz, um sich damit abzulenken.

»An deiner Stelle würde ich sie nicht allzu genau ansehen«, warnte sein Bettnachbar. »Der Sultan macht kurzen Prozess mit jedem, der seinen Frauen zu nahe kommt.«

Falk grunzte und grub die kleine Klinge in das Holz. Ansehen! Wenn Hans wüsste, wie wenig ihm der Sinn danach stand, Sapphira lediglich anzusehen!

KAPITEL 64

Burg Katzenstein, Winter 1401

»Wo warst du?« Das flackernde Licht der Fackel spiegelte Ottos Unsicherheit wider. »Zu dieser Stunde solltest du nicht alleine unterwegs sein.«

Helwig musterte ihn ausdruckslos und schob ihn zur Seite. Der Schnee knirschte unter ihren Schuhen, als sie ohne Hast auf den Palas zusteuerte. Kein einziger Stern stand am Himmel, und selbst dem Mond gelang es nicht, die dichte Wolkendecke zu durchdringen. Einzig das kalte, blau-weiße Licht, das hin und wieder durch eine Lücke blitzte, ließ den Himmelskörper erahnen.

»Manche Kräuter müssen bei Vollmond geschnitten werden«, erwiderte sie endlich, als sie den Eingang zum Haupthaus fast erreicht hatten.

»Aber es ist Winter!«, platzte es aus Otto heraus. »Was für Kräuter wachsen denn im Winter?«

Sie zuckte die Achseln und stieß die Tür zur Halle auf. »Eberraute, Gundelrebe, Hagebutten und Wallwurz, um dir nur einige zu nennen«, versetzte sie ungerührt und entzündete eine Öllampe. »Außerdem brauchte ich Eichenrinde und einige Wurzeln.«

»Du hättest mich bitten können, dich zu begleiten.« Otto biss sich auf die Zunge, als er den bettelnden Unterton in seiner Stimme hörte.

Helwig wandte sich ihm zu und hob das von der Kälte gerötete Gesicht. »Ich wollte dich nicht damit belästigen«, sagte sie spöttisch und befreite die Locken von dem dicken Wolltuch, mit dem sie sich vor der Witterung geschützt hatte. Ein einzelner Strohhalm segelte zu Boden. Ohne mit der Wimper zu zucken, bückte sie sich danach, hob ihn auf und stopfte ihn in den Korb – als handle es sich um eine weitere seltene Zutat für ihre Tränke.

Otto schluckte den Ärger und die Eifersucht, die in ihm aufwallten, und folgte ihr die Treppe hinauf, nachdem er die Fackel gegen eine Lampe eingetauscht hatte. Seit dem Weihnachtsfest, das sie nur begangen hatten, um das Gesinde zu täuschen, verhielt sie sich merkwürdig. Mehrmals war er bereits nachts aufgewacht und hatte ihre Seite des Bettes verlassen vorgefunden. Die ersten Male hatte er angenommen, sie hätte sich in die Kammer unter dem Dach zurückgezogen. Doch eines Morgens hatte er kurz vor Sonnenaufgang den Abtritt aufgesucht und sie mit einer Laterne über den Hof huschen sehen.

»Warte nicht auf mich«, sagte sie. »Ich muss den Schutzzauber für unser Kind auffrischen und einige der Kräuter verarbeiten.«

Otto heftete den Blick auf ihre Rückseite und schluckte schwer. »Warum musst du diesen Schutzzauber so oft wirken? Sollte der Herr es nicht vor allem Schaden bewahren?«

Sie seufzte und schüttelte den Kopf als habe sie einen verstockten Knaben vor sich. »Das Kind ist zwar mit Luzifers Hilfe gezeugt, aber ich als seine Dienerin muss dennoch dafür sorgen, dass ihm nichts geschieht.«

Diese Erklärung leuchtete Otto nicht unbedingt ein, aber er wollte sich auf keinen Fall mit ihr anlegen – dazu fürchtete er sich zu sehr vor den Fähigkeiten seiner schönen Gemahlin.

»Geh schon«, beharrte sie und verscheuchte ihn mit einer Handbewegung, bevor sie den Weg ins oberste Geschoss des Palas fortsetzte.

Otto sah ihr nach, bis sie verschwunden war. Dann wandte er sich nach rechts und trottete zurück in seine Gemächer. Gedankenverloren streifte er Schuhe und Wappenrock ab, legte die Hände an den Kachelofen und starrte Löcher in die Luft. Hatte er einen Fehler gemacht, als er sich darauf eingelassen hatte, sie zu heiraten? Diese Frage nagte seit einiger Zeit an ihm, und der Zweifel fraß sich immer tiefer in seine Seele. War das Kind, das sie in sich trug, wirklich die Frucht seiner Lenden, oder hatte der Herr der Finsternis es ohne sein Zutun in ihr eingepflanzt? Die Wärme der Tonkacheln breitete sich langsam und wohltuend in ihm aus, während eine weitere Frage an die Oberfläche stieg. Wann würde er mit ihrer Hilfe endlich das erreichen, weswegen er nach ihr hatte suchen lassen? Sicherlich hatte sie ihm lang und breit erklärt, dass der Zeitpunkt für die Vernichtung seines Widersachers kommen würde. Aber was, wenn sie eine neue Ausflucht fand, um nicht mit ihm nach Ulm gehen zu müssen? Er löste sich von dem Ofen und entzündete einige Kerzen an der Öllampe. Es hatte keinen Sinn, Schlaf zu suchen. Das Wissen, oder eher Nichtwissen, über das, was Helwig im Dachgeschoss trieb, würde ihn wach halten. Er ließ sich auf die Matratze fallen und stemmte die Ellenbogen auf die Oberschenkel. Zwei lange Monate musste er noch warten, bevor er mit ihr nach Ulm aufbrechen und Lutz Metzler ein für alle Mal vernichten konnte. Zwei lange, dunkle, kalte Monate! Er wackelte mit den Zehen und verzog das Gesicht. Wie jeden Winter schmerzten ihm auch in diesem Jahr Sehnen und Gelenke, und als er vor einigen Tagen sein Spiegelbild erblickt hatte, war er erschrocken. Bleich und kränklich, war er das vollkommene Gegenteil seiner jungen, geschmeidigen Gemahlin, der die Kälte nicht halb so zuzusetzen schien wie ihm. Er hob die Hand an die Brust, ließ sie jedoch schuldbewusst wieder sinken. Das, wonach er instinktiv hatte greifen wollen, lag unter dem Schnee begraben im Dreck des Burggartens. Er ließ langsam den Atem durch die Nase entweichen. Hoffentlich hatte er keinen Fehler gemacht.

KAPITEL 65

Bursa, Winter 1401

EIN TAG GLICH DEM ANDEREN und inzwischen war der Monat *Dschumada al-Ula* angebrochen und brachte tagelange Regengüsse. Während sich Sapphiras Gefährtinnen die langen Winterabende mit Geschichten aus Tausendundeiner Nacht verkürzten, war die junge Frau oft bis weit nach Mitternacht über ihre Bücher gebeugt und prägte sich Arzneirezepte und Heilungsmethoden ein. Bis vor einer Woche hatte sie vor dem Schlafengehen noch einmal nach Falk gesehen, doch inzwischen hatte der *Hekim* seinen Willen durchgesetzt. Sobald Falks Wunde begonnen hatte, Inseln aus gesundem rotem Fleisch zu bilden, hatte der Arzt darauf bestanden, ihn von den schwerer Verwundeten zu trennen – was bedeutete, dass es für Sapphira keine Veranlassung mehr gab, sich um ihn zu kümmern. Ihre Finger betasteten die kleine Holztaube an ihrem Hals, die Falk ihr geschenkt hatte. Und erneut bohrte sich ein Stachel in ihr Herz. Während die Buchstaben vor ihren Augen verschwammen, beschwor sie sein Bild herauf und wünschte sich, ihm ein letztes Mal zum Abschied die Hand auf die Wange legen zu können. Eine Träne fiel auf das dünne Papier und machte die Schrift unleserlich. Wütend über sich selbst, presste sie die Handballen auf die Augen und verwünschte sich dafür, dass es ihr nicht gelungen war, die Lüge vor sich selbst aufrecht zu erhalten. Wie viel einfacher wäre es doch gewesen, ihn wie einen Bruder zu sehen; die Gefühle für ihn damit zu erklären, dass er sie an Yahya, den einen Freund erinnerte, mit dem Sapphira ohne Vorbehalt alle Gedanken hatte teilen können! Warum hatte Falk in ihr Herz einbrechen und ihr einen Teil davon für immer stehlen müssen? Sie ließ die Hände sinken und trocknete ihre Wangen. Warum hatte sie sich überhaupt darauf eingelassen und ihn ihren Schutzwall durchdringen lassen – wohl wissend, was am Ende stehen musste? Sie seufzte schwer und schob die Bücher zur Seite. Verlust. Warum musste alles Gute, alles Reine stets verloren gehen? Warum konnten die Dinge nicht so bleiben, wie sie waren? Warum war es nicht möglich, die Zeit anzuhalten, und ihn bis in alle Ewigkeit dort festzuhalten, wo sie ihn jede einzelne Sekunde jedes einzelnen Tages sehen, lieben und fühlen konnte? Und warum musste der *Hekim* ihre Qual verschlimmern, indem er ständig ihre Hilfe in Anspruch nahm?

Die Worte der *Tabibe* fielen ihr ein. »Er hat deine Schwäche für den Rekruten erkannt«, hatte diese gewarnt. »Du bist eine Bedrohung für ihn. Er weiß, dass er kein guter Arzt ist, aber er will unbedingt der Leibarzt des Sultans werden.« Sie hatte die Nase gerümpft. »Dass Bayezid ihn noch nie zu sich gerufen hat, ist ihm ein Dorn im Auge – genau wie du und ich. Und er wird dich mit Adleraugen beobachten. Gibst du dir eine Blöße, wird er alles tun, um dich zu vernichten.« Sie hatte Sapphiras Hände ergriffen und diese zwischen ihre eigenen genommen. »Ich weiß, dass du deine Gefühle für den Jungen nicht auslöschen kannst. Aber du musst sie vor dem *Hekim* verbergen. Behandle die anderen Verwundeten mit der gleichen Sorgfalt, mit der du ihn behandelt hast, dann hat er nichts gegen dich in der Hand.«

Und genau das tat Sapphira, auch wenn es sie jedes Mal beinahe um den Verstand brachte, Falk zwar von Weitem zu sehen, aber nicht mit ihm sprechen zu können. Sie stieß einen Seufzer aus und klappte die Bücher zu. Es hatte keinen Sinn mehr zu lernen. Sie fühlte sich erschöpft. Wenn sie nicht vor Schwäche umfallen wollte, musste sie schlafen.

Müde warf sie sich ihren warmen Mantel um die Schultern, löschte die Öllampen im Arzneilager und schlich den Korridor zwischen den Betten entlang, um die Kranken nicht zu wecken. Vor der Tür erwartete sie eine kalte, stürmische Nacht, die nach Holzfeuern und nasser Erde roch. Um nicht bis auf die Haut durchweicht zu werden, hob sie den Saum ihrer Röcke und rannte dicht an die Mauer gedrückt im Schutz der Dattelpalmen über den Kies. Die Umrisse der Palastgebäude zeichneten sich undeutlich im Licht einiger geschützt angebrachter Fackeln ab, und schon bald erreichte Sapphira den Flügel der Hofdamen, an den die Dormitorien anschlossen. Anstatt wie sonst den kürzesten Weg zu wählen, folgte sie einem überdachten Säulengang, an dessen Ende sie sich nach rechts wandte.

Sie hatte gerade einen der kleinen Gärten erreicht, als sie eine Bewegung im Augenwinkel innehalten ließ. Mit klopfendem Herzen lauschte sie in die Dunkelheit, aber außer dem Prasseln des Regens und dem vereinzelten Ruf eines Nachtvogels war nichts zu hören. Eine Zeit lang verharrte sie regungslos. Erst als die feuchte Kälte begann, ihren Rücken hinaufzukriechen, schlang sie fröstelnd die Arme um sich und eilte auf leisen Sohlen weiter. Das Knacken eines Astes ließ sie zusammenschrecken, und als keine fünf Schritte vor ihr ein Geist aus dem Gebüsch brach, stieß sie einen gellenden Schrei aus.

Der Geist erstarrte und blieb schwankend stehen. Dann breitete er die Arme aus und sank beinahe anmutig zu Boden, wo er leise wimmernd liegen blieb.

Kaum begriff Sapphira, dass es sich bei der Erscheinung nicht um ein Trugbild, sondern um eine Frau handelte, fiel die Erstarrung von ihr ab und sie näherte sich dem Häufchen Elend. Dieses gab unverständliche Worte von sich, die sich zu wiederholen schienen, doch bevor Sapphira sich über die Gestalt beugen konnte, kam eine Handvoll aufgeregter Wachen herbeigeeilt.

»Was geht hier vor?«, herrschte der Anführer sie an und zeigte auf die Gefallene. »Wer ist das?«

»Ich weiß es nicht«, antwortete Sapphira und trat in den Schutz des vorspringenden Daches zurück. »Sie kam aus den Büschen.«

Zwei der Männer gingen neben der Frau in die Knie und halfen ihr unsanft zurück auf die Beine. »Es ist die Gemahlin des Sultans«, stellte einer von ihnen verwundert fest, und da der Schein einer Laterne auf ihr Gesicht fiel, erkannte Sapphira sie ebenfalls.

Olivera Despina! Was, um alles in der Welt, hatte diese hinterhältige Schlange mitten in der Nacht hier im Garten zu suchen? Kummer und Müdigkeit traten in den Hintergrund, als blinder Hass in ihr aufflammte.

»Lasst mich los«, nuschelte Olivera und ruderte mit den Armen, um die Wachen zu verscheuchen. »Geht weg.«

Die Männer wechselten hilflose Blicke. »Seid Ihr nicht in Begleitung Eurer Zofen?«, fragte ihr Anführer lahm, da alles an Oliveras Erscheinung sonderbar war.

Nicht nur schien sie mitten in der Nacht allein im Regen unterwegs zu sein, ihr Haar klebte nass und strähnig in ihrer Stirn und das ehemals weiße Gewand war schmutzverkrustet. Das einst schöne Gesicht wirkte verhärmt, der Blick der blauen Augen leicht irre – ein Eindruck, der durch den verschmierten Kohlestift verstärkt wurde. Sapphiras Feindseligkeit verwandelte sich in Befremden. Was war mit der hochfahrenden, berechnenden und dennoch so vollkommen liebreizenden Frau geschehen, die alle Hofdamen mit Eifersucht erfüllt hatte? Wo war die makellose Schönheit? Wo waren die Wortgewandtheit, die Eleganz und die prunkvollen Kleider? Die Vogelscheuche, die vor ihr im Regen stand, schwankte wie ein Grashalm im Wind und vermittelte den Eindruck, durch den Schlamm gezogen worden zu sein.

»Ihr sollt mich in Ruhe lassen«, lallte die gar nicht mehr vornehme Dame und ließ sich auf den Boden fallen, als habe jemand die Schnüre durchschnitten, von denen sie aufrecht gehalten wurde. Das nasse Gras gab ein schmatzendes Geräusch von sich und Olivera begann, hysterisch zu kichern.

Wenngleich es ihr widerstrebte, näherte Sapphira sich *der* Frau, die Bülbüls Leben zerstört hatte, und sah auf sie hinab. Trotz des Windes und dem durchdringenden Geruch von Feuchtigkeit, nahm sie eine Ausdünstung wahr, die Oliveras merkwürdiges Verhalten erklärte. Sie war nicht nur betrunken, sondern vollkommen berauscht. Das hysterische Kichern verwandelte sich in einen lang gezogenen, klagenden Laut, der in einem Schluchzen erstickte. Trotz der hässlichen Intrige, welche die Gemahlin des Sultans gesponnen hatte, stieg Mitleid in Sapphira auf. Offenbar hatte der Tod ihres ungeborenen Kindes Olivera über die Kante in den Abgrund des Wahnsinns gestürzt.

Das Schluchzen verstummte und Olivera hob den Kopf. Die glasigen Augen blickten starr geradeaus, während ihre Lippen stumme Worte formten.

Mit einem Seufzen wandte Sapphira sich zu den verdatterten Wachen um und sagte: »Helft mir, sie ins *Darüssifa* zu bringen. Sie ist krank.«

Einen Moment lang wirkte es, als wollte der Anführer ihr widersprechen, doch dann nickte er seinen Männern zu und ging mit einer Laterne voraus. Wenige Minuten später ruhte Olivera in einem Bett. Kaum hatte Sapphira sie von den durchnässten Kleidern befreit, schloss sie die Augen und begann kurz darauf, wenig damenhaft zu schnarchen. Mit einem Naserümpfen zog Sapphira eine Bettpfanne heran – davon überzeugt, dass Olivera sich früher oder später übergeben würde. Obgleich ein Teil von ihr sich über den jämmerlichen Zustand der einstigen Rivalin freuen wollte, gewann ihr Mitgefühl die Oberhand und sie deckte die Gemahlin des Sultans zu. Wie schrecklich es sein musste, ein Kind durch die Hand des Vaters zu verlieren, konnte sie sich nicht einmal vorstellen. Ihre Abneigung gegen die arglistige Ränkeschmiedin hob erneut das Haupt. Andererseits hatte Olivera Strafe verdient. Sie löste den Blick von dem gezeichneten Gesicht und zog die Kapuze wieder über den Kopf. Sie würde sich morgen weiter um sie kümmern. Jetzt brauchte sie erst einmal Schlaf.

KAPITEL 66

Konstantinopel, Winter 1401

TROTZ DER TRÜBEN WITTERUNG konnte Johannes Palaiologos deutlich die Schiffe der osmanischen Marine erkennen. Mit mächtigen Geschützen bestückt, schossen diese auf alles, was sich ihnen unerlaubt näherte, und Johannes hatte bereits mehr als ein venezianisches Handelsschiff sinken sehen. Seit Beginn des neuen Jahres hatte Bayezid die Belagerung der Stadt verschärft und stürmte mit einer Wut gegen die Mauern an, die Johannes Angst einjagte. Nachdem er sich mehrmals heimlich mit Matthäus – dem Patriarchen Konstantinopels – getroffen hatte, war ihm klar, dass ihm von dieser Seite kein Widerstand drohte. Allerdings hatte der Kirchenmann ihm auch unmissverständlich zu verstehen gegeben, dass er nicht vorhatte, Johannes bei einem Umsturz zu helfen. Er zog den pelzverbrämten Mantel enger um die Schultern und reckte die Nase in den eisigen Wind. Grau-weiße Wolkenfetzen jagten sich über einen Himmel, der aussah wie ein zerklüftetes Bergmassiv. Trotz der Kälte schritt er weiter an der Mauer entlang, bis er einen Aussichtspunkt erreichte, von dem aus man das Goldene Horn überblicken konnte. Als er die Holztreppe zu der kleinen Plattform erklommen hatte, war er den Elementen noch schutzloser ausgeliefert als in dem weitläufigen Hof des Palastes. Während er den Blick schweifen ließ, trommelten seine Finger nervös gegen den kalten Stein. Wäre Bayezid nicht von Timur Lenk erniedrigt

453

worden wie ein blutiger Anfänger der Kriegskunst, sähen die Dinge sicherlich anders aus. Dann würde er den Osmanen weiterhin mit Versprechungen in Schach halten können. So jedoch, musste Johannes annehmen, dass es dem Sultan ernst war mit der Drohung, die er ihm geschickt hatte.

»Übergib mir die Stadt und ich werde ihre Bewohner schonen. Sollte mir bis Ende des Monats Dschumada al-Ula keine Kapitulation überreicht worden sein, werde ich eure Tore niederrennen und jeden einzelnen Einwohner in der Stadt töten lassen.«

Der Wind schien bis auf Johannes' Knochen durchzudringen. Er verstand, was Bayezid zu dieser Tat trieb. Seit Monaten versuchten seine Truppen, die Herrschaft des Sultans auf dem Balkan zu festigen, um einen sicheren Rückhalt zu haben, sollte Timur Lenk erneut in Anatolien einfallen. Aber ohne das Bollwerk der Stadt am Bosporus würden ihm all diese Erfolge nicht viel nützen. Er presste zwei Finger gegen seine Nasenwurzel und versuchte, den aufkeimenden Kopfschmerz zu vertreiben. Er hatte nur eine Wahl. Er musste Bayezid hinhalten und ihm erklären, dass es ihm mithilfe des Patriarchen schon bald gelingen würde, endlich den Thron an sich zu reißen – und dass er dann die Bevölkerung dafür gewinnen konnte, sich dem Sultan zu unterwerfen. Sobald Bayezid eingesehen hatte, dass diese Lösung besser war für ihn, würde er einen Vertrag mit ihm aushandeln. Einen Vertrag, in dem er dem Herrscher der Osmanen die Stadt mit all ihren Schätzen und Einwohnern zusicherte, sobald es diesem gelungen war, Timur Lenk zu schlagen. Vielleicht konnte er den Osmanen damit dazu bewegen, Konstantinopel wieder den Rücken zu kehren und sich auf *den* Feind zu konzentrieren, der die gesamte östliche Welt bedrohte. Er verschränkte die

Arme vor der Brust und legte sich die Worte zurecht, die er seinem Schreiber diktieren würde. Irgendwie musste es ihm gelingen, den Sultan davon zu überzeugen, dass es für diesen von größerem Nutzen war, keine weiteren Anstrengungen auf die Belagerung zu verschwenden und sich stattdessen der Festigung seiner Macht zu widmen.

KAPITEL 67

Bursa, Frühjahr 1401

DIE DURCH DAS FENSTER einfallenden Sonnenstrahlen weckten Bayezid weniger sanft, als er es sich gewünscht hätte. Ein unangenehmes Stechen breitete sich von seinen Schläfen ausgehend in seinem Kopf aus, und er rollte sich stöhnend auf die Seite, um sich in den Seidenkissen zu vergraben. Der saure Geschmack von Wein in seinem Mund ließ ihn die letzte Nacht bereuen – auch wenn er sich nicht an besonders viel erinnern konnte. Die Abwesenheit seiner Gespielin verriet ihm, dass er alleine geschlafen haben musste. Denn egal wie betrunken er auch war, Hüma würde es niemals wagen, ihn ohne seine Erlaubnis zu verlassen. Er ächzte und wünschte sich an einen kühlen, dunklen Ort. Vielleicht hatte er sie ja fortgeschickt und konnte sich nur nicht mehr daran erinnern. Sein Magen gurgelte und ein leises Trippeln verriet ihm die Anwesenheit eines Pagen.

»Erhabener«, wisperte der Knabe schüchtern und sank zu Boden, als der Sultan mit einem Auge aus dem Kissenberg schielte. »Ihr wolltet früh geweckt werden.« Seine schmächtige Gestalt bebte, als fürchte er, für die Störung bestraft zu werden.

Widerwillig schälte Bayezid sich aus den Decken und versuchte, das Kratzen in seinem Hals zu vertreiben. Der Gestank seines Atems verriet ihm, dass er mehr als einen Becher Wein zu viel getrunken hatte. Sein Schädel dröhnte. »Bereite das Bad vor«, murmelte er und versuchte zu ignorieren, dass der Raum sich um ihn drehte. Bevor er auch nur im Entferntesten daran denken konnte, den Palast zu verlassen, musste er sich von dem Gift in seinem Körper befreien. »Bring mir Joghurt und Scherbett«, schickte er dem Pagen hinterher und kniff die Augen zusammen, um zu verhindern, dass ihm schwindelig wurde. Der mit Honig vermischte Granatapfelsaft würde die Übelkeit vertreiben.

Eine Zeit lang saß er regungslos da und versuchte, die Kontrolle über seinen Körper zurückzugewinnen. Als sich die Übelkeit endlich ein wenig legte, hob er den Kopf und bedeutete den beiden in der Ecke kauernden Dienern, ihn anzukleiden. Schlaff wie eine Gliederpuppe ließ er sich von ihnen in Untergewand und Kaftan helfen und starrte aus dem Fenster. Früher hatte ihn die Ankunft des Frühlings stets in gute Stimmung versetzt. Aber dieses Jahr konnten weder Sonnenstrahlen noch Vogelgezwitscher die Dunkelheit in seiner

Seele vertreiben. Nicht einmal die inzwischen eingetroffenen Kriegselefanten hellten seine Laune auf. Er befahl dem zurückkehrenden Burschen, das Tablett abzustellen und verscheuchte die Pagen. Vorsichtig, um seinen Magen nicht noch mehr in Aufruhr zu versetzen, löffelte er den milden Joghurt und wünschte sich meilenweit aus Bursa weg.

Wenn sich sein Hengst auf dem Rückweg von Konstantinopel – wo er sich von Johannes Palaiologos einen Vertrag hatte unterzeichnen lassen – nicht das Bein gebrochen hätte, wäre er vermutlich auf direktem Weg nach Albanien aufgebrochen. Da er jedoch ein frisches Reittier benötigte, war er zu dem Halt in Bursa gezwungen gewesen.

Als eine kräftige Windböe durch das offene Fenster in sein Gemach blies, schrak er zusammen. Wie bereits mehrmals zuvor, vermeinte er im Heulen des Windes das Flehen eines Kindes zu vernehmen, und eine Gänsehaut legte sich über seine Arme. Hastig stürzte er den Scherbett die brennende Kehle hinunter und sah sich misstrauisch um. Dieser Palast machte ihn wahnsinnig! Wo er ging und stand, schien ihn die Präsenz seines toten Sprosses zu verfolgen – als habe *Allah* beschlossen, ihn mit einem Geist zu peinigen. Seine Hand zitterte, und er stellte das Glas ab, bevor es ihm aus den Fingern gleiten konnte. Wenn er Bursa nicht bald wieder verließ, würden ihn die Mauern seines eigenen Palastes ersticken! Er kam schwankend auf die Beine und klatschte in die Hände. »Begleitet mich ins *Hamam*«, befahl er und ließ sich von einem der Pagen stützen.

≈⊚≈

Der süße Duft der ersten Blüten vertrieb für einen kurzen Moment Falks Trübsal. Seit Beginn des Monats März, den die Osmanen *Rajab* nannten, nahm er wieder an einigen Waffenübungen teil, auch wenn er sein Bein noch nicht voll belasten konnte und seine Muskeln noch schwach waren. Daher schonten ihn die sonst so strengen Ausbilder mehr als erwartet und teilten ihn häufig zur Kesselwache oder zu Helferdiensten ein.

Seit er vor sechs Wochen aus dem Hospital entlassen worden war, hatte er viel Zeit mit Ünsal verbracht und inzwischen waren seine Türkischkenntnisse gut genug, um einfache Texte zu lesen. Doch schon bald hatte der Eunuch erkannt, dass die Gedanken seines Schützlings nicht bei der Sache waren. »Du verbringst zu viel Zeit damit, dich zu grämen«, hatte er Falk ermahnt. »Was verloren ist, kann man nicht zurückbringen.« Mit diesen wenig ermutigenden Worten hatte er dem jungen Mann vor zwei Tagen auf die Schulter geklopft und ihn in ein langes Gespräch über das Endgericht, das wahre Wort Gottes, die Hölle und das Paradies verwickelt. Zwar hatten manche seiner Ansichten Falk erstaunt und nachdenklich gestimmt, aber nach kurzer Zeit war sein Interesse erloschen und seine Gedanken waren zu Sapphira zurückgekehrt.

Er zog verdrießlich die Unterlippe zwischen die Zähne und wich einem Haufen Kameldung aus. Mit etlichen Bögen und Köchern beladen, schlich er lustlos über den aufgewühlten Kampfplatz, wo seine Mitstreiter mit weiteren Schwertübungen geschunden wurden. »Ich will nicht, dass du dich gleich wieder verletzt«, hatte der Fechtmeister gesagt und ihm den Auftrag gegeben, die Bögen in die Waffenkammer zu schaffen, anstatt ebenfalls nach einem *Yatağan* zu greifen. Aber ich!, hätte Falk um ein Haar ausgerufen, da dies der einzige Weg zu sein schien, Sapphira wiederzusehen. Was, wenn er sich wieder verwunden ließ – so schwer, dass sie es war, die sich um ihn kümmern musste? Er presste die Kiefer aufeinander, als die brennende Eifersucht zurückkehrte, die ihn bereits im Hospital gemartert hatte. Wer wohl heute der Glückliche war, der in ihre Augen blicken und ihre Berührung spüren durfte? Er wusste, dass solche Überlegungen bar jeglicher Vernunft waren, aber das hielt ihn nicht davon ab, sich in diese Gedanken zu verstricken. Er trat mürrisch einen harten Lehmklumpen beiseite und stolperte an den Ställen vorbei auf den Gebäudekomplex der Janitscharen zu.

Da die Sonne inzwischen hoch am Himmel stand, bildete sich ein leichter Schweißfilm auf seiner Stirn, die sich heiß und klebrig anfühlte. Wenn doch nur das Fieber zurückkehren würde!, dachte er missmutig und fluchte leise, als ihm drei der Köcher entglitten und zu Boden fielen. Er hatte sich gerade danach gebückt, als das Getrappel von Hufen an sein Ohr drang und er aus dem Augenwinkel eine Bewegung wahrnahm. Trotz allen Verdrusses neugierig, warf er einen Blick über die Schulter und vergaß die Köcher. Mit vor Staunen offenem Mund richtete er sich wieder auf und verfolgte, wie eine Gruppe Reiter auf blendend weißen Araberhengsten aus der innersten Ummauerung des Palastes getrabt kam. An ihrer Spitze ritt ein ganz in Gold Gewandeter mit einem hohen Turban, dessen feuriges Reittier bei jedem Schritt auszubrechen versuchte. Die leuchtenden Farben der Banner und Kaftane blendeten das Auge, und obwohl Falk den Sultan noch nie zu Gesicht bekommen hatte, wusste er, dass es sich bei dem vordersten Reiter um Bayezid *Yilderim* handeln musste. Das runde Gesicht wurde zu Falks Erstaunen halb von einem dunkelblonden Bart verdeckt, und auch die helle Haut des Sultans ließ ihn stutzen. Anders als viele der einfachen Fußsoldaten und Diener wirkte er auf Falk in keinster Weise fremdländisch. Wie auf der Stelle festgenagelt, beobachtete er, wie die Abordnung an Gebäuden, Wasserspielen und Palmen vorbei in seine Richtung trabte und sich allmählich auffächerte. Sein Verstand schrie ihm zu, sich wie die anderen Anwesenden in den Staub zu werfen und dem Sultan zu huldigen, aber eine unsichtbare Macht hielt ihn aufrecht. Nur noch ein *Ferrsengch* – ein guter Bogenschuss – trennte die Reiter von Falk, als plötzlich ein ohrenbetäubendes Trompeten erklang und der Hengst des Sultans sich mit einem Wiehern aufbäumte. Scheinbar überrascht von dieser Reaktion, riss Bayezid die Hände nach oben und versuchte, das Gewicht zu verlagern, doch das Tier unter ihm gab gleichzeitig in der Hinterhand nach. Wie ein Sack Mehl glitt der mächtigste Mann des Ostens aus dem Sattel – während seine Begleiter anklagend auf den Kriegselefanten starrten, der den Rüssel zu einem weiteren Trompetenstoß hob. Falk, der die riesigen Tiere schon mehrmals gesehen und gehört hatte, begriff, was das Vollblut in Panik versetzte.

Den Blick fest auf den temperamentvollen Hengst des Sultans gerichtet, ließ er auch den Rest seiner Last zu Boden fallen, als das Tier erneut stieg und dem Gefallenen gefährlich nahe kam. Die auf Hochglanz polierten Hufe glänzten im Sonnenlicht, und das Rollen der Augen verriet Falk, dass es nur noch eine Frage von Sekunden war, bis das Tier seinen Herrn niedertrampeln würde. Wie von der Sehne geschnellt, schoss der junge Mann auf die Reitergruppe zu, ignorierte die aufgebrachten Rufe und stieß Bayezid, der sich gerade wieder aufgerappelt hatte, zur Seite. Hätte er auch nur einen Augenblick gezögert, hätten die Vorderhufe des Hengstes dem Sultan den Schädel gespalten. Mit einer blitzschnellen Bewegung duckte Falk sich unter dem Bauch des Tieres hinweg, griff nach dem herabbaumelnden Zügel und schwang sich behände in den Sattel. Während der Hengst unter ihm bockte, ausschlug und versuchte durchzugehen, presste er die Knie in seine Seiten und krallte die Finger in die Mähne. Wie einer der Derwische des Palastes drehte sich der Vollblüter im Kreise, warf die Hufe und den Kopf, bis sich seine Aufregung schließlich legte und er mit zitternden Flanken zum Stehen kam.

»Ruhig«, murmelte Falk und beugte sich vor, um dem Tier den Hals zu tätscheln. Wenngleich ihm vor Anstrengung die Schenkel brannten, klopfte sein Herz vor freudiger Aufregung, da es ein unglaubliches Gefühl war, eine solche Naturgewalt gebändigt zu haben. »Guter Junge.« Die Worte hatten kaum seinen Mund verlassen, als sich ein halbes Dutzend erzürnter Wachen auf ihn stürzte, ihn unsanft aus dem Sattel zerrte und zu Boden zwang.

Das Stimmengewirr um ihn herum schwoll zu einem wahren Orkan an, als alle gleichzeitig ihre Schwerter zogen und sie ihm auf die Brust setzten. Einer der Janitscharen kniete sich neben ihn und bleckte eine lange, gekrümmte Klinge. »Du hast den Schatten Gottes ohne Erlaubnis berührt. Darauf steht der Tod!«

KAPITEL 68

DER DRUCK DER WAFFE verstärkte sich und Falk versuchte vergeblich, vor ihr zurückzuweichen. Das Gesicht des Soldaten war wutverzerrt, und ein Blick in die kalten grauen Augen genügte, um das Herz des jungen Mannes davongaloppieren zu lassen. Ein Muskel in der Wange des Janitscharen zuckte und er hob den Arm, um den tödlichen Stoß auszuführen.

»Halt!« Der Befehl war kurz und scharf. »Lass ihn los!«

Verwirrung zeichnete sich auf den Zügen des Soldaten ab, aber er folgte der Aufforderung, ohne zu zögern. Mit einem Knurren ließ er von Falk ab, richtete sich auf und verneigte sich tief vor der Gestalt, die die Sonne über Falk verdunkelte.

»Steh auf!«, herrschte der Sultan den jungen Mann an, und bevor Falk gehorchen konnte, packte ihn ein Wächter am Kragen und zog ihn in die Höhe.

Mit weichen Knien blickte er zu dem breitschultrigen Hünen auf, der sich mit einem verdrießlichen Kommentar den Staub aus dem Kaftan klopfte. Der Turban auf seinem Kopf war ein wenig verrutscht, aber selbst das konnte den imposanten Eindruck nicht trüben. Falk schluckte trocken, als ihn die leicht schräg stehenden Augen von oben bis unten abtasteten.

»Warum bist du nicht wie die anderen Rekruten auf dem Kampfplatz?« Die Stimme des Sultans glich dem Grollen eines Donners. »Wer hat dir erlaubt, dich von der Truppe zu entfernen?«

»Antworte deinem Herrn!« Die Faust eines Soldaten traf ihn im Rücken.

»Ich war verletzt. Der Fechtmeister hat mir befohlen …«, stammelte Falk und deutete auf den Haufen Bögen und Köcher. »Ich war auf dem Weg zur Waffenkammer, als ich sah, was passierte.« Er verstummte, da der Sultan die breiten Schultern straffte.

Einige schreckliche Augenblicke schwieg der Herrscher der Osmanen, dann legte er den Kopf zur Seite und zupfte an seinem Bart. »Eigentlich sollte ich dich für deine Frechheit enthaupten lassen«, sagte er ruhig und lächelte raubtierhaft, als er Falks Furcht erkannte. »Aber ich brauche gute Männer. Du scheinst ein ausgesprochenes Talent dafür zu haben, diesen wilden Teufel zu bändigen.« Er wies mit dem Kinn auf den Hengst, der sich inzwischen lammfromm am Zügel halten ließ. An einen seiner Gefolgsleute gewandt, bemerkte er: »Beschaff mir ein anderes Pferd. Eines, auf dem man sich nicht fühlt als säße man auf einem Pulverfass.« Dann lenkte er seine Aufmerksamkeit zurück zu Falk. »Du wirst dich ab heute um mein Reittier kümmern. Sorge dafür, dass dieser *Shaitan* – dieser Teufel – zugeritten ist, wenn ich ihn das nächste Mal besteigen will. Machst du deine Aufgabe gut, wirst du belohnt. Wenn nicht …« Er brauchte den Satz nicht zu beenden. Falk schoss das Blut in die Wangen. »Worauf wartest du?«, bellte der Sultan. »Schaff ihn mir aus den Augen!« Damit kehrte er Falk den Rücken und hob den linken Arm, um seinen Männern ein Zeichen zu geben. Er hatte die Bewegung allerdings noch nicht beendet, als er verkrampfte, die rechte Hand auf die Brust presste und einen seltsamen Laut ausstieß.

Während Falk sich rückwärtsgehend zurückzog, beugte Bayezid sich mit schmerzverzerrtem Gesicht vornüber. »Bei *Allah*«, gurgelte er und sackte in sich zusammen.

Im Handumdrehen scharte sich eine Traube aus Würdenträgern und Leibwächtern um den Sultan, und da Falk fürchtete, der Befehl könne widerrufen werden, grapschte er hastig nach dem Zügel des Hengstes und machte sich in Richtung Stallungen davon. Diese befanden sich an der Westmauer des Palastes, schräg gegenüber der Janitscharenquartiere, keine zwei Steinwürfe von dem *Hamam* der Offiziere entfernt. Sein Herz hämmerte immer noch und die Aufregung schien sich auf den Hengst zu übertragen. Mit einem Schnauben warf dieser den Kopf und versuchte, sich von Falk loszumachen. »Ruhig«, wiederholte der junge Mann und fasste den Zügel nach, um gegen die gewaltige Kraft des Vollbluts anzukämpfen. Mit einem unsanften Ruck zwang er den Hals des Tieres nach unten und drängte es vorwärts. Die Gedanken in seinem Kopf drehten sich im Kreis, und er war froh, als er endlich das offen stehende Stalltor erreichte. Unter gutem Zureden gelang es ihm, den eigenwilligen Hengst in die Sattelgasse zu befördern, wo er sich neugierig umsah.

»Was hast du denn hier zu suchen?«, erboste sich ein kräftig gebauter, dunkelhäutiger Mann, kaum hatte er Falk erblickt. »Lass das Tier hier und sieh zu, dass du verschwindest.« Er stieß eine Heugabel in einen Misthaufen und näherte sich breitbeinig. »Hörst du schlecht?«

Der Schreck, der Falk immer noch in den Gliedern saß, verflog und er schob sich besitzergreifend vor seinen neuen Schützling. »Der Sultan höchstpersönlich hat befohlen, dass ich mich um *Shaitan* kümmern soll.«

»*Shaitan*?« Der Dunkelhäutige verzog spöttisch den Mund.

»Ihn«, erwiderte Falk starrköpfig, wies mit dem Daumen auf den Hengst und streichelte ihn zwischen den Ohren. Dieser schien alle Übellaunigkeit vergessen zu haben und rieb den Kopf an Falks Schulter, als ob er sich nicht vor Kurzem noch gebärdet hätte wie ein Wildfang.

»Woher soll ich wissen, dass du die Wahrheit sagst?«, fragte der Mann misstrauisch und Falk schoss angriffslustig zurück: »Denkst du vielleicht, ich würde ihn sonst einfach so herumführen?«

Das leuchtete dem Burschen ein und er brummte etwas Unverständliches.

Da von ihm kein weiterer Widerstand zu drohen schien, fragte Falk versöhnlich: »Wo finde ich seine Box?«

»Die zeige *ich* dir!«

Ein zweiter Mann betrat den Stall durch das Tor und beäugte Falk kritisch. Der weich fallende Stoff seines Kaftans und die stolze Haltung ließen Falk vermuten, dass es sich bei ihm um den Stallmeister handelte – eine Annahme, die durch die silberne Stickerei auf seiner Brust bestätigt wurde. Auch wiesen weder seine Hände noch seine hellbraunen Lederstiefel nur den kleinsten Schmutzfleck auf. »Ich weiß, was geschehen ist«, sagte er und verscheuchte den Dunkelhäutigen mit einer Handbewegung. »Es ist eine große Ehre, sich um das Pferd des Sultans kümmern zu dürfen. Erweise dich würdig und deine Zukunft ist golden.« Dieses Versprechen trieb Falk zum zweiten Mal an diesem Tag die Hitze in die Wangen. »Komm mit mir. Ich zeige dir, wo die Sättel und das Zaumzeug aufbewahrt werden und wo du in Zukunft schlafen wirst.« Als Falk verdutzt den Mund öffnete, fuhr er fort. »Sobald du das Tier versorgt hast, wirst du deine Sachen aus dem Rekrutenquartier holen. Ab heute gehörst du zu den *Sipahi* – der Kavallerie des Sultans.«

Falks Puls machte einen unerwarteten Satz und er unterdrückte ein Keuchen. Sollte Gott ihm endlich ein Zeichen gesandt haben?

Wie im Rausch folgte er dem Stallmeister in den hinteren Teil des Gebäudes, wo eine geräumige Box auf den Hengst wartete. Frisches Stroh bedeckte den Boden und die Futterkrippe war bis zum Bersten gefüllt.

»Deine einzige Aufgabe ist es, dich um ihn zu kümmern. Du fütterst und tränkst ihn, pflegst Fell und Hufe und sorgst dafür, dass er genug Auslauf hat.« Falk sah den Älteren ungläubig an und dieser lachte. »Du hast dem Sultan das Leben gerettet und bist dafür belohnt worden. Viele der *Sipahi*-Burschen werden dich beneiden.« Er hob den Zeigefinger. »Solltest du deine Aufgabe nicht mit größter Sorgfalt erfüllen, wirst du dafür bestraft.«

Das Vollblut schnaubte Falk ins Ohr und gab ihm mit einem ungeduldigen Stampfen zu verstehen, dass es sich langweilte.

»Wo kann ich ihn reiten?«, fragte Falk heiser und griff nach einem Büschel Stroh, um das glänzende Fell abzureiben, während der Hengst durstig die Nase in einem Tränkeimer vergrub.

»Es gibt ein paar Koppeln vor der Stadt«, erklärte der Stallmeister. »Aber ein Tier wie dieses muss täglich mindestens zwei Stunden bewegt werden. Du kannst die ersten Male einen der Stallburschen mitnehmen. Sobald du die Umgebung gut genug kennst, kannst du ihn alleine reiten.«

Falk wagte kaum zu atmen. Meinte der Mann ernst, was er eben gesagt hatte? Er konnte mutterseelenallein mit einem Pferd, das mehr wert war als die Hälfte seiner Zucht in Ulm, den Palast verlassen? Die Geschichte, die Hans erzählt hatte, fiel ihm wieder ein und er ernüchterte. Vermutlich war es leichter gedacht als getan, den Klauen des Sultans zu entkommen. Und dennoch war die Flucht, die er so lange für unmöglich gehalten hatte, in greifbare Nähe gerückt.

KAPITEL 69

Burg Katzenstein, Frühjahr 1401

Obwohl ihm ein gewaltiger Kloss im Hals steckte, gab Otto schließlich nach und stimmte Helwigs Vorschlag zu.

»Glaube mir, es ist besser, wenn du so weit wie möglich entfernt bist, wenn dieser Lutz Metzler das Zeitliche segnet«, erklärte Helwig mit Nachdruck. »Dann kann kein Verdacht auf dich fallen, egal mit wem er in der Zwischenzeit geredet hat.«

Das Argument leuchtete Otto ein, und dennoch widerstrebte es ihm, seine schwangere Gemahlin alleine nach Ulm reisen zu lassen. Schulter an Schulter standen sie auf dem Wehrgang und blickten auf die Felder hinab, wo Ottos Bauern die im Herbst gepflügten Felder mit Eggen zur Aussaat vorbereiteten. Der Morgen des ungewöhnlich milden Märztages war klar, und das Vogelgezwitscher verriet, dass der Winter in diesem Jahr vermutlich nicht noch einmal zurückkehren würde. An manchen Stellen sprossen schon Märzenbecher, Anemonen und Schneeglöckchen, und einige Büsche und Bäume schoben bereits Knospen. Nach den kalten und dunklen Tagen der vergangenen Monate drängte es Otto ins Freie, und der Ritt nach Ulm brannte ihm seit Wochen auf der Seele.

»Gib mir einen der Knechte als Begleitschutz mit«, fordert Helwig und reckte das bleiche Gesicht der Sonne entgegen. Die winzigen Sommersprossen auf ihrer Nase und ihren Wangenknochen waren im Winter verblasst – genau wie der satte Rotton ihres Haares. »Ach ja«, setzte sie beiläufig hinzu, »der Schmied war gestern hier, um die Pferde neu zu beschlagen.« Sie blies sich eine Locke aus dem Gesicht. »Ich habe kurz mit ihm gesprochen. Er braucht Eisen und bittet um Erlaubnis, ebenfalls in die Stadt reisen zu dürfen.«

Otto schob die Brauen zusammen und strich sich mit dem Finger über den Nasenrücken, während er über den Vorschlag nachdachte. Warum nicht? Sicherlich würden die Größe und Statur des Schmiedes Wegelagerer davon abhalten, den kleinen Zug zu überfallen. »Wann willst du aufbrechen?«, fragte er.

»Je früher, desto besser«, erwiderte Helwig mit einem Blick auf ihren Bauch, der sich allmählich unter ihrer Kleidung abzeichnete. »Es wird alles genauso geschehen, wie ich es dir gesagt habe«, beruhigte sie Otto, als dieser sorgenvoll die Stirn runzelte. Sie senkte die Stimme. »Wenn wir Katzenstein am Dienstag verlassen, sind wir spätestens am Donnerstag in Ulm. Dort mieten wir uns in einer Herberge ein und ich kann in aller Ruhe den Zauber wirken.« Sie hob die Hand zu der hässlichen, verschrumpelten Knolle, die sie an einem Lederband um ihren Hals trug. »Wenn wir am Sonntag nicht zurück sind, kannst du uns folgen. Aber ich bin mir sicher, das wird nicht nötig sein.« Sie zog das wollene Tuch von ihrem Haar und legte es sich um die Schultern. »Niemand wird erfahren, wer ich bin«, versprach sie Otto und reichte ihm die Hand, damit er ihr die steile Treppe hinabhelfen konnte. Unten angekommen, ließ sie ihn wissen: »Ich bin mit Gertrud im Kräutergarten, falls du mich suchst.« Mit dieser knappen Verabschiedung schritt sie in Richtung Bergfried davon und verschwand in dem Torbogen, der in den innersten Teil der Ringburg führte.

Otto zog den Filzhut vom Kopf und fuhr sich mit der Hand durchs Haar. Warum sorgte er sich überhaupt um sie?

Stand sie nicht unter einem wesentlich mächtigeren Schutz, als er ihn ihr jemals bieten konnte? Das Unwohlsein, das er seit der Hochzeit immer wieder verspürte, verstärkte sich. Hoffentlich hatte sie recht, was die Macht ihres Herrn anging. Wenn nicht, hatte Otto nicht nur seine Seele an den Falschen verkauft, sondern sich obendrein eine Ewigkeit unvorstellbarer Qualen eingehandelt. Er wischte den Gedanken beiseite. Der Erfolg würde zeigen, dass er auf das richtige Pferd gesetzt hatte. Und wenn nicht, gab es sicher den einen oder anderen Weg, sich Absolution zu erkaufen. Er stieg über einige herumliegende Balken hinweg und steuerte auf seine Stallungen zu. Das einzig Wichtige war, endlich Falks Zucht in die Hände zu bekommen und den eigenen Reichtum so weit zu mehren, dass er sich alle Pfaffen dieser Welt kaufen konnte. Reue des Herzens und Sündenbekenntnis, zur Not selbst Almosen und Pilgerfahrten – das alles würde er sich leisten können, wenn sein Erbe endlich wieder ihm gehörte. Er lächelte dünn, als ihm klar wurde, dass Buße nicht mehr nötig sein würde, wenn Lutz Metzler endlich einen Klafter tief unter der Erde lag.

KAPITEL 70

Bursa, Frühjahr 1401

»*Ich* WERDE MICH um ihn kümmern!«, brauste der *Hekim* auf und stieß Sapphira unsanft zur Seite. »Er hat nach *mir* verlangt!«

Der Page schüttelte aufgeregt den Kopf. »Nein, Herr«, widersprach er scheu, »der Großwesir hat mir aufgetragen, auch die Heilerinnen mitzubringen.« Er zuckte hilflos die Achseln. »Ihr müsst Euch beeilen.«

Wie schon so oft, war Sapphira auch heute froh über den Schutz, den die *Yashmak* – der dichte Schleier – ihr bot, da der *Hekim* ansonsten das verächtliche Zucken ihrer Mundwinkel gesehen hätte. »Warte hier«, trug sie dem Knaben auf. »Ich bin sofort zurück.«

Mit wehender *Entari* hastete sie in den benachbarten Teil des Hospitals und kramte die Medikamente zusammen, die sie in Anbetracht der Beschreibung des Leidens für nötig erachtete. Dann verließ sie die Apotheke und machte sich auf die Suche nach der *Tabibe*, die sie bereits erwartete.

»Wir dürfen keine Zeit verlieren«, drängte die Ärztin – scheinbar über alles informiert – und griff nach Sapphiras Arm.

Als die beiden zu den Männern zurückkehrten, rümpfte der *Hekim* abfällig die Nase und murmelte: »Eine Blinde und ein Lehrling. Wunderbar!«

»Ich mag blind sein, aber nicht taub«, wies ihn die *Tabibe* frostig zurecht und wandte den Kopf dorthin, wo sie ihn vermutete. »Und Sapphira ist kein Lehrling, sondern meine Nachfolgerin, der Ihr genauso unterstellt sein werdet wie mir. Gehen wir.«

Das Zuschnappen seines Mundes war deutlich vernehmbar. Mit steinernem Gesicht drückte er seinem Helfer eine Tasche in die Hand und stürmte aus dem Hospital.

Während die kleine Gruppe auf das Palasttor zueilte, zog sich Sapphiras Magen krampfhaft zusammen und kalter Schweiß trat aus ihren Poren. Bange dachte sie daran zurück, was geschehen war, als der Sultan das letzte Mal nach der Ärztin hatte schicken lassen. Unbewusst klammerte sie sich fester an die *Tabibe* und versuchte, die Angst zu verdrängen.

»Mach dir keine Sorgen«, flüsterte die Ältere. »Dieser Prahler wird den Vortritt für sich beanspruchen, weil er ein Mann ist. Wir werden uns so lange im Hintergrund halten, bis wir zum Handeln aufgefordert werden.«

Wenig später fanden sie sich vor der goldbeschlagenen Tür wieder, hinter der sich die Gemächer des Sultans befanden.

»Lasst sie ein«, sagte der Wesir, der sich unterwegs zu ihnen gesellt hatte, und die Leibwächter traten zur Seite.

Wie erwartet, schwirrte ein aufgeregter Schwarm Höflinge um das Bett des *Padischahs*, der sich beide Hände auf die Brust presste.

»Endlich!«, rief einer der *Aghas* aus und packte den *Hekim* am Ärmel seines Gewandes. »Er ist vom Pferd gestürzt und hat furchtbare Schmerzen!« Den beiden Frauen warf er lediglich einen geringschätzigen Blick zu und bedeutete ihnen, in der Nähe der Tür zu warten.

Zögernd trat der Arzt an das Lager des Kranken und verneigte sich tief. Kaum hatte Bayezid schwach genickt, fasste er nach seinem Arm und fühlte ihm den Puls. »Er hat Krämpfe und sein Herzschlag ist unregelmäßig«, stellte er salbungsvoll fest und zückte die Fliete, die er an seinem Gürtel befestigt hatte. »Ich werde ihn zur Ader lassen und ihm krampflösende Kräuter verabreichen.« An seinen Helfer gerichtet sagte er: »Bereite ein Gemisch aus Rosmarin, Salbei und Thymian zu je einem Teil.« Dann beugte er sich über den Sultan und öffnete eine Ader an seinem Arm.

Während das Blut in ein Gefäß rann, versuchte Sapphira sich einzureden, dass Bayezid sie mit Ehrfurcht erfüllte; dass die rote Farbe um ihn herum eine Täuschung war. Doch nach wenigen Augenblicken wurde ihr bewusst, dass sie sich selbst belog. Mit überwältigender Klarheit begriff sie, warum sie sich gewünscht und gleichzeitig befürchtet hatte, dass der *Padischah* die gleichen Gefühle in ihr weckte wie früher; warum sie gehofft hatte, dass sein Anblick die Illusion der Liebe, die haltlose Schwärmerei für einen einfachen Militärsklaven zerstören und sie zur Vernunft bringen würde. Sie unterdrückte ein Seufzen, als der Strohhalm, an den sie sich geklammert hatte, zerbrach und sie sich eingestand, dass das, was sie in Bayezids Nähe empfand, nicht einmal annähernd mit dem zu vergleichen war, was Falk in ihr auslöste.

Ein zorniger Ausruf schreckte sie aus den Gedanken auf. »Du machst es nur noch schlimmer!«, erboste sich der Großwesir, da das Gesicht des Sultans inzwischen einen ungesunden Grauton angenommen hatte. »*Tabibe.*« Er bedeutete den Frauen, näher zu treten und bedachte den Arzt mit einigen unschönen Ausdrücken. »Ihr habt ihn schon einmal geheilt. Tut es wieder und Ihr werdet reich belohnt.«

Sowohl Sapphira als auch die Heilerin sanken in eine tiefe Verbeugung. »Diese junge Frau besitzt mein volles Vertrauen«, erklärte die *Tabibe*. »Sie weiß alles, was ich auch weiß.« An den Sultan gerichtet fragte sie: »*Padischah*, spürt Ihr eine Beklemmung in der Brust?«

Bayezid stöhnte bejahend.

»Das Atmen fällt Euch schwer?« Ein weiteres Stöhnen

bestätigte auch diese Vermutung und die *Tabibe* wisperte dicht an Sapphiras Ohr. »Er hat sich einen Wirbel verrenkt.«

Erleichterung durchströmte die junge Frau, da dieses Leiden sich leicht beheben ließ. »Könnt Ihr euch aus eigener Kraft auf den Bauch drehen?«, fragte sie demütig. Da der Sultan den Kopf schüttelte, gab sie seinen Leibpagen ein Zeichen. »Befreit ihn von seinen Obergewändern und helft ihm, sich umzudrehen«, bat sie. Kaum lag Bayezid – alle Viere von sich gestreckt – vor ihr in den Kissen, beugte sie sich über ihn und erklärte: »Ich muss Euch berühren.«

»Dann berühre ihn, bei allen Engeln des Himmels!«, brauste der Großwesir auf und baute sich am Kopfende des Diwans auf. »Berühre ihn!«

Aufgeregt, weil alle Augen im Raum auf ihr ruhten, legte Sapphira die Hände auf Bayezids Rücken und begann, vorsichtig seine Muskeln zu kneten. Zuerst verkrampfte er unter ihr, aber nach wenigen Augenblicken erschlaffte er und begann, ruhiger zu atmen. Behutsam tastete sie seine Wirbelsäule ab, bis sie die richtige Stelle fand. Ohne lange nachzudenken, presste sie die Finger gegen den Wirbel, bis dieser mit einem kaum vernehmbaren Geräusch an die richtige Stelle zurückrutschte.

Zuerst geschah gar nichts. Dann gab Bayezid einen Laut von sich, der halb Ächzen, halb Prusten war. Vorsichtig hob er den Kopf, drehte ihn einige Male hin und her und rollte sich schließlich auf den Rücken. Einige Atemzüge lang blieb er flach liegen, bevor er sich auf die Ellenbogen stemmte und sich aufrichtete. Ungläubigkeit lag in seinem Blick, als er mehrmals den Oberkörper vor und zurück bewegte. »Er ist fort!«, rief er aus. »Der Schmerz ist fort!«

Sapphira spürte den hasserfüllten Blick des *Hekims* mehr als dass sie ihn sah. Wortlos legte sie die Handflächen aneinander und verneigte sich.

»Belohnt sie, Ali«, befahl Bayezid dem Großwesir und schwang die Beine aus dem Bett. »Ich fühle mich wie neugeboren!«

Dieser Aufforderung schien der Wesir nur zu gerne nachzukommen, da er sowohl Sapphira als auch der *Tabibe* eine beträchtliche Summe in die Hand zählte. Fassungslos starrte Sapphira auf den unerwarteten Schatz, den sie hastig in ihrer *Entari* verstaute, als zwei Janitscharen auftauchten, um sie zum *Darüssifa* zurückzugeleiten. Dort angekommen, sank sie erst einmal auf einen Schemel nieder und versuchte, ihre Gedanken zu ordnen. Sie hatte den Sultan berührt! Was hätte sie noch vor einem halben Jahr für diese Ehre gegeben! Ihre Fingerkuppen kribbelten, aber das Gefühl war eher störend als angenehm, und sie hatte das Bedürfnis, sich die Hände zu waschen. Was vor Kurzem noch ein Traum gewesen war, hatte sich in eine Pflicht verwandelt, die es zu erfüllen galt.

»Ich fürchte, du hast dir einen Feind fürs Leben gemacht«, stellte die *Tabibe* mit einem freudlosen Lächeln fest und sah Sapphira mit ihren stumpfen Augen an. »Diese Demütigung wird der *Hekim* nicht so schnell vergessen.«

☙❧

»Das glaube ich nicht!«, rief Hans Schiltberger aus und pfefferte Stiefel und Gürtel achtlos auf den Boden neben einen Strohsack. Wie Falk und die übrigen Stallknechte und *Sipahi*-Burschen schlief auch er auf einem der Heuböden über den Ställen, um ohne Verzögerung zur Hand zu sein, wenn die königlichen Reiter nach Hilfe verlangten. »*Du* warst das?« Er klopfte sich den Hosenboden ab rollte die Schultern. »*Du* hast dem Sultan das Leben gerettet?« Seine Wangen glühten.

»Ich habe einfach nicht nachgedacht«, erwiderte Falk und zuckte die Achseln. »Wenn ich das hätte, wäre ich jetzt vermutlich nicht hier.«

Auch wenn sein Gegenüber versuchte, den Neid zu verbergen, zeichnete er sich deutlich auf seinem geröteten Gesicht ab. »Das ist eine größere Ehre als zum einfachen Reiter ernannt zu werden«, brummte der blonde Bayer und ließ sich auf den Sack fallen. Er wackelte mürrisch mit den Zehen, während er mit den Fingern den zerzausten Schopf kämmte.

Falk betrachtete ihn befremdet. Warum, um alles in der Welt, verschwendete Hans seine Kraft darauf, in der Armee des Sultans aufsteigen zu wollen? Er erinnerte sich an die Geschichten, die der Landsmann ihm im Hospital erzählt hatte, und verkniff sich nur mit Mühe ein Naserümpfen. Hans war ein Wichtigtuer. Das war ihm bald klar geworden, da dieser bei seinen Geschichten allzu offensichtlich übertrieb. Er dachte einen Augenblick nach und eine Idee nahm in seinem Kopf Gestalt an. Aber warum sollte er das Wissen des anderen nicht für sich nutzen? Vielleicht konnte er dessen Aufschneiderei dazu nutzen, Fehler zu vermeiden, die dieser bereits begangen hatte. »Erzähl mir noch mal von eurem Fluchtversuch«, bat er deshalb und ließ sich Hans gegenüber nieder. »Warum hat man euch so schnell gefasst?«

Der Bayer hob langsam den Kopf und sah ihn an, als habe er den Verstand verloren. »Bist du von allen guten Geistern verlassen?«, zischte er, als er begriff, was Falk mit seiner Frage bezweckte. »Willst du tatsächlich all das«, er breitete die Arme aus, »dafür aufs Spiel setzen, dem sicheren Tod in die Arme zu laufen?« Falk blinzelte erstaunt. »Wenn du mit *diesem* Hengst fliehst«, fügte Hans nüchtern hinzu, »dann hast du innerhalb eines halben Tages jeden einzelnen Osmanen auf dem Hals!«

KAPITEL 71

Bursa, Sommer 1401

VIER MONATE SPÄTER preschte Falk auf *Shaitan* über eine staubige Straße auf die Küstenstadt Kios zu, die kaum 20 Meilen von Bursa entfernt lockte. Die glitzernde Oberfläche des Marmarameers war bedeckt von zahllosen Segeln in allen Formen und Farben; und anders als der Hafen, in dem die Galeere mit den Militärsklaven gelandet war, wirkte Kios reich, üppig und vollkommen sorglos. Weitläufige Olivenhaine bedeckten die sanften Hügel so weit das Auge reichte, und etwas weiter nördlich erstreckte sich ein riesiges Waldgebiet. Ein Waldgebiet, in dem Falk vorhatte, sich in Luft aufzulösen, sobald er zur Flucht bereit war. Vorbei an Frauen, Kindern und Hirten trabte er in Richtung Stadtzentrum, um nach einem Schiff Ausschau zu halten, das auf dem Rückweg nach Venedig war. Als Teil der Handelsroute nach China bildete der Hafen einen wichtigen Knotenpunkt der Seidenstraße. Und noch immer hatte Falk die Hoffnung nicht aufgegeben, irgendwann einen deutschen Kapitän ausfindig zu machen, der ihn etwas außerhalb des Hafens aufnehmen und in seiner Mannschaft verbergen würde. Allerdings genügte auch heute ein Blick auf die bemalten Segel und Banner, um diese Hoffnung im Keim zu ersticken. Enttäuscht kämpfte er sich noch eine Weile durch das Gewimmel und lauschte auf das beinahe babylonische Sprachgewirr. Doch keiner der Seeleute schien auch nur aus der Nähe seiner Heimat zu kommen.

»Wenn es so weitergeht, war das mein letzter Zug«, hörte er einen Türken schimpfen. »Drei Schiffe versenkt, die halbe Ladung auf dem Grund des Schwarzen Meeres! Dieser Timur Lenk kontrolliert die gesamte Seidenstraße.« Sein ausgefranster Bart wippte auf und ab, als er wild gestikulierend von einem Überfall erzählte, in dessen Verlauf er beinahe getötet worden wäre.

Desinteressiert trabte Falk weiter und widerstand der Versuchung, *Shaitan* einfach irgendwo anzubinden und sich unter die Händler zu mischen. Ohne eine sichere Möglichkeit, das Osmanische Reich zu verlassen, hatte eine Flucht keine Aussicht auf Erfolg – mit dieser Einschätzung behielt Hans Schiltberger zu seinem Verdruss recht.

Er lächelte dünn, als sich trotz allem Erleichterung zu der Enttäuschung gesellte. Zwar lockte die Freiheit mit jedem Ausritt mehr, aber es gab etwas, oder vielmehr jemanden, der ihn an den Palast in Bursa fesselte. Sein Herz zog sich zusammen, als die wohlbekannte Sehnsucht ihn übermannte. Seitdem er das Hospital verlassen hatte, hatte er Sapphira nur zweimal zu Gesicht bekommen – und das auch nur aus der Ferne. Allmählich begann ihr Gesicht in seinen Träumen zu verblassen, und der drohende Verlust dieser Erinnerung war beinah genauso schmerzhaft wie der Verlust seiner Eltern. Wohingegen sich die Trauer um Vater und Mutter inzwischen hinter eine Tür in seinem Verstand zurückgezogen hatte, die sich ohne sein Zutun nur noch selten öffnete, fühlte er sich ohne Sapphira von Tag zu Tag zerrissener und hohler. Mit leerem Blick lenkte er den Hengst zurück auf die Hauptstraße und suchte in den Wolken nach etwas, das ihm helfen würde, ihr Bild ohne Lücken heraufzubeschwören. Nach einer Weile gab er allerdings frustriert auf und schlug den Weg nach Bursa ein.

Es war seltsam: Irgendwann im Laufe des Sommers war sein altes Leben verblasst, war zu etwas geworden, das man ihm genommen hatte und das er zurückgewinnen wollte. Aber es gab nichts, das er so sehr begehrte, wie dieses Leben mit Sapphira zu teilen. Er gab *Shaitan* die Sporen und donnerte vorbei an Eseltreibern, einachsigen Karren und Kamelen. Auch wenn Ünsals Beteuerungen, dass *sein* Glaube der ältere und wahrhaftigere war, ihn nicht überzeugt hatten, war der Glaube an einen gnädigen Gott verlockend. Und manchmal ertappte Falk sich dabei, wie er nach Anzeichen suchte, dass dieser Teil der Lehre der Wahrheit entsprach. Er schürzte die Lippen und wich einem halben Dutzend königlicher Reiter aus, die – wie er – ihre Pferde bewegten. Seine Gedanken kehrten zu Sapphira zurück. Wenn es ihm doch nur endlich gelingen würde, ihr eine Nachricht zukommen zu lassen! Dann könnte er sie bitten, das Wagnis der Flucht einzugehen und mit ihm nach Ulm zurückzukehren. Der Tagtraum zauberte ein echtes Lächeln auf sein Gesicht – das allerdings sofort erlosch, als die wohlbekannten Mauern und Türme am Horizont auftauchten.

Das Gefühl der ungezügelten Freiheit, das ihn noch vor wenigen Minuten durchströmt hatte, verpuffte wie eine Rauchwolke. Mit steinerner Miene passierte er die Wachen des äußeren Tores, trabte vorbei an Gebäuden, Galerien und Durchgängen und erreichte schließlich das Gatter, das in den innersten Hof führte. Dort saß er vor den Stallungen ab und band *Shaitan* an einem Querbalken fest, um ihm die Hufe auszukratzen.

»Das muss warten«, unterbrach ihn der Stallmeister und eilte auf Falk zu. »Bring das Tier in den Palasthof. Der Sultan kehrt bald vom Balkan zurück, und hat Befehl vorausgeschickt. Prinz Mehmet soll den Hengst reiten, um sicherzugehen, dass er gezähmt ist.«

Falks Rücken versteifte sich. Hieß das, dass man ihm *Shaitan* wegnehmen würde? Er verbarg seinen Unwillen, zupfte seinem Schützling einige Disteln aus der Mähne und folgte dem Stallmeister. Seine Augen weiteten sich, als er das erste Mal seit seiner Ankunft in Bursa den *Harem* – das heiligste Innere des Gebäudekomplexes – betrat. Säulengänge, vergoldete Fensterrahmen und farbenfrohe Simse und Türmchen verliehen der durchbrochenen Fassade ein verspieltes Aussehen. Zahllose Springbrunnen wetteiferten mit einer üppigen Blütenpracht und buntgefiederten Vögeln um die Aufmerksamkeit des Betrachters. Sie näherten sich dem Eingang des Hauptgebäudes, wo der Prinz und seine Begleiter sie bereits erwarteten.

Dort angekommen breitete der Stallmeister mit großer Geste die Arme aus, verneigte sich tief und posaunte: »Erhabener *Pascha*, selbst die Amme des Sultans wäre jetzt sicher im Sattel dieses Tieres.«

Der Prinz, ein prunkvoll gewandeter, etwa zwölfjähriger Knabe, löste sich aus der Gruppe und trat mit hochmütiger Miene auf Falk zu. Ohne ihn eines Blickes zu würdigen, riss er ihm den Zügel aus der Hand, ließ sich von einem Pagen in den Steigbügel helfen und versetzte überheblich: »Das wird sich gleich herausstellen.« Mit diesen Worten schlug er *Shaitan* brutal mit dem Zügel auf die Nase und grub ihm die Fersen in die Flanken.

Obwohl das Tier mit einem Wiehern protestierte, tat es, was sein Reiter von ihm verlangte, und nachdem der Prinz einige Runden im Hof getrabt war, glitt er mit einem Nicken aus dem Sattel. »Du wirst deinen Kopf behalten«, sagte er an Falk gewandt und verschwand ohne einen weiteren Kommentar in dem Gebäude.

»Bring ihn zurück in den Stall«, raunte der Stallmeister und eilte dem Sohn des Sultans hinterher – um sich für Falks Leistung belohnen zu lassen, dessen war sich der junge Mann sicher.

Mit verdrossener Miene, klopfte er dem Vollblut den Hals und führte es in Richtung Hof. Er hatte den Durchgang in der hohen Mauer schon fast erreicht, als von rechts eine ganz in Blau gekleidete Gestalt auftauchte, die um ein Haar mit ihm zusammengeprallt wäre. Die junge Frau stieß einen gedämpften Schreckenslaut aus, der jedoch in dem Geschrei zweier Pfauen unterging, die sich im selben Moment mit gespreizten Schwanzfedern angriffen. Ein Blick in die weit aufgerissenen Augen genügte, um Falks Herz einen Schlag aussetzen zu lassen.

»Sapphira!«, hauchte er fassungslos.

»Falk«, stammelte sie und warf einen ängstlichen Blick über die Schulter. »Was tust du hier?« Ihre Stimme bebte.

Am liebsten hätte Falk sie an Ort und Stelle mit sich in den Sattel gezogen und wäre mit ihr davongestürmt – über Mauern und Gräben hinweg, ohne Rücksicht auf Gefahr. Stattdessen presste er heiser hervor: »Ich muss dich sehen.«

Verwirrung huschte über ihre Züge, gefolgt von Freude und Furcht. »Das wäre Selbstmord«, flüsterte sie und ließ etwas fallen, um einen Vorwand zu haben, länger zu verweilen.

Unauffällig schob Falk den Hengst etwas nach vorne, sodass dieser den Blick auf die Wachen am Tor versperrte. »Bitte!«, drängte er. »Ich muss dir etwas Wichtiges sagen.« Die Worte klangen hohl, pompös und völlig unpassend, aber Sapphira schien zu verstehen.

Sie dachte einen kurzen Moment nach und nestelte an einem Stück Stoff. »Komm heute Abend zu der hohen Zypresse dort.« Ihr Blick wanderte nach Süden, wo das Futterlager der Ställe sich an die Palastmauer drängte. »Dort gibt es eine verborgene Tür in der Mauer.« Sie erhob sich und verstaute die fallen gelassenen Gegenstände wieder in ihrem Korb. »Warte in dem kleinen Garten auf mich«, flüsterte sie. Laut sagte sie: »Der *Hekim* wird deinem Freund helfen. Schick ihn heute noch zu ihm.« Damit zupfte sie ihre Röcke zurecht und setzte ihren Weg fort.

Mit feuchten Handflächen und hämmerndem Herzen gab Falk vor, mit *Shaitan* zu ringen, bevor auch er sich von der Stelle bewegte.

∾⟋⊙⟍∾

Einige Schritte lang wandelte Sapphira wie auf Wolken. Ihr Sehnen war erhört worden! Wochen- und monatelang hatte sie sich erfolglos gewünscht, Falk wiederzusehen; hatte sich für ihren Eigennutz gehasst, da die einzige Möglichkeit dazu Schmerz und Leid für ihn bedeuten musste. Und dann tauchte er wie aus dem Nichts vor ihr auf, und alles war wieder wie an seinem Krankenlager. Die sanften Augen, deren Farbe mit nichts zu vergleichen war, das sie kannte, der energische Mund, die Grübchen an Kinn und Wange und die überwältigende Sicherheit, dass er ihre Gefühle teilte. Ihr Atem stockte, als sie sich ausmalte, wie es sein würde, ihn wieder zu berühren und die Hand auf seine Wange zu legen, wie sie es so oft im Hospital getan hatte. Wie es sich anfühlen würde, wenn sich die Wunde in ihrem Herzen endlich wieder schließen würde. Doch dann löste sich das überwältigende Glücksgefühl schlagartig in Wohlgefallen auf und lähmende Furcht trat an seine Stelle. Was hatte sie getan? Kälte breitete sich in ihr aus, als ihr klar wurde, dass sie Falk in Gefahr brachte. Dass ihr Leichtsinn und ihre Dummheit sie beide das Leben kosten konnte. Mit einem Mal schwindelig, griff sie sich an den Kopf und suchte den Schatten einer Arkade, die ihr Schutz vor neugierigen Blicken bot. Wie hatte sie nur so töricht sein können? Sie unterdrückte ein Stöhnen. Trotz der Hitze des Tages fror sie plötzlich. Wenn man sie bei einem heimlichen Treffen ertappte, drohte ihnen dasselbe Ende wie Gülbahar und Andor! Es war, als triebe ihr jemand eine Klinge mitten ins Herz. Sie musste ihn warnen – ihm sagen, dass er auf keinen Fall tun sollte, was sie ihm in ihrer Einfalt gesagt hatte! Dass er sich von ihr fernhalten musste, koste es, was es wolle. Dass das, wonach sie sich beide so sehnten, den Tod bedeuten würde. Ihre Hand umklammerte die Taube an ihrem Hals, während ihr Verstand fieberhaft arbeitete. Wie, um alles in der Welt, sollte sie ihn auf die Gefahr hinweisen, in die sie ihn gelockt hatte? Ein trockener Laut entrang sich ihrer Kehle, als sie begriff, dass es dafür zu spät war.

KAPITEL 72

MUCKSMÄUSCHENSTILL SCHLICH FALK über den Heuboden und stieg die Leiter hinab in die Boxengasse, die in völliger Dunkelheit lag. Unten angekommen, tastete er nach einem Strohballen, ließ sich darauf nieder und schlüpfte mit angehaltenem Atem in seine Stiefel. Dann lauschte er einige Herzschläge lang in die Dunkelheit, bis er sicher sein konnte, dass er niemanden geweckt hatte. Die Aufregung machte ihm die Kehle eng. Wenn man ihn bei diesem nächtlichen Ausflug ertappte, war es um ihn geschehen, aber seine Sehnsucht nach Sapphira war größer als die Furcht um sein Leben. Auf Zehenspitzen huschte er den Gang entlang, entriegelte das Stalltor und schlüpfte durch einen Spalt ins Freie. Die sternenklare Nacht wurde von einem Halbmond erhellt, in dessen Licht er deutlich die Zypresse erkennen konnte, die Sapphira ihm gezeigt hatte. Vorbei an Nebengebäuden und einem Gestell zum Trocknen von Gras gelangte er nach wenigen Augenblicken zu der hohen, mit eisernen Stacheln gespickten Mauer, hinter der sich die Umrisse des Palastes abzeichneten. Als er direkt am Fuße des gewaltigen Baumes angelangt war, blickte er sich suchend um und entdeckte nach einiger Zeit eine Lücke zwischen zwei dicht belaubten Büschen. Er bog vorsichtig die Äste auseinander, und tatsächlich verbarg sich hinter den Sträuchern eine kleine Tür, die kaum von dem dunklen Stein zu unterscheiden war. Sein Mund fühlte sich plötzlich trocken an. Mit unsicheren Händen zog er an dem verrosteten Eisenring und schrak zusammen, als sich die Tür mit einem leisen Knarren öffnete. Das Herz schlug ihm bis zum Hals. Einige Augenblicke verharrte er regungslos, doch dann gewann das Verlangen, Sapphira in die Arme zu schließen, die Oberhand, und er betrat den kleinen Garten.

Ein Vogel stieß einen lang gezogenen Ruf aus, der ihn zusammenfahren ließ. Unsicher zwängte er sich zwischen einem dornigen Rosenbusch und einem Baum mit tief hängenden Ästen hindurch und erstarrte, als zu seiner Linken Laub raschelte. Wenig später schälte sich eine Gestalt aus den Schatten, und noch bevor Falk sie erkannte, wusste er, dass es sich um Sapphira handelte.

»Du musst wieder gehen«, wisperte sie, kaum war sie auf zwei Schritte an ihn herangekommen. »Bitte, geh wieder.« So viel Dringlichkeit lag in ihrer Stimme, dass Falk fürchtete, sie könnten entdeckt worden sein.

Als sie jedoch weiterhin allein blieben, schüttelte er den Kopf und trat auf sie zu. »Ich kann nicht«, flüsterte er und griff nach ihren Schultern, die unter seiner Berührung zuckten.

»Du musst«, hauchte sie und versuchte, vor ihm zurückzuweichen.

Aber ein leichter Druck seiner Hände genügte, um sie an Ort und Stelle festzuhalten. »Sapphira«, hub er an und beugte sich zu ihr hinab, um ihr in die feucht glänzenden Augen zu sehen. »Ich liebe dich.« Die Worte fielen ihm leicht – viel leichter, als er gedacht hatte. Er löste die Rechte von ihrer Schulter und griff nach dem Schleier vor ihrem Gesicht, um ihn zu entfernen. Regungslos ließ sie ihn gewähren. Als er im blassen Licht des Mondes endlich das Gesicht sah, das er sich die ganze Zeit über nur ausgemalt hatte, machte ihre Schönheit ihn sprachlos. Einige Lidschläge lang starrte er sie einfach nur an, versank in Augen, die so tief waren, dass er den Eindruck hatte, bis auf den Grund ihrer Seele blicken zu können. Dann öffnete sie den Mund, und er gab der Versuchung nach, sie zu küssen. »Ich habe dich vom ersten Moment an geliebt«, murmelte er und unterdrückte ein Keuchen, als seine Lippen die ihren fanden.

Unendlich weich und zart erwiderte sie den Kuss, und es war, als hätte nie ein Zweifel daran bestanden, dass sie zusammengehörten. Der Duft ihres Haares und ihrer Haut stieg ihm in die Nase und berauschte ihn, als er den Kuss vertiefte und sie näher an sich zog. Wie zerbrechlich sie war!, schoss es ihm durch den Kopf, als er die Arme um sie schlang, um jeden Zoll ihres Körpers zu spüren. Eine lange Zeit hielt er sie einfach nur fest, lauschte auf ihren Herzschlag und sog ihre Wärme in sich auf. Schließlich grub er die Nase in ihr Haar und flüsterte: »Ich werde fliehen. Komm mit mir.«

Sie erschrak und machte sich von ihm los. Ihr Gesicht wirkte bleich im kalten Mondlicht, und ihre Augen weiteten sich furchtsam. »Das ist unmöglich«, hauchte sie. »Man wird uns fangen und hinrichten, genau wie Gülbahar.« Ihre Stimme bebte und eine Träne rann ihre Wange hinab.

»Gülbahar?«, fragte Falk verwirrt, aber Sapphira schwieg. Er zog sie ein weiteres Mal an sich und küsste ihre Stirn, ihre Schläfen und ihre Lippen. »Vertrau mir«, sagte er leise. »Ich werde einen Weg finden. Niemand wird dir jemals ein Leid antun.« Er schloss sie abermals besitzergreifend in die Arme, und genoss das Gefühl, das ihn durchströmte, als sie sich an ihn schmiegte.

»Ich liebe dich auch«, murmelte sie in seine Brust. »Ich dachte, ich könnte dagegen ankämpfen, aber es ist stärker als ich.« Sie hob den Kopf und sah ihn erneut mit Tränen in den Augen an. »Aber eine Flucht ist unmöglich.«

Falk küsste eine Träne von ihrer Wange. »Ich reite jeden Tag alleine aus«, sagte er. »Ohne Aufpasser.«

Sapphira verzog gequält das Gesicht. »Auch ich habe die Möglichkeit, den Palast von Zeit zu Zeit zu verlassen, um in der Stadt Kräuter zu besorgen«, erwiderte sie mutlos, »aber wir würden niemals weiter kommen als bis zur Stadtgrenze. Vor Bayezid kann man nicht fliehen.«

Falk schüttelte eigensinnig den Kopf. »Ich werde einen Weg finden«, wiederholte er energisch, senkte jedoch sofort wieder die Stimme. »Sobald ich einen Kapitän überreden kann, uns an Bord zu nehmen …«, flüsterte er, verstummte jedoch, als das Geräusch einer zuschlagenden Tür durch die Nacht hallte.

»Geh!«, wisperte Sapphira aufgeregt, aber Falk hielt sie fest, als sie davonhuschen wollte.

»Wann kann ich dich wiedersehen?«, fragte er heiser.

Nach kurzem Nachdenken versetzte Sapphira mit einem Zittern in der Stimme: »Ich werde jeden Freitag hier auf dich warten.« Sie legte warnend den Finger an die Lippen, als über ihren Köpfen ein Husten erklang.

Irgendwo in dem angrenzenden Gebäude unterhielten sich zwei Männer, deren Stimmen sich allerdings nach wenigen Minuten entfernten. Schweigend blickten sie sich ein letztes Mal in die Augen, bevor Falk sich schweren Herzens von ihr löste und ihr den Rücken zuwandte. Als er die verborgene Tür hinter sich ins Schloss zog, hob er selig die Fingerspitzen an die Lippen und versuchte, das Gefühl des Kusses in sein Gedächtnis einzubrennen. Taumelig vor Glück und Verlangen schlich er auf leisen Sohlen zurück zu den Stallungen.

$$\sim\!\!\mathbb{Q}\!\!\sim$$

Sapphira starrte auf die Stelle, an der Falk verschwunden war. Obschon sie wusste, dass es Wahnsinn war, wünschte sie sich nichts sehnlicher, als dass er zurückkehren und sie nur noch ein einziges Mal küssen würde. Ihr gesamter Körper prickelte, und ihre Lippen, ihr Gesicht und ihr Rücken schienen zu brennen, dort wo Falk sie berührt hatte. Es war, als hätten seine Hände Spuren auf ihr hinterlassen. Lange Zeit verharrte sie regungslos, lauschte auf die Geräusche der Nacht und ließ sich von dem überwältigenden Strudel ihrer Empfindungen davontragen. Entgegen aller Entschlossenheit, ihn nie wiederzusehen und zu seinem eigenen Schutz aus ihrem Leben zu verbannen, drehten sich ihre Gedanken um den Vorschlag, den er gemacht hatte. Was, wenn es ihnen tatsächlich gelingen sollte zu fliehen? Was, wenn sie das erreichen konnten, woran Gülbahar und Andor gescheitert waren? Hatten sie nicht ganz andere Möglichkeiten als die Freundin und ihr Liebhaber? Konnten sie sich nicht beide frei in der Stadt bewegen? Der Besuch bei dem alten Kräuterweib fiel ihr wieder ein. Hatte sie an diesem Tag nicht festgestellt, wie leicht es sein würde, die Bewacher abzuschütteln und durch die Hintertür zu entschlüpfen? Aber was dann? Die

Ernüchterung traf sie schlagartig. Zugegeben, dank der Belohnung des Sultans hatte sie genug Geld, aber wohin sollten sie
fliehen? Ihre Heimat war hier. Sie schalt sich eine einfältige
Gans. Warum hatte sie Falk noch nie nach seiner Herkunft
gefragt? Zwar wusste sie, dass er von Piraten gefangen worden war, aber über das Land seines Vaters wusste sie nichts.
Ihr Herz verkrampfte sich. Alles, was sie wusste, war, dass ihr
Leben ohne ihn öd und leer war, dass sie seine Nähe genauso
brauchte wie Nahrung und die Luft zum Atmen. Sie war
sich sicher, dass er genauso für sie empfand, da sie – wie mit
Yahya – auch mit Falk reden konnte, ohne Worte zu benutzen. Es war beinahe, als sei ihr Geist eins, wenn sie zusammen waren. Sie stieß einen tiefen Seufzer aus und löste sich
widerwillig von der Stelle. Aufgewühlt und ruhelos kehrte sie
zurück ins Dormitorium, wo sie sich in ihr Bett stahl, ohne
die Aufseherin zu wecken.

KAPITEL 73

Z UFRIEDEN MIT SEINEM ERFOLG auf dem Balkan genoss Bayezid den Jubel seiner Untertanen, als er in Bursa einritt. Nachdem es ihm gelungen war, einige aufständische Kriegsherren
niederzuwerfen und seine Macht weiter zu festigen, hatte er
beschlossen, in seine Hauptstadt zurückzukehren, um sowohl
sich selbst als auch seinen Truppen eine Atempause zu gön-
nen, bevor er nach Albanien zurückkehrte. Da inzwischen der
Monat *Dhu' l-Qa'dah* angebrochen war, in dem Kriegszüge
verboten waren, wollte er mit dieser Geste auch *Allahs* Zorn
besänftigen und sich dem Beten widmen. Das weithin sichtbare Dach seiner Moschee beruhigte das schlechte Gewissen,
das an ihm nagte, seit er die Fastengebote des Monats *Rama-
dan* missachtet hatte. Anders als die Jahre zuvor, hatte er zwar
nur so lange gegessen und getrunken, bis er in der Morgen-
dämmerung einen weißen von einem schwarzen Faden unterscheiden konnte. Aber auf den Genuss von Wein hatte er auch
tagsüber nicht verzichten können. Mit würdevoller Miene
trabte er die breite Straße entlang, badete in der Begeisterung
der Menge und erreichte schließlich die Hohe Pforte seines
Palastes. Seit Stunden dürstete es ihn bereits wieder nach
dem kühlen, beruhigenden Trunk, der seine Sinne benebelte
und die Last der Schuld von seinen Schultern nahm. Auch
wenn ihm klar war, dass er zunehmend abhängig wurde von
dem flüssigen Gift, konnte er nicht mehr darauf verzichten.
Er verschloss die Ohren vor dem Getöse der *Mehterhane*-
Kapelle, die immer dichter zu ihm aufrückte, und flüchtete

sich in den innersten Hof. Dort sprang er wenig königlich aus dem Sattel, bevor sein Steigbügelhalter zur Stelle war, und stürmte in den Palast. Er brauchte Ruhe! Ohne auf seine Höflinge, Diener und Pagen zu achten, begab er sich direkt in seine Gemächer und befahl den Prinzen Mehmet zu sich. Der Anblick seines Sohnes würde ihm Zuversicht zurückgeben und das schale Gefühl vertreiben.

Als der Knabe zehn Minuten später vor ihm erschien, wurde ihm warm ums Herz. Seit seinem Aufbruch nach Albanien war der Junge einige Zentimeter gewachsen, und die Breite seiner Schultern verriet, dass er zu einem imposanten Krieger heranwachsen würde. »Erhabener Vater«, begrüßte ihn der Prinz und warf sich vor ihm zu Boden.

»Steh auf, mein Sohn.« Bayezid trat näher und musterte das glatte Gesicht mit den intelligenten Augen, in denen bereits eine gewisse Härte lag. »Ich sehe, du hast meinem Befehl Folge geleistet«, stellte der Sultan mit einem Blick auf einen verheilten Schnitt auf der Wange seines Sohnes fest.

»Ja, Vater«, erwiderte Mehmet. »Der Fechtmeister hat mich in alle Geheimnisse des Zweikampfes eingeweiht.« Ein seltsamer Unterton lag in der Stimme des Knaben, als dieser fortfuhr: »Ich wäre Euch bestimmt von Nutzen gewesen, wenn Ihr mich auch dieses Mal mitgenommen hättet.«

Bayezid zog die Brauen zusammen, als unvermittelt Zorn in ihm aufstieg. Der Bengel war beleidigt, dass er ihn zu Hause gelassen hatte! Wenngleich er diese Unverschämtheit eigentlich bestrafen musste, schluckte er seinen Ärger und beschied unwirsch: »Ein Soldat befolgt Befehle. Diese Lektion solltest du schleunigst lernen. Sonst wirst du niemals zum Anführer taugen.«

Mehmet senkte gescholten den Blick und murmelte: »Verzeiht mir, *Padischah*. Der Wunsch, an Eurer Seite zu kämpfen, war einfach zu groß.«

Der Sultan ging nicht auf die Schmeichelei ein und knurrte stattdessen: »Ist der Hengst zugeritten?«

»Ja, Vater«, versetzte der Junge, und trotz des zerknirschten Tons wollte sich Bayezids Unwillen nicht legen.

Wortlos winkte er einen Pagen zu sich und trug ihm auf, *Hippokras* aus der Küche herbeizuschaffen. Dieser leichte, mit Honig, Zimt, Muskat und Nelken gewürzte Weißwein würde nicht nur sein Gemüt besänftigen; er würde auch seinen Gaumen auf die Freuden des bevorstehenden Festmahls vorbereiten – das er sich keinesfalls von den Launen eines Halbwüchsigen vergällen lassen würde. Als der Bursche sich entfernt hatte, wandte er sich zurück an seinen Sohn und sagte barsch: »Lerne Demut und Gehorsam.« Mit diesen Worten bedeutete er dem Prinzen zu verschwinden und ließ sich von zwei Dienern aus Stiefeln und dem mit Platten verstärkten Waffenrock helfen, der mehr zu wiegen schien als ein Sack Steine.

Nachdem der Page mit dem Wein zurückgekehrt war, nahm er einen tiefen Schluck und fragte sich, warum er so hart zu seinem Sohn gewesen war. War es, weil seine Erscheinung das Gegenteil von dem ausgelöst hatte, was Bayezid gehofft hatte? Anstatt seine Zuversicht zu stärken, hatte Mehmets Anblick ihn daran erinnert, was aus dem Kind hätte werden können, das er mit eigener Hand getötet hatte. Er stöhnte und leerte den Kelch, um sich hastig nachzuschenken. Es war ein Fehler gewesen, wieder nach Bursa zu kommen. Wie vor seinem Aufbruch in den Balkan, spürte er auch jetzt bereits wieder Beklemmung in sich aufsteigen. Warum hatte Olivera ihn nur so weit bringen müssen?, fragte er sich. Warum hatte sie nicht einfach damit zufrieden sein können, ihn zu beherrschen, wie es keine Frau vor ihr getan hatte. Er verzog den Mund und wischte sich mit dem Ärmel den Wein von den Lippen. Und es keine Frau jemals wieder tun würde, gestand er sich bitter ein. Denn wenngleich seine neue Gespielin willig, manchmal gar bestrickend war, konnte sie Olivera nicht das Wasser reichen. Er ertappte sich dabei, wie er an die feurigen Nächte mit seiner Gemahlin zurückdachte, und nahm einen weiteren tiefen Zug. Allmählich tat der Alkohol seine Wirkung und nahm seinen Gedanken die Schärfe. Männer in der Schlacht zu töten, war etwas so vollkommen anderes, als ein ungeborenes Leben zu vernichten!

Ein unterdrücktes Hüsteln ließ ihn aufblicken. Einer der Wesire erschien auf der Schwelle seines Gemaches und sank in eine tiefe Verbeugung. »Ein Bote von Timur Lenk, *Padischah*.«

KAPITEL 74

Ulm, Sommer 1401

»HERR, SEI MIR GNÄDIG«, ächzte Lutz Metzler und erbrach sich in den Nachttopf neben seinem Bett. Schwall um Schwall schoss aus ihm hervor, bis er schließlich erschöpft zurück in die Kissen sank, und nur der bittere Geschmack von Galle in seinem Mund zurückblieb. Mit tränenden Augen versuchte er, sich auf die Seite zu rollen, aber jede Bewegung verursachte unsägliche Schmerzen. Es war als lodere ein Feuer in seinen Eingeweiden.

Seit einigen Wochen litt er an einer seltsamen Unverträglichkeit, die an manchen Tagen dazu führte, dass er außer Weißbrot nichts bei sich behalten konnte. Aber so furchtbar wie heute waren die Schmerzen noch nie gewesen.

Mit aufeinanderschlagenden Zähnen wartete er auf die nächste Welle der Übelkeit, die ihn schon bald wieder würgen ließ. Zu schwach, um sich aufzurichten, schob er sich mit letzter Kraft in die Nähe der Bettkante, aber anders als zuvor, gelang es ihm nicht, den Nachttopf zu treffen. Da sein Magen seit Stunden leer war, war es nicht viel, das die Laken tränkte, doch dieses Mal war das Erbrochene rot von Blut. Wäre er nicht vollkommen erschöpft gewesen, hätte ihm diese Tatsache einen Schrecken eingejagt, so allerdings schloss er lediglich die Augen und ließ sich von der Mattigkeit überwältigen.

Stunden später drang eine Stimme an sein Ohr: »Es ist das Gleiche, an dem Brida leidet. Lauf und hol den Bader.« Er spürte eine Hand auf seiner Stirn. »Er glüht. Bring mir kalte Tücher.«

Er wusste nicht, wie viel Zeit vergangen war, als sich etwas Klammes um seine Waden legte, und der Raum sich mit Stimmen füllte. Jemand schlug die Decke zurück, zerrte an seinem Untergewand und betastete seinen Bauch. Da selbst der leiseste Druck ihm unvorstellbare Qualen bereitete, versuchte er, seinen Peiniger zu erkennen, aber alles um ihn herum schwamm in einem See aus milchigem Nebel.

»Er ist vergiftet worden«, verkündete ein Bass. »Ich hoffe, ihr habt nicht zu lange damit gewartet, mich zu holen.«

»Brida ist auch krank. Bei ihr ist es noch nicht so schlimm.«

Die Antwort darauf war ein unverständliches Gemurmel, aber kurz darauf verloren sich die Stimmen in der Ferne.

Irgendwann setzte ihm jemand einen Becher an den Mund und zwang ihn, eine ekelhafte Flüssigkeit zu trinken. Doch schon kurz darauf versank er wieder in Dunkelheit.

Die Hand mit dem Becher kam und ging, fasste an seinen Bauch, ließ ihn zur Ader und maß seinen Puls. Im Laufe der Zeit kehrte das Bewusstsein immer öfter zurück, und eines Tages erwachte Lutz mit klarem Kopf. Marthe, die Köchin, war auf einem Schemel neben seinem Lager zusammengesackt und schlief im Sitzen. »Marthe?«, fragte er mit rauer Stimme und sah sich nach Wasser um. Der Durst war beinahe schlimmer als die Übelkeit, die zu einem Schatten der Erinnerung verblasst war.

Als er bei seiner Suche eine Schale zu Boden wischte, fuhr die Köchin erschrocken aus dem Schlaf auf und stieß einen leisen Schrei aus. Einen Augenblick blinzelte sie verwundert, doch dann begriff sie und kam hurtig auf die Beine. »Dem Herrgott sei Dank, du lebst!« Ihr rundliches Gesicht strahlte, als Lutz sich auf die Ellenbogen stemmte und sie um Wasser bat. Sie reichte ihm ein Gefäß, das er gierig leerte, bevor er sich in die Höhe schob und sich an den Kopf fasste. »Wir dachten schon, du stirbst«, versetzte Marthe mit einem sorgenvollen Stirnrunzeln. »Brida, das dumme Ding, wird für ihre Einfalt bezahlen.«

Lutz räusperte sich und schüttelte den Schwindel ab, der ihn immer noch schwächte. »*Wofür* wird sie bezahlen?«, wollte er wissen.

»Dafür, dass sie sich selbst und dich aus lauter Leichtgläubigkeit vergiftet hat.« Marthes Wangen röteten sich vor Empörung, als sie berichtete, was geschehen war. »Anscheinend hat sie einer Frau auf dem Markt Kräuter abgekauft, mit denen Wünsche in Erfüllung gehen.« Sie schnaubte verächtlich. »Diese Gans hat geglaubt, wenn sie dir und sich das Zeug ins Essen mischt, würde das Falk zurückbringen.«

Lutz schob die Brauen zusammen. »Wer hat ihr denn diesen Blödsinn erzählt?«, fragte er, während Ärger in ihm aufkeimte.

»Das kann sie dir selber sagen«, spuckte die Köchin aus und machte Anstalten, den Raum zu verlassen. »Sobald du stark genug bist, solltest du ihr eine Tracht Prügel verabreichen, die sie so schnell nicht vergessen wird. Ich bin mir sicher, sie wird dir alles sagen, was du wissen willst.«

Oh, ja, das wird sie!, dachte Lutz und ballte die Hände zu Fäusten.

Eine halbe Woche später war sein Zorn verraucht. Zwar hatte Marthe ihm immer wieder ans Herz gelegt, dass er Brida nicht mit Milde begegnen durfte, aber das schluchzende Häufchen Elend vor ihm ließ ihn weich werden. Yak, der Knecht, hatte die heulende Magd in den Hof gezerrt, wo Lutz sich eine Rute von einem Haselstrauch geschnitten hatte. Unentschlossen wog er diese in der Hand, während alle Augen auf ihn und das weinende Mädchen gerichtet waren.

»Was hast du dir dabei gedacht?«, herrschte er die junge Frau an, deren Augen rot und verquollen waren.

»Ich wollte nichts Böses«, heulte sie und schlug die Hände vors Gesicht, als Lutz drohend den Arm hob. »Ich wollte nur, dass der Herr zu uns zurückkehrt.« Ihr Weinen verstärkte sich und Lutz gab mit einem Seufzen auf.

Er schleuderte die Rute in einen der Kräutergärten und fuhr sich mit den Fingern durch die grauen Locken. »Das will ich auch«, sagte er rau, »aber mit Hokuspokus lassen sich keine Wünsche erfüllen.« Er setzte eine strenge Miene auf und befahl Brida, ihn anzusehen. »Kannst du dich an die Frau erinnern, die dir das Gift verkauft hat?«

Die groben Umrisse der Geschichte hatte Marthe ihm bereits erzählt. Scheinbar war Brida eines Tages eine schöne junge Frau auf dem Markt begegnet, die dem Mädchen ein Wunderkraut verkauft hatte, mit dem angeblich Wünsche in Erfüllung gehen sollten.

»Sie hat mich ausgefragt«, wimmerte die blonde Magd und wischte sich mit dem Ärmel die Nase ab. »Und ich habe ihr gesagt, dass wir uns den Herrn zurückwünschen.« Ein Schluckauf ließ sie stocken.

Dieses einfältige Ding!, dachte Lutz bitter. »Wie sah die Frau aus?«, wiederholte er ungeduldig. Als Brida das Kräuterweib beschrieben hatte, schüttelte er ratlos den Kopf. Diese Frau hatte er noch niemals zuvor gesehen. Sein Mund verhärtete sich, als eine böse Vermutung in ihm aufkeimte. Hatte Otto von Katzenstein die Hexe womöglich dafür bezahlt, ihn zu vergiften, um endlich an das Erbe zu kommen, das er sich erschleichen wollte? Ein zweiter Verdacht hob das hässliche Haupt. Oder aber Hans Kun steckte dahinter. Er erinnerte sich an seinen Vorsatz, die Aasfresser zurückzuschlagen und Falks Besitz wenn nötig mit seinem Leben zu verteidigen. Ein freudloses Lächeln teilte seine Lippen, als ihm klar wurde, wie nahe er davor gestanden hatte, dieses Versprechen einzulösen.

KAPITEL 75

Burg Katzenstein, Sommer 1401

»WARUM IST ER immer noch am Leben?«, erboste sich Otto von Katzenstein und baute sich drohend vor Helwig auf. Allmählich glaubte er nicht mehr an die Macht, die sie ihm vorgaukelte, was bewirkte, dass er sich auch nicht mehr vor ihr fürchtete. Er presste die Fingerspitzen gegen die Nasenwurzel und verzog das Gesicht. Wenngleich es im Inneren der Burg halbwegs erträglich war, sorgte die Hitze des Sommers dafür, dass er sich matt und schwach fühlte. Seit Tagen hatte er schon nicht mehr richtig geschlafen, und in seinen Schläfen hämmerte ein furchtbarer Kopfschmerz, den die Aufregung noch verstärkte. Dementsprechend gereizt hatte er reagiert, als der Bote aus Ulm ihm berichtet hatte, dass Lutz Metzler putzmunter und vollkommen gesund durch die Stadt spazierte. Kaum hatte der Mann die Halle verlassen, packte er seine Gemahlin hart am Oberarm und beförderte sie die Treppen hinauf in die Kemenate. »Hattest du mir nicht versprochen, dass mir Falks Zucht spätestens diesen Sommer gehören würde?!«, zischte er und starrte in das bleiche Gesicht, das seit einigen Wochen aufgedunsen und schwammig wirkte. Die Schwangerschaft hinterließ Spuren, die Otto überhaupt nicht gefielen. Der riesige Bauch seiner Gemahlin verriet, dass es nicht mehr weit sein konnte, bis zu ihrer Niederkunft. Aber das war ihm im Moment vollkommen egal.

Ihre grünen Augen verengten sich und sie reckte trotzig

das Kinn. »Es ist nicht meine Schuld, dass das Mädchen offensichtlich nicht getan hat, was ich ihm gesagt habe«, verteidigte sie sich und verschränkte die Arme vor der Brust.

Diese Geste erboste Otto fast noch mehr als all das Warten, all die leeren Versprechungen und Misserfolge der vergangenen Monate. Seine Hand zuckte, aber etwas in Helwigs Blick hielt ihn davon ab, sie zu schlagen.

Eine Weile starrte sie ihn kampfeslustig an, doch dann seufzte sie und sagte versöhnlich: »Sobald das Kind da ist, werde ich es ein weiteres Mal versuchen. Und dann mische ich ihm das Gift persönlich ins Essen!«

Otto schnaubte. »Wie lange soll ich noch warten?«, fragte er – nörgelnd wie ein Kind.

Helwig zuckte die Achseln. »Nicht mehr lange«, versprach sie, aber dieses Mal überzeugten ihre Worte ihn nicht.

»Vielleicht ist dein Herr doch nicht so mächtig, wie du behauptet hast«, stieß er hervor. Dieser Gedanke machte ihm Angst. Mehr Angst als alles, was Helwig bisher behauptet oder getan hatte. Denn wenn der Teufel Gott unterlegen war, dann war Ottos Schicksal besiegelt. Das Schreckgespenst, das der Venezianer gemalt hatte, drängte sich wieder an die Oberfläche seines Verstandes, und er sah Bilder der Marter, Qual und unsagbaren Pein vor sich. Schaudernd fügte er hinzu: »Warum hat der Schadenszauber nicht ausgereicht? Warum hast du zu Gift greifen müssen?«

Helwig schürzte die Lippen und entgegnete ruhig: »Das hatte ich dir doch bereits erklärt. Ich konnte keinen weiteren Gegenstand von ihm bekommen, der persönlich genug war. Was hätte ich denn tun sollen? In seinem Hof auftauchen und ihm den Hut vom Kopf reißen?« Ihre Stimme hatte einen spöttischen Unterton angenommen. »Beruhige dich«, sagte sie und kehrte ihm den Rücken, um sich an einem Krug zu schaffen zu machen. Wenig später wandte sie sich ihm wieder zu – je einen Becher in der Hand. »Lass uns etwas trinken«, schlug sie vor und reichte ihm eines der Trinkgefäße.

Mürrisch starrte Otto in die dunkelrote Flüssigkeit, bevor er den Becher an die Lippen setzte und einen tiefen Schluck nahm. Sauer, fruchtig und ein wenig bitter, dachte er und genoss das Gefühl der Wärme, das sich in ihm ausbreitete. Helwig hob ebenfalls den Kelch, trank aber nicht daraus. Mit zusammengekniffenen Augen beobachtete sie, wie Otto auch den Rest des Weines die Kehle hinunterstürzte. Als er den Becher mit einem zufriedenen Laut auf dem Tisch abstellte, trat ein Lächeln in ihr Gesicht, das sich nach einigen Augenblicken in ein hämisches Grinsen verwandelte. Die grünen Augen schienen plötzlich Funken zu sprühen, und die kleinen, makellosen Zähne blitzten raubtierhaft. Mit einem Gurgeln griff Otto sich an die Kehle, als diese sich ohne Vorwarnung zuschnürte.

Japsend zerrte er am Kragen seines Rockes und öffnete den Mund, um zu sprechen, aber seine Zunge gehorchte ihm nicht mehr. Furcht lähmte ihn, schoss wie Feuer in seine Glieder und ließ ihn auf die Knie fallen. Während er erfolglos um Atem rang, verschwamm der Raum vor seinen Augen und Helwigs Stimme drang wie aus weiter Ferne zu ihm vor.

»Wärst du nicht so verstockt, hättest du noch ein wenig länger leben dürfen«, sagte sie kalt und ging vor ihm in die Hocke. Als wäre er nichts weiter als eines der unheimlichen Präparate, die sie unter dem Dach aufbewahrte, beobachtete sie, wie ihm Schaum auf die Lippen trat.

Sein Blick zuckte zu ihrem Bauch, und sie stieß einen harten Laut aus.

»Dachtest du etwa im Ernst, das Kind, das ich in mir trage, sei von dir?«, fragte sie schneidend und lachte kalt, als Otto versuchte, etwas zu erwidern. »Du Narr!« Ihr ehemals schönes Gesicht verwandelte sich in eine Fratze des Hasses. »Es ist das Kind des Schmiedes. Anders als du, ist er ein richtiger Mann, der weiß, was einer Frau gefällt!« Sie legte den Kopf schief und berührte mit den Fingerspitzen seinen Mund. »Ein Bund mit dem Teufel! Ihr glaubt, was ihr glauben wollt und fürchtet euch vor nichts mehr als eurer eigenen Bosheit.« Ihre Stimme troff vor Hohn. »Ich bin genauso wenig eine Dienerin des Satans wie du ein Diener Gottes.«

Otto bemühte sich, die Hand zu heben, um sie zu erwürgen, doch es gelang ihm nicht. Helwig, die Hexe, Helwig, die Hure! Die geflüsterten Worte fielen ihm siedend heiß ein. Jemand hatte gewusst, dass sie ihn hinterging.

Sie zupfte nachdenklich an der Lippe, bevor sie sich erhob und verächtlich auf ihn hinabsah. »Du hast deine Seele für nichts und wieder nichts verkauft«, spottete sie.

Die Zunge in Ottos Mund schwoll immer mehr an und raubte ihm die Luft zum Atmen. Röchelnd hob er den Kopf, um sie um Hilfe anzuflehen, aber kein Muskel in seinem Leib gehorchte. Ohne dass er etwas dagegen unternehmen konnte, sackte er zur Seite weg und blieb beinahe regungslos auf dem Boden liegen. Das Licht der Sommersonne spielte mit dem Staub, der tanzend auf die sauber gefegten Dielen sank.

Helwig legte den Kopf schief und betrachtete ihn interessiert. »Das nächste Mal sollte ich die Dosis erhöhen«, stellte sie ungerührt fest. »Das dauert mir zu lange.« Dann zog sie das Tuch von ihrem Haar und begann, die Flut roter Locken zu lösen. »Weißt du«, warf sie ihm über die Schulter zu, während sie nach einem Kamm griff. »Ich brauche die Zucht deines Neffen nicht. Es reicht mir, diese Burg für mich allein zu haben.«

Allmählich schwand Ottos Sehkraft, und in seinen Ohren schien ein gewaltiger Sturm zu toben.

Helwig warf den Kamm zurück auf das kleine Tischchen und stellte fest: »Der Betrüger ist betrogen worden.«

Das war das Letzte, was Otto hörte. Dann setzte sein Herz aus. Ein einsamer Gedanke begleitete ihn in die andere Welt – Gottes Zorn hatte ihn eingeholt.

KAPITEL 76

Bursa, Winter 1401

DIE BLAUE WAND des Uludağ-Gebirges ließ Falks Herz höher schlagen. Sie waren fast da! Beinahe ein halbes Jahr war vergangen, seit er mit Bayezids Truppen aus Bursa in den Balkan aufgebrochen war, und er konnte es kaum erwarten, Sapphira wiederzusehen. Die Brust wurde ihm eng, als er daran zurückdachte, wie sie ihn angesehen hatte, als er sich von ihr verabschiedet hatte.

»Können wir nicht vorher fliehen?«, hatte sie tränenerstickt gefragt.

Doch die Zeit hatte nicht ausgereicht, einen Kapitän zu finden, geschweige denn eine Vereinbarung zu treffen.

»Ich gehöre nur zum Tross«, hatte er sie getröstet – in der Hoffnung, dass diese Behauptung der Wahrheit entsprach. Denn anders als Hans Schiltberger verspürte er keinerlei Verlangen danach, für den Sultan zu kämpfen.

»Du solltest es mit einer der Huren treiben«, hatte Hans ihn aufgezogen, als sie eines Tages die Pferde getränkt hatten. »Dann würdest du dich nicht so nach der schönen Heilerin verzehren.« Er hatte meckernd gelacht und Falk auf die Schulter gedroschen. »Sieh mich nicht so an, das war offensichtlich.« Noch immer zog sich Falks Magen zusammen, wenn er an das Gespräch dachte. »Keine Angst«, hatte Hans beteuert, »ich verrate dich nicht.«

Falk zügelte den zweiten Hengst des Sultans, als sich der Zug vor ihm verlangsamte. Das hoffte er inständig. Denn wenn Hans den Mund nicht halten konnte … Er brach den Gedanken ab, da sie inzwischen den Palast erreicht hatten. Es dauerte Stunden, bis sich Fußsoldaten, Kavallerie und die Wagen des Trosses sortiert hatten; und als er endlich vor dem Stallgebäude aus dem Sattel sprang, nahte der Abend. Ein kalter Wind fegte vom Gebirge über das Land und am Horizont verkündeten Wolken einen nahenden Regenguss. Wie im Jahr zuvor, hatte sich das üppige, grüne Paradies des Sommers in eine triste, graue Umgebung verwandelt, die es einem schwer machte, sich die Blütenpracht der wärmeren Jahreszeit vorzustellen. Bis auf die Kriegselefanten wurden alle Tiere in den Ställen untergebracht, sodass Kamele und Pferde sich den Platz teilen mussten.

Nachdem Falk *Shaitan* in Empfang genommen hatte, glitt er aus dem Sattel seines Hengstes, versorgte die beiden Tiere und ließ sich zwei Stunden später erschöpft auf einen Strohsack sinken.

»Hier«, sagte Hans mit vollem Mund und warf ihm ein Stück Brot und etwas Dörrfleisch zu. »Wer weiß, wann es etwas Richtiges gibt.«

Dankbar biss Falk in den Fladen und kaute hungrig.

Hans ließ einen Sack auf den Boden fallen, klemmte das Essen zwischen die Zähne und zog die Abzeichen hervor, die er seinen Feinden abgenommen hatte. Beinahe zwei Dutzend breitete er vor sich aus. »Wenn man mich dafür nicht zum Ritter befördert, weiß ich auch nicht, was ich noch tun soll«, sagte er mit einem scharfen Unterton, den Falk zu deuten gelernt hatte. Noch immer war der Landsmann neidisch auf seinen Posten als Bayezids persönlicher Pferdeknecht.

»Warum willst du unbedingt ein Ritter des Sultans werden?«, fragte er deshalb. »Flieh mit uns. Zu dritt haben wir mehr Aussicht auf Erfolg.«

Hans schnaubte und schob Silbernadeln, Federn und Stofffetzen hin und her, als könne er sich nicht entscheiden, wie er die Siegeszeichen anordnen sollte. »Warum redest du dir das ein?«, wollte er wissen. »Glaube mir, es ist unmöglich. Du bist verrückt, wenn du es versuchst.« Ein sehnsüchtiger Ausdruck trat in seine grünen Augen, als er einen Moment ins Leere starrte. »Denkst du, ich wollte meine Heimat nicht wiedersehen?« Sein Adamsapfel hüpfte, als er trocken schluckte. Doch dann verscheuchte er die trüben Gedanken und griff nach einer blutigen Feder. »Habe ich dir schon erzählt, wie ich diesen Gegner besiegt habe?«

Mehr als einmal!, stöhnte Falk innerlich. Laut sagte er: »Nein, lass hören.« Er schaltete seine Ohren auf Durchzug, während Hans mit seinen Heldentaten prahlte. Auch wenn ihm der Bayer mit seiner Großmäuligkeit auf die Nerven fiel, gab ihm seine Gegenwart ein vertrautes Gefühl. Wenn Hans um ihn war, war er Ulm in Gedanken ein Stückchen näher.

»Und dann habe ich ihm mit einem einzigen Streich den Kopf abgeschlagen«, endete sein Gegenüber.

Froh darüber, nicht selbst in Kampfhandlungen verwickelt worden zu sein, dachte Falk mit Grauen an die verwüsteten Dörfer und verstümmelten Leichen zurück, an denen sie auf dem Rückweg vorbeigekommen waren. Offensichtlich gingen Bayezids Provinztruppen mit aller Härte gegen Aufständische vor, die sich nicht bedingungslos der Herrschaft des Sultans unterwarfen. Er schob die Überlegung beiseite und konzentrierte sich auf den Plan, der während der langen Abwesenheit in seinem Kopf gereift war. Gleich morgen würde er mit einem der Pferde des Sultans ausreiten – unter dem Vorwand die Muskeln des Tieres zu lockern – und nach einem Schiff Ausschau halten, dessen Ziel das Mittelmeer war. Er hoffte inständig, dass es noch nicht zu spät war, da aufgrund der Winterstürme weit weniger Koggen und Galeeren unterwegs zu sein schienen als für gewöhnlich. Dann würde er Sapphira Nachricht zukommen lassen, wann er sie hinter der Kate des alten Kräuterweibes treffen würde. Und dann würden sie das tun, was Ünsal ihm ans Herz gelegt hatte: Sie würden sich auf die Gnade und Barmherzigkeit eines Gottes verlassen, der diejenigen beschützte, deren Herz rein war.

Als Hans' Redefluss endlich versiegte und auch die anderen *Sipahi*-Burschen und Stallknechte zur Ruhe kamen, schlüpfte er voll angezogen unter die dünne Decke und wartete darauf, dass die anderen anfingen zu schnarchen. Gegen Mitternacht tastete er nach der Schnitzerei, die er während des Feldzuges für Sapphira angefertigt hatte und steckte sie in seine Tasche. Kurz darauf stahl er sich vom Heuboden, huschte aus dem Stall und schlich zu der verborgenen Tür, hinter der Sapphira auf ihn warten würde. Auch wenn heute nicht Freitag gewesen wäre, hätte er sich keine Sekunde länger gedulden können, sie in die Arme zu schließen, sie zu spüren, zu schmecken und zu riechen. Sein Puls schlug schneller, als er sich vorstellte, wie seine Hände ihren Körper erkundeten. Das Prickeln, das sich von seiner Kopfhaut über seinen Rücken ausbreitete und schließlich für ein Stechen in seinen Lenden sorgte, ließ ihn die Zähne aufeinanderbeißen. Er war süchtig nach ihr. Ihre Abwesenheit hatte ihm an manchen Tagen fast schon körperliche Pein bereitet. Mit angehaltenem Atem beschleunigte er die Schritte und griff nach dem Eisenring der Tür wie ein Ertrinkender nach einem Strohhalm.

Ein Ruck ging durch seinen Arm, als sich die Tür weigerte nachzugeben. Verwundert zog er etwas kräftiger an dem verrosteten Eisenring, aber außer dass der Ring leise quietschte, regte sich nichts. Hilflos sah er sich um, horchte in die Nacht und trat von einem Fuß auf den anderen. Wo war Sapphira? War er zu früh? Seine Gedanken überschlugen sich. Vielleicht brauchte jemand im Hospital ihre Hilfe. Mit einem mulmigen Gefühl in der Magengrube, schlug er sich weiter in die Büsche und lehnte sich mit dem Rücken gegen die kalte Mauer. Er würde auf sie warten. Früher oder später musste sie auftauchen. Stunden vergingen, und die feuchte Kälte der Nacht sorgte irgendwann dafür, dass er anfing, am ganzen Körper zu zittern. Seine Zähne schlugen unkontrollierbar aufeinander, und wenngleich er versuchte, sich warm zu halten, gab er irgendwann auf und kroch zurück in den Hof. Die Luft roch nach Regen und nasser Erde, und ein schmaler Silberstreif am Horizont verkündete die heraufziehende Dämmerung. Durchgefroren, besorgt und ängstlich wischte er zurück in den Stall und verbarg sich in einer Box, als sich plötzlich Schritte näherten. Mit einem Auge lugte er durch ein Astloch in der Tür und erkannte zwei der älteren Burschen, die sich damit gebrüstet hatten, bald in den Stand eines *Sipahi* erhoben zu werden. Kaum hatten sich die beiden Männer entfernt, machte er, dass er zu *Shaitan* kam, um vorzugeben, dass er bereits bei der Arbeit war. Ohne bei der Sache zu sein, füllte er den Futtertrog des Hengstes, gab ihm frisches Wasser und kraulte seine Mähne. Warum war Sapphira nicht gekommen?

❧

Es war, als ob ein Gebirge auf Sapphira lastete. Traurig zog sie die blütenweiße *Entari* über den Kopf, die sie als *Tabibe* kenntlich machte, und flocht ihr Haar zu einem dicken Zopf. Dann befestigte sie den ebenfalls weißen Schleier mit einer Spange und verließ die Kammer, die seit einigen Wochen ihr Zuhause war. Der kleine Anbau des *Darüssifas* beherbergte außer ihr selbst noch die *Ebe* – die Hebamme – und einige höhergestellte Verwaltungsangestellte des Hospitals. Ihre alte Lehrerin, die ehemalige *Tabibe* schlief ebenfalls dort – allerdings hatte sie Sapphira ihr früheres Quartier abgetreten. »Du bist jetzt die *Tabibe*«, hatte sie gesagt und ihre Schülerin mit blinden Augen angesehen. »Das bedeutet, dass du auch die Privilegien der *Tabibe* genießt.« Aber ich will diese Privilegien nicht!, hätte Sapphira beinahe ausgerufen, als ihr klar wurde, was dieser Umzug bedeutete. Ich will im Dormitorium bei den anderen schlafen, wo ich mich heimlich mit Falk treffen kann! Stattdessen hatte sie einfach nur sprachlos geradeaus gestarrt – froh darüber, dass die Ärztin sie nicht sehen könnte.

Mit gebeugten Schultern verließ sie das Gebäude und eilte zum *Darüssifa*, um ihr Tagwerk zu beginnen. Ob Falk auf sie gewartet hatte?, fragte sie sich, als sie ihre Runde antrat und versuchte, sich auf ihre Arbeit zu konzentrieren. Dank dem Gerede der neugierigen Frauen wusste sie, dass er unversehrt war, da der Pferdeknecht, der dem *Padischah* das Leben gerettet hatte, immer noch für Gesprächsstoff sorgte. Ein Seufzer machte ihr die Brust eng. Was er wohl gedacht hatte, als sie nicht aufgetaucht war? Sie blieb vor einem Bett stehen und betastete Hals und Achselhöhlen einer alten Frau. »Du bist wieder gesund«, sagte sie tonlos und winkte eine Helferin heran. »Sie kann gehen.«

Dann begab sie sich zum Lager einer Durstkranken und überprüfte die Menge des Urins, den diese über Nacht ausgeschieden hatte. Noch immer war die Flüssigkeit nahezu durchsichtig, und egal, wie viel die Frau trank, nichts wollte in ihrem Körper verbleiben. Sie beschloss, der Kranken noch mehr schwer verdauliche Speisen und Wasser zu verabreichen – in der Hoffnung, dem Körper die verlorene Feuchtigkeit zurückzugeben.

»*Tabibe*?« Die Helferin war neu und schüchtern.

»Was ist?«

»Der *Hekim* lässt nach Euch schicken. Einer der verwundeten Rekruten ist sehr krank.«

Bei der Erwähnung des Arztes richtete sich ein Stachel in Sapphira auf. Wie sehr sie diesen Kerl hasste! Unfähig und arrogant, sorgte er mit beängstigender Regelmäßigkeit dafür, dass ihre Hilfe im Bereich der Männer benötigt wurde – auch wenn er ihre Methoden immer häufiger anzweifelte. Der letzte hässliche Streit mit ihm lag kaum drei Tage zurück, und Sapphira hatte keinerlei Lust, sich schon wieder auf seine Spielchen einzulassen. Nichtsdestotrotz erhob sie sich und befahl dem Mädchen, der Patientin Honigwasser einzuflößen. Dann holte sie alles Nötige zur Wundbehandlung aus dem Arzneilager und begab sich nach nebenan. Wo sie entsetzt die Luft einsog, als sie all die Verwundeten erblickte, die sich zum Teil zu zweit ein Bett teilen mussten.

»Seht, was Ihr angerichtet habt«, keifte der *Hekim* ohne Begrüßung und schoss auf sie zu. Mit vor Empörung bebendem Finger zeigte er auf einen etwa vierzehnjährigen Knaben, dessen Arm aufgedunsen und verfärbt auf seinem Bauch lag. Die vier Zoll lange Wunde war vereitert und dunkel verfärbt, beinahe wie Falks Bein es damals gewesen war. Deutlich waren die ersten Anzeichen einer Vergiftung des Blutes zu erkennen, die den Jungen vermutlich töten würde. »Eure Salbe hat die Wunde verunreinigt«, zeterte der *Hekim* und ignorierte den Schmerzenslaut des Knaben, als er nach dessen Arm griff.

Sapphira runzelte die Brauen und beugte sich über die Verletzung, um diese näher in Augenschein zu nehmen. Kleine, schwarze Flocken klebten an den Wundrändern und hatten stellenweise den Eiter dunkel gefärbt. Vorsichtig, um dem Jungen nicht noch mehr Pein zuzufügen, zog sie eine Pinzette aus ihrer Tasche und löste einen der winzigen Fetzen. Zuerst konnte sie sich keinen Reim darauf machen, doch dann begriff sie. Ein Ball des Feuers, der Wut und Verbitterung bildete sich in ihren Eingeweiden und explodierte. Hass loderte in ihren Augen, als sie sich zu dem Arzt umwandte und ihm anklagend die Pinzette unter die Nase hielt. »Ihr habt Asche in die Wunde gerieben«, stieß sie bebend hervor und machte einen Schritt auf den *Hekim* zu. »Ihr habt in Kauf genommen, dass er stirbt!«, zischte sie.

Verachtung trat in die stumpfen Augen des Arztes, und der stets leicht offen stehende Mund schloss sich zu einer harten Linie. Das Flackern, das Sapphira um ihn wahrnahm, verstärkte sich, als er die Hände auf die Brust presste. »Wollt Ihr mir unterstellen, ich hätte seine Gesundheit absichtlich gefährdet?«, fragte er schließlich heiser und beugte sich vor, sodass sein Gesicht kaum eine Handbreit von Sapphiras entfernt war. Sein Atem roch nach etwas Saurem.

»Das habt Ihr mir doch auch unterstellt«, knirschte Sapphira und rümpfte die Nase. »Aber anders als Ihr setze *ich* nicht das Leben meiner Patienten aufs Spiel, um Leibärztin des Sultans zu werden!«, spuckte sie aus und griff nach einem Schwamm, um die Wunde zu säubern. »Wenn so etwas noch einmal vorkommt, werde ich es dem *Kapi Agha* melden«, fauchte sie. »Und jetzt solltet Ihr Euch um die Soldaten kümmern«, setzte sie eisig hinzu. Die Feindseligkeit in ihrem Nacken hätte sie beinahe den Kopf einziehen lassen. Aber ein einziges Zeichen der Schwäche würde genügen, dass der *Hekim* ihr die Zähne in die Kehle grub und sie zerfetzte wie ein wildes Tier.

KAPITEL 77

Bursa, Frühjahr 1402

Der Brief begann ohne Anrede: »*Damaskus ist in unseren Händen, genau wie Bagdad, das die Einheimischen das Geschenk Gottes nennen. Allah beschirmt die Streitmacht Timurs, des Eisernen – kein Sterblicher kann sich ihm entgegenstellen.*

Verräter sind nach Bursa geflohen, um sich feige bei Euch zu verkriechen. Gewährt Ihr ihnen Unterschlupf, zieht Ihr den Zorn Gottes auf Euch. Schlagt sie in Ketten und schickt sie nach Bagdad. Ansonsten werdet Ihr das Schicksal der Feigen teilen.«

Auch die Unterschrift fehlte, und allein das genügte, um Bayezid eine Verwünschung ausstoßen zu lassen, die den versammelten Diwan scharf einatmen ließ. Seit er zu Beginn des Winters den Befehl zur Mobilmachung in die Provinzen geschickt hatte, hatte sich der Hagel der Beleidigungen verschärft; und er dankte seiner Weitsicht, dass er für den nicht mehr zu vermeidenden Zusammenstoß mit Timur schon bald gerüstet sein würde. *Zu* durchsichtig waren die Drohungen, *zu* eindeutig die Berichte seiner Spione. Der Fall der beiden Städte Damaskus und Bagdad, die scharenweise an Timurs Hof strömenden europäischen Abgesandten und die Würdenträger, denen Bayezid tatsächlich Unterschlupf gewährte – all diese Faktoren konnten letztendlich nur zu einem führen: der entscheidenden Schlacht zwischen den beiden islamischen Kriegsherren.

»Geduld ist die Tugend der Verzagten!«, hatte der Sultan dem Großwesir Ali Pasha an den Kopf geworfen, als dieser und die übrigen Wesire ihn von dem Schritt hatten abhalten wollen, den er schon längst hätte tun sollen. Wäre er Timur in den Rücken gefallen, als dieser mit der Belagerung von Damaskus beschäftigt war, dann wären jetzt nicht all seine bisherigen Eroberungen in Gefahr. Was geschehen würde, wenn seine Truppen auf dem Balkan und in Griechenland nicht mehr für Ordnung sorgten, erbitterte ihn. Aber sobald Timurs Streitmacht ausgelöscht war, würde er seine Herrschaft im Westen erneut festigen – wie eine Welle, die sich aufs Meer zurückzog, um mit neuer Kraft gegen die Klippen zu branden. Er warf einen Blick in die Runde und sah in besorgte Gesichter. Beschwichtigung und Verhandlungen, das war es, was diese

Schwächlinge ihm rieten. Unterwerfung des Tataren und seiner Gefolgsleute, das war es, was Bayezid anstrebte.

»Wie weit sind die Vorbereitungen in Scutarion?«, wandte er sich an einen der *Aghas*, dem die Stadt am Bosporus unterstand.

Dieser erhob sich, berührte Brust, Mund und Stirn mit den Fingerspitzen und neigte den Kopf. »In einigen Wochen sind die Einheiten vollständig. Zwanzigtausend Fußsoldaten und fünftausend Lehensreiter sind bereits versammelt.« Gut, dachte Bayezid und versank einen Moment im Grübeln. Dass die Vorbereitungen noch eine ganze Weile dauern würden, machte ihn unruhig. Aber wenn das Unterfangen ein Erfolg werden sollte, musste er sich an die Tradition halten. Und diese sah vor, dass Feldzüge dieser Größe im Winter und Frühjahr geplant und erst im Sommer unternommen wurden. Vorräte mussten gesammelt und vorausgeschickt, Straßen befestigt und hölzerne Brücken zusammengezimmert werden, um ohne Hindernisse das Ziel zu erreichen. Auch musste die Bevölkerung gewarnt werden, um sich – falls nötig – in Sicherheit bringen zu können. Bei einem Kriegszug von solchem Ausmaß und solcher Wichtigkeit durfte keine noch so winzige Einzelheit außer Betracht gelassen werden. Wenngleich es noch viel zu besprechen gab, beschloss er, die Versammlung aufzuheben. Für langweilige Kostenaufstellungen war nun wahrlich noch genug Zeit!

Umschwärmt von Höflingen und Dienern machte er sich auf den Rückweg in den Nordflügel des Palastes, wo er sich in seine Privatgemächer zurückzog. Als er auf einen der Prunkbalkone trat, um das hohle Gefühl in seinem Inneren mit der würzigen Frühlingsluft zu vertreiben, fiel sein Blick auf das Dach des Hospitals. Ein hässlicher Vogel ließ sich auf einer der Kuppeln nieder, verrichtete sein Geschäft und erhob sich mit einem Krächzen wieder in die Lüfte. Ein Gedanke nahm in Bayezids Kopf Gestalt an. Warum hatte er nicht schon vorher daran gedacht? Er machte auf dem Absatz kehrt, fegte an Seidenteppichen und Tigerfellen vorbei und herrschte einen Pagen an: »Ich will die *Tabibe* sehen!«

Dann griff er nach einem der allgegenwärtigen Weinkrüge und trank sich Mut an. Was, wenn die Heilerin ihn nicht von dem Fieber der Seele befreien konnte, das an ihm fraß, seit er sein eigenes Kind getötet hatte? Was, wenn sie machtlos war und er irgendwann zu einer leeren Hülle wurde, die am Jüngsten Tag nicht einmal mehr das Buch der Taten halten konnte? Die Hand, die den Kelch hielt, zitterte leicht. Was würde geschehen, wenn seine Taten auf der ungeheuren Waage gewogen wurden, deren Gewichte nichts weiter als Senfkörner waren? Die Worte der elften Sure drängten sich in seinen Verstand. »Die Verdammten kommen ins Feuer und bleiben darin, solange Himmel und Erde bestehen, wenn Gott es nicht etwa anders beschließt.« Er schloss schaudernd die Augen. Würde irgendjemand Fürsprache für ihn einlegen? Ein Prophet, ein Gelehrter, ein Blutzeuge oder irgendein anderer Gläubiger? Oder würden alle mit einem anklagenden Finger auf ihn zeigen, sodass ihn nicht einmal mehr Gottes Gnade vor dem Höllenfeuer bewahren konnte? Der Wein schien sich in Essig verwandelt zu haben, und er spuckte ihn zurück in den Krug. Wenn er nicht bald aufhörte, sich mit solchen Überlegungen zu martern, würde er irgendwann beginnen, mit dem Kopf gegen die Wände anzurennen. Manchmal spürte er, wie sein Verstand sich zurückzog und ihn schutzlos der Krankheit des Gemütes auslieferte, die ihn langsam, aber sicher zerstörte.

»*Padischah*.« Ihre Stimme war wohlklingend und angenehm. Bevor er sie davon abhalten konnte, warf sich die junge Frau vor ihm zu Boden und wartete darauf, dass er ihr befahl aufzustehen. Tiefblaue Augen beherrschten den

Teil des Gesichtes, der trotz der *Yashmak* zu sehen war, deren reines Weiß mit dem Olivton ihrer Haut kontrastierte.

Sie ist wunderschön!, dachte Bayezid und winkte sie näher. »Geht!«, herrschte er ihre beiden Begleiterinnen an und schmunzelte, als sie sich versteiften. Die Knöchel der Hand, mit der sie eine lederne Tasche umklammert hielt, traten weiß hervor, und auch das heftige Heben und Senken ihres Brustkorbes verriet ihre Aufregung. »Kannst du auch Krankheiten der Seele heilen?«, fragte er und streckte die Hand aus, um ihr den Schleier vom Gesicht zu ziehen.

Die Art und Weise, wie sie vor ihm zurückzuckte, erinnerte ihn an etwas; und als das Tuch fiel, erkannte er in ihr das Mädchen wieder, das ihm vor etwas mehr als zwei Jahren vorgeführt worden war. »*Du* bist das?«, fragte er erstaunt und vergaß einen Moment lang, dass er die *Tabibe* vor sich hatte. Wie damals schrak sie unter seiner Berührung zusammen wie ein scheues Fohlen, und hätte nicht etwas anderes seinen Geist beherrscht, hätte er an Ort und Stelle überprüft, was er sich hatte entgehen lassen.

»Herr, Körper und Seele sind eng verbunden«, sagte sie leise und beantwortete damit seine erste Frage. »Ist der eine Teil im Ungleichgewicht, ist es auch der andere.« Sie schielte nach dem Weinkrug, und Bayezid dachte reumütig an die Warnung zurück, sich von *Al-kuhl* fernzuhalten. »Ein Überschuss an Galle und Schleim kann auch den Geist vergiften«, fuhr sie etwas selbstsicherer fort, während sie unauffällig etwas Abstand zwischen sich und ihn brachte.

Eine Sekunde lang flackerte Lust in ihm auf, rang er mit der Versuchung, sich zu nehmen, was ohnehin ihm gehörte. Doch dann siegte sein Verstand. »Heile mich davon!«, forderte er und warf sich auf einen Diwan. »Lass mich zur Ader oder tu sonst irgendetwas, aber sorge dafür, dass mich diese furchtbaren Träume nicht tagein, tagaus quälen!«

Die junge Frau öffnete den Mund, um etwas zu sagen, überlegte es sich jedoch anders und schwieg. Wortlos kramte sie in der Tasche, zog ein kleines Messer hervor und kniete sich neben ihn. »Darf ich?«, fragte sie und Bayezid streckte ihr mit einem Nicken den Arm entgegen.

Er reagierte mit keinem Wimpernzucken auf den Schnitt, den sie in seiner Armbeuge machte, und verfolgte, wie das Blut seinen Körper verließ. Warum sah es auf dem Schlachtfeld anders aus, als in dem silbernen Gefäß, mit dem sie es auffing? Sollte es nicht eigentlich viel heller, viel *roter* sein?

»Ich brauche einige Kräuter aus dem *Darüssifa*«, teilte sie ihm mit, als die Wunde verbunden war.

»Schick einen der Pagen«, brummte er, da es ihm widerstrebte, sie schon wieder gehen zu lassen. Er klatschte in die Hände. Kaum hatte sie dem Knaben, der daraufhin erschien, gesagt, was sie benötigte, stob dieser davon.

Während seiner Abwesenheit fühlte die Tabibe seinen Puls, betastete seinen Hals und vermied es, seinem Blick zu begegnen. Die dichten Wimpern malten Schatten auf ihre Wangen, und es kribbelte ihm in den Fingerspitzen, sie zu berühren. Ob ihr Körper immer noch so straff und geschmeidig war wie zu jener Zeit im *Hamam*? Er fragte sich, welcher Teufel ihn geritten hatte, das blonde Mädchen zu wählen, das sich als eine solche Enttäuschung herausgestellt hatte. Vielleicht war es *Kismet* – ein Zeichen – dass er ihr auf diese Weise wiederbegegnete. Die Rückkehr des Pagen unterbrach seine Gedanken.

Nachdem sie auf einer kleinen, tragbaren Waage die Zutaten abgewogen hatte, mischte die *Tabibe* einen stark riechenden Trank, den sie unter den Wein rührte. »Ich werde Euch mehr davon bringen lassen«, sagte sie und reichte ihm das Gefäß. »Trinkt das vor dem Schlafengehen und die Träume werden schon bald verblassen«, versprach sie und verneigte sich.

Wenngleich er sie am liebsten bei sich behalten hätte, gewann der Wunsch nach innerem Frieden endgültig die Oberhand, und er leerte den Becher in einem Zug. Zwar würde die Nacht erst in einigen Stunden hereinbrechen, aber er sehnte sich nach Ruhe. Wenn das Mittel der Heilerin half, würde er sich dankbar erweisen. Vielleicht anders, als sie dachte, aber das spielte keine Rolle. Bereits nach wenigen Atemzügen spürte er, wie sich sein Herzschlag beruhigte und seine Lider schwer wurden. »Das hoffe ich, bei *Allah*. Das hoffe ich«, flüsterte er und lehnte sich zurück.

∾౿∾

Als sich seine Augen geschlossen hatten, griff Sapphira nach ihrer Tasche und stahl sich auf Zehenspitzen zur Tür. Da sie noch immer seine bedrohliche Gegenwart spürte, zog sie die Schultern hoch – als könne sie der Gefahr dadurch entgehen. Wie damals, als der Sultan an *Cheiragra* – an Gicht – erkrankt war, erkannte Sapphira hinter der polierten Fassade das gemeine, grausame und rachsüchtige Wesen, vor dem sie sich mit jeder Faser ihres Seins fürchtete. Der goldene Glanz, der ihn in der Vergangenheit umgeben hatte, schien ein für alle Mal verloren – ersetzt durch den ihr inzwischen wohlbekannten roten Farbeindruck. So leise wie möglich schlüpfte sie aus dem Gemach und zog den Schleier zurück vor ihr Gesicht. Obgleich die Blicke der Leibgarde Löcher in ihren Rücken zu brennen schienen, zwang sie sich, den langen Korridor ohne Eile entlangzugehen. Aber kaum hatte sie den Hof erreicht, raffte sie die Röcke und eilte Hals über Kopf zurück zum Hospital. Dort angekommen machte sie sich auf den Weg ins Arzneilager, um so schnell wie möglich mehr von dem Schlafmittel anzusetzen, das sie Bayezid in den Wein gemischt hatte. Bilsenkraut, Myrrhe und

Mohn, das waren die Zutaten, die – vom Alkohol verstärkt – dafür sorgen würden, dass er schlief wie ein Toter. Da ihre Hände immer noch leicht zitterten, verschüttete sie einiges von dem kostbaren Mohnsaft, doch mit jedem Griff kehrte etwas mehr Ruhe zurück. Sie musste ihren Kopf zusammennehmen! Nachdem sie den Trank in ein kleines Fläschchen abgefüllt hatte, goss sie die restliche Flüssigkeit in ein zweites Gefäß, das in den Falten ihrer *Entari* verschwand. Sie lächelte freudlos. Wie gut, dass sie selbst Erfahrung damit hatte, wie man eine kranke Seele zwar nicht heilen, aber wenigstens betäuben konnte! Sie rief eine *Cariyesi* herbei und trug ihr auf, das Schlafmittel in den Palast zu bringen. Dann schloss sie die Tür und lehnte sich eine Zeit lang mit dem Rücken dagegen, um ihre Gedanken zu ordnen.

Der Ausdruck in den Augen des Sultans hatte ihr nicht gefallen. Anders als vor scheinbar endlos langer Zeit weckte die Lust in seinem Blick nicht mehr das Verlangen in ihr, ihm zu Gefallen zu sein. Im Gegensatz zu früher erschien ihr seine Aufmerksamkeit nicht mehr als Geschenk, sondern als Strafe. Sie lehnte den Kopf gegen das Holz und starrte an die Decke. Wenn es ihr doch nur irgendwie gelingen würde, Falk eine Nachricht zukommen zu lassen! Beinahe neun Monate war es her, dass sie ihn das letzte Mal aus der Nähe gesehen hatte; dass sie seine Lippen auf den ihren gespürt und seinen Herzschlag mit der Hand ertastet hatte. Die Sehnsucht nach ihm schnürte ihr die Kehle zu. Er fehlte ihr so sehr! Manchmal war es beinahe, als ob mit ihm ein Teil von ihr durch die Tür in dem kleinen Garten verschwunden war, ohne den sie nicht leben konnte. Sie rang den Kummer nieder, der ihr die Brust sprengen wollte. Anders als das erste Mal – als Falk aus dem Hospital entlassen worden war – schmerzte die gegenwärtige Trennung tausend und abertausend Mal mehr, da sie wusste, wie viel sie verloren hatte. Ein Ausatmen verwandelte sich in ein Stöhnen, und sie wünschte, es wäre bereits Abend, damit sie Trost in den Armen der Bewusstlosigkeit suchen konnte. Ihre Hand umklammerte die Flasche in ihrer Tasche. Ein Geräusch ließ sie schuldbewusst auffahren und hastig von der Tür zurückweichen, als diese sich leicht bewegte.

Eine der Helferinnen steckte den Kopf hindurch. »Maria Olivera Despina hat schon wieder zu viel getrunken«, seufzte das Mädchen und machte Sapphira den Weg frei.

Froh darüber, Ablenkung von den eigenen Problemen zu finden, folgte sie der jungen Frau und zwang sich, ihren Kummer zu verbergen.

KAPITEL 78

Bursa, Frühsommer 1402

DREI MONATE SPÄTER brach Sapphiras Welt zusammen. Sie war gerade damit beschäftigt, einem verwundeten Rekruten das zertrümmerte Handgelenk zu schienen, als die Neuigkeit ins Hospital vordrang.

Mit flammenden Wangen kam ein junger Bursche durch die offen stehende Tür gestürmt und verkündete atemlos: »Timur Lenk ist mit einer riesigen Armee auf dem Weg nach Sivas« Er keuchte und machte ein Gesicht, als ob er höchstpersönlich für diese Entwicklung verantwortlich zeichnete. »Alle, die nicht zu schwer verwundet sind, müssen sich bei ihrer Einheit melden. Der Sultan wird ihm entgegenziehen.«

Fassungslos ließ Sapphira die Hand des Burschen los und ignorierte sein schmerzhaftes Aufjaulen. Das Stimmengewirr, das sich um sie herum erhob, verriet, dass die Männer und Knaben genauso überrascht waren wie sie. Aber anders als die Soldaten empfand Sapphira keine Aufregung, sondern einzig bodenloses Entsetzen.

»Diese Schlacht wird gewaltiger als alle Schlachten zuvor«, prophezeite ein Janitschar, dessen Wange eine klaffende Wunde entstellte.

»Sultan Bayezid Khan wird diese Hunde mit *Allahs* Hilfe vernichten!«, verhieß ein anderer.

»Wir werden unserem Herrn Ehre machen!«, prahlte ein dritter. »Timur, der Tatar, wird schon bald um Gnade winseln!«

Während die Männer sich weiter gegenseitig anstachelten, nahm Sapphira betäubt die Arbeit am Arm ihres Patienten wieder auf und beendete diese mechanisch. Kaum hatte sie die letzte Binde verknotet, griff sie nach ihren Instrumenten und wollte sich an dem hämisch lächelnden *Hekim* vorbeidrücken, um nach nebenan zu den Frauen zu fliehen.

Als sie bei ihm ankam, fasste er sie jedoch hart am Oberarm und raunte ihr ins Ohr: »Wie schade, dass Ihr als Weib auf dem Schlachtfeld nichts zu suchen habt.« Schadenfreude glomm in seinen zu Schlitzen verengten Augen. »Wen wird der Sultan wohl eher zu seinem Leibarzt machen? Denjenigen, der im Kampf an seiner Seite ist, oder denjenigen, der ihm lächerliche Tränke und Salben mischt?«

Obwohl die Angst um Falks Wohlergehen Sapphira die Kehle eng machte, stieg unvermittelt eine solch ungezähmte Wut in ihr auf, dass sie die Finger in den Stoff ihrer *Entari* grub, um dem *Hekim* nicht das Gesicht zu zerkratzen. Sie schüttelte seine Hand unwillig ab und zog verächtlich die Oberlippe hoch. »Ihr seid widerlich!«, zischte sie und funkelte ihn an. »Nicht nur, dass Ihr Eure eigenen Patienten schädigt, um mich beim *Kapi Agha* anzuschwärzen.« Ihre Augen sprühten Feuer. »Ihr seht das Leid und den Tod unzähliger Männer als nichts weiter als einen Trittstein für Euer Fortkommen.« Sie hätte ihm am liebsten angeekelt vor die Füße gespuckt. »Ihr verdient es nicht, Arzt genannt zu werden!« Mit diesen Worten ließ sie ihn stehen und stürmte davon.

Am ganzen Körper bebend, schleuderte sie achtlos ihre Instrumente in eine mit Wasser gefüllte Schüssel und raufte sich die Haare. Warum hasste Gott sie nur so sehr?, fragte sie sich und zerrte sich den Schleier vom Gesicht. Was hatte sie getan, dass er sie so furchtbar quälte? Sie gab einen gepressten Laut von sich und fasste sich an die Brust. Es war, als ob jemand mit der Hand in sie hineinfahren, ihr Herz umklammern und es ihr aus dem Leib reißen würde. Warum hatte Gott sie vor Bayezids Nachstellungen bewahrt, wenn er ihr nicht gnädig gesonnen war? Warum hatte er dafür gesorgt, dass das Interesse des Sultans an ihr erstorben war, sobald dieser sich wieder besser gefühlt hatte? Warum hatte er all das getan, wenn er ihr jetzt alles nehmen wollte, das ihr etwas bedeutete? Sie schlug die Hände vors Gesicht und wartete auf Tränen, die nicht kamen. Und warum hatte er ihr bisher jede Möglichkeit verbaut, ihrem Geliebten eine Botschaft zukommen zu lassen? »Warum?«, flüsterte sie und versuchte nicht daran zu denken, wie Falk von einem Pfeil oder einem tödlichen Schwerthieb getroffen zu Boden ging und von donnernden Hufen niedergetrampelt wurde. *Einmal* war er bereits unversehrt zurückgekehrt. Würde Gott auch ein zweites Mal seine schützende Hand über ihn halten?

Ein Schatten huschte über Oliveras Gesicht, als ihre Zofe ihr von der Nachricht berichtete, die für all die Aufregung vor den Fenstern ihres Gemaches sorgte. Wie jeden Tag hatte sie auch heute bis lange nach Anbruch des Tages geschlafen. Aber seit ihrem letzten Besuch im *Darüssifa* bemühte sie sich, keinen Wein mehr zu trinken, bevor die Sonne nicht hoch am Himmel stand. »Wenn Ihr so weitermacht, bringt Ihr Euch um«, hatte die junge *Tabibe* sie eindringlich gewarnt. Und auch wenn das Leben keinen Reiz mehr für sie hatte, war sie dennoch froh, dass sie auf die Frau gehört hatte. Denn mit der Neuigkeit, dass Timur Lenk endlich gegen ihren Gemahl zog, kehrte ein Funken Hoffnung zurück. Ihr Mund verzerrte sich zu einem gespenstischen Grinsen. Hoffnung, dass der Tatar ihren Gemahl vernichten – ihn demütigen und zerschmettern würde, so wie Bayezid sie zerschmettert hatte. Die Trauer um ihr verlorenes Kind schloss sie in einem Gefängnis ein, aus dem es kein Entkommen zu geben schien. Nacht für Nacht und Tag für Tag sah sie all das Blut und das winzige Wesen – kaum größer als ihr Finger – das zwischen ihren Beinen zu Boden geglitten war, nachdem Bayezid ihr den Trank die Kehle hinabgezwungen hatte. Die entsetzliche, unerträgliche Kälte kehrte zurück, und sie wickelte den warmen Umhang enger um ihre Schultern. Seit Bayezid ihr mit seiner Grausamkeit alles geraubt hatte, für das es sich gelohnt hatte zu leben, konnten weder Sonne noch Feuer sie wärmen. Eine

lange Zeit starrte sie in die Höfe und Gärten hinab und verfolgte blicklos, wie Diener, Eunuchen und Frauen schnat-
ternd durcheinanderliefen.

»Der Feind meines Feindes ist mein Freund«, murmelte
sie schließlich und erhob sich mit knackenden Gelenken.
Einige Augenblicke verharrte sie regungslos auf der Stelle –
als wüsste sie nicht, was sie als Nächstes tun sollte. Dann
stieß sie einen Seufzer aus und wandte sich nach links, um
das erste Mal seit Wochen ihr Spiegelbild zu betrachten. Vor
der polierten Silberfläche angekommen, ließ sie den Umhang
zu Boden gleiten und starrte die Gestalt darin an.

Ihr ehemals wohlgerundeter Körper wirkte ausgezehrt
und knochig, und das Gesicht, das früher an einen Engel
erinnert hatte, war hohlwangig und fahl. Die klaren blauen
Augen waren rot gerändert, und die blonden Locken bedurften dringend einer Wäsche. Was war nur mit ihr geschehen?,
fragte sie sich und betastete mit dem Zeigefinger die dunklen
Ringe unter ihren Augen. Wo war ihre Schönheit geblieben?
Was war mit der Frau passiert, die alle anderen Mitglieder
des *Harems* ausgestochen hatte? Der Hass, den sie so lange
verloren geglaubt hatte, flammte überraschend wieder auf,
bohrte sich in ihre Brust und übergoss die bleichen Wangen
mit feuriger Röte. Einen einzigen Moment lang fühlte sie sich
lebendig, doch dann fiel das Gefühl wieder in sich zusammen –
genauso schnell, wie es in ihr aufgestiegen war.

»Herr, erbarme dich meiner«, wisperte sie und schlug ein
Kreuz vor der Brust. Seit dem schrecklichen Vorfall betete sie
immer öfter zu einem Gott, der ihre letzte Hoffnung war. Ihr
Ausdruck verhärtete sich. Nein, dachte sie. Nicht die *letzte*
Hoffnung. Denn das war seit heute Timur Lenk – der mäch-
tige Khan aus Samarkand, der ihren Gemahl zertreten und aus-
löschen würde wie einen Wurm! Die Worte der griechischen
Zofe fielen ihr wieder ein: »Vielleicht werdet ihr einen weite-

ren Gatten haben.« War die Voraussetzung dafür nicht, dass Bayezid nicht mehr am Leben war? Sie straffte die Schultern und warf ihrem Spiegelbild einen letzten Blick zu. Sie würde aufhören zu trinken und wieder mehr essen. Wenn Timur ihren Gemahl besiegte, wollte sie den Sieg nicht als unansehnliche Vogelscheuche feiern, sondern im strahlenden Glanz ihrer alten Schönheit! Und dann würde sie sich einen weitaus mächtigeren Mann zum Gatten nehmen, als Bayezid es jemals gewesen war. Denn warum sollte die Zofe mit ihrer zweiten Prophezeiung nicht genauso recht behalten wie mit ihrer ersten Weissagung?

KAPITEL 79

Bursa, Sommer 1402

Es war, als versuche der Himmel den Sultan vor einem Aufbruch zu warnen. Wohingegen die vergangenen Wochen strahlender Sonnenschein geherrscht hatte, braute sich an diesem

Morgen ein Unwetter zusammen, das seit Tagen schwer und feucht in der Luft lag. Obwohl inzwischen ein dünner Streifen am Horizont den Sonnenaufgang verkündete, schoben sich die Wolkenberge über Bursa immer weiter zusammen – als wollten sie die Nacht verlängern und somit den Abmarsch der Armee hinauszögern. Über den Gipfeln des Uludağ-Gebirges zerrissen bereits die ersten Blitze den Himmel und das Grollen des Donners ließ die Pferde nervös tänzeln.

Froh darüber, dass er sich nicht in unmittelbarer Nähe der *Mehterhane*-Kapelle befand, tätschelte Falk dem Ersatzhengst des Sultans den Hals und wartete darauf, dass sich das kunterbunte Knäuel des Trosses in Bewegung setzte. Sowohl die Vorreiter der leichten Kavallerie – unter ihnen Hans Schiltberger – als auch die gepanzerten Reiter, die Kriegselefanten, die Janitscharen und Bayezid *Yilderim* waren bereits durch die Hohe Pforte verschwunden. Nur noch Nachhut und Tross drängten sich im inneren Hof, und Falk fragte sich, wie viele der *Ordu Esnaf* – der Armeehandwerker – wohl noch herbeiströmen würden. Tuchscherer, Schwertmacher, Sattler, Leinenhändler, Bogenmacher, Schuster, Barbiere, Schmiede, Kerzenzieher, Kupferschmiede, Bäcker, Köche, Schreiber, sowie ein *Hekim* und seine Helfer teilten sich den Platz auf den zahllosen zweiachsigen Karren, die sich quälend langsam in Bewegung setzten. Riesige Fässer mit Trinkwasser schwankten gefährlich hin und her, als einer der Wagen über einen verlorenen Balken holperte, aber dicke Stricke hielten die Tonnen aufrecht.

Gemeinsam mit etwa vier Dutzend anderen Pferdeknechten verharrte Falk am Rande des Geschehens, bis ihnen einer der Soldaten der Nachhut ein Zeichen gab. Wenig später trottete er hinter einem Karren voller Mehlsäcke her, die bei jeder Unebenheit leicht hin und her schaukelten.

Ein Bass griff den Ausruf auf, den der Anführer der *Bektaşi*-Mönche vor dem Aufbruch des Sultans über die Köpfe

der Kämpfer geschmettert hatte: »*Kerim Allah* – Gott ist großzügig!«

Und augenblicklich antworteten die Männer vor und hinter Falk: »*Hu* – das ist er.«

Während seine Lippen sich wortlos bewegten, ließ Falk
den Blick ein letztes Mal zu der abweisenden Mauer wandern, die den Palast umfing. Aber sein Auge suchte vergebens
nach einem weißen Punkt inmitten der zahllosen Schaulustigen, die sich davor drängten. Erst, als das Gatter des dritten Hofes ihm die Sicht schon beinahe abgeschnitten hatte,
entdeckte er sie auf den Stufen der Moschee. Regungslos wie
eine Statue schien sie ihn direkt anzusehen, und die Sehnsucht
nach ihr schlug wie eine gewaltige Woge über ihm zusammen. Um ein Haar hätte er den Arm gehoben, hätte ihren
Namen gerufen und den Hengst gewendet. Doch die tödlichen Folgen dieser Torheit ließen ihn die Zähne aufeinanderbeißen und mit steinernem Gesicht weitertraben. Sapphira!
Sein Herz zog sich zusammen, als er daran dachte, dass er
sie vielleicht niemals wiedersehen würde. Als er sie vor sechs
Wochen und zwei Tagen endlich aus der Ferne erblickt hatte,
hatte er bereits gewusst, warum sie nie mehr in dem kleinen
Garten aufgetaucht war.

»Sie ist zur *Tabibe* ernannt worden«, hatte Hans ihn wissen lassen, der es wiederum von einem anderen Burschen
erfahren hatte. »Man munkelt, der Sultan habe ein Auge auf
sie geworfen«, hatte der Bayer hinzugefügt. Der Ausdruck
auf seinem sommersprossigen Gesicht hatte Falk deutlich
gemacht, wie viel Genugtuung es dem Landsmann bereitete,
ihm damit Qualen zuzufügen.

Und er hatte gleichgültig die Schultern gezuckt, während
sich sein Innerstes in Feuer verwandelt hatte.

Von diesem Tag an hatte er jede freie Stunde darauf verwendet, nach einem Kapitän zu suchen, doch die Kunde von dem

bevorstehenden Kriegszug hatte die Händler verscheucht. Eine Zeit lang hatte er mit dem Gedanken gespielt, dennoch eine Flucht zu riskieren, ohne Rücksicht auf die Vernunft oder mögliche Verluste zu nehmen. Da der Palast jedoch inzwischen einem Ameisenhaufen glich und Hans ihn immer offensichtlicher bespitzelte, hatte er diesen Gedanken genauso schnell wieder verworfen, wie er gekommen war. Zwar hatte der Bayer immer wieder beteuert, dass Falks Geheimnis bei ihm sicher war – seine offensichtliche Missgunst hatte diese Worte allerdings Lügen gestraft.

Ein gewaltiger Donnerschlag ließ einige der Pferde scheuen. Gefolgt von heftigen Windböen, folgte dem Donner ein weiterer Blitz, und kurz darauf öffnete der Himmel seine Schleusen. Innerhalb weniger Minuten war Falk bis auf die Knochen durchnässt, was ihn in Anbetracht der drückenden Hitze allerdings nicht im Geringsten störte. Während sich der Untergrund in Schlamm verwandelte, genoss er die Kühle des prasselnden Regens auf seiner Haut und versuchte, Sapphiras Bild festzuhalten. Wie all die Male zuvor gelang es ihm jedoch auch heute nicht, und ihre Gestalt verblasste mit erschreckender Geschwindigkeit. Warum konnte er sich nur nicht daran erinnern, wie es sich anfühlte, sie zu halten? Warum hatte er ihren Duft vergessen? Seine Fingerspitzen wanderten zu seinen Lippen – als könne die Berührung die verlorene Erinnerung heraufbeschwören. Würde er jemals wieder die Wärme ihrer Haut auf der seinen spüren? »Vertrau auf Gottes Gnade«, schien der Wind ihm ins Ohr zu flüstern, und er schnaubte verächtlich. Gottes Gnade! Allmählich bezweifelte er, dass Gott überhaupt gnädig sein konnte. Ein lautstarkes Blöken riss ihn aus den Gedanken.

Etwa zehn Pferdelängen vor ihm hatte eines der Lastenkamele ein anderes Tier in den Hals gebissen, und die Führer hatten alle Hände voll zu tun, die beiden von einem Kampf abzuhalten. Eine Weile verfolgte er den Spektakel mit mäßigem Interesse, bevor er wieder in dumpfes Brüten verfiel.

Was würde dieser Kriegszug bringen?, fragte er sich. Er hoffte, dass er – wie auf dem Balkan – nicht in Kampfhandlungen verwickelt werden würde. Aber den Gerüchten zufolge war der Gegner, der sie im Osten erwartete, schrecklicher als alle Feinde, auf die der Sultan bis jetzt gestoßen war.

Falk schlang den Zügel um seine Hand und rutschte im Sattel zurecht. Sollte er sich nicht eigentlich wünschen, dass Timur Lenk Bayezid besiegte? Er spielte eine Weile mit dieser Überlegung und kam schließlich zu dem Schluss, dass es gleichgültig war, welchem Herrn er als Sklave diente. Sollte der Sultan die Schlacht verlieren, würde sein Gegner das osmanische Heer entweder vernichten oder gefangen nehmen – was seine Lage nicht unbedingt verbessern würde. Er legte die Stirn in Falten. Wenn das Gerede stimmte, hatte Bayezid Vorkehrungen getroffen, um sich den Rücken zu sichern, indem er neun Schiffe in Gallipoli und zwanzig Galeeren in der Ägäis stationiert hatte. Bedeutete das, dass der Sultan mit einer Niederlage rechnete? Die Fragen rissen nicht ab.

Nach einiger Zeit zwang er sich dazu, seinen Geist zu leeren, indem er die Schritte zählte, die sein Hengst machte. Als er bei zehntausend angekommen war, gab er allerdings auf, da ihm inzwischen der Schädel brummte. Je weiter sie sich von der Stadt entfernten, desto klarer wurde der Himmel, und nach zwei Stunden hatten sie den Regen hinter sich gelassen. Entlang verbreiterter Straßen schlängelte sich der endlose Zug in Richtung Osten – zwischen Waldgebieten und goldgelben Feldern hindurch.

Am Abend schlugen sie ihr Lager nahe einem kleinen See auf, dessen Wasservögel aufgeregt das Weite suchten, als die Männer begannen, Jagd auf sie zu machen. Sobald Falk

Shaitan von Bayezids Pagen in Empfang genommen hatte, rieb er ihm das Fell ab, säuberte das prächtige Zaumzeug und kämmte seine Mähne. Dann fütterte und tränkte er den Hengst, führte ihn zusammen mit seinem eigenen Reittier in eine der hastig errichteten Koppeln und breitete eine dünne Decke auf dem Boden aus. Wie viele der Pferdeknechte bevorzugte auch er es, nachts bei seinen Schützlingen zu schlafen anstatt in einem der stickigen Zelte. Nachdem er sich etwas zu Essen besorgt hatte, zog er ein Stück Holz aus der Tasche, lehnte sich an einen Baum und versuchte, Sapphiras Gesicht zu schnitzen – nur um wenig später frustriert aufzugeben. Egal, wie sehr er sich anstrengte, es wollte ihm einfach nicht gelingen, ihre Züge in allen Einzelheiten heraufzubeschwören, geschweige denn nachzubilden. Müde von dem langen und anstrengenden Ritt, ließ er sich schließlich auf der Decke nieder und fiel kurz darauf in einen traumlosen Schlaf.

Der nächste Morgen graute früh, und der folgende Tag glich dem vorigen. Die brütende Hitze des Sommers nahm zu, je weiter sie sich in Richtung Inland bewegten, und irgendwann hörte Falk auf, die Stunden nachzurechnen. Ständig stießen neue *Yaya* und *Azap* – Fußsoldaten, sowie die *Sipahi*-Reiter der Provinztruppen und die gefürchteten *Akinji*-Räuber zu dem Heerzug, der täglich gewaltiger und furchterregender wurde.

Während sich Falks Haut immer mehr rötete und sein Gesäß immer wunder wurde, tröpfelten die Tage zäh dahin, bis sie schließlich – zwei Wochen nach ihrem Aufbruch aus Bursa – das Umland der Stadt Ankara erreichten. Blendend weiß hoben sich die Häuser von dem inzwischen trockenen Braun der Felder ab, und schon von Weitem war die Zitadelle der Stadt zu erkennen. Dankbar griff Falk nach der Kelle, die einer der Wasserträger ihm anbot und stillte seinen Durst, sobald er aus dem Sattel gerutscht war. Sicherlich wurden die

Fässer mit dem Trinkwasser bei jeder Gelegenheit aufgefüllt, aber die erbarmungslose Hitze des anatolischen Sommers sorgte dafür, dass selbst die größten Mengen nur mit Mühe und Not ausreichten.

»Schlagt das Lager auf!«, dröhnte ein Offizier der Nachhut, und Falk fragte sich, ob sie endlich ihr Ziel erreicht hatten.

Wie weit mussten sie noch marschieren, um auf den Feind zu treffen? Versteckte sich dieser in den Bergen oder wartete er in einem der Täler darauf, dass ihm die Streitmacht des Sultans in die Falle ging? Hungrig schlang er das einfache Mahl aus Trockenfleisch, hartem Brot und klumpigem Käse in sich hinein. Sobald er die Pferde versorgt hatte, zog er sich in eine Ecke der Koppel zurück, um sich mit einer neuen Schnitzerei abzulenken. Diese würde einen schreitenden Elefanten mit hoch erhobenem Rüssel zeigen, sobald sie fertig war. Er wog das kleine Messer in der Hand und nagte an der Lippe. *Wenn* sie jemals fertig wurde!, dachte er mit einem unguten Gefühl in der Magengegend und grub die Klinge in das weiche Holz.

KAPITEL 80

Ulm, Sommer 1402

»Ihr habt mich lange genug hingehalten!« Hans Kun – gefolgt vom Ammann und einem halben Dutzend Stadtwächter – richtete sich zu seiner vollen Größe auf und zog überheblich die Oberlippe hoch. »Ich habe Nachforschungen angestellt«, bellte er. »Dieser Otto von Katzenstein ist seit beinahe einem Jahr tot, und keiner seiner Erben ist bisher bei Euch erschienen!«

Obwohl Lutz Metzler den Männern empört die Tür weisen wollte, riss er erstaunt die Augen auf. Otto war tot? Laut sagte er: »Was redet Ihr da?«

Hans Kun schnaubte und winkte die Wachen in den Hof, auf dem in Windeseile neugierige Knechte und Mägde zusammenliefen. »Falk von Katzenstein ist ebenfalls tot, ganz gleich, was ihr alle Welt glauben machen wollt!«, spuckte der hagere Baumeister aus. »Euren Behauptungen zufolge existiert eine Schenkungsurkunde, die im Besitz des *unehelichen* Onkels, Ritter Otto von Katzenstein, gewesen sein soll.« Er machte eine bedeutungsvolle Pause. »Auf den anderen Unsinn gehe ich erst gar nicht ein.« Seine grauen Augen musterten Lutz kalt. »Sagt mir, warum hat dieser Ritter Euch all die Zeit über in Ruhe gelassen?! Und kommt mir nicht wieder mit hanebüchenen Geschichten über den Grafen von Württemberg!«

Lutz spürte, wie Wut, gepaart mit abgrundtiefer Verachtung, in ihm aufstieg. »Das habe ich Euch doch bereits erklärt«, versetzte er gezwungen ruhig und wandte sich an den Ammann. »Ich weiß nicht, was für Lügen er Euch aufgetischt hat, aber Falk von Katzenstein ist keinesfalls tot. Er befindet sich auf einer Reise in den Orient, um Pferde für seine Zucht zu erstehen.« Lutz verschränkte die Hände vor dem Bauch, um sich davon abzuhalten, sie zu Fäusten zu ballen. »Sein Onkel, besagter Ritter, ist ohne ihn zurückgekehrt, weil er sich in Venedig den Arm gebrochen hat.« Er ließ die Lüge wie Butter auf der Zunge zergehen. »Solche Reisen dauern nun einmal ihre Zeit. Es sind gerade einmal zwei Jahre vergangen. Manch einer kehrt erst nach einem Jahrzehnt zurück.«

Das zerfurchte Gesicht des Baumeisters verzog sich zu einer gehässigen Grimasse. Dann teilten sich die blutleeren Lippen und er spuckte bissig aus: »Das könnt Ihr alles dem Rat vortragen. Ich habe Klage gegen Euch vorgebracht.« Er schien die Empörung zu genießen, die sich auf Lutz' Zügen ausbreitete. »Wenn Ihr nicht zweifelsfrei bezeugen könnt, dass Falk von Katzenstein noch am Leben ist, dann erhebe ich Anspruch auf seine Besitzungen.« Er wischte ein unsichtbares Stäubchen von dem konservativen Rock, der züchtig seine Knie bedeckte. »Ich nehme an, Ihr habt Briefe erhalten. Immerhin seid Ihr sein Verwalter.«

Lutz atmete tief ein und versuchte, Selbstsicherheit in seine Stimme zu legen, als er dem Werkmeister antwortete: »Selbstverständlich habe ich Nachricht von ihm erhalten«, log er, obwohl er wusste, dass er sich damit lediglich einige Wochen Zeit erkaufen konnte. Vielleicht konnte er einen Brief fälschen, so wie Otto zweifelsohne die Schenkungsurkunde gefälscht hatte. Keiner würde den Unterschied erkennen, wenn er sich nur genug anstrengte.

»Ihr werdet eine Vorladung erhalten«, mischte sich der Ammann ein. »Binnen zwanzig Tagen müsst Ihr vor dem Rat

erscheinen und Stellung zu den Anschuldigungen nehmen.«
Damit gab er seinen Männern ein Zeichen und sie folgten
ihm zurück auf die Straße.

Hans Kun blieb trotzig noch einen Moment stehen, bevor
auch er auf dem Absatz kehrtmachte und davonstürmte.

Während er ihm nachstarrte, nahm Lutz weder den betörenden Rosenduft aus dem nahen Garten noch das Tuscheln
des Gesindes wahr, da sein Verstand fieberhaft arbeitete. Otto
von Katzenstein war tot! Das erklärte, warum er nie wieder
in Ulm aufgetaucht war. Lutz kratzte sich nachdenklich am
Kopf. Noch immer hatte er nicht in Erfahrung bringen können, wer die Frau gewesen war, die Brida das Gift verkauft
hatte. Ob sie von Otto oder vielleicht sogar von Hans Kun
beauftragt worden war, würde vermutlich für immer ein Rät-
sel bleiben. Er holte tief Luft und kehrte grübelnd ins Haus
zurück. Wer auch immer für diesen feigen Anschlag verantwortlich zeichnete, er hatte *damit* keinen Erfolg gehabt, und
er würde auch mit einer Klage vor dem Rat keinen Erfolg
haben! Wenn nötig, würde Lutz lügen und betrügen, ja sogar
falsche Eide schwören, um Falks Eigentum vor seinem gierigen Onkel zu schützen! Wenn er alles leugnete, was Hans
Kun ihm vorwarf, dann stand Aussage gegen Aussage und der
Rat konnte nicht anders als zu seinen Gunsten entscheiden.

Er erklomm die Treppen ins Obergeschoss und betrat die
Stube. Dort zog er einen Schemel an den Tisch, griff nach
Papier und Feder und entkorkte ein Tintenfass.

KAPITEL 81

Anatolien, Sommer 1402

DAS GLÜCK, DAS BAYEZID ERFÜLLTE, war vollkommen. Im Sattel seines prächtigen Hengstes trabte er inmitten eines roten Meeres aus Janitscharen – entlang am Ufer des Flusses Kizilirmak. Entgegen den kleinmütigen Ansichten seiner Berater hatte er beschlossen, nicht in der Umgebung von Ankara auf Timur Lenk zu warten, sondern ihm entgegenzuziehen und in Tokat – nordwestlich von Sivas – sein Lager aufzuschlagen. Das Donnern der Hufe ließ den Boden unter ihm erzittern, und es war, als übertrage sich die Stärke seiner Männer auf ihn. Weithin sichtbar funkelte das Geschirr seiner Kriegselefanten in der erbarmungslos vom Himmel stechenden Sonne, und der Schlachtruf seiner Soldaten gab ihm die lange verloren geglaubte Zuversicht zurück. Seit ihn die schöne Heilerin von der Krankheit des Gemütes befreit hatte, fühlte er sich wieder kraftvoll, jung und unbesiegbar – eine Tatsache, die dazu beigetragen hatte, dass er zum Aufbruch gedrängt hatte. Einen Augenblick lang kehrten seine Gedanken zu der *Tabibe* zurück, und er fragte sich, warum er sich in so untypischer Zurückhaltung geübt hatte. Weil die Zahl der Konkubinen nahezu unbegrenzt ist, teilte ihm sein Verstand mit. Die der Heilerinnen allerdings nicht. Und weil die Gier seiner Lenden ihm in letzter Zeit nicht gerade Glück gebracht hatte! Er wischte die Überlegungen beiseite und ließ stolz den Blick über die Flügel seiner Kavallerie schweifen.

Die rechte Flanke wurde von Stefan Lazarevic, Oliveras Bruder, kommandiert, während Prinz Suleyman den linken Flügel anführte. Als Zeichen des wiedergewonnenen Vertrauens hatte Bayezid seinem ältesten Sohn diese Aufgabe anvertraut und ihm zudem einen Teil der eroberten Gebiete versprochen. Mehmet, sein Augapfel, befehligte die Nachhut, während seine anderen drei Söhne, Mustafa, Isa und Musa mit Bayezid im Zentrum der Streitmacht ritten. Ein Viertel des Heeres bestand aus unterworfenen Tataren, die dem Sieg über Timur eine besondere Süße verleihen würden. So weit das Auge reichte, warfen Helme, Lanzen und Schwerter das gleißende Sonnenlicht zurück. Wenngleich Bayezid der Schweiß in Strömen über das Gesicht rann, störte ihn die Hitze kaum, da das Feuer der Kampfeslust in ihm brannte. Rechts von ihm lag dicht bewaldetes Bergland, und manchmal blitzte der verräterische Glanz von Eisen zwischen den Bäumen hervor. Timurs Spione verfolgten seinen Marsch! Er lächelte, als er sich ausmalte, wie der hinkende Khan auf die Neuigkeit reagieren würde, dass Bayezid ihn angriff, anstatt bebend und zitternd darauf zu warten, dass dieser Aufschneider ihn überrannte. Vermutlich würde er sich ob der Kampfstärke von Bayezids Streitmacht die halb blinden Augen reiben und den Schwanz einziehen!, dachte er, obwohl er wusste, dass der tatarische Herrscher vermutlich eher Schlachtaufstellung nehmen würde. Da er selbst auch Vorreiter und Spione ausgeschickt hatte, würde er wohl schon bald erfahren, was Timur trieb. Voller Ungeduld zügelte er seinen Hengst, da die Fußsoldaten das verschärfte Tempo nicht lange halten konnten.

Ungeachtet der zunehmenden Erschöpfung der Truppe zog er in Gewaltmärschen weiter nach Norden, bis sich eine gute Woche später eine Handvoll Späher mit aufgeregtem Geschrei näherte. Kaum hatten sie den Heerzug erreicht, kämpften sie sich zu Bayezid durch und riefen ihm bereits aus der Entfernung zu: »Timur Lenk hat Sivas verlassen!« Bayezid stieß einen triumphierenden Laut aus, der allerdings sofort erstarb, als einer der Männer in abgehackten Worten hinzufügte: »Er zieht südwestlich den Fluss entlang nach Ankara!«

Die Siegesgewissheit verwandelte sich in Unglauben und dann in Wut. »Was?!«, donnerte er und gab Zeichen zum Halt. »Was sagst du da?«, tobte er und wies seine Leibwächter an, den Mann vor ihn zu zerren.

Nachdem die Janitscharen den Spion auf die Knie gezwungen hatten, wiederholte dieser ohne Furcht: »Timur Lenk ist auf dem Weg nach Ankara, um die Stadt einzunehmen. Er ist vor drei Tagen aufgebrochen.«

Einige Augenblicke fasste Bayezid den Mann ungläubig ins Auge, dann knirschte er: »Verfolgt ihn!« Der Zorn schlug in blinden Hass um, als er begriff, dass er Timur in die Falle gegangen war. Er gab einem Dutzend Reiter Befehl, seine Generäle davon in Kenntnis zu setzen, dass sie auf der Stelle kehrtmachen und zurück nach Ankara marschieren würden. Dann riss er am Zügel seines Hengstes, wendete diesen und wartete mit mahlenden Kiefermuskeln darauf, dass sich sein Heer sortierte.

Als sich der Zug endlich wieder in Bewegung setzte, senkte sich bereits die Abenddämmerung über das Hochland, das Bayezid mit einem Mal feindlich und abweisend erschien. Hoch über den Wipfeln der Bäume zogen Raubvögel ihre Kreise, und ihr Anblick jagte dem Sultan einen Schauer über den Rücken. Erst lange nach Einbruch der Dunkelheit erlaubte er dem Heer zu rasten, und noch bevor der Morgen graute, befanden sich die Männer wieder auf der Straße.

Als sie endlich staubig, durstig und vollkommen erschöpft Ankara erreichten, sah er auf einen Blick, dass alle Eile vergebens gewesen war. Die Mauern der Stadt waren bereits beschädigt, und an vielen Stellen ragten Belagerungsleitern in den Himmel. Die Reserveeinheit, die er zum Schutz der Stadt zurückgelassen hatte, war abgeschlachtet und auf einen Haufen geworfen worden, über dem das Banner des Tataren flatterte. Die Quelle, an der Bayezid gehofft hatte, die zur Neige gehenden Wasservorräte auffüllen zu lassen, war verunreinigt worden, und Timurs Kriegselefanten hatten bereits Aufstellung genommen.

Mit einem kehligen Wutschrei zog er das Krummschwert und gab ohne zu überlegen das Zeichen zum Kampf. Wenig später stürmten die Vorhut und die leichte Kavallerie dem Feind entgegen, während die Flügel und Bayezids eigene Elefanten Stellung bezogen.

Anstatt Timurs Armee anzugreifen, stießen die zum Großteil tatarischen Reiter der leichten Kavallerie jedoch Freudenschreie aus, senkten die Waffen und vermischten sich in Windeseile mit ihren Landsleuten.

»Diese Hunde!«, fluchte Bayezid und gab der linken Flanke unter seinem Sohn Suleyman den Befehl, an die Stelle der Vorhut nachzurücken. Dann wies er die Bogenschützen an, den *Sipahi*-Rittern Deckung zu geben, und ging selbst zum Angriff über.

Schon bald wateten die Fußsoldaten knöcheltief im Blut. Die heiße Luft stank nach Eisen, Rauch und verbranntem Fleisch, da Timurs vorderste Kampflinie Griechisches Feuer in die Reihen der Osmanen schleuderte. Als ihm das Krummschwert aus der Hand geschlagen wurde, befreite Bayezid die schwere Streitaxt vom Sattel seines Hengstes und spaltete Dutzenden von Angreifern den Schädel. Stundenlang wogte die Schlacht hin und her, versuchten die Türken die tatarischen Linien zu durchbrechen, doch schließlich wendeten die ersten osmanischen Reiter ihre Pferde und flohen Hals über Kopf vor dem sicheren Tod.

Blutbesudelt und so zornig wie noch niemals zuvor in seinem Leben drosch Bayezid weiter blind auf alles ein, was sich bewegte, bis der *Agha* der Janitscharen ihm ins Ohr brüllte:

»Wir müssen uns zurückziehen, *Padischah*. Dieser Hügel dort wird uns Schutz bieten.« Er zeigte auf eine kleine Erhebung, zu der inzwischen auch die Serben unter Stefan Lazarevic flohen. »Die Schlacht ist verloren!«

Als Falk sah, wie die Streitmacht sich zerstreute, und die Tataren den Sultan unter lautstarkem Gejohle verfolgten, schwang er sich, ohne nachzudenken, in den Sattel und grub seinem Hengst die Fersen in die Flanken. Prinz Mehmet, der die Nachhut befehligte, war weit und breit nirgends zu sehen, und Falk nahm an, dass er ebenfalls bereits geflohen war. Voller Entsetzen hatte er das Schlachten aus sicherer Entfernung verfolgt und hatte mit angesehen, wie Hans Schiltberger von einem Tataren gefangen genommen worden war. Obwohl er den Bayer nicht gerade gemocht hatte, tat er ihm leid, doch bereits nach kurzer Zeit verdrängte die Furcht um das eigene Leben alle anderen Gefühle. Wie von Teufeln gejagt, setzte er über weggeworfene Ausrüstung, Säcke und kleinere Karren hinweg und preschte einen flachen Anstieg hinauf. Ein dicht neben ihm einschlagender Pfeil ließ ihn den Kopf noch tiefer über den Hals des Hengstes beugen, der seine Furcht zu spüren schien. Blindlings folgte Falk den Handwerkern und Reitern der Nachhut, die sich in südwestlicher Richtung in Sicherheit brachten – die Schmiede, Sattler und Händler ohne ihre Wagen, auf den Rücken der Zugtiere. In halsbrecherischem Galopp überholte er einen nach dem anderen, und schon bald verblasste der ohrenbetäubende Schlachtenlärm zu einem Flüstern im Wind. Da er keine Ahnung hatte, wohin er sich wenden sollte, tat er es den Männern vor ihm gleich.

Als diese sich jedoch nach einiger Zeit teilten, zügelte er sein Reittier und rief einem von ihnen zu. »Wohin flieht ihr?«

Der kleine aber stämmige Reiter entgegnete knapp: »Zum Mittelmeer. Dort liegen Schiffe.« Damit drosch er seinem Rappen den Zügel über den Hals und jagte nach Süden.

»Wenn du klug bist, folgst du ihm!«, rief ein anderer, dessen Stute Schaum vor dem Maul hatte. »Sobald Timur Lenk die Schlacht beendet, wird er nach Bursa ziehen, um dem Sultan seinen *Harem* und seine Schätze zu rauben.«

Falks Augen weiteten sich. »Nach Bursa?«, fragte er lahm, und der Soldat nickte.

»Diese Narren glauben, sie könnten über Konstantinopel auf die andere Seite des Bosporus übersetzen«, sagte er und zeigte auf ein paar verstreute Reiter, die nach Westen davonstoben. »Aber die Tataren werden sie schon bald einholen.« Ohne auf eine Antwort zu warten, trieb er sein erschöpftes Reittier wieder an und verschwand in einer Staubwolke.

Falk zögerte keinen Moment. Mit einem Zungenschnalzen lenkte er seinen Hengst nach Westen und tat es den wenigen gleich, deren Ziel der Bosporus war. Halb ohnmächtig vor Hunger und Durst, machte er nach endlosen Stunden an einem winzigen Wasserloch halt. Sobald sein Hengst genug getrunken hatte, zog er sich mit brennenden Muskeln wieder in den Sattel, und der Wettlauf mit der Zeit begann von Neuem.

～☙～

Fassungslos sah Bayezid auf das ehemals weiße Fell seines Reittieres hinab. In der Seite des Hengstes klaffte eine tiefe Wunde, aus der so viel Blut hervorquoll, dass es wie eine Fontäne emporspritzte. Um ein Haar hätte er sich bei dem harten Sturz den Hals gebrochen, aber das wäre in Anbetracht der Lage vermutlich besser gewesen, als das, was ihm bevorstand. Zusammen mit kaum dreihundert Kriegern hatte er es bis zu dem Hügel geschafft, um den der Feind allerdings eine immer engere Schlinge zog. Die tatarischen Bogenschützen streckten mühelos Mann um Mann nieder, und als die Nacht hereinbrach, sah Bayezid sich umzingelt.

»Ergebt Euch!«, brüllte einer der tatarischen Anführer und befahl seinen Schützen, einige Warnschüsse auf Bayezid abzugeben.

»Niemals!«, lautete die Antwort des Sultans, der drohend seine Streitaxt über dem Kopf schwang.

Kurze Zeit darauf verriet das Knacken dürrer Äste, dass sich der Feind näherte. Als die Tataren schließlich aus dem Gebüsch brachen, fällte Bayezid einen Angreifer nach dem anderen, doch nach langem und erbittertem Kampf gelang es den Tataren schließlich, ihn zu überwältigen. Wie einem gewöhnlichen Soldaten banden sie ihm die Hände auf den Rücken und trieben ihn – zusammen mit seinem Sohn Musa und mehreren seiner höchsten Würdenträger – den Hügel hinab in Timurs Lager.

Genau um Mitternacht betrat er das Zelt seines Bezwingers, der sich von der Schlacht erholte, indem er mit einem Jüngling Schach spielte. Ohne von den eintretenden Männern Notiz zu nehmen, beendete der Khan das Spiel, indem er den König seines Gegners mattsetzte. Dann hob er den Kopf, kniff die Augen zusammen und fragte mit dünner Stimme: »Ist er das?«

Sein General sank vor ihm auf die Knie und erwiderte: »Ja, Herr.«

Daraufhin tastete Timur nach einem Stock und stemmte sich auf die Beine. Leicht schwankend trat er auf Bayezid zu und betrachtete ihn neugierig.

»Ihr seid kein Krieger Gottes!«, spuckte der Sultan aus und reckte hochmütig das Kinn, um auf den Kleineren hinabzusehen. »Ihr habt das Blut zu vieler Gläubiger vergossen!«

Timur zupfte mit der Linken an einem dünnen, weißen Bart und erwiderte gelassen: »Und dennoch hat *Allah* mir den Sieg geschenkt. Sagt mir, warum hätte er das tun sollen, wenn ich ihn erzürnt habe?«

Bayezid spuckte vor dem Tataren aus, und dieser hielt seine Männer mit einer kaum wahrnehmbaren Bewegung davon ab, die Beleidigung zu ahnden.

»Ihr seid anmaßend und aufbrausend«, versetzte er beherrscht. »Im Gegensatz zu Euch, bin ich kein Mann des Blutes. All meine Feinde haben ihr Schicksal selbst über sich gebracht. Ich habe lediglich meine Untertanen vor Übergriffen bewahrt.« Seine Stimme war zittrig vom Alter, aber seine Worte waren scharf wie eine Klinge. Bayezid wollte etwas erwidern, aber Timur kam ihm zuvor. »Bevor ihr sterbt, werdet Ihr Demut lernen«, versprach er gefährlich ruhig. An seine Soldaten gerichtet, sagte er: »Legt ihn in Ketten und lasst einen Käfig für ihn zimmern. Ein Affe gehört in einen Käfig!« Bevor die Männer Bayezid ins Freie zerrten, setzte er genüsslich hinzu: »Bald schon werdet Ihr dabei zusehen können, wie sich meine Generäle mit Euren Frauen vergnügen.«

Bayezids Wutschrei ging in dem Gelächter der Tataren unter.

KAPITEL 82

Bursa, Sommer 1402

NACH DREIEINHALB TAGEN brutalen Rittes erreichte Falk
Bursa. Sowohl seine Hände als auch die Innenseiten seiner Schenkel waren blutig gescheuert, aber die Furcht, von
den Tataren eingeholt zu werden, hatte übermenschliche
Kräfte in ihm freigesetzt. Wohingegen die anderen Flüchtigen den direkten Weg zum Bosporus eingeschlagen hatten, jagte er zum Palast, dessen äußere Pforte unbewacht
war. Dem Durcheinander in den Höfen nach zu urteilen,
hatte die schlechte Kunde die Stadt bereits erreicht, da auf-
geschreckte Eunuchen und Dienerinnen damit beschäftigt waren, Wagen zu beladen. Ohne die teils verwunderten, teils furchtsamen Blicke zu beachten, trabte Falk zu
den Stallungen, wo er seinen Hengst gegen ein frisches Tier
eintauschte. Nachdem er zudem eine zierliche Stute gesat-
telt hatte, brachte er noch zwei weitere Vollblüter in die
Sattelgasse und band alle vier Tiere an einem Balken fest.
Dann löschte er den brennenden Durst, tauchte den erhitz-
ten Kopf in einen Eimer kaltes Wasser und wischte sich den
nassen Schopf aus der Stirn, bevor er auf unsicheren Beinen
zum Hospital stolperte. Sobald er das flache Gebäude betreten hatte, sah er sich suchend um, bis er Sapphira nach endlosen Sekunden am Ende des Ganges entdeckte. Ihr Anblick
ließ sein Herz davonpreschen.

Als spüre sie seine Anwesenheit, wirbelte sie zu ihm herum

und stieß einen erstickten Ruf aus, während ihr ein kleines irdenes Gefäß aus der Hand glitt.

»Sapphira!«, presste er heiser hervor und flog auf sie zu. Ohne auf das Aufkeuchen der erschrockenen Patientinnen zu achten, schloss er sie in die Arme und drückte sie an sich, hielt sie fest, um sie nie wieder loszulassen. Fast ein Jahr hatte er auf diesen Moment gewartet, sich nach ihr verzehrt und jede freie Minute versucht, ihr Bild in seiner Erinnerung heraufzubeschwören.

Aber all der Kummer, all die Sehnsucht der vergangenen Monate löste sich in nichts auf, als sie sich an ihn klammerte wie eine Ertrinkende. Zitternd grub sie die Finger in den Stoff seiner Jacke und hob den Kopf, um ihn anzusehen.

»Wir müssen auf der Stelle fliehen«, flüsterte er und bedeckte jeden Zoll ihres Gesichtes mit Küssen. Als seine Lippen die ihren fanden, vergaß er einen Moment lang die Dringlichkeit der Lage. Bevor der Taumel der Glückseligkeit ihn allerdings vollkommen fortreißen konnte, zwang er sich dazu, sich von ihr zu lösen und drängte: »Wir haben keine Zeit. Timurs Tataren werden bald hier sein. Du kannst nur das Allernötigste mitnehmen.«

Als sie zögerte und den Kopf wandte, folgte er ihrem Blick zu einer hageren Frau mit grau meliertem Haar und trüben Augen. »Die *Tabibe*…«, hub sie an, aber die blinde Ärztin kam ihr zuvor.

»Geh, Kind. Mir wird nichts geschehen.«

Mit Tränen in den Augen schlang Sapphira nach einigen schweren Atemzügen schließlich die Arme um sie. »Ihr werdet mir fehlen«, wisperte sie.

»Gott sei mit dir«, erwiderte die Heilerin und berührte das Gesicht ihrer Schülerin mit den Fingerspitzen. »Aber jetzt geh.«

Benommen vor Glück und Furcht zugleich, folgte Falk

Sapphira in den kleinen Anbau, in dem sich ihre Kammer befand, und half ihr, einige Kleidungsstücke in einen ledernen Reisesack zu stopfen.

»Das werden wir brauchen«, sagte sie und griff nach einer prall gefüllten Geldkatze.

Falk starrte verwundert auf den Schatz.

»Es lohnt sich, dem Sultan das Leben zu retten«, versetzte sie trocken und warf der bescheidenen Behausung einen letzten Blick zu.

»Komm«, sagte Falk, aber bevor sie durch die Tür ins Freie traten, zog er sie noch einmal an sich, küsste ihre Stirn, ihre Nase und ihre betörend weichen Lippen. »Hab keine Angst«, murmelte er, »ich werde dich mit meinem Leben beschützen.« Am liebsten hätte er sie für den Rest seiner Tage so in seinen Armen gehalten, doch die Zeit drängte. Wenn sie sich in Sicherheit bringen wollten, mussten sie sofort aufbrechen. Daher griff er nach ihrer Hand und zog sie in den Hof hinaus. »Kannst du reiten?«, fragte er. Als sie den Kopf schüttelte, zuckte er die Achseln. »Dann sitzt du eben vor mir.«

Halb stolpernd, halb rennend überquerten sie den Hof, stahlen einen Proviantbeutel von einem der Wagen und wichen den planlos hin und her wieselnden Bediensteten aus. Bei den Pferden angekommen, hob Falk Sapphira in den Sattel, lud das Gepäck auf den Rücken der Stute und koppelte die drei Ersatztiere zusammen. Dann zog er sich hinter Sapphira auf den Rücken des Hengstes, wickelte den Führstrick ums Handgelenk und gab dem Vollblut die Sporen.

Er spürte, wie Sapphira sich verkrampfte, als er den Hengst zum Galopp antrieb. Deshalb schlang er den Arm noch fester um sie und saugte mit allen Sinnen das Gefühl ihrer Nähe in sich auf. Nach einiger Zeit fiel die Verspannung von ihr ab und sie passte sich dem Rhythmus des Vollbluts an, sodass es sich beinahe anfühlte, als wären ihre Körper miteinander verschmolzen. Sobald sie die Stadt hinter sich gelassen hatten, stellte Falk erleichtert fest, dass von den Tataren weit und breit noch keine Spur zu entdecken war, und nach einigen Meilen gestreckten Galopps zügelte er den Hengst zu einer langsameren Gangart.

»Ich hatte furchtbare Angst um dich«, gestand Sapphira und wandte den Kopf, um ihm in die Augen zu sehen. »Ich habe gespürt, dass du in Gefahr bist.«

Falk lächelte und drückte das Kinn in ihr Haar. »Ich habe dich so vermisst«, sagte er und räusperte sich, um seine Stimme davon abzuhalten zu kippen.

Wie auf Wolken trabten sie eine Zeit lang schweigend nach Norden, wo der Strom der Flüchtlinge allmählich dichter wurde. *Sipahi*, ungepanzerte Reiter und zahllose Vasallen des Sultans strömten zur Küste, um sich auf den dort bereitstehenden Schiffen und Kähnen auf die andere Seite übersetzen zu lassen. Obwohl Falk irgendwann der Arm steif wurde, wagte er nicht, den Griff um Sapphira zu lockern – aus Angst, sie könne sich in Luft auflösen und verschwinden wie in den Träumen, die ihn immer wieder gequält hatten. Nach fast fünf Stunden erreichten sie den Bosporus und ließen sich von einem Genueser Kapitän an Bord seines Schiffes nehmen. Offenbar hatte die Nachricht von der Niederlage des Sultans Konstantinopel bereits erreicht, da weit und breit keine Belagerer mehr zu sehen waren.

Für einen horrenden Preis versprach der Italiener, sie überzusetzen, und als sie kurz darauf wieder festen Boden unter den Füßen hatten, sah Sapphira sich ratlos um. »Was sollen wir jetzt tun?«, fragte sie verzagt, nachdem Falk ihr erneut in den Sattel geholfen hatte. »Wohin sollen wir gehen?«

Ein schüchternes Lächeln huschte über Falks Gesicht, als er ihr, ohne zu zögern, antwortete: »Dorthin, wo ich herkomme«, sagte er sehnsüchtig und drückte sie an sich. »In eine wunderschöne Stadt.«

Sapphiras Magen zog sich zusammen. Das, was sie sich so lange gewünscht hatte, schien plötzlich wahr geworden. Noch während sich die Aufregung prickelnd in ihr ausbreitete, löschte die überwältigende Liebe, die sie für Falk empfand, alle Ängste und Sorgen aus. Zwar fürchtete sie sich ein wenig davor, was sie in der Fremde erwarten würde, doch ein Leben ohne ihn war öd und leer.

»Ich liebe dich so sehr«, murmelte er ihr ins Ohr, und sein warmer Atem sandte einen Schauer über ihren Rücken. »Nichts und niemand wird uns je wieder trennen.«

Sie schmiegte sich an seine Schulter und schloss glücklich die Augen, während er die Pferde in Richtung Westen lenkte. Lange Zeit ritten sie schweigend – jeder in die eigenen Gedanken vertieft – doch selbst ohne Worte riss der Austausch zwischen ihnen nicht ab. Es war, als würde sie ihn schon ihr ganzes Leben lang kennen, dachte die junge Frau und drückte Falks Handgelenk, da sie den Aufruhr in seinem Inneren spürte. »Woran denkst du?«, fragte sie.

»An nichts«, erwiderte er und trieb das Vollblut wieder zum Galopp an. »Das kann warten.«

Eine Stunde später verkündete ein flammendes Abendrot, dass es Zeit war, eine Rast einzulegen. Und da sie sich inzwischen in Sicherheit befanden, zögerten sie nicht, sich in einem Gasthof einzumieten. Nachdem sie dem Wirt zu verstehen gegeben hatten, dass sie eine Kammer für sich alleine haben wollten, brummte der Mann etwas Anzügliches und führte sie in einen winzigen Raum. Dann brachte er ihnen mit Zitronensaft versetztes Wasser, Tee, Fladenbrot und Hammelfleisch und ließ sie allein, sobald er drei Öllampen entzündet hatte.

Die Tür fiel hinter ihm ins Schloss. Nachdem er kurz gelauscht hatte, ob sich die Schritte entfernten, schob Falk den Riegel vor und trat auf Sapphira zu. Das Verlangen in seinen Augen trocknete ihr die Kehle aus, und als seine Fingerspitzen ihren Arm berührten, zuckte sie zusammen. Wie lange sie sich danach gesehnt hatte, mit ihm allein zu sein! Mit wild klopfendem Herzen reckte sie sich auf die Zehenspitzen und empfing ihn in einem tiefen, leidenschaftlichen Kuss. Hungrig öffnete sie die Lippen und presste sich an ihn, während seine Hände zuerst ihren Rücken hinab und dann zu ihrer Vorderseite wanderten. Schüchtern und dennoch bestimmt öffnete er die Haken ihrer *Entari* und sie unterdrückte ein Stöhnen, als seine Hand ihre Brust streifte. Plötzlich schien der Raum drückend heiß. Ohne Hemmungen löste sie seine Finger von dem Gewand und zog es sich selbst über den Kopf.

Mit nichts als dem *Gömlek* aus feinem Leinen bekleidet, verfolgte sie, wie auch Falk sich hastig seiner Kleider entledigte. Als auch ihn nur noch ein *Cakshir* – eine Unterhose – bedeckte, hob sie die Hand und betastete die glatte Haut seiner Schultern. Dort, wo sie ihn berührte, bildete sich eine Gänsehaut. Wie fremd und doch vertraut ihr dieser Körper war! Ihr Blick glitt über seinen flachen Bauch, eilte über die deutlich sichtbare Erregung und verharrte bei der langen, rötlichen Narbe an seinem Bein.

Bevor ihre Hand dorthin wandern konnte, griff Falk nach den Nadeln in ihrem Haar und befreite die Flut schwarzen Haares, die sich schwer und flüsternd über ihren Rücken ergoss. Dann zupfte er an den Schnürungen des Untergewandes und zerrte mit zitternden Händen an dem störenden Stoff. Ein Ausdruck der Ehrfurcht trat auf sein Gesicht, als er sie das erste Mal vollkommen unbekleidet sah. »Mein Gott«, flüsterte er heiser, »du bist noch schöner, als ich es mir erträumt hatte.« Seine Lippen waren leicht geöffnet, und sein Atem kam flach und abgehackt.

Vorsichtig, wie um sie nicht zu erschrecken, schlüpfte er aus der Unterhose und sah sie flehend und verlangend zugleich an. Wenngleich seine Größe und Härte sie erschreckten, schluckte sie die Furcht und ließ sich von ihm zu der schmalen Bettstatt ziehen. Dort standen sie sich einen Moment lang wortlos gegenüber, bevor er sie vom Boden hob und sanft auf die Matratze bettete. Dann legte er sich neben sie, stemmte das Kinn in die Hand und betrachtete sie einige Augenblicke lang voller Scheu.

Doch als sie nach seinem Nacken griff und ihn zu sich hinab zog, brach der Zauber und die Scheu verwandelte sich in ungezügelte Leidenschaft. Gierig fand sein Mund den ihren, und seine rauen Hände glitten an ihren Seiten entlang. Schon bald stahlen sie sich zwischen ihre Beine, fanden ihr Ziel und erforschten ihre geheimste Stelle. Bei der ersten Berührung durchfuhr sie glühendes Verlangen und sie biss sich auf die Unterlippe, um zu verhindern, dass sie aufschrie. Als er vorsichtig mit dem Finger in sie eindrang, vermeinte sie vor Wonne zu zergehen. Während seine Hände weiterforschten, erkundeten seine Lippen den Rest ihres Körpers, liebkosten ihre Brust und suchten ihren Bauchnabel.

Als er sich schließlich auf sie rollte, war sie mehr als bereit für ihn. Voller Verlangen drängte sie ihm die Hüften entgegen, und obwohl sie kurz darauf ein scharfes Stechen empfand, riss der Strudel der Leidenschaft sie mit sich.

Seine Bewegungen, die zuerst langsam und behutsam waren, beschleunigten sich genauso schnell wie ihr Pulsschlag, der zuerst in ihrer Kehle und dann in ihren Schläfen hämmerte. Das Tosen des Blutes in ihren Ohren verwandelte sich in einen Orkan, als sich eine gewaltige Welle der Lust in ihr aufbaute, die kurz darauf brach und sich in ein Feuerwerk verwandelte. Mit einem lang gezogenen Laut grub sie die Fingernägel in seinen Rücken, und da er sich wenig später mit einem Schrei aufbäumte, dachte sie zuerst, sie hätte ihm wehgetan. Als er allerdings keuchend halb auf ihr, halb neben ihr zusammensackte, wusste sie, dass es kein Schmerzenslaut gewesen war.

Schweißnass und so glücklich wie noch niemals zuvor, schmiegte sie sich an ihn und genoss das Gefühl, den Herzschlag mit ihm zu teilen.

Heftig atmend drückte er sie eine Zeit lang an sich und rollte sich schließlich auf die Seite. Nach einigen Momenten der Ruhe stemmte er erneut den Kopf in die Hand und blickte auf sie hinab. Sein Mund öffnete sich, aber Sapphira legte ihm den Zeigefinger auf die Lippen.

»Sag nichts«, bat sie und strich ihm die dichten Brauen glatt. »Lass uns diesen Augenblick einfach genießen.«

KAPITEL 83

Ulm, Spätherbst 1402

DIE HERBSTSTÜRME FEGTEN bereits über das Land, als Falk und Sapphira endlich in Ulm einritten. Nachdem sie das osmanische Herrschaftsgebiet verlassen hatten, waren sie weiter über den Balkan nach Wien gezogen, von wo aus sie der Donau bis nach Ulm gefolgt waren. Irgendwo auf dem Weg hatten sie sich von einem Dorfprediger in aller Stille trauen lassen. Und obwohl Falk erfüllt war von Dankbarkeit und Glück, fraß mit jeder Meile, die sie sich seiner Heimat näherten, ein immer mächtigerer Rachedurst an ihm. Tief in seinem Inneren wusste er, dass Otto von Katzenstein ihn verraten und verkauft hatte – hatte es schon immer gewusst und nicht wahrhaben wollen.

»Er ist es nicht wert, dass du seinetwegen deine Seele vergiftest«, hatte Sapphira gesagt, als er ihr erklärt hatte, was an ihm nagte. »Wenn er noch am Leben ist und dein Verdacht stimmt, wird Gott ihn bestrafen.«

Gott!, dachte Falk, als sie sich der Münsterbaustelle näherten. Vielleicht hatte Ünsal recht gehabt, und es war tatsächlich ein gnädiger Gott, der die Geschicke der Menschheit lenkte. Wäre all das nicht geschehen, hätte er Sapphira niemals gefunden. Die Vorstellung, jemals wieder ohne sie sein zu müssen, schnürte ihm die Kehle zu. Er vertrieb den beängstigenden Gedanken und schielte nach dem Chor der gewaltigen Pfarrkirche. Verstohlen tastete er nach dem Holzsplitter in seiner Tasche, den er in einem kleinen, namenlosen Ort von einem fahrenden Händler erstanden hatte. Sobald wie möglich würde er eine Kapelle stiften und diese Reliquie des Kreuzes dort in den Altar einmauern lassen, um sicherzugehen, dass seine Eltern nicht weiter im Fegefeuer leiden mussten. Denn ganz egal, wovon Ünsal ihn hatte überzeugen wollen, er würde kein unnötiges Risiko eingehen. Das war er den Menschen schuldig, die er geliebt hatte.

Als wenig später sein Haus vor ihnen auftauchte, rang Falk um Fassung. Manchmal hatte er daran gezweifelt, dass sie das Ziel ihrer Reise unversehrt erreichen würden. Und der Anblick des wohlbekannten ockerfarbenen Fachwerks raubte ihm den Atem. »Wir sind da«, stieß er rau hervor und deutete auf das offen stehende Hoftor. »Wir sind zuhause.«

Wenngleich Sapphira tapfer lächelte, war ihr die Unsicherheit an der Nasenspitze anzusehen.

»Keine Angst«, ermutigte Falk sie, »du wirst Lutz mögen.«

Am Tor angekommen, glitt er zu Boden und half Sapphira aus dem Sattel. Dann sah er sich verwundert um und führte seine Gemahlin und die vier Vollblüter in den Hof. Wo waren denn alle? Und warum standen die Türen sperrangelweit offen, wenn niemand da zu sein schien? Mit einem unguten Gefühl in der Magengegend näherte er sich den Stallungen, und kaum waren sie auf ein Dutzend Schritt herangekommen, vernahm er zornige Stimmen.

Eine davon gehörte Lutz. »Es ist unrecht. Es ist mir gleichgültig, was der Rat entschieden hat, Ihr habt kein Recht dazu!«

Ein heller Tenor antwortete bissig: »Wollt Ihr Euch dem Rat widersetzen? Muss ich den Amman rufen?«

Ein Schnauben verriet, was Lutz davon hielt. »Diese Zucht ist viel mehr wert als der Preis, für den Ihr sie verschleudern wollt. Wisst Ihr eigentlich, wie lange Falk und sein Vater gebraucht haben, um sie aufzubauen?«

»Das ist mir vollkommen gleichgültig«, versetzte der andere Mann. »Ich kann mit den Viechern nichts anfangen. Deshalb werde ich sie verkaufen. Ende der Diskussion!«

Falk, der die Stimme des zweiten Mannes erkannte, schob zornig den Unterkiefer vor und betrat den Stall. »Ihr werdet nichts dergleichen tun!«, donnerte er und funkelte Hans Kun an. »Ihr werdet auf der Stelle meinen Hof verlassen, oder *ich* rufe den Amman und lasse *Euch* von der Stadtwache hinauswerfen!«

Die buschigen Brauen des hageren Baumeisters wanderten erst in die Höhe, bevor sie sich zusammenschoben.

»Falk?!«, rief Lutz aus und starrte die Neuankömmlinge an wie Trugbilder, die einem Traum entsprungen waren. »Bist das wirklich du?«

Innerhalb eines einzigen Augenblickes jagten sich Reue, Zerknirschung und ungebändigte Freude in Falks Bauch, als Lutz ein Kreuz vor der Brust schlug und Hans Kun zur Seite schob.

»Lutz!«, entgegnete er tonlos und trat, ohne zu überlegen, in die offenen Arme seines Verwalters.

Als wären sie nicht im Streit geschieden, drückte Lutz ihn mit solcher Kraft an sich, dass Falks Rippen mit einem Knacken protestierten.

Der warme Heugeruch, der von dem alten Freund seines Vaters ausströmte, löste einen solchen Sturm der Empfindungen in Falk aus, dass er heftig blinzelnd die Tränen schluckte, die ihm in die Augen schossen. »Vergib mir, ich hätte auf dich hören sollen«, sagte er schließlich mit belegter Stimme, nachdem er sich wieder losgemacht hatte. Einige Sekunden rang er um Haltung, dann räusperte er sich und brummte an Hans Kun gewandt: »Was immer Ihr Euch ausgemalt hattet, vergesst es. Hier gibt es nichts zu holen.« Lediglich ein leichtes Beben in seiner Stimme verriet, wie aufgewühlt er war. Kaum war sein Onkel leise fluchend verschwunden, zog Falk Sapphira an sich und stellte sie Lutz vor: »Das ist Sapphira, meine Gemahlin.«

Lutz, dem die Gefühle ebenso ins Gesicht geschrieben standen wie Falk, öffnete verdutzt den Mund. Dann breitete sich ein Strahlen auf seinen Zügen aus und er griff nach der Hand der jungen Frau. »Willkommen in Ulm«, sagte er heiser.

Wenngleich Sapphira auf der Reise ein wenig Deutsch gelernt hatte, verstand sie noch nicht viel, und Falk übersetzte ihr die Antwort – froh, Ablenkung in dieser Aufgabe zu finden. Dann wandte er sich zurück an seinen Verwalter und wies mit dem Daumen über die Schulter zurück in den Hof, wo Hans Kun soeben durch das Tor verschwand. »*Den* hatte ich nun wirklich nicht hier erwartet«, sagte er erstaunt und wollte gerade die Frage stellen, die ihn die ganze Reise über beschäftigt hatte, als Lutz ihm zuvorkam.

»Otto von Katzenstein hat behauptet, du seist von Piraten getötet worden.« Seine Stimme drohte zu kippen, aber er fasste sich schnell wieder. »Das hat die Aasfresser auf den Plan gerufen«, erklärte er und gab zwei Knechten ein Zeichen, die Vollblüter zu versorgen. »Ich habe ihm kein Wort geglaubt«, fügte er leise hinzu.

Falk stieß einen Seufzer aus. »Ich hätte niemals so dumm sein dürfen, ihm zu vertrauen.« Die plötzlich in ihm aufsteigende Wut drohte, die Wiedersehensfreude zu verdrängen. »Wenn ich ihn finde, wird ihm sein Verrat leidtun!«, knirschte er, doch Lutz winkte ab.

»Das glaube ich kaum. Er ist seit über einem Jahr tot.«

Einen Moment lang begriff Falk nicht. Dann entfloh der Hass, der gedroht hatte, ihn zu vergiften, wie Luft aus einem aufgeblasenen Balg, und die Leere, die zurückblieb, war beinahe unheimlich. »Tot?«, fragte er und Lutz nickte.

»Kommt ins Haus. Ihr müsst müde sein von der langen Reise. Dann kann ich dir alles erzählen und du kannst mir berichten, wo du dieses wundervolle Geschöpf gefunden hast.« Er schenkte Sapphira ein weiteres Lächeln, das diese unsicher erwiderte.

Erfüllt von einem Durcheinander der unterschiedlichsten Gefühle, schlang Falk den Arm um die Schultern seiner Gemahlin und betrat das Haus, von dem er geglaubt hatte, es niemals wiederzusehen.

EPILOG

Samarkand, Frühjahr 1403

MIT RUHIGER HAND zog Olivera die schwarze Linie nach, die ihren Augen Tiefe verlieh. Durch die senfgelben Vorhänge fiel warmes Licht in das kostbar eingerichtete Gemach, das sie seit Bayezids Tod bewohnte.

Wenn Timur sein Versprechen hielt, durfte sie heute den Palast verlassen, der seit fast einem Jahr ihr Gefängnis war. Ein Lächeln huschte über ihr Gesicht, als sie daran zurückdachte, wie Bayezid sich vor wenigen Wochen den Kopf an den Gitterstäben seines Käfigs eingeschlagen hatte.

»Wenn du tust, was ich von dir verlange«, hatte Timur Lenk ihr zugesichert, nachdem er sie und die anderen Frauen aus Bursa entführt hatte, »dann erfülle ich dir einen Wunsch.«

Olivera senkte die Rechte und tauschte den Kohlestift gegen eine juwelenbesetzte Haarnadel aus. Diese befestigte sie in den blonden Locken und betrachtete sich mit ausdrucksloser Miene. Bis auf den harten Zug um ihren Mund hatte sie ihre alte Schönheit wiedergewonnen, die selbst den halb blinden Timur nicht unbeeindruckt gelassen hatte.

»Hilf mir, Bayezid zu demütigen«, hatte der Tatar von ihr verlangt und ihr erklärt, wie sie das bewerkstelligen konnte.

Und so hatte sie ihn und seine Gäste jeden Abend nur mit einem hauchdünnen, durchsichtigen Schleier bekleidet bewirtet – während Bayezid dabei zugesehen hatte, wie die Tataren sie mit Blicken verschlangen. Dass sein Feind ihn als Fußbank benutzte, um in den Sattel seines Pferdes zu gelangen, hatte Bayezids Willen nicht brechen können. Wohl aber die Tatsache, dass seine Gemahlin ihre Reize den Augen anderer Männer zur Schau stellte.

Sie legte die Fingerspitzen an die Augenwinkel, zog ihre Haut glatt und verzog den Mund, da der Effekt nicht der erwünschte war.

Zuerst hatte er Flüche und Verwünschungen gebrüllt, sie eine Hure, eine *Ifritin* – eine Hexe – genannt. Dann hatte er angefangen, Nahrung und Wasser zu verweigern und sich schließlich so lange den Kopf an den Gitterstäben blutig geschlagen, bis er tot zusammengebrochen war. Sie sandte ein kurzes Dankgebet zum Himmel. Gott hatte ihre Gebete erhört, und sie würde nie mehr an ihm zweifeln. Da Timur sie gut behandelte und es ihr inzwischen egal war, in welchem *Harem* sie eingesperrt war, blickte sie der Ankunft der Gesandten ihres Bruders mit gemischten Gefühlen entgegen.

Sobald sie ihre Aufgabe erfüllt hatte, hatte Timur ihr dieses Gemach und vier Zofen zur Verfügung gestellt und Boten nach Serbien geschickt. »In einigen Wochen wirst du dich auf dem Weg in deine Heimat befinden«, hatte er sie wissen lassen.

Heimat! Olivera seufzte. Hoffentlich war es das noch. Seit Bayezids Niederlage war ihr Bruder kein Vasall der Osmanen mehr, und sie war froh, dass er sich bei der Schlacht um Ankara hatte retten können. Aber würde er ihre Anwesenheit nicht eher als Last empfinden? Sie erhob sich und trat ans Fenster, um sich mit dem kunterbunten Treiben im Hof abzulenken. Die nächsten Wochen würden zeigen, was das Schicksal für sie bereithielt. Es würde ihr wohl nichts anderes übrig bleiben, als abzuwarten.

Der Sturm, der über der Stadt aufzog, spiegelte Johannes Palaiologos' Gefühle wider. Mürrisch schlug er den Kragen seines Mantels hoch, um sich vor dem kalten Wind zu schützen, und stapfte den Hügel hinauf. Oben angekommen duckte er sich unter den tief hängenden Ästen eines Baumes hindurch und betrat die winzige, unscheinbare Kirche. Dort schlug er ein Kreuz vor dem Altar und sank auf die Knie, um zu beten. Lange Zeit verharrte er auf dem kalten Stein, starrte auf den goldenen Heiligenschein des gemalten Märtyrers, dessen Knochen hier aufbewahrt wurden, und haderte mit seinem Schicksal. Was hatte er falsch gemacht?, fragte er sich bitter. Und hätte es etwas genutzt, wenn er die Dinge anders angegangen wäre?

Seit Kaiser Manuels Rückkehr spielte er wieder die zweite Geige in Konstantinopel – war nichts anderes als ein weiterer Höfling. Kaum hatte die Kunde von Timur Lenks Sieg Europa erreicht, hatte sich sein Onkel auf den Rückweg gemacht, um den Thron wieder für sich zu beanspruchen.

Johannes verlagerte das Gewicht von einem Knie auf das andere und betastete den wollenen Rosenkranz. »Herr Jesus Christus, Sohn Gottes, habe Erbarmen mit mir Sünder«, murmelte er – obwohl die Worte schlecht zu schmecken schienen. Denn eigentlich wäre ihm mehr danach gewesen, den Heiland darum zu bitten, Manuel zu vernichten. Er drückte einen der Knoten an die Lippen und küsste ihn. Dann versank er wieder in Grübeln. Wenn er weniger zögerlich vorgegangen wäre, hätte er die Palastwache sicherlich früher oder später auf seine Seite ziehen können. Warum hatte er sich nur auf den Vertrag verlassen, den er mit Bayezid abgeschlossen hatte? Der schlechte Geschmack in seinem Mund breitete sich aus. Ob sich jemals wieder eine Gelegenheit bieten würde, sich das zu nehmen, was ihm eigentlich zustand?, fragte er sich. Oder würde er nun doch bis ans Ende seiner Tage zu den Verlierern zählen? Er stieß ärgerlich die Luft durch die Nase aus. Konstantinopel stand noch. Aber er würde all seine Kraft benötigen, um nicht tiefer zu fallen als sein Vater.

⌒∞⌒

Ulm, Frühjahr 1403

Das Zwitschern der Vögel weckte Sapphira. Ein Sonnenstrahl tanzte auf ihrem Gesicht, und sie blinzelte geblendet, als sie den Kopf wandte, um sich zu vergewissern, dass Falk neben ihr lag. Manchmal kam es ihr immer noch vor wie ein Traum. Das fremde Land, das ihr manchmal Furcht einjagte, sie manchmal mit Staunen und zu anderer Zeit mit kindlicher Freude erfüllte; die überwältigende Liebe, die bisweilen beinahe schmerzhaft war; und die Gewissheit, dass diese Liebe niemals schwinden oder an Zwängen zerbrechen würde, die andere ihnen auferlegten. Sie drehte sich auf die Seite und betrachtete Falk einige Augenblicke lang glückselig. Außer dem pechschwarzen Schopf und den dichten Brauen war kaum etwas von ihm zu sehen, da er sich – wie immer – die Decke bis an die Nasenspitze gezogen hatte. Wenngleich der Kachelofen in ihrer Kammer die Wärme bis tief in die Nacht hielt, war es morgens meist noch empfindlich kühl.

Schmunzelnd zupfte sie an der Decke, bis sie sein Gesicht freigelegt hatte, das im Schlaf friedlich und unschuldig wirkte. Ob sie sich jemals an ihm sattsehen würde?, fragte sie sich und strich ihm eine verirrte Strähne aus dem Augenwinkel.

Als ihre Fingerspitzen ihn berührten, gab er ein leises Grunzen von sich, wachte jedoch nicht auf. Wie er wohl aussehen würde, wenn er älter war? Würde sein Haar genauso grau und dünn werden wie das seines Freundes und Verwalters Lutz? Oder würde er ein Greis mit dichtem, silbernem Schopf werden?

Sie kuschelte sich mit dem Rücken an ihn und genoss die Wärme seines Körpers, während ihre Hände zu ihrem schweren Bauch wanderten. Nicht mehr lange und sie würde sein Kind gebären – das Kind, das sie zweifelsohne auf der Flucht gezeugt hatten. Sie spürte, wie ihr die Hitze in die Wangen stieg, als sie sich darauf freute, ihn endlich wieder in sich aufnehmen zu können.

»Ich will dir nicht wehtun«, hatte er vor zwei Monaten gesagt und sie mit komischer Verzweiflung angesehen. »Und ich würde mir nie verzeihen, wenn unserem Kind etwas passiert.«

Zuerst hatte sie ihn ausgelacht. Aber als sie gemerkt hatte, wie ernst es ihm war, hatte sie ihn an sich gezogen und ihn zärtlich geküsst. »Dann werden wir uns eben gedulden müssen«, hatte sie erwidert und war ihm in den Stall gefolgt, um nach den neugeborenen Fohlen zu sehen.

Diese – flauschig und staksig und immerzu durstig – hatten es ihr angetan, obwohl sie sich eigentlich nicht für Pferde interessierte. Was sie hier in Ulm tun konnte, außer Falks Haushalt zu führen, wusste sie immer noch nicht.

Als sie ihn danach gefragt hatte, hatte er den Kopf schief gelegt und überlegt. »Vielleicht kannst du Tränke und Salben für die Frauen der Stadt herstellen«, hatte er vorgeschlagen. »Oder in einem der Hospitäler helfen.«

Der Gedanke gefiel Sapphira, und sobald der Frühling endgültig Einzug hielt, würde sie Falk bitten, sie in die Stadt zu begleiten. Die Sitten und Gebräuche der Ulmer waren ihr noch zu fremd, als dass sie sich alleine unter sie gewagt hätte, und auch die Sprache machte ihr zu schaffen. Doch das würde sich im Laufe der Zeit gewiss ändern, würde in den Hintergrund treten – genauso wie die Trauer um Gülbahar und die *Tabibe* verblasst war. Sie schloss die Augen und malte sich aus, was die Zukunft alles bringen konnte. Eines war gewiss: Solange Falk an ihrer Seite war, würden ihr weder Eis noch Schnee noch die misstrauischen Blicke der Stadtbewohner etwas ausmachen. Solange Falk an ihrer Seite war, gab es keinen Ort, an dem sie sich nicht geborgen fühlen würde. Sie zuckte zusammen, als seine Hand sich plötzlich zu ihr herüberstahl und sich zu der ihren gesellte.

»Guten Morgen«, murmelte er und drängte sich näher an sie. »Bist du schon lange wach?«

NACHWORT

Fakten und Fiktion

WAS IST WAHRHEIT, was ist erfunden? Das ist eine Frage, die sich auch beim Quellenstudium häufig stellt, und die nicht immer ganz einfach zu beantworten ist. Wie immer habe ich auch dieses Mal wieder versucht, mich so weit wie möglich an geschichtliche Fakten zu halten. An mancher Stelle war es jedoch nötig, Ergänzungen vorzunehmen oder Lücken mit meiner eigenen Fantasie aufzufüllen.

Wie bei den beiden Vorgängerromanen, *Die Launen des Teufels* und *Das Erbe der Gräfin*, sind sämtliche Einzelheiten, die das Ulmer Münster betreffen, um einige Jahre in die Zukunft zu denken. Hans Kun leitete nach Ulrich von Ensingens Tod (der übrigens erst 1419 starb) die Arbeiten am Münster.

Falks hinterhältiger Onkel, Otto von Katzenstein, ist wie sein Vater, Wulf von Katzenstein, frei erfunden. Einen solchen Geleitbrief, wie Falk ihn erhält, hätte vermutlich nicht der Handelsvertreter, sondern der Sultan selbst ausstellen müssen, aber das wäre nicht sinnvoll in die Handlung einzuflechten gewesen.

Den Bankier und Großhändler Francesco Datini habe ich von Florenz nach Venedig versetzt (man möge mir verzeihen).

Die Existenz des *Kizlar Agha* und einiger anderer Elemente der Haremshierarchie ist erst seit dem Umzug in den Topkapi-Palast im 15. Jahrhundert verbrieft. Es darf allerdings vermutet werden, dass sie schon vorher existierten.

Auch wurde der offizielle Titel *Valide Sultan* erst zu Zeiten Murads III. eingeführt.

Das Gedicht, mit dem Sapphira ihren Herrn und Meister preist, ist der Neuübersetzung von Tausendundeine Nacht entnommen, allerdings habe ich einige Zeilen ausgelassen (siehe Bibliografie am Ende des Buches).

Bei der Zeichnung von Maria Olivera Despina und Bayezid *Yilderim* habe ich mich von Christopher Marlowes *Tamburlaine the Great* inspirieren lassen. Viele Quellen haben versucht, eine Erklärung dafür zu finden, warum der Sultan von einem gewandten Staatsmann zu einem äußerst unklug agierenden Heißsporn wurde – die meisten dieser Quellen geben dem schlechten Einfluss seiner Gemahlin die Schuld daran.

An dieser Stelle möchte ich nochmals nachdrücklich darauf hinweisen, dass es sich bei einem Roman stets und immer um ein Werk der Fiktion handelt. Oftmals erfordert es die Handlung, dass Personen in einer ganz bestimmten Art und Weise aktiv werden, die vielleicht nicht immer vollkommen zeitgemäß ist. Ich habe allerdings versucht, diese kleinen Diskrepanzen auf ein Minimum zu beschränken.

Die Kindheit endete im Mittelalter übrigens wesentlich früher als heutzutage, weshalb das Alter der Protagonisten als unproblematisch anzusehen ist. Eine der größten Gestalten des Liebesdramas ist ganze dreizehn Jahre alt – Shakespeares Julia in *Romeo und Julia*.

Die Glaubenspraktiken der damaligen Zeit unterscheiden sich gewaltig von den heutigen – das Christentum war von Aberglauben und Furcht geprägt, der islamische Glaube wohl eher von etwas, das man heutzutage Synkretismus nennen würde, also die Vermischung von unterschiedlichen Religionen, Konfessionen und philosophischen Lehren. Die Janitscharen folgten in ihrer Glaubensauffassung den *Bektaşi*-Derwischen, deren Orden in Anatolien inmitten turkmenischer

Stämme entstand. Die *Bektaşi* gehörten der Zwölferschia an. Sie verehrten die »Familie des Propheten und bes. Alī, der mit Mohammed und Gott eine Art Dreifaltigkeit bildet. […].« (dtv Lexikon des Mittelalters. Bd. 1, S. 1831).

Sollte ich unabsichtlich religiöse Gefühle verletzt haben, so möchte ich mich an dieser Stelle dafür entschuldigen. Die Beschreibung sowohl christlicher als auch islamischer Praktiken und Glaubensgrundsätze beinhaltet keinerlei Wertung oder Kritik. Zudem entsprechen die Aussagen, die ich den Figuren in den Mund lege, nicht meiner Ansicht, sondern spiegeln die Perspektive ebendieser Figuren wider. Sämtliche Äußerungen sind also im Licht der Relativität von Meinungen zu sehen. Bei der Beschreibung von Hölle und Teufel habe ich mich von Dante Alighieris *Divina Commedia* inspirieren lassen, in die mit Sicherheit zeitgenössische Auffassungen eingeflossen sind.

Das Phänomen der *Synästhesie* (was so viel bedeutet wie »Zusammenempfindung«), also der Vermischung von Reizen, die unterschiedlichen Sinneswahrnehmungen oder -organen zugeordnet sind, ist als Stilmittel seit der Antike bezeugt. »So kann ein primärer Sinneseindruck (z. B. kratzendes Geräusch) eine sekundäre Sinnesreaktion (Gefühl der Kälte, ›Gänsehaut‹) hervorrufen, so können akust[ische] Reize opt[ische] Eindrücke (Photismen) auslösen« (Metzler Literatur Lexikon, S. 453). Diese Reizverschmelzung wird seit Langem zur metaphorischen Beschreibung herangezogen, einige Beispiele sind: Schreiende Farben, heiße Rhythmen, kaltes Blau, etc. Sapphiras Fähigkeit, Auren wahrzunehmen, ist also weder etwas Esoterisches noch etwas Rätselhaftes, sondern etwas, das bei besonders empfindsamen Menschen häufig auftritt. Britische Forscher haben gar herausgefunden, dass »das Gehirn des Betrachters den Farbenzauber auslöst.« (»*Synästhesie: Menschliche Aura entsteht im Gehirn.*« Spiegel online).

Wenden wir uns dem Sultan und seinen Soldaten zu. Das System der *Devişirme* – der Knabenlese – wurde kurz nach dem Entstehen des Janitscharenkorps im späten 14. Jahrhundert eingeführt; es wurde allerdings während der chaotischen Zustände, die dem Einfall Timurs folgten, eingestellt und erst 1438 von Murat II. wieder aufgenommen. Die Knaben kamen aus christlichen Familien in meist ländlichen Gebieten, in der Regel waren sie acht bis zwanzig Jahre alt. Die Rekruteneinheiten befanden sich eigentlich in Rumelien (14 Einheiten), in Anatolien (17) und Gallipoli (3). Neue Janitscharen wurden dann je nach Bedarf den Janitscharen-*Ortas* zugeführt, die sich in den Hauptkasernen der Hauptstadt befanden. Normalerweise wurden die Knaben, die zu Fußsoldaten ausgebildet werden sollten, zuerst für einige Jahre an anatolische Bauernfamilien verkauft. Dort erfolgte über einen Zeitraum von etwa fünf bis sieben Jahren eine Umerziehung im islamischen Glauben, sie erlernten die türkische Sprache und Mentalität. Erst nach diesen »Sozialisierungsmaßnamen« erfolgte die militärische Ausbildung in den Rekruteneinheiten (Bodo Hechelhammer. *Das Korps der Janitscharen*, S. 40). Nun folgten harte Jahre des Dienstes in den Kasernen (im Normalfall dauerte die Ausbildung ca. sechs Jahre). »Am Ende stand die entscheidende Verwendungsprüfung, [das] *zur Pforte hinausgehen (çikma)*. Nur wer sich hier als geeignet erwies, wurde im Alter von ca. 24 Jahren in die Gemeinschaft der Janitscharen aufgenommen, die anderen wurden den verbleibenden Waffengattungen zugeordnet.« (Hechelhammer, S. 41) Da es die Handlung der Geschichte erfordert, musste ich an dieser Stelle ein wenig raffen und Falks Ausbildung verkürzen. Allerdings ist wenig bekannt über diese letzten Jahre von Sultan Bayezids Herrschaft und in manchen Quellen fanden sich Hinweise, dass er das langwierige Rekrutierungssystem kurzfristig ausgehebelt hat. Denn ansonsten wäre es ihm kaum gelungen, in so kurzer Zeit genug neue Militärsklaven für den Krieg gegen Timur auszuheben.

Feldzüge wurden normalerweise penibel geplant – oft bereits im Oktober oder November des Vorjahres, damit der Marsch im folgenden Spätsommer/Herbst stattfinden konnte. Bayezid, der Blitz, war ungewöhnlich schnell in seinem politischen und kriegerischen Handeln – daher der Spitzname. Bei der Planung seiner Eroberungszüge wurden erfahrene Soldaten zu Rate gezogen, sowie die Aufzeichnungen früherer Kriegszüge. Vor und während der Mobilisierung der Truppen schickte man riesige Mengen an Vorräten voraus, befestigte Straßen und errichtete Brücken. Wann genau Bayezid sich wo aufhielt, war nicht herauszufinden. Seine (Truppen-)Bewegungen sind leider nur sehr schwer nachzuvollziehen, da es kaum Quellen gibt, die nicht in türkischer Sprache verfasst sind (die ich leider nicht beherrsche). Fehlende Informationen habe ich – an mancher Stelle möglicherweise fehlerhaft – ergänzt.

Ein Wort zur Ausbildung im *Harem*: Diejenigen der jungen Mädchen, die nicht einfache Dienerinnen wurden, erhielten zuerst Unterricht im Sticken und Nähen. Danach wurden die besonders Talentierten unter ihnen von der *Valide Sultan* dazu auserkoren, ihr zu dienen. Diese bildete sie dann höchstpersönlich für den Liebesdienst (singen, tanzen, dichten, etc.) aus. Außerdem stattete sie die jungen Frauen mit kostbaren Gewändern und Schmuck aus. Dass Sapphira zeitgleich im Hospital arbeitet und eine Konkubinenausbildung genießt, ist sicherlich höchst unorthodox. Da allerdings nahezu sämtliche Informationen über die Struktur des *Harems* aus der Zeit nach der Eroberung Konstantinopels stammen, könnten die Dinge in Bursa noch anders ausgesehen haben. Einige weitere einschneidende Veränderungen – wie die zunehmende Abschottung des Sultans von seinen Beamten – untermauern diese Vermutung. Nach den Quellen zu urteilen, wurden manche der jungen Mädchen tatsächlich zu Ärztinnen, Apothekerinnen, Gärtnerinnen und Lehrerinnen ausgebildet.

Der Aufgabenbereich der *Tabibe* erstreckte sich eigentlich nur auf Frauen, aber in Notfällen oder bei Engpässen gab es Ausnahmen. Wenn es um Leib und Leben ging, stand die Schicklichkeit hinten an. Es galt das Motto: »Die Notwendigkeit erlaubt das Verbotene.« Die Tatsache, dass Frauen Männer behandeln konnten und umgekehrt, wurde mit Beispielen aus der Zeit des Propheten gerechtfertigt, als Frauen wie Ümmiyetü'l Gaffariye, eine *Hekime*, Männer heilten, die im Krieg verwundet worden waren.

Die Karriere einer *Jariye* konnte auf drei unterschiedliche Arten kulminieren: Entweder trat sie als Mutter eines Prinzen in die Familie des Sultans ein, wurde in einen der Verwaltungsposten (Meisterin einer *Oda*) des *Harems* befördert oder mit einem der männlichen Elitesklaven des Sultans vermählt und somit in die Oberschicht aufgenommen. Viele Geheimnisse ranken sich um das Leben im *Harem*, und das wird sich auch in Zukunft nicht ändern, weil es keinem männlichen Besucher gestattet war, diesen Bereich zu betreten. Da Geschichtsschreiber in der Vergangenheit nahezu ausschließlich männlich waren, stecken wir hier also in einer Zwickmühle. Ich habe mich, trotz allem, bemüht, die Wissensfragmente, welche überliefert sind, möglichst nachvollziehbar und wirklichkeitsgetreu in die Geschichte einzuflechten. Sollten mir bei der Darstellung dennoch Fehler unterlaufen sein, möchte ich mich an dieser Stelle dafür entschuldigen und um Nachsicht bitten.

Der *Harem* selbst ist als zweigeteilt zu begreifen: Einerseits gab es den königlichen *Harem*, in dem Knaben und junge Männer für den Militärdienst oder die Beamtenlaufbahn ausgebildet wurden. Diese wurden von weißen Eunuchenwächtern und -lehrern beaufsichtigt. Andererseits gab es den Familien*harem*, in dem die Frauen und Kinder unter der Obhut der schwarzen Eunuchen standen. Es ist mit Sicherheit anzunehmen, dass der innerste Bereich, der Familien*harem*, durch eine Mauer vom Rest des *Harems* getrennt war. Obwohl dies alles so klingt, als ob eine Begegnung zwischen jungen Männern und Frauen unmöglich gewesen wäre, geben manche Quellen Aufschluss darüber, dass dem durchaus nicht so war. Anscheinend hatten die Frauen »Mittel zur Verkleidung und zu Schlichen, welche die Liebeshändel sehr begünstigten, doch schweb[t]en sie in ständiger Unruhe und Furcht, entdeckt zu werden. Eine Entdeckung setzt[e] sie der unbarmherzigen Wut der Eifersucht aus, die hier ein Ungeheuer ist, das nur durch Blut gesättigt werden kann.« (Renate Währisch. *Im Harem – Frauenleben im Verborgenen*. Bayerischer Rundfunk. Bayern2Radio – radioWissen). Sexorgien gab es im *Harem* übrigens nicht. Nur wenige der Frauen teilten das Bett mit dem Sultan, und über diese Begegnungen wurde vom *Haznedar*, dem obersten Finanzverwalter oder Schatzmeister, penibel Buch geführt, um die Legitimität von Kindern zu belegen. Auch genossen ältere, »postsexuelle« Frauen einen gewissen Grad an Freiheit. Sie saßen oft zusammen, erzählten sich Geschichten und rauchten nachts Opium. Keinen Nachwuchs mit den offiziellen Ehefrauen zu zeugen, entsprach tatsächlich dynastischen Regeln. Mütter von Töchtern und Söhnen waren ausschließlich Konkubinen, bei Eintritt in den *Harem* waren diese allesamt christlich – den Quellen ist zu entnehmen, dass viele erst später zum Islam konvertierten. Damit war automatisch eine Freilassung verbunden, da der Koran die Versklavung von Moslems verbietet.

Normalerweise gibt es in einem *Hamam* keine Becken wie in einem westlichen Bad, allerdings lassen einige Quellen vermuten, dass zur Pflege von Kranken durchaus Bäder genommen wurden. Diese dienten dann allerdings nicht der Reinigung, sondern der Therapie. Sämtliche Krankheiten und Therapien, die in diesem Roman erwähnt werden (mit Ausnahme der Madentherapie und der Goldenen Wundsalbe) sind Karl-Heinz Levens Lexikon *Antike Medizin* entnommen. Bei der sogenannten Durstkrankheit handelt es sich um Diabetes. Als Ursache wurde damals eine »Schwäche der zurückhaltenden Kraft der Nieren« angenommen. Daher gab man dem Kranken reichlich zu trinken und verabreichte ihm schwerverdauliche Speisen, um dem Körper Feuchtigkeit zurückzugeben und ihn zu stärken (S. 215).

Die Begriffe »türkisch« und »osmanisch« werden im Text synonym verwendet. Eigentlich war die Literatursprache dieser Zeit Mittelosmanisch. Da sich das moderne Türkisch daraus entwickelt hat, habe ich der Einfachheit halber auf eine Unterscheidung verzichtet. Die Formen des türkischen Verbs »leben« entstammen der Grammatik von Francicus à Mesgnien Meninski. *Linguarum Orientalium Turcicae, Arabicae, Persicae Institutiones Seu Grammatica Turcica...* Istanbul 2000 (Nachdruck des Originals, Wien 1680), geben also an sich den Stand des 17. Jh. wieder, jedoch berücksichtigt Meninski durchaus den älteren Stand (diese Information hat mir freundlicherweise Dr. Henning Sievert von der Universität Zürich zukommen lassen). Das Deutsch, das damals gesprochen wurde, nennt man Frühneuhochdeutsch. Hier eine kurze Kostprobe aus dem Reisebericht von Johannes Schiltberger: »[U]nd do der Weyasit kam in sein hauptstadt und sin hett, ein zeitt do zu pleyben, in der zeitt wurden unser LX Cristen über ain, wie wir möchten darvon chomen; und also machten wir ain ainigung unter uns und schwuren uns zu ainander, das wir pey ainander wollten sterben und genesen;« (Johannes Schiltberger, Valentin Langmantel. *Hans Schiltbergers Reisebuch*, S. 13). Viele moderne Wörter haben sich aus dem Neuhochdeutschen entwickelt. Die italienische und die lateinische Sprache existierten im Mittelalter lange Zeit parallel nebeneinander. Um auffallende Wortwiederholungen zu vermeiden, muss ein Autor manchmal in die Trickkiste greifen und eventuell Ausdrücke verwenden, die zur damaligen Zeit noch nicht gang und gäbe waren. Auch ich habe an manchen Stellen Wörter (z.B. Rekrut, Schikane, Pulk) verwendet, die erst später nachgewiesen werden können, bin allerdings stets bemüht, diese stilistischen Unstimmigkeiten auf ein Minimum zu beschränken.

Wieder haben viele Museen und Privatpersonen dazu beigetragen, dass dieses Buch zu dem geworden ist, was es ist. Für mögliche historische Ungenauigkeiten und Fehler in diesem dritten Teil der Reihe bin jedoch allein ich verantwortlich, wie schon bei den beiden Vorgängerromanen.

Mein besonderer Dank gilt: Dr. Henning Sievert, Islamwissenschaftler an der Universität Zürich, der mir geduldig sämtliche Fragen beantwortet hat; Dr. med. Norbert Gaiser, dem ich mein Wissen über Wundheilung verdanke; Margareta Molnar, Reflexologin, Masseurin und Dozentin, die mich über verrenkte Wirbel und deren Auswirkungen aufgeklärt hat; Burkhard Bierschenck, der mir in seiner Rolle als Historiker bei kniffligen Erbfragen mit Rat und Tat zur Seite gestanden hat; und meiner wunderbaren Lektorin, Christine Laudahn, ohne deren Sorgfalt und Geduld der Roman sicher nicht zu dem geworden wäre, was er ist. Und zum Schluss danke ich natürlich allen Buchhändlern, Lesern, Freunden und Familienmitgliedern, die mich unterstützt haben.

Silvia Stolzenburg
Dezember 2011

BIBLIOGRAFIE

Aesop. *Aesop's Fables.* Penguin Popular Classics. London: Penguin, 1996.

Alighieri, Dante. *La Commedia/Die Göttliche Komödie. I. Inferno/Hölle.* Stuttgart: Philipp Reclam jun., 2010.

Ammann, Peter J. *Koran und Bibel im Vergleich.* Norderstedt: Books on Demand, 2006.

Behringer, Charlotte et. al. *Kathedralen: Hundert Meisterwerke des Abendlandes.* Erlangen: Nebel Verlag, 1991.

Bookmann, Hartmut et. al. *Mitten in Europa: Deutsche Geschichte.* Goldmann Verlag, 1990.

Douglas, Christoph Graf, et. al. *Alte Meister in der Sammlung Würth.* Schwäbisch Hall: Swiridoff Verlag, 2004.

Droste, Thorsten. *Venedig.* Ostfildern: DuMont Reiseverlag, 2005.

Dunsmuir, W.D.; Gordon, E.M. *The History of Circumcision.* BJU International, Volume 83, Suppl. 1: 1. Januar 1999, S. 1–12.

dtv Lexikon des Mittelalters. 9 Bde. München: Deutscher Taschenbuch Verlag, 2003.

Eckart, Wolfgang Uwe; Jütte, Robert. *Medizingeschichte: Eine Einführung.* Köln/Weimar/Wien: Böhlau Verlag, 2007.

GEO Epoche *2. Das Mittelalter: Ein neuer Blick auf 1000 rätselhafte Jahre (*1999*).*

GEO Epoche *28. Venedig: 810–1900: Macht und Mythos der Serenissima* (2007).

Gibbons, Herbert Adams. *The Foundation of the Ottoman Empire: A History of the Osmanlis up to the Death of Bayezid I. (1300–1403).* Oxford: Clarendon Press, 1916.

Giese, Friedrich. *Türkische und abendländische Berichte zur Geschichte Sultan Bajezids I.* In: Ephemerides orientales, 34 (1928), S. 2–11.

Gold, Carl A. *Das Mittelalter in seinen Redewendungen.* Basel: Gassmann Verlag, 2008.

Hechelhammer, Bodo. *Das Korps der Janitscharen: Eine militärische Elite im Spannungsfeld von Gesellschaft, Militär und Obrigkeit im Osmanischen Reich.* In: Themenheft Militärische Eliten in der Frühen Neuzeit (Hrsg. Gahlen, Gundula; Winkel, Carmen), 14 (2010) Heft 1. Potsdam: Universitätsverlag, 2010, S. 33–58.

Halbfas, Hubertus. *Die Bibel.* Düsseldorf: Patmos Verlag, 2001

Honour, Hugh; Fleming, John. *Weltgeschichte der Kunst.* München, Berlin, London, New York: Prestel Verlag, 2000.

Kinder, H.; Hilgemann, W.; Hergt, M. (Hrsg.) *dtv-Atlas der Weltgeschichte.* München: Deutscher Taschenbuch Verlag, 2000.

Kluge, Friedrich. *Etymologisches Wörterbuch der deutschen Sprache.* Berlin/New York: Walter de Gruyter, 2002.

Leven, Karl-Heinz (Hrsg.). *Antike Medizin: Ein Lexikon.* München: C.H. Beck, 2005.

Lexer, Matthias. *Mittelhochdeutsches Taschenwörterbuch.* 38. Auflage. Stuttgart: S. Hirzel Wissenschaftliche Verlagsgesellschaft, 1992.

Link, Otto. *Alt-Ulm: Ein Stadtbild von Otto Link.* Tübingen: Alexander Fischer Verlag, 1924.

Marlowe, Christopher. *Tamburlaine the Great.* London: Methuen, 2005.

Meninski, Francicus à Mesgnien. *Linguarum Orientalium Turcicae, Arabicae, Persicae Institutiones Seu Grammatica Turcica ...* Istanbul 2000 (Nachdruck des Originals, Wien 1680).

Moeller, Bernd. *Geschichte des Christentums in Grundzügen.* Göttingen: Vandenhoeck & Rupprecht, 2008.

Nagel, Tilman. *Die islamische Welt bis 1500. Oldenbourg Grundriss der Geschichte.* München: R. Oldenbourg Verlag, 1998.

Nicolle, David. *The Janissaries*. Oxford: Osprey Publishing, 1995.

Ott, Claudia. *Tausendundeine Nacht*. München: Deutscher Taschenbuch Verlag, 2009.

Peirce, Leslie P. *The Imperial Harem: Women and Sovereignty in the Ottoman Empire*. New York/Oxford: Oxford University Press, 1993.

Sari, Nil. *Women Dealing with Health during the Ottoman Reign*. In: The New History of Medicine Studies, 2–3. Istanbul, 1996–97, S. 11–64.

Schiltberger, Johannes; Langmantel, Valentin. *Hans Schiltbergers Reisebuch*. Charleston: Bibliolife, 2010.

Schimmel, Annemarie. *Die Religion des Islam: Eine Einführung*. Stuttgart: Philipp Reclam jun., 2010.

Schlunk, Andreas; Giersch, Robert. *Die Ritter: Geschichte, Kultur, Alltagsleben*. Stuttgart: Konrad Theiss Verlag, Sonderedition 2009.

Schreiner, Peter. *Byzanz 565–1453. Oldenbourg Grundriss der Geschichte*. München: R. Oldenbourg Verlag, 2008.

Sieck, Annerose und Jörg-Rüdiger. *Heilerinnen im Mittelalter*. Wien: Verlag Carl Ueberreuter, 2008.

Silberschmidt, Max. *Das orientalische Problem zur Zeit der Entstehung des Türkischen Reiches: Nach Venezianischen Quellen*. In: Beiträge zur Kulturgeschichte des Mittelalters und der Renaissance (Hrsg. Walter Goetz), Band 27. Hildesheim: Gerstenberg Verlag, 1972.

Stadtarchiv Ulm (Hrsg.). *StadtMenschen. 1150 Jahre Ulm: Die Stadt und ihre Menschen.* Ulm: Ebner Verlag, 2004.

Turnbull, Stephen. *The Ottoman Empire 1326–1699.* Oxford: Osprey Publishing, 2003.

Ulmer Museum; Reinhardt, Brigitte; Schulz, Ilse (Hrsg.). *Ulmer Bürgerinnen, Söflinger Klosterfrauen in reichsstädtischer Zeit.* Ulm: Süddeutsche Verlagsgesellschaft, 2003.

Vogt-Lüerssen, Maike. *Der Alltag im Mittelalter.* Norderstedt: Books on Demand, 2006.

Dies. *Zeitreise 1: Besuch einer spätmittelalterlichen Stadt.* Norderstedt: Books on Demand, 2005.

Vollmuth, Ralf. *Traumatologie und Feldchirurgie an der Wende vom Mittelalter zur Neuzeit.* Stuttgart: Franz Steiner Verlag, 2001.

Währisch, Renate. *Im Harem – Frauenleben im Verborgenen.* Bayerischer Rundfunk. Bayern2Radio – radio Wissen.

Wortmann, Reinhard. *Das Ulmer Münster.* Große Bauten Europas Bd. 4. Stuttgart: Verlag Müller und Schindler, 1972.

www.allaboutturkey.com

www.islamaufdeutsch.de

www.osmanischesreich.com

www.kirchenlexikon.de

www.spiegel.de »Synästhesie: Menschliche Aura entsteht im Gehirn.« Spiegel online vom 20.10.2004

www.theottomans.org

Ulm